ZHONGGUO XIAOSHUO

100 QIANG

中国小说100强（1978—2022）

那　五

邓友梅　著

图书在版编目（CIP）数据

那五 / 邓友梅著. -- 北京 : 北京联合出版公司,
2023.9
（中国小说100强）
ISBN 978-7-5596-7014-4

Ⅰ.①那… Ⅱ.①邓… Ⅲ.①长篇小说－中国－当代
Ⅳ.①I247.5

中国国家版本馆CIP数据核字(2023)第106669号

那　五

作　　者：邓友梅
出 品 人：赵红仕
出版监制：张晓冬　范晓潮
责任编辑：李　伟
特约编辑：和庚方　张　颖
封面设计：武　一

北京联合出版公司出版
（北京市西城区德外大街83号楼9层　100088）
北京兴星伟业印刷有限公司印刷　　新华书店经销
字数285千字　650毫米×920毫米　1/16　31印张
2023年9月第1版　2023年9月第1次印刷
ISBN 978-7-5596-7014-4
定价：88.00元

中国小说100强（1978—2022）丛书

编委会

总　序

“中国小说 100 强”（1978—2022）是资深出版人张明先生和腾讯读书知名记者张英先生共同策划发起的一套大型文学丛书。他们邀请我和宗仁发、谢有顺、顾建平、文欢一起组成编委会，并特邀徐晨亮参与，经过认真研讨和多轮投票最终评定了 100 人的入选小说家目录。由于编委们大多都是长期在中国文学现场与中国文学一路同行的一线编辑、出版家、评论家和文学记者，可以说都是最专业的文学读者，因此，本套书对专业性的追求是理所当然的，编委们的个人趣味、审美爱好虽有不同，但对作家和文学本身的尊重、对小说艺术的尊重、对文学史和阅读史的尊重，决定了丛书编选的原则、方向和基本逻辑。

从文学史的角度来说，1978 年以后开启的新时期文学是中国当代文学的黄金时代，不仅涌现了一批至今享誉世界的优秀作家，而且创造了许多脍炙人口的文学经典，并某种程度上改写了 20 世纪中国文学史的版图。而在中国新时期文学的经典家族中，小说和小说家无疑是艺术成就最高、影响力最大的部分。“中国小说 100 强”（1978—2022）就是试图将这个时期的具有经典性的小说家和中国小说的经典之作完整、系统地筛选和呈现出来，并以此构成对新时期文学史的某种回顾与重读、观察与评判。呈现在读者面前的这套丛书是对 1978—2022 年间中国当代小说发展历程的一次全面、系统的整体性回顾与检阅，是中国当代文学经典化的重要成果，从特定的角度集中展示了中国新时期文学在小说创作方面的巨大成就。需要说明的是，与 1978—2022 年新时期文学繁荣兴盛的局面相比，100 位作家和 100 本书还远远不能涵盖中国当代小说的全貌，很多堪称经典的小说也许因为各种原因并未能进入。莫言、苏童、余华等作家本来都在编委投票评定的名单里，但因为他们已与某些出版社签下了专有出版合同，不允许其他出版社另出小说集，因而只能因不可抗原因而割爱，遗珠之憾实难避免，而且文学的审美本身也是多元的，我们的判断、评价、选择也许与有些读者的认知和判断是冲突的，但我们绝无把自己的标准强加于别人的意思。我们呈现的只是我们观察中国这个时期当代小说的一个角度、一种标准，我们坚持文学性、学术性、专业性、民间性，注重作家个体的生活体验、叙事能力和艺术功力，我们突破代际局限，老、中、青小说家都平等对待，王蒙、冯骥才、梁晓声、铁凝、阿来等名家名作蔚为大观，徐则臣、阿乙、弋舟、鲁敏、林森等新人新作也是目不暇接，我们特别关注文学的新生力量，尤其是近 10 年作品多次获国家大奖、市场人气爆棚的新生代小说家，我们秉持包容、开放、多元的审美立场，无论是专注用现实题材传达个人迥异驳杂人生经验、用心用情书写和表现时代精神的现实主义作家，还是执着于艺术探索和个体风格的实验性作家，在丛书里都是一视同仁。我们坚信我们是忠实于自己的艺术理想、艺术原则和艺术良心的，但我们并不认为自己的角度和标准是唯一的，我们期待并尊重各种各样的观察角度和文学判断。

当然，编选和出版“中国小说 100 强”（1978—2022）这套大型丛书，除了上述对文学史、小说史成就的整体呈现这一追求之外，我们还有更深远、更宏大的学术目标，那就是全力推进中国当代文学“经典化”的历程和“全民阅读·书香中国”建设。

从 1949 年发端的中国当代文学已经有了 70 多年的发展历程，但对这 70 多年文学的评价一直存在巨大的分歧，“极端的否定”与“极端的肯定”常常让我们看不到当代文学的真相。有人认为中国当代文学达到了前所未有的高度和水平。王蒙先生在法兰克福书展上就说：中国当代文学现在是有史以来最繁荣的时期。余秋雨、刘再复甚至认为中国当代文学的成就远远超过了现代文学。也有人极端否定中国当代文学，认为中国当代文学都是垃圾。他们认为现代文学要远远超过当代文学，中国当代文学连与现代文学比较的资格都没有。比如说，相对于鲁（迅）、郭（沫若）、茅（盾）、巴（金）、老（舍）、曹（禺）这样大师级的人物，中国当代作家都是渺小的侏儒，根本不能相提并论，两者比较就是对大师的亵渎。应该说，与对中国当代文学的肯定之声相比，对当代文学的否定和轻视显然更成气候、更为普遍也更有市场。尽管否定者各自的角度和出发点不同，但中国当代作家、作品与中外文学大师、文学经典之间不可比拟的巨大距离却是唱衰中国当代文学者的主要论据。这种判断通常沿着两个逻辑展开：一是对中外文学大师精神价值、道德价值和人格价值的夸大与拔高，对文学大师的不证自明的宗教化、神性化的崇拜。二是对文学经典的神秘化、神圣化、绝对化、空洞化的理解与阐释。在此，我们看到了一个非常有趣的悖论：当谈论经典作家和文学大师时我们总是仰视而崇拜，他们的局限我们要么视而不见要么宽容原谅，但当我们谈论身边作家和身边作品时，我们总是专注于其弱点和局限，反而对其优点视而不见。问题还不在于这种姿态本身的厚此薄彼与伦理偏见，而是这种姿态背后所蕴含的“当代虚无主义”。这种“虚无主义”的最大后果就是对当代作家作品“经典化”的阻滞，对当代文学经典化历程的阻隔与拖延。一方面，我们视当下作家作品为“无物”，拒绝对其进行“经典化”的工作，另一方面又以早就完全“经典化”了的大师和经典来作为贬低当下泥沙俱下的文学现实的依据。这种不在同一个层面上的比较，不仅毫无意义，而且只能使得文学评价上的不公正以及各种偏激的怪论愈演愈烈。

其实，说中国当代文学如何不堪或如何优秀都没有说服力。关键是要进行“经典化”的工作，只有“经典化”的工作完成了才有可能比较客观地对当代的作家作品形成文学史的判断。对当代的“经典化”不是对过往经典、大师的否定，也不是对当代文学唱赞歌，而是要建立一个既立足文学史又与时俱进并与当代文学发展同步的认识评价体系和筛选体系。当然，我们也要承认，“经典化”问题是一个非常复杂的问题，并不是凭热情和冲动一下子就能完成的，但我们至少应该完成认识论上的“转变”并真正启动这样一个“过程”。

现在媒体上流行一些对于中国当代文学经典化冷嘲热讽的稀奇古怪的言论，其核心一是否定中国当代文学有经典、有大师，其二是否定批评界、学术界有关“经典化”的主张，认为在一个无经典的时代，“经典”是怎么“化”也“化”不出来的，“经典化”是一个实实在在的“伪命题”。其实，对于文学，每个人有不同的判断、不同的理解这很正常，每一种观点也都值得尊重。但是，在“经典”和“经典化”这个问题上，我却不能不说，上述观点存在对“经典”和“经典化”的双重误解，因而具有严重的误导性和危害性。

首先，就“经典”而言，否定中国当代文学早就不是什么新鲜事，对当代文学的虚无主义态度在很多人那里早已根深蒂固。我不想争论这背后的是与非，也不想分析这种观点背后的社会基础与人性基础。我只想指出，这种观点单从学理层面上看就已陷入了三个巨大误区：

第一个误区，是对经典的神圣化和神秘化的误区。很多人把经典想象为一个绝对的、神圣的、遥远的文学存在，觉得文学经典就是一个绝对的、乌托邦化的、十全十美的、所有人都喜欢的东西。这其实是为了阻隔当代文学和“经典”这个词发生关系。因为经典既然是绝对的、神圣的、乌托邦的、十全十美的，那我们今天哪一部作品会有这样的特性呢？如果回顾一下人类文学史，有这样特性的作品好像也没有。事实上，没有一部作品可以十全十美，也没有一部作品能让所有人喜欢。在这个问题上，我们应该明确的是，“经典”不是十全十美、无可挑剔的代名词，在人类文学史上似乎并不存在毫无缺点并能被任何人所认同的“经典”。因此，对每一个时代来说，“经典”并不是指那些高不可攀的神圣的、神秘的存在，只不过是那些比较优秀、能被比较多的人喜爱的作品而已。从这个意义上说，当今中国文坛谈论“经典”时那种神圣化、莫测高深的乌托邦姿态，不过是遮蔽和否定当代文学的一种不自觉的方式，他们假定了一种遥远、神秘、绝对、完美的“经典形象”，并以对此一本正经的信仰、崇拜和无限拔高，建立了一整套关于中国当代文学的伦理话语体系与道德话语体系，从而充满正义感地宣判着中国当代文学的死刑。

第二个误区，是经典会自动呈现的误区。很多人会说，是金子总是会发光的。但对文学来说，文学经典的产生有着特殊性，即，它不是一个“标签”，它一定是在阅读的意义上才会产生意义和价值的，也只有在阅读的意义上才能够实现价值，没有被阅读的作品没有被发现的作品就没有价值，就不会发光。而且经典的价值本身也不是固定不变的。如果一个作品的价值一开始就是固定不变的，那这个作品的价值就一定是有限的。经典一定会在不同的时代面对不同的读者呈现出完全不同的价值。这也是所谓文学永恒性的来源。也就是说，文学的永恒性不是指它的某一个意义、某一个价值的永恒，而是指它具有意义、价值的永恒再生性，它可以不断地延伸价值，可以不断地被创造、不断地被发现，这才是经典价值的根本。所以说，经典不但不会自动呈现，而且一定要在读者的阅读或者阐释、评价中才会呈现其价值。

第三个误区，是经典命名权的误区。很多人把经典的命名视为一种特殊权力。这有两个层面的问题：一，是现代人还是后代人具有命名权；二，是权威还是普通人具有命名权。说一个时代的作品是经典，是当代人说了算还是后代人说了算？从理论上来说当然是后代人说了算。我们宁愿把一切交给时间。但是，时间本身是不可信的，它不是客观的，是意识形态化的。某种意义上，时间确会消除文学的很多污染包括意识形态的污染，时间会让我们更清楚地看清模糊的、被掩盖的真相，但是时间同时也会使文学的现场感和鲜活性受到磨损与侵蚀，甚至时间本身也难逃意识形态的污染。此外，如果把一切交给时间，还有一个前提，那就是对后代的读者要有足够的信任，要相信他们能够完成对我们这个时代文学的经典化使命。但我们对后代的读者，其实是没有信心的。我们今天已经陷入了严重的阅读危机，我们怎么能寄希望后代人有更大的阅读热情呢？幻想后代的人用考古的方式对我们这个时代的文学进行经典命名，这现实吗？我不相信后人对我们身处时代“考古”式的阐释会比我们亲历的“经验”更可靠，也不相信，后人对我们身处时代文学的理解会比我们亲历者更准确。我觉得，一部被后代命名为“经典”的作品，在它所处的时代也一定会是被认可为“经典”的作品，我不相信，在当代默默无闻的作品在后代会被“考古”挖掘为“经典”。也许有人会举张爱玲、钱钟书、沈从文的例子，但我要说的是，他们的文学价值早在他们生活的时代就已被认可了，只不过很长时间由于意识形态的原因我们的文学史不谈及他们罢了。此外，在经典命名的问题上，我们还要回答的是当代作家究竟为谁写作的问题。当代作家是为同代人写作还是为后代人写作？幻想同代人不阅读、不接受的作品后代人会接受，这本身就是非常乌托邦的。更何况，当代作家所表现的经验以及对世界的认识，是当代人更能理解还是后代人更能理解？当然是当代人更能理解当代作家所表达的生活和经验，更能够产生共鸣。因此，从这个角度来说，当代人对一个时代经典的命名显然比后代人更重要。第二个层面，就是普通人、普通读者和权威的关系。理论上，我们都相信文学权威对一个时代文学经典命名的重要性，权威当然更有价值。但我们又不能够迷信文学权威。如果把一个时代文学经典的命名权仅仅交给几个权威，那也是非常危险的。这个危险表现在什么地方呢？就是几个人的错误会放大为整个时代的错误，几个人的偏见会放大为整个时代的偏见。我们有很多这样的文学史教训。在这个问题上，我们既要相信权威又不能迷信权威，我们要追求文学经典评价的民主化、民主性。对一个时代文学的判断应该是全体阅读者共同参与的民主化的过程，各种文学声音都应该能够有效地发出。这个时代的文学阅读，最理想的状态应该是一种互补性的阅读。为什么叫“互补性的阅读”？因为一个批评家再敬业，再劳动模范，一个人也读不过来所有的作品。举个例子：现在我们一年有 5000 部以上的长篇小说，一个批评家如果很敬业，每天在家读二十四小时，他能读多少部？一天读一部，一年也只能读三百部。但他一个人读不完，不等于我们整个时代的读者都读不完。这就需要互补性阅读。所有的读者互补性地读完所有作品。在所有作品都被阅读过的情况下，所有的声音都能发出来的情况下，各种声音的碰撞、妥协、对话，就会形成对这个时代文学比较客观、科学的判断。因此，文学的经典不是由某一个“权威”命名的，而是由一个时代所有的阅读者共同命名的，可以说，每一个阅读者都是一个命名者，他都有对经典进行命名的使命、责任和“权力”。而作为一个文学研究者或一个文学出版者，参与当代文学的进程，参与当代文学经典的筛选、淘洗和确立过程，更是一种义不容辞的责任和使命。说到底，“经典”是主观的，“经典”的确立是一个持续不断的“过程”，“经典”的价值是逐步呈现的，对于一部经典作品来说，它的当代认可、当代评价是不可或缺的。尽管这种认可和评价也许有偏颇，但是没有这种认可和评价，它就无法从浩如烟海的文本世界中突围而出，它就会永久地被埋没。从这个意义上说，在当代任何一部能够被阅读、谈论的文本都是幸运的，这是它变成“经典”的必要洗礼和必然路径。

总之，我们所提倡的“经典化”不是要简单地呈现一种结果，不是要简单地对一个时代的文学作品排座次，不是要武断地指出某部作品是“经典”，某部作品不是“经典”，不是要颁发一个“谁是经典”的荣誉证书，而是要进入一个发现文学价值、感受文学价值、呈现文学价值的过程。所谓“经典化”的“化”实际上就是文学价值影响人的精神生活的过程，就是通过文学阅读发现和呈现文学价值的过程。可以说，文学的经典化过程，既是一个历史化的过程，更是一个当代化的过程。文学的经典化时时刻刻都在进行着，它需要当代人的积极参与和实践。因此，哪怕你是一个对当代文学的虚无主义者，你可以不承认当代文学有经典，但只要你还承认有文学，你还需要和相信文学，还承认当代文学对人的精神生活具有影响力，你就不应该否定当代文学经典化的重要性。没有这个“经典化”，当代文学就不会进入和影响当代人的生活，就失去了存在的意义。每一个人，哪怕你是权威，你也不能以自己的好恶剥夺他人阅读文学和享受文学的权利。

从这个意义上说，当代文学的经典化当然是一个真命题而不是一个伪命题。在一个资讯泛滥的时代，给读者以经典的指引是文学界、出版界共同的责任，而这也是我们编辑出版这套书的意义所在。

最后，感谢张明和张英先生为本套书付出的辛劳，感谢北京立丰天文化传播有限公司、北京金圣典文化有限公司的资金支持，感谢全体编委和北京联合出版公司各位编辑，感谢所有对本套丛书的出版给予大力支持的作家和他们的家人。

是为序。

吴义勤

2022年冬于北京

目 录

Contents

那　五

一

“房新画不古，必是内务府。”那五的祖父做过内务府堂官，所以到他爸爸福大爷卖府的时候，那房子卖的钱还足够折腾几年。福大爷刚 7 岁就受封为“乾清宫五品挎刀侍卫”。他连杀鸡都不敢看，怎敢挎刀？辛亥革命成全了他。没等他到挎刀的年纪，就把大清朝推翻了。

福大爷有产业时，门上不缺清客相公。所以他会玩鸽子，能走马。洋玩意儿能捅台球，还会糊风筝。最上心的是唱京戏，拍昆曲。给涛贝勒配过戏，跟溥侗合作过“珠帘寨”。有名的琴师胡大头是他家常客。他不光给福大爷说戏、吊嗓，还有义务给他喊好。因为吊嗓时座上无人，不喊好透着冷清。常常是大头拉个过门，福大爷刚唱一句“太保儿推杯换大斗”，他就赶紧放下弓子，拍一下巴掌喊：“好！”喊完赶紧再拾起弓子往下拉。碰巧福大爷头一天睡的不够，嗓子发干，听他喊完好也有起疑的时候：

“我怎么觉得这一句不怎么样哪？”

“嗯，味儿是差点，您先饮饮场！”大头继续往下拉，毫不气馁。

福大奶奶去世早，福大爷声明为了不让孩子受委屈，不再续弦，弦是没续，但今天给京剧坤伶买行头，明天为唱大鼓的姑娘赎身。他那后花园子的五间暖阁从没断过堂客。大爷事情这么忙，自然顾不上照顾孩子。

那五也用不着当老子的照顾。他有自己的一群伙伴。三贝子、二额驸、索中堂的少爷、袁宫保的嫡孙。年纪相仿，门第相当。你夸我家的厨子好，我称你府上的裁缝强。斗鸡走狗，听戏看花。还有比他们老子胜一筹的，是学会些摩登派的新奇玩意儿。溜冰、跳舞、在王府井大街卖呆看女人，上“来今雨轩”饮茶泡招待。他们从不知道钱有什么可珍贵的；手紧了管他铜的瓷的、是书是画，从后楼上拿两锦匣悄悄交给清客相公，就又支应个十天半月，直到福大爷把房产像卖豆腐似的一块块切着卖完，五少爷把古董像猫儿叼食似的叼净。债主请京师地方法院把他从剩下的号房里轰出来，这才知道他这一身本事上当铺当不出一个大子儿，连个硬面饽饽也换不来。

福大爷一口气上不来，西方接引了，留下那五成了舍哥儿。

二

那五的爷爷晚年收房一个丫头，名唤紫云。比福大爷还小个八九岁。老太爷临去世，叮嘱福大爷关照她些。福大爷并不是小气。把原来马号一个小院分给紫云，叫她另立门户，声明从此断绝来往。

紫云是庄子上佃户出身，勤俭惯了的，把这房守住了，招了一户房客。寡妇门前是非多，不敢找没根底的户搭邻居，宁可少收房钱，租与一家老中医。这中医姓过，只有老两口，没有儿女。老太太是个痨病底儿，树叶一落就马趴在床上下不了地。紫云看着大夫又要看病，又要伺候老伴，盆朝天碗朝地，家也不像个家，就不显山不露水地把为病人煎汤熬药，洗干涮净的细活全揽了过来。过老太太开头只是说些感激话，心想等自己能下地时再慢慢补付。哪知这病却一天重似一天。老太太有天就拉着紫云的手说："您寡妇失业的也不容易，天天伺候我我不落忍。咱们亲姐妹明算账。打下月起咱这房钱再涨几块钱吧！我不敢说是给您工钱，有钱买不来这份情意。"紫云一听眼圈红了。扶着老太太坐在床沿上说："老嫂子，我一个人好混，不在乎几块钱上。那边老太爷从收了我，没几年就走了。除去他，我这辈子没叫人疼过。想疼疼别人，也没人叫我疼。说正格的，我给您端个汤倒个水，自己反觉着比光疼自己活得有精神。您叫我伺候着，就是疼了我了。这比给我钱强！"

又过了两年，老太太觉得自己灯碗要干。就把过大夫支出去，把紫云叫到床边，挣扎着依在床上要给紫云磕头。紫云吓得忙扶住她说："您这不是净意儿的折我的寿吗？"过老太太说："我有话对您说，先行个大礼！"紫云说："咱姐俩谁跟谁呢？"于是过老太太就一把鼻涕一把泪地说。她和过大夫总角夫妻，一辈子没红过脸。现在眼看自己不行了。一想起丢下老头一个人就揪心。这人鹰嘴鸭子爪，能吃不能拿。除去会看病，连钉个纽扣也钉不上。她看了多少年，没见紫云这么心慈面软的好人，要是能把老头交给她，她在九泉下也为紫云念佛。紫云回答说："老姐姐，您不就是放心不下过大夫吗？您把话说到这儿就行了。以后有您在，没有您在，我都把过大夫这个差事当正事办。您要还不放心，咱挑个日子，摆上一桌酒，请来左邻右舍，再带上派出所警察，我当众给过家的祖先磕个头，认过大夫当干哥哥！”

过老太太听了，对紫云又感激又有点遗憾。和过大夫一商量，过大夫却是对紫云钦敬不已。紫云借过端午的机会，挎了一篮子粽子去看福大爷，委婉地说了一下认干亲的打算，探探福大爷的口气。福大爷说：“从老太爷去世，你跟那家没关系了。别说认干亲，你就嫁人我们也不过问。”紫云擦着泪说：“大爷虽然开通，我可不敢忘了太爷的恩典。”

六月初一摆酒认干亲，紫云不记得自己父母姓什么，多少年来在户口上只写“那氏”二字，席间她又塞给警察一个红包。请他在“那”字之下加个“过”字。正式写成过大夫的胞妹。

过老太太言而有信。这事办完不久就驾鹤西逝了。紫云正式把家管了起来。人们为此对她另眼相看，称呼她云奶奶。

三

听说那五落魄，云奶奶跟哥哥商量，要把他接来同住。她说：“不看僧面看佛面。不能让街坊邻居指咱脊梁骨，说咱不仗义。”过大夫对这老妹妹的主张，一向是言听计从的。就到处打听那五的行止，后来总算在打磨厂一家客店找到了他。过大夫说明来意。本以为那五会感激涕零的，谁知那五反把笑容收了，直嘬牙花子。

“到您那儿住倒是行，可怎么个称呼法儿呢？我们家不兴管姨太太称呼奶奶！”

过大夫气得脸色都变了，恨不能伸手抽他几个嘴巴。甩袖走了出来。回到家不好如实说，只讲那五现在混得还可以，不愿意来，不必勉强吧！

云奶奶不死心，再三追问，过大夫无法，就如实告诉了她那五的原话。云奶奶叹口气说："他们金枝玉叶的，就是臭规矩！他爱叫我什么叫什么吧。咱们又不冲他，不是冲他的祖宗吗？他既混得还体面，不来就罢了。"

谁知过了几天，那五自己找上门来了。进门又是请安，又是问好，也随邻居称呼"云奶奶"，叫过大夫"老伯"。尽管辈分不对，云奶奶还是喜欢得坐不住站不住。云奶奶问他："我怕你在外边没人照顾，叫你搬来你怎么不来？"那五说："说出来臊死人，我跟人合伙做买卖，把衣裳全当了做本钱，本想货出了手，手下富裕点，买点什么拿着来看您，谁想这笔买卖赔了……"

云奶奶说："自己一家人，讲这虚礼干什么？来了就好。外边不方便，你就搬来住吧。"

那五难道是个会做买卖的人么？

买卖是做了一次，但没成交。天津有个德国人，在中国刮了点钱，临回国想买点瓷器带走。到北京几处古玩店看了看，没有中意的。那五到古玩店卖东西，碰上他在看货，就在门外等着。等外国人出来，就上去搭讪，说自己是内务大臣家的少爷，倒有几宗瓷器想出手，可以约个时间看看。外国人要到他府上拜访，他说这事要瞒着家里进行，只能在外边交易。约定三天后在西河沿一家客店见面。那五并没瓷器。但他知道索家老七从家中偷出一套"古月轩"来，藏在连升客栈。索七想卖，又怕家里知道不饶他。那五就找索七说，现在有个好买主，买完就运出中国。不会暴露，又能出大价。你出面怕引起府上注意，我担这个卖主名义好了。事情成了，我按成三破四取佣金，多一个大子儿不要。可你得先借我几十块赎赎当，替我在这客栈包一间房，要不够派头，外国人就不出价儿。索七少比那五还窝囊，完全依计照办。过大夫来找那五时，那五刚搬进客店，还在做发财梦，当然毫不热心。

索七嘴不严，这事叫廊房头条的博古堂古玩店知道了。博古堂掌柜马齐早知道索七偷出这套东西来，一直想弄到手，谈了几次都因为要价高没成交。可是东西看到过，真正的“古月轩”，跟他所收藏的几个小碗是一个窑。恰好德国人来他店中看货。他就悄悄吩咐大伙计，把几个“古月轩”的小碗摆到客厅茶几上。外国人看完货，他让到客厅去休息。假作毫不在意的样子，提起茶壶就往那“古月轩”碗里倒茶，并捧给德国人。德国人接过茶碗一看，连口称赞，奇怪地说：“你们柜上摆的瓷器都并不好，怎么平常用的茶具反倒十分精美？”

马齐一听，哈哈大笑，说：“你要喜欢，卖给你，比你认为不好的任何一种都便宜，连那一半钱也不值！”

德国人说：“你开玩笑？”

马齐说：“完全实话。”

德国人问：“为什么？”

马齐说：“这是假的。你看的不中意的那些是古瓷，这是当今仿制品！买瓷器不能光看外表！要听声，摸底儿，看胎！”他说着从前柜拿来一件瓷器，一边比较一边讲，把个外国人说得迷迷糊糊。最后他把没倒茶的两个碗叫学徒用棉纸包了，放到德国人跟前说：“买卖不成仁义在，这一对不值钱的假货送你作纪念！”

那德国人把这碗拿回去，反复地看。没两天就把“假瓷”的特征全记在心里了。等他去客栈拜访那五时，那五一打开箱盖他就笑了起来。这不和博古堂送他的假货一模一样吗？但他却出于礼貌并不说破。问了一下价钱，贵得出奇。再看那五住的这么寒酸，也不像个贵胄子弟，连说“NO，NO”，起身走了。他很感激博古堂的掌柜教给他知识。到那儿把柜台上摆的假瓷器当真货扫数买走，高高兴兴回德国了。

买卖不成，索七怪那五做派不像，闹着叫他还赎当的钱，也不肯付房间费。那五把赎出来的衣服又送回当铺，这才投奔云奶奶来。

过了不久，马齐终于由人说合，只花了卖假瓷器的一半钱，把索七的真货弄到了手。等索家发觉来追查时，他早以几倍的高价卖给天津出口商蔡家了。

四

云奶奶是自谦自卑惯了的，那五肯来同住，认为挺给自己争脸，就拿他当凤凰蛋捧着。那五虽说在外边已混得没了体面，在这姨奶奶面前可还放不下主子身份。嘴里虽称呼“云奶奶”，那口气态度可完全是在支使老妈子。他是倒驴不倒架儿，穷了仍然有穷的讲究。窝头个儿大了不吃，咸菜切粗了难咽。偶尔吃顿炸酱面，他得把肉馅分去一半，按仿膳的做法单炒一小碟肉末来夹烧饼吃。云奶奶用体己钱把衣裳给他赎出来之后，他又恢复了一天三换装的排场。换一回叫云奶奶洗一回，洗一回还要烫一回。稍有点不平整，就皱着眉头说：“像牛嘴里嚼过似的，叫人怎么穿哪？”云奶奶请来这位祖宗，从早到晚手脚再没有得闲的时候了。

过大夫仍住在南屋。那五来后，他尽量的少见他少理他，还是忍不住气。有天就借着说闲话儿的空儿对那五说：“少爷，我们是土埋半截的人，怎么凑合都行，可您还年轻哪。总得想个谋生之路。铁杆庄稼那是倒定了，扶不起来了。总不能等着天上掉馅饼不是？别看医者小技，总还能换口棒子面吃。您要肯放下架子，就跟我学医吧。平常过日子，也就别那么讲究了。”那五说：“我一看《汤头歌》《药性赋》脑壳仁就疼！有没有简便点儿的？比如偏方啊，念咒啊！要有这个我倒可以学学。”过先生说：“念咒我不会。偏方倒有一些，您想学治哪一类病的呢？”那五说：“我想学打胎。有的大宅门小姐，有了私情怕出丑，打一回胎就给个百儿八十的！”过先生一听，差点儿背过气去！从此不再理他——那年头不兴计划生育、人工流产，医生把打胎看作有损阴德的犯罪行为！

五

那五在云奶奶家住了不到一个月。虽说饭来张口，衣来伸手，可耐不住这寂寞，受不了这贫寒。好在衣服赎出来了，就东投亲西访友想找个事由混混。也该当走运。他随着索七去捧角儿，认识了《紫罗兰画报》的主笔马森。马森见那五对梨园界很熟，又会摆弄照相机，就请那五来当《紫罗兰画报》的记者。

这《紫罗兰画报》专登坤伶动态，后台新闻，武侠言情，奇谈怪论。社址设在煤市街一家小店里。总共两个人。除去马森，还有个副主笔陶芝。这两人两个做派。马森是个西装革履，陶芝是蓝布大褂。马森一天刮两次脸，三天吹一次风。陶芝头发披到耳后，满脸胡子拉碴。这办公室屋内只有两张小桌，三把椅子。报纸、杂志全堆在地下。那五上任这天，两位主笔请他到门框胡同吃了顿爆肚，同时就讲明了规矩：他这记者既不拿薪金也没有车马费。稿费也有限。可是发他一个记者证章，他可以凭这证章四出活动，自己去找饭辙。

那五一听，这不是涮人吗？但已答应了，也不好拒绝，决定试试看。他干了两个月，结识了几个同行，才知道这里大有门道。写捧角儿的文章不仅角儿要给钱，捧家儿也给钱。平常多溜溜腿儿，发现牛角坑有空房，丰泽园卖时新菜，就可以编一篇“牛角坑空房闹鬼”的新闻，“丰泽园菜中有蛆”的来信，拿去请牛角坑的房东和丰泽园掌柜过目。说是这稿子投来几天了，我们压下没有登。都是朋友，不能不先送个信儿，看看官了好还是私了好！买卖人怕惹事，房东怕房子没人敢租，都会花钱把稿子买下来。那五很得意，觉着又交上一步好运。

《紫罗兰画报》连载着言情小说《小家碧玉》，作者是正在发红的“醉寝斋主”。不知为什么，发到第十六回，斋主不送稿子来了。正好那五在报社。陶芝委托他去拜访醉寝斋主，带去稿费，索取下文。告诉那五这“醉寝斋”在莲花河后身十号。

六

这莲花河在石头胡同背后，一条窄巷，有三五户民宅。十号是个砖砌的古式二层楼，当中一个天井，院角有一条一踩乱晃，仅容一个人走动的楼梯。一转遭儿上下各有几间房子，家家房门口都摆着煤球炉子、水缸、土簸箕。那五正在院子观望，从楼梯上下来两个人。一个是烫着发、描着眉，穿一件半短袖花丝绊旗袍、软缎绣花鞋的女人；

一个是穿灰布裤褂、双脸洒鞋，戴一顶面斗帽的中年男人。这两人一见那五，交换一下眼色就站住了。男人问："先生，您找谁？"

那五说："有个编小说的……"

"嗯！"男人用嘴朝楼梯下面一努，有点扫兴地冲女人一甩头，两人走了。那五弯腰绕到楼梯下，才看见有个挂着竹帘的小房。门口用白梨木刻了个横额"醉寝斋"。

这房里外两间。里间什么样，因为太黑，看不清楚。外间屋放着一张和这房子极不相称的铁梨木镶螺钿的书桌。两把第一监狱出产的白木茬椅子和一把躺椅。书桌上书报、稿纸、烟盒、烟缸、砚台、笔筒堆得严严实实。随着脚步声，从黑间屋门口钻出一个又瘦又高、灰白面孔、留着八字胡的人来："您找谁？"

"醉寝斋主先生住这儿？"

"就是不才，请坐，您从哪儿来？"

"报社，主笔叫我取稿子来了。"

"噢，坐，坐，这两天应酬太多，忙懵懂了，把您这个碴忘了！"

"哎哟，就等您的稿子出版呐！"

"甭忙，您坐一会，现写也来得及，上一段写到哪儿啦？"

"啊？"那五并没看这儿版小说，红了脸。斋主一笑说道，"没关系，您不记得不要紧，我这儿有账！"

他坐到书桌前，从纸堆中拉出个蓝色的流水账本，翻了几页问："在您那儿登的是《燕双飞》吧？"

那五说："不，我们是《紫罗兰画报》，登的是《小家碧玉》。"

《小家碧玉》。斋主把账本掀到底，扔到一边，又拉过一本账来，翻了翻说："啊呀，这《小家碧玉》上哪儿去了呢？噢，有了！"他又扔下这本账，从抽屉里找出本毛边纸订的一厚册稿子，找到用金枪牌香烟盒隔着的一页，笑道：“您好运气，不用现写，抄一段就完了。”马上铺下一张格纸，拿起毛笔，刷刷刷抄了起来。那五临来受了指教，便把一张一元钱的票子捏在手中，转眼斋主把稿子抄好，叠起来放进信封，那五便把那一元票子放在了桌上。斋主看了一眼钞票，却不动它。回身冲里屋喊道：“来客人了，快沏茶呀！”

屋里走出个50来岁的妇女，圆脸，元宝头，向那五蹲了蹲身说：“早来了您哪，请坐您哪！这浅屋子破房的招您笑话。”就提起一把壶，伸手从桌上抄起那一元钱说：“我打水去。”

那五问道：“我看外边的小报上，全在登您的小说，您同时写几部呀？”

“八九部！”

“全写好了放在那儿？”

“不，写一段登一段，登一段吃一段。”

“刚才我看这《小家碧玉》不是全本都写好了吗？”

“嗽，那是二手活。”

“什么是二手活？”

斋主告诉他，有人写了小说，可是没名气，登不出去。也有人写来消遣，却不愿要这名气。还有人写好了稿子，急着用钱，等不及一段段零登。他们就把稿子卖了。斋主买下来，整趸零售，能赚几分利！

那五奇怪地说：“照这么说，只要有钱买稿，自己不动手也能出名喽？”

斋主说：“当然，这是古已有之，明朝有个王爷，一辈子刻了多少部戏曲，没一个字是他写的！”

那五听了，眉开眼笑。拿真话当假话说：“明儿一高兴我也买两部稿子，过过当名人的瘾。”

斋主正色说：“像您这吃报行饭的，没点名气到哪儿都矮一头，玩不转，应该想办法创出牌子来。再说买来稿子您总得看，不光看还要抄。熟能生巧，没有三天力巴，慢慢自己也就会写了。写小说这玩意儿是层纸窗户，一捅就破。”

说来说去，斋主把一部才买到手的武侠小说《鲤鱼镖》卖给了那五。要价一百大洋。那五正拿着甘子千造的假画要去当，这下就更鼓起了兴头。等他分到三百元当价后，从便宜坊出来就直接来到“醉寝斋”对斋主说：“钱我是带来了，得先看看货啊？”

斋主说：“您又老斗了不是？买稿子这玩意儿不能像买黄瓜，反过来掉过去看，再掐一口尝尝。您把内容看在肚子里，放下不买，回头照这意思又编出一本来我怎么办？隔山买老牛，全凭的是信用。”

那五把钱在手里掂了又掂，拿不定主意。斋主一拍桌子说：“罢了，我交你这个朋友！”回身进里屋，从床下找出个破鞋盒子，在那里边掏出一本红格纸的稿本，拿到门外拍打拍打尘土，交给那五说：“你先看看回目吧！”

那五看看回目，倒也火炽热闹。可掂掂分量，看看厚薄说：“这哪能分一百段登啊？我一百块钱买下来，登三十段完了……”

斋主说：“说您年轻不是？名利是一回事，可不能一块来。您不是先求名吗？这稿子写得好，保您一鸣惊人，出名以后再图利！”

那五把钱交了出去，夹着稿子出来，自己没顾上看就交给编辑部，请求逐段发表。马森收下，一放个把月，没有回音。他每次问，马森都说：“还没看完，我看还不错。”可就不提发表的事。那五向陶芝打听消息。陶芝笑道：

“那人卖给你稿子，就没告诉你登稿子的规矩？”

那五问："我看咱们登醉寝斋主的稿子也没有什么规矩呀，不就发一段给一块钱吗？"

副主笔笑了起来。对他说："醉寝斋主好比马连良，是唱出名的了，他只要登台就不怕没人捧场。您哪，好比票友，票友唱戏不能挣钱，而要花钱。租场子自己出钱，请场面自己出钱，请人配戏自己出钱，临完还要请人吃饭、送票，人家才来捧场。演员唱戏为的是吃饭。票友唱戏是图出名。图找乐子！捧红了自然也能下海，可先得自己花钱打下底儿来。"

那五又掏出一百元，请陶芝给他开个名单，在宴宾楼请了一桌客。《鲤鱼镖》这才以"听风楼主"的笔名登载出来。自这天起，有些朋友见面就叫他"作家"，祝贺他"一鸣惊人"，说是重振家声大有把握了。那五嘴上谦虚，可心里就像装了四两烧刀子[1]晕乎乎热腾腾，说话声音也变了，走道脚下也轻了，觉得二百大洋花得不屈。尽管那张假画露了马脚，逼他又卖了套西服才填上坑。有这成名成家的路子鼓劲，竟没挫了他的锐气。

小说登到七八段上，情形有点不对了。不知是陶芝开的名单不全，怠慢了什么人，还是有人故意为难。另外几家小报上，出现了评论《鲤鱼镖》的文章。这些文章连挖苦带骂。有说他偷的，有说他剽的，有说他"热昏妄语，不知天高地厚"的。还有人查出来"听风楼主者，某内务府堂官之后也。其祖上曾受恩于八卦门某拳师，故写小说贬形意而捧八卦云云"。那五有点沉不住气。他跑去找醉寝斋主，问他说："您这稿子犯了点什么忌讳吧？怎么招来这么多闲话呀？"斋主这本稿子本是花了十块钱买的一位烟客的，自己并没看过。就双手

① 烧刀子：白干酒。

抱拳说："我说您一鸣惊人不是？这儿给您道喜哪！一有人挑眼您就快红了。当初我专门花钱请人写稿骂我呢！您想想，光登小说，你的名字不是三天才见一回报吗？别人一评论，骂也好，捧也好，一篇文章中你这名字就得提好几回，还怕众人记不住？再说，天下之事，成破相辅，大凡有人骂的，相应就会有人捧，他们斗气儿，您坐收渔人之利，岂不大喜？"

那五听了，觉得确有此理，又转愁为乐。可没乐了几天，这天一进编辑部，马森就递过一封信来说："五爷，这是您的信。咱们合作原本是好换好，您可千万别连累我们哥俩。给我们留下《紫罗兰》这块地盘混粥喝吧！"

口气这么重，那五自然是看作玩笑。等打开信封一看，他这才明白自己落在井口下，正往水深处坠呢。

这是一张宣纸八行朱栏，用浓墨行书写道：

"听风楼主那先生台鉴。兹定于本月初六、午后三时，在大栅栏福寿境土膏店烹茶候教。如不光临，谨防止戈。言出人随，勿谓言之不预也！"署名是："武存忠"。

他问马森："这武存忠好耳熟，是干什么的？"

马森没说话，把一张小报扔给他。那上边用红墨水圈了一篇小文章："武存忠年老体衰，力辞某县长镖师之聘！"下边说武存忠乃形意门传人，清末在善扑营当过拳勇，民国以后在天桥撂场子卖艺，七七事变后改行打草绳。近来有位县长以重金礼聘他去当保镖，他力辞不任。那五看完，马森加了一句："你听说前些年有个俄国大力士在中山公园摆擂台，谁要打败他，他让出十块金牌这件事不？"

那五说："不就是叫李存义扔下台去，摔折一条腿的那回吗？"

马森说："对了。武存忠是李存义的师哥！"

那五一听，后脊梁都潮了。带着哭声说："他见我一来劲，不得把我劈了吗？"

马森埋怨他说："登小说就登小说不结了，你胡扯八卦形意的门户之争干什么？"

那五说："老佛爷，我哪儿懂哪！那不是买来的稿本吗？"

陶芝见他怪可怜，就安慰说："你也别急，这路人多半倒讲情面。你去了多磕头少说话，他见你服了软，也未必会怎么样。"

马森说："你可不能不去，你要不去他敢来把这客店拆了，到时候咱包赔不起！"

打这天起，那五三天之内没吃过一顿整桩饭，没睡过一宿踏实觉。

七

初六这天，偏又是大热天，晒得树叶发蔫马路流油。他一步挪不了三寸地来到大栅栏。从钱市拐进一个巷子，见一家门口大白瓷电灯罩上写着"福寿境土膏店"，就推门进去。迎门却是个楼梯，阴暗、潮湿。他上了楼梯，这才看见两边都挂着白布门帘。掀开一个探探头，就有个中年胖子摇着蒲扇拦门坐着："您买烟？"

"我找个人，武存忠……"

"那边雅座二号。"

那五又掀帘进了另一间屋。这屋是一长条房子，被两排木隔栅隔着。每边四个小门，门上悬着半截布帘，帘上印着号头。他找到二号，轻轻问了声："武先生在吗？"

里边没有动静。这时过来个女招待，手中托着擦得锃亮的烟具，冲他努努嘴。那五感谢地点点头，掀帘走了进去。屋子很小，只有一张烟榻一把椅子，但收拾的干净雅致。榻上铺着凉席枕席，墙上挂着字画。一个穿白竹布裤褂，胸前留着长髯的老人仰面躺着，两目微合，似睡非睡，似醒非醒。

那五轻声说："武先生，我遵照您的吩咐来了！"

老头连眼皮都没哆嗦一下。那五迟疑片刻又退了出去，站在门外不知如何是好。恰好那女招待又走了过来。那五掏出一元钞票，往女招待围裙的口袋里一塞说："武先生高睡了。您找个地方叫我歇歇脚，等他醒了叫我一声。"

女招待笑笑，用手指指二号门，摇摇手，推那五一把，径自走了。

那五第二次又进到二号房，一声不响地站在榻前等武存忠睁眼。那五走了一路，早已热了。偏这大烟馆的规矩是既不许开窗户，又不能安电扇的。他站在那儿只觉着脸上身上，汗珠像小虫似的从上往下爬。心里急得像有团火，却又不敢露出焦急相。站了足有五分钟，看老头还没有睁眼的意思，那五心一横就在榻前跪下了。

"武先生，武大爷，武老太爷！我跟您认错儿。我是个混蛋。什么也不懂。信口雌黄。您大人不见小人怪，犯不上跟我这样的人动肝火！我……"

老头绷着绷着，扑哧一声笑了出来。欠起身说："起来起来，别这样啊！"

"我这儿给您赔礼了！"那五就地磕了一个头，这才起来。武老头笑道："看你写得头头是道，还以为你是个练家子呢！"那五说："我什么也不是，马勺上的苍蝇混饭吃！"武老头问道："既是这样，下笔以前也该打听打听，不能乱褒乱贬哪。"那五说："哎哟我的大爷，跟您说实话吧，那小说也不是我编的，我是买的别人的。图个虚名，没想惹您生了这么大气！”

老头哈哈笑了起来，那五一个劲服软，他早消了火了，口气和缓了一点说：“你坐，会抽烟吗？”

那五坐下。武存忠问了他几句闲话。打听他家庭出身，听说他是内务府堂官的后人，不由得叹了口气。

“说起来有缘，那年我往蒙古地去办差，回来时带了蒙古王爷送给你祖父的礼物。我到府上交接，你祖父还招待了我一顿酒饭。内院我当然见不着，就外院那排场劲我看了都眼晕哪！当时我就想，太过了，太过了！铁打的衙门流水的官，照这么挥金如土，是座金山也有掏空的日子。儿孙们不知谋生之难，将来落到哪一步呢？你现在就凭胡诌乱扯混日子？”

那五红着脸点点头。

武存忠说：“你还年轻，又识文断字，学点生技还来得及。家有万贯不如薄技在身。拉下脸面，放下架子，干点什么不行？凭劳动吃饭，站在哪儿也不比人低，比当无来优不强吗？”

“是您哪！我爸爸死的早，没人教训我，多谢您教训我。”

武存忠见那五虽然油腔滑调，倒也有几分诚心感谢他的意思。就说：“我在先农坛坛根住。攒钱买了架机器打草绳子。你别处混不上了，上我这儿来，你又识字，我正少个帮手！”

那五心想，你可太不把武大郎当神仙了，我这金枝玉叶，再落魄也不能去卖苦大力呀！可又不敢让武老头看出他瞧不起这行当，忙说：“我现在还混得下去。将来短不了麻烦您！”

武存忠看出他不愿意，也不再劝。就告诉他小说这段公案算是了啦。原来有几个师兄弟很不忿，当真想找到《紫罗兰》把那报社砸了，是他把事按住，决定先和这“听风楼主”谈谈再作道理。他做主了结，别人也不会再缠着不放。那五连声称谢，又鞠了几个躬，这才告辞。武存忠挡住他说：“别忙，既叫你来了不能叫你白来。中国的武术是衰落了，国家不振，百业必定萧条。不过各派里人才还是有一点。你出去宣传宣传，也给咱们习武的朋友们壮壮气儿。老朽是没什么真本事的，给你表演个小招儿解闷吧！老三！”

这时隔壁就有人虎声虎气地应声：“在！”

“点灯去！”

武存忠下榻，提上鞋，紧紧腰上的板带领头出了二号门。这时走廊站着有四五个汉子。有两个年轻人搭过一张桌子来，女招待帮忙点上了三盏大烟灯。

这些精壮汉子，见了那五都互送眼色咧开嘴笑。那五有点胆怯。武存忠说：“你甭担心，这都是我的徒弟。本来我们以为你是会个三门科四门斗的，提防着要交手。现在好了，和为贵，大家交个朋友吧！”

说话间就又聚来了几个闲人，把走廊围满了。

这大烟灯乃是山西出品，名叫“太谷灯”，一个个茶杯粗细，下边是个铜盏，上边的玻璃罩是用半寸厚的玻璃砖磨成，立在那儿像个去了尖的小窝头。平常要俯首向下，对准那圆口才能吹熄。女招待把它点亮之后，一个徒弟就把它从里向外摆成直溜溜的一排。武存忠自己看了看，亲自又校正了一下位置。然后退到五步开外，骑马蹲裆式站好，猛吸一口气，板带之下腹部就鼓起个小盆。武存忠稍稍晃了晃膀子，站稳之后，“呼”的一口把气喷出。只见三个烟灯一齐火苗摇摆，挨次熄灭了。两边看的人齐声喊了声“好！”

武存忠双手抱拳说：“献丑献丑。老了，不中用了。白招列位耻笑。”

那五两腿发颤，觉得连汗都变凉了。他挣扎着雇了辆三轮，回到编辑部。向两位上司报告这段险遇，两人听了同声祝贺，请他去丰泽园，要了个菜、一壶酒为他压惊。席间马森把《鲤鱼镖》原稿奉还，说是不宜再往下刊登。同时也表示，那五已成了著名人物，《紫罗兰》树矮难栖金凤凰，收回了那个珐琅的记者证章。

八

自从当记者之后，那五自己在南城租了间小房，和紫云断绝了来往。这时眼看房钱既拿不出来，饭钱也没着落，厚着脸皮买了盒大八件，去看云奶奶。哪知几个月没见面，情况大变。老中医已经由于急症去世，院里一片凄凉景象。紫云奶奶正在给人成盆地洗衣裳。一见那五进门，就哭了。抽抽噎噎地说："我没照顾好你。叫你吃不爱吃，喝不爱喝的，把你气走了。可你也太心狠。再不好我们不也是亲眷吗？那家的人还剩下谁呢！别看家业旺腾的时候大门口车轿不断流，一败落下来谁还认这门亲？咱俩不亲还有谁亲？"几句话说得那五鼻子酸溜溜的，低低叫了声："奶奶！"这一声不要紧，老太太又哭了！"哎哟，你别折我的寿。你要心疼我孤苦伶仃的，打今儿就别走了。我给人洗衣服做针线，怎么也能挣出两口人的吃喝来！等你成了家，我伺候你们俩口子。有了孩子，我给你看孩子，只要不嫌我下贱就成！叫什么随便。"

那五答应下来。紫云高兴地连声念佛说："你只管待着，爱看书看书，爱玩就玩。只要你不走，我就有了主心骨了。你坐着，我给你打扫房子去！”

紫云把老中医住的房子给那五收拾好，叫他过来看，还有哪里不如意的，再给他拾掇。那五一看，屋中只有一床一桌一把椅子，倒也干净。外间屋还放着两个花梨木书架，上边堆满线装书。他随手翻了翻，除去《灵枢经》《伤寒论》，就是几本《四书集注》《唐诗别裁》。紫云就说：“别的全卖了发送老头了。就剩下这两架书，他的几个徒弟拦着不让卖，说要卖的话他们买，省得值仨不值两地便宜了打鼓的。他们这一说，我琢磨兴许有值钱的书，就说待你来了再定。要卖要留等你的话。你拣拣，凡是你要的就留下，不要的送他们得了，老头临死，几个徒弟跑前跑后没少出力，我没什么报答人家的，这也算个人情。”

那五大大方方地说：“您叫他们把书拉走，光把书架儿留给我就行。”

打这天起，紫云脸上有了点笑容。她把那五的衣裳全翻出来。该洗的，该浆的，补领子，缀纽扣，收拾得整整洁洁。有点余钱就给他几角，叫他到门口书摊上租小说看，那五租了几本《十二金钱镖》，看着看着，又想起醉寝斋主卖他稿子这事来。觉得不能这么便宜这老小子。这天推说要去看个朋友，向云奶奶要钱坐车。紫云把刚收来的两块钱工钱全给了他，说：“出去散散心也好，省得憋闷出病来！可记住，别跟那些嘎杂子打连连，咱们是有名有姓的人家！”

一连气的粗茶淡饭，那五觉着肠子上的油都刮干了。出门先到东四拐角喝了碗炒肝。又到隆福寺吃了碗羊双肠。这才坐电车奔珠市口。来到醉寝斋，一掀帘，斋主趿着鞋忙迎了出来。拉着手问：“哟，您是发财了吧，怎么到处打听就问不出您的下落？”那五说：“有您那本《鲤鱼镖》，我还能不发财吗？差点叫武存忠打折脊梁骨！”斋主说：

“这也怨您，哪有买来的文稿就一字不动往外登的？您把形意门户八卦门这些辞一改，编个什么雁荡派、剑门派不就百无事了？这些旧话不用提，当前正有一注子财等您去取！”那五说：“您可别拿我离嘻！”斋主说：“信也罢不信也罢，您先坐一会，我去去就来。”斋主把那五稳住，倒上杯茶，走出门去，听脚步声是上了楼。过了一顿饭时，一边说着一边领进一个人来：“你不总想见见那少爷吗？今天碰巧驾临茅舍了！我介绍一下，这位是贾凤楼老板！”

那五认出是头天来时指给他门的那个中年男人。忙站起身来，点了点头：“咱们见过！”

“可不是吗？那天我眼睛一搭，就看着您出众！就看着您不凡！说句不怕您生气的话，我打心里不知怎么的就这么爱您！能让我当面和您叙谈一次，这辈子都不枉做人……”

“不敢当，不敢当，您太客气了！”

“这是打心眼里掏出来的真话！后来一打听，您敢情是那大人府上的少爷！我简直想打自己两嘴巴：这么高贵的人物，我这种贱民怎么敢妄想攀附哪？”

斋主插言说：“那少爷可就是文明开通，从不拿大！”

“是啊！我这高邻可再三介绍，说您不摆架子，最开通不过！我就说，您再来了，无论如何赏光到舍下去坐一会，咱们认识一下。”

那五说：“您太抬爱了！我不过是沾祖上一点光，自己可是不成材的，您快坐！”

贾凤楼就笑着对斋主说：“我看就请我那边坐吧。”

斋主对那五说：“刚才我一提您来了，贾老板就派人叫菜，却之不恭，您就移步吧！”

那五推辞说：“初次见面这合适吗？这么着，咱们上正阳楼，我请客！”

“不赏脸不是？”贾凤楼说：“我妹妹也想见您，要不叫她来劝驾？”

斋主就拉着那五胳膊，连搀带架，三人上楼去。

贾凤楼住着楼上四间房，他和他养妹各住一间，两间作客厅。凤楼把那五让进北边客厅。墙上悬挂着凤魁放大的便装照片和演出照片。镜框里镶着从报纸上剪下的，为凤魁捧场的文章。博古架上放着带大红穗子的八角鼓。一旁挂着三弦。红漆书桌蒙着花格漆布，放了几本《立言画刊》《三六九画报》和宝文堂出的鼓词戏考，戏码折子。茶几上摆着架带大喇叭的哥伦比亚牌话匣子。那五这才知道贾家兄妹是作艺的。坐下之后，斋主就介绍说：“那少爷专听京评剧，不大涉足书曲界，您有空去听听，凤魁姑娘的单弦牌子曲，是正宗荣派，色艺双佳！”

那五欠身说：“有机会一定领教。”

凤楼说：“那少爷哪有工夫赏我们脸呢？舍妹的活儿太粗俗，有污耳音。”

“这可是客气话！”斋主一本正经地说：“凤魁不光艺术精湛，而且最讲情义，最讲良心。我常说，捧角儿的主儿要碰上凤姑娘，是修来的造化。”

那五心想：你别摆罗圈阵。捧大鼓娘我爸爸最拿手，我有这心也没这力！

这时一掀门帘，贾凤魁进来了。

贾凤魁今天没涂脂粉，只淡淡的点了点唇膏，显得比头次见面年轻不少，多说也不过十七八岁。穿了件半截袖横罗旗袍，白缎子绣花便鞋，头发松松的往耳后一拢，用珍珠色大发片卡住，鬓角插了一朵白兰花。她笑一笑，不卑不亢地双手平扶着大腿，微微朝那五一蹲身。

“迎接晚了，少爷多包涵，请那屋用点心吧。”

贾凤楼又把那五让到隔壁另一间客厅里，桌上已摆下了几个烧碟，一壶白酒，一壶花雕。

饮酒之间，无非还是说些奉承那五的话。那五几杯落肚，架子就放下来了。开始和贾凤魁说起逗趣的话来。凤魁既不接茬儿，也不板脸，仿佛她是个局外人。有时听他们说话拣个笑，有时两眼走神想自己的心思。

饭后贾凤楼又把客人往另一间客厅让。斋主推说赶稿儿，抢先溜了。凤魁要收拾残席，告便留下。那五也要告辞，贾凤楼拉住他说：“我正有事相求，话还没说到正题上，您哪能走呢？”

那五只得又坐了下来。

贾凤楼让过一杯茶后，对那五说：“如今有一注财，伸手可取，可就少个量活的，想借少爷点福荫。”

那五知道“量活”是做帮手的意思。就问：“什么事呢？”

“有位暴发户的少爷，这些日子正拿钱砍舍妹。我们是卖艺不卖身的！”

那五说：“可敬，可敬。”

贾凤楼说：“话说回来，没有君子，不养艺人。人不能随他摆弄，钱可得让他掏出来。他们囤积居奇，钱也不是好来的，凭什么让他省下呢？”

那五说：“有这么一说，可怎么才能叫他既摸不着人，又心甘情愿的花钱呢？”

贾凤楼说：“得出来另一个财主，也捧舍妹，舍得拿钱跟他比着花！他既爱舍妹又要面子，不怕他不连底端出来。钱花净了还没压过对手，不怕他不羞惭而退！”

那五说：“我明白了。您是叫我跟他比着往令妹身上扔钱！”

“着，着，着！”

那五一笑，嘲弄地说：“这主意是极好，我对令妹也有爱慕之心，可惜就是阮囊羞涩。”

贾凤楼说：“您想到哪儿去了？咱们是朋友，怎么说生分话？既叫您帮忙还能叫您破财吗？得了手我倒是要给您谢仪呢！”

那五这才郑重起来，精神抖擞地问：“您细说说这里的门子。谢仪我不指望，可我为朋友决不惜两肋插刀！”

贾凤楼说：“有这句话，事情成了一半了。打明儿起，您天天到天桥清音茶社听玩意儿去。到了那儿自有人给您摆果盘子送手巾把，您都不用客气。等舍妹上台后，听到有人点段，您就也点。他点一段您也点一段，他赏十块，您可就不能赏十块，至少也得十五，多点二十也行！”

那五说：“当场不掏钱吗？”

贾凤楼说：“当然得现掏，不过您别担心，到时候我会叫人把钱暗地给您送去。我送多少，您赏多少。别留体己，别让茶房中间抽头就行！活儿完了，咱们二友居楼上雅座见面，夜宵是我的。亲兄弟明算账，谢仪我也面呈不误！”

那五兴致勃勃地说：“行！赌好吧！”

“不过……”贾凤楼沉吟一下，压下声音说：“此事你知我知，万不可泄露。还有，您得换换叶子！”

“什么叫叶子？”

“就是换换衣裳。您这一身，一看是个少爷。少爷们别看手松，可底不厚，镇不住人。因为钱在他老子手里。花得太冲了还让人起疑。您得扮成自己当家、有产有业的身份。”

“行！”那五笑道，“装穷人装不像。做阔佬是咱的本色！”

“要不我头一眼就看着您不凡呢？”

临走，贾凤楼把个红纸包塞在那五手中说：“进茶社给小费，总得花点。这个您拿去添补着用。”

那五客气地推辞了一下。贾凤楼说：“亲是亲，财是财，该我拿的不能叫您破费！”

九

那五回到家，却跟云奶奶说，有个朋友办喜事，叫他去帮着忙活几天。云奶奶说：“在家靠父母，出外靠朋友，朋友事上多上点心是好事。”那五说：“可我这一身儿亮不出去呀！想找您拆兑俩钱，上估衣铺赁两件行头。”云奶奶说：“估衣铺衣裳穿不合体，再说烧了扯了的他拿大价儿讹咱，咱赔不起。我这儿有爷爷留下的几件衣裳，都是好料子。我给你改改，保你穿出去打眼。”说着云奶奶就给那五量尺寸，然后从樟木箱中找出几件香云纱的、杭纺的、横罗的袍子、马褂，让那五挑出心爱的，连夜就着煤油灯赶做起来。那五舒舒服服睡了一觉，第二天一睁眼，衣裳烫的平平整整，叠好放在椅子上。他兴冲冲的爬起来试着一穿，不光合体，而且样式也新——云奶奶近来靠做针线过日子，对服装样式并不落伍。那五穿好衣服过去道谢，云奶奶已经出门买菜去了。他自己对着镜子左顾右盼，确像个极有资财的青年东家，只可惜少一顶合适的帽子，没钱买，赶紧去剪剪头，油擦亮点，卷儿吹大点，也顶个好帽子使唤。

这清音茶社在天桥三角市场的西南方，距离天桥中心有一箭之路。穿过那些撂地的卖艺场，矮板凳大布棚的饮食摊，绕过宝三带耍中幡的摔跤场，这里显得稍冷清了一点。两旁也挤满了摊子。修脚的、点痦子的、拿猴子的、代写书信、细批八字、圆梦看相、拔牙补眼、戏装照相。膏药铺门口摆着锅，一个学徒耍着两根棒槌似的东西在搅锅里的膏药，喊着："专治五淋白浊，五劳七伤。"直到西头，才看见秫秸墙抹灰，挂着一溜红色小木牌幌子的"清音茶社"。门口挂着半截门帘，一位戴着草帽、白布衫敞着怀的人，手里托个柳条编的小笸萝，一面掂得里面硬币哗哗响，一面大声喊："唉，还有不怕甜的没有？还有不怕甜的没有？"

那五心想："怎么，这里改了卖吃食了？"

可那人又接着喊了："听听贾凤魁的小嗓子吧！蹦瓷不叫蹦瓷，品品那小味吧！旱香瓜、喝了蜜，良乡栗子也比不上、冰糖疙瘩似的甜喽……"

灰墙上贴满了大红纸写的人名，什么"一斗珠""白茉莉"，有几个人名是用金箔剪了贴上的，其中有贾凤魁。

那五伸手一掀帘，拿笸箩的人伸胳膊挡住他问道："您贵姓？"

"我姓那呀，怎么着，听玩意儿还要报户口……"

那人并不理会那五的刺话，只把布帘一挑，高声喊道："那五爷到！"

里边就像回声似的喊了起来："那五爷到！""五爷来了，快请！""请咧！"有两三个茶房，一块拥了过来。先请安后带路，把那五让到正中偏左的一个茶桌旁，桌上已摆满了黑白瓜子，几片西瓜。一个茶房送来了茶碗，紧接着就有人送上一块洒了香水的热毛巾。那五伸手去接毛巾，一卷软软的东西就塞到了他手心上。那五擦过脸，低头一看，二十元纸币包着一张字条，上写“风雨归舟”。

那五定下神来，这才打量这茶社和舞台。

茶社不大，池子里摆着七八张桌子，桌子上多半有果盘。

靠后边儿桌空着。前边儿桌子，多半都坐着三五个人。只和他斜吊角靠台边处的一桌上，也是单人独坐。看来比那五还小几岁。西服革履，结着大红底子绣金龙的领带。两廊和后排，全是窄条凳。那儿人倒是挤得满满的，不过一到段子快刹尾，就忽忽地往外走。等到打钱的过去，又呼呼地坐进来。

这舞台是没有后台的。台后墙上挂了些“歌舞升平”“声遏青云”之类的幛幅，幛幅下边沿着半月形放了十来把椅子，椅子上坐着各种打扮、浓妆艳抹的女人。台前尽管有人在表演，坐着的人仍不断向台下点头、微笑、打招呼。

这时台上一个胖胖的女人，正在唱梅花大鼓“黑驴段”。她唱完，檀板一撂，歪着头鞠了个躬。台下响起掌声。几个茶房就举着笸箩向两廊和后排冲去，嘴里喊着：“钱来，钱来！谢！”台口左边，像药店门口的广告板似的也竖着一块板，上边搭着白粉连纸写的演员姓名，在这纷乱声中，捡场的走过去掀过去一张，露出“贾凤魁”三个大字。这名字一露，那穿西装的青年就喊了一声：“好！”随即伸起胳膊招了招手，一个茶房赶过去，弯着腰听他吩咐了几句什么，接过钱飞快地从人丛中钻到台口，抄起一个方木盘，捧着走上台高声喊：“阎大爷点《挑帘裁衣》，赏大洋拾元！”台上坐着的女人、台下奔忙的茶房，立刻齐声喊道：“谢！”

贾凤魁从座上袅袅婷婷走到台中，笑着朝那青年鞠了躬。

今天贾凤魁换了身行头，蛋青喇叭袖小衫，蛋青甩腿裤子，袖口、大襟、裤口都镶了两道半寸宽的绣花边，耳后接上假发，梳了根又粗又亮的大辫子，红辫根，红辫梢，坠了红流苏，耳朵上戴着一副点翠珠花长耳坠。那五心想："难怪方才坐下时没认出她来！"

正在出神，肋岔上叫人捅了一下。回头一看，是送毛巾的那个茶房：

"五爷！"茶房朝那二十元钞票努努嘴。

他急忙点头，把那卷钞票原封不动又给了茶房。茶房正步奔上台口，拿木盘托着跑上台喊："那经理点个岔曲《风雨归舟》，赏大洋二十块！"

台上台下又是一声吼。贾凤魁走上台前，朝那五鞠了一躬，笑嘻嘻不紧不慢地说了声："经理，我们这儿谢谢您哪！"

人们嗡嗡地议论成一片，刷的一下把视线投向了那五。那西装青年站起身来虎视眈眈朝那五盯了一眼，台上响起弦子声这才坐下。一霎时，那五感到自己又回到了家族声势赫赫的时代。扬眉吐气，得意之态不由自主、尽形于色。刚进门时候那股拿架子演戏的劲头全扫尽了，做派十分大方自然！

从这儿开始，茶房就拿着那二十元钞票一会儿放在盘子里送到台上，一会儿悄没声地装作送手巾给那五塞到手中。走马灯似转个六够。后来那位阎大爷大概把带来的钱扔干净了。就气哼哼地拍桌子往门外走。茶房一连声地喊："送阎大爷！"阎大爷回眼扫了一下那五，放大嗓子说："明天给我在前边留三个桌子，有几个朋友要一块来给凤姑娘捧场！"

那五听了这几句话，浑似三伏天喝了碗冰镇酸梅汤，打心里往外痛快。这几个月处处受人捉弄，今天总算尝到了捉弄人的美劲，连画儿韩那儿受的闷气似乎都吐出来了！不过随着这位冤大头出门，茶房取走那二十块钱再没往回送。没过够摆阔的瘾头。他勉强又听了两个段子，感到没兴头了，茶房送话儿来，贾凤楼正在“二友居”等他。他把几毛小费摆在桌上，起身走去。那茶房一边收钱一边又喊了声：“那经理回府了！”他就在“送”喊声中出了门。

贾凤楼在二友居门口等着那五，一路上楼一路说：“天生来的凤子龙孙，那派头学是学不像的！您可帮了大忙了！”

虽说就两人吃夜宵，菜可叫了不少。临分手贾凤楼又塞给那五一个红包。到洋车上打开一看，原来就是那五使了多少遍的二十元钞票。那五算算，那位冤大头今天一晚上少说赏了也有一百五十块，分这点红未免太少。又一想，那家少爷跟这种下九流争斤论两有失身份，会叫他小看。忍了吧。捧角儿还挣钱，也算一乐。路过“信远斋”，他下车买了两盒酸梅料。云奶奶正给他等门。他把酸梅料送进堂屋说：“给您尝尝鲜！”云奶奶乐得眼睛眯成一条缝，忙问：

“哪来的钱？”

“打牌赢的！”

“往后可别打牌，咱们赢得起可输不起。欠赌账叫人笑话。蚊子轰了，帐子撂下来了，冲个凉快歇着吧！大热的天够多累呀！”

十

那五连着上清音茶社去了十多天，阎大爷少说花了也有一千多块钱。这天竟干脆提个大皮包走了进来。一来一往点了足有十几段。天就耗晚了。警察局有夜禁令，不许超过12点散场。管事的和贾凤楼下来说情，请二位爷明天再赏脸。那五摇了几下脑袋，算是应允了。

阎大爷却不依不饶："你们不是就认识钱吗？大爷没别的，就几个闲钱，还没花完呢！"

这时园子乱了，艺人们也纷纷下了台，凤魁悄没声地走到那五身后拉他一把说："要出事了，你还不快走！"那五这才从梦里醒来，急忙钻出了茶社。

那五来到门外，才觉出夜已深了。两边的小摊早已收了个一干二净。电车也收了。天桥左边又黑又背，他有点胆怯。就清了清嗓，唱单弦壮胆儿。

"山东阳谷县，有一个武大郎。身量儿不高啊二尺半长。跐着那板凳儿还上不来炕……"

"有跟车的没有？"一辆双人三轮从身后赶了上来。上面坐着一个穿灰裤褂的人，打着鼾声，脑袋摆来摆去。三轮车夫冲那五问："上东城去的再带一个啊！收车了少算点！"

那五正想乘车，就问："少算多少钱？"

"一块钱到东单！"

"一块还少算！"

"您往前后看看，花两块叫得着车叫不着？在这地方一个人溜达？不用碰上黑道儿上的哥们，碰上巡逻队查夜，你花一块钱运动费能放您吗？"

拉车的嘴里说话，可并不停车，露出有一搭没一搭的派头。车已超过那五去了，那五叫道："我也没说不坐，你别走哇！"

三轮这才停下，推推车上那位说："劳驾，边上靠靠，再上一个人！"

"什么再上一个人？"那人含糊不清地说，"你一个车拉几份客？"

"两份。您没看是双座的吗！"三轮车夫连推带搡，把那人往边上挪了挪，扶那五上去坐稳当，把车飞快地蹬起来。车出了东西小道，该往北拐了，他却一扭把向南开了下去。

“喂，拉车的，”那五喊道，“上东城，你往哪儿走！”“老实坐着！”那睡觉的客人一把抓住那五的手，另一只手就掏出把亮晃晃的家伙杵在那五腰上，“再出声我捅了你！”

“哎哟，您……”

“住嘴！”

那五虽说住嘴了，可他哆嗦得车厢板咔咔直响，比说话声儿还大。拿刀的人掐了他大腿一把说：“瞧您这点出息，可惜二十多年咸盐白吃了！”

这车左拐右拐，三转两转来到一条大墙之下。这里一片树林，连个人影都没有。拉三轮的停了车，握刀的抓住那五胳膊把他拽下车来说：“朋友，漂亮点，有钱有表掏出来吧！”

那五语不成声地说：“表有一块，可是不走字，您爱要请拿走。钱可没有多少，我出来就带了两块钱车钱。”

拉三轮的说：“大少爷，没钱能捧角儿吗？我盯了你可不止一天了！”

拿刀的说：“少废话，搜！”

搜了个一佛出世二佛朝天，果然只有两块钱，一块连卖零件也没人要的老卡字表。拿刀的一怒啪啪打了那五两个嘴巴，厉声说：“把衣裳脱下来！”

那五从里到外，脱得只剩一条裤衩。然后就垂手站在那儿乱颤。现在他不害怕了，可觉着冷了，上牙直打下牙。

拉三轮的说：“皮鞋！”

那五说：“您留双鞋叫我走道啊！”

拿刀的说："往哪儿走？上派出所报告去？脱下来！"

那五弯腰脱鞋，只觉后脑勺叫人猛击了一掌，就背过气去了。等他醒来，发现鞋倒还在脚上。可天还不亮，赤身露体的上哪儿去呢？只好站起来活动活动筋骨，浑身冻得都透心凉了。

慢慢的有了脚步声，有了咿咿呀呀喊嗓儿声。"我说驸马，你来到我国一十五载……"有人一边说白一边走了过来，听声儿是个女的。那五赶紧又躲到树后头。约摸过了半个时辰，天渐渐透白了。有个人弯腰驼背的从他身后慢慢走了过去，那五喊了声："先生……"

那人停下来，朝这边望望，走了过来。那五眼尖，还差六七步远就认出来是拉胡琴的胡大头！

"胡老师！"那五哇的一声哭了起来。

"怎么着？那少爷呀？怎么总不来园子采访了？上这儿练功来了？哭什么？云奶奶老了？"

"哪儿啊，我叫人给扒光了！"

"咳，这是怎么说的！"胡大头赶紧把自己大褂脱下来给那五披上，可他里边也只有一件没有袖儿的汗背心。看看那五，又看看自己说："不行，这一来不光您动不了窝，我也没法儿见人了。这么着，您先在这儿等会，我找左近人家去借件衣裳。您可别乱动。要不叫巡警看见说您有伤风化，还要罚大洋五毛！"

"这是到了哪儿了？还有巡警吗？"

"嗨，您怎么晕了，这不是先农坛吗？"

胡大头又把褂子要回去，穿得整整齐齐走了。那五端详一下方位。冤哉，这儿离清音园只隔着一道街，记得东边把角处就有个挂着红电灯罩的派出所！这时天大亮了，喊嗓的、遛弯的越来越多。那五躲在树下再也不敢动弹，那模样不像被人扒了，倒像他偷了别人的靴掖子！

十一

不到一顿饭时。胡大头领着武存忠来了，武老头还有老远就喊："人在哪呢？人在哪呢？"那五闻声站了起来。武存忠定神一看，哈哈大笑。捋着胡子说："我当是谁呢，听风楼主啊，怎么上这喝风来了？快穿上衣裳嘛！再冻可成了伤风楼主了！"那五接过武存忠的包袱，一看是块蓝粗布，先皱了皱眉头。打开再一看，是一身阴丹士林布裤褂，洗得泛了白，领子上还有汗渍，又吸了口气。武存忠说："这是我出门做客的衣裳，您将就着穿。干净不干净的不敢说，反正没虱子。"那五穿好衣裳，武存忠就请他们一道到家去吃点心。那五问："你们二位早就认识？"胡大头说："我天天在这坛根遛弯，常去看老先生打绳子，见面就点头，没说过话！"

武存忠的家就在坛根西边。远对着四面钟，门口一片空场，堆着几垛稻草。稻草垛之间，有两帮人练武。一帮是几个半大孩子，由一个青年人领着练拳。那青年手里拿根藤棍，嘴里叫着号："蹦，劈，专，炮，横！"另一帮是两个小丫头自己在练剑。一边自己念叨："仙人指路，太公钓鱼！……"武存忠一边走路，一边指点："小辛，剑摆平，别耷拉头！""你们那炮拳怎么打的！高射炮啊！冲鼻子尖打！"说着话领他们进了个门道，门洞里就摆着架用脚踩的打绳机，地上放了好几盘才打好的粗细草绳。武存忠领他们穿过这里，走进一间小南屋，南屋迎门放好了炕桌，小板凳，桌中间摆了一盘鬼子姜，一盘腌韭菜，十来个贴饼子。武存忠在让座的工夫，他老伴又端了来一盆看不见米粒的小米汤。

“没好的，就是个庄稼饭。”武存忠说：“那少爷也换换口味！”

那五生长在北京几十年，真没想到北京城里还有这样的地方，这样的人家，过这样的日子。他们说穷不穷，说富不富，既不从估衣铺赁衣裳装阔大爷，也不假叫苦怕人来借钱，不盛气凌人，也不趋炎附势。嘴上不说，心里觉着这么过一辈子可也舒心痛快。

他问：“武先生还有点嗜好？”

武存忠说：“您是说抽大烟哪？我哪有那个福气，上一回是借地方办事，图那种地方不惹眼！我打一天绳子不够两烟泡钱，一家人喝西北风去？也当喝风楼主吗！”

那五也笑了起来。喝了几口米汤，他缓过点劲儿来了。吃了口饼子，也觉着满口香甜。凑趣说：“您这嚼谷还真是味，明儿我真来跟您学打绳子吧！”

“您吃不了那个苦！细皮白肉的，干一天手心上就磨得没皮了。您看看我这手是什么手？”

武存忠把一只小蒲扇似的手伸到那五面前。那五摸了把，“哟”了一声，真是又粗又厚。光有茧子没有皮，比焊水壶的马口铁还硬实。

胡大头问那五怎么会遇上恶人的？那五不好意思说和贾家兄妹连手做套摆弄人，只说听大鼓散场晚了，如何如何。大头问他在哪儿听的大鼓？那五说：“清音茶社”。

大头摇了摇头说：“唉！听大鼓东城有东安市场，西城有西单游艺社。这清音茶社可是您去的地方吗？”

那五说：“反正消遣，哪儿不是唱大鼓呢？”

大头说：“唱与唱可大有分别。清音茶社里献艺的是什么人？有淌河卖唱的，有的干脆就是小班的姑娘。还有是养人的买了孩子，在这儿见世面！光叫人抢了几件衣裳还真便宜了！”

那五一听，暗中直咋舌，没想到这里还有许多说道。武存忠听到这里，笑笑说：“您要说的是实话，这几件衣裳也许还能找回来。”

那五一听，喜出望外：“老先生有把握？”

“那倒不敢说。”武存忠说，“多少有点路子。这天桥管界的合字号朋友，都跟派出所联着，他们有个规矩，不论抢来的偷来的，是现钱是衣物，十天之内不会动它，防备派出所有人来找。过了十天，他们或是卖或是分，照例给局子里一份喜钱。”

那五说：“那么我马上去报案。”

武存忠说：“只要一报案，当天可就销赃。东西留着不是等报案，凡是报案的都是没门子的。”

那五说：“那怎么办呢？”

武存忠说：“我也不知道怎么办，不过可以托人打听一下。还是那句话，得是偷的抢的。若是报私仇，斗势力，后边别有背景，派出所管不到这个范围，所以我问您是不是实话。”

那五脸红一阵，摇摇头说：“话是实话。东西不用找了，这点玩意儿我买得起，犯不上再劳您费心。”

武存忠笑笑，再没说什么。

吃过饭，胡大头就要送那五回家，那五心想穿这一身苦大力的衣裳进城，难以见人，就说：

“我把衣裳穿走怎么办，不耽误武老先生用吗？麻烦您上云奶奶那给我取一身衣裳来。我在这儿等着。”

武存忠不明白那五的心理，忙说：“您穿走吧，有空送来，没空先放在那，我不等穿。”

大头明白那五的意思，心里嫌他这股死要排场劲，就说：“不瞒您说，我送您回家是顺路上票房去说戏。下午、晚上又都上园子，我哪有空再来接您呢！作艺吃饭的人，工夫就是棒子面，我哪有半天的闲工夫？”

那五只得和胡大头一同告辞。出来时草绳机已经开动了。只见满屋尘土草屑，呛得睁不开眼，那个叫号练拳的小伙子赤着胸背，一边踩踏板，一边往机器里续草。那两个练剑的小姑娘头上包了毛巾，蹲在地上盘绳子。那五看了看，觉着实在不是他能干的营生。疾走几步穿过那过道，让武老先生留步。

武存忠拉住那五的手说：“我和您祖父有一面之缘，又比您虚长几岁，我就卖卖老，嘱咐您几句话。”

“您说，您说。”

“依我看家业败了，也未见得全是坏事。咱们满族人当初进关的时候，兵不过八旗，马不过万匹。统一天下全靠了个人心向上立志争强。这三百年养尊处优，把满洲人那点进取性全消磨尽了，大清不亡，势无天理。家业败了可也甩了那些腐败的门风排场，断了四体不勤五谷不分的命脉，从此洗心革面，咱们还能重新做个有用的人。乍一改变过日子的路数，为点难是难免的，再难可也别往坑蒙拐骗的泥坑里跳。尤其是别往日本人裤裆下钻。宣统在东北当了儿皇帝，听说北京有的贵胄皇族又往那儿凑。您可拿准主意。多少万有血性的中国人还在抗日打仗。他们的天下能长久吗？千万给自己留下后路！”

那五说：“这您倒放心。政界的边我是一点也不敢沾。我没那个胆量！”

武存忠几句话说得那五脸上直变色，越琢磨越不是滋味。他忽然感觉到：原以为自己与贾凤楼合伙捉弄人的，到头来倒像是自己叫人捉弄了。原来自己不光办好事没能耐，做坏事本事也不到家！不由得叹了口气！

胡大头错会了意，就说："武先生说的是好话，您别挂不住。依我看，您也该找个正当职业，老这么没头苍蝇似的不是办法！前些天听说您又辞了画报的事。这我倒赞成。那些报棍子吃艺人、喝艺人，还糟踏艺人，梨园界没有人不骂的！"

那五说："就算我想改弦更张，干什么去好呢？"

胡大头说："只要拉下脸来，别看不起卖力气活，路还是有的。"

那五想了想："您教我唱戏怎么样？"

大头笑了出来，说道："少爷呀少爷，您算是江山好改秉性难移了。这张口饭是这么好吃的吗？坐科是八年大狱呀！出来还要再认师傅，何况您都这么大岁数了。按我跟府上的交情，给您说几出戏算什么，可那能换饭吃吗？"

那五说："我也不求下海，也不想成名。能会几出在票房混混，分两车钱，拿个黑杵儿就行！我小时候跟我爸爸学了几段，您不还说过我有本钱吗？"

胡大头看出这那五是不会安分守己一本老实地谋生活了，便不再进言。

云奶奶见那五半夜没回来，急得整宿没睡，一早起就给菩萨上香，祷告许愿，求佛爷保佑少爷别出差错，让她死后难见老太爷。看到那五这么个打扮回来了，城不城乡不乡，粗布裤褂又大又肥，脚下却一双锃亮的新皮鞋，实在哭不得笑不得。及至听说他遇了险，又哆哆嗦嗦地劝告，求那五安生在家，再也别去惹祸。她拿衣裳给那五换过。把武存忠的衣裳洗干净，压板正，又不声不响放了两块钱在那衣裳口袋内，等武存忠来取。过了两天，胡大头来了，说是来东城票房说戏，顺便把衣裳给武老头带回去。

云奶奶说："又劳动您了不是，好歹赏个脸，吃了饭再走，要不我心里不落忍。"

胡大头在府里原是见过这位姨奶奶的，也就不客气，喝茶的工夫，那五又提学戏的事，大头哼哼哈哈，不说准话。过一会儿那五出去买菜去了，云奶奶就问："刚才怎么个话头儿？"

大头就说那五想跟他学戏。"老太太，您想想十年能出个状元，可未必出个好戏子，他这么大岁数了，能吃那个苦吗？这不是又云山雾罩吗？"

云奶奶说："胡大爷，看在我面上，您收他吧。我不求他能挣钱，只要有个准地方去，有件正经事拴住他，他没空再去招三惹四，您就积了大德了！"

大头想了一想，等那五回来时，就对他说："您要学戏也行，一是进票房跟大伙一块学，我不单教，二是您可别出去说您是我的徒弟！"

那五说："这都依您，就这票房得出钱，我有点发怵！"

大头说："这您放心，我带着您去，他们不能收费。"

从此那五就学了京戏。

十二

这票房有穷富之分，票友有高下之别。一等票友，要有闲，有钱，还要有权。有闲才能下功夫，从毯子功练起；有钱才能请先生，拜名师，置行头；有权才能组织人捧场，大报小报上登剧照，写文章。二等的只有钱有闲，也能出名，可以租台子，请场面，唱旦的可以花钱拜名师。然后请姜妙香、言菊朋等名角傍着唱。三等的既无钱又无权，也要有条好嗓子，有个刻苦功，练出点真本事，叫内外行都点头，方能混饭吃。那五算哪一等呢？他只是跟着胡大头，作为朋友，到票房玩玩。跟着转了两年，学会几出不用多少身段的戏。《二进宫》《文昭关》《乌盆记》。别人花钱租行头，赁场子也没有让他过瘾的道理，所以一直没上过台。

日本投降前，云奶奶给人洗洗缝缝，还能挣口杂合面。国民党一回来，贪污盗窃，投机倒把，苛捐杂税，没有谁做新衣裳了，也没有谁把衣服送出去洗了。只得让那五搬到北屋与她同住，南房腾空，贴出一张招租的条儿去。这时房子也并不好租。因为解放军节节胜利，有钱人、当官的纷纷南逃，空下不少房子。普通百姓能将就则将就，物价一天三涨，谁还有心搬家换房？云奶奶当尽卖空，三天两头断顿儿了。

那五没机会上台，总得想法混饱肚子。那时社会上不光有唱戏的票友，还有“经历科”的票友，专门约业余演员凑堂会。那五先是经这些人介绍到茶馆唱清唱，后来又上电台去播音。茶馆只给很少一点车钱，电台连车钱也不给，但是可以代播广告收广告费。三个人唱《二进宫》，各说各的广告。杨波唱完：“怕只怕，辜负了，十年寒窗，九载遨游，八进科场，七篇文章，没有下场。”徐延昭赶快接着说：“妇女月经病，要贴一品膏，血亏血寒症，一帖就能好。”徐延昭唱完“老夫保你满门无伤。”杨波也倒气似的忙说：“小孩没有奶吃是最可怜的了，寿星牌生乳灵专治缺奶……”

电台有个难得的好处，就是广播时报名。唱上几回，那五的名字在听众中有了印象。南苑飞机场的地勤人员办个业余剧团，请正式的艺人来教戏没人敢去，转而找到电台。请清唱的人去教。说好管饭管住，一月给两袋面。那五一想，这比在电台磨舌头有进项，就应邀去了南苑。到那一看，所谓管住，不过是在康乐部地板上铺个草垫子，放两床军毯。而管吃呢，是开饭时上大灶上领两个馒头一碗白菜汤。想不干吧，又怕得罪老总们挨顿臭打。硬着头皮待下来了。好处也是有的，大兵们个个是老斗，你怎么教他怎么唱，决不会挑眼。那五教了一个月，还没教完一出《二进宫》，解放军围城了。两边不断地打枪打炮。他一想不好，再不走国民党拉去当了兵可不是玩的，就押去挖战壕也受不了！死说活说要下两袋面来，离开飞机场，找个大车店先住下。这两袋面怎么弄走呢？跟大车吧，已经没有奔城里去的车了。雇三轮吧，三轮要一袋面当车钱，他舍不得。等他下狠心花一袋面时，路又不通了。急得他直拍着大腿唱《文昭关》。唱了两天头发倒是没白，可得了重感冒。接着又拉痢疾。大车店掌柜心眼好，给他吃偏方，喝香灰，烧纸，送鬼，过了一个多月才能下地，瘦得成了人灯。他那一袋面早已吃净。剩下一袋给掌柜作房钱。掌柜的给他烙了两张饼送他上路。就这么点路，他走了三天才到永定门。

来到家门口，大门插着，拍了几下门，里边有了回声，一个女的问："谁呀？"

那五听着耳熟，可不像云奶奶。看看门牌，号数不错。就说："我！"

"你找谁？"

"这是我的家！"

门哗啦一下打开了，是个年轻的女人。两人对脸一看，都哟了一声。还没等那五回过味来，那女人赶紧把门又推上了。那五使劲一推门，一个踉跄跌进门道里。那女人赶紧又把门关上，插好，朝那五跪了下去。

“五少爷，咱们远无冤近无仇的，您就放我条活命吧。以前的事是贾凤楼干的，我是他们买来挣钱的，没有拿主意的份儿呀！”

“别，别，凤姑娘，您这是打哪儿说起。我没招您惹您，您怎么找到我家里来了？”

云奶奶这时候赶到。直着眼看了一会儿，先把凤魁拉起来，又把那五扶起来。把两人都叫进屋，才问怎么档子事。那五说：“我差点没死在外头，好容易挣命奔回来，我知道是怎么档子事？”

凤魁这才知道那五确是这一家的人，不是来抓她的，后悔吓晕了头，再也瞒不住自己身份了。这才说她租云奶奶房住时隐瞒了真情。她从小卖给贾家，已经给他们挣下了两所房子。现在外边城围得紧，里边伤兵闹得凶，没法演唱了，贾家又打算把她卖给石头胡同。楼下醉寝斋主暗暗给她送了信，她瞧冷子跑出来的。先在于姐妹家藏着，后来自己上这儿找了房。说完她就给云奶奶跪下磕头说：“我都说了实话了。救我一命也在您，把我交给贾家图个谢礼也在您！我不是没有良心的人，您收下我，这世我报不了恩，来世结草衔环也报答您。”

云奶奶叹口气，拉起凤魁说：“我也是从小叫人卖了的。要想害你早就把你撵出去了。你一没家里人看你，二没有亲朋走动，孤身一人，听见有人敲门就捂心口，天天买菜都不出门，叫我给你带，我是没长眼的？早觉着你有隐情了，只是看你天天偷着哭鼻子抹泪，咱娘俩又没处长，我不便开口问就是了。我没儿没女，你就作我闺女吧。不修今世修来世，我不干损德事！”

凤魁痛痛快快的叫了声：“妈！”娘俩搂着哭起来了。那五说：“你们认亲归认亲。这凤姑娘总这么藏着也不是事，纸里还能包住火吗？”

云奶奶说：“你看这局势，说话不就改天换地了？那边一进城，这些坏人藏还藏不及，还敢再找人？放坏？”

那五沿途过了解放军几道卡子，看到了阵势。点头说："这话不假，那边兵强马壮，待人也和气，是要改天换地的样儿。"

云奶奶问凤魁和那五是怎么认识的。凤魁不肯说，云奶奶生了气："你还认我这妈不认了？"

凤魁说："少爷就是听过我的玩意儿。"云奶奶说："不对，那不至于一见面你就吓得跪下！"

凤魁无奈，只好遮遮掩掩地说了一下那五架秧子的经过。云奶奶脸上红一阵白一阵什么也不说，只是拿眼看看那五。那五在一边又搓手，又跺脚，还轻轻地打了自己一个嘴巴说：

"我也叫人蒙在鼓里了不是？"

凤魁也替那五开脱说："这都是贾凤楼的圈套，五少爷是不知细情的！"

云奶奶朝门外作了个揖说："那家老太爷您也睁眼瞅瞅。这大宅门里老一代少一代净干些什么事哟！"

凤魁很讲义气，把她偷带来的首饰叫那五拿出去变卖了，三口人凑合生活。又过了个把月，北京和平解放了。云奶奶和凤魁这才舒了口气，可就是那五仍然愁眉不展的。凤魁问他：

"有钱有势的地痞恶棍怕八路，是怕斗争，怕共产。您愁个什么劲呢？"

那五说："你不出去，你也没看布告。按布告上讲，八路军在城市不搞乡下那一套。有钱的人倒未必发愁。可就是我没辙呀！八路军一来，没有吃闲饭这一行了，看样不劳动是不行了。"

凤魁说："您还年轻，学什么不行？拉三轮、掏大粪什么不是人干的？您读书识字，总还不至于去掏大粪吧！"

"说的也是，我就担心没有人要我。"

十三

过了些天，段上的巡警来宣布：凡是在北京的国民党军政人员，全算起义。在家眯着的可以到登记站报到。能分配工作的分配工作，要遣散的可以领两袋白面和一笔遣散费。那五在街上看看穿军装的八路和穿灰制服的干部，待人都挺和气。就把他从飞机场拣来当小褂穿的一件破军装叫云奶奶洗了洗，套在棉袄外边，坐车上南苑登记站去。登记站门口排了好长队。老的、小的、瞎子、瘸子都有，个个穿着破军装。那五就在后边也排上。好大工夫他才进了屋。屋里一溜四个桌子，每个桌子后边都坐着军管会的人。那五看到最后一张桌是个十几岁的小兵，就奔他去了。

“劳您驾，我报个到。”

“叫什么名字？”

“那五。”

“哪个部门的？”

“南苑飞机场，我是国民党空军。”

“什么职务？”

“教员！”

那小兵去到身后，从一大叠名册中找出一本翻了一遍，放下这本换了一本，又翻了一阵。

“你是什么教员？”

“唱戏的教员。”

“归哪一科？”

“没有科，票房的！”

这时另一个桌上有个 40 多岁的人就走了过来，上下看看那五说：“一个月多少饷？”

那五说：“管吃管住，一个月两袋面。”

40 多岁的人对那小兵说：“你甭翻了，国民党军队没这么个编制！”又对那五说：“要有军籍才算起义士兵。你不在册。”

那五说：“那么我归谁管呢？也得有个地方给我两袋面吧？”

40 多岁的说：“你教什么戏？”

“国剧！我唱老生。这么唱：千岁爷……”

“知道了，你上前门箭楼，那儿有个戏曲艺人讲习会，他们大概管你！”

面虽没领到，可是摸到了解放军的脾气，这些人明知你是唬事儿，也不打你骂你，那五挺高兴。回家把军装脱了，又换上件棉袍，坐电车奔了前门。

前门对着火车站，人山人海。还有人在箭楼下泼了个冰场，用席围起来卖票滑冰。他好容易才找着道上了楼梯。刚一进门楼，就碰上一个 20 多岁，白白净净，浑身灰制服又干净又板正的女干部。她问那五：“您找谁？”

“听说这儿有个艺人学习班，我来登记。”

“噢，欢迎，进屋吧。”

原来门楼里还隔开了几间屋子。那五随女干部进了把头的一间。女干部在窗前坐下，让那五坐在她对面。“叫什么名字？”

“那五。”

“什么剧种？”

“国剧，现在叫京剧。”

“哪个行当？”

“老生。”

“哪个班社的？”

“我，我没入班社。”

“那怎么唱戏呢？”

“上电台，也上茶馆。”

“您等等吧。”

女干部转身出去了。过了一会儿回来对他说：“我打电话问了老梨园公会的人，没有您这一号啊！”

“我确实靠唱戏吃饭！”

“谁能证明呢？”

那五眼睛一转，立刻说：“我师傅，我师傅是胡大头！我是胡大头的徒弟。”

女干部笑了：“你师傅叫胡宝林吧？”

“哎，就是他。”那五心里直打鼓，他不知道胡大头还有别的名字，这名字是不是他。

女干部又出去了。一会儿领进一个人来，这人也穿着一身崭新的灰制服，戴着帽子。那五一看正是胡大头。忙叫：“师傅！”

“哎哟，我的少爷！”胡大头跺着脚说，“如今是新中国了，您也得改改章程不是？可不许再胡吹乱谤了！您算哪一路的艺人呀？”

那五说：“算什么都好说，反正得有个地方叫我学着自食其力呀！”

胡大头说：“您找武存忠去！他有两徒弟是地下工作者。他们正成立草绳生产合作社，他能安排人。”

女干部听得有趣，忙问：“这位先生，你到底是干什么的？”

胡大头说："他要填表可省事，什么也没干过！"

那五说："您怎么这么说呢？我不还当过记者吗？"

胡大头顶了他一句："对，您当过记者！还登过小说呢！"

女干部睁大眼睛问："真的，登过小说？"

那五说："登是登过，不过，没写好……"

女干部责任心很强，她虽然分工管戏曲，可是她那机关也有人管文学，就叫那五回家把他的原稿、当记者时的报纸全拿来，另外写一个履历表。

那五一看有缓。千恩万谢出了门。下午就把女干部要的东西全抱来了。他游移了一下，没说那本《鲤鱼镖》是买别人的。万一女干部说那书不好，再说明这来历也不迟。

女干部当晚就看了他的履历，又花几个晚上看了小说和报纸。终于得出结论：此人祖父时即已破产，成分应算城市贫民。平生未加入任何军、政、党派，政治历史可谓清楚。办的报纸低级黄色，但并没发表反共文章或吹捧敌伪或国民党的文章，不存在政治问题。小说虽荒诞离奇，但谈不到思想反动。文字却是老练流畅，颇有功底。对这样的旧文人，按政策理应团结、教育、改造。等那五三天后来问消息时，她已和某个部门联系好了。开封信叫他上一个专管通俗文艺的单位去报到。

正是：错用一颗怜才心，招来多少为难事！此后那五在新中国又演出些荒唐故事，只得在另一篇故事中再做交代。

烟　壶

一

近年来由于大工业化的卷烟生产，使吸纸烟者遍及世界各个地区、各个阶层，把闻鼻烟这一古老的生活享受硬是给挤对没了。这是件叫人不服而又无可奈何的事！从卫生的角度看，鼻烟比烟卷、雪茄可实在优越得多。闻鼻烟只不过嗅其芬芳之气，借以醒脑提神，驱秽避疫。并不点火冒烟，将毒雾深入肺腑熏染内脏。其次闻鼻烟时谁爱闻谁抹在自己鼻孔下边，自得其乐。不爱闻的人哪怕近在咫尺也呛不着熏不着，如果打喷嚏时再用手帕捂紧鼻口，那就毫无污染环境的弊端。鼻烟自从明朝万历九年被利玛窦带进中国，到康熙、乾隆年间达到了它的黄金时代，朝野上下皆嗜鼻烟。那时，不会闻鼻烟的人大概就像今天不会跳迪斯科那样要被人视作老憨。康熙皇帝到南京时，西洋传教士敬献多种方物，他全部回赏了洋人。只把“SNUFF”收了下来。有学问的人说这几个洋字码儿，就是“鼻烟”。看过乾隆庚辰本《过录脂评石头记》的人也会记得，晴雯感冒之后，头昏鼻塞，宝玉命麝月给她拿了西洋鼻烟来嗅过，痛打几个喷嚏，通了关窍，这才痊愈！纸烟也盛行了多年，它可曾有过鼻烟这样显贵的身份、光辉的业绩?

还有一个证明鼻烟优越的实例，自明末以来，由于鼻烟的流行，我国匠人结合自己民族工艺传统，大大地发展了鼻烟壶的制造艺术。您别小看鼻烟壶这东西大不过把握，小则如拇指，装不得酒，盛不得饭。可是它把玉石琢磨、金丝镶嵌、雕漆、烧瓷、雕塑绘画、景泰蓝、古月轩各色工艺技术都集于一身，成了中国工艺美术的一朵奇葩，成了中国工艺技术一个浓缩的结晶。尽管经过上百年的流散、毁坏，很多珍品丧失了。今天我们若涉足到烟壶世界里观光，仍然会目不暇给，美不胜收。按原料来分，有金属壶、石器壶、玉器壶、料器壶、陶器壶、瓷器壶、竹器壶、木器壶、云母壶、瓠器壶、象牙壶、虬角壶、椰壳壶、葫芦壶，此外还有珍珠、腰子、鲨鱼皮、鹤顶红……按其大类已是举不胜举了。若分细目，名色更加繁多。比如同是瓷壶，又分官窑、民窑、斗彩、粉彩、模刻、透雕、青花加紫、雨过天晴、珐琅、窑变……同是玉石壶，则分白玉、青玉、翡翠、珊瑚、玛瑙、水晶……而玛瑙壶中又要分玳瑁、藻草、缠丝、冰糖……若按造型来分，则又有鸡心、鱼篓、砖方、月圆、双连式、美人肩等等。只一个圆壶，也要分作扁圆、腰圆、桃圆、蛋圆等。一句话，烟壶虽小，却渗透着一个民族的文化传统、心理特征、审美习尚、技艺水平和时代风貌。所以一些好烟壶在国际市场上常常标以连城之价。一九七六年德国拍卖行展出一只烟壶，几分钟内被人以二百万马克买了去。美国著名的烟壶学者司蒂文森先生去世后，他收藏的中国烟壶拍卖了一百四十万美元。这位司先生终生不娶，除去研究中国鼻烟壶几乎别无他好。他写的关于中国鼻烟壶的研究著作，在同行眼中，差不多等于原子能学者眼里居里夫人的论文。在西方有两个“国际中国鼻烟壶学会”。他们定期开会，宣读论文，出版期刊。会员人数年年有所增加。司蒂文森先生生前就是设在北美的那个学会的主席。我们说鼻烟推动人们开拓了一个新的艺术领域，这不算夸大吧。

成千上万的人一生没见过鼻烟壶，照样学习、工作、恋爱、结婚、生儿、育女，这是事实。可您也别小瞧它。它能在国内外获得如此的重视，您得承认它在一个特定的领域里是闯出了成绩了。多少人精神和体力的劳动花在这玩意儿上，多少人的生命转移到了这物质上，使一堆死材料有了灵魂，有了精气神。您闻不闻鼻烟，用不用烟壶这没关系，可您得承认精美的鼻烟壶也是我们中国人勤劳才智的结晶，是我们对人类文化做出的一种贡献，是我们全体人民的一笔财富……我们似乎走了题。本来是说闻鼻烟与吸香烟的“比较卫生学”的，怎么一下岔到烟壶上来了？

听说西洋有一派写小说的，主张落笔之前不要有什么构思、预想。找个话题开始之后，一切随着意识的流动而流动，随着思绪的发展而发展。这主张很近似我们祖先在《三教指归》上说的“鞭心马而驰八极，油意车而戏九空”的境界。准此，咱们不必再把话题拉回到鼻烟上去，顺流而下往下讲烟壶吧。

二

烟壶中有一种做法叫作“内画”。水晶瓶也好，料器瓶也好，只要是透明的瓶体，全可拿来当作坯子。由画家在瓶子内部画上山水人物、花鸟草虫，写上正草隶篆、诗词文章。工笔写意，水墨丹青，透过瓶壁看来，格外精致细腻。这一技术极难。因为鼻烟壶在造型上有定例，瓶口阔者放不进一粒豌豆，窄者只能插一根发簪。一般人用掏耳勺插进瓶内掏烟还难以面面俱到，要想往内壁画图谈何容易？更何况不论多精多美的图画文字，画时一律要反面落笔，看起来才成正面图像。所以赏玩那方寸天地内的“壶里乾坤”时，人们难免产生各种臆想。有人说这东西是躺下来仰面朝天画的，不然看不清瓶内壁落笔点；一说这是用头发沾着颜料一点一点勾抹成的，一个壶要画半年；还有人认为这东西并非人所能为，多半是仙家游戏之作。因为那时“古月轩”制品正风靡一时，人们用“古月”二字推测出是胡仙所制。胡家众仙一向诙谐倜傥，既能化作好女迷人，又能制造瓷器戏世，难免不会画几个烟壶来捉弄一下红尘中人。这本是极有论据的，可惜后来内画壶越传越多，这论据竟不攻自破了。您想，画个仨俩的玩玩还则罢了，整批的画，成打的卖，这明显是挣钱混饭的行径，仙家何至于落魄到这般地步呢？再往后，可就传出了有此特技的画家的姓名。到二十世纪初，北京一带有名画师就有了四位——北京人四平八稳惯了，搞选举、排名次一向和奥林匹克运动会或小说评奖之类国内外惯例相反，不选前三名，也不排前五名，偏是四名。“四大名医”“四大名旦”“四大须生”，吃丸子也要“四喜丸子”。于是便选出了四大内画画师，他们是：

“登堂入室马少宣，雅俗共赏业仲三，阳春白雪周乐元，文武全才乌长安。”

我们讲讲这个乌长安。

三

乌长安姓乌尔雅，原名乌世保，是火器营正白旗人。祖上因军功受封过“骁骑校”。到乌世保这一代，那职叫他伯父门里袭了。他闲散在家，靠祖上留下来的一点地产，几箱珍玩过日子。别说骑马，偶然逛一趟白云观，骑驴时两腿也打哆嗦。但这并不妨碍他作为武职世家的光荣，也不耽误他高兴时自称为“它撒勒哈番”。

乌世保活到三十多岁，一向安分守己地过日子。每日里无非逗逗蛐蛐，遛遛画眉，闻几撮鼻烟，饮几口老酒，家境虽不富有，也还够过。北京的上等人有五样必备的招牌，即是“天棚、鱼缸、石榴树、肥狗、胖丫头”。乌世保已没闲钱年年搭天棚了，最后一个丫头卖出去也没再买。其他三样却还齐备，那狗虽不算肥，倒是地道的纯种叭儿。他从没有过非分之想，就是一时高兴出堂会，玩票去唱几句八角鼓，也是茶水自备，不取车资。有一回端王府出堂会，他唱“八仙祝寿”。上台前，那府里一个太监把嘴伸到乌世保耳边吹了点风：“我告诉您，王爷就要当义和团的大师兄了，您唱词里要来两句捧义和团的词，抓个彩，王爷准高兴！”平心而论，乌世保决没有喝符念咒的瘾头，但既来祝寿，总要叫主家高兴，也借此显显自己的才智。何况端王这时正得意，儿子溥儁被太后立为大阿哥，宣进宫里教养，很有当皇上的老子的希望。乌世保一铆劲，就加了几句词：“八仙祝寿临端府，引来了西天众神灵；前边是唐僧猪八戒，紧跟沙僧孙悟空，灌口二郎来显圣，左右是马超跟黄汉升；济公活佛黄三太，诸葛武侯姜太公，收住云头到王府，要见王爷大师兄……”

载漪听了捧腹大笑，问左右：“这个猴崽子是谁家的孩子？”那传话的太监说：“正白旗乌家，他祖宗是它撒勒哈番，现在正闲着。”载漪说：“噢，是武职呀，叫他上虎神营当差去吧！”

这虎神营是专为镇压洋鬼子才建立的一支突击队，以“虎”克“羊”，以“神”灭“鬼”，那用意是极好的。乌世保听了却魂不附体，赶紧磕头说：“谢王爷恩典，奴才不会打仗，不敢受命……”载漪说：“用不着你放洋枪。那儿少个‘笔且齐’，你去支应着。有我的面子，裕禄不会难为你。”

乌世保不敢执拗，磕了头出来，就急得像发疟子，后悔编那几句唱词邀来了恩宠。给他弹弦的那人叫寿明，是个穷旗人，老于世故。见他急成这样，就出主意，让他弄了几件精致玩意儿送给那位传话的太监，向王爷禀了个“因病告假”的帖子。王爷本来也是一时高兴，出了这个主意。见他执意不肯，也就作罢了。过了一年，即是庚子。八国联军占领北京，和清政府议和时，有一项条款就是惩办“义和团祸首”。这载漪不仅没当上皇帝的老子，连端王的爵位也丢了，被发配新疆，终身禁锢，虎神营也就冰消瓦解。

八国联军占北京时，乌世保也倒了点小霉。那只叭狗跑丢了。他出去找狗，又叫洋人逮住去埋了一天死尸。看到死了那么多人，他想起端王要他去虎神营的事，实在有点后怕。

转过年来，和议谈成，北京又恢复了正常生活，他觉得大难不死，应当庆贺庆贺，就约了寿明等几个朋友，趁九月初九，去天宁寺烧香谢佛。

北京这地方，地处沙漠南缘，春天风沙蔽天，夏日骄阳似火，唯有这秋天，最是出游的好季节，所以重阳登高之风，远比游春更盛。

四

当时北海、景山，全是皇室禁地，官商百姓要出游，须另找去处。最出名的去处有城西的钓鱼台，城北的土城，城南的法藏寺和天宁寺。这几个地方为何出名呢？原来土城地旷，便于架起柴火来吃烤肉；钓鱼台开阔，可以走车赛马；法藏寺塔高，可以俯瞰瞭望；而天宁寺在彰义门外，过珠市口往西，一路上有好几家出名的饭庄。乌世保要去天宁寺，为的是回来时顺路可以去北半截胡同的“广和居”，他那里的南炮腰花、潘氏蒸鱼，九城闻名。

乌世保请的寿明，就是替他出主意请病假的那位弦师。此人做过一任小官，但不知从什么时候，为了什么就远离了官场，而且再没有回复的意愿了。他弦子弹得好，不仅能伴奏，而且能卡戏，特别是模仿谭鑫培、黄润甫的《空城计》，称为一绝。各王府宅门每有喜庆，请堂会总有他。他也每请必到。他生计窘迫，不接黑杵，这又叫人更加高看一眼。不过他成天提着弦子拜四方，可不光是为了过弹弦的瘾，他还没到空着肚子凑热闹，为艺术而艺术的超脱境界！他借着走堂会这机会也兼营点副业，替古玩店与宅门跑合拉纤，从中挣几个“谢仪”。这事儿看着轻巧，其实不易，一要有眼力，品鉴古玩得让买卖双方服气；二要有信用，出价多少，要价高低，总得让卖主知足，买主有利可赚，成破都不能离大谱。这就造就了寿明脾气上的特别之处，一是对朋友热心肠守信用，二是过分的讲面子要虚荣。因为干这行的全凭“信誉”，一被人看不起，就断了财路了。

这日他们从天宁寺回来，在广和居尽情吃喝了一阵，已是未时末申时初，夜宴上座的时候。出门时他和乌世保又叫跑堂的一人给包了一个荷叶包的合子菜，出门拐弯，走到了胡同北口。这时由菜市口东边过来一辆青油轿车。寿明没防备，叫车辕刮了个趔趄，还没站稳，车上跳下来个戴缨帽的差人抓住他领口就扇了一嘴巴。乌世保喊道："畜生，你撞了人还敢无理！"这时车帘掀开，一个官员伸出头来喊道："什么东西这样大胆，挡了老爷的车道，打！"

乌世保听这声音耳熟，扭过头一看，是自己家的旗奴，东庄子徐大柱的儿子徐焕章。这徐焕章的祖先，是带地投旗的旗奴，隶籍于它撒勒哈番乌家名下。这样的旗奴，不同于红契家奴。除去交租交粮，三节到主子家拜贺，平日自在经营他的田土，并不到府中当差。这些人中，有的也是地主，下边有多少佃户长工、老妈下人，过的也是饭来张口衣来伸手的排场日子。但主子若有红白大事，传他们当差，可也得打锣张伞，披麻戴孝，躬身而进，退步而出，抬头喊人主子，低头自称奴才。别看他们在家当主子时威严得不可一世，出来当奴才时却也心安理得。他们觉得这也是一份资格、一份荣耀。他们教训自己的奴仆时，往往张口就是："你们这也叫当奴才？看看我们在旗主府里是怎么当差的吧！主子一咳嗽，这边唾盂递过去了，还等吩咐？主子传话的时候，哪一句上答应'嗻'，哪一句上躬身后退，都有尺寸管着，能这么随便吗？"

这些年有点变样了，不少主子家越来越穷，有的连家奴都养活不起，干脆让他们交几两银子赎身。有的主子自己落魄做苦力，扛包儿当窝脖儿了。旗奴却当官的当官，为商的为商，发迹起来。旗主子就反过来敲奴才的竹杠。有位主子穷得给人扛包儿，他的旗奴赎身后做了太仆寺主事，这主子一没钱用就扛着货包在太仆寺门口转悠，单等他的奴才坐轿车来时拦着车喊："小子，下来替爷扛一骨节儿！"太仆寺主事丢不起这人，只得作揖下跪，掏钱给主子请他另雇别人。按着"大清律"，奴才赎身之后，尽管有做官的资格，仍保留着主奴名分。旧旗主打死赎身旗奴，按打死族中旗奴减一等定罪，不过"降一级调用"而已，没哪个奴才敢惹这个漏子。

徐焕章的父母是赎身脱了奴籍的。可徐焕章是家生子，尽管脱了籍，也要保持奴才名分。徐焕章连半个眼都看不上乌世保，焉能甘心受这窝囊气呢？有舍银子舍钱的，还有舍奴才当的吗？当奴才可以，总有点什么捞头才行。为了和老主子抗衡，他得寻个新主子。如今连太后皇上都怕洋人，不如投到洋人名下最合时宜，于是他信了天主教，并且由天主教神父资助上了同文馆，在那里学了日本话和法国话。为此，闹义和团的那一阵，他可当真丧魂失魄了几个月，躲在交民巷外国医院当了义务杂役。直到八国联军进城后的第四天，他才敢回家。八国联军进城头三天，见人就杀见东西就抢。徐焕章知道底细，没敢出门。乌世保是正白旗，徐焕章既是乌家的奴才，自然也住在正白旗的防地，也就是朝阳门以北东四大街以东的这一地带。这一地带在联军破城之后归日本军占领。徐焕章一路走来，就见有几家王府和大宅门口挑出白色降旗，上写"大日本国顺民"字样。自家门口，只见也挑了幅白旗，却没写字。到家之后，问起缘由，才知道这日本占领区有个不成文的规定：凡不挂归顺白旗的人家，日军就视作义和团拳民，任意杀戮。几个王府大户带头挂出了白旗，没来得及逃走的百姓也只得效法。但有的户无人识字，有的人不甘心自己戴上"顺民"帽子，便只挂旗不写字，多少给自己留点脸面。徐焕章听后，连连摇头，叫他女人赶紧把旗解下来。他爹听了，忙拦阻说："别价，太后跑了，八旗兵撤了，连肃王府都挂了白旗，咱能顶的住鬼子的洋枪吗？"徐焕章说：“我不是要撤下来，我叫她把旗解下来写上那几个字。”他女人说：“不写字鬼子兵也认可，咱何苦自己往上立那亡国奴的字据！”徐焕章说：“住口！我们这谈论国家大事，哪有你说话的地方？”“德性！”他女人往地上啐了一口，出门把白旗解下，扔在了书案上。徐焕章是在同文馆学过日文的，就研好墨，润好笔，展开白旗，端端正正写了几个地道日本文字“顺民の家”，挂了出去。这招牌一挂，立刻生效，第二天下午一个军曹带着四个日本陆军士兵就来找徐焕章谈话了。那时全北京城里，要找两个会日本话的中国人，实在比三伏天淘换两个冻酸梨当药引子更难办。日本军成立临时伪政权“安民公所”，正寻找“舌人”，自然要找这白旗上写日本字的人来。第三天徐焕章左胳膊上就套上了白箍，上边写“大日本军安民公所”，盖了关防。从此晃着膀子跟日本巡逻兵一块抓拳民，杀乱党，替日本军队搜罗地方上的痞赖劣绅组织维持会，一时间成了北京城东北角上的伏地太岁。日本人知道敢于出头干维持会的人，没一个在老百姓眼里有斤两的，叫他们出来临时维持一下街面秩序可以，靠他们长久为自己效劳绝对没门儿，就交给这维持会一项任务，要他们探听在这一地区居住的王公大臣们的行踪和品行，以便发掘可委重任的大角色。也是该当徐焕章发迹，这区内住着一位铁帽子王，曾任镶红旗汉军都统、军咨大臣，现任民政部尚书的善耆。善耆跟前一个戈什哈和徐焕章住邻居。这天徐焕章从维持会回家，路过这戈什哈门口，看到那人在院里槐树下放了个小炕桌就着黄瓜喝烧刀子。他看了一眼，并没在意。他走过去后，只听背后咣哨一声急忙把大门关上了，这才引起他警觉，心想：“这小子不是随肃王保着太后跑陕西去了吗？怎么突然显魂了？”想到这，连家门都没进，原地一扭身又走了回去，照直走到戈什哈大门口，用手把门拍得山响说：“沙二爷，开门！”

这位戈什哈，去年夏天因为自己老婆在徐焕章门口扔西瓜皮，和倒洗衣裳水被徐焕章老婆骂了几句，他曾到徐焕章门口寻衅打过徐焕章他爹一个脖溜。这次回来一听说徐焕章发迹了，当了通司，先就有几分胆怯；偏偏刚才喝酒忘了关大门，被徐焕章看见了，又加了几分不安，所以赶紧关上了门，门关好后往回走了几步还不放心，又回来扒着门缝往外瞧。他刚一伸头，徐焕章正好用劲来拍门，几声山响，先吓走了他三分锐气。等把门打开，一见徐焕章那一脸假笑，干脆把为王爷保密的规矩全忘，只记得讨好姓徐的，以免遭其报复。于是问一句答一句，便把肃王奉旨回京议和的事全交代清楚了。

徐焕章第二天恭恭正正上了个密札，告诉东洋人善耆从西边回来了，正躲在府里抽大烟。日本人为这赏了徐焕章十两银子。这善耆正是日本人要物色的理想人物，他不光爵高位重，提倡洋务，而且特别跟日本人有渊源，有名的浪人川岛浪速，和他素有交往。日本占领军得到徐焕章的情报后，立即找川岛拉线，派安民公所总办柴贵亲往肃王府拜会，从此打下了今后几十年善耆一家为日本帝国效劳的基础。善耆为日本军队出的头一把力是由他出面推荐介绍三百名步军和绿营兵，为安民公所组织了一个“巡捕队”。日本人就把徐焕章派在巡捕队办文案。后来八国联军撤兵，善耆就以这个汉奸队为基础办起中国最早的警务来。

乌世保在八国联军占领时，被抓去埋死尸，曾经碰见过徐焕章。只见他头戴凉帽，身穿灰布长袍，胳膊上带着白袖箍，手提大马棒驱赶中国人抬尸体挖坟坑。他想招呼一下，求徐焕章说句话把自己放了，可话到口边又咽了下去，并且故意转过脸把帽子拉低躲过徐焕章的视线。他实在丢不起这个人！他宁可皮肉受苦，也不愿叫大伙知道这驱使自己的人原是自己的奴才。当时他咬咬牙忍住了，今日一见这火又勾上来了，何况撞的是他的朋友？乌世保提高嗓门，慢悠悠地问："我当是谁呢？徐狗子呀！你好大威风？"

徐焕章转头一看，不由得吸了口凉气儿，暗说："有点崴泥！"这不是在巡警衙门，是在大街上，大街上还是大清国的法律，要叫他兜头盖脸骂一顿，往后怎么当差管事在人前抖威风呢！好汉不吃眼前亏，先把事情化了，有什么章程回自己衙门再说。想到这儿，就满脸堆下笑容说：

"哟，主子爷，您吉祥！"跳下车来就打千，"奴才瞎眼了，奴才罪过！"

这时闯祸的车伕和听差赶紧躲开了。寿明见坐车的人请安赔礼，是自己朋友的奴才，也就不再发作。忙说："不要紧，没碰着，走吧！"偏巧凑来看热闹的人里边有几个人认识徐焕章，早已恨得牙痒痒而找不着办法报复他，一见这机会，可就拾起北京人敲缸沿的本事，一递一句，不高不低在一边念秧儿：

"这可透着新鲜，奴才打自己的主家！"

"人家有了洋主子了，老主子还放在眼里吗？"

"子不教父之过，奴欺主是旗主子窝囊！"

"这话不假。"

"您不瞧，如今这奴才什么打扮，什么身份？再看这两位主子爷，那行头不如奴才的马伕鲜亮了！反了过儿了！"

"大清国没这个家法！倒退二十年，时松筠当了内阁大学士、军机处行走，他主子家办白事，他还换上孝服在主子灵前当吹鼓手呢！"

这菜市口是南方各省旱路进京的通衢大道，又正是游人登高归来的时刻，围观的人越来越多，越来越杂。有人就喊："打！""教训教训这个反叛！"

乌世保哪受过这种辱谩，恰又喝了酒，便一扬手举起荷叶包朝徐焕章砸了过去，大声骂道：“你小子当官了，你小子露脸了，你小子不认识主子了！我今天教训教训你，让你知道自己是个什么东西……”

看热闹的人一见这穿得鲜亮体面的官员被个穷酸落拓的旗人砸得满头满脸猪肝猪肠、头蹄下水，十分高兴，痛快，于是起哄的、叫好的、帮阵的、助威的群起鼓噪，弄得菜市口竟像谭叫天唱戏的广和楼，十分闹热火爆。

徐焕章见过世面，知道在目前这情势下若要反抗，大伙一人一脚能把他踩扁了，便红涨脸，垂手而立，高声称谢说：“爷打得好，爷骂的对，谢谢爷教训奴才！”

乌世保是个中正平和人，杀人不过头点地，见他认了错，这气就消了一半。寿明在开头时虽很恼怒，可他是个冷静人，一听人们议论，一看徐焕章的打扮排场，觉出有点不妥，这人看样眼下颇有权势，闹过了未必能善罢甘休。乌世保这样的旗主子，最大的本事就是今天这两下子了，这奴才真要使点手脚，他还未必有招架之功。赶紧又反过来劝解。乌世保这时酒劲已消了大半，便把口气放软，教训徐焕章说：“今天我也是为你好，你年纪轻轻，前程还远呢，这么不知自制还行？不要忘了自己的名分！去吧。”周围观客发出一片遗憾扫兴之声，也就散了。

乌世保回到家中睡了一觉，到晚上酒消尽了，回想起这件事，多少觉得有点过分，可也没往深处想。过了两天，这事传开了，认识的人见了面赞扬他“大义凛然，勇于整顿纲纪”，他这才意外地发现自己很有点英雄气概。他正想是否要进一步发扬自己这一被忽视了的美德，忽然刑部大堂派人来把他锁链叮当地拿走了。到了那儿一过堂，问的是他在端王府跟着端王画符，在单弦儿里念咒和报效虎神营的经过，他这才知道是把他当义和团漏网分子看待了，大喊冤枉。堂上老爷说："你有冤上交民巷找洋人喊去，这状子是日本使馆递的了。我们都担着不是呢！"便右手一挥，给他上了四十斤大镣，押到死囚牢去了。

乌世保的女人是香山脚下正蓝旗一位参领的女儿。旗人女孩，向来在娘家有特殊的地位，全家都得称呼"姑奶奶"，有什么喜庆节令，也不随众向长辈行跪拜大礼，因为保不齐哪一位姑奶奶哪一次应选会选进宫，不能不预先给以优待，这就养成了一些满洲少女的特别脾气。这些脾气跟好的内容相结合时，显着自信自尊，敢作敢为，开朗大度，不拘小节；若和坏的内容相融合，也会变作刚愎自用，不谙事理，自作聪明，不宜家室。

乌世保进监狱后不久，徐焕章忽然带着大包小包的礼物来看老主子了。说是那天在街上车伕冒犯了大爷，他专程来谢罪。乌大奶奶哭诉，大爷被抓走了。他听了大抱不平，拍着胸脯说他挖门子钻窗户也要打听出大爷的下落，把他营救出来。大奶奶正着急得团团转，来了这么个义仆，自然信赖他，便托他搭救大爷。

徐焕章亲自领大奶奶见了刑部主事，办案的师爷。这些人异口同声地说大爷的案子是洋人亲自交涉的，非要大爷首级不可，难以通融。徐焕章当着大奶奶的面向这些人说情许愿，这些人才答应找有权者说说情，但要的价是极高的。到了这时候，救大爷的命要紧，大奶奶哪里还顾得上银子呢？先收账款，后卖首饰，上千的银子都花出去了，还没有个准信。大奶奶刚要对徐焕章起疑，徐焕章把喜讯带来了："大爷的死刑开脱了，明天请奶奶亲自去探监。"

大奶奶头一次进刑部大牢，又羞又怕。幸好徐焕章早有打点，该使钱的地方使钱，该许愿的地方许愿，大奶奶一说是探乌世保的，没费大事，见着了大爷。尽管两口子平日说不上怎么亲爱，这时一见可就都哭了。大奶奶问大爷打官司的经过。大爷说头一天过堂要他供加入义和团、烧教堂杀洋人，他没有招认，此后就扔在死囚牢里不再问他。后来徐焕章来探监，偷偷告诉他已经买通了堂官，以后再过堂叫乌世保什么话也不回，只是大声哭妈，这案子就有缓。虽说乌世保对徐焕章的来意起疑，也禁不住抱一线希望去试试。谁知这么哭了几堂，竟然灵了。打昨天起把他换到了这个优待监房里来，伙食也好些，牢子也客气，都说他的死刑开脱了，可没见判文。

大奶奶叹了一声说："平日我说话，你不放在心上，反把你那刘奶妈的唠叨当圣旨，死到临头才品出大奶奶我的手段来吧？告诉你，这死刑是我花钱给你买脱的，徐焕章是我指使来的！从今以后谁亲谁后，你掂量掂量吧！"

大奶奶和刘奶妈有什么过节，且不说他。当时乌世保对大奶奶实在是千恩万谢、五体投地，答应出狱以后，再不敢违背夫人的管教。

大奶奶回来后，见到徐焕章，满口感激之词，并问徐焕章，大爷何时才能出狱？徐焕章说："以前花的钱，是买大爷一条命，这已人财两清了。要出狱还得另作计议。"大奶奶说："我能变卖的全变卖了，再用钱从哪里出呢？"徐焕章就说："我们家给奶奶府上经管着的一顷二十亩地，近年水旱蝗灾，也没出息，您不如把契纸给我，我拿它去运动运动，把大爷保出来。"

大奶奶从来没把地亩当作财产，也不知道一顷二十亩是有多少进项，心想多少珍珠翡翠全变卖了，一张契纸算什么？便找出契纸，交给了徐焕章。知道大爷出狱是指日可待的事了，这才为如何向大爷交代这一程子的花销犯起愁来。

岂不知，从一开头这件事就是徐焕章和刑部主事等几个人做好了的局子。日本使团来的文书，本就是徐焕章拟就专吓唬刑堂官的。乌世保听了徐焕章的主意，上堂就哭妈，问什么都不回话，堂官实在为难。大清国以孝治天下，儿子哭考妣，即使在大堂上堂官也无权拦阻。问一堂哭一堂，这官司怎么向洋人交代呢？这时主事悄悄进言，申报犯人得了疯魔之症，压在一旁，等他清醒明白了再行审理。并说洋人问案一向有此规矩，断不会与大人为难，堂官乐得顺水推舟，就把乌世保丢在一边了。当初放风说非判乌世保死刑不可，一来就把他关在死囚牢里，也是主事等人做的手脚。不仅乌世保蒙在鼓里，连堂官也不知情。

乌世保在优待监房里只住了两天，就又被提出来扔到一个普通牢房里去。伙食也糟了，牢子也不客气了。

五

这间牢房也不大。乌世保进来时早已有两个人住在里边。一个瘦长个儿的老头，谦卑斯文，少言寡语，心事重重；一个强壮汉子，粗俗蛮横，穿一件库兵的号衣。年老的管年轻的叫“鲍兄弟”，年轻的管年老的称“聂师傅”。鲍兄弟草席底下压着一本《三国演义》，每天早晨放风之后，都问聂师傅：“再来一段？”聂师傅便点点头，拿起书靠牢门光亮处坐下，读上两回。乌世保从他念书的流利、熟练劲儿上，知道这是个有书底子的学究。牢子禁头对这聂师傅也相当客气，每日三餐送来的饭，总比给乌世保的要多一点，精一点。给乌世保吃棒子面窝头老腌萝卜，给聂师傅的白面花卷一荤一素。乌世保看了气不过，便问牢子："一样的坐牢，怎么两样饭食？"牢子奚落道："人家住店给店钱，吃饭给饭钱，凭什么跟你一样？"乌世保虽听不懂，也不好再问。至于库兵，他根本不吃牢里的饭，天天有人从大库里给他送饭来，不仅送肉送鸡，甚至滚热的鸡油下边盖着绍兴花雕，冒充鸡汤送进来。他一开饭乌世保就把头转向门外，因为那味道实在诱人，他怕不小心露出馋相惹人看不起。这两人受的待遇比他高一等，他由不忿而产生了敌意，所以整日自己缩在一隅，不与他们交谈。这库兵不仅饭量大，酒量大，而且烟量大。一般人用烟壶，宽不过二指高不过一拳，他用一只岫玉武壶，竟像个酒葫芦，烟碟像饭桌上的烧碟。一倒倒个小坟头，用大拇指沾上，左右从鼻孔下往上一抹，嘴上画个花蝴蝶。乌世保看着又厌恶又眼馋，因为他的烟瘾也不小。近日里外边断了消息，愁得饭吃不下，觉睡不着，就是想闻烟。烟闻光了，偏偏又没有新犯人来暂住，屋里只有他们三个人，想张嘴向库兵淘换一撮，又觉有失身份。便拔下挖耳勺使劲刮那空烟壶，刮几下，磕一磕，就有些许烟末空出来，他小心翼翼地全都抹到鼻子里也还闻不出味道。库兵不光烟量大、闻得勤，而且声色俱厉，闻起烟来鼻孔、嗓子一起作响，打个喷嚏也先张嘴朝天"啊"几声。闻鼻烟跟打哈欠相似，也有传染性，那里一闻，这边就鼻子难受。所以他一闻烟，乌世保就刮烟壶。越刮落下的烟末越少，后来就干脆什么也倒不出来了。乌世保不肯相信烟壶当真挖得这么干净，希望总还有哪个角落没挖到，便举起烟壶对着窗户照，用眼仔细地搜寻。

乌世保用的是茶晶背壶式的文壶，浅驼黄色，内壁挂上烟的部分则呈墨褐色。他对着窗户照了半晌，终于发现左下角还有一疙瘩豌豆大的烟末没挖下来，便把掏耳勺的头弯了弯，小心伸进壶口里去。这时那位一向沉默寡言的聂师傅忽然伸手拦住说："别挖了，再挖可就破了布局了。”乌世保把手停住，直着眼看看聂师傅：“你说什么？”聂师傅指指烟壶说：“你自己再看看！”

乌世保举起烟壶对着窗户又照，这时那大汉从身后也探过头来，大呼一声：“咦，妙啊！竹兰图。没想到您倒有双巧手，能在烟壶里边作画！”说完他和聂师傅一起大笑。乌世保经这么一提，才发现他用那挖耳勺在壶内刮的横道竖道，无意间竟组合成一幅小画：左下侧像一墩兰草，右侧像几根竹子。自然只是近似，并不准确。他也不由得笑了起来。聂师傅一时兴起，就把烟壶要过来，从大襟上解下胡梳和挖耳勺，把挖耳勺顶头稍弯一下，伸进瓶内，果断地、熟练地刮了几下重新交给乌世保，乌世保迎着阳光再看，原来只这几下，聂师傅就把这画修出了郑板桥的笔风。

乌世保本是个有慧根的人，见此，便拿过聂师傅的耳勺，在壶的另一面试着用正楷题了一首板桥的诗，并署上了“长白旧家”的代号。虽是头一次试写，倒也还看得过去，写完他把烟壶递给聂师傅，聂师傅两眼盯着乌世保看了又看，连连点头。

乌世保作个揖说：“不知道老先生是大手笔，失敬失敬。”

聂师傅忙还礼说：“雕虫小技，聊换温饱而已，倒是老爷无师自通，天生异秉，令人羡慕。”

这时库兵把烟碟递上去说，“您要犯瘾，来点这个。就别再挖那壶了，免得把画再挖坏了。”

乌世保伸出拇指和食指，狠狠挖了一挖，按入鼻孔，痛痛快快打了两喷嚏，这才笑着说：“好几天了，这两喷嚏就一直想打没打出来。”库兵说：“好几天了，我等着您伸手找我寻烟，可您就是不赏脸，您是不是不认字，怕我叫您念三国？”乌世保说：“是不熟识，不好意思，您要让我，我早闻了。”库兵说：“您是旗主，怎敢造次呢？”言来语去，三个人就熟识多了。

乌世保把鼻烟报仇解恨般地狠吸了几撮，一股辛辣芳香之气直入脑际，两个喷嚏一打，心情更开朗了些，便问库兵犯了甚案。库兵说偷了库里的银子，叫堂官抓住了。乌世保说："听说你们进库干活时都要把全身脱光，到库里换上宫中的衣裳，出库时也全身脱光，这银子怎么带出来呢？"

库兵说："人身上是开口的，哪儿口大往哪里塞呗。反正不能用嘴，因为出库时在堂官面前口中要呐喊出声。"

乌世保听了，脸上有点发热，小声嘀咕说："那能带多少？为这么点小利坐大牢，值个么？"

库兵说："实在不容易。十两一锭的银子，我才夹带了四锭，走在堂官跟前偏巧要放屁，就掉出了一块来。这本是祖宗留给咱们旗人的一条财路，懂事的官长应当一扭脸就过了的，谁想这位堂官是新来的荒子！大惊小怪，把我送进来了。"

"判了吗？"

"拟了个斩监候。"

"哎呀！"

"您别怕，死不了。补一个库兵得花几千两银子的运动费，比买个知府当还贵呢！不许屁眼里夹银子谁还干这个呀？当官的懂得这里的猫腻。"

问到聂师傅，更是出奇。他不是坐牢，是借住。他是个作内画和烧"古月轩"的艺匠。前一阵他别出心裁烧了一套烟壶，共十八件，每件取胡笳十八拍一拍词意作的工笔彩画。这套东西被载九爷买去。九爷越看越爱，约聂师傅面谈一次。聂师傅奉命到府里见他，他正有事要出去，要下人们安顿聂师傅先住下，说回来再谈。这一切本来都挺平常，只是九爷最后两句话交代坏了，他说：“找个严实点的地方给他住，省得别人把他找去让他再烧一套，我这个就不值钱了。”哪儿严实呢？监狱最严实。刑部大堂和九爷有交情，下人们就把聂师傅存到监牢里来了。已经过了有两个月，九爷还没腾出工夫来跟他谈话。

乌世保说：“照这样你多咱出去呢？”

聂师傅说：“谁知九爷哪天想起我来呢？”

从此乌世保和这两人就交上了朋友。牢房里每天闲坐，心焦难熬，乌世保就索性请聂师傅教他在烟壶内壁绘画的技法。聂师傅知道他是旗人世家，不会以此谋生，不致抢了自己饭碗，也就爽快地在一些基本技法上做了些指点，这乌世保是天资聪明的，把那烟壶四壁用水洗净，库兵叫人弄了墨来，他就用发簪沾了墨画，画完一回，请聂师傅做了评论指点，再把旧画洗去，从头再画，慢慢地就有了功夫。正想再进一步钻研，乌世保因为心中积着愁闷，饮食不周，忽然生起病来。库兵出钱请牢子找医生号脉开方抓药；煎汤送水的事就落在了聂师傅肩上。乌世保上吐下泻，那二人洗干擦净，毫无厌恶之意。乌世保虽然自幼就当闲人，但落到这个地步，人家两人一个死刑在身，一个满腔冤苦，还这样伺候他，不由得不动了真情。稍好一些时，便说：“您二位对我恩同再造，我怎样得报呢？”聂师傅说：“患难之交，谈什么报不报？为你做点小事，忘了我自己的愁苦，这日子反好过些。”库兵叹口气说：“大爷，我倒要谢谢你呢！前些天我常想，如果我这斩监候弄假成真了，到了阴曹地府，阎王爷问我生前干了点什么事，我说什么呢？我以前当牛当马，给人家偷银子；这两年当牛当马，为自己偷银子，这阳世三间有我不多、没我不少，我死了连个哭我的都没有！你们说我为谁奔呢？乌大爷这一病，我为你多少出了把力，就觉着活得有滋味多了。我要真死了，我敢说这世上有个人还念叨我两声，您说是不是？这可不是银子钱能买来的。”说着库兵便擦眼泪。聂师傅忙说：“他是病人，哭一鼻子还可以；你平日有说有笑，今天怎么了？”库兵说：“我平日说笑是哄我自己高兴，我怕一沉静下来就揪心。这两天我不说笑了，是心里稳当了！”乌世保说：“你那群库兵弟兄待你不错，你不该觉着孤单冷落。”库兵说：“他们怕我过堂时把他们全咬出来，是堵我的嘴呢！照应我是为了他们自己，哪有真交情？我要能出去，也不会干那缺德勾当了。或是给聂师傅打个下手，或是为你乌大爷做个门房，你们收下我做伴当吧。我有银子，不用你们发饷。你们只要拿我当哥们弟兄待就行了。”

这库兵言谈，大异于往日，不由得两个人追问他的历史。才知道养库兵的人家，有一种是花钱买来的不满十岁的乞儿孤子，从小就训练他用谷道夹带银两。先用鸡蛋抹香油塞入谷道，逐步地换成石球、铁球，由几钱重加大到几两重，由夹一个到夹几个，稍有反抗即鞭抽棒打。那办法极其残酷狠毒，就如同渔人驯养鱼鹰子相仿。到了入伍年龄，主家给补上缺后，白天当差要赤身露体搬运银锭，下班之后，主家在门口接着，一出门就用铁链锁上，推进车内拉回家，直到第二天送回大库门口上班时这才开锁。庚子年，主家叫乱兵杀了，他在库里躲过了这一难，才熬的成了自由人。他无家无业，租了马家香蜡店的两间厢房住，偷来的银子就存在香蜡铺。香蜡铺马掌柜是个好人，答应攒到个整数时帮他说个人成家的。人还没说成，没料想犯了事。乌世保说：“你该小心点就好了。”库兵说：“这样露白，也是常事。别人犯了，有家人或主家出钱去疏通奔走，关几天就放了。可我只靠几个库兵弟兄替我纳贿说项，就不像别人那样追得急走得快，到现在还没有个准信儿。”

从此，三个人就更亲密了。过了些天，牢头忽然传话，有人来为乌世保探监了。乌世保又高兴又害怕。高兴的是总算又和外边通了气，又见着了家里人；害怕的是半年多没见家人，怕家中出了什么大事！到了会见处所，乌世保一看，不是大奶奶，也不是刘奶妈，却是寿明，心中又是一惊！忙问："寿爷，怎么敢劳动您哪？"

"朋友嘛，不该怎么着？"

"怎么您弟妹不来，家里出什么事了？"

"没事！"寿明说完打了个愣。乌世保敏感到有点什么内情，还没问，寿明抢着说："我来一是跟你告个罪，我查清了，您这官司全是徐焕章那小子一手摆弄的。可您是为我才得罪的他，我不能站干岸。您放心，我想什么办法也得把您救出去。现在刑部大堂换了人，徐焕章有来往的几个人都走了。我正活动着，不用几天您这儿就会有信儿。我嘱咐您一句，您上了堂实话实说，就说端王确是荐你上虎神营的，可您没去。至于唱堂会加的词，是临时抓彩，唱过就忘了，实在与义和团无关。您一句话推干净，剩下的由我去办，您都甭管了！"

乌世保回到牢房，把寿明的话告诉两位难友，两人都给他道贺。碰巧这晚上又有人给库兵送了酒来，三人尽兴喝了一场，酒后，聂师傅正襟危坐，把二人拉在身旁左右，说："咱们相处一场，也是缘分。如今乌大爷一走，何时再见，很难预期。我已经是年过花甲的人了，朝不保夕，来日无多，有几句肺腑之言，向二位陈述一下。"

两人听他说得郑重，便屏息静听。

聂师傅说，他虽然会画内画壶，但看家的绝技不是这个，而是烧制"古月轩"。"古月轩"是乾隆年间苏州文士胡学周发明的。胡学周祖上几代做官，很收藏了些瓷器。胡学周几次赴考未中，无心进取功名，就以鉴别、赏玩瓷器自娱。久而久之，由鉴赏别人的作品发展到自己创制新的品种。他把西洋的珐琅釉彩和中国传统的料器、嵌丝铜器等工艺结合，造出了薄如纸、声如磬、润如玉、明如镜的这么一种精巧制品。在落款时把自己姓字分开，题作“古月轩”。人们也就管这种制品称作“古月轩”。乾隆南巡，苏州地方官以他造的器皿进贡，博得了皇上赏识，降旨把胡学周调至京城内府，专供皇家烧制器皿。这些器皿由皇帝赏赐亲王重臣，才又流入京师民间。一时九城轰动，价值连城，多少人试图仿制，皆因不得其要领，不得成功。胡学周身后几世都是单传，所以这门技术始终未传到外姓手里去。胡家做活，也用帮工打杂，但只做粗活，到关键时刻，不仅要把雇工打发开，连自己家的人都要回避，制作人把门锁紧，自己一个人在屋内操作。

胡家第七代孙名叫胡漱石，生有一子一女。这时他家已积蓄了点家财。男孩子六岁时，请来位先生开家馆，为了不让儿子太寂寞，便把他失去父母的表侄聂小轩招来伴读。也是救助孤苦的意思。这聂小轩十分聪明勤奋，正课之外，酷爱书画，山水草虫，无师自通，比胡家男孩更有长进。胡漱石有空便指点他一二，十二岁时便教会了他内画技术，算是给他领上条自谋生路道儿。后来家馆散了，聂也没离去，帮胡家打打杂、跑跑腿，算作几年来供他食宿的补偿。

咸丰十年，胡家少当家已二十岁，正要跟他父亲学“古月轩”技艺时，赶上英法联军进攻北京，当时他去天津收账，在河西务碰上乱兵，叫洋鬼子马队踏伤，回家后不上一个月吐血而亡了。胡家女儿，幼时生过天花，破了相，二十七八还没说上人家，为父亲主持家务。胡漱石年近六十，遭此打击，人顿时萎靡下去。他看自己日子不多了，担心女儿后半生没有着落，也不愿自己家传手艺由他一辈绝了根，就把聂小轩招到跟前，问他可愿继承自己的门户。如果愿意，须拜师入赘一起办。聂小轩早就迷心于“古月轩”绝技，只是不敢妄想学习；自幼和表姐相识，也没什么恶感，自然叩首谢恩。于是请来本族人长，择吉日立了约，行了拜师礼，同时入了赘。但胡漱石仍不放心，怕日后生变，便把制“古月轩”的技艺分作两半，配料、画图教给了聂小轩，烧窑看火传给了自己女儿，叫他俩起誓互不交流，为的是使两人永远合作，谁离了谁那一半技术都没有用处。

说到这里，聂师傅拉住乌世保的手说：“没想到事过三十年后，我女人走了我内兄的旧路，又死在八国联军的炮火下边了。幸好在此之前她把她的手艺传给了我的女儿，我父女合作才烧几只胡笳十八拍酒器来。如今我在这里吉凶未卜，万一出了意外怎么办呢？本来我也想学我师傅的办法，选一个既是女婿又是徒弟的年轻人，把技术传给他。只怕没机会了。”

库兵说：“听那话，九爷对您也没有歹意，何苦把事想得这么绝呢？”

聂师傅说：“什么事都有个万一，万一发生不测，这门手艺绝在我这一代，我不成了罪人？当前最最紧要的是找个人把我的手艺接过去，我就无牵无挂生死由之了。世界虽大，可我能见到的就是你们二位，只好求你们中间的哪一位来成全我这点心愿，给我个死后瞑目的机会。”

库兵说：“我是粗人，出力出钱，我都能办，可这事不行。我大字不识，画扁担都画不直溜，哪能学画呢？”

聂师傅把目光注视到乌世保身上。

乌世保沉吟了很久，才说：“这事太重大，太正经了，我不敢应承。我这三十来年，玩玩闹闹的事、任性所为的事干过不少，如此正儿八经的事我没干过，也不知道我能干不能干。这样的重托，我可不敢应承。”

聂师傅说：“我知道您有份家产，不愁衣食，也看不起以劳力谋生的卑俗事物。可我问您一句，人活一世吃现成穿现成，天付万物与我，我无一物付天，大限到时，能心安吗？”

“这话我想也没想过。”

“打个比方，这世界好比个客店，人生如同过客。我们吃的用的多是以前的客人留下的，要从咱们这儿起，你也住我也住，谁都取点什么，谁也不添什么，久而久之，我们留给后人的不就成了一堆瓦砾了？反之，来往客商，不论多少，每人都留点什么，您栽棵树、我种棵草，这店可就越来越兴旺，越过越富裕。后来的人也不枉称我们一声先辈。辈辈人如此，这世界不就更有个恋头了？”

库兵在一边说：“真有您的，连我也懂点意思了。乌大爷，您还没参透这禅机吗？”

乌世保还有点难下决心，说道：“如此绝妙的技艺，短时间内怎能学得成呢？”

“您能写、会画，又熟悉了我的画法，这就事半功倍了。要紧的是学会釉色的配方。怎样出红，哪样变绿，这里有一套诀窍。我们世代口传心授，是最珍贵的。坊间仿照‘古月轩’的能人不少，有的已仿得极像，但就是有一招他们仿不出来，釉的种类和色气，我家祖传能出十三色，坊间赝品，出三色、五色，七色的就绝少了！我如今把这传给你，是豁出身家性命，乃托艺寄女的意思。我是求您学艺，不敢以师自诩，咱们是朋友，朋友也是五伦之一，想来您不会有负我的重托的。”

乌世保看到聂师傅满脸诚意，想起自己病时人家对他的扶难济危之情，觉得再要推辞就显着太无情了。他思忖一阵，忽然站起身来，整理了一下衣襟，纳首朝聂师傅拜了下去。聂师傅急忙拦住说：“这又是干什么？”

乌世保说："既然干正经事，咱们就郑郑重重。"

聂师傅说："我是代师传艺，决不敢给乌大爷当老师。"从此二人正式授受了"古月轩"的绘釉技艺。

乌世保跟着聂小轩学了不到一个月，传乌世保去过堂了。不知寿明使了什么法术，让书办做了什么手脚，新尚书审理旧案，一翻存卷，头一份就是乌世保的案卷。题签上写着的理由却是端王派他去虎神营当差抗命不到。尚书说："这虎神营也是招八国联军的祸首之一，他不到任不正好与他无干么？"这尚书向来是不看本卷的，便召乌世保来过堂。乌世保得到寿明指点，上堂来不再哭爹喊娘了，只一个声地叫冤枉。上边一问，他句句照实回答。新尚书是满员，叹口气说："八旗世家就这么随意关押禁锢？可真是人心难测了！放！"并嘱咐书办把此案整理个简要文书，他要参前任一本。

乌世保这才磕了三个响头，结束了一年零八个月的铁窗生涯。

乌世保出狱时，聂小轩从腰中掏出个绵纸小包。打开来看是一对包金手镯。他叫乌世保以此作信物去见他女儿柳娘，柳娘自会相信他。

六

一跨出刑部大牢，乌世保看街街宽，看天天远，看人个个光洁鲜丽，看整个世界都明亮繁华，这才衬出来自己头发长、面色暗、衣裳破、步履艰。走道的人拿白眼往他这一看，自己先就软了八分锐气。不等人斥挞，不由得就学黄花鱼往边上溜，低头急走，唯恐让熟人碰见。康熙年间，曾有旨意，八旗兵营在北京各有驻区，几百年下来，人丁消长，房产买卖，有了不少变化，乌家倒还住在烧酒胡同没动。几辈子的祖居还能认错吗？可乌世保进了胡同竟找不着自己的宅子了。他顺着胡同来回走了几遍，最后在他隔壁谷家门口停了下来。谷家是正白旗牛录佐领，跟乌家住了几代邻居。乌世保还和谷家大少是同窗，这门是认不错的。他就上前拍了几下门环，里边一阵响动，拉开了一条门缝，是门房周成。周成扫了一眼，马上把门又关上了，厉声说："走走，快赶个门去吧，我们历来不打发要饭的！"

乌世保忙喊："老周，是我！怎么连我也不认识了？"

"谁？"周成再打开门，定睛瞧了半天，发小声自问了一句："这是保大爷吗？"接着就大声问候，打起千来，"大爷好！您的灾满了？"

"唉，好，好，可我怎么找不着家了呢？这刚搭的天棚、新油门柱、上了灰勾了缝的砖墙是我们家么？……"

周成被问得张口结舌，一时不知怎么回答好。这时后边走来一个穿洋绉短打、辫子打得松松的、手拿折扇的中年人，问道："周成，跟谁说话哪？"

乌世保凑上一步打千说："二叔，是我您哪！吉祥哪！"

"是世保啊！瞧你这身打扮是怎么啦？听说你跟蒙古王爷去山东发了财呀，怎么打扮得跟金松似的？要唱《跪门吃草》呀？"

"二叔，您玩笑，我这是……"

谷二爷把脸一板，冷笑道："当过拳匪，坐过大牢，你还有脸上这儿来？你不嫌丢人我还嫌丢人哪。怎么摊上了这么个街坊！周成，关门！"

大门当啷一声又关上了。

乌世保气得浑身哆嗦，想喊喊不出，要走走不动。正觉得头晕眼花，那门又开开了，仍是周成，却压低了嗓音：

“乌爷，快走吧。你这宅子早已经卖给太平仓黄家了！”

“那我们家的人呢？”

“大奶奶去年冬天就归西了。少爷叫刘奶妈抱走了。”

“您……”

这时谷大爷在里边喊周成。周成摆摆手，把一吊大钱扔在乌世保脚前，蔫没声地把大门又掩上了。

乌世保只觉眼前发黑，胸口发堵，也不辨方向，直估笼统往前走。刚走到南小街北口，从东边来匹顶马，两个戈什哈护着，一顶蓝呢大轿过来。人们一见就喊：“快回避，豆芽胡同马老爷回府了！”众人躲还躲不及，乌世保却眼中无物耳边无声仍直着眼珠往前闯。恰好一个地保走过，怕他犯了卤簿，出于好心，上去啪啪两个嘴巴，把他搡到一家烟铺大幌子下边，按他蹲了下去。这两个嘴巴，把他打清醒了。他哇的一声哭了起来。哭了一阵，心里轻快些了，才想到如今投奔哪里去呢？

他低头看看自己一身褴褛，心想这副蓬头垢面的样儿见谁也不行。天也黑了，腿也软了，腹也空了，不如找个地方先住下来，休息一晚明天再做盘算。这里距朝阳门不远，那里有不少骡马客店，不如就近投那里去。凭手中这串钱，吃儿两面，蹲一宿大炕或许还够。

乌世保趔趔趄趄走到一个骡马店前，刚要进门，一个伙计迎了上来，问道：

“您找谁哪？”

“住店。”

“往里请。”小伙计刚说完，一个端着水烟袋、趿着鞋的中年人从账房迎了上来，拦住乌世保问：“上哪儿去？”

乌世保说：“住店。”

“住店？”那人上下打量他两眼，冷冷地说：“没房了！”

“不住单间，伙住。”

“大炕上也满了，您趁着还没关城门，到关厢看看去吧！”

乌世保刚转过身去，就听那人念叨说：“做生意要长眼，你招这么个人进来谁还敢来伙住？一脸烟气，几天没过瘾了，这种人手脚能干净吗？”

乌世保打个冷战，退了出去。木木地顺着人流出了城，来到护城河边上。看这城门内外，人来人往，竟没有一个为自己解忧之人；大道两旁，千门万户，找不出留自己投宿的一席之地，才相信自己是真落到孤苦伶仃，家败人亡的地步了，不由得长叹一声，说道：“天啊！天！我半生以来不做非分之想，不取不义之财，有何罪过，要遭此报应呢？公正在哪里，天理在何方呀？”

那从城门口厢处传来如风如潮的市井之声，随着他一步步彳亍远去，也低了下来。天暗了，回头望那市街上，已燃起一盏两盏风灯，亮起一扇两扇窗棂。他觉着心发沉，腿发软，口发干，气发虚，便扶着一个歪脖柳树，在护城河岸上坐了下来，望着那黑黝黝、死沉沉的河水，他问自己：眼下连个住处都找不着，往后又怎么谋生活呢？于是那些败了家、除了籍、流落街头的穷旗人的种种狼狈景象，一股脑儿都出现在了他的眼前。他问自己：要活下去，这种苦吃得了吃不了？若算能吃，这口气忍得下忍不下？气或能忍，这个人丢得起丢不起呢？

想来想去，越琢磨这世界越没有恋头，越寻思越没有活路。不由得便抬头看了看那歪脖树，两手摸了一下腰上的褡包……

您可听清楚了，我仅仅说他一时觉着死比活着容易，死比活着好过，有点想死，可没说他已经下定非死不可的决心。想跟做这中间还差着好大一截路呢！人到了被厄运逼得难以忍受时，总要找各种手段来进行抗争。别的手段都找不着，死已不失为一手绝招了。但是这一招只能用一回，而且付出的代价太重，人们轻易并不肯用它。“想一想”的时候可是常有的。“想一想”意思仿佛是对自己说：“甭怕，大不了还有一死。两眼一闭，千难万苦又奈我何？”

乌世保正这么想着，双手松松褡包，以此来向厄运示示威。刚一解扣儿，就觉得腰间一动，哗啦一声，沉甸甸一样东西砸在脚上。

“什么，莫非我还有用剩的银两忘在身上？”

他用手朝那包东西一摸，噢，原来是聂小轩交给他的那副包金镯子。

“哎呀，净顾为自己的事悲苦，倒把聂师傅托的事忘了个一干二净。”乌世保一边把镯子拣起，小心揣在怀里，一边自语：“与朋友交而不信乎？聂师傅家我还没去，这件事赤口白牙答应下来我还没办，怎么能半路上就去死呢？真要去望乡台，也该等把这件事办妥当再走呀。”

想到这，乌世保振作一下，站起身来。……

乌世保这自言自语是心里话吗？他这人能为了别人的事把自己死活置之度外吗？

乌世保说的倒是真话。他这人虽然游手好闲，擎吃等喝，可一向讲信义重感情。不过，这还是使他“起死回生”的一半原因。还有一半，刚才我们已说过，他虽有对自杀的向往，但并没有决心去行动，暗地里正想再找出个充足的理由来压下想死的情绪，支持自己活下去。一见这镯子，当然立刻回心转意，打起精神寻客店去了。

他心想这朝阳门是走粮车的大道，店大欺客，不如往北奔东直门，那里专走砖车，店小势微，不敢欺人，便奔东直门而去。快到掌灯，才找到了个偏僻冷清的小店。这店临街三间穿堂，门口挂着个带红布的笊篱，门外用土坯砌了几个长条高台算作桌子，摆了几个树墩、拗轴算作杌子。乌世保坐下，先要了四两饸饹吃下肚，才问掌柜的说："我要进城，天晚了，你这可有方便住处？"掌柜见这人穿戴虽旧，款式不俗，吃相文雅，算账时还给伙计两个镚子的小费，便满脸堆笑地说："有有有。东耳房一铺大炕，现在就住着一位赶车的把式，您二位正好做伴。"便命伙计领他进去，还特别叮嘱伙计给沏壶高末，打盆水洗脸。

车把式正盘腿坐在炕上，就着驴肉喝烧刀子。见又来了客人，忙欠欠身说："来了您哪。喝我这个？"乌世保从走出监狱快一整天了，到这时才碰到个说人话、办人事，并把他也当个人看的地方，而这地方竟是他几十年都未曾到过的。他冲这位素不相识的车把式深深打了一个千说："偏了您哪！"

这车把式本来也是行个虚礼儿，见乌世保正经八百地谢他，索性跳下炕来拉住乌世保说："烟酒不分家。既然投店同宿，前生就是有缘的，说出大天来您也得赏我个脸。"乌世保闻到酒味，本也动心，经这么一劝，一边说，"那就恭敬不如从命了！"便坐到炕桌对面去。伙计一看这位客人入座了，上前边拿筷子时顺便把这新闻就告诉了掌柜的。掌柜的既好热闹，这种半乡下店主也尚存几分古风，特意刮了两条丝瓜爆炒出来，端到屋里说："听说二位一见如故，给小店也带来喜星，和气生财呀，我敬二位一个菜！"车把式拉店主入席，店东稍客气两句，也打横就炕沿坐下。从乌世保一进门，他就觉得这人有些蹊跷。几杯入肚，乌世保眼神有点活泛了，店主便打听乌世保的来历。乌世保正憋了一肚子话无处可讲，便把怎么受冤，怎么坐牢，怎么出狱后寻家不着，怎么到城关投店不收，一一讲了一遍。北京人向来管烧酒叫作“牛皮散”，有道是“喝了牛皮散，神仙也不管。”乌世保借酒倾述一完，那车把式就借酒大骂起来，声称他要见徐焕章敢抽他鞭子，碰上谷佐领，准骂他祖宗。店主直等他拍着桌子把一肚子的侠肝义胆抖落净，这才插话：“我说这位爷，您眼下打算怎么办呢？”

乌世保说：“天亮我头一件事是去找朋友。”

店主摇摇头说：“您头一件事是剃剃头，打打辫，洗洗澡，光光脸，然后借也好，赁也好，换一件洁净行头，就您现在这副扮相，进城找谁也找不到，弄不好净街的许把您当游民再抓起来。说句不怕您生气的话，东庙门口那叫街的都比您这身打扮囫囵！”

乌世保说：“您说的满对，可是我赤手空拳，囊中惭愧。”

店主说：“有东西还愁变不来钱吗？”

乌世保说：“我蹲了一年多牢，连个送饭的都没有，哪儿来的东西？”

店主说：“刚才在外边您付饭钱，我看见你从怀里掏出个烟壶来，茶晶背壶，隐隐约约像是里边藏着图画文字，这可是有的？”

乌世保不由得手往肚子上一捂，失声说：“哟，敢情露了白了！”

店主说：“开店的，这眼睛是干什么使的？正经客人带着贵重财物，我得经心点，照应点；黑道上朋友带来行货，我也不能不察，弄不好就得摊官司。要没这点分寸敢留您老住下吗？我是个俗人，不懂文玩古器。可到底是住在万岁爷的一亩三分地上，没吃过猪肉还没见过猪跑吗？知道这不是个等闲之物。恕我直言，按您现在这穿装打扮，这东西带在身边准给您招祸。见财起意也好，诬良为盗也好，这世界上什么人都有，黄鼠狼可专咬病鸭子。不说别的，就来几个青皮无赖，找由子跟您打一架，就势把东西抢走您能怎么着！依我说，不如卖了。像您这样的世家，这些玩物必不止这一件。明儿找到少爷，你玩什么没有，何不用它救个急呢？”

乌世保听他讲得有理，并且也想趁机试试他这内画技艺，就点点头说：“那明天我拿到古玩店叫他们看看。”

店主笑道：“您又差了。店大欺客，凭您这身打扮，人家一看您就等银子使唤，他们能不压价吗？”

乌世保问：“你说该怎么办？”

店主说：“我替您找几个熟人看看，他们要，咱就省事了，他们不要，我陪您到鬼市儿走一趟，不过丑话说在前头，私下买卖，佣钱是成三破四，上鬼市儿可就凭您自个儿赏了！”

这店主原是个替人跑合说生意的行家。

当年往两江福建去的水路是靠运河。通县通北京的石板官道在朝阳门外，这东直门的关厢是个冷落所在。在这一带开店房，免不了接待合字上的朋友，替他们销赃落个水过地皮湿。这种买卖是进不得高台阶大字号明来明去作的。店主联络下的主顾不过是当铺老西和鬼市儿上夹包打鼓的，所以他不劝乌世保去古玩铺。他已相信乌世保不是贼了，但在做生意这点上他还得拿他当贼对待，好赚两个佣钱花花。他见乌世保赞同他的主意了，便要求乌世保把烟壶拿出来过过目。

“好东西！”车把式见乌世保掏出烟壶来。抢先抓到手中看了一眼，不由得叫了出来，“这枝枝叶叶的，您说可怎么画进去的？有这个您还愁换不了行头吗？我赶半年车怕也赶不出这么个烟壶钱来！”

“那你小心掉地下摔了，连车带马赔进去！”店主开个玩笑，把烟壶夺了过来，仔细地品鉴。店主是粗人，这方面二五眼。但那年头时兴用这种东西，更何况他还常替人倒腾货，见的多了，自然就懂点门道。内画技术自嘉庆末年道光初年至现今，已有了七八十年的历史，人们也看熟了。甘恒、马彤、桂香谷、永受田等人，玩烟壶的人大多知道；新近的内画家有几个简直是家喻户晓。如马少宣能在拇指大的壶内工楷书写全篇“九成宫”；业仲三画的红楼人物、聊斋故事被称为一绝。而玩烟壶的人若不知道周乐元的名字就像书家不知王羲之，简直要被人笑掉大牙。这周乐元把龚半千的樊头被杖法用到了内画壶上，所画的“寒江钓雪”“风雨归舟”和“竹兰图”，人称神品。店主曾经手替人卖过一只“三秋图”壶，刚才瞥了一眼乌世保的烟壶，觉得与那壶很像，是周乐元的作品，所以紧抓住不放。看了一会儿后，他却“唉”了一声，摇起头来。

乌世保问：“您看出什么包涵来了？”

“没落款！”

“那‘长白旧家’四个字也算款！”

“没有印！”

乌世保心里想：“大狱里弄到墨就不错了，上哪儿弄红色去？”便说：“马少宣的壶也常不押印。”

最后店主说：“别的壶都是磨砂地、暗茶地，您这壶怎么透亮的？”

乌世保不由得“哦”了一声。他一直觉着自己画的画跟通常的内画壶有点什么地方不像。店主这一点他才明白，别人画的壶画画面透明，壶壁并不透明；他这全是透明的，所以线条不精神、色调没光彩。他想起见过早年甘恒画的一个壶，也是这么透明的，但人家那是白水晶坯子，看得清晰。他便说：“这个你不懂。道光年间画的壶多是透亮的。这才证明我这壶够年头！”

车把式困了，又听不懂他们的话，便说：“你们在这争有屁用，明天市上看行市要价呗。我后半夜就套车去黄寺，你们要跟车可早点歇着！”

七

天交四鼓，车把式就套好了铁箍大车，顺着护城河往北往西，奔德胜门外而来。

在德胜门外，天亮之前有两个市集，一叫人市，一叫鬼市。两个市挨着，人们常常闹混，说：“上德胜门晓市儿去！”其实这两市的内容毫不相干。人市是买卖劳动力的地方，不管你是会木匠，会瓦匠，或是什么也不会却有把子力气，要找活儿干，天亮前上这儿来。不管你是要修房，要盘灶，要打嫁妆——那时虽不兴酒柜沙发，结婚要置家具这一点和当代人是有共同趣味的——天亮前也到这儿来。找人的往街口一站说：“我用两个瓦匠、一个小工！”卖力的马上围上去问：“什么价钱？”这样就讲定雇佣合同。那时钟表尚未普及，也不讲八小时工作制，一律日出而作、日入而息。这交易必须赶早进行，大体在卯时左右，干这个活儿的人称“卖卯子工”。

鬼市可是另外一套交易。这里既不定点设摊，也不分商品种类，上至王母娘娘的扎头绳，下到要饭花子的打狗棒，什么也有人买，什么也有人卖。不仅如此，必要的时候还能定货，甚至点名要东西。你把钱褡子往左肩一搭，右手托起下巴颏往显眼的地方一站，就会有人来招呼：“想抓点什么？”“随殓的玉挂件，可要有血晕的。”“有倒是有，价儿可高啊！”“货高价出头，先见见！”这就许成就一桩多少两银子的生意。当然也有便宜货。“您抓点什么！”“我这马褂上五个铜钮掉了一个。”“还真有！”“要多少钱？”“甭给钱了，把您手里两块驴打滚归我吃了就齐！”这也算一桩买卖。在这儿做买卖得有好脾气，要多大价您别上火，还多少钱他也不生气。“这个锡蜡扦儿多少钱？”“锡的？再看看！白铜的！”“多少钱？”“十两银子！”“不要！”“给多少？”“一两！”“再加点。”“不加！”“卖了。”怎么这么贱就卖！蜡扦是偷来的，脱了手就好，晚卖出一会儿多一分危险。因为有这个原因，在这儿你碰到多重要的东西也不能打听出处。也因为有这个原因，确实有人在这儿买过便宜货。用买醋瓶子的钱买了件青花玉壶春的事有过，有买铜痰筒买来个商朝的铜尊这事也有过；反过来说，花钱买人参买了香菜根，拿买缎子薄底靴的钱买了纸糊的蒙古靴的事也有。但那时的北京人比现在某些人古朴些，得了便宜到处显摆，透着自个儿机灵！吃了亏多半闷在肚里，唯恐惹人嘲笑。所以人们听到的都是在鬼市上占了便宜的事。自以为不笨的人带着银子上这儿来遛早的越来越多。有人看准了这一点，花不多钱买个料瓶，磨磨蹭蹭，上色做旧，拿到市上遮遮掩掩、鬼鬼祟祟故意装作是偷来的，单找那灯火不亮处拉着满口行话的假行家谈生意。若是旗人贵胄，一边谈一边还装出份不想再卖、急于躲开的模样，最后总会以玛瑙、软玉的高价卖出去。天亮后买主看出破绽，鬼市已散。为了保住面子，反而会终生保密的。

四更多天，乌世保和店主坐大车到了黄寺的西塔院。车把式告诉他，这塔院是当年萧太后的银安殿，乌世保很流连了一会儿。前些年在庆王府堂会上，他听过一次杨月楼的“探母”，梅巧伶扮演的萧太后。他设想那胖胖的萧太后要在这院里出入走动，可未免有点凄凉。因为这时北京的黄教中心挪到雍和宫了，黄寺已经冷落。

店主领着乌世保往西走了里把路，往南一拐，就远远看见了灯火如豆，人影憧憧的鬼市，而且听见了嘈杂声。他们急走几步，不一会就到了近处。虽然是临街设市，但是极不整齐，地摊上有挂气死风牛角灯的，有挂一只纸灯的，还有人挂一盏极贵重又极破旧的玻璃丝贴花灯。摊上的东西，在灯影里辨不大出颜色，但形状分得出来。锅碗瓢盆、桌椅板凳、琴棋书画、刀枪剑戟；索子甲、钓鱼竿、大烟灯、天九牌；瓷器、料器、铜器、漆器；满族妇女的花盆底、汉族贵妇的百褶裙；补子、翎管、朝珠、帽顶……有人牵着刚下的狗熊崽，有人架着夜猫子，应有尽有，乱七八糟。

乌世保问："咱们也没带个灯来，怎么摆摊呢！"

店主笑道："到了这儿您就少说话吧！瞟着我别走丢了就行。"

店主走到一个摊前停下，蹲下来看摊上的货物。这摊不大，一块蓝布上摆了两个笔洗、一方砚台，几个酒杯，还有三四个瓷烟壶。店主拿起一个盘龙粉彩的壶问："要多少？"卖的人伸了四个手指头。店主把它放下，站起身来。那人问："你给多少？"店主说："大爪龙也能卖钱吗？"那人马上说："要好的说话呀！"便从腿下抽出个钱褡子，从钱褡子里掏出个绵纸包，轻手轻脚打开绵纸包，又拿出两个用棉花裹着的烟壶来。乌世保伸过头凑近去看，只见一个是马少宣内画壶，画着谭鑫培战长沙的戏装像；另一个竟是模刻上彩的"避火图"。店主问那内画壶的价钱。卖主说："少二十两不卖。因为是料坯，若是水晶坯怕加倍你也买不来！"店主说："二两卖不卖？"那人说："好，大清早先来个玩笑，抬头见喜了。"店主使个眼色，招呼乌世保又往前走。他们又走了几个摊，见到烟壶就问价，然后走到路灯下一个大摊前，店主悄悄说："刚才打听下行市，您有底了吧？咱这个壶多说能卖十五两银子。"乌世保假装叹口气，心里却十分高兴。他这茶晶壶当初是十两银子买来的。他有生以来，凡卖东西总要比买价赔一点，这回竟能挣几两，这可改了门风了。

这个大摊，摆的多是文物摆设：有几个粉彩帽筒、斗彩挥瓶、大理石插屏、官窑的绣墩、几套石章子，一些玉挂件，也放了几个烟壶。其中有两个内画的是蛮人仕女（那时庚子才过，人们管画上的西洋人还一律称作蛮人）。这时正有一个瘦高个儿、弓腰驼背的蹲在地上掂量这两个蛮人壶。卖主要五十两，他出三两一个。卖主落到四十两，他每个壶加半两，给七两银子买一对。最后竟然用十五两银子把这一对壶买了下来。这人付了钱，用手帕把壶包起来走了。店主就一步不离地紧跟着。走出四五丈远之后，他往前凑了一步，横挡在那人身边说："这位爷，我刚才看了半天，见您是个实打实要买货的人，我这儿有点东西您看看怎么样？"说完也不等那人应允，径自从腰里掏出烟壶递了上去。那人握在手中用大拇指上下抚摸了一下，大略看了看，敷衍地说："好壶，好壶！要多少钱？"店主说："不打价，您给二十两银子！""值，值！您再找别人看看。好东西，不怕卖不出去！"说着把烟壶塞回店主，继续走路。店主又紧追几步说："您再看看这东西，不要没关系，出个价么？"那人无奈，又站住了脚，第二次把烟壶拿到手中，比较认真地看了一眼，这才看出茶晶瓶壁上还有内画。他举起来迎着路边一盏风灯看了看，认真地又问了一句："要多少钱？"

"刚才说了，不打价，二十两。"

"要有印就值了，没印。"

"您给十八两！"

那人又把烟壶举起来看，忽然"哦"了一声，仔细端详一阵，急迫地问道："你这壶是哪里来的？"

"哪儿来的？您是真不懂这儿的规矩还是起哄？"

那人把壶攥得紧紧的问："别误会。你告诉我这壶从哪儿来的？"

"甭管哪儿来的，不是偷的就得了！"

“我没说你偷！我问你哪儿来的？这壶经过我的手，是我卖出去的。我正要找这个买主！”

这时乌世保从黑灯影里闯了出来，拉住那人说：“寿大爷！我看着像您，可不敢认，在后边看了半天了。”

“你？乌大爷，您出来怎么也不给我个话儿呢？今天再不见您，我要上刑部去打听去呢！”

乌世保掏出手绢来擦擦眼：“我正要找您哪！可您瞧我这扮相，能上街吗？这才打主意卖点东西换换行头……”

寿明问烟壶哪儿来的，把店主吓了一跳，他以为这壶确实是乌世保偷的叫人认了出来，正想溜开。现在看到不是这么回事，他就又从黑地里钻了出来：“噢，二位早认识呀，久别重逢，大喜大喜！”

乌世保忙向寿明介绍这位店主。寿明听后问乌世保：“你店里还存放着东西吗？”乌世保说：“没有。”寿明从怀里掏出一吊大钱给店主说：“我们哥俩总没见，我接他到我那儿住几天，您没少为我这朋友操劳，这钱拿去喝碗茶吧！”

店主嘴上称谢，心里好不懊丧。认为这寿明是个古董贩子，看上那烟壶有利可赚，把乌世保挖走好独吞利钱，抢走了他挣佣金的机会。

乌世保问：“您怎么今天也上鬼市来了？”

寿明说：“我这是常行礼儿。”

乌世保说：“您倒有闲心。”

寿明说：“我不捣腾点买卖吃什么？你进去这一年多，外边的情形不知道，让我慢慢跟你说吧！国家要给洋人拿庚子赔款，咱们旗人的钱粮打对折。人慌马乱的也没人办堂会请票友，我这买卖也拉不成了。旗人也是人，不做买卖我吃什么呀？”

乌世保说：“我家的事您知道吗？”

寿明说："我全知道。这里不是说话的地方，到家里我慢慢跟你讲。"

八

乌世保放出去的第二天早上，也就是他正跟着店主在鬼市上转悠的时刻，九爷府两个差人，一个打着灯笼，一个牵着头骡子，来到刑部大牢，接聂小轩进府。牢子来喊聂小轩的时候，他和库兵还正睡得香甜。牢子用脚踢踢聂小轩说："起起起，我给您道喜了！"

聂小轩听了吓得一哆嗦。当年的规矩，凡是起解或出红差，必在五更之前，牢子说"道喜"，凶多吉少，他马上推了库兵一把兑："兄弟，我这一走，也许就此辞世了……你如果能出去，千万给我家送个信。把今天日子也记清楚，免得子孙记错了忌日……"

牢子拍了一下聂小轩肩膀说："你想什么了，是九爷派了下人来请你。"这时两个差人已等得不耐烦，在外边连声催喊。牢子连拉带推，把聂小轩赶出了门，又重重下锁。库兵睡得呓儿八睁，聂小轩这话虽听清了，可一时没明白意思，等他琢磨过意思来，小轩已经出了门。他就追到牢门上大喊一声："你放心走吧，我决忘不了你的嘱咐。"小轩听喊，又回头说了一句："跟你侄女说，我别的挂虑没有，就怕祖传的手艺断了线。叫她找乌大爷……"下边话没说完，一个差人拽住他说："啰唆什么，九爷那儿等着呢！叫他老人家等急，你我都担待不起。快走吧！"出了门，两人把他扶上骡子，一路小跑奔前门外而来……且慢，那时的王孙公子全住内城，这九爷是何人，怎么单住前门外？

九爷是某王爷的老少爷，十二岁那年受封“二等镇国将军”。本来眼看着就要受封贝子衔的，因为他和溥儁自幼不睦，西太后封溥儁为大阿哥时，他酒后使气说了几句不中听的话，传到太后耳朵去了，从此冷落了他，把个贝子前程也耽误了。有这点疙瘩在心，九爷表面沉湎于声色犬马，内底下却和肃王通声息，与洋人拉交情。他花钱为一个名妓赎身，在前门外西河沿买了套宅院作外宅，像是金屋藏娇，不务正业。实际是躲开宫里的耳目，在这地方办他的“洋务运动”。他穿洋缎，挂洋表，闻洋烟，听洋戏匣子，处处显示洋货比国货高。最有力的证据是大阿哥投靠太后，到头来垮了；自己拉拢洋人，庚子以后眼见得扬眉吐气。按着《辛丑条约》，清政府要派人上东京去向日本政府赔罪。朝廷定下赴日的特使是那桐。肃王就告诉那桐，要想这件事办顺溜，得让九爷当随员。那桐把这话奏知老佛爷，讲明要九爷出洋是洋人的意思。老佛爷尽管不待见九爷，也不敢驳回。九爷这些日子忙着准备放洋的事，把聂小轩忘在脑后去了。这天因准备送给日皇和山口司令等大臣礼物，他又看了那一套胡笳十八拍的烟壶，这才想起在刑部大狱还寄放着一个人，就叫人们去叫聂小轩。九爷的习惯是夜里吸烟早上睡觉，发令时正好后半夜寅时。下人们把聂小轩带到前门外小府时已是早上，九爷该睡觉了。管事就把小轩放在马号里，等下午九爷醒来再回事。

九爷当初买到胡笳十八拍的烟壶，越看越爱，唯恐聂小轩烧出一套来再卖给别人，他这一套就不算孤品了，就急忙把小轩抓来，想嘱咐他不许再烧这个花样。如今过了这么久，他这股热气冒完了。况且又想把“十八拍”送给东洋人，是孤品也不属于他，他打算赏几两银子，放聂小轩回去。要是早晨聂小轩走得快一点，或是九爷睡得晚一点，这事也就这么了啦。偏偏聂小轩来晚了一步。下午午末未初，九爷醒来，底下人回事说海光寺的和尚了千和聂小轩都等他召见，问他先见谁。“进京的和尚出京的官”。这了千自湖南衡山前来京城，手中托着个金盘，金盘里放着他自己剁下来用滚油煎焦了的右手，专向王公大臣募化，发愿修一片文殊道场，一时在九城传为奇闻。九爷一向爱惹娄子看热闹，自然先传他。九爷穿上便服，趿着鞋来到垂花门内的过厅，下人们就把和尚领进来了。和尚打了问讯，九爷赐坐，问了些闲话，和尚就掏出了化缘簿向九爷募化。九爷说：“慢着！说你剁下手来发愿，要募化一座道场。钱我是有的，可得见见真章。我连你那只手都没见到，怎么就要钱呢？你把红布打开我瞧瞧。”和尚连忙又打个问讯道：“阿弥陀佛，不要污了贵人的眼。”九爷说：“你少废话，打开我瞧瞧！”

和尚无奈，就跪到地上，掀起红布，把那只炸焦的手举过了头顶。九爷正低头下视，他这一举，黑乎乎像鸟爪似的，一只断手差点碰了他的鼻子。九爷打个冷战，一拍桌子说：“混账！这哪里是人手，你弄了什么爪子炸糊了上北京蒙事来了？”和尚说：“善哉，小僧发愿修庙，一片诚心，岂能做欺天瞒人之事？”九爷说：“你要真正心诚，当我面把那只手也剁下来，不用你叫化，我一个人出钱把庙给你修起来怎么样？”和尚汗如雨下，连连叩头。九爷说：“来人哪，把他左手垫在门槛上，当我面拿刀剁下来！”呼啦一声过来两个戈什哈，就把和尚揪住，拉到门口，卷起袖子，把那剩下的一只左手腕子垫在门槛之上，嗖的一声拉出把钢刀。和尚一惊，就晕了过去。九爷摆摆手，戈什哈收起了刀。九爷说：“弄盆水把他泼醒了！”

戈什哈端来两盆凉水，兜头泼下。那和尚一个冷战醒了，看看手还在臂上，甩了甩哪儿也没伤，赶紧给九爷叩头。九爷大笑着问：“刚才这一下怎么样？”和尚哭丧着脸说：“吓贫僧一跳！”九爷说：“你把个烂手猛一举，差点碰了我的鼻子！你吓我一跳吆我不吓你一跳？行了，拿化缘簿去找管事的，说我捐五百两银子。”

和尚晕头涨脑地走了。九爷被这件事逗得大为开心，就叫人传聂小轩。聂小轩来到门外，不敢骤进，隔着门就跪下磕了个头。九爷心情正好，看小轩的破衣烂衫也觉有趣，见他那战战兢兢的神态也觉好玩，就笑嘻嘻地说：“你把手伸出来我瞧瞧！”

聂小轩大惑不解，迟迟疑疑地伸出了两只手。坐牢久了，不得天天洗漱，一双手又脏又瘦，他很羞惭。可是九爷不管这些，看完手心又叫他翻过手背，然后对两边的下人们说：“啧啧啧，你们都看看，这也叫手！和尚那只手，光会敲木鱼，一剁下来就成千成万的募化银子；这手会烧‘古月轩’，能画蔡文姬该值多少钱哪！我买了，你出个价吧！”

聂小轩说：“那套烟壶钱九爷不是已经赏给小的了吗？”

“不是买烟壶！”底下人凑趣说，“九爷要买会做烟壶的这双手！”

聂小轩答道：“回爷的话，这手长在小的身上，它才能做事，要剁下来就不值钱了！”

聂小轩本是句气话，可九爷认为他答得机智，便说：“好，连人带手一块卖我也要，光卖手我也要。咱们立个字据吧，要连人一块卖，以后你做的‘古月轩’只准卖我一个人，不准外卖，我给你身价银子。要光卖手也行，卖了手以后你不能做了，九爷我养着你。”

聂小轩一听，浑身都软了，再不敢答话。九爷便说：“管家，把聂小轩带到马号好好照应，我给他一天工夫让他想想。到下晚要想不出主意来就得听我的了。”

聂小轩连声大喊：“九爷开恩，九爷开恩！”过来两个戈什哈，把他架走了。九爷笑了一阵，吩咐管事，明天给聂小轩准备十两银子，送一身旧衣裳放他走，今天先逗拢逗拢他。

管事见九爷高兴，便讨好说："爷，您叫奴才预备的一百只羊奴才可预备好了。赁的对过羊肉床子的，一天三两银子。多咱派用场您吩咐奴才！"

九爷一听，越发高兴，大笑着说："现在就用。派羊倌把它们赶到义顺茶馆门口，在那儿等我。"

义顺茶馆在宣武门外偏东，离虎坊桥不远。本是梨园行、古董行出人之地，王亲贵族很少光顾。九爷爱寻开心，有时换上件下人们穿的土布长衫，蓝打包，混充下等百姓，到前门外闲逛。这天又这个打扮出来了，正好在琉璃厂那儿碰见个耍猴的。耍猴的备了个小车，套在山羊背上，让猴赶车绕圈。九爷看着高兴，花十几两银子连羊带车全买下来了。他要买猴，人家不卖，他就叫耍猴的背着猴，自己牵着羊，一块回王府，要给老王爷演一场。走到义顺茶馆，他叫耍猴的在门口等他，他自己牵着羊进里边去喝茶。进门之后，他刚找地方坐下，跑堂的就过来说："这位爷，我们这儿可不兴把羊牵进来喝茶。"九爷说："我歇歇腿就走。羊又不占个座位，怎么不能进？"柜台上坐着位小掌柜，是个新生牛犊，就说："牵羊也行，羊也收一份茶钱！"

"那好说！"

喝完茶，九爷果然扔下两份茶钱。那伙计还犹疑，拿眼问少掌柜，少掌柜没好气地说："看什么，收下不结了？"九爷上了火，回来就吩咐管家给他借一百只羊，借不到买也要买来！

九爷吩咐完管家，吸了几口烟，吃了点心，叫人备上马，直奔义顺茶馆。到了门口，把马交下人牵着自己走近柜台去，下午茶馆有评书，请的是小石玉昆说《三侠五义》，上了有七成座。这时还没开书，茶座的人都隔着窗户往外看，见街上有两个戴红缨帽的看着一群羊，既不进也不退，把许多车马行人都截在那里，人们估不透怎么回事。九爷来到柜台前，见换了个有胡子的坐在那儿，就问：“那个少掌柜哪儿去了？”

少掌柜本来在后屋算账，听见有人找，便探出个头来问：“什么事？”

九爷说：“前几天我来喝茶，你收了我两份茶钱，人一份，羊一份，可是有的？”

少掌柜一听这话，再打量这人，便想起了那天的事。这也是个财大气粗、觉着全北京城都招不下自己的人物，便索性走近一步说：“有这么回事，怎么着？那天便宜，今天要来还涨钱了，一个羊得收两个人的茶份！人两条腿，羊四条腿，我这按腿收钱！”

九爷点点头，扔下一块银子说：“一只羊四个大钱，一百只就是四百大钱，你称称这银子，多点不用找，算给了小费了！”说完就朝外边大喊一声“给我轰进来！”

话音刚出门，一个戈什哈就打开了门帘，另几个人把鞭子抽得啪啪响，羊群像潮水一样涌了进来。喝茶的人一看，叫声不好，夺路要走，门口挤满羊群，哪有插脚的地方，只得打开窗子，鱼跃而出。一时街上也知道这茶馆出了热闹，都扒着窗户往里瞧。羊群进门以后，东闯西撞。这是群山羊，不是绵羊，登梯上高，连灶王爷佛龛都顶翻了。茶壶茶碗摔得一片清脆的响声。那少掌柜本还想发作，老掌柜赶紧把他一拉说：“别攮业了，快磕头吧，你没看他里边露出黄带子来吗？”

九爷看着热闹，笑了一阵。到门口骑上马奔肃王府商量给日本人送礼的事去。

九

寿明把乌世保领到自己家中，这才谈乌世保蹲牢期间他家中出的变故。

乌世保在家中，除去忙他自己那点消遣功课，从不过问别的事。乌大奶奶自幼练就的是串门子、扯闲篇、嚼槟榔、斗梭胡的本领。从嫁给这无职无衔的乌世保，就带来八分委屈，自然不会替他管家。他们的家务就一向操在乌世保的奶妈手里。

奶妈姓刘，三河县人。三十几岁上没了老伴，留下一个儿子，如今已成家，在三河开个馒头铺，早就来接过母亲，请她回去享晚福。当时乌世保的父亲刚得了半身不遂，没人伺候，奶妈没走。乌世保父亲去世后，乌世保生了儿子。这时乌家的家境已雇不起奶妈，乌世保求奶妈再帮两年忙，奶妈抹不开面子，又留了下来。旗人家规矩，奴仆之中，唯独对奶妈是格外高看的。奶儿子若成了家主，奶妈便有半个主子的身份。刘奶妈看不惯主子奶奶那骄横性儿，处处怕奶儿子吃亏，便免不了在开支上和乌大奶奶有些别扭。乌大奶奶明着冲奶妈甩闲话，暗着跟乌大爷要脾气。乌世保不哼不哈，心中有主意，准知道奶妈一走这点家业就要稀里哗啦，对奶妈决不吐一个“走”字。

乌世保一进监牢，事情麻烦了。

刘奶妈和徐焕章的爸爸同时在乌府上做过事，知道他的人品，这次徐焕章上乌府里来，又大模大样、装作不认识刘奶妈，刘奶妈就劝大奶奶别听他花马吊舌。大奶奶不听，她要刘奶妈把放在外边的银子催回来拿去运动官司，刘奶妈又不肯。于是大奶奶就撕破脸大闹了起来，又哭又骂，向四邻诉说刘奶妈阻拦营救大爷出狱，为的是等大爷死在牢里好昧下乌家财产。刘奶妈忍得了这口气丢不了这个人，求佐领谷老爷做干证，交代清楚账目回三河县去了。

大奶奶是自己做不熟饭的，何况还带个孩子？便雇了胡同口一个裱糊匠的女人何氏来当老妈。这何妈挣的是钱，图的是赏，自然处处顺着大奶奶的意思来。大奶奶平时爱斗梭胡，自从大爷出事，斗牌的伙伴都不来约她了，成天闷得发呆。这何妈跟花会跑封的许妈是干姐妹，会唱三十六个花名："正月正来正月正，音惠老母下天宫，合同肩上扛板柜，碰上了红春小灵精……"她拍着孩子睡觉时就哼，大奶奶听着好玩，也学会唱几段。她问何妈这词东一句西一句是怎么意思？何妈说："这都是花名，押会用的。音惠是菩萨，您要做梦梦见观音大士就押阴会，一两银子押中了赢三十两呢！红春是窑姐，板柜是木匠……"大奶奶听得有趣，便问："这上哪儿去押呢？"何妈说："不用您跑腿，会上专有跑封的。您要押，她就上您家来。您押哪一门，多少银子，写清楚包好交给她。明天开了会，她把会底送来，您要赢了，她连银子也就带来了。您就赏几个跑腿钱。不赢呢，她白跑。"三说两说，何家女人把跑封的许妈招了来，大奶奶就试着押会。这东西不押便罢，一押就上瘾。今天做个梦，梦见有人抬棺材，押个板贵，赢了；明天早上一睁眼先回忆夜里做了什么梦，赶紧再押。若输了呢？又想翻本，更要接着押。时间长了，自然有输有赢，但总是输的多赢的少。而且常常是押的注大时多半输，注小了反倒赢。一来二去，大奶奶变卖首饰家产来的银子，大宗给了徐焕章，小宗输给了花会，还拉了一屁股账，终于连月钱也不能按时开，何妈也辞工走了。

刘奶妈在儿子家住了几个月，不放心小少爷，赶上过五月节，买了点桑椹、樱桃，和一串老虎搭拉，包了一包粽子，进京来看望。一见这情形眼圈就红了。问道：“我指望没我气您了，您这日子该有起色了。怎么刚几个月就败到这分上呢？”大奶奶不好说打会输钱，只说连日生病，衙门里又要花销，两头抻打的。钱是有，就是没工夫去收账。刘奶妈心想你的家底全在我肚子里装着，还跟我吹什么呢？有心不管她，又觉着对不起死去的老爷活着的大爷，就给她留下了几两银子说：“不知道大奶奶欠安，也没给大奶奶带点什么可口的吃食来。这几两银子您自己想吃什么买点什么吧。我现在儿子家正盖房，我也不得阔，等我安置好了，再来看您。那时候要是大爷还没出来，您身体还没大安，就把小少爷交给我去带着。”大奶奶一听忙说：“等你安置好谁知是多早晚了？我近来总是吃不下睡不着，实在没力气带孩子。你既有报效主子的心意，现在你就把阿哥带走吧。等过了年你再送他回来，那时候大爷总该回来了？”刘奶妈原就舍不得扔下小少爷受委屈，便收拾了几件小孩的衣服被褥，带着小少爷搭进京送土产的大车回三河县了。她想头下雪总还要送这孩子回京看看他妈。

刘奶妈把孩子带走，大奶奶生活更加百无聊赖，只好反锁上门到娘家去混日子。娘家老人都已不在了，大哥当家，这位参领爷不仅继承了上一辈的职务，也继承了女人当家的家风。参领夫人初过门时，这位小姑没少替她在婆婆面前上眼药。今日姑奶奶混得跟糊家雀似的回娘家来，能不以牙还牙以眼还眼么？要知道这位参领夫人也是下五旗出身，也有说大话、使小钱、敲缸沿、穿小鞋的全套本事。乌大奶奶没住多久，参领老爷偷偷揣给妹子四十两白银，劝她说：“亲戚远离香，您还是回宫降吉祥吧。”

到这时，乌大奶奶才尝到财去人情去的滋味。后悔把产业变卖得太干净，银子花得也太顺溜，第一次顾虑起乌大爷回来不好交账的事了。她想拿这四十两银子作本再挣回点利息来，恢复点元气。若真拿这几十两银子作本，摆个小摊儿，开个小门脸儿，未见得不能混口棒子面吃。可大奶奶既不懂做生意的门道，又怕伤体面，也没有谋求蝇头小利的耐心烦，简便痛快的路径还是押会。人不得横财不富，押会发财的例子可有的是。听说东直门外有母女俩，在乱葬岗子睡了十天觉求来个梦，回来卖了三亩地押会，一下子赢回九十亩地来，成了财主。雍和宫后街蒙古老太太那仁花，穷得就剩下三间房，她把它卖了，到安定门外窑台边去求梦。一个小媳妇给她托梦来了，那小媳妇说："我是押花会输光了上吊死的。我告诉你个花名，你明天去押。狠押注，把那开会局的赢死给我出口气。你可记住，赢了钱别忘给我刻块石碑，修个小庙。"这老那仁花把一百两银子押上，一下得了三千两，就在那院里给吊死鬼修了个小祠堂。许多人都去看过的……这都是何妈今天三句明日两句给她零打碎敲散布的，这时一股脑儿全想起来了。便在"十月一，死鬼要棉衣"的那个下午，她糊了几个包袱，关城门之前出了朝阳门，上八里庄西北角那片义地求梦去了。这四十两银子是她最后起家的血本，怕放在家中半夜叫贼偷去，她卷在包袱皮里围在腰上，外边用棉袍罩住，随身带到了坟地里。她反锁门时，隔壁周成正拿着竹笤帚打扫大门口，招呼说："哪儿去您哪？"大奶奶说："我许下个心愿，出城烧两包袱。家里没人，劳驾您多照应点。"周成说："这早晚出城还赶得回来吗？听说城外晚上可不大太平！"大奶奶说："放心吧您哪！敢欺侮旗家娘们的小杂种还没生出来呢！"各户都是关上门过日子，周成又不是爱扯闲话的人。大奶奶走了一天一宿这胡同没第二个人知道。那时候还刚兴用煤烧炕。大奶奶技术不熟，火没压死。傍天亮时火苗蹿上来把炕头可就烤红了。接着席子、褥子就一层层的往上焦煳。因为压得厚，叠得死，光冒烟不起火，这气味可就大了。到中午时分，左邻右舍都翻褥子揭炕席，以为自己家烧着了什么。谁家也没找着火星。这味越来越大。到了下午，人们干脆推开门到胡同里查火源，才发现乌家房顶在往外冒烟。再一看大门反锁着，大伙就炸了锅了："这得去看看呀！她自己烧了不要紧，火一起来可不分亲疏远近哪！"最近的邻居是谷佐领，佐领下命令踢开了乌家大门，众人拥进院里，见那烟是从堂屋里间钻出来的，就不顾一切又去拉堂屋的风门子。风门被吸得紧紧的，众人费了多大力量，才猛然把它拉开。门一开，风一进，只听"通"的一声，就像炸了个麻雷子，所有窗纸都鼓破了，火苗从各处带眼带缝的地方喷了出来。走在前一排人的辫梢、眉毛都吱啦一声燎得卷了毛。人们费了一个时辰工夫才把这场火救下，总算没蔓延到两侧邻居家中。可乌家已烧得一窝漆黑，连房顶都塌下来了。佐领一面上大兴县报官，一面打发人去正蓝旗请大奶奶娘家人。正蓝旗参领老爷来后一看，吓得手脚乱哆嗦，直问："我们姑奶奶呢？"这时周成才说，头天下晚看她夹着纸包袱出城还愿去了。参领说："阿弥陀佛，脱过这场灾就好，我还以为她烧在里边了呢！"这时大兴县来察勘火场的差人也在场，一听这话瞪起眼，张开嘴，喘了几口大气，有点结巴地说："这事可别碰得太巧了！八里庄西北角水坑里今早上可捞上来个女尸首，旗装打扮，还没弄清是人推下去的是自己跳的！"周成问："什么打扮？"差人说："紫缎子棉袍黑毛窝。"周成说："参领老爷，您别愣神了，快认认尸首去吧！这个打扮有点玄！"

腊月初三刘奶妈带着小少爷进京来。这时参领老爷已把烧黑的木料、烧剩的坛子水缸用车拉走，只留下一片黑乎乎的瓦砾了。周成把她引到门房去给她喝了碗热水，述说了事情的经过。刘奶妈说："这么好个人家，就这样吹了，散了，家破人亡了？"周成说："八国联军进城时，王爷府还说完就完了呢，这您不是亲眼见的？如今这个小阿哥怎么办呢？”刘奶妈说：“我先带着，等乌大爷出来再说呗。他总不能关一辈子！我就劳驾您了。万一乌大爷要回来，您告诉他小少爷在我这儿！”

谷家佐领大爷，因为乌世保当“义和团”给本牛录出了丑，本来就不痛快；失火又差点殃及到自己的宅子，更恼恨乌家，就报上去给乌世保削了旗籍。您想，等乌世保来到他门口时，他还能有什么好脸色吗？亏了周成热心，寿明去看大奶奶时碰上他，他把原委告诉了寿明，不然乌世保上哪儿打听准信去？

十

寿明把这前前后后说完，乌世保像是泥胎受了雨淋，马上眼也翻白，口也吐沫，四肢抽搐，瘫在地上不省人事。寿明从烟盘子里拈出根烟签子，扎进他人中，狠狠捻了几捻。乌世保哇的一声吐出口痰来，寿明这才舒了口气，拿个拧干的手巾给他说：“你擦擦脸，喝口水，歇一会儿吧。”乌世保觉得头晕嗓干，也着实累了，便一边大声地叹着气，一边擦脸、饮茶。

乌世保想和寿明商量自己找个落脚之处，这时寿明的女人在外屋说话了。以前乌世保拿大，从未到寿明家里来过，这是头一次见寿明女人。她有六十出头了，可嗓音还挺脆生。就听她招呼女儿，说：“招弟啊，快把这个旗袍去当了去。当了钱买二十大钱儿肉馅，三大钱菜码儿，咱们给乌大爷做炸酱面吃！”乌世保一听，连忙站起来告辞。

寿明脸却红了，小声说："咱们一块出去，我请你上门框胡同！"乌世保说："别，您靴掖子里也不大实成吧？"寿明说："别听老娘们哭穷，那是她逐客呢。我这位贤内助五行缺金，就认识钱。咱惹不起躲得起。你说，她怎么就不出城去求个梦什么的呢？"乌世保说："按说，不应该说死人的坏话。我那个死鬼哪怕多听刘奶妈一句话，能惨到这分上吗？这个人在世时，酒色财气，就这气字上她敞开供我用！"两人一路说着，奔前门外而来。寿明请乌世保吃了杂碎爆肚。又请他上"一品香"洗了澡、剃了头，两人要了壶高末在澡堂喝着，让伙计拿了乌世保的里外衣服去洗。这工夫，寿明这才帮着乌世保筹划他以后的生活。

乌世保平时没有为安排自己的生活操心过，进了监狱就更用不着自己操心。寿明问他以后打算怎么办？他什么也说不上来。寿明家业败得早，自己谋生有了经验，心中就有成算。他说："您既没主意，那就听我的。可有一样，我怎么说您怎么办，不许自作主张。"

乌世保说："您叫我自作主张我也作不出来。孩子跟奶妈去我倒是放心，不过我出狱时还应下一位难友的请求，要我照顾一下他的家眷。我是受过人家恩的，要言而有信。"

寿明就说："这事您应得好，够人物。可是，您现在这样什么也办不了。依我说先住下来，打个事由挣几两银子，补补身体换换行头，再说别的。"

乌世保说："理是这个理，可哪有现成的事由等我去找呢？"

寿明说："事由是有，可就是得放下大爷的架子。"

乌世保说："叫我下海唱单弦去？"

寿明说："那也是一条路。不过目前用不着。"

乌世保说："上街摆摊卖字？"

寿明说："怎么样？"

乌世保说："这光天化日之下，打头碰脸的！累能受，这人丢不起呀！"

寿明笑道："我准知道你说这个！好，不用你出去舍脸。我看了你画的内画壶，行，能打开市面！我给你找个小店先住下来。给你买壶坯子，买颜料，你只管画。卖货办原料全是我的事。你怕丢人，别署真名，起个堂号不就完了！"

乌世保仰天长叹一声说："唉，真没想到，我乌世保落到这步田地，要靠十个指头混饭吃！"

寿明说："你先画着，等你尝到甜头就没这些感慨之言了。良田千顷，不如一技在身。你看看咱们落魄的旗主们吧，你我这是一等的！三等、五等、不入流的有的是呢？"

寿明告诉乌世保，要找个合适的地方住下。以哈德门外花市附近最合适。那一带净住的是玉器、象牙、绒花、料器、小器作等行的匠人。租间房成天猫在屋里画烟壶，没人当稀罕传说。哈德门设有税卡，是外省进京运货做生意的必经之路。大街两旁有的是饭摊茶馆，吃喝也方便。这一带又多是贩夫走卒下榻之地，房钱饭钱都便宜。虽然按身份说和乌世保有点不合，现在还讲得起这个吗？

乌世保无可奈何地点点头。出了澡堂，寿明就领他到蒜市口附近去找客店。寿明和这里的杜家店有过串换，由他作保，先住下，半个月再结账。租的是东跨院里一个单间。屋里除去土炕上铺着席子，再没第二件东西。乌世保一看，比监牢里也不强什么，就嘬了下牙花子。寿明笑道："您别急，房子有了，咱先说铺盖。"乌世保说："我是头次进这样的店，原来真就是家徒四壁！"寿明说："被子、褥子、枕头、蚊帐什么都有，要一样算一样的钱，用一天算一天的钱，咱们常住，不比那过路客人，住个三天两后晌，这么租法咱租不起。回头我给你到估衣铺办一套半新不旧的行李来，这才是长久之计。还有一样，你有套行李放在这儿，早一天算账晚一天算账店里都放心，他不怕你跑。你什么都租他的，又不付现钱，日子一长他就给你脸色看，不也惹闲气么？”说话间小二把一个黑不溜秋的小炕桌和一把磕了嘴的茶壶、两只碰了边的茶碗送了过来。垂手站在旁边说：“掌柜的叫我问问，爷的伙食是自理还是由店里包？”寿明说：“先包到月底，要好呢就吃下去，要太差了，我们另打主意。”伙计说：“别人不知道寿爷还不知道吗？我们这店就是靠伙食招人呢。北京人谁不知道：‘杜家店，好饭伙，暖屋子热炕新被窝！’”寿明说：“几个月不见小力笨出息了，少跟我耍贫嘴。乌爷是我的至交，你们要伺候不好得罪了他，有你的猴栗子吃！”伙计走后，寿明关照乌世保：“他这儿伙食是不行，可包下来，有钱没钱您就能先吃着。早上起来您上对门喝浆子吃油炸鬼去，不在包伙之内。我留下几两银子您先垫补用，以后日子长了，咱们再从长计议。”

乌世保过意不去，连忙拦着说：“这就够麻烦您的了，这银子可万不敢收。”

寿明说：“您别拦，听我说。这银子连同我给您办铺盖，都不是我白给你的，我给不起。咱们不是搭伙做生意吗？我替你买材料卖烟壶，照理有我一份回扣，这份回扣我是要拿的。替您办铺盖、留零花，这算垫本，我以后也是要从您卖货的款子里收回来的，不光收本，还要收息，这是规矩。交朋友是交朋友，做生意是做生意，送人情是送人情，放垫本是放垫本，都要分清。您刚做这行生意，多有不懂的地方，我不能不点拨明白了！”

乌世保点头称是。

十一

义顺茶馆的老掌柜，也不是死轴子。等他弄明白来找碴的是九爷，立刻仰天大笑说："刘铁嘴这小子还真料事如神，说我今年有黑爷拱门之喜！"马上吩咐人在后院给九爷的下人摆桌子，先茶后酒恭维说："九爷上我这小茶馆赏脸，是我的造化。也是各位爷拉巴我。没别的孝敬，我送给爷们一人一个竹牌子。以后凭这水牌来喝茶，分文不取！"临走一人又给包了一斤好香片，连羊倌都赏了四吊钱饭钱。晚上九爷回来，问几个下人那茶馆是怎么收场的。下人们添油加醋，把一百只羊说成了天罡地煞，把茶馆的壶碗砸了，桌椅掀了，连后厨房的灶头全踩平了。老掌柜听说来的是九爷，连连朝北磕头，谢九爷给他教训。九爷听了，挺起肚子舒舒服服地闻了两捏鼻烟说："那就饶了他吧！他要不服软，明天我再赶二百只羊去，连着三天，叫他小子吃大黄！"下人说："我的爷，明天还去？他那茶馆十天八日开得张么？"九爷一想，又笑了起来。下人看火候到了，就进言说："爷圣明，您是出气去的，掌柜的也服软了，您心里也痛快了，那损坏的家伙，我猜您准想赏他个血本？"

九爷问："你是我肚子里蛔虫？"

下人说："全北京城谁不知道我们爷财大势大，不拿银子当稀罕呀？"

九爷骂了两声，掏了一个锞子。下人们扣了一半，把一半拿去赔茶馆的壶碗家伙。这茶馆掌柜居然逢凶化吉。九爷先付了一百只羊的茶钱，合二百个座位的收入，这就顶上茶馆的两天的收入。几把茶壶、茶碗能值多少？何况有的锔锔还能使。一算总账还挣了几个。更难得的是这段笑话传出去后，一时间成了新闻，街头巷尾纷纷议论，人们谁不想亲耳听听掌柜的自己讲这奇遇？几天之内多卖了几百碗茶。但这事只能发生在买卖人身上，因为他们讲的是和气生财、逢场作戏，手艺人却没这本事。手艺人自恃有一技之长，凭本事挣饭吃，凡事既认真又固执，自尊心也强些。碰上九爷这类事宁折不弯，就是另样的结局。

聂小轩眼下就碰上了麻烦。

九爷那天早上，本打算开个玩笑就放了他。九爷到肃王府商量如何给日本皇室送礼的事。正好徐焕章也来了。从打庚子以后，徐焕章平步青云，成了肃王府的常客。他给王爷出主意说，送东洋人礼物，要精巧不要贵重。联军进城的时候，抢到汉官宅门，法帖名画儿不要，专要女人的弓鞋；到满员府里，宝石盆景、墨玉山子不要，偏抢烟灯烟枪，他们就爱个灵巧稀罕。一听这个，九爷又想起了他的胡笳十八拍烟壶，他叫人取来给肃王和徐焕章过目。徐焕章一看，连声称赞说："您这套玩意儿拿出去，可把别人的礼品全压下去了。"肃王说："老九这么一来，不把咱们给闪了吗？"九爷忙说："只要王爷赏脸，奴才这套给王爷使唤吧。"王爷问："那你呢？"九爷说："奴才想要，再叫这人烧一套就是了。"王爷拿起烟壶看看底，见打的印子是"光绪已亥"。便笑道："怪不得花样这么新，我说以前没见过呢！既这样我何必夺你所爱，你叫那人替我再烧一套不就结了。"徐焕章一直在把玩这烟壶，一听这话，马上凑趣说："王爷要烧，莫如让他换个画样儿，既不和九爷的重样儿，又透着新鲜，最好是应令的画儿。"王爷说："你想的好。换个什么画儿好呢？"徐焕章说："奴才总跟洋人往还，知道他们的癖好。让奴才替王爷找几套洋画儿来请王爷选，选好后叫他们摹到坯子上烧出岂不好？”王爷听了十分高兴，就请九爷和匠人定规好，先做准备，等徐焕章的画样子拿到就开工。

九爷回到前门外小府，不等落座，就一迭声的叫人去传聂小轩。聂小轩愁得一整天也没吃下东西去，竟比坐牢时还更憔悴，一见九爷，抢过来跪了一跪，便立在一边低头不语。

九爷笑着问道：“你想好没有，是单卖这只手呢，还是连人一块卖？”

聂小轩打个千，低下头不说话。

九爷说：“怎么着？两样都舍不得卖呀？”

聂小轩又打了个千，还是不说话。

九爷大声笑了：“也罢，看你胡子拉碴了，给你条明路。要是手也舍不得卖，人也舍不得卖，就再卖我一套‘古月轩’的小玩意儿吧！”

“嗯？”

聂小轩不相信这么生死攸关的大难题就这么轻易作罢了，直瞪着眼不知怎么应付。管家在一旁喊道：“傻了？回爷的话呀！”

“嗻，嗻！”聂小轩连连点头，“您说要什么我给您弄什么来，没有的我现烧。”

“给我再烧一套烟壶。”

“嗻！”

“得多少天？”

“我不敢说，得看坯料能买得着买不着。那套十八拍的坯子是我祖上留下来的，就那么一套全用了。这东西是山东出的……”

“我管不着，我等着用。”

“不然我把烧好的画刮了去，给您另烧。”

"那得多少天？"

"三个月吧。刮釉子也要上火呢！"

"我不管！两个月限期！过了限我发了你！"

"我拼上命也给您办！"

九爷不愿说要等别人决定画样，便说："你先烧个样儿给我看看。我觉着对心才能发你定钱，叫你开工。你出来日子不少了，快回去看看吧。"

聂小轩谢恩出府，浑身叫冷汗湿透了。

十二

听说义顺茶馆近几天生意兴隆，寿明把乌世保画的一个烟壶装了烟，另两个用绵纸包了，到义顺茶馆去找生意。

茶馆不大，不过是一溜三开间的筒子房，放了六张方桌，门外两旁各有两张条桌、几条春凳。别处买卖兴隆靠"天时"，他这儿却靠"地利"。这里往南不远的陶然亭、梨园义地和松柏庵，是梨园界喊嗓遛弯的习惯去处。当年戏剧艺人被视作"贱民"，不许进内城居住，他们的住家也多在由此往东的马神庙，往西的椿树胡同，往南的南横街潘家河沿一带地方，著名大戏馆子广德、广和、三庆也都距此不远。遛弯回家的艺人们走到此处，正是个中间站口，坐下来吃点心喝茶，完事后上哪儿去都方便。这么一来，那些爱学戏的、爱听戏的、做行头的、扎把子的、前台管事、后台坐钟、场面头、武行头、箱官、检场、车僮、马伕，一句话，要在艺人身上拉交情找饭辙的人也就成了这里的常客。除此而外，这茶馆还有一批鸟客。这玩鸟的客人和唱戏的伶人有些共同之处，他们一样起得早，一样欢喜山林水边。不论百灵、画眉、黄鸟、靛颏，一样的在早上遛嗓放歌。他们从先农坛、城墙根、护城河、万寿西宫遛鸟回来，也多半愿意在这茶馆坐坐聊聊。于是一些插笼的、烧食罐的、捉蚂蚱的、养蜘蛛的、要和养鸟的拉关系找饭辙的人也成了茶馆的常客。久而久之，两种艺术交流的结果，就出现了一些既会唱戏又能养鸟的全才人物。这种人有个特点，他若以唱戏为职业、养鸟为消遣的话，您说他养鸟的本事比唱戏强他才高兴；他若是以养鸟为生、唱戏是玩乐的话，您可千万得说他唱戏已到了炉火纯青的地步，比起他的养鸟本事胜过百倍，这才不至于得罪他。因为有这种种“行规”，和这两行无关的人多半站在门外听听鸟鸣，看看名优，没有几个敢进去和那些熟客挨肩坐下来吃茶的，怕犯了忌讳。

寿明坐下之后，就不断地跟先来后到的熟人们打招呼，两眼可一直往窗外打量。当他看到一高一矮两个胖人从南边走来时，就抖抖袖子、抻抻衣襟抢出门去，朝高个胖子斜着身子打个千说：“三爷您倒早班！”又往旁一侧身子，朝矮个儿胖子也请安说：“吴大爷您总这么闲在！”钱三爷手里提着大鸟笼子，不便躬身，只得象征性地拱拱手。吴大爷却把手中串着的一对腰子停住，还了一安：“托福您哪，我倒想不这么闲在了，没人约我成班呀！”他们说话之间，就有几个闲人被吴大爷的大鸟笼吸引了过来。有认识的便指点说：“这是有名的大花脸钱效仙，那是有名的二花脸吴庆长……”唱铜锤的向来是矮胖墩较多，以致使人们有个误解，以为声带与身高成反比例。北京人竟编个俗语说“矬老婆高声”。二花脸以架子武打见长，自然是人高马大才透着威武雄壮。这两人正好相反。钱效仙身高体长，却能声若洪钟，已是十分可贵了；而吴庆长又能以矬墩儿的身量唱李逵、马武、窦尔敦，山膀一拉，胸脯一挺，气势磅礴，竟使人忘了他是个小矮胖，所以比钱效仙更为人称奇。这两人还都有点怪癖，就是一旦腰里有了几两银子，就懒得上台。吴庆长迷了串古玩铺，替人跑合长眼的瘾比唱戏的瘾大。他和寿明是半个同行半个朋友，钱效仙爱玩活物，不过他的玩法十分特别，总想把天生敌对的动物弄在一起使他们放弃前嫌，握手言欢。他花钱定编了一个中间带隔断的大笼子，最先是一边养个黄鼠狼子另一边养只鸡，养了一些天，他相信这两位已建立了初步的友谊了，便撤了中间的隔断，结果那黄鼬就把鸡吃了，他一怒之下摔死了黄鼠狼。又买来一只夜猫子。搭上隔断，在另一边养了个小白老鼠，这小白老鼠成天望着猫头鹰浑身哆嗦，吃不下喝不下，没几天吓死了。现在他笼子里一边是一只大狸猫，另一边是一只白玉鸟。眼下他还没撤隔断，那鸟倒也能吃能喝，就是一到鸣的时候就像嗓子眼按了个簧，颤抖得叫人想落泪。他这笼子又不加罩，走到哪儿都有人看稀罕。别人看这一鸟一兽是个乐，他看这些围观的人也是一乐。此外他又爱花钱买新奇淫巧之物，所以和寿明又算是半个朋友半个主顾。

寿明请安问好之后，三人相跟着就到寿明桌前坐下。钱效仙笼子里有猫，不能和那些画眉、百灵往一起挂，他就索性摆在桌子上靠墙的地方。他拿大手绢擦完手，擤完鼻子，就伸手去掏烟壶。他因身体魁梧，所以用着一个武壶，用荷包挂在腰间，掏起来挺费事。这时寿明就把乌世保画的那个壶递了上去："三爷，你尝尝这个！"

"百花露？"

"百花露不行！真正的西洋大金花。跟您告诉嘿，光那个芝麻皮的瓶套，就值一双好靴子钱！就甭问烟价了！"

"你寿大爷是花这个钱的主儿吗？"钱三爷斜睨了寿明一眼，笑着接过烟壶，打开壶盖，先就着壶口嗅了嗅。

“怎么样，不蒙您吧？”

“烟是大金花！决不是你买的！”钱三爷说：“老实讲，哪儿来的吧？”

寿明先把头歪着点了点，表示服了钱三爷，然后把嘴凑到钱三爷的耳边小声说：“我替别人淘换个烟壶。这烟壶里带着半壶烟，这烟壶我就没拿出去，先闻着了。要不一倒腾家伙，这烟跑了味儿，就不地道了！”

钱三这才把视线投到烟壶上，看了一会儿说：“这有什么新鲜的，还用你淘换！”

寿明笑着不说话。钱三沉不住气了，拿起来又看，并且迎着窗户看里边的绵，哦了一声：“还有内画呀，这也不新鲜啦！”

“画跟画不同！”寿明说，“告诉您您也不懂。拿来吧，别给人家打了……”

这钱三最反对人家说他对什么事不懂，又最忌讳别人以为他没钱。一听这话，就来了个半红脸。

“怎么，你怕我赔不起吗？”

“您这是说哪儿去了？别说这么个烟壶，醇王府的汝窑大瓶您不是唱一出《锁五龙》就搬来了吗？”寿明赔笑道：“我是怕您嫌冤！您真打了，我让您按原价赔，您准说不值，骂我讹您；按一般的茶晶内画壶赔，我得连裤子搭进去！”

“这玩意儿有这么神？”

寿明不语，只是微笑。钱三又拿起来看。他摇摇头，又点点头。冷笑了一下，又吸口冷气问：“您替人说合的多少钱？”

“五十两！”

“给你五十一两，三爷我留下了！”

“哎哟，三爷，我这是替别人淘换的，我得守信用。”

“您再寻摸一个给他！”

“您圣明。这样的内画要能轻易找到第二份，您会多出一两银子？钱三爷是买死人卖死人的主，能走这个窟窿桥儿？您还我吧！”

钱三把寿明的手一推说：“小子呀，谁让你在我这显摆来着？再赏你四两，灯晚到三庆后台拿银子去！”

“哟，三爷抢货可真手狠！”吴庆长半天冷眼看着，到这时才插话说，“让我喽喽，怎么个好法？”

钱三把烟壶交给吴庆长。吴庆长反复看了又看，连说：“值值，三爷您买着了！大便宜是您的，小便宜是我的，这点大金花空出来赏我吧！”

吴庆长果然掏出个碧玉烟碟，把烟全倒了出来。这吴庆长品评文玩的本事，在梨园界很出名。他说值，钱三格外得意，知己地说：“大爷，我知道您常给古玩店长眼、跑合。我是不干，可不是干不了。我要干连您的生意也抢一半，您信不信？”

“信，信。我就是不信南边对过是北，也不能不信这句话！钱三爷么！好！”

钱效仙一高兴，拉着吴庆长去吃炸三角。吴庆长说：“把这份盛情先记下，我今天不得闲。明天早晨还是坛根儿见。完了咱们从那儿直奔五牌楼。”

钱三走后，寿明也站起来告辞。吴庆长拉住他袖子说：“没这么便宜。您说，钱三爷的五十五两有我几成？”

“天地良心，大爷，我是替别人白跑腿！”

“老喽！什么玩意儿要五十，碰上那个晕头还添五两。您说，凭什么？”

“我说出来，连您也得说值！”

“我不信。您说服了我，今儿早晨的点心钱是我的。舍命陪君子！我生意也不做了！说，凭什么值五十五两银子？”

“这烟壶是一个朋友蹲了一年零八个月大狱，无师自通画的！我是尽朋友交情。我要赚一个镚子，灯灭我就灭！”

吴庆长还追问，寿明便把乌世保的事说了。但他没提姓名，更没说这人进监狱是涉了“义和团”之嫌。因为吴庆长近来常出入宣武门的天主教堂，人们怀疑他要信教。

这吴庆长信不信耶稣不说，可确是个热心人。听寿明说完，就正色说：“既这么说，这人也是值得怜惜的。他以后打算靠画壶吃饭么？”

“这样的旗人，现在除去靠这个混饭吃还有别的路吗？”

“咱们是朋友，你的朋友也跟我的朋友一样。像这样抓大头，一回两回行，长了不行。有几个钱效仙呢？要画，得画点特殊的出来才能站住脚，成一家！”

“承您指教，您说怎么着好？”

“两条路。一是专门做假，死抱着自怡子啊、周乐元不放，做到分毫不差，这也能挣钱。可话说回来，一样的花功夫，何苦在人品上落价儿呢？”

“这话您说。”

“再一条路就是自己打天下。刚才我看了那壶，看出这个人确实是有点根基，所以我才多这份嘴。”

寿明点点头说：“难为您费心。这人本来有点大写意的底子，所以有点他自己的笔意。”

吴庆长摇头说：“写意要大泼大洒、痛快淋漓。烟壶寸地，又没有宣纸浸润渲染的那股柔性，怕难见成色。画工笔呢，刚才说了，太贫。好比唱戏，黄润甫这么唱走红了，我也这么唱，谁还听我的？再说黄润甫身高膀阔，他丁字步一站，两把板斧平端，就是美。我个头矮了半尺，双肩窄了五寸，也这么亮相，还有个看头吗？我得找我的辙。你是花脸我也是花脸，你这么唱有理我那么唱也有理。要看大刀阔斧的您去看黄润甫；要瞧精神妩媚，您捧吴庆长。有这话没有？”

“千真万确！”

“我告诉您，我早就瞧着郎世宁的画法上心了！怎么就没人把他的画法用到内画上去呢？您可别听那些画画的扒得它一子儿不值，我把话说在这儿，要有人学了他的要领用到内画上，那就叫拔了份了！自打庚子以后，咱们这行买卖的主顾变了您不知道吗？谁买的多？洋人！八旗世家、高官大贾光卖的份没买的份了。碰上有暴发户新贵花钱买货，您细打听一下，十有八九又是买了去到洋人那儿送礼的！有这话没有？”

“这话您说了！”

“咱们别的钱全叫洋人赚走了，唯独这一份手艺书画能嫌他们的，为什么不赚？这郎世宁是意大利人。意大利、英吉利、奥地利，都犯‘利字’，全是圣母玛利亚的后人，分家另过的。所以他的画他们就看着眼熟、顺心。至于葡萄牙、西班牙、日耳曼尼牙这些‘牙’字的，跟‘利’字的八成是表亲，他们喜欢的他们也喜欢。告诉您那位朋友，投其所好。孙子！叫他把抢咱们的银子再掏出来吧！他要依我的话办，画出来的东西不用交别人，我给你包销。我准让他发财！”

寿明对吴庆长鉴别古物的本事一向认可。自他出入教堂后，总觉得他沾上几分鬼气。今日听他一谈，才知道他不是去入教，八成是掏洋和尚的钱袋去的。

他们正说得热闹，身后忽然闪过一个人来。身材不高，面色红润，亮纱的袍子，踢死牛快靴，松松的扎了根辫。打了个千，声音粗嘎地说：“敢问这位可是寿明老爷？”

寿明赶忙回礼说：“恕我眼拙，看着面熟，可不敢认您。”

那人说：“借一步说句话行吗？”

吴庆长连忙起身说：“我还有点事去忙，少陪了。”

那人忙说：“您坐着您的，我就两句闲话！”

吴庆长说：“我确实有事。失陪失陪！”

看吴庆长走远，那人才说：“不是您想不起我来，实在是您没见过我。我也头一次见您。我是受朋友之托来访您的。”

寿明连忙让座。那人便说：“我有个朋友在刑部跟您的朋友乌大爷同牢。他托我找到您，传两句话给乌大爷。”

寿明忙问：“您的朋友贵姓？”

那人说：“姓鲍，是个库兵。他叫你告诉乌大爷，有位聂师傅被九爷传走了，吉凶不明。聂师傅临走嘱咐一件事，叫乌大爷千万把他的手艺传下去。要能看到他做出新活儿来，死也瞑目了。”

寿明便问：“什么手艺？聂师傅是谁？您可说清楚！”

那人说：“他就说了这么几句。我原样趸来原样卖，再多一个字我就不知道了。”

寿明说：“也罢。你不是要说两件事吗，还有一件呢？”

那人从身上掏出一张三百两银子的银票来说：“这是鲍老弟周济给乌大爷的几两银子，让他作本，经营那份手艺。他说他这一辈子没干对这世界有用的事，乌大爷经营手艺他入上一股，也就不枉来阳世一遭了。”

寿明问：“这话怎么说？”

那人看看两旁，悄声说："这人判了斩刑。如今入了死牢，秋后就要典刑。他是个库兵，偷银子犯了案。"

寿明惊慌地抓住那人说："难得这人如此仗义！"

那人说："要说偷银子，哪个库兵不偷？事犯了，大库就把整个的亏损全堆在他一人身上让他代众人受过。不多说了，拜托拜托。"

寿明忙说："不敢请教贵姓。"

那人说："敝姓马，在樱桃斜街开香蜡店，有便请赏光。请您告诉乌大爷，别辜负朋友一番心意就是。现在请您打个收据，我也回复那位朋友，让他放心。"

寿明借茶馆柜上笔砚，恭恭正正开了个三百两银子收据。写完看看，意犹未尽，便加上了几个字：

"江头未是风波恶，别有人间行路难。"

十三

寿明离开茶馆，先到琉璃厂买了些颜料、色盘、明胶、水盂之类画具。又到珠宝市挑了四五个透明料烟壶坯子。这才拐到磁器口乌世保存身的小店中来。

乌世保自幼过的是悠闲自在日子，一旦落到蹲小店与引车卖浆者流为伍，人们或许以为他会沮丧，会绝望，会愁眉不展。岂料不然。他有求精致爱讲究的一面，可也有随遇而安、乐天知命的一面。局面大有局面大的讲求，局面小也有局面小的安排。寿明十来天没来，他那斗室已变了样。门楣上贴了个"泛彩居"的横额。横额旁墙缝里砸进半截棺材钉，竟在钉上挂了个小巧精致的鸟笼，养了只黄雀。进得屋来一看，又是一番景色。小炕桌上添了座仿宣德铜炉，燃起一缕檀香。窗台上放了只脱彩掉釉冲口缺瓷，却又实实在在出自雍正官窑的斗彩瓶。里边插了两棵晚香玉，瓶旁一把宜兴细砂、破成三瓣又锔上的口壶。墙上悬了张未装未裱乌世保自己手书的立轴，上写："结庐在人境，心远地自偏。"屋子收拾得倒也干净明快，只是乌世保这身衣服，比刚出狱时更加破旧，从在澡堂洗了一遍，再没洗过。脚上一双步履，也前出趾后露跟了。他正盘腿坐在炕上聚精会神画烟壶。见寿明进来，马上放下笔，跳下炕。要打千，可是屋子太小，一蹲就撞着炕沿，只得拱了下手说："不知大驾光临，有失远迎，当面恕罪！"寿明也玩笑地还了一句："咱家来得鲁莽，先生海涵！"落座之后，乌世保就从枕下递过一把湘妃竹扇骨的折扇说："我正惦着请您开开眼呢！我花三两银子买了把扇儿，您猜猜谁画的？松小梦！松年要知道他的手笔才卖三两，准得大哭一场！"

寿明说："您哪儿发了这么大财，置办起文玩来了？"

乌世保得意地一笑说："挣来的！您几天没来，我囊空如洗了。昨晚儿试着把一个画好的料瓶拿到哈德门外青山居去卖，他给了十两银子！"

寿明一听，马上沉下脸说："这是怎么说，怎么不经我手您自己去卖了？"

乌世保忙解释说："我是一时高兴试一试。不管他给多少，可证明我乌世保居然自己能挣钱了！您该庆贺我。"说着，乌世保又不屑地一笑，低下声说："寿爷，可惜了我这它撒勒哈番，从此以后……"

寿明叹了口气说："我也不是怄您，八国联军占北京，连王府的福晋都叫洋人掳夺了，一二品的顶戴叫人拉去扫街喂马，您这它撒勒哈番值几个子儿呢？我不怕您生气，我也是骁骑校。可我这份顶戴还没您画的鼻烟壶值钱呢，有什么恋头。您睁眼看看，如今拉车的，赶脚的，拴骆驼的，哪一行没有旗人？您无意中会了这门手艺，就念佛吧！”

乌世保点点头。

寿明又说：“我不是怪你自己卖货少了我的回扣，我是不愿叫你卖倒了行市。这一行里门道太多，怕您吃了亏。您知道我拿去的那个烟壶卖了多少钱吗？五十五两！”

“真的？”

“所以说不叫您自己胡闯呢！”

“嗻，这回我服了！”

“您就管把您壶画好、画精，买卖的事由我跑。这不光是我一个人的意思，还有一个朋友，死在临头还关心着您的事业呢！”

乌世保忙问：“谁？您说的是什么话？”

寿明这才把马掌柜来访的事说给他。说完，把他买来的颜料等物连同剩下的银子全摊到桌子上说：“乌大爷，咱们原是玩乐的朋友，今天我促成您弄这内画的手艺，可并不就是贪拿几个回扣，实在是发现您真有才！这位牢里的朋友，人家图什么？也是盼您成器。铁杆庄稼倒了，激励你闯出一条路来，这才是朋友之道。今天我碰见唱花脸的吴庆长，跟他说起您，他也挺热心，还献了条计策在此……”

乌世保听到库兵判了死刑，并托人送银与他，早已泪流满面，后边寿明谈吴庆长建议他如何创立自己画风的话就没听清。最后，寿明对他说：“朋友们既如此热望您打下内画的天下来，您可不应该再有什么三心二意了。”

乌世保这才答话说：“您误解了。库兵送银与我叫我坚持的手艺，不是说的内画，您没听他先提到聂小轩的嘱托吗？”

寿明说：“我听了，可没听懂。问马掌柜，他也不清楚。”

乌世保就把狱中聂小轩向他传艺的事说了出来。寿明说：“这么一件大事您当初怎么没告诉我！跟我还隔心是怎么的？”

乌世保说：“哪能呢！我是想聂师傅并没犯罪，九爷也没有害他性命的理由。他当时心窄，想得多了，我既劝不转他，只有从命。但他早晚回家，这传艺选婿的事自然还由他自己去办。我不过在这期间照顾一下他的女儿而已。这‘古月轩’手艺，是人家祖代安身立命的绝技。好比一份家产，他危难之中不得已托付于我，我可不能乘人之危就据为己有、安然受之。何况我也有了混饭的门路。我立下个心愿，只要聂师傅在世，我既不做这行生意，也不对外人说我会这套技艺，照顾他女儿的事我则要担起来。聂师傅对我是有救命之恩的。现在既有库兵的银子，您我就去看看他女儿。他家地址我在狱时记下了，在广渠门里五虎庙夹道。”

十四

崇文门外虽有几处热闹去处，都在磁器口以北、蒜市口以西。花市四条，是明朝以来制造和售卖假发、首饰、绒花、蜡果的地方。东小市专卖日用百货、土产杂品。这一带住的全是手工业、小商贩、抬轿的、赶脚的，很少有前门大街往西那一带的富商大贾、名优红妓。所以住房都是碎砖砌墙、青灰漫顶，又矮又黑，进身局促。虽有外城的粗陋，却无郊区的开阔。自揽杆市向东向南，接连几个庙，因靠不上烟火布施，专以为人停灵存稼为生。像五虎庙、阎王庙，庙名本就吓人，大殿廊下又摆列几个填了瓤子的棺木，再有雅兴的游客也会却步。而左安门里还驻防几营旗兵。这里虽也算北京城里，距紫禁城不过十里路程，可这里的旗兵和内城的旗人大有不同，脾气秉性、风俗习惯都保存了比较多的强悍之风。在各种好习惯之外也有一条叫人发怵的，动不动就抓人个罪名罚他挑水——北京城井水多苦，要吃口甜水往往要上二三里路之外去挑。丘八大爷过分劳苦，抓个人换换肩本来情有可原，只是这么一来城里人就把这东南一角视作了危途。平日里就十分冷清了。

寿明和乌世保走上大街，发现今日不同于平常。磁器口、蒜市口，东西相对都有人树杉蒿、捆苇席在搭法台，东小市路两边早被摊贩们挤满：卖香蜡纸码的，卖锡箔银锭的；莲花灯、蒿子秆、荷叶、鱼蜡，一份挨着一份。法华寺门口已扎起一艘首尾三丈有余的大法船。龙头凤尾、殿阁楼台，龙女童子、罗汉金刚，十分精致。乌世保看到庙门口黄纸露布，才想起今日已是七月十三，交了盂兰盆会的会期。凡与亡灵有关祭日，清明节、十月一，总带点凄凉景色。唯有这中元，是很有点喜庆金光的。这与盂兰节的起源有关。盂兰盆，梵语是“乌兰婆拿”乃倒悬之意。这一日斋僧拜佛，解亡魂倒悬之苦，自应普天同庆。话虽如此，其实人们热心此节，也并非完全是为鬼魂设想，倒是各种法事给人们带来了乐趣。当时北京各庙，各有自己拿手的绝活献给三界。这法华寺出名的就是慧通和尚的飞钹。慧通是个武和尚，有很好的拳脚功夫。十八般法器中他单掌铙钹。这钹直径二尺七寸，重十斤八两，比戏台上唱《铁笼山》的那对钹还要大。平日诵经作法，他不动用。唯独在盂兰盆会上，他从佛前请出来，在法鼓、云锣的伴奏下，左右挥舞，上下翻飞，缠头盖脑，金光四射。舞得高兴时还打出手，“嚓”的一声扔上天空，足有三五丈高。下来时接法又有多少名目，“张飞骗马”“苏秦背剑”“白猿献果”“黑虎过涧”，那惊险利落之处，在跑马解的沧州人那里都是看不到的。每逢这日子，常有达官贵人及其宝眷，借结善缘为名从城里乘车来看他的表演。所以尽管时辰尚早，从各条街已有人流涌向法华寺了。寿明和乌世保费了好大劲才从人流中钻出来，却又被卷到了去夕照寺的旋涡。虽说每逢中元赶庙的人都多，也没到这地步。寿明嘴勤，打听了一下。才知道八国联军攻占北京的时候，光绪二十六年七月二十日夜晚，在这左安门内打了一仗。这一带的军民老幼齐上阵，宰了二十多个德国兵。鬼子进城后，在左近血洗了三天。今年盂兰盆会，本处居民每户捐一升米为死去的义士超度。连和尚们也发愿白作法事，不领布施。

寿明和乌世保挤了足有一个多时辰，这才来到五虎庙夹道。问清聂家住处，便走到一个黑漆小角门前，用手拍拍门，喊了声：“柳娘在家吗？”里边应了一声，是个男人声音。门拉开时，出来的竟是聂小轩。聂小轩换了件灰布小衫，月白裤子，扎着裤脚。白袜透空洒鞋。新剃了头，打了辫，那模样看来年轻了有十岁。不等乌世保开口，他劈头就问：“我回来就打听你，怎么你出来这么久竟没来过？”乌世保告罪说：“实在是遇到了意外，囊空如洗，这刚得到几两银子，马上就来寻师妹的。”他又引见了寿明。寿明常在古董行中混，早已听说过聂小轩的名字，极恭敬地问了安，这才进院子里来。

这是个独门独户的小院，但只剩下了南屋和西屋，正房被火烧得只剩下乌黑的几堵残墙。两棵枣树，有一棵也半边烧焦了。院子收拾得干净整洁，四角旮旯不见一根草刺。聂师傅把他们让到南屋。南屋迎门条几上方悬着一幅写真画像，画的是一位穿红蟒戴珠冠的老妇人。八仙桌上摆着四盘供果。乌世保忙问：“这是师母？”聂小轩点点头。乌世保赶紧正正衣领，跪下磕了头。寿明也要跪，被聂师傅拦住了。寿明问："老伯母仙逝多久了？"聂师傅说，八国联军来时，人们都帮着守军去守左安门，聂家父女都去了，只有老伴瘫痪在床，未能参战。德国兵攻进城后，见人就杀。聂小轩看看回家的路已不通，柳娘又年轻，便拉着她躲到幸公庄北的苇子坑里。躲了一天一宿，第三天回家来，半个胡同正烧得通红。待和邻居一道救熄，堂屋顶子早已坍下，老太太已死去多时了。整个脸已烧焦，无法辨认，这写真是聂小轩凭着记忆画下的。他说："我没给她装殓什么，这像上就给她穿戴得富贵点吧！"说完惨笑了一声。

寿明怕引得老人伤心，便用话岔开，问："大妹妹不在家？"

聂小轩说："夕照寺作法事，为她妈烧香祈祷去了。"

乌世保问："师傅是哪天出来的？"

聂小轩说起出狱回家的经过，脸色开朗起来。他说到九爷捉弄他时，带点羞涩地挖苦了自己的惊慌失措。说到最后九爷不过是转弯抹角订一批货时，又爽心地大笑起来。这时外边大门响了两声，脆脆朗朗响起女人的声音："爹，我买了蒿子回来了。"寿明和乌世保知道是柳娘回来，忙站起身。聂小轩掀开竹帘说道："快来见客人，乌大爷和寿爷来了。"柳娘应了一声，把买的蒿子、线香、嫩藕等东西送进西间，整理一下衣服，进到南屋，向寿明和乌世保道了万福说："我爹打回来就打听乌大爷来过没有，今儿可算到了。寿爷您坐！哟，我们老爷子这是怎么了？大热的天让客人干着，连茶也没沏呀！您说话，我沏茶去！"这柳娘干嘣楞脆说完一串话，提起提梁宜兴大壶，挑帘走了出去。乌世保只觉着泛着光彩、散着香气的一个人影像阵清清爽爽的小旋风在屋内打了个旋又转了出去，使他耳目繁忙，应接不暇，竟没看仔细是什么模样。柳娘第二次提着茶壶进来，他才来得及细看。

这一看却又惊得他赶紧把头低了下去——市井小户之内也有这样娟美的女孩儿么？

她有二十左右，穿一件月白杭纺挖襟敞袖小袄，牙白罗裙，银白软缎尖口鞋上绣着几朵折枝水仙。银镯子，银耳坠，深蓝辫根，浅蓝辫梢，为给母亲穿孝竟打扮得素素雅雅。那长相则是形容不得的，只能说谁看也觉得美，乌世保看了觉得尤其美。美在舒展、大方、健康、妩媚，没脂粉气，没妖艳气。这地带满汉杂居，汉人受满族风尚影响，多不缠足。又自幼劳动，故而身条腰肢发育得丰满圆润，像水边挺立的一枝马蹄莲。

柳娘给大家满上茶后，在一边的磁墩上偏身坐下，问道：“我们一直惦着乌大爷呢。府上全家都吉祥？”

聂小轩忙说：“可不是。我净顾说自己的事了，还忘了问您，家里怎样呢？”

乌世保长叹一声，就把家中遭遇细讲了一通。中间有些地方，寿明帮着做了说明。聂小轩听着不敢相信，连声说：“您连奶奶的尸首也没见着？小少爷至今还没见面？这家就这么毁了？”

乌世保点头。聂小轩又问：“这么说，您现在是住在令伯父的府上了？”

寿明说：“他父亲伯仲之间，多年隔阂，如同路人。乌大爷现在住在磁器口杜家店里。”

柳娘听到孩子被刘奶妈接去时，眼圈已红了。听到火烧了宅院，就擦眼泪，这时竟出声地抽泣起来。乌世保见了，赶紧去劝她：“您甭难过，我过得挺好，现在靠画烟壶谋生反倒过得挺安乐您呐！”他也是个爱哭的人，嘴上这么说，手也去擦眼泪。

柳娘说：“您是个大男子汉，自然不把这艰难放在眼里。我可怜的是小少爷。我爹在牢里的时候，我可尝够了这孤儿的苦滋味，何况他还这么小呢！”说着想起自己受的苦处，更哭泣起来。聂小轩也半天没有说话。过了一会儿，寿明问道：“聂师傅近来就为九爷那几个壶忙活哪？”

聂小轩说：“可不是。他叫我先烧两样品看看。壶坯子、釉料、钢炭倒有了着落，可就是垫本困难。我们这一行，向来定活的东家都先给垫本，拿他的钱为他备料。从没有先烧样子看了再拿定钱的一说。”

乌世保便拿出那对镯子和两锭银子来说：“您先用这个吧。本来这也是拿来给师妹过日子的。”聂小轩推辞不受，说：“你刚出狱，哪有余钱。我要没出来便也罢了，我出来了不能再叫你背累。”乌世保便讲了库兵嘱咐的话，并说了他送银之事。聂小轩叹息说：“这也是个热心人，可惜被人拉进了泥坑。银子你收起来，这继承手艺的话原是我叫他传给你的，现在既见了面，你就和我一起干吧。口说千日，不如手做一时。”乌世保要说库兵判定死刑的事，被寿明用眼色止住了。聂小轩问：“现在停下你的内画，来和我画‘古月轩’，有什么难处吗？”

乌世保说：“当时您是怕没机会再授徒，不得已才传授给我；我是尽朋友之道，为叫您心安才学。如今您已回来，自当再仔细挑选有为后生承继祖业。我哪能乘机把您的祖传绝技据为己有呢？这好比您在狱里交我一包银子，原是准备万一您回不来时叫我拿来赡养小姐的，如今您回来了，我当然原物奉还，哪还有分一份的道理？……”

乌世保正说得滔滔不绝，寿明突然又踩了他一脚，向他急使眼色。他顺着寿明的嘴角一看，只见聂小轩把头扭向墙角，柳娘却瞪着一双气恼的眼睛盯着他。寿明说道：“你可真是书呆子！人家磕头祷告、求情送礼来认师，聂老怕还不肯要，哪有您这样师傅上赶着教，还一拽三打挺、三拽一哧溜的？依我说，今天我在这做证人，你恭恭敬敬跪下磕三个头，正式拜师吧！”寿明又瞪了一眼，把乌世保按着跪下。乌世保只得跪下磕了三个头。聂小轩却拦也没拦，笑着还了三揖。乌世保站起身，柳娘冲他道个万福，大大方方地叫了声“师哥！”寿明是个知趣的人，连忙从腰中掏出他还没卖出去的一对烟壶，给乌世保说：“正好！事情来得仓促，这个你权当作拜师礼吧。”乌世保双手捧与聂小轩说：“这内画技法，也是老师传授的，您看看可有长进？”

柳娘听聂小轩讲，乌世保天资聪明，功底深厚，教他内画时，稍加点拨，他就知一反三，很快就画出个样儿来了。虽也相信，因没见过他画的活，总以为老人出于偏爱有点说玄了。所以聂师傅刚把烟壶拿到手，柳娘便接了过来，迎着窗户一看，眼睛一下子就直了，若不亲眼瞧见，决不能信是个仅仅在牢里学了几个月的人所画出来的。不仅有章法，有笔墨，而且有风格，有神韵，既学到了聂小轩的绚丽生动，又比老师多了几分书墨气。就冲收得这么个人才，老爷子这几个月的牢就算没白坐。想到这儿，不由得两眼由烟壶上抬起，往乌世保脸上瞅去。

乌世保刚从腰中又掏出一个包来，脸红着对聂小轩说：“这是师傅给我用来见师妹的信物，包金镯子。我厚着脸求个情，求师傅把它赏给我吧。”

聂小轩说：“那是柳娘叫我拿去包金的，女孩家的饰物，你要它何用？”

“要不是这副镯子，学生八成早到了枉死城了。”乌世保便把他在护城河边打算寻死的情形说了一遍。说的时候，连他自己也确信当时他是横下心来要死的了，就因为看见这副镯子，才把他从死路上拉了回来！

聂小轩听后，挺动情，忙点头说："好好，镯子留给你当个念想，以后看到它要记住这教训，人活在世上，兵来将挡，水来土掩，决不能轻易想到死字。"

柳娘说："老爷子，那是我的东西，您就这么大方送人情了？"

乌世保说："师妹把它赏我，日后我有了进项，一定打副赤金的赔您。"

柳娘说："我这儿不赊账，得了，这俩烟壶归我了，你要孝敬你师傅，以后再画吧！"

在场的人都笑了起来。聂小轩说："今天盂兰会为死去的人超度，也算喜事。咱们数喜临门，柳娘收拾酒菜，大家痛饮几杯，冲冲这一年的晦气！"

柳娘收拾菜肴的工夫，乌世保把她放在院里的蒿子拿过来修修剪剪，用黄表纸卷上线香，缚在蒿叶之间；又找来两把椅子，把蒿杆绑在椅子背上做成星星灯。寿明也是会玩的人。出门买来新鲜荷叶，梗中下了竹签，插上了小蜡烛，逐一拴在聂小轩院中夹的花障上。天刚杀黑，远远近近响起法鼓铙钹、诵经拜佛之声。孩子们手举长梗荷叶、挖空心的莲蓬、掏了瓤镂了皮的西瓜，各插了小蜡，燃点起来，边走边唱。天上一轮明月捧出，上下交辉，整个京城变成了欢快世界，竟忘了这个节日原是为超度幽冥世界的沉沦者而设的。

寿明和乌世保也把荷叶上的蜡烛和青蒿上上百支线香点燃，院内顿时亮起千百盏星星几十轮皎月。聂小轩叫柳娘把炕桌摆在当院。放下矮凳蒲垫，四个人围坐饮酒。席间聂小轩再次叫乌世保到这里来学习画"古月轩"。柳娘说："师哥在店里吃住也不洁静，不如索性搬了来住。东耳房收拾一下我住，西屋让给师哥。"乌世保还想推辞，又被寿明拦住了。寿明说："这样很好，师徒如父子，搬在一起才是久处之计。”

这晚上寿明和乌世保都喝了不少酒。告别出来后，寿明推推乌世保说：“你大难不死，必有后福！小娘子颇不俗，您若有意，我当冰媒。”

乌世保醉醺醺的说：“胡说，祖宗有制，满汉是不通婚的！”

寿明说：“狗屁，乾隆爷还娶了个伊帕尔汗呢！道道地地的西域回回！”

十五

乌世保这人，一生事事被动。可一旦被推上一股道，他还就顺势往前滚。他唱单弦着过迷，画内画着过迷，如今跟聂小轩学外画又着了迷。原来这东西像变戏法，明明红花绿叶，画的时候却要涂黑釉蓝釉，只有见了火它才变出花红叶绿。这还不算，那釉色竟还会涨会缩！有的釉在画时要堆成一堆，烧出来才能有薄薄一片；有的釉画时摊成一片，烧出却又是窄窄的一丝。怪不得多少人钻研仿制，终究不能乱真。他一心扑在学画上，那一老一少却扑在他身上。聂小轩给他出图，教他点染。柳娘端汤送水、洗洗缝缝。今天做一件衫儿叫他穿上，明天缝一条裤儿命他换上；逢五逢十催他洗澡，月初月末逼他剃头。隔了些天寿明来看他，见他又白又胖，衣履整洁，容光焕发，竟换了一个人。聂小轩脱离了牢狱之灾，既收徒弟又接了定货，也是舒心顺气、满脸知足的神气。柳娘孤苦了几个月，如今父女团聚不算，还添了位师兄，给这女人带来了照应别人关切别人的机会，也带来了羞怯的希望。寿明是个精于世道的人，他只坐了半个时辰，就啧出来这家甜丝丝的滋味。他明白了，乌世保搬进这个院，不是添了一个人，而是添了一盆火，把这一家的生活给烘热了。

聂小轩给乌世保的头一件实习品是个小碟，上边画“昭君出塞”。寿明看到乌世保已用墨勾出了人物轮廓，便问聂小轩：“照这样，三五天后不就能烧成了吗？”

聂小轩说：“要这么容易还叫‘古月轩’吗？”

寿明说：“这不都勾了线了？”

聂小轩说：“亏您还捣腾古董买卖，敢情对‘古月轩’满不摸门。这么着，让柳娘领您看看她的炉子吧。”

柳娘笑了笑，把寿明领进烧掉了顶的北房墙筒里去。这墙内沿四边扫得干干净净，正中间砌着个砖炉，有头号水缸大小。寿明问：“这是什么？”柳娘说：“窑。”寿明走近去看，用缸渣、麻刀、青灰、白灰抹了一层泥衬，四周码满了钢炭，中间地带上下扣着两口筒子形的大砂锅，接缝处用泥封好。上边这口锅把底捅掉，留下个碗口大的窟窿。从这窟窿口吊下去一只铁架，架上卡着一个泥托。

寿明惊异地睁大眼说：“烧‘古月轩’都用这办法，都这么大窑？”

柳娘说：“别人烧是冒充我们家的，不能叫我们知道，我没法见到。我们家祖传下来，就是这么个烧法。您是我师哥的知交，我们才破例儿叫您看，还望您出去别跟外人学舌呢。”

寿明自语说：“怪不得……”

瓷器向来是用窑烧的，所以盆儿、缸儿、碗儿、碟儿全论套，从头盆到五盆摆开来一大片。讲究的用户，从荷花缸到醋碟酒盅，几百件瓷器，一种釉一样花一窑火烧成。瓷器鉴别家知道看出哪些瓷是一个窑出的并不难。汝、哥、钧、定，分辨容易；要看出同窑的器皿中哪些是一火烧的，才叫真功夫。“古月轩”出世并不久，可给品鉴家带来不少难题。人们没见过它有成套的器皿，也没见过半尺以上的大物件。别说成套的餐具，就连佛前五供、瓶炉三事也没有。多半是单件头。碗是一只，杯是一盏。所以聂小轩能烧出十八只一套的烟壶就是奇迹。

寿明说：“这么说，聂师傅做十八拍烟壶，是分十八窑烧出来的吗？”

柳娘说：“怕要烧八十八窑还多。”

寿明问：“这怎么讲？”

柳娘说：“‘古月轩’珐琅釉，是火中夺彩的玩意儿。每样釉色要求火候不一样，同一样釉色，深浅也要求火候不一样。一张叶子，叶面烧一火，叶背烧一火，叶筋还要烧一火。您算算，一个十二色的壶要烧几次！”

寿明说：“原来这样！”

柳娘说：“还不止这样。这料胎和釉彩熔化的热度很相近，有的釉要的火候比坯子还高。保住坯子，釉子不化，成了死疙瘩。要了釉色，坯子软了又会变形。成败常在眨眼之间，全凭眼睛一看，烧十件未必能出来两件，把废品算算一个壶得烧多少火呢？”

寿明说：“怪不得坊间一个烟壶常要上千的银子。我原想做‘古月轩’的人家一定会富比王侯呢！”

柳娘说：“别人我不知道，我们家可是背着债过日子。”

寿明说：“何致于这样？”

柳娘说：“手艺人没有恒产。一批活儿下来，几个月之内买料、买炭，伙食杂项全是先借了钱垫上。卖出货去把账还了能剩几个呢？要是定的活呢，定钱取来先就作了垫本，到交活时也没多少富裕。何况这手艺并非一年三百六十天全能做的。”

寿明说：“真是一行有一行的难处。”

柳娘说：“如今烧‘古月轩’并没利可图，平日我爹和我是靠内画挣嚼谷的。隔三岔五烧几件，一是为了维持住这套手艺，怕长久不做荒废了，对不起祖宗。二是我爹跟我也把这当成了嗜好，就像您和我师哥好久不唱单弦就犯瘾似的，有时赔点钱也做！不管多么劳累辛苦，多么担惊受怕，一下把活烧成，晶莹耀眼、光彩照人，那个痛快可不是花钱能买来的！”

寿明听柳娘讲话有板有眼，大方有趣，猜想她在手艺上也是有才有艺的，就更增加了替她和乌世保撮合的热心。他告辞时，借聂小轩送他的机会，要聂小轩陪他几步，就把这意思透露给了聂小轩。聂小轩说：“当初我虽是出于无奈才把手艺传给乌大爷，可也实在是看出这个人有点根基。虽然出身纨绔，但不失好学之心，尚存善良本性，不是那一味吃喝嫖赌或是机诈奸巧之徒。不过我家向来不与官宦人家结亲，何况他是旗人？”

寿明说：“乌大爷在牢里时就被削了籍了，还什么旗人？就是旗人又怎么样？我也是旗人，难道咱们不算知交吗？”

聂小轩说：“您别误会。我们这儿住户满汉参半，大家都和睦得很，决没见外的意思。我是说，乌大爷眼前虽有点失意，他能长久安心当个一品大百姓，不想重登仕途吗？”

寿明说：“您怎么放下明白的装糊涂？如今这旗人能跟二百年前比吗？您的左邻右舍有几个真当了军机达拉密的？补上缺不也就是两季老米，一月四两银子，还拖期欠饷打折扣！您别听乌世保口口声声‘它撒勒哈番’，那是他吹牛，我们旗人就有这么点小毛病，爱吹两口。其实那是他爷爷辈的事。他自己连个马甲也没补上。端王给他派个笔帖式，他还没去，倒为这个坐了一年多牢。”

聂小轩原来就有意，于是顺水推舟，卖个人情给寿明，答应说：“有您作冰人，我还能驳吗？让我再问问闺女吧！”聂小轩当晚趁乌世保出门闲走，把柳娘叫到跟前，说：“我这次进了牢房，头一件闹心的事是后悔没为你定下终身大事，没把手艺传给后人。现在天缘凑巧，出来了乌大爷，又没了家眷，咱们还按祖上的规矩，连收徒弟再择婿一起办好不好呢？你不用害臊，愿意不愿意都说明白。这儿就咱爷俩……”

柳娘说：“哟，住了一场牢我们老爷子学开通了！可是晚了，这话该在乌大爷搬咱们家来以前问我。如今人已经住进来，饭已同桌吃了，活儿已经挨肩儿做了，我要说不愿意，您这台阶怎么下？我这风言风语怎么听呢？唉！”

聂小轩听了，正不知该怎么回答，一看女儿眉头尽管皱得很紧，两边嘴角却是向上弯去。便说：“你要实在不愿意，我也不难为你。我早就对人说过这是我徒弟。住在一起不方便，让他再搬回店去就是。”柳娘说：“我要凭着自己性子来，一生不与他合着做活，他画了没人烧，您这徒弟不就白收了？您都生米做熟饭了，才来问我们。”聂小轩说：“你说的是。可我怎么也想不起来了，当初叫乌世保住到这来是谁的主张呢？”爷俩正在说笑，听到门响，知道是乌世保回来，这才住嘴。柳娘上厨房去预备洗脸水，乌世保便到南屋来见聂小轩。聂小轩问了他几句话，见他支支吾吾、满脸泪痕，便生了疑，问道：“照实说，你上哪儿去了？”

乌世保吞吞吐吐地说：“到我大伯那儿请了个安。”

聂小轩说：“你说跟我学徒的事了？”

乌世保说：“没有。我说我从此要以画内画为业了，特禀明一下。”

聂小轩："他不赞成？"

乌世保说："他说我削了籍，跟乌尔雅氏没关系，他管不着我的事！今后再不许我说自己是旗人，不许我再姓乌。"说完垂头丧气、满脸悲伤。

这时门帘呱嗒一响，柳娘闪了进来。她叉着腰儿，半喜半怒地指着乌世保说："人有脸树有皮，你家破人亡人家都没来扫听一下，你倒还有脸去认亲，挨了狗屁刺还有脸回来说！那儿枝高是吧！"

聂小轩说："柳儿，你别这么横，血脉相关，他还恋着旗人，也是常情。世保，我问你，你是不是至今还觉着凭手艺吃饭下贱，不愿把这里当作安身立命之处呢？"

乌世保说："从今以后再要三心二意，天地不容。"

聂小轩说："好，那你就把我这儿当作家！"

乌世保跪了一跪说："师徒如父子，我就当您的儿子吧。"

柳娘笑了笑说："慢着，这个家我做一半主呢，您不问问我愿意不愿意？"

乌世保说："师妹，你还能不收留我吗？"

柳娘说："不一定，我得再看看，看你能长点出息不！"

十六

徐焕章虽然常和日本使团打交道，但当真能算上朋友的，只有个陆军上士。他请这位上士去八大胡同喝花酒，趁着酒兴问他日本人最喜欢什么样的画，也许他的日语还不到家，也许那个上士有意开玩笑，便从口袋里掏出一叠照片来说：“这个我们最喜欢。”徐焕章看了看，照片有十来张，分作两大类。一类是他跟日本妓女一块照的；一类是八国联军占领北京时，他骑着洋马、挂着洋刀在午门、天坛、正阳门箭楼前照的。这前一类烧成“古月轩”未免不雅，这后一类例极为对路。为八国联军打败大清国去向人家谢罪，还有比画联军在北京的“行乐图”更应景的么！便向那人要了两张，说是留作纪念。然后找到个会画工笔画的大烟客，叫他按这日本人的服饰、洋马的装配、刀枪的形制，画个八扇屏，背后点景分别为前门、午门、天坛、太庙等处。画好后他给了那人四两银子两钱烟土。拿到肃王处吹嘘说这是请日本人自己出的题目，是任何人送的礼物中都没有的图样，送过去准能压过群僚。肃王看了也很满意。问他花了多少钱，他说甘愿孝敬王爷，不肯讲价，肃王便叫人领他到马号挑了一匹好马，还带全套的鞍鞴。

肃王派人把画稿送给九爷。九爷一看，也觉着新奇，很投合东洋人的口味。徐焕章近日也往九爷处钻营，可这人小气，不怎肯在管家戈什哈身上送门包。管家也看不上他狗仗人势的下贱相。九爷在那里称赞画稿，正好管家来回事，管家就说：“爷，这画别人夸得你可夸不得。”九爷说：“怎么啦？”管家说：“本来您那份十八拍是这次送礼的头一份。徐焕章弄这个来，就叫肃王的礼把您的比下去了！这小子吃里扒外，把您阴了。”九爷听了觉得有理，便有点不高兴。对这徐焕章便有点冷淡了。

转眼到了中秋节。聂小轩指导乌世保试烧的一个烟碟、一个烟壶出了炉。造型美，彩色艳，图样好。聂小轩便揣着到九爷府上检验。管家跟他也熟了，把他带到了垂花门外，九爷刚喝完茶，一边看花匠在甬道两边摆桂花盆景，一边喂他新买来的一条狗。这狗出自西洋，日耳曼尼亚，经红毛人从澳门带到北京的。身量高，身条细，四条腿像四根铁杆，走在方砖地上咚咚有声。浑身乌黑，只腹下和四条腿里侧各有一条白线，称作“铁杆银丝”。原在载振手中，九爷用两匹跑马一对好蛐蛐才换过来。一个僮儿在九爷身旁端个朱红漆盘，盘内是五花牛肉。小僮用蒙古刀把肉切了，九爷随手就把肉朝天上乱丢，那狗腾空而起，一块块全从空中接住。偶尔落在地上一块，它就弃之不顾，再转过身来朝九爷吠叫。

管事叫聂小轩在垂花门外等候，自己拿了那一壶一碟进去呈报。聂小轩知道这里的规矩，便悄悄把个二两的银锭塞在烟壶的布包下边。管事看也不看，一解开包袱皮，连包皮一起揣进了腰间，这才进门去向九爷回事。

九爷正玩得高兴，便说：“这事我不早说过，叫他拿画样儿去作不就结了。”

管事说：“不给人家定钱，人家怎么买料呢！”

九爷说：“你发给他二百两就是。这也用跟我啰唆？”

管事说：“人家还孝敬了这两件样儿呢！”

九爷这时才接过那两件东西去，细看了看，有了笑脸。便对门外的聂小轩说：“再加一百，给你三百定钱。我这银子可不许退，烧好了给我东西，烧不好我可还要你那两只手！”说完大笑起来。

聂小轩请个安说：“谢谢爷赏饭。刚才管家吩咐，要按画稿去做，小的没见画稿可不敢说能做不能！”

九爷说：“不管那个，能不能都得做！”

管家说：“聂师傅，放心吧，咱九爷是难为人的主人吗？”作了个眼色，叫聂小轩退下。到了外边，他小声说：“您放心吧，那画稿我看过，你一手捏着卵子都能画下来。”

管家在账房取了三百两银子。让聂小轩打了手印，到门口交给聂小轩说："你数数，可别少了。"

聂小轩一数，二百九十五两，心中打个转，又提出个五两的锞子放在管家手里说："多了一块，您收回去吧。"

九爷接着喂狗，喂着喂着，忽然想跟狗也开个玩笑，便随手把聂小轩送来的烟壶也扔了出去。他本以为那狗也会当作肉接住，把牙硌一下的，谁知那狗往上蹿了一下，并不张嘴，看那烟壶直落到石阶上摔得粉碎。管家听见破裂声，以为僮儿打碎了什么东西，忙进门来看。九爷大笑着说："你瞧这个东西多精，换个东西扔出去，它能认出不是肉来，干脆不张嘴！"管家说："它认得。肉什么色，烟壶什么色啊？"九爷听了，忙找跟肉一样颜色的东西来试验。便把身上带的，客厅里摆的玛瑙烟壶、茶晶酒杯、琥珀烟嘴、烟料扇坠掺和在肉一块，一件一件扔了出去。后来小僮费了好大劲才把那些碎碴碎片收拾干净。

聂小轩离开九爷小府时间尚早，便顺路到天桥买几样杂食供果、中秋月饼，预备带回家过节。时隔一月，这为人过的节与那为鬼过的节又大为不同了。秋高气爽，万里无云。各项的鲜果也下来了：马牙枣、虎拉车、红李子、紫葡萄、黄梨丹柿、白藕翠莲，五彩杂呈，琳琅满目。从福长街北口，沿天桥南北，摆满十里长街。像"四远斋"，"桂兰斋"这样的大茶食店，原是专供大宅门，不屑做这小生意的。近年因时局不定，生意清淡，竟也来出了摊子。五尺长的床子上，居中立起一块二尺多高的大月饼，饼上雕了嫦娥月桂、玉兔杵药。饼上方悬挂红布，上边金字写了字号。下边由大到小用月饼摆了几座宝塔。引来众人争看。那售"月亮码"的更不示弱，在它对面树起长竿，竟挑起一幅一丈多长的"月亮码儿"。金碧辉煌，刻画精细。这里中心坐的却又不是嫦娥了，乃是一位端坐在莲台上的金面佛祖。旁注"太阴星君，月光普照菩萨”。莲台之下，也有玉兔杵药。引得人们猜测，闹不清这位菩萨和嫦娥是分掌月亮的两面还是分成单日双日轮流值星。这二位又都有吃药的嗜好，便苦了兔儿爷这边捣了那边再捣。他的地位在嫦娥和星君之下，和人间近了些，人们对他也就讲些平等。在卖兔儿爷摊儿上便给他作了各种打扮。长耳裂唇之下，有穿长袍的，有穿短打的；有的挑着剃头担儿，有的打着太平鼓；还有的穿长靠，扎背旗，一副杨小楼的扮相；还有一种用纸浆捣塑制成的，里边装了机关，用线一拽，眼珠下巴乱动，人们干脆不称他“兔儿爷”，叫他“呱嗒嘴”。靠近坛根，单有一帮乡下客，卖的是鸡冠花、青毛豆、雕成莲花形的西瓜、摆成娑萝叶样的萝卜缨。

聂小轩正在和一个卖鸡冠花的讲价儿，有人拍了他一掌，抬头一看，是寿明。寿明也背着钱褡子在买过节的东西。便说：“我正有点累呢，咱们找个茶馆歇歇脚去。”两人便往西，走到坛根一个茶馆坐下。

这天桥附近的茶馆，和内城的又大有不同。门面小，房舍低，故而外边搭个大天棚，客座在外边多在屋内少。房檐下设一长形灶，一串摆上四五把小口大底长嘴壶。风箱一拉，两头冒火四下出烟。茶桌是碎砖砌的，条凳一律本色白茬，又宽又大。因为在这里喝茶的以拉骆驼、赶驴、贩菜、推酒的劳动人居多，便于他们蹲着吃喝。今天上天桥买节货的人多，茶馆也挤，为了清静，他二人进了屋内。屋内低矮黑暗，可比外边清静。茶送来后，两人喝了几口，都皱皱眉。原来这里的茶叶也不如城里，沏的是名叫“满天星”的高末。

说了几句闲话，聂小轩就告诉寿明，已问过柳娘，柳娘并没有拒绝乌世保这门亲事。现在就看乌世保意思如何。虽然现在吃住都在一起，这婚事却是不能两家直接过话的。寿明说也曾问过乌世保。乌世保原说要向他大伯禀报一下再定；近日又说谁也不问了，只要双方八字相合，他极愿作亲。聂小轩点点头，心想："我一直觉着乌世保突然上他大伯那儿去有点蹊跷，果然这里有文章。"便说："既这样，你叫乌世保写个庚帖，我把柳娘的也写好，拿到'悦来栈'钱半仙那里去合一合吧。若无妨克等项，早日完了也好。住在一起，长了怕有闲话。舌头板子压死人，白找气生。"

寿明问聂小轩手中提的锦匣是什么。聂小轩便说是画稿。寿明问什么画？聂小轩说他还没看。寿明说何不打开一看呢。聂小轩连声说好，便把锦匣打开，拿出画稿。屋里太暗，两人便走出门站在窗下看。先看到是工笔重彩的蛮人画，线条、着色、布局，都平常。聂小轩再仔细看，觉得有点别扭了，这蛮人都舞枪弄刀，跟背景不大协调。细一研究，所点的景全是北京实物，这两样东西没有往一块画的。寿明看出了这一点，只是摇头，没有开口。这时背后已站了几个伸头看画的，只听其中一个人说："八国联军在北京还没待够啊！这画画的想他呢！"聂小轩问："你说什么？"旁边另有一个瘦长个儿、白净脸、留着八字胡的人冷笑了两声说："凌辱陵庙，不以为耻反以为荣，居然画下来把玩，可叹可羞！这要再拿到洋人那儿换银子，可真谓廉耻丧尽了！"

几句话像一阵惊雷，把聂小轩震得头晕心跳，再看那画，果然题字写的是庚子纪念。抬起头来本想再和那人讨教两句，不知为什么人们哄然散了。寿明小声说："快走。"自己也躲进了屋里。聂小轩还没明白出什么事，一个穿着巡警官服的人慢步踱到了他跟前。那时，这种洋式警服在中国还没出现，十分扎眼。聂小轩不由得打了个冷战。那人问："你卖画呀？"

聂小轩说："不，我在这看画！"

"刚才说话的那个人是你一块的？上哪儿去了？"

聂小轩说："我不认识。我看画他凑过来也看，连姓名也没通呢。"

警官伸手拉过一张画，看了一眼，突然问道："你是聂小轩？"

聂小轩说："我也没说我不是啊？"

警官厉声说："混账东西，王爷赏你的画稿你敢如此不敬，拿到这地方来传看。还不快滚，小心我打断你的腿。"说完那警官急急走开，吩咐站他身后远处的两个人，追那发表议论的八字胡去了。

聂小轩被骂得莫名其妙。看警官走远，寿明才在屋内喊道："还不进来，等着招祸呀？"

聂小轩进了屋，惊魂未定地说："这个人是谁呀？怎么连画稿哪儿来的都知道。还一肚子邪火？"

寿明说："这个人就是徐焕章。"

尽管光天化日，大街上还熙熙攘攘，聂小轩却觉着一下子天黑了。寿明见他脸色难看，神情滞呆，忙问："您觉着怎么样？"聂小轩说："没事，我有个病根，一着急就眼前发黑，一会儿就过去。"寿明扶他坐稳，又换了壶茶，让他趁热饮了几杯，慢慢脸色缓过来了。寿明说："我送您回去吧。"聂小轩说："您忙您的。"寿明说："再不雇个脚吧。"聂小轩说："罢，罢，我骑不惯那东西，一走三摇，还不把我腰扭了。我慢溜达着吧，天还早呢！"

分手之后，聂小轩便沿着坛根往东走。心里烦恼，一时又没有主张，便想绕个弯散散心，冷静下来再做打算。不远处就是金鱼池了。聂小轩平日爱看金鱼，便强打精神走了去。这金鱼池原是大金朝时的"鱼藻池"。相传当年池上宫殿，画栋飞檐，也是内苑禁地，如今早已颓废。池子划成碎块，叠土为塘，卖与当地居民，用来养殖金鱼。和草桥的花一样，专为皇室大户做清供雅玩之选。多余部分，自然也卖与民家。北京人有种花养鱼的爱好，皆得力于这两地的花农渔户。聂小轩刚走到池边，便看见渔户们摆了木盆、瓦缸，放满各色金鱼。什么“双环”“四尾”“狮子头”“孔雀翅”“三白”“七星”。最名贵的两种是雪白带黑点和大红披黄纹的“金银玳瑁”。还有什么“鹤珠”“银鞍”。数不清的名目，看不尽的花样。这旁边又有卖灯笼草的，卖活鱼食的，玻璃缸、琉璃盆，把个水池四周装点得五光十色。聂小轩平日看到这些，总是兴致盎然，脚站麻了也不愿走开。可今天却看不出兴味来，没看两三个摊，便败了兴，扭回身往家里走。而且脚步越来越沉重，神色越来越颓唐了。

柳娘做好饭菜，把一条棋桌早早摆到了院当中，把银箔、千张悬在枣树枝上，让乌世保在枣树南侧挖坑埋了两根竹竿，准备悬挂月码。聂小轩回到家来，强装出欢笑，掏出买好的供果，让柳娘去收拾好，摆进盘，自己洗了脸说：“我乏了，等你拜完月，招呼我起来吃饭，让我先歇一会儿。”

柳娘把果品摆好，天也就暗下来了。等月亮在东墙头一露脸，她就让乌世保把月亮码挂上，然后对他说：“这拜月是我们女人的事。你躲进屋里去吧。可不许偷瞧，瞧了会烂眼边。”她把鸡冠花、毛豆、月饼、水果一盘盘摆到棋桌上，从屋内请出个青花炉，拈上三支香，恭恭敬敬跪了下去。然后每插一支香，诉说一个心愿。这办法都是在看戏时学来的。《西厢记》也好，《拜月亭》也好，小姐月下上香，都是这般祝愿法。小女儿们并不想另有发明，但祝愿的内容却是各有各的创造。戏里的小姐头炷香多是祝愿官清民顺、国泰民安，柳娘没这么大宏愿，她祝死去的母亲早日超生，祝九爷这批定货顺利烧成得个好价钱，还祝家里人合顺平安。这“家里人”包括乌世保。拜罢起来，她叫出乌世保，帮她解下月亮码，和挂的千张银箔一块烧化了。两人把供品搬进南屋，端上酒菜，请聂小轩出来吃团圆饭。

聂小轩在屋内躺了一阵，稍安定了点。吃饭间也找题说笑了几句。后来柳娘问起九爷画稿的事。聂小轩说："画稿还没赶出来，咱们先烧几件自己出样的给他看看。要好，也许就不再用他的画稿了。"乌世保说："既这样，您就早点出稿。"聂小轩说："师傅领进门，修行在各人，我还总扶着你们走道吗？这一回你自己来，我不过问，等烧成了再看。"乌世保说："我怕不行。"柳娘说："你这人也真上不了台面。我爹既叫你画，他总有点成算。万一出了毛病他也没有白看着的道理。叫你干你就干呗！"

乌世保被柳娘抢白一通，便不再推辞。第二天起他就构思、起稿。他是画过写意的，便参照写意的画法，设计了套梅兰竹菊《四君子图》。把稿拿给聂小轩看，聂小轩摆手说："我说了烧成了再看，你不要麻烦我！"从此他就埋头作画，不再过问这院里别的事。

柳娘是细心的。中秋那晚，她就发现老头说笑间常常走神。此后，常常发愣，再不把门反插起来在屋里悄悄的摆弄什么。而一反过去早睡早起的习惯，夜里灯光常常亮到三更天气。有一天她舔开窗纸往里瞧瞧，是在算账，把账本、现银、首饰全摆在桌上。一边拨拉算盘一边往账上记。又有一天，她看见老人在守着个锦匣看画片。她依稀记得这锦匣是他中秋那天拿回来的，可以后就藏起来不见了。她找个机会，悄悄把这事告诉乌世保。乌世保说："岂有此理，长者背着你的事你怎么能偷着看呢？如此鬼鬼祟祟，羞煞人也！不要妄加猜测，安分做自己的事去！"柳娘白瞪他一眼说："碰上你这么个枣木疙瘩，我这辈子有罪遭了。"

柳娘想偷偷看看那画页。可是老头藏的挺严，每逢出门必定把门锁上。她时时留意，老虎也有打盹的时候，终于有一天老头出门锁没有锁死，叫她拨开了，她找到那锦匣，抽出画页，看了两张，就拿去找乌世保。

“你看这是什么？”

乌世保看了看说：“画。”

柳娘说：“我知道是画。你看看这是什么画。”

这画的边上有说明，说明在复制到“古月轩”上时应注意的事项。乌世保便说：“这是叫咱们照样临摹的画稿，老爷子怎么说九爷没给他呢！”乌世保又看了看画的内容，便皱起了眉头。

柳娘说：“你别装神弄鬼的，看出什么来了？”

乌世保说：“这上边画的是八国联军占北京！”

“着，着，着！”柳娘用手拍着桌子说：“我就知道老头子有心事，你还埋怨我不该私看他行动。屁吧！这样的定货岂是能接的？这样的画岂是我们中国人能画的？”

乌世保说：“你别火。老爷子必有成算。也许他说好拿别的画顶了。他不是叫咱自己出稿烧几件吗？咱烧好一点，兴许就把这个换下来了。”柳娘半信半疑，把画放归原处，照样封好，又把门锁上。过一会儿，聂小轩回来，虽拉了拉锁，却没说什么，大约是并没发现。

十天以后，乌世保画的“四君子壶”烧出来。聂小轩看了连连点头，在手中摩挲了半天，说道：“好。好，我放心了。”

这晚上吃过晚饭，时间还很早，聂小轩说身子倦怠，便掩上门睡了，连灯也没点。乌世保独立做出头一批成品十分兴奋，便也没点灯，摸黑坐着。柳娘对老头起了疑，也不点灯。只是坐在窗前远远的盯着南屋窗户，看有什么动静。

刚交二更，南屋灯亮了。柳娘悄悄溜到窗下，从窗纸破口处往里瞧，接着又哎呀了一声踢开门闯了进去。这时老人手中正攥着一把崭新的利斧，听见进来人，也吓了一跳，急忙躲藏。柳娘扑过去两手抓住了斧把，叫道："爹呀，您可别这样！"又喊："乌大爷，快过来！"乌世保听到头一声"哎呀"，已经站起身。听见柳娘踢门而入，便也出了屋门。这时就应声赶到了南屋。一见这情形，两腿便抖了起来。战兢兢地说："这，这是怎么档子事？"柳娘说："我爹不知道要跟谁拼命！"聂小轩一跺脚，放开斧子，说："糊涂东西，你爹有跟人家拼命的胆量吗？"

乌世保问："那您这是要干吗？"

"我恨这两只手！"聂小轩说完，叹了口气，坐在了床上。

柳娘把斧子隐到身后，也在椅上坐下。乌世保站在那里，两个人都呆呆地望着聂小轩，不知话从哪里说起。

聂小轩镇静了一下自己，说道："九爷给的画稿，你们偷着看了，是不是？"

两人点了点头。

聂小轩问："你们打什么主意，这东西能烧吗？"

柳娘说："这不知是哪个心让狗吃了的杂种起的稿子，有点中国人味能画这个吗？我们要烧了对得起我妈吗？"

聂小轩又问乌世保："你说呢？"

乌世保说："我㞞，我草包，洋人来了我没有枪对枪刀对刀的勇气，可我也不能上赶着当亡国奴不是？这点耻辱之心我还有。"

聂小轩说："这是九爷订的活，咱不烧九爷能依吗？"

柳娘说："既这样，咱们快收拾收拾逃开吧？"

聂小轩说："我一向做人光明正大，怎么能偷偷跑开？再说咱是收了定钱的。人家告你个携款卷逃，吃官司事小，这人丢得起吗？"

柳娘说："赶明儿您去把定钱退了不结了？银子不是没动吗？"

聂小轩说："九爷有言在先，定钱是不许退的，要么交他做好的活儿，要么要我这两只手！”

柳娘这才知道他为什么拿斧子！

聂小轩说：“我恨这两只手啊，它们操劳一生，没给我带来饱暖，可几次三番给我招祸。去年不是因为那套壶画得好我能进监牢吗？我跟你们说，九爷放我回来的那天，就跟我来了个下马威，问我这手卖不卖，要不卖手就连人一块卖给他。我那一夜几次想发狠把手剁下来扔给他。可我不死心哪，我怕这手一剁，‘古月轩’这门绝技就断了种了，我没法见祖先。今天我看见世保做出来的活我放心了。可又想，咱们的手要非画这个不可，还不如这手断了呢！”

柳娘跑过去抓住他爹的手，捂在怀里说：“爹，您别吓唬我。爹，您气懵了。”

乌世保说：“您别想这么心窄呀！九爷爱混闹，这九城谁不知道？怎么跟他较真儿呢！明儿格您把定钱拿去，再带上我跟师妹做的这套‘四君子壶’，好好求求，要烧，咱给他烧这个，不烧咱退银子。杀人不过头点地，没有过不去的河！”

两人劝到四更天，聂小轩答应去求求试试。柳娘把斧子拿到她自己屋里锁进箱，又打水让老爷子洗了脸，劝他睡下去。

柳娘和乌世保没睡，他们合计到天亮，因为不知九爷能否答应改画，终究没合计出个妥当办法来。

十七

聂小轩只打了个盹就起身了。洗漱完毕，草草吃了几口点心，数足银两，包好画稿，带上“四君子壶”就奔九爷小府里来。

九爷这几天一顺百顺。太后从废了大阿哥之后，跟洋务派透着近乎，看着九爷也顺眼了。不知怎么一高兴，传旨下来，赏了九爷个头品顶戴。于是庆功的、贺喜的几天来挤掉门上几层油漆。九爷头两天还有兴致，到第三天头上就传下话来，除紧急公务一律免见。

这天徐焕章也来了，递进帖子去，半天没见回话，便坐在外客房里发躁。忽然看见管家领着一个人来在垂花门外站住，小声谈论什么。徐焕章待得无聊，就把身子影到窗边，装作看那里摆的一盆菊花盆景，偷听他们说话。自从他正式到巡警衙门当差，他觉着自己有这么份义务，多打听点别人的秘密。

其实管家是在埋怨聂小轩。聂小轩手头不死，人也谦恭，管家对这种人还有点“身在公门好修行”的心意，并不想难为他。

管家说：“九爷这两天正乏，你现在来回事不是找不顺序吗？”

聂小轩说：“工期太紧，实在不敢拖延，怕误了期更惹九爷生气。”

管家说：“你简短点说，我给你回……”

刚说到这儿，九爷在院里高声问道：“李贵，你在那儿又嘀咕什么呢？”

管家说：“是烧‘古月轩’的聂师傅。”

九爷说：“定钱都给他了，他还啰唆什么，叫他滚！”

“嗻！”管家瞪了聂小轩一眼，小声说：“我说你找屁呲儿不是，快请吧！”

九爷在里边又发了话：“我乏了，今天谁都不见，来的客人全替我挡驾吧。”

九爷听到聂小轩的名字，想起徐焕章阴他的事来了，故意给他个苍蝇吃，好叫他以后不敢造次。

徐焕章碰了软钉子，有点恼火。不等管家通知，自己就退了出来。走出大门，看见聂小轩在胡同口蹲着，这气就撞上来了。他并不知道九爷为什么冷落他，他觉着是聂小轩惹九爷发火才把他的事搅了。便冲聂小轩喊了声："喂，过来。"

聂小轩发愁，九爷根本不见面，退定钱管家不收，下边该怎么办呢？没想到这"喂"的一声是喊他。可徐焕章走过来了，走到跟前，用脚碰碰他说："我问你话呢！"

聂小轩抬头一看，认出了是那位警官，忙站了起来。

"你上九爷这来干什么？"

"我来说说烧烟壶的事。"

"你烧好了？"

"没有。这个画稿用不得。"

"为什么？"

聂小轩前几句是凭直觉答的，说到这儿他才清醒，打了个盹儿，鼓起勇气说："我是大清国的子民，不能画那个！"

"混账！"徐焕章暴怒了，上去左右开弓打了聂小轩几个嘴巴。"这画稿是老子订的，你敢挑剔？"

聂小轩豁出去了！喊道："你不也是大清国人吗？"

"你小子是乱党！"徐焕章狞笑着说："那天我看见你跟那个反叛密谋来的。怪不得了，不然一个小手艺人，哪来的这个胆子！我现在不跟你理论，你赶紧把活儿烧出来，耽误一个时辰，我要你的脑袋。你那个同党今天就拉去砍头了，看你猖狂几时！"

徐焕章悻悻地走了。聂小轩又气又恨，没头没脑地站起来就走。走到煤市街南口，走不动了。珠市口大街上人山人海，嘈杂喧闹，在鼎沸的人声中听见筛破锣的声音、吹号角的声音。人墙把他挤得动也动不得，他抬脚看看，原来街心正站着一队绿营兵，停了几辆驴车。驴车上站着几个人，五花大绑，背后插了招子。对面一家饭铺的伙计端出几碗酒，站到条凳上，把酒碗送到犯人嘴边。一个体格魁梧的犯人一口气饮完，声嘶力竭地喊道："丫头养的们，再过二十年又是一条好汉！"看客中间轰的一声叫起好来，可那人像一摊泥一样的瘫下去了。聂小轩听这人口音耳熟，但已看不见他的脸面。往那高耸起来的招子上看了眼，见到硃笔勾处，是个大写的"鲍"字，心中就一机灵。这时另一辆车上，一个瘦高个、八字胡的人也把酒饮光了。聂小轩认出来，正是在天桥发议论的那个人。那人微微含笑，大声说："各位父老兄弟，各位炎黄子孙，我没偷，我没抢，我就是反对他们卖国呀！他们把我们中国一块块切着卖了！洋鬼子杀我们人，抢我们钱，在我们祖宗坟上拉屎。连圆明园都烧了，就不许我们说一句吗？老少爷们，救救大清国吧，救救……"

喧闹的人声低了下来，变作了嘁嘁喳喳低语。前后囚车的犯人蠕动了一阵，喊出各种粗鲁的叫骂。一个小军官朝赶车的人摆摆手，队伍、驴车、看客像河水一样朝西，往菜市口流去了。

聂小轩清醒了过来。心想：我这是往哪走？回家，我回家干什么去？要办的事没办成我回去能想出什么办法来？

他掉回头，又朝北走。快到云居寺的时候，几个人拥着一辆四尺长辕车，绿呢车围、大红拖泥。前有顶马，后有跟役，车伕在下边牵着辕马疾走而来。聂小轩认得是九爷的车。先躲在道边，车快走近时，他一闪身冲到马前跪了下来，高喊了声："九爷，开恩吧！"

车伕把车勒住了。九爷以为是有人拦车喊冤，探出头来。见是聂小轩，反笑了："你小子又出什么幺鹅子？站起来说。"聂小轩磕了一个头，站在一边，把三百两银子放在那画稿上，两手举过顶说："小的实在画不了这样的画，定钱画稿我不敢收了，爷开恩收回吧？”

九爷刚喝了点酒，又接到帖子请他上广和茶园去听谭叫天，心里正高兴。他弄不懂聂小轩是怎么档子事。见聂小轩满脸通红，汗涔涔、喘吁吁，便笑道：“猴崽子，喝了酒上九爷这儿耍酒疯来了。也就是我，换别的爷台不掌你的嘴？回去干活去吧！我早说了，烧不出八国联军图样的烟壶，把你的手送来。我不收定钱！”说完朝车伕摆了下手，放下车帘，又爽快地笑了两声。那车伕往空中甩了个响鞭，车子走动两步便跑起来了。

聂小轩愣了片刻，一跺脚，追了上去。喊道：“罢，我就给您手！”随从冷不防他又冲了上来，连忙去拦，聂小轩一个踉跄跌到马后车前，把手伸到车轮的前边……

九爷没听见聂小轩喊什么，只觉着那车咯噔一声，一歪一晃，险些把他头撞了。车伕猛叫一声“唷——”，把车又刹住了。外边立刻传来一阵喧哗。

九爷没有再掀车帘，只问了声：“又怎么了？”

车帘拉开一条缝，管家探出头来，脸色煞白，嘴唇发抖，说：“聂小轩的手叫车轧折了。”

“嗯？”九爷又笑了，“这小子还真犟！有他的！快送到接骨苏家去接上。肃王还等着他那手烧烟壶呢！”

聂小轩的心思管家懂，他暗地对这个小工匠有点佩服。就说：“九爷，聂小轩要是从今后再不能烧‘古月轩’，您那套十八拍的壶可就举世无双了！”

九爷想了一下，赞许地连连点头，小声说：“那就索性趁他昏着把手给他剁下来，报告王爷说他酒醉失足，被车轧断手，烟壶烧不成了。”

“嗻！”

“三百两定钱不要了。赏给他养伤！”

“嗻！”

管家一声吩咐，车马又走动了。

后话

管家把聂小轩送到伤科医生处诊治。见腕骨已碎，不能修复。他便没照九爷的吩咐把这右手剁下来。命医生上药包扎，开了内服的药方，雇辆车把聂小轩送回家里。三百两银子他如数给了柳娘，不仅没拿回扣，连诊治费他都由账房里支了。临走嘱咐说：“你们趁早搬家，另寻出路。这事肃王和徐焕章知道后不能善罢甘休，那时我可就护不住你们了。”

乌世保也估计与九爷毁约不是易事，但没料到是这样个结局。他望着聂小轩那血淋淋的衣袖和没有血色、微闭双眼的面容，惊呆了，吓傻了。从屋里走到院子，从院子又回到屋里。想做什么又不知该做什么。想说话又找不到话可说。柳娘虽也慌乱了一阵，却马上把自己镇静了下来。她既没安慰父亲，也没理睬乌世保那丧魂失魄的样子，说了句：“你照顾点家里。”便径自推门走了。这一走，直到灯晚才回来。回来时，手里提着两个大红包袱。这时聂小轩已经由乌世保伺候着喝过粥，服了药。疼痛稍减，精神略增。小声地继续地对乌世保述说他和九爷交涉的经过。见柳娘进门，两人都奇怪地问：“哪儿去了。这是拿的什么？”

柳娘把一个包袱扔给乌世保，对他说："你现在就走，寿明大爷在崇文门悦来栈候着你。明天换上衣裳，再由寿明陪着坐车回来。"乌世保听了莫名其妙，想仔细问问，又见她不是气色。刚一迟疑，柳娘就推他说："快走啊，什么时候了，还容你装傻卖呆？你走了我还有活要干呢！"

乌世保稀里糊涂挟着包袱走出了门。柳娘这才对聂小轩说："爹，不管您心里什么滋味，今天得听我的。多吃点，吃好点。好好养养神，明天一早咱们上路。"

聂小轩问："上哪儿去？"

柳娘说："奔三河县，投奔世保的奶妈去。孩子不还在那儿吗？"

聂小轩用那只好手，指指包袱问："这是怎么回事？"

柳娘说："我这么不明不白跟乌世保同行同止算怎么回事？到了三河我算哪门亲呢？明天先拜天地，随后再上车。"

聂小轩说："拜天地？上车，这么两件大事儿你自己就办了？"

柳娘说："您病着，那一位比棒槌多两耳朵，我不自己办谁办？"

聂小轩说："这一宿工夫也筹备不及呀！"

柳娘说："衣裳我买了。神码香烛我请了。我找了寿明连当傧相带作媒证，车子也雇好。能带的东西带着，不能带的交给寿明，以后由他变卖，把银子捎给咱。这个人靠得住。"

聂小轩除了服从，没话可说。柳娘一夜工夫把行李收拾妥当。把神码供到她母亲画像的上方，摆了香炉蜡扦。第二天一早，寿明陪着装扮一新的乌世保乘一辆马车，领着两辆骡车来到了聂家。寿明主持婚礼。两人拜了天地。又向聂小轩和柳娘母亲的画像磕了头。最后谢过寿明，便把聂小轩扶上一辆车，新婚夫妻合坐一辆车。另一辆车拉上行李什物，出广渠门奔三河县去了。

从此以后，乌世保改名乌长安，以画内画壶为生。两口子为了保存“古月轩”这门工艺，每年还烧它三窑两窑。但既不署名，也不谋利。底印全打上“乾隆年造”。再也不烧过去没有过的新花样。内行人都知道，“古月轩”有光绪年号的绝少。所以过了四十余年，当北京市面上忽然又出现了一件光绪年造的“古月轩”制品时，就成了奇闻。并由此又引出一段公案。此事笔者虽有兴趣，亦欲调查，有无收获，殊难预料。故不敢贸然许愿说《烟壶》还要写出续篇来。

追赶队伍的女兵们

一九四七年。华东战场上，在一次战略转移中，有三个女兵掉队了……

一

周忆严给俞洁包扎磨烂了的双脚，完全忘了在庙门外放哨的高柿儿。听到争吵声，才想起高柿儿半天没动静了。天还没大亮，破庙四邻没人家，她跟谁拌嘴？她到门外去看，高柿儿像端枪似的端着用油布包着的小提琴，押着一个瘦男人和一头瘦驴走进山门。

高柿儿才剃了头，帽子显得旷，穿一身长过膝的军装。那外表，那神情，怎么也不像是个女孩子。

“你不老实，我拿电气炮崩了你！”小高虚张声势地拍了一下她的“电气炮”，那东西发出一阵又闷又哑的和声。

“长官，老总，”瘦男人又急又怕地说，“我实在是好庄户人！”

“庄户人看见我跑什么？”

“大五更天，你端着那家伙追谁谁不跑？”

小高指指瘦男人头上戴着的呢帽说：“洗脚盆似的，庄户人有戴这个的吗？”

那人赌咒发誓，说这帽子是他从联保主任的包袱里偷的。昨天保公所往滕县城逃跑，抓了他的官差，连人带驴送了他们几十里地，挨打受骂连顿饭也不管。半夜车误住，他借机跑出来，心里觉着太憋屈，随手从车上的包袱里抓了个物件揣进怀里，跑出老远才敢掏出来看，原来是个这！

“你说的我不信！”小高说，“跟我们上司令部去，查清楚再放你！”

“管，管。你查访去吧，谁不知咱二刘是老实庄户主！你们司令部在哪庄呢？”

“这是军事秘密，你跟着走吧。”小高说着就往大殿里走，“这驴反正闲着，顺便带上我们的病号。”

周忆严转身跟进了大殿，悄声说：“看样是个庄稼人，不是反动派。”

小高说：“我知道。”

周忆严说：“那你抓他干什么？”

“要使那条驴！”

“那也不能硬抓呀！”

“我不抓他早跑了。”

“群众纪律！”

“这敌占区的老百姓一点觉悟没有……”

“那就更得遵守三大纪律八项注意！只能说服动员，不能强迫。”

“我先强迫，你后动员，不一样吗。要不俞洁怎么行军？”说着她就去收拾俞洁的背包，把被子拿出来往驴背上一垫。周忆严端了一茶缸煮熟的南瓜到院里，对二刘说：“老乡，你跑了一夜，大概也饿了，先吃碗南瓜吧。咱新四军有政策，决不冤枉好人。你别害怕。”

二刘看看这个女兵挺和善，肚子也真饿了，一边道谢一边就接过茶缸，用手捏着吃起来。周忆严趁这机会跟他讲新四军出山来打国民党的意义，讲减租减息政策，然后说到要雇他的驴。只要把病号送到地方，照价给脚钱。二刘虽说心里踏实些了，也还不敢说不字。小高不管这些，已经把驴备好了。

俞洁把鞋子、换洗衣服塞进挎包，由小高扶着上了驴。小高在前牵着缰绳，忆严和二刘殿后，就顺着大路向南走。

这三个人掉队，像是命运和她们恶作剧。

总部的文工团，参加一个纵队的庆功大会，到各师轮流演《血泪仇》。前天才搭好台子，突然通知演出撤销了，要宣传队当晚跟随该师一同转移。在借的服装中，有一件褂子是从十里外一个村带来的。分队长周忆严就命令高柿儿和俞洁去送还，以为这时刚开午饭，相隔只十里地，决不会影响晚上行动。俞洁、高柿儿才走了半个时辰，又来了道紧急命令，叫部队立即出发，目的地是四十里外的燕子崖。周忆严把行军路线和通知，交给房东军属大爷就随队出发了。俞洁和高柿儿送衣服回来，一见通知马上追赶。天黑到了燕子崖，只见周忆严一个人在村外等候。队伍在这里打了个尖，又继续前进了。团长告诉周忆严前进方向是滕县城东一带，要她带领俞洁、高柿儿随后赶到。

临出发前，师首长在队前做了攻打滕县的战斗动员。既然要攻坚，当然一两天内不会离开滕县周围，滕县距燕子崖不过九十里地，加加劲一天就能赶到。所以团长还说，一方面要加紧追赶，另一方面也要适当照顾体力。都是女同志，俞洁新参军不久，小高还是个孩子，只要能安全到达就算完成任务，时间倒并不一定非卡在一天之内不可。

在燕子崖老乡家吃完饭刚交初更时分，俞洁二人已走了六十余里，忆严不好动员她们再接着走，决定宿营一夜。第二天一早下起雨来。上午精力足，路也还没湿透，速度还可以。到中午左右已走了三十余里，到了沂蒙山南麓。这时就听见了滕县方向闷雷似的炮声。三个人又是兴奋，又是着急，随便从干粮袋里抓点煎饼渣吃，就着山泉舀了缸子水喝，又继续赶路。

进入鲁南平原，路上的石头少了，脚下困难可多了。先是不断地滑倒，随着就鞋上的泥越粘越重，走几步就粘上一大团，足有四五斤重，不甩掉迈不动腿，总甩就累得浑身酸疼。小河也多，蹚过一道又一道，刚穿上鞋又要脱。忆严和小高是有过锻炼的，索性把鞋洗净别在皮带上，赤着脚前进；俞洁试了试，不行，每走一步都被硌得一咧嘴，便用纱布条把鞋紧紧地绑在脚上。反正已经湿透了，过河也就不再脱呀穿的找麻烦。三个人连跌带滚走了足有两三个钟头，回头一望，都泄了气，她们喝水的山泉旁有棵小槐树，这时还枝枝杈杈看得很清楚。

又走了一个时辰，看看天黑了，雨还不停，再望身后的山还是那么近。忆严想天黑之后更不好走，都筋疲力尽了，不如早些休息，明天一鼓作气赶上去。这一带是敌占区，贸然进村不安全，就投到路边这座破庙里来。

大殿地上燃着的木柴还没烧尽，不用说前边的部队在这烧饭来着。

她们跪在地上吹了几口，借着火苗的光亮看看四面，见神案两边还扔着些烂谷草、断秫秸。周忆严就催着那两人续上柴禾烤衣服，自己点了个草把，把整个大殿又巡视一遍。从神案上找到用日本钢盔盛着的煮南瓜，窗台上捡起个用碗片做的小油灯。她把油灯点着，钢盔放在火上又煮了一阵。三人靠着火堆用手抓着吃。个个吃得咂嘴舔唇，都说从没吃过这么好的南瓜宴。吃完饭，身上也暖过来了，忆严派定放哨的班次，就叫她俩先睡。俞洁起身去睡觉，刚迈了一步，就叫了声“哎呀”，像被钉子钉在了原地，咧着嘴吸起凉气来。

忆严问：“你怎么啦？”

“我脚不知叫什么扎破了，痛得钻心。”

忆严赶紧扶她坐下，小高端过灯来照着给她脱鞋。等把鞋脱下来一看，哪里是什么扎的！脚被雨水泡软了，她过河不脱鞋，灌进去的沙子把脚掌磨掉一层皮，露着粉红色的嫩肉，经过刚才这一休息，肿胀得像熟透的桃子。俞洁头一次看见自己的脚变成这样，吓得嘴唇哆嗦起来。

忆严说：“别害怕，干一干就会好的。”

她拿出自己的茶缸子，走到外边雨地里，找积水深的地方舀来半茶缸水。用自己的毛巾沾着，给她轻轻擦洗干净。扶她睡下去，又催着小高也躺下，自己便到门洞外放哨去了。

屋里的两个人小声吵起嘴来。

“你哭什么？人家战斗部队讲究轻伤不下火线，重伤不哭，你这连轻伤都算不上！”

“谁哭了，别冤枉人好吧？”

“你肩膀直翩扇，干草都响了，还不承认！”

“我怕明天赶不上队伍，心里着急。”

“俺俩抬也把你抬了去，你急的哪门子？”

“我怕咱仨都赶不上！”

“现在急了，早可不听人劝呢！谁的服装不是在哪儿演从哪儿借？偏你这件就非带着走！”

“我不是为了演出质量吗！”

“是看内容哩还是看衣裳哩？这又不是你那上海的剧团，专靠行头装门面。”

俞洁内心里厌恶透了她在上海小剧团的生活，可又反对别人用鄙视的口气谈论那个团体。她认为说那样话的人看不起她的艺术资历，否认她在艺术上的才能。可是跟小高有什么理好讲呢？这个当交通员出身的小姑娘，连内心世界也男孩子化了，而且是那种满身野性的山村男孩。她背过身去不再跟这小野孩争辩。

小高听听没有反响，也就没了吵嘴的兴致，翻个身打起呼来，俞洁一会儿也睡去，而且睡得很死，小高半夜起来去换岗她一点也不知道。

小高换岗时把她和俞洁争论的事汇报了，忆严批评了她几句，说俞洁在这种情况下能跟着走下来就很不错，对一个大城市来的新同志，能像战斗部队的战士那样要求吗？我们要尽量关心她照顾她，不是急着批评。她命令小高，在追赶部队的这一段时间，必须主动跟俞洁团结好，不要再老三老四地瞎放炮。

忆严觉着刚打个盹，天就亮了。她睁开眼，看见俞洁正冲着一双烂脚发愁，那脚肿得发亮了。忆严打开自己的背包，那里有一套团里演戏用的便衣，是她替服装组背的。还有一件旧衬衣，是她自己的，她把衬衣撕开，小心地把俞洁的脚包起来。俞洁想拦阻已经来不及了，就说：“可惜了。包得再仔细，在烂泥地里一走不也白费了？”忆严没吭声，暗自发愁，不知怎样让俞洁走完下一段路。冒险到村里找牲口去吗？几里之内看不见有村庄；背着她吗？几十里路程何时能赶到？从昨天半夜起炮声又停了，谁知道情况又有什么变化？

小高抓了这头驴，虽说应当批评，却把三个人心中的愁云全吹散了。

二

雨停了，大片大片云块你争我赶地向西飞驰，太阳不时地露出脸来，把田野照得金光闪亮。庄稼叶子上挂满沉重的水珠，田里道上横淌竖流的都是水，那声音听起来很欢快。

骑上驴，赶队伍有了把握，也免除了步行之苦，俞洁从心里到脸上都开朗了。小高见俞洁脸上没了愁云，想到很快就要归队，也觉着浑身轻快。这时周忆严为了弥补可能造成的坏影响，又进一步对二刘做宣传工作。二刘看出这三个女兵只不过是要骑他的驴，并无恶意，换了国民党军队，打着骂着不也得送吗？何况人家善说善讲的呢。心里也舒展开了。

小高拉着缰绳问俞洁："你看咱俩像干啥的？"

"干啥的？"

"走娘家。俺那儿小媳妇走娘家都骑驴，她男人给她拉着缰绳。"

"要死，叫你哄了！你把缰绳给我自己拉着好不好？"

"干什么？"

"那多有趣，像骑在马上的将军似的。"

“驴一调皮，怕不把你这个将军摔成泥胎！”

“这驴的样子满老实，给我自己拉一会儿。”

小高把缰绳给了俞洁，驴当真老老实实一步一摇头地往前走。

天上一阵轰响，来了几架飞机。忆严喊了声：“注意！”可是飞机并没降低高度，在西边盘旋一圈又拐向东飞去了。

俞洁见小高找来牲口，自己却辛辛苦苦背着背包在泥地里奔走，既感激又歉疚。平日那些嫌隙，显得没意思了。一半认真，一半也是表示友好地问：

“听说当交通员，每天出生入死，你是怎样习惯的？”

“我们家是交通站，打记事就看我爹、我嫂子跑交通，看惯了。”

“那生活一定很有趣吧？”

“赶不上文工团热闹，干什么都大家在一块儿，当交通员执行任务一个人的时候多。”

“你几岁开始干的？”

“九岁！”

“我的天，你不害怕？”

“净急着完成任务，腾不出工夫来害怕。”

“满危险啊！”

“赶上扫荡，当老百姓一样危险。”

俞洁想问高柿儿参加工作的经过，想起曾经为此惹起过不愉快，把话又咽下去了。

天朗气清，被雨水冲洗过的庄稼绿油油、光闪闪。哗哗的流水声，嗒嗒的驴蹄声，云雀叫，蝈蝈鸣，一片和平景象。俞洁随着毛驴的脚步，有节奏地摇晃着，不由得哼起一支早已忘记了的歌儿来：

柳叶青又青，
妹在马上哥步行，
……

唱了两句，觉得在革命环境中唱这种歌曲不甚妥当，改成了只哼曲调。

几十米开外，是个交叉路口，一个披着被单的妇女，也骑着一头驴，匆匆地由东向西走了过来。后边紧跟着一个穿长衫的和一个短打扮的男人，也走了过来。可那条驴走出几十步后一回头，发现这边有它一个同类。四个蹄子一撑，扭起脖子啊呀啊的打起招呼来。那条驴还没叫完，俞洁胯下这一条也把脖子一伸，高声回答。

二刘这时落在驴后几十步远，急喊："快拽紧了缰绳！"俞洁还没听明白，那驴一个蹽高，蹿到了路边庄稼地里，四个蹄子趴开，箭也似的朝横道上那条驴奔去了。俞洁吓得脸煞白，尖着嗓子叫："拦住它呀，拦住它！"那边跟驴的两个男人听到喊声，朝这边一望，短打扮的男人急忙来拦阻俞洁骑的驴，穿长衫的却转身往南跑去。

对面那条驴发现两个监视它的人各奔东西，就连叫带跳在原地绕开了圈子。一圈没绕完，它背上那个妇女就跌倒在路旁水沟里了，那驴也迎着它的同类跑来。短打扮的人还没抓住俞洁的驴，听到背后驴蹄踏地的响声，知道是自己的驴来抄了后路，扔下俞洁的驴又去抓自己的驴。那驴岂容他随便抓？转身尥了一蹶子，又朝西跑。这边俞洁的驴看到那驴的手段，得到启发，也仿照同样的姿势尥了一蹶子，把俞洁掀到棉花地里，胜利地鸣叫着追随它的同伴而去。二刘也不顾俞洁在泥中挣扎，紧追着驴屁股向西跑。两条驴和两个赶驴的人喊着、骂着，转眼拐到青纱帐后边去看不见了。

小高过来扶起俞洁，忆严就去照看摔在水沟里的妇女。那个女人蒙着被单，既不叫喊，也不呻吟，只是两脚蹬着要往起爬，却又爬不起来，忆严赶紧过去搀扶。那女人回过脸来，忆严吓了一跳。怪不得这人一声不哼，原来嘴上塞着块脏手帕！满脸连泥带水，看不出模样来。忆严赶紧把她嘴里的手帕掏出来。那女人急促地问："你们是新四军吗？"忆严说："是。"女人说："我是烈属，你们救救我，快抓那两个人贩子！"忆严忙问："哪一个是？"女人说："两个都是，噢，你先解开我的手。"忆严掀起被单来。才看见这女的双手被反绑在背后。忆严一面冲小高她们喊："快去抓那两个男人！"一面急忙给女人解绳扣。

小高听到忆严喊，赶紧往西追；俞洁跟着跑了几步，脚疼蹲在地下。忆严把绳扣解开，就和那女人掉头往南追。穿长衫的人原先躲在一座大坟后边看动静，听到忆严喊抓人，又听见脚步声，这才拔腿逃跑。忆严和那女人看见穿长衫的背影，就一口气地追了下去。忆严边追边喊："站住，不站住我开枪了。"那人脚下更加快了。忆严掏出手枪朝那人打了一枪，没有打着，再打，卡壳了。两个女人哪里追得上个壮汉？终于那人钻进一片高粱地不见了踪影。两个追的人早已累得上气不接下气。

忆严和那女人回到路边，小高也回来了。她追了半天连个鬼影子也没看见。两个脚伕都骑着驴跑了，倒是把俞洁的军用被叠成一叠，放在了地头上。

那女人蹲到沟沿上洗了个脸，这才看出是个健美的小媳妇。头上扎着白头绳，黝黑的脸上泛着红晕；头发、眉毛又黑又高，腰板挺直，胸前高高地凸起。虽是满脸气恨，嘴角却向上翘着，仿佛在笑。

三个人都询问她的来历。

她叫二嫚，原是枣庄街上人。三岁上爹爹死在矿坑里，随娘改嫁到东边一个小村。后爹以赶脚为名，做黑路买卖。在二嫚六岁时，他把二嫚卖给了津浦路边姓宋的当童养媳。宋家只一个孩子，比二嫚小两岁，老夫妻是厚道人，把二嫚当自己的女儿看待。小夫妻从小像姐弟一般相处，上头之后也感情很好。

宋家地亩不多。离铁路线近，农闲时候二嫚的男人常去车站找点零活补助家用。一来二去，结识了铁道游击队的人，做了秘密队员。

铁道队神出鬼没，打鬼子杀汉奸，在铁路沿线威名很盛。宋老伯是有血性的人，当年在铁路上做过工。知道了儿子的秘密，并不阻拦，反倒常劝二嫚不要扯儿子后腿。日本投降后，铁道队进了山，合并到主力部队去了。人们这才知道二嫚的男人当了八路。保甲长们就接二连三地来宋家敲诈勒索。

去年冬天，大部队从山里开出来，男人回来一次，膀大腰圆，完全是个老兵的派头了。在家住了一夜，给她讲了半夜的革命道理。她趴在他胸口上听着，一声不吭，心里想："这是俺那个人吗？他咋懂这么些事哩！"他劝她安心等他，把照顾老人、支撑家务的担子担起来，她推了他一把：

"这两年你不回来，俺都让老人冻着饿着啦？"

他走后的几天，连日价炮响，枣庄打破了，济宁攻开了，国民党的快速纵队消灭了。一个消息接一个消息传来。她心里说："这都有俺那人一份功劳呢。"整天笑嘻嘻的，家里地里忙个不停。保长甲长见了她就像猫避鼠似的，老远就赔笑脸，打鞠躬，她把头扬得高高的，不拿正眼瞧他们。

突然，一夜之间部队全往北撤了。她想队伍来时从这儿过，回去也该打这儿走。就倚在门边槐树下，跷着脚往路上看。等了大半天，来了几位首长和同志，他们眼睛低垂着，托着男人的遗物和烈属证……

婆婆倒在炕上了，公公像呆了似的成天一言不发。她煎汤熬药，忙饭打食，倒把悲痛挤到一边去了。只是到了夜里，她把首长送回来的一件小布衫紧搂在怀里，用鼻子搜寻那散失了的汗味儿，让眼泪一次又一次渗湿那空着半截的枕头。

婆婆去世后，公公对她说："你还年轻，守着没意思，走一步吧。"她说："他说了，叫我支撑这个家，照顾你老。"

半月前她下地回来，家门口拴着条驴，多少年都没亲戚走动，哪儿来的客呀？

她一进院子，闻到一股酒味，又多了层疑惑。这时老公公就迎了出来，说："嫚呀，你爹来看你了。"

"爹？我哪又来个爹？"

"你爹呢，咋哪儿来的？"

这时一个瘦老头子，一身赶脚的短打扮，从堂屋走了出来，喷着满口酒气说："唉，这些年家境不好，总想来看你，总来不了，最近才听说你男人没了。你娘不放心，急得病在炕上，管什么也叫我接你回去住几天。"

"回家？自小我的家就在这儿，往哪儿回？我不认得你是谁！"

"唉，孩子，我一万个对不起你，你娘总是亲娘啊！我知道这里一家人对你好，可这个家还不是我替你百里挑一挑来的？"

二嫚扭身走进自己屋，老公公隔着窗户劝她去看看病在炕上的娘，也趁便散散心。她动摇了，十几年来，不止一回想起那个受苦的娘啊！

她随那个脚伕来到这边，她娘果然不行了。娘俩哭了一场又一场，直到把她娘伺候入了土，她这才打点回婆家。可是脚夫拉住她说："没你男人了，你还回那儿干什么？我再给你掂对个合适的主儿，重新成家立业吧。年轻轻的守什么寡？”

二嫚说：“你管不着！”

“我管不着谁管得着？说实话吧，那头的亲事我已经给你退了！”

“你少胡吣吧！”

脚伕冷笑着，从箱子里拿出个包袱来扔在她面前。那正是她的包袱，脚伕从里边掏出张旧纸来，那上边写着字，盖着指纹。

“你看看，婚书我都赎回来了。”

她这才想起脚伕有几天不在家，鬼鬼祟祟地说是给她娘去抓药，却又没抓回药来。

她跳着脚说：“没跟我商量，这不算！”

“好，不算不算！”脚伕顺着她说：“明天我送你回去，退这份婚书。我花了身价，我得要回来呀！”

脚伕一边说一边往外退，退到外边反锁了门。她哭，她喊，没人理她。半夜，房门突然打开，脚伕带来人贩子，把她按在床上反捆了双手，嘴上堵了手帕，用被单一蒙，架上了驴。说是她想娘想出了魔怔，送她进城就医去。

走了小半夜，来到沂河边上一个树林里，他们就把二嫚拉下驴，拿鞭子朝她的胸前和后背狠抽了一通，说是杀杀她的野性。他们告诉她，碰上什么人掏出她嘴上的手帕也不许她说话，要是张嘴求救，还有厉害办法等着她。

天明后，大路上过来几队新四军。脚伕就拉着驴转到小路上，碰上有人问，他们说是送病人找大夫的，一路混了过来。这次碰上女兵们，趁着毛驴绕圈子，她不顾死活从驴上滚了下来，为的让人看见她的嘴是被堵住的，她的男人是新四军，相信他的同志们不会不救她。

女兵们听她讲完，小高气得骂脚伕和人贩子。俞洁一边擦泪，一边叹气，边说：“女人两个字，总是和不幸联结在一起。”忆严顾不上反驳她，问二嫚：“你现在打算怎么办？”

“先回婆家去再说。”二嫚说：“脚伕一定是说我自己要退婚的，老人家不定多伤心呢，我得去说明白。”

忆严说：“那也好。万一你婆家还待不住，你就打听着去找新四军，革命部队会帮助你。”

二嫚说：“我知道，我一路碰上不少往东去的新四军，要不是嘴堵住，我早喊救命了。”

忆严听说部队都往东去了，决定往南再走几里，找不到部队就往东追。二嫚回婆家要先往南后往西，就一同上了路。

人贩子并没走远，隐藏在一片青纱帐里躲着。远远看见二嫚跟女兵一道走了，这才恨恨地去找脚伕和驴。

走出七八里地，要分手了。忆严把干粮袋解下来给二嫚。二嫚说：“救了我一命，感恩不尽，哪能再要东西？”忆严说：“我们这也是老百姓给的。马上就追上队伍了，我们还能补充上。你带上吃吧！”俞洁硬把粮袋套在了二嫚脖子上。二嫚问：“当女兵都得是有学问的人吧？我去了能要吗？”忆严说：“想革命的妇女都要，我和她都没上过几天学。”她指了一下小高。二嫚说：“我问女兵。小子家我知道，俺那个人也不识字。”俞洁说：“她这个小子是装的。”二嫚把眼睁得溜圆看着小高，小高被看得不好意思，笑起来：“这回露了馅啦！”二嫚把小高搂在怀里说：“我让你蒙了，一路上也没敢跟你说句话。”

分手之后，一片轰响，九架敌机分成三组，越过忆严她们的头顶，由西向东飞去。小高奇怪地问：“部队下山不是为了打滕县吗？怎么二嫚碰见部队往东开呢？你听听，飞机也一个劲儿往东窜，是不是情况又有了变化？”

忆严也有点疑惑。她说：“按二嫂所说，东边肯定有咱们部队。一和部队联系上，天塌下来也不怕了，咱们就往东赶吧！”

三

三个女兵过了一村又一村。逢人就打听：“见到新四军部队了吗？”回答都是：“才过去没多远，往东走了。”直到黄昏，才看到村头的第一个哨兵。

忆严叫小高跑步去打听情况。小高去了一会儿，笑嘻嘻跑回来说：“忆严，到了你要去的地方了。”

“别耍贫嘴，哪个部队？”

“泰山部队！”小高一字一顿地说，说完撒了下嘴，“怎么？不是你正要去的啊？”

“泰山部队”并不是文工团跟随行动的那支部队。可是周忆严一听，两只眼格外地闪亮了。

忆严初到文工团来，还是个小姑娘。那时是游击环境。过封锁线，穿敌占区，得有个大同志领着；分散活动，隐蔽埋伏，须有个大人带着。团里把照管忆严的工作交给了老团员孙震。说是老团员，他也不过二十二岁，比忆严大个六七岁。可是对一个十三四的孩子来说，他当然是个大人，何况他天生来就长了一脸络腮胡子，半个月不刮脸就看不清嘴唇眉毛，而那时候刮脸机会又很少。

他们在一起，形影不离。先是叔叔带个小侄女；随后大哥哥带个小妹妹；再随后可就成了一个男青年陪着个女青年。不过他们这种亲密关系是历史形成的，由来已久的，无论别人和他们自己，谁也没感到有什么特殊的地方。

孙震力大气粗，搭舞台搬幕布是好手，可演起戏来实在没一点灵气。台词向来是记不住的，胳膊腿一上台就不听使唤。他要求调换工作，领导也赞成放他走，以便更能发挥他的力量。他去战斗部队当了文化教员，不到两年，成了个能征善战的连长。

他离开文工团后，开始一个星期来一封信，信上几乎写上全班人的名字，自然也有忆严；过了一阵，变成一个月一封，只写几个和他关系密切的人的名字，里边也有忆严；不知怎么闹的，后来固定了每两个来月一封，却只写周忆严一个人的名字了。这件事变化的挺自然，谁也没有吃惊，也没有成为新闻，只是随着年龄的增加，忆严自己不大在嘴里念叨孙震了，人们一提孙大胡子，忆严则脸上泛红，极力把视线转向脚下，以掩藏眸子里跳动的火花。

现在小高揶揄她，她就故意板起了脸："那咱们的部队呢？"

"不知道，"小高说："哨兵讲，要打听情况请上连部。你看是大伙一块去，还是又派我一个人去？"

"鬼！"忆严捅了她一拳，"就你废话多！"

她们三个兴冲冲地进了村子，找到了连部。孙大胡子当真从屋里迎她们的时候，不光她们感到意外——没想到恰好是孙震这个连，孙大胡子更意外。

"哈哈，你们像突然从地下冒出来三棵蘑菇！"他张着大手拍完忆严拍小高，单单和俞洁握握手，"怎么连电话也不先打一个。"

小高说："要能打电话，就到不了你这儿了。我们掉队了！在追赶队伍。"

忆严说："我们团正跟着黄河部队行动。"

"不管在哪儿，你们到了我这儿，我就要把你们收容下。"孙胡子粗声粗气地说："我是后卫连，我后边再没有咱们的部队了。"

他把三个人身上背的东西连抢带夺弄到手，领她们进了屋内。叫卫生员给俞洁上药，叫通信员上伙房弄饭，他自己往锅里加上半桶水，拉着风箱给她们烧洗脚水。三个人就你一言我一语地叙述她们的掉队经过。

"你们就感谢马克思暗中保佑吧！"孙震听她们说完，做了个鬼脸，"天知道你们怎么会没当俘虏！"

他告诉她们，当她们从那庙里出发时，敌人的先头部队正在沂蒙山南麓，距他们不到十里地。而且居高临下，肯定能把她们看清楚！

孙大胡子又说："这次部队转移，是一次战略行动。"文工团下部队演戏的那几天，国民党正有一百个旅，从南北两面急速进逼我山中的部队。陈毅老总特意下令，叫各部队杀猪宰羊，庆功演戏，做出副兵骄将傲、毫无戒备的姿态，可暗地里修好工事，埋伏下人马，要打他个半路伏击。不料蒋介石那个秃头里装的也不全是浆子。一听情报说陈毅在看戏作诗，毫无戒备，连喊："且住，且住！"他说陈毅这个人，年轻时求功心切，冒险疾进的毛病是有的，可麻痹懈怠的过失从没犯过。眼下这个排场，一定又要花样。马上叫一百个旅放慢速度，改为步步为营，合围稳打。他们爱演戏演吧，沂蒙弹丸之地，资源有限，共军决支持不住长期消耗。陈老总一看蒋介石的招数变了，马上就拿出预备好的第二手，趁敌人改变战略，尚未定局，命令全军偃旗息鼓，从不同方向穿过敌人空隙，一夜之间，全部钻出了沂蒙山。这正是她们三个送还服装那天下午的状况，不过当时谁也不知道这内情。

南线我军到了敌后，就猛攻滕县。向北部山区进逼的敌军，正奇怪找不到我军所在，忽然屁股后边着了火，这才知道孙悟空已钻进了肝脏深处，马上把三十个旅掉过头来，直扑滕县。等他们赶到沂蒙山南麓，距滕县不到三十里处，滕县的炮声却停了，我军又不知道去向。直到天亮之后，才得到徐州指挥所电报，说“根据飞机冒雨侦察，共军已转头往东，直奔沂河而去，看样子想东渡沂河再往北绕回沂蒙山。”蒋介石命令南线三十个旅：“立即改向东方疾进，务求进一步占领有利阵地，将共军歼灭于沂河两岸。”国民党来不及下山就拐弯往东，便宜了三个女兵，没被抓作俘虏。

忆严问：“黄河部队现在在哪儿？”

孙胡子说：“当然在东边，我西边没有部队。”

忆严说：“你看我们怎么办？”

“最妥善的办法是先跟着我们。”孙震说：“指导员领受任务去了。详细情况他回来才能知道，你们今天不能再瞎闯了。在我这儿休息一夜吧。”

忆严决定当晚住在这里。就叫孙震介绍近些天来连里的先进事情，准备晚点名时开个鼓动晚会。孙震说：“你们赶路已经很累了，今天就算了吧。”

忆严说：“你可真是立场变了。你在文工团当分队长时，我们要嫌累，要求停一次鼓动工作，你那话多着呢！传统啊，作风啊，职责啊，把人批得有个地缝都想钻。今天说这个了，不行！”

那时的文工团，有一套鼓动形式，是几个现成的歌唱表演节目。曲调、动作都固定。到了一个连队，收集来新鲜材料，编上几句有现实内容的词儿，拉上去就演，准备起来并不费事。比方说这两天炊事员老张表现好，两个说快板的就一递一句说：

炊事员大老张，
做的饭菜格外香，
一天行军八十里，
摊了煎饼又做汤，
同志们吃了打胜仗，
人人学习大老张！

说完，大伙再扭着秧歌把这几句唱一遍。要是想表扬饲养员老李呢，词儿又改成：

大老李是饲养员，
样样工作抢在前，
骡马喂得肥又壮，
赛垮了敌人的汽车连。
……

完了也是扭着秧歌唱一遍。

这些词儿都很简单，那调儿战士们也大都会唱，可演出来大家还是打心里欢迎。受表扬的大老张、大老李，红着脸听完，总还要向班长表示个决心，觉得自己做得还不够，担不起这光荣，以后要更加努力。从他们以后的表现看，这鼓动力量确是巨大而又持久。

这晚上周忆严三个人就迅速地准备了这么一套节目。没带油彩，脸上不能化妆，衣服总要换一换。于是小高穿上了她那套便衣，成了儿童团的男孩；忆严从背包拿出那套服装，成了识字班大姐；俞洁拉提琴，穿军装也就可以了。数快板是忆严和小高，合唱三人一块儿张嘴，俞洁来个小提琴独奏。再由忆严拉琴，俞洁和小高表演立功对口唱，一台戏准备得很红火。

这几天忆严她们够苦够累的了，可连队比她们更辛苦得多。她们走了这几天的路，连队是一天一夜赶来的，其余的时间在滕县还打了一仗。所以晚点名时，连长一宣布文工团同志表演几个节目，那巴掌足足拍了有三分钟。随后演一个节目就嗷嗷叫着要再来一遍，等到表演小提琴独奏和对唱，就要起来没完了。幸好连长是文工团员出身，知道团里有制度，这样的小晚会一定要满足战士要求，只要有人要求就唱。他就出来打个圆场，指挥全连唱个歌散会，才算给她们解了围，这一带是敌占区，老乡们还不大敢太往军队跟前凑，可孩子们和年轻人在外圈也围上了一群。散会之后，大街小巷满是说笑声，这三个人使整个村庄活跃起来了。

演出之后，通信员把女兵领到连部西厢房去，已经给她们铺了铺草。解背包的时候，小高推推忆严说："你的背包我管，去吧！"

"什么呀！"忆严扭了下身子，磨蹭了一会儿，终于笑着上堂屋去了。

孙胡子早已在桌上倒下了两碗开水。忆严来到，两人面对面坐下，互相看着笑起来。

"做梦也没想到你来！"孙震摸着胡子说，"知道你来我刮刮胡子！"

"别刮！刮了就不像你了。"

"完全大了，大姑娘了。"

"再背着我行军背不动啦！"

两人又哈哈地笑一阵。于是东一句西一句谈起来。她跟他谈文工团的熟人、趣事，他对她讲连队的战斗、友情，一句也没说两个人之间的事，可又都觉得很愉快、很满足。仿佛他们平日盼着的也就是见面这么谈谈，不在乎谈什么，能两人坐在一起谈就是感情上的享受。到了查哨的时间，孙震这才站起来说："你挺瘦，注意点身体吧，叫我少挂念点，嗯？"

"嗯，你也一样，那军装穿一阵也得洗洗，满是白碱，不杀得慌呀？"

"我给你写了封信，还没寄你就来了。"

"给我吧。"

"人都见了还要它？"

"有什么特别内容吗？"

"没有。有特别内容也不往里写，跟以前那些信一样。"

"那也给我。"

孙震从皮挎包里翻了半天，拿出个自己糊的信封给了忆严。

忆严说："我回去了。"说完却又不动地方，两只亮得异常的眼睛渴望地瞧着孙震。孙震看看院子，确信通信员不在，上前一步，迅速地抱住忆严，在她头发上吻了一下。忆严想把脸贴在他胸膛上，可他已经用更快的速度退了回去。脸红着，像个偷糖吃的孩子，咂着嘴，被甜蜜蜜的犯罪感困恼着。

忆严红着脸笑道："我小时候，一过河你就抱着我……"

"那，那时候我不担心你生气！"

"傻！白长这么长胡子。"

他俩一块儿走出院子。孙震指指西厢房问："你来找我，她们不会有反映吧？"

"你总单独给我写信。团里同志们好像不声不响地批准咱们了。"

忆严回到屋内，小高和俞洁早睡熟了。她和衣躺下，好久睡不着，虽然只是印证了一下早已存在着的情感，心里仍然不能平静。

她把信放进贴身的衬衣口袋里，手按在上边，睡熟不久，通信员进来又推醒了她。

外边又在下雨，屋里还很黑，通信员打着电筒轻轻说："周分队长，连长请你去一下。"

忆严赶紧穿上鞋，摸着军帽，一边往头上戴，一边就往外走。孙大胡子光着头，站在雨地里瞧着西厢房，见忆严一出来，招了下手就走进堂屋去了。通信员留在房檐下。

忆严跟进了堂屋，桌上的灯还亮着，灯芯已剩下不多。

孙大胡子用手挠着头，不吭声。

忆严很熟悉他这个手势，就说："有什么为难事了？你说呀！"

"你们必须赶快走！"孙大胡子说："现在就动身，有什么困难吗？"

"你不是想说这个吧？"忆严猜测着说："要走就走，当兵的谈什么困难不困难呢！"

孙大胡子吞吞吐吐地说，他检查哨位之后，打电话把她们三个人的情况告诉了指导员。指导员说叫她们安心睡觉，开完会后，他向上级打听黄河部队的位置。可是过了一个钟头，指导员又来了个电话，叫她们不要睡了，马上追队伍去。

"这也没什么可大惊小怪的呀！"忆严说。

孙震又挠挠头，这才说："他们的位置变了，现在在西边了。"

忆严以为听错了，又问一句："哪边？"

"西边，就是昨天你们来的那一边。"

"不是你连西边没有我们的部队了吗？"

"是的，是的，那是昨晚上！可是现在，我连以东又没有我们的部队了。他们昨天天黑以后，来了个向后转；从南边小道悄悄绕回西边去了，目标是越过津浦路，渡过运河，与鲁西南的刘邓大军会师。"

“你怎么不早说？”

“我一听说就马上派通信员去喊你的。”

“那你们呢？”忆严问，“你们还不行动？”

“我们马上也出发。”

“反正一个方向，那就一块走吧，总比我们单独行动强。”

“不是一个方向，我们往东！”

周忆严又以为听错了，半晌没言语。

“这也没什么可大惊小怪的呀！”孙大胡子故作轻松地说：“当兵的嘛……”

忆严说：“你刚才讲，东边没有我们的部队了。”

“是啊，可这只能对咱们自己人说。”孙大胡子口气庄重起来，“对敌人，仍然要叫他相信我军主力在东边，并且还继续向东进！所以，天亮之后我们就要在敌人的视线之内，大摇大摆向东走！”

“你们都指谁！”

“一个团！”孙大胡子又笑起来，“你记得吧，在文工团里时，一唱平戏就叫我跑龙套。团长总说，老孙，你别看不起龙套，四个人代表千军万马！这回我又跑龙套了，我们一个团代表整个南线的野战军！”

“既然我们已经来了，”忆严说：“为什么不叫跟你们一起行动？”

“这，这跟演戏到底不一样。唱戏这边是四个，那边也是四个。现在咱们是一个团，敌人可是三十个旅。他们一发觉上了当，马上就会有一场一百对一的恶战……”

忆严生气地说：“怪不得催我快走，是把我们送往安全地带呀！”

“这是上级首长的命令！”孙大胡子说：“上级命令，非本建制人员，一律动员走！而且你们这一路也并不安全。津浦路两侧的敌人地方武装、土顽势力、交通警察纵队，也有好几万。东边的敌人，一发觉上了当，马上也要追赶。连日大雨，道路全翻浆了，后边你们追，前边大部队也在走，要把那两个女兵安全带回部队，你得好好费点心思呢！我把你叫出来，就是叫你先有个思想准备，过一会儿帮我做工作啊！”

忆严沉默了片刻，想起马上要分手了，自己还跟他发脾气，很有点后悔。她把他的手握紧说：“你可要，可要活着打回来。”

“没有你批准，我且死不了呢！”

出乎意料的是，那两个人的工作倒极好做。小高是服从命令惯了的。往哪指就往哪打，不知道什么叫讲价钱。俞洁听说要继续追赶，虽有点沮丧，可也没什么选择余地。只是在帮她们轻装的时候很费了点劲儿，什么零碎都舍不得扔。几经反复，才使她们同意只带着粮袋、两身便衣、提琴和发给她们的三颗手榴弹，其余一切都扔给连队司务长去处理。

分手前孙震又嘱咐她们，三个人要生死与共，团结一心，能不进村就不进村，能不宿营就不宿营，要克服一切困难，追上自己的队伍。

四

周忆严今年十九岁，但看起来要大些，即使在比她大三两岁的人中间，她也像个大姐。碰到叫人生气的事，她很少发火，至多脸红一阵，说话带点颤音；碰上叫人们狂喜的事，她也不会大笑大喊，多半把两个好看的嘴角弯上去，轻轻地在嗓子里格格两声。这一点曾经引起俞洁的误会，以为她心机纤巧，善于掩饰自己。其实，俞洁是不了解她的经历。

忆严小名叫秀儿，生在天津，只记得有个爸爸，不记得有妈妈。爸爸是个唱昆曲的。从记事忆严就在打了花脸、贴了头面的人中转来转去。她七岁那年，爸爸陪着人唱“钟馗嫁妹”，一个筋斗翻下去再没有起来。从此她就成了全戏班的公共孩子，这个叫她去买盒烟，那个叫她沏碗茶；吃饭时白大爷给块烙饼，田二姨给夹块咸菜；睡觉就在戏箱旮旯铺个草袋子。人们像喂条小狗似的喂养着她。后来，戏班维持不下去了，演员们也要各奔东西。管事的只好领着她，到常去唱堂会的裕二太太家磕头，求太太把这孩子收下来当丫头。裕二太太扭捏了一阵，留下了她。等戏班一离开天津，她转手又把忆严送给牌友刘太太，顶了她的麻将牌账。

刘太太的男人在北京另有个小公馆，一年也不回天津一两趟。这里只住着太太、一个胖小姐和一个抽大烟的少爷。下房里，太太一位远亲以半主半仆的身份当管家，还有个兵痞出身的守夜人。有谁经受过这个世界里的这种生活，只要看看这些成员，就能想到秀儿要有多顽强的生命力，才能挺受过来。谁都比她地位高，谁都比她权力大，谁都可以支使她、折磨她、侮辱她，并以此来发泄自己对生活的厌倦、仇恨和敌意。

她白天要收拾三个人的屋子，倒三个人的便盆，洗三个人的衣裳，伺候老太太喝茶，伺候小爷抽烟，伺候小姐绣嫁妆。晚上要替管家干活，替守夜人打更。管家和守夜人合伙偷东西。她看得明明白白。说出来，那一男一女半夜里堵上她的嘴，用炉通条烫她；她不说，主人又认定是她偷的，让她在雪地里饿着肚子一跪几个小时……

她终于也熬不下去了，觉得这样活着，既看不到希望又没有意义。

可是正当她准备了却自己这短短一生的时候，忽然从天外伸过一只救助她的手来。这家来了个姓林的客人。这个人一连来了好几回，每次都是秀儿送的茶。第四次来时，她刚倒了茶要退下，太太说：

“秀儿，先别走，这是大夫。请他验验看你有什么病没有，怎么总这么瘦呢？”

那人慈祥地笑着，拉着秀儿的手说：“别怕，我给你捏捏积就是了，不像有别的病。”

他叫秀儿扶着椅子站好，撩开了她的衣服后身，顺着腰往颈部按摩上去，触到肩胛骨处问道：“孩子，你背上这块青痣是从小就有的吗？”

秀儿点点头。

“别处还哪里有？”

秀儿说：“左大腿上也有一块。”

那人放下秀儿，转脸对太太说：“就是的了，请您把文书拿来，我们当场过付了吧。”

太太打发秀儿出屋去，一会儿的工夫管家就来通知她收拾东西，给她道喜，说来的那人是她舅舅，特意来赎她的。

秀儿估不透是真是假，是福是祸。可她明明记得自己是什么亲人都没有的，她又惊又怕，浑身哆嗦起来。这时候姓林的客人自己到下房来找她了，他看了这暗黑潮湿的下房，抚摸着秀儿瘦骨伶仃的肩膀，眼圈红了，哽咽着说：“孩子，外婆找了你许多年了。”这神情、这声音，是秀儿从父亲死后再没有见到和听到的。世界上又有人把她当人了。尽管她对这个人一无所知，可是她不由得扑上去抱住他呜咽大哭。

“舅舅”把她从天津带到香港，从香港带到重庆，在重庆见到了周伯伯，才知道派人找她的是共产党，是周恩来。才知道那个唱戏的穷演员不是她的亲父亲，而是和她亲生父母住同院的街坊。她父母都是以教员身份从事革命活动的共产党员，“四·一二”时被军阀枪杀了。好心的演员冒着风险，收养了她这个还不会说话的孤女，以报答他们生前对他的照顾和资助。周伯伯找了她许多年，抗战开始，河北省的党组织从回到高阳的艺人们口中打听到她的下落，立即派人到天津找到了她。她的父亲也姓周，周伯伯给她起名叫忆严，把她送进了新安旅行团。不久，她随着新安旅行团到了苏北解放区。

在新安旅行团，她没有别的孩子活泼、天真，也没有文化上、艺术上那种早熟的素养。可是她沉着、老练，政治上进步快，对自己要求严，很快地成了个小领导干部。当部队文工团要补充几个青少年时，旅行团就把周忆严输送到新四军来了。

她受到了战争的锻炼，也熟悉了一般的工作方法。可带领两个人单独执行任务，她还是第一次。

头一件事，她先把自己见到过的老领导们回忆一下，从他们的行为中找寻自己应该遵循的做法。她想到了：第一要以身作则，吃苦在先；第二要发动群众。

小高是小老革命，把她的工作做好，两个人齐心协力帮助俞洁一个人，完成任务就有把握了。

她把小高拉到身边，悄悄谈起来。

五

和小高谈得很顺利。因为太顺利了，周忆严倒放心不下，怀疑这个小东西要么是没用心听她谈，要么是她根本没意识到情况有多严重。

“当前的情况很严重，你懂了没有？”

“瞧，怎么不懂呢？比平常严重多了。”

“我们要帮助俞洁克服困难，无论如何把她带回队里去！”

“那还用说，谁还能扔了她！”

“你是老同志，要主动团结她。”

“保证不在我这儿发生问题。”

“你，你怎么总嬉皮笑脸的？”

“还非要哭丧个脸呀？我不会。”

“你记到心里没有？”

“幸亏你还刚刚当个分队长，就这么唠唠叨叨，将来要当了婆婆，可够那儿媳妇受的！”

忆严打了她一巴掌，叫她先走出百十米去当个尖兵。联络信号是她装斑鸠叫，忆严用口吹的定音笛回她。她像个脱了线的家雀，三跳两跳不见了。

忆严的话她当然听懂了，只是她实在体会不到忆严那样的沉重心情。打仗嘛，总是有紧张时候，也有缓和的时候。总那么缓和，当兵的还有什么乐趣！俞洁嘛，当然要回部队去，她还能开小差？帮助她也是用不着说的，昨天还不是我弄来的驴吗！至于要主动团结，她心说：“这个任务可要格外用心才能完成。”

她从到宣传队的头一天，就对俞洁没有好印象。

几个月以前，小高从教导队调到文工团来。走到文工团村外，从河边小树林传来一阵叫人掉泪的琴声。她奔琴声走去，想打听一下团部住在哪里？

小树林边上拉着被包带，挂满了粉红、月白、鹅黄、淡绿、各种颜色的小衣裳，都是洋布的。她心想："像是地主新媳妇在晾嫁妆？"又往里走了几步，看见在一棵较大的树下，站着位干净漂亮的女同志。上身穿着雪白的紧身背心，绿军裤洗得黄里透绿，横竖的布丝都清清楚楚。长过肩的头发披散在肩膀上，扛着个黄油油的木头葫芦，那叫人想掉眼泪的声音，就是从这儿拉出来的。

女同志看见小高，尖叫了一声，赶紧放下木头葫芦，从树上拉下半干的军装穿到身上。红着脸，可是笑嘻嘻地说："你这个小同志，那儿晾着衣裳，还不知道里边有女同志吗？怎么也不咳嗽一声，就闯进来了？"

小高敬了个礼，撇撇嘴说："我嗓子不痒，咳嗽个啥？女同志有什么稀罕的？告诉我文工团团部在哪儿吧。"

女同志说清了团部的住处，小高又问道："你扛的那是个什么家伙？"

"这是提琴！"

"这玩意儿一拉就叫人怪伤心的吧！"

"能叫人伤心，也能叫人高兴，看拉什么曲子。"说着，女同志把提琴扛到肩上，拉了个秧歌调，小高听了笑着说："唉，这个调就叫人高兴了。以后多拉这个调吧！"又敬了个礼，走出了树林。心想，怪不得临来时指导员嘱咐说："文工团里知识分子多，到了那儿处处小心，不能像在交通站那么撒野。这知识分子就是花样儿多，你走近她还要先咳嗽声！"

在团部办完手续，团长把她领到一个夹道口，指着个黑大门说："你们分队就住在那儿，分队长叫周忆严，你找她报到吧。"

小高走到大门外张望一下，见一个女同志蹲在墙边守着一堆火煮什么东西，她就大声地咳嗽起来。那女同志回头看了看说："有话说话，没话滚球，你站在那儿干咳嗽个什么劲？”

小高走进门，规规矩矩敬个礼说：“我叫高柿儿，从教导队调来的，团长叫我找周忆严同志报到。”说完就摘下帽子来擦汗。

“个儿不高，嗓门可不矮！我就是周忆严。”周忆严打量着她新剃的小光头说：“听说你是个小丫头呀？”

“错了管换。”

“怎么剃个光头？”

“工作需要，抗战时当交通员，整天在敌人鼻子底下转，装个男孩方便点儿。”

“鬼子投降一两年了，为什么还没留起来？”

“怕招虱子！”

“演戏可不像看戏那么容易，到这儿来要准备克服困难！”

“豁出脑袋干呗！”

“你的铺在西屋南间，跟俞洁同志住一块。你先去收拾收拾，把身上衣服换下来，一会儿跟我上河边洗澡去。瞧瞧你脏的！”

小高心想，文工团员要都是像分队长这样，倒还可以干下去。

西屋南间铺着草铺，果然已放下了一个背包。高柿儿赶忙打开背包，拿出她当交通员时发的一身便衣换上，抱着军装来到了周忆严身旁。周忆严一看，皱了下眉：“你怎么换了这么一身？”

“我们就是发一身军装一身便衣。”

“没问你军装便衣，我问怎么也是一身脏的？”

“谁说，这不挺干净吗？这大襟上是会餐洒上的油，洗不掉了。”

“你给我看着点火，这锅里是胶，别熬糊了。”

周忆严转身进了屋，一会儿抱出一身新军装扔给高柿儿：“你给我换上！要邋遢以后再邋遢，到团里头一天，留个好印象！”

小高就站在院里把衣服换了。袖子长过了手，裤子盖着鞋。忆严要拿针线绷一下，小高一口气说了七八个不用，自己卷巴卷巴十分满意了。

忆严从火上拿下胶，打开个油布包，捧出一只坏了的提琴，耐心地一块块黏合着。

小高问："这也是扛在肩膀上拉的那个琴吧？"

"对，叫提琴。"

"怎么人家那个金光锃亮，你这个咋这么寒碜？"

"人家那是从上海、济南买来的，我这是找庄稼木匠比着做的。"

"唔，人家那是三八大盖，你这是土造单打一！"

"不，单打一作战还能用，我这个上台不能用。那声音像是从坛子里发出来的，只能在平时练习用。"

"啊，你这是木头手榴弹！"

上午她和忆严去洗了澡、洗了衣服，中午吃饭和全分队的人都见了面。下午别人进行工作，让她自由活动，她就走遍了文工团的各个角落，几乎认识了所有的人。吃过晚饭她跟村里的男孩子们一起玩起攻碉堡来，很快地成了全村孩子的领袖。到晚点名时，忆严一看那身军装又成了泥猴。晚上忆严和俞洁还要学一点提琴，叫她先睡。她点着灯一看，可着草铺上铺了一条鹅黄色的毛巾被。当枕头用的小包袱上也盖上了条雪白的毛巾。再一看自己那条连水带泥的腿，赶紧把毛巾被叠到另一边去，把小包袱上的毛巾也撤了，往草上一躺，合上眼就睡了。

睡得正香，有人推她，并且轻声地喊："小高，小高。"

她一骨碌爬起来，揉着眼问："有情况？"

"什么情况，我叫你收拾一下正式睡！"是俞洁的声音。

“我不是睡得挺好吗？还怎么正式睡？”

“衣服也不脱？”

“穿着睡惯了。”

“怎么把毛巾被也掀了？跟我讲客气？”

“那东西太干净，太好看……”

俞洁坚持要铺上毛巾被。小高妥协了，只好也脱了那身脏衣服，拿出条被单来盖上。可是翻来覆去总睡不着。

俞洁拉着她的手问：“你十几啦？”

“十四。”

“爹娘全在吗？”

“全没了。他们都抗日，一个叫鬼子烧死在俺家里，一个不愿作俘虏自己投了河。”

俞洁叹口气说：“唉，可怜……”

小高抽出手，抬起身问：“你说什么？你怎么对我说这种屁话？”

俞洁被弄得摸不着头脑：“怎么，你生气了？我没有说什么坏话呀！”

“你说了，你说可怜！革命同志都教育我坚决革命！都说我们家光荣，就村里老地主才指着我后脊梁说可怜呢！”

俞洁赶紧认错，说这个词确实用得不当，可也真没有坏意思。小高虽然平静下来，可不愿再和她谈下去，把脸扭向一边。

高柿儿很少和别人谈她的家庭情况。倒不是谈起来伤心，一谈起来人们多半说些又尊敬又赞扬的话，叫她挺不自在。她想，老人家的光荣，自己拿来贴什么金呀！

她家是个中农，哥哥比她大十五六岁，老早就在县城师范念书，而且在那里秘密参加了共产党。毕业后回到村里教小学，就说服她爹爹在自己家成立了交通站，爹爹当了交通员。那时正是抗战的对峙阶段，来往的人员，都是头天半夜来她家住下，第二天夜里悄悄由她父亲领走。文件由外边送来，再从这里转出，带路、送信由老头干，做饭、烧茶就落在了妈妈和嫂子身上。过路的同志说些感激的话之外，总要谈点抗战的大势、革命的道理，听长了，熏惯了，连老太太带儿媳妇全都有了政治觉悟，先后正式参加了工作。高柿儿虽小，耳熏目染，对交通员的一套工作全都记熟了。她喂着一条狗，叫老黄，一来了客人，她就带着老黄坐在门口放哨。碰上情况紧，她爹为了迷惑敌人，送信时也常把她和老黄一道带着，装作走亲戚的模样。她已是个小帮手了，哥哥和爹爹就一本正经地对她进行政治教育和保密教育，高柿儿一一都记在心里。

1941 年冬天，她哥哥调到军队工作，嫂子上党校学习，日本鬼子突然发动了规模空前的大扫荡。爹妈要坚持岗位，就把柿儿送到十几里外她姑家去躲鬼子。柿儿在姑家住了十六七天，待不住了，吵着闹着要回家。她姑父说："现在扫荡还没完，不能回。实在要回，也等我先去探探情况，问问你爹的意思再送你回去。"她姑父除去种地还编筐，当下正是年底，怕编不完误了生意。要再过一两天赶完了活，才能上她家去。柿儿是任性惯了的，哪有这个耐心，不等晚饭做熟，从篮里拿了个高梁饼子，一边吃着一边就走了。

天黑以后她才走到自己村头。还没进村，就闻到一股焦煳气。村里一片死静，窗上不见灯火，门前不见行人，等走到自己家墙外，她吓得心口乱跳，两腿瘫软。哪里还有家呀？横在她眼前的是一片冒着烟气的焦土。月光下，黑乎乎的残墙围着一堆烧焦的梁木檩条，塌下来的房顶斜盖在原来是炕沿和锅灶的地方；没有了门窗和屋顶的房子，像黑色骷髅似的歪歪斜斜地站着；锥形的房山，指向银蓝色的夜空。

高柿儿的思维神经麻木了，眼睛睁得老大，半张着嘴喘粗气，在瓦砾堆里磕磕绊绊地转来转去，既不说话，也不流泪，只顾两手东翻西找。她自己也不知要找什么，只是无目的地辨认着一件件看熟了、摸惯了，如今已燃烧、压砸得变形了的器物，后来就颓然坐在原本是锅台的一块泥坯上，痴呆呆地像一段小木桩。

不知道是哪个街坊发现了她，转眼间就围上来几个乡亲。人们拉她回自己家去住，劝她放声哭，陪着她流泪，可她似乎什么也看不清楚、听不明白，只有一个意念，就是顽固地要在这个地方就这样坐着。谁劝她也不走，谁拉她起来，她挣脱开还到原地按原姿势坐下去。

有一个长辈说："这是急惊疯迷住心窍了，别打扰她，让她慢慢缓醒过来就能好。扰动了还怕作下病。"

有人给她身上披了件破褂子，有人给她手里塞上块熟地瓜，大家叹着气、擦着泪走开了。

她就动也不动地一直坐到月亮高过树顶，三星半晌午。她刚刚感觉出自己冷得牙在打战，远处传来一只狗压抑着发出的呜呜声，仿佛有一团灰白的影子在什么地方闪了过去。

"老黄？"她下意识地说了句，就轻声喊了起来"黄！"随着这声叫喊，那团灰色从黑地里箭似的朝她扑了进来。那狗呜咽着，摇着尾巴，把两个前爪搭在她肩上，把头拱到她胸前，"呜呜，呜呜"嗅她、舔她，像有说不完的话。她一把搂住它，哇哇大哭起来："老黄、老黄，就剩下咱们俩了吗？咱的家呢？爹呢？娘呢？"

她搂着狗，一边叨念着，一边掏出剩下的半个饼子，掰着喂进它嘴里。

"老黄啊，这些天你藏到哪儿了？瞧把你饿的，肚子都瘪了！"

她伸手抚摸它的肚子，触到一件光滑坚硬的东西，打了个寒战，立即清醒、警觉起来了。那是个小竹筒，用丝绳拴在黄狗腰上的。去年扫荡时，鬼子来得突然，爹爹把一份文件就塞进竹筒里，拴在老黄身上，把老黄打出门去，逃过了鬼子兵的检查。这竹筒怎么又拴在老黄身上了？

她伸手到竹筒去探摸，果然有一小卷发硬的东西塞在里边。这一定是爹爹没来得及送出去的！她毫不犹豫，站起来，唤着老黄就往下个交通站所在的村庄走去。路过村西头，地主吴善人正骑着大骡子，由扛活的跟着从城里回来，看见高柿儿，叹了口气，对扛活的说："抗日抗日，那日本是容易抗的？闪下个小丫头孤苦伶仃，可怜！"

"放屁！"柿儿一腔子怒火，轰的一声爆发了出来。"给鬼子汉奸出钱粮，舔屁股才可怜！"

吴善人吃了一惊，看看柿儿，摇着头走了。柿儿冲着他后脊梁狠狠啐了口唾沫。

她一口气走了二十里，到了运河边上另一个交通站墙外，扔进一块砖头，学了几声猫叫，门吱的一声就开了。这站上的负责人是个三十多岁的妇女，柿儿叫她婶子，早和柿儿熟透了的。可今天一见，把眼睁得老大，像是不认识柿儿了。她挓挲着两手站在一边发愣，眼泪却顺着腮边往下滚。柿儿进了院子，等她拴上门，连忙从老黄身上解下竹筒来交给她。她从竹筒中掏出一封被血粘在一起的信件，马上把柿儿抱到了怀里。

在这里，柿儿才知道上级已经找她好几天了。因为叛徒出卖，日本鬼子扫荡的第一天就包围了她家。那时她父亲已经带着文件离开了。只她妈妈一个人在家，日本鬼子叫她交代丈夫的去向，交代家中的抗日活动。她不回答，鬼子兵把她双手倒绑吊在梁上，房上浇了汽油，点起火来。

她爹已经跑出了合围圈，可是叛徒领着鬼子骑兵追上来了。他负伤之后匆忙把文件塞进竹筒，拴好在老黄身上，自己跳进了还没冻硬实的运河汊子里。

组织上知道了两个老同志光荣殉国的消息，鬼子刚撤走，找到他们的遗体埋葬了。要把柿儿送到烈士子弟学校去，可是不知柿儿在什么地方。

现在柿儿自己找来了，婶子要带她上根据地学校。可是柿儿说："打鬼子报仇要紧，上哪门子学？你跟上边说说，叫我也当交通吧，带上我的老黄一块。我爹以前这么答应过的！"

不久在组织部门的登记册上，原先写着她爹爹名字的地方，贴了一块白纸，郑重写上："姓名，高柿儿；性别，女；年龄，八岁半；职务，交通员。"何婶子家的户口册上也加了名字："养子，四儿；性别，男。"婶子的丈夫，在别人没见她之前就给她剃光了头发。从此人们就看到一个小男孩，满身野气，无论冬夏地往返在运河两岸官道上，身后跟着一条狗。

日本投降后，高柿儿已是有了四年军龄的排级干部。组织上送高柿儿进学校，可她在那里上课打盹，下课跟些男孩一起调皮捣蛋。学校跟她原单位商量，又把她送了回去，编在军区机关的教导队里。教导队是些受训的干部，除去出操、听课，大部分时间是自学文件。一到自学时间，她就混到一群小号兵、小通信员群里去摸鱼、掏雀、撵兔子。领导上和同班的大姐们正不知拿她怎么办好，文工团来挑小演员，一下选中了她，简直是八厢情愿，教导队高高兴兴把她打发了出来。

到文工团头一天，就碰上这么个娇小姐，就听见她说屁话，高柿儿一肚子不高兴，以后就越看俞洁越不顺眼，成了她的反对派。

六

只剩下俞洁和忆严两人时，空气就不像忆严和小高在一起时那么轻松和谐了。忆严一直感到俞洁对自己有些不满意，可始终弄不清隔阂出在哪里。现在情况紧张，不是慢条斯理交换意见的时候，忆严开门见山，对俞洁说："现在就咱们三个人并肩战斗，过去有什么意见，咱们先放一放。大敌当前，咱们生死摽在一起，一直坚持到胜利吧，再别闹什么小心眼了，好吗？"

俞洁用抱住忆严的肩膀作为回答。

"你放心吧！"俞洁过了会儿说，"咱们掉队这两天，我心里有好多好多想法。可现在不是谈的时候，我保证听从你指挥，跟着你前进。我参加革命晚，有许多旧思想，你们不要嫌弃我，多帮助我吧！我自己也要主动想清一些问题。"

她说的是实话。这两天，她改变了对一些事情的看法，另有一些事情她还有保留意见。

这些事大半是和忆严有关的。

俞洁和忆严的意见，就从忆严肩上那把提琴引起。

俞洁参加文工团，文工团开了个欢迎会。大家欢迎她提琴独奏。团里只有三把小提琴，让她自选一把。按旧艺术团体的惯例，俞洁认为这实际上是在业务上对她考试，所以准备得很认真。三把琴都试过了，最后选中忆严使用的那一把。

文工团的同志们，大部分是农村的孩子，没有谁受过正规的业务教育。相形之下，俞洁就是专家了。她拉完一个曲子后，立刻响起了热烈的掌声，大家一次又一次地要她再拉一个。节目演完一进后台，忆严就高兴地对她说：“拉得真好，你编几个战斗的曲子，下部队给战士们拉去吧。”第二天团部把俞洁找去，拿着忆严那把琴说：“以后这只琴就交给你保管和使用了，希望你做出更好的成绩来。”

俞洁一听，犯了犹疑。她听说过，几年来周忆严都用一个土造的提琴练弓法指法。大反攻时缴获了这把琴，全团一致赞成交给她使用，以奖励她这种刻苦学习的精神。

“不，琴是分队长用的！”俞洁说，“我不能接受。”

“是你们分队长提出来的。她要求把琴交给你，让琴发挥更大的作用。”团长说，“作为一个共产党员，她做得对，我们在支部要表扬她。”

俞洁把琴收下后，心里仍不安定。在艺术的竞赛场上，亲姐妹相遇也是当仁不让的。在旧剧团里，谁要主动向你让步，那就要当心背后有什么鬼！革命部队里当然不会这样，可她不相信这是出于周忆严自己的本意。可能是从表演效果出发，团部动员她把琴让出来。为了保全她的面子，又说成她自己的请求。谁担保周忆严今后不会找碴报复呢？

她挟着琴回到班里，一见忆严，就笑着说：“分队长，你好不好帮我求个情？”

忆严问：“什么事？”

“你看，团长非要把这只琴给我用，我怎么能要？”

“组织决定，你就服从吧！”忆严说完，忙自己的事去了。本来忆严说的是老实话，俞洁却越琢磨越觉得是对自己很冷淡，这以后她就对忆严格外警惕起来。

小高调来了。俞洁发现小高对忆严有种说不出来的好感，别人说她不听的事，一经忆严张嘴，小高就乖乖地收兵。可这个小高，只要开生活会，总要给俞洁提几条意见，就连俞洁爱清洁这一点也说是小姐作风。尽管忆严也批评小高有片面性，可是她怀疑小高对她的反感，正是背后从忆严那儿传染来的。

讨论《血泪仇》的角色时，小栓妈有两个候选人，一是俞洁，一是周忆严。俞洁为了避免和忆严撞车，再三表示不能胜任。可是忆严带头举手，最后还是选定了她。俞洁总担心会又引来什么不愉快，果然，在连排后的讨论会上，大伙都对她扮演的角色不满意：感情虚假呀，知识分子腔呀，没有农民的气质呀，光小高一个人就讲了二十分钟！哪里是提意见，简直就是在众人面前寒碜她，她做了好几年演员，还头一次出这个丑。自己申明演不了，退出来吧！又批评她不虚心，听到点意见就使性子。也有人说她不坚强，连一点克服困难的决心都没有。她硬着头皮把戏演下来了。演到十几场上，有一天临上台忽然犯了胃病，疼得她在地上滚，团长决定临时改换节目，突然周忆严站出来说："一切都准备好了，临时换节目哪来得及。俞洁上不了场，我代她一下好了。"大家问她有把握吗？她说："好歹能完成任务！"人们帮俞洁把服装脱下来穿到忆严身上，忆严前边化妆，后边别人忙给她梳头。锣鼓一响，正式开戏了。

从忆严一上台，边幕两旁就有人低声喊好，一段河南梆子唱下来，后台就议论成了一片。有人说表演得真像农村妇女，有人说这么唱才有地方戏曲味……台下的掌声像打雷。

俞洁不知道忆严什么时候做的准备，看来是用心良苦，蓄谋已久了。她在上海那个小剧团时，见过这套手法，有人暗地准备了一个角色，抓住扮演人因病请假的机会，取而代之，一举成名。可自己曾让周忆严演，她不肯呀！是专门为了使自己难堪，她才这么做呀！这太过分了。她觉得像是当着众人，被周忆严啪啪打了两个嘴巴。尽管她坐在舞台后边背阴处，没有人看得见她，可是她脸烧得火热，眼泪湿润了两腮。

祸由自取，谁让自己一走进这个团体，就锋芒毕露，夺走了周忆严的提琴呢？俞洁怀着敌意与忆严保持着距离，并且想找机会离开这个团体。她后悔得罪了这个有革命资历的对手。

她几次带着眼泪想起了这一切，可是两天来的掉队生活中，忆严对她的照顾出乎意外，亲姐妹碰到生死关头，还免不掉有个私心呢，忆严却连一点私心都没有。这次掉队是由自己引起的，又因为自己没有行军经验，磨坏了脚，拖慢了大家的进程。如果没有自己累赘着，人家两个是早可以追上部队的。如果没有她两个帮助自己，自己早不知落到什么地步了。这些过去的纠纷，还值得一提吗？

现在唯一还没想通的，是忆严这么一个人怎么存在着互不相容的两重性格？这两天对自己的关怀，看得出百分之百出于赤诚；可以前那些小动作，也算得上用尽心机！她想起团长经常说的“知识分子思想改造不容易”这句话，脱口而出：“是困难啊！”

忆严见她半天不吭声，突然冒出这么一句，就说道：“坚持住吧！一到要坚持不住的时候，你就想，我们是为四万万人民在受苦受难，你就有力量了。这是我试过多次的灵药，这个世界不公正，很不公正！总有一些人靠了剥削人、凌辱人享福；另一些人受剥削、受凌辱一直到死。这个不合理劲儿，早有人看出来了，有多少戏就是演的这个。可真正想出办法来改变这种情况的是马克思，真正按这办法干的是共产党。他们要改变这个不公正的社会，而且把它建设成人人富裕、人人幸福、人人有权说话、人人有权管事的世界。我们能参加这个改造世界的队伍，能为这么件大事受苦受罪，甚至牺牲，是求之不得的！你不觉得幸福吗？”

七

雨一阵大，一阵小，下了一天一夜，她们三个人紧一阵慢一阵，也走了一天一夜。

因为下雨，敌机没有骚扰，她们开始是顺着大路走的。傍晚的时候，遭到两次还乡团的袭击，一次没看到人，只从侧面庄稼地里打来几枪；第二次听到枪响，看到高粱地里有穿白衣服的人一晃，忆严喊了声：“架机枪，二班上来！”砰砰地还了两枪，敌人跑了。她们也就不再敢沿着大路行动，只能远远地傍着大路，在庄稼地里一步一陷地前进。夜晚，雨大了，三个人又合在一起手拉着手走。中间吃一顿炒面，也是一边走一边往嘴里送，走到半夜，脚下已经由烂泥变成了水塘，一步下去就没到膝盖，这只腿才拔出来，那只脚又陷进去，走个三五步，就要停下来喘两口大气。俞洁脚上的鞋子、纱布早被泥拔掉了，摸也摸不着了。好在脚已经麻木，倒比疼能忍受些，可是快天亮时，她的胃又绞痛起来，并且浑身冷得直磕牙。

忆严握着她的手，感到她在浑身颤抖，轻声问道：“你怎么啦？”

“没什么？”

“是不是胃病又犯了？”

“不厉害！”

忆严伸手摸了摸她的前额，叹口气说：“糟糕！你在发烧。”

小高说："站下歇一会儿吧。"

她们摸到一棵树下，三个挤在一起，背靠着树站下来。刚站下不一会儿，俞洁就含含糊糊地呻吟两声，两腿弯了下去。小高叫她一声，她打个寒战又挺立起来说："我睡着了！"

"再待下去我也要睡着，"忆严说："咱们走吧。我和小高架着你，往前找个可以避雨的地方宿营吧。总这么走，谁也坚持不下去。"

她们连抬带架又走了约半个钟头，天蒙蒙亮时，看到道旁有一片瓜地，支着个窝棚，就奔了过去。她们叫了两声，没人搭腔，挑开草帘，躬身钻了进去。里边除去铺着个草铺，烧着一堆柴灰，什么也没有。俞洁看见草铺就一头扑过去，叫声："妈呀！"爬上草铺合上了眼，一会儿就发出了含混的呻吟。忆严扒扒柴灰，见还有火星，便从铺上抓一把草放上，歪着头噗噗地吹起来，一会儿她把火吹着了。

"小高，先别睡，"她推推坐在一边打盹的小高说，"把你背包里的便衣换上。湿军装脱下来烤干它，这样睡要生病的。"

她自己也打开了背包，拿出那身演戏服装，推醒俞洁，亲自帮她换上，把俞洁的军装伸到门外拧了拧，坐在小高对面烤起火来。小高先是两手举着自己的军装烤，随后就把两个臂肘放在膝盖上，再过一会儿就两手一松，把衣服扔到脚前，歪头打起鼾来。忆严不忍心再叫醒她，把她的军装轻轻拉过来，放在自己腿上，手上举着俞洁的军装，把火添得旺旺的，尽兴烤着。没有多久，她被白色的蒸气包围住，身上暖和过来，眼皮也重了。她举着衣服打了几个瞌睡，赶紧摇摇头站起来，想到外边透一口凉空气，使自己清醒些。把头钻出窝棚一看，只见白茫茫一片大雾，连大道上的树木都看不见了。她回到里边，推推小高说："不行，咱们仨要都这么睡着，要误事了。"

小高揉着眼，痴呆呆地看着她，似乎什么也没听懂。

“你精神精神，衣服烤个差不多就到外边放哨，让俞洁好好休息。”忆严说：“我得出去侦察一下，外边雾大得很，不要出什么事。”

“嗯。”

“我还想趁机会弄个牲口什么的，俞洁这样子怎么前进？她已经把力量耗尽了。”

“我去！搞这一套我内行。”

“我去吧，这里是敌占区，你毛手毛脚的我不放心。如果发生了什么情况，你们不必等我，顺着大路往西走就是了。我沿着大路两侧找你们，联络信号还是你学斑鸠叫，我吹那个定音哨。目标是运河岸。”

俞洁已经被胃痛弄醒了，听到这里就欠起身说：“分队长，别为我费心了，我能坚持。”

忆严扶她躺下说：“你坚持得很不错了，我相信你能继续下去，可我们的速度太慢了。我去想想办法看，只要有群众，总能想出办法来。”

俞洁说：“这样吧，你们在这儿休息，我先走；你们休息完再追上我，这样我就少拖你们一点后腿了。”

小高说：“算了吧，你一个人怎么走？碰上点什么情况，你连个手榴弹也不会扔。有我们在，决不叫你单独去冒险。”

忆严说：“我也需要去侦察一下情况，昨天咱们就遭到两次袭击，侥幸脱过来了。靠近铁路两侧敌人势力更强，不摸清情况摸瞎走不行。”

俞洁叹了口气，不再言语。忆严把自己的东西全整理好背在身上，提琴挂在肩上，两颗手榴弹别进皮带，手里握着加拿大手枪，钻出了窝棚。小高送她出去，然后自己把窝棚前后左右的地形看了看。侧着耳朵听听，没什么动静，又回到窝棚里，俞洁正把头伏在胳膊上哭。

小高想发火，想起忆严对她的嘱咐，又忍了下去，叹口气就坐下噘着嘴烤火。

俞洁越哭越厉害，竟然出了声，这下子小高可忍不住了。

“饿了吃，困了睡，有意见就提，可哭个哪门子！”

俞洁细声细气地说：“我对不起你们！”

“老天爷！这是革命呀，谁对不起谁？咱们要追不上队伍，对不起陈老总，除这以外没有对不起谁的事！”

“这回掉队是我引起的。又因为我累赘着你们，你们才不能很快追上队伍！”

“要是我挂了彩呢？你们带我不带我？”

“当然带。”

“你带我还叫我欠你的情呀！”正哭着的俞洁被小高一下问笑了。

“你拖着胃病烂脚走路，是干革命；我架着你行军，也是干革命。不都是为了打倒蒋介石，建立新中国吗？谁欠谁的情呢？同志间要不这样，那该是啥样？我想不出来！”

这句话又使俞洁想起忆严性格中的某些难解之处。

她对小高说：“我问你个秘密，你能说吗？”

小高说：“我这人对同志没秘密。”

“你知道忆严是什么时候背好我那角色的词儿，练好地位的？”俞洁说，“那天她真露了一手，救场如救火，要没她顶上，整个戏为我回了。可我就奇怪，她怎么准备得这样充分？”

“这算什么秘密？”小高说，“她提词就把词记住了，做场记又把地位记下了。无非是你起床之前、睡觉之后，她一个人在排演场练习就是了。真正的秘密你还不知道呢。”

“还有秘密？”

“跟你说吧，不光你那角色她准备，戏里所有女角的台词她都背会了，地位全记住了。”

“真的？”

“她让我当检查官唱给我听，走给我看的！她说以前因为演员临时生病回过戏，高高兴兴来看戏的战士又垂头丧气地回去了，那情形叫人看了真过意不去。从那以后，不管排什么戏，她都把别人演的角色准备下来。知道谁出问题呀，不论谁临时出了事，她都能顶！”

“是这样……”

“可不要说我讲的。她现在得机会就批我，我都成了她就饭吃的咸菜了。”小高气哼哼地说，“我给你提了几回意见，她也批评我。我有我的权利呀！意见提错了说明我水平不高，她急什么呢！这么操心，也不怕白了头发！”

俞洁非常自疚，真正感到了自己和忆严在品格上的高下之分，也多少懂得了“思想改造不容易”这句话该怎么去理解。以前一听到这四个字，她总以为指别人，自己放弃上海的舒适生活。投奔到解放区来，一心一意地为革命工作，改造得真够顺利呀；现在看来，要改造成周忆严这样坦荡无私，还很得费些功夫。她盼着忆严回来，不管情况多紧张，也把自己心里话说说，并且认真地向她赔个不是，虽然没出之于口，但在自己内心里是委屈了她，侮辱了她的。

又说了几句闲话，俞洁沉重的心情转移开些，就坐起来说：“你睡一会儿吧，我来放哨。”

“行了，行了，老天爷！”小高按住她说：“保证你休息好是分队长留给我的任务，我可不敢擅离岗位。”

俞洁说她脚被干泥拿得难受，必须出去洗一下。小高告诉她，南边有一片苧麻地，凡种麻的地方都有水坑。俞洁走后，她又把火挑旺，拿过军装来接着烤，烤着烤着她就又前仰后合起来。一阵生烟把她呛醒，军装袖子已烧掉了小半个。她赶紧扔在地上拿脚踩灭，一看草铺还空着。时间已经过去好大一会儿了，俞洁还没回来，一定是又犯了胃病，赶紧钻出窝棚去找她。走出窝棚，她举起胳膊先伸个懒腰，胳膊还没落下来，就听东边有人喊："小孩，过来！"

小高扭头一看，两个戴牛皮帽的国民党匪军正站在瓜地头上。她低头见自己穿的是便衣，没什么破绽被发现，就大摇大摆地朝两个匪军走了过来。

"干什么的？"一个大高个子匪军端着枪问。

"住在瓜窝棚里，你说干什么？"小高翻翻白眼，"看瓜呗！"

一个猴子脸匪军往地里走了两步，拿脚踢了踢一个大西瓜问："瓜熟不熟？"

小高一看是来找瓜吃的，心里又多了分主意。为了给俞洁个信号，免得她突然冒出来，就扯大嗓门喊："哎，我说国军老总，那是卖钱的东西，你怎么上脚踢呀！"

"你叫唤什么？"猴子脸一脚把西瓜踢出老远，"踢瓜？再叫唤老子还踢人呢？"

"哎，你们国军抢人瓜还不叫说呀！"小高把嗓门扯得更大了，"欺侮小孩算什么本事！"

这时候大道有人喊了声："怎么回事？"

小高一着，站起来一个戴大盖帽的军官。再一看，影影绰绰好长一溜队伍正蹲在地下休息。小高暗地叫声："不好！"头一个念头就是把他们引开，千万不能让他们进到窝棚里，看见军装和零星物件，更不能叫他们发现俞洁。

大高个子匪军立正说：“报告连长，这儿有个看瓜的小孩。”

“带过来，带过来！”匪军连长喊道：“在那儿叫唤什么！”

“小兔崽子！”猴子脸斜了小高一眼，赌气地一口气踢破了三四个西瓜，“回头跟你算账。”

大个子小声说：“你不吃就算了，踢了它干啥？老百姓种个瓜不易！”

猴子脸说：“你少管闲事！”

两个匪军把小高押到了大路上。小高一看，轻机枪，六零炮，整整是一个连的队伍。

“小崽子！”匪连长问：“你喊什么？”

“你们老总踢我的瓜，还不许我喊一声呀！”

“你要抢先慰劳国军，他还踢吗？”

匪连长看看两边的匪兵，匪兵们谄媚地干笑起来。小高噘起了嘴。

匪连长收住笑容，问道：“你是哪个村的？”

“北边王村！”

“天天在这儿看瓜？”

“看了半个月了。”

“这两天看见过队伍没有？”

“没有。”

“你撒谎！”

“我撒这个谎干啥！”

“这满地脚印、牲口蹄子印，你就住在窝棚里会没看见？说！你是小八路冒充看瓜的，还是袒护八路军不说真话？”

“要说我是八路，你上王村打听打听，谁不认识我王小四子？要说我袒护八路，更不挨边了，我没见他袒护他干吗？”

“他们在这儿过，你怎么没看见？”

“半夜里过队伍，我知道是哪一边的？见了当兵的咱躲都躲不及，还伸出头来看呀？”

“那你听见过队伍了？”

“听见了。”

“多咱？”

“前天夜里。”

“有多少人？”

“光听能听出多少人来呀？”

“往东去还是往西去？”

“听不出来。”

“就没有上瓜田吃瓜的？”

“半夜里下着雨，谁吃瓜呀！”

匪连长掏出根烟卷叼在嘴上，点着，吸了两口又问：“昨夜晚东边有人见三个女八路走过来了。还有个大胡子，带着几十个共军也过来了。”

“我没见。”

“你怎么又没见？”

“这两位老总到我瓜地时，我才睡醒，一整宿我都睡觉了。”

猴子脸说：“胡说，你早醒了。”

“早醒了我还不跑，等着你来欺侮我？”

“你又犟嘴！”猴子脸举起拳头，可是匪连长摇摇头，叫他退到一边去。

“你既是当地人，道一定熟了。相公店还有多远？”

“二里来地。”

“说你是小八路冒充的吧，这回露馅了！”匪连长把手枪掏出来冲着小高，“说实话！”

大个子在一边嘟囔说：“谁不知道相公店，离这儿还有二十来里地！”

一群匪兵围了上来齐喊：“说实话，不说枪毙你。”

“谁说二十来里地你找谁去！”小高一边核计着一边说：“我这个相公店没那么远！”

“到底多远？”

“十来里地是有！”

“为什么说二里？”

“我怕你们抓我带路，近些，你们就不用带路的了。”

匪连长笑了笑，把枪揣了过来。众匪军也把枪放下了。

“小孩，跟我要心眼还要得过去？”匪军连长哈哈笑了起来，“没说的，给我们带个路吧，走！”

“就这么走？”

“怎么走，还拿八抬轿抬你！”

“我不得拿块干粮带着？”

“到下个村我们就开饭！”匪连长说，“有你吃的！”

匪连长一吆呼，蹲着的匪兵就都站了起来。小高心想：就这么把匪军引走，免得俞洁暴露自然好，可是不给俞洁做个交代，就没有尽到自己的责任。她琢磨了一阵说：“长官，那窝棚离这儿没有一泡尿远，能耽误多大工夫？我去拿块干粮、带个斗笠，回来时给你捎个大西瓜解渴不行吗？”

“你他妈鬼点子还不少！”匪连长向大个子和猴子脸一努下巴，“跟他去，一步别离开！这小子总要回窝棚，是不是要捣什么鬼呀，到那儿仔细看看！”

来到地头上，小高说：“地里泞，你俩就在这儿等着吧，我去去就来。”

大高个说声好，站住了。可猴子脸说：“不行，连长说了叫一步不离，一块儿走！”

大个子一看猴子脸挺较真，也只好跟了进来。

小高进了地，先挑了两个大西瓜，给两个匪军一人抱住一个。她想：“给他俩先占住手，真发现情况，他们来不及举枪，我就拿手榴弹收拾了他们。”她核计着钻进窝棚后，怎么才能挡住匪兵的视线，叫他们发现不了军装之类的东西。靠近窝棚了，里边散出来一股焦煳味。小高心想下雨天气味散得慢，刚才烧袖子那味还挺浓呢。她弯身掀开草帘子把头一伸，嗬，不光呛得喘不过气来，而且满屋子白烟，什么也看不见。原来她毛手毛脚，刚才没把袖子上的火灭净，现在又烧起来了。

猴子脸紧跟着小高把头探进窝棚，马上又咳嗽着抽了回去，骂道：“大白天你熏什么蚊子呀！”

小高用柴禾棍在地上写了“快走，向西”四个字，同时大声说：“老总，烟不大，进来待会儿吧！”

“少耍贫嘴，你快点吧！”

小高再次踩熄了火，把自己的干粮袋藏在草下边。想到这一阵毁了老乡几个西瓜，又用柴炭棍写上“瓜钱”两个字。她把手榴弹在手里掂了掂，心想，以后俞洁单独行动了，这东西该留给她。匪军们身上有的是手榴弹，真需要时不怕弄不到，便把它放在了显眼的地方。从草铺上找到一领破蓑衣，抓起来夹在胳膊底下，钻出了窝棚。

猴子脸在外边一直不停嘴地催：“快快快。”小高说：“光说快，里边睁得开眼吗？就这样我还没找着干粮呢。”

他们回到大道上。小高虽然不知道相公店在东还是在西，可知道国民党当官的向来是行军走前边，打仗拉在后边。一看匪连长站在尽西头，就说了声：“走吧！”领着朝西走去。匪连长打头，后边跟着整整一连美械化的军队。

八

周忆严从窝棚出来时，天还没有大亮。白茫茫的雾气充满天地之间。

她先是顺着大路往西走，把所能看到的树林、高庄稼地尽力记在脑子里，计划着出现情况时的撤退路线。连日阴雨，没有人下地，雾厚天晦，听不到鸡鸣狗吠，走着走着突然发现自己站在一个村口前了。

这些年行军的经验告诉忆严，贫农户多半住在村边村后，沿道临街那是富裕户的地盘。她就沿着村边往村后绕过去。才拐过东北角，从一条南北巷子里传来钩担水桶声。不一会儿，一个青年妇女挑着水桶出了巷口。敌占区的妇女多半怕见兵，而且整天关在屋门里，也提供不出什么情况。忆严就没打招呼，继续往前走。

挑水的妇女显然感到身后有人行动，不自主地回头看了一眼，待到看清周忆严，失口叫了声：“俺的娘！”就把扁担水桶放到了地上。忆严一见，忙说：“别怕，你挑你的水去！”可那妇女直接走到忆严面前说：“大姐，你怎么到这儿来了？你看看我是谁？”

忆严仔细一看，原来是二嫂。

“二嫚！可真巧。”忆严拉住二嫚的手说：“你怎么在这儿？”

“俺公公就是这个村的呀，你们队伍全来了？”

“就是我一个人。”

“就你一个？”二嫚左右看了看，小声说：“这不是说话的地方，快跟我到家去。”

二嫚挑起水桶，领着忆严进了巷子，拐进路西一座角门里。二嫚径直走进堂屋，忆严站在院中打量这个小院。三间北屋，两间东屋，西屋只剩了房基，上边堆着些柴草木料，整个院子收拾得整洁有序。北房西山头有个窄夹道，是通后院的。忆严正要去看个仔细，一阵咳嗽声，二嫚的公公披着件单褂子出来了，一看见忆严就亲热地说：“孩子，快上屋里坐去。”

忆严进了屋，老大爷就往炕上让，忆严说不会盘腿，勉强就炕沿坐下来。老大爷说，二嫚告诉他被救的经过，真想钉个长生牌位把她们供起来。可一想，她们都是自己儿子的同志呀，哪能使这个老办法，只等队伍过来的时候表表心意吧。偏巧不巧，当天半夜大队伍就过来了，他们在这街上打火做饭，这院里也来了一班人。老人就急忙把只最大的母鸡宰了，悄不言地塞进菜锅里。那个班长发现了，说啥要拿出来，二嫚哭啊闹的不许他们往外拿。那个班长才叫有主意，说是“不拿，不拿，煮着吧！”却跑到连部报告去了。不一会儿连长、指导员都来了。听说这是烈属，他们扛了十来个干粮袋，哗的一下，都倒到囤里说：“难为你了，大爷，我们是来替烈士尽尽孝心的。”说着拿锹的拿锹，使笤帚的使笤帚，把这屋里屋外好收拾了一阵。老人以为他们能住两天呢，笑呵呵地只看着他们忙活。谁知道刚忙活完，集合号响了，这些人一人端了一缸子小米饭就出发。别说鸡，剩下的半锅饭都留下了。老人说忆严来得正好，快完成这劳军的心愿吧，这回找到正头香主了。

说话间，外屋风箱响，锅勺动，二嫚已在做饭。忆严赶紧拦住说："你别忙，我可没工夫吃饭！"老人一听，有些恼了："怎么你拿我们当外人呀！"忆严连忙解释，把她们三个的情况说了个清楚。

"找牲口，送人这事包在我身上。"老人说，"二嫚，你别忙活了！趁着大雾，你快去把那俩孩子找回家来，家里的事交给我。"

忆严要自己去，老人疾言厉色地留她。二嫚说："我是个正牌老百姓，碰上谁也不怕，对这里的道路又熟，比你去有把握，可你要是信不过我，那就另说着了。"

忆严没法，写了叫她二人前来的字条，交给二嫚。二嫚挎上个小篮子，拿了把镰刀就走了。这里老人自己动手弄饭，忆严就坐在草墩上拉风箱。

老人告诉她，从前天夜里大军过去之后，这一带的保安队、自卫团活动得很紧张。上边有命令，叫这些东西拼出全力堵截向西开的新四军。命令下来时，新四军已开过去了，堵截成了废话，只对老百姓使威风。从这往西，七八里地就是津浦路了。津浦路沿线驻着交通警察纵队。南边一个车站叫官桥，北边一个车站叫城河。这两个地方都驻的有国民党正规军。前晚上新四军过铁路的时候，把两个车站和沿线的敌人，全封锁在他们的窝里，兔崽子们竟然连一枪也没敢放。待到天明之后，大军已出去二十来里到了河边，他们才机枪小炮地打了阵，算是交差。不过这两天对过路的老百姓却盘查得很严，说是要抓掉队的新四军。新四军过去在这一带走过几次，铁道游击队也造成过很大的影响，老百姓对新四军是拥护的，都盼着他们能长驻下来。可是由于政权始终在国民党手里，农村也没经过民主改革，老百姓当面还是不敢和新四军太亲热。

说话之间，饭已做好。小米粥，贴饼子，箅子上就熥着那只老母鸡。老人撂下饭桌，要忆严桌边坐。忆严说："你老先吃吧，我现在吃不下。"

老人把眼睁得溜圆说："你这是咋了，忙活半天是为我自己呀？"

忆严说："您快吃吧，我得等二嫚她们来了一块吃！"

老人还劝忆严，忆严说："我带着她们两个人执行任务，她们两个还在饿着呢，这筷子我怎么好往嘴边送？大爷，你老快吃吧。"

"嗯！"老人点点头，"好队伍，好队伍呀！这才叫亲如手足。好，我跟你一块等。"

老人只好把鸡又端回锅里，把个草墩往墙根拉拉，陪着忆严又闲谈起来。他说，二嫚那个养父，也叫人吗？孩子叫了你一顿爹，怎么能干出这样丧人伦的事来？孩子当初是卖到我家的，我不点头，他根本没权力往回领。可我心疼这孩子，心想年轻轻的，叫她再找个主过日子吧。我一个钱没往回要，就把婚书给他了。临走还把二嫚的箱子、行李，全让他带了去。

忆严说："这回二嫚回来了，你们爷俩互相照应着过吧。"

老人担心地说："婚书都让他们骗走了，他们能不找到这儿来捣乱吗？"

正说着，前边道上乱了起来，先是狗咬，后是鸡飞，砰砰两声枪响，军号和哨子齐鸣。老人猛地站起来说："不好，是匪军进村了。他们一来就是这个动静。我去瞧瞧。"

忆严赶紧收拾好东西，抬脚就往门外走。老人问她："你上哪儿？"忆严说："我得出村，不能在这儿连累了你老。"老人说："他们都到了前边道上，你走不出去了。你把东西带全了，随我来。"

老人领着周忆严绕到西夹道，扒开了垛着的几个秫秸，露出个平摆着的半截风门子。他掀开风门，露出洞口，对忆严说："快下去！这是我以前为他们铁道队藏东西挖的，我不喊你，你可千万别出来。"

忆严踩着洞口两侧的脚窝下到底，前边已传来砰砰的砸门声。老人把秫秸原样压上，答应着："来了，来了！"转到前院去。

洞底往横里去还有个洞，只能弯着腰爬进去人。黑暗、潮湿，一股浓烈的腐土味儿。用手摸摸，水淋淋的，忆严又退了出来，只把提琴放到横洞里。

忆严靠洞壁站着，一面倾听前边的动静，一面把两个手榴弹的铁盖都拧下来，解开了绊绳，手枪也拉上了顶门火。

隔着三间堂屋，前院发生的事情听不大清楚，只偶尔听到一两句斥骂声。随后脚步移到屋里，说话声就传到了地窖。匪军问老人几个人在家？老人说一个人。匪军啪啪打了老人两个耳光说："一个人！饭桌上怎么摆两双筷子？"老人说："就是等那个人没等到，才摆到现在呀！那个人要来了，不早吃完了！"

"你等谁？"

"等亲家，闺女生孩子了，亲家今天来接我。"

匪军不再问话，开始里里外外地搜查。脚步声由远而近来到地窖顶上了，而且听到用刺刀戳秫秸的声音。周忆严全身神经都紧张起来，把上了顶门火的手枪瞄准了洞口。这时候前院忽然"咯咯，咯咯咯"鸡叫起来了，一个匪军说："不好，老东西把鸡放跑了！"另一个说："我早说上后边来找不着什么下酒物，你没见咱往后走时，那个老鬼咧着嘴笑呢！"两人急忙忙又跑回了前院。忆严这才又把举着枪的手放下。堂屋里又传来了打骂声。

"老共产党！你怎么把鸡都放跑了？"

"咦，你这话才叫怪！谁家鸡白天不放出来寻食。"

“你给我抓回来！”

“跑得哪儿都有，我上哪儿抓！”

“不管那个！老总们今天要在你这打尖，非吃鸡不可。别的还不要，没有鸡你试试，看把你的房子点了不？”

“为了口吃的，值当的吗？你老总不就是要只鸡嘛，给你只鸡就是了呗！”

听到锅盖移动声，两个匪军又叫了起来。

“老东西，这回你得说实话了吧，鸡是给谁炖的？吃鸡的人呢？”

“刚才不是说了吗，闺女坐月子，谁家还不给炖个鸡？老总想吃，吃就是了，可别再拿横话吓咱了，老百姓经不住吓呀！”

这时一阵脚步声，有更多的匪军进了堂屋。接着就听见划拳声、笑骂声，鬼哭狼嚎，乌烟瘴气。

心情一放松下来，周忆严感到困乏不堪。她把腿伸进横洞，背靠着洞壁想合上眼休息一会儿，脑袋往壁上一靠就睡熟了。后来，头顶上挪秫秸的声音把她惊醒。她又持枪瞄准洞口，洞口却伸下一个黑色的陶罐来。老人小声说：“他们走了，还没出村，你再委屈一会儿吧。我先给你送点吃的。”

炖鸡作了转移敌人视线的诱饵，老人又给忆严煮了碗小米饭加南瓜。

直到下半晌，前街才吹起集合号。匪军们这才稀稀拉拉地出了村。

忆严回到屋里，二嫂已经回来了。把两套军装和一颗手榴弹放在忆严眼前，其中一件上衣已烧掉了大半。

忆严问：“人呢？”

二嫂说：“没见着。出村不远就看见国民党的军队正往这儿开，我就拐上了小道。多走了里把地，到了那个窝棚，一个人也没见着，就扔着这些东西。地上还写了几个字，我不认得，可照样描下来了，你看看说的啥？”

二嫚翻开那件烧剩一半的军衣，她用柴炭一笔一画照着地上的字描了样子在那里。

“向西，快走。”忆严念道，“他们发现情况，向西转移了。留下这几个字，是给我看的。”

二嫚说：“怎么把东西也扔下了，不怕别人捡去？”

“一定情况很急，不然决不会连武器都来不及带的。行了，我知道她们往西走了就好了，俞洁有病走不快，我很快就能追上她俩！”

忆严马上要走，二嫚和老人都留住她不放。他们说现在大白天，敌人队伍才出村没一会儿，后边有没有后续部队也不知道，单枪匹马决不能上路。不如耐着性子再休息一会儿，把精神养足，天擦黑再追她俩，也慢不到哪儿去。

忆严只好留下来，到二嫚屋里去休息。

二嫚住在东屋。光溜溜的席，光溜溜的地，什么摆设都没有，可收拾得干净明快。忆严一则心里不宁静，二则在地窖里睡了一觉，这时再也睡不着，和二嫚两人就谈起闲话来。她把自己的出身经历讲了一遍，二嫚越听越难过，拉着忆严的手说：“我以为就是我命苦了，原来世上还有比我苦的。”忆严说：“旧社会，咱们女人的命运有几个不苦的！”二嫚说：“你们这革命的就是好，当兵、打仗，男人咋的你咋的，谁的气也受不着。”忆严说：“这得感谢共产党，没共产党领导，咱们能闹出个什么名堂来！共产党闹革命，不光解放受苦受罪的工人、庄稼人，也解放咱们女人。”

“我明白，俺那人活着的时候，跟我说过哩。”二嫚不好意思地笑了笑。

忆严问二嫚："以后你打算怎么过呢？"

二嫚叹口气说："我也不知道。反正俺公公不会撵我，过一天算一天吧！"

忆严问："那个脚伕不会再来找麻烦吗？人贩子能就这么完了吗？"

二嫚说："谁来我跟谁撕落，我不怕！上回是我吃没提防的亏，以后我提防得紧些，他们到不了我跟前。"

忆严说"他们是谁？他们是整个的旧社会呢！你一个二嫚，十个二嫚也斗不过人家。要真正翻身做主，得像你那男人一样，跟着共产党闹革命！"

二嫚笑着说："我能有你那文武双全的本事呀？"

忆严说："我这还不是在革命部队里锻炼出来的！没参加革命前，我可没你那两下子。那天我看见你连喊带骂、猛追人贩子的劲头，心里就想，这个女人可真敢斗争，你要参军哪，锻炼两年要比我有出息得多。"

二嫚低头沉默了许久，眼圈红着说："我不能走，这一家就剩下老公公一个人了。不看活的看死的，不能图我自己痛快，把老人扔下。我忍着吧，多咱伺候他入土为安了，我找你们去。"

忆严问二嫚："你还想再找个人不呢？"

"自己能糊上口，要那行子干什么？"二嫚忽然一笑说："你们这当女兵的，整天跟男兵一块在枪林弹雨里滚，大概谁也没闲心想这些事吧？"

忆严笑笑说："很少想，很少！可也不是一点儿没有！"

二嫚把嘴凑近忆严耳朵问："咋的？你有了对心的了？"

忆严觉得一时说走了嘴，脸红起来，低声说："还年轻呢，哪能就有……"

"连想想的空儿也没有？我不信。"

"想的空儿是有啊……"

"想什么呢？总得想个人儿吧？"

"嘻嘻！"

"什么人儿？"

"什么人？"忆严红着脸说："还不也是个当兵的！"说完伏在二嫂肩上笑起来。

天黑以后，忆严上路，二嫂把她送出四五里地。一阵风急，看看又要变天，忆严催二嫂回去。二嫂恋恋不舍地说："队伍再开过来时，来看我吧。"

二嫂慢慢地往回走，心中升起一股空荡的哀愁。好多年她没和人这么无拘无束地说笑过了。从童年到青年，她唯一说笑玩要的伴儿就是兄弟兼丈夫的那个人。那个人没了，她也永远失去了生活中的明亮欢快。既没有说笑的对象，也没有说笑的心情了。这地方还没解放，寡妇家是不许见笑脸，也不许出笑声的。她把全部的青春活力都消耗在劳动中，从疲劳里享受一点对生活的满足。这个女兵来了一天，不知怎的，一下子就把她拉进正常人的生活气氛中来了，而且让她看到了另一个世界。这个世界充满阳光，充满活力，人与人之间以最坦率、赤诚、无私、互为骨肉的关系结成群体。忆严在眼前时，这一切都实实在在，看得见摸得着；忆严一去，又都随着她走了，那一切又变得遥远而虚幻了。

她回到村里，夜已深了，经过自己家后窗，发现亮着灯火。这么晚点着灯，从来没有过，也许公公不放心，在等她吧。紧走几步拐进巷口，突然从她院里传来了嗷嗷的驴叫。她不由得一惊，站住了脚，她一生骑了两次驴，两次都给她带来了可怕的厄运。一种不祥的预感，逼使她转回身又走出巷口，贴身站到自家后窗下倾听里边的动静。

“东屋、北屋你都瞧了，那儿也藏不住人。”是公公气哼哼的声音，“你们还赖在我这儿干什么？”

“有人看见进你家了！”是那个脚伕的声音，“你手里没有婚书了，再藏她就是拐带人口。不交出二嫚，咱们上县衙门说话去！”

“爱上哪儿告上哪儿告！”公公说：“我候着你，现在你给我滚蛋！”

“都别赌气，都别赌气。”人贩子拉着长声说：“人有人在，事有事在，叫我看还是早点把人交出来好，好来好散，何必惊动官府呢？”

二嫚像一盆凉水兜头浇下，浑身连气带恨地哆嗦个不停。她不敢再停留，急忙往北，躲到一个荒废的猪圈里去。

整整又过了半个时辰，才听到她家门响。随后两个人小声议论着走出巷子，往村外走了。

二嫚仍不敢去叫自家的门，她绕到西墙外，手扒墙头翻进院里。脚一落地，堂屋里公公就怒冲冲地问了声：“谁？”

二嫚悄悄说：“别喊，是我！”

老人几步抢了出来，抓住二嫚的手说：“孩子，刚才……”

“我知道了。”

“那你还不快走！”

“我放心不下您老。”

“糊涂东西，这个世道咱们谁能顾住谁？快走，追那个女兵去。”

“我走了，他们不找你麻烦？”

“你不走麻烦更大。天黑了，我送你一程子，别动门闩了，还翻墙出去。”

老人先翻过墙头，从外边接过二嫚，出了巷口，一直往西。这时天又落下豆粒大的雨点来了。

九

俞洁进到苧麻田之后，很绕了几个圈子才找到水坑，她拉住棵小桑树，胆战心惊地涮了脚，再往回走，就转了向。大雾天，又没太阳，又看不见标志。正在着急，她听见小高和什么人喊叫，等她找到和瓜地挨边的田埂，往外一看，吓得她倒吸了口凉气——两个匪军正押着小高往大道上走呢！她以为窝棚里的一切全被敌人发现了，赶紧转身向着瓜地相反的方向，尽快地逃。她忘了胃疼，忘了脚烂，不辨方向，不选道路，一个劲地跑下去。她跑得心跳呕吐，两条腿抖得要跌倒的时候，眼前出现了一条羊肠小道。雾散了，几天没见的太阳，照在挂着水珠的庄稼上，一片金晃晃的绿色。四周有鸟叫，有虫鸣，可就是没有人声。俞洁一想到这次真正是剩下自己一个人时，泪水又流到了腮上。可这次没有闲工夫哭，下一步的去向，还要自己决定呢！

昨天夜里，在她发作胃病，忆严和小高架着她前进的时候，她曾经起了个念头，想要悄悄离开这两个人。她觉得自己这个身体，恐怕是熬不到追上部队了，自己行动不了，也拖得她们两个人速度减慢，失去追上部队的机会。为什么不放她们轻装前进呢？

到了瓜棚，她睡醒一觉，听到忆严要去替她找牲口，她又捡起了这个一闪而过的念头，而且由于敌情的紧迫，她想得更认真。三个几乎是赤手空拳的女兵，再没有麻利健壮的脚腿，能应付突然遭遇的敌军吗？如果没有自己，忆严和小高大概能闯过去；有了自己，怕成功的希望很小了。

自己离开她们之后怎么办呢？她粗略一想，在农村环境里，和忆严、小高她们那股如鱼得水的自如劲儿比起来，自己是个淡水鱼掉进大海里，一无所能；但到了城市地方，自己就有足够的经验应付了。她身上还有从上海来时带着的几块银元、一个戒指，这点东西足够她从这附近坐火车到商丘的。她参军前曾随着剧团在那里演出过，认识当地几个教员和学生，都是思想进步的青年，她可以找他们先住下来，养养病，弄清情况。从商丘往北，一天之内就可以到达部队要去的鲁西地带。比这么徒步追赶有把握得多。万一商丘落不下脚怎么办？还可以去开封，开封一个剧团里有熟人，可以搭班演戏。别的路都绝了，最后还可以打电报给当资本家的父亲，把属于她的存款寄来。有了那笔钱，在当地养病也好，暂回上海也好，都不成问题，养好病再设法回来。只要能让忆严和小高脱身而走，自己就免除了良心上的一项负担。

想是想的头头是道，可她终究没有勇气迈出第一步。几天来相依为命的战斗生活，使她不能骤然拔脚。而且有一个理论问题她还弄不清，这么做的背后，是不是正隐藏着懦弱、动摇的私心。

突如其来的阴错阳差，一下子把她推到独立行动的境遇上来了。那些头头是道的想法，一到真要行动时就露出了破绽：就她这身怪里怪气的打扮，满口的上海普通话，能不为敌人所注目吗？孤身一人，狼狈不堪地奔到商丘，有谁能热情接待她呢？几天来战事频繁，火车不通又怎么办……能够和忆严、小高一起行动是多简单、多幸福！要么追上部队，享受胜利的欢快；要么光荣牺牲，落个光明磊落结局！有什么可烦恼呢？

现在再回到那个路上去是不可能了。她一个人追赶部队，即使不碰上敌人，也会拖死在半路上。只有走迂回道路。

她顺着那条小路，往西南方向慢慢走下去。

将近晌午，路上行人多起来。虽然人们不时向她投过奇异的目光，却谁也没打听她什么。她心稍放宽了点。远处望见村子了，从村口出来的人朝各个方向散去，有的手里提着油炸馃子，有的腋下夹着成匹的粗布，也有牵牛的，挑担的，看得出是才散了集。

俞洁用手拢拢头发，拉了拉衣襟，尽量做出从容的姿态，走进了村子。

这一带的集市，都是平明开市，半晌午收摊。俞洁进到村里，集已经散了。牲口市还有几个经纪人袖口对着袖口用手指讨价还价，粮食市有人蹲在地下一颗颗拣落地的麦粒，剩下的全是些零散闲人。只有当街一个大车店，门口挂个破笊篱当幌子，里边人声喧嚷，锅勺相撞，还透着些热闹劲。俞洁迈步走进店堂，想找个地方坐下，却被突然静下去的气氛和直盯着她的几双眼睛拘束住了。好在一个小跑堂的上来解了围："嫂子，要吃饭啊？"

俞洁沉住气说："后边有干净地方不？"

"请请请。"

小跑堂把俞洁引进后院，让到一间草房。屋里没有桌椅，只有铺着光席的土炕，土炕上放了张炕桌。

俞洁说："把你们掌柜的请来。"

小跑堂出去了。不一会窗外传来了放低了的斥责声："你没长眼哪？连双鞋都没有穿，是个住得起店的吗？"说着推门进来个五十上下、穿着长袍的账房先生。这人手里托个长杆烟袋，两眼露着厌烦，板着脸说："这几天战事紧，咱们店不留客。您起步吧！"

俞洁忍住气说："我不住店，要吃饭！"

"吃饭请前边，"账房往外一指，"我们这儿可是先付钱，小本生意，拖欠不起。”

俞洁早已从靠身衬衣处掏出一块银元，握在手里了。这时把银元往炕桌上一扔，噔的响了声，银元翻了个过儿。账房先生的两个眼角随着这银元一转，耷拉下来，嘴角却提了上去。

“你先收下，吃完再算。”

“取笑了，取笑了，哪用得了这么多！”

“我不跟那些不三不四的人一屋用饭！”

“那自然，把饭开到这儿来。”账房先生回身朝外吆喝了声，“快打洗脸水来！”然后用两个指头捏起银元，用嘴吹了一口，放到耳边听听，点点头，弯着腰退了出去。

俞洁打了个寒战，发现自己又回到了那个已经遗忘了的旧世界来了，又置身到那一套叫人恶心的虎狼夺食似的相互关系之间了。就像一个久离了鱼肆的人，突然又回到那里，对那股腥臭味格外敏感，格外难以忍受，简直奇怪自己怎么竟会在这空气下生活过近二十多年！更奇怪的是，她在决定这次行动时，想了熟人、路线、方便条件和可能遇上的敌情，就偏偏忘了这个世界里令人窒息的冷酷和丑恶。

小跑堂端来了洗脸水，账房先生亲自捧来了茶壶茶碗。吩咐跑堂的去准备饭后，账房先生打了一躬，站在一边陪起话来。

“刚才您别见怪，这两天地面上不平静，各色人等都有，我们不得不小心，也怪我们不长眼，叫您这身打扮影住了！嘿嘿，听您口音，不是此地人吧？”

“婆家在此地，娘家在上海。”

“唔，明白了，明白了，您是打东南乡来。”

“你怎么知道？”

“东南乡魏老财主在上海有买卖，少东家是在上海结亲的，咱知道，就是没有见过尊驾！”账房先生向前探出身子，亲切地说，“听说有一股共军昨天到了东南乡，那势头要往西来。昨天小孟庄孟老掌柜才从这儿过去，骑头骟马，跑得急，连鞋也掉了一只。您看共军的队伍，不敢到这街上吧？”

“军队的事，咱女人家上哪说去？”

“这年头，有俩钱就睡不安稳哪。你这是奔哪儿？”

“上车站，回娘家呗，”俞洁到这时已经扮好角色了，就自自然然地演下去，“既是自己人，老财东，麻烦你给我讨换双鞋来吧。家里不见外边见，谁没有求谁的时候？”

“那好说。此处也不是久留之地，你要用牲口，我给你再找个赶脚的得了。”

俞洁想了想说：“树大招风，我走几步吧，这儿离车站有多远？”

“西南是官桥，十二里地，一路洼地，听说那儿把得严，官面上手也黑点；北边城河十五里，路好走，守卫的是保安队，多少有点油水就知足。”

跑堂的端来了包子、面条，账房先生帮着摆好碗筷，退了出来。这时前边屋吃饭的人已经散光了，只在一个墙角还坐着几个好打听事的常客。账房先生一进屋，就笑容满面地走到他们跟前。

“妇道人家，到底好套弄！”账房先生得意地撇着嘴说，“三言两语就叫我摸着底细了。是东乡财主的少奶奶，叫新四军吓出来的，往上海娘家跑！”

天上传来不祥的轰鸣。由东而西过了好几组飞机。南边西边都传来轰炸和扫射的声音。南边很近，西边的要远的多。

十

俞洁吃过饭，恢复了些力气。账房先生送来一双家做布鞋，要了她一块袁大头。然后笑容可掬地劝她不妨歇个晌觉。说这里距车站不过十几里路，睡醒觉路也干透了，半个时辰就能赶到。

俞洁躺在炕上迷糊了一会儿，由于担心小高的遭遇，怎么也睡不安稳。现在要还有她在身边够多踏实，以前为她那些孩子气的行为而闹意见是多荒唐啊！历史上出过个花木兰，人们演啊唱啊折腾了多少辈子；可我们这个小小的花木兰，连她自己带周围的人，谁也没觉出是个英雄！而她可真是个英雄呢，你听她跟匪军吵得多凶！被人押走时神态多从容！自己是无论如何做不到的！她能安全脱险吗？

俞洁犹疑不决。来到这镇上两个钟头，把她对旧世界的憎恶又都唤醒了。她想打消绕道城市、曲折前进的计划。

俞洁的父亲，是上海广东帮中有实力的资本家。母亲是原配夫人，生过两个孩子，都是没有继承财产权利的姑娘。偏偏两个姨太太都生了儿子。母亲既受不了眼前的冷落，又恐惧丈夫去世后不堪设想的晚年，得了精神病。大姐十几岁上被迫嫁了出去，给一个更大的资本家做儿媳，早早生下两个女儿后，完全重复了母亲的道路，成了那一家多余的人。

俞洁幼年，是在奶娘和使女们的下房里度过的。到了上中学的年纪，父亲把她送进寄宿学校。三年级的时候，电影厂拍一部少年片，选她做了临时演员。她不仅第一次在艺术活动方面得到了鼓励，而且第一次靠自己劳动拿到一笔酬金。啊，一个独立的人，一个自食其力的人，一个靠自己奋斗取得生活位置的人，是多值得自豪啊！她求导演说情，进了某个艺术团体的学馆。那里管饭，还给一小点零用钱，她觉得很满足。写了封信给父亲，声明不再接受他的生活费和学费。他父亲回信说尊重她的意见，并说已为她存了一笔款子，终生属于她，但要她改一下名字，暗示一个财界巨子的千金做优伶，总不是什么可称道的事。

她在那个艺术团体，由学员到演员，由一般演员到挂三牌，经历了三年。随着艺术上的进展，她的乐观、自信和对生活的希望反而大大衰退了。艺术界，这个被看作纯洁、超脱世俗的圈子，竟也是那么污浊、丑恶，同行之间像乌眼鸡似的。你演砸一个戏，人们指手画脚贬你，蔑视你，幸灾乐祸；演红一个戏，人们嫉妒、诽谤，说你跟这个导演有了暧昧关系，给那个名流送了贿赂。你明明在台上听到后台有人议论："瞧那口台词！瞧那几步台步！这也叫演戏？"等你下台后询问："张先生，我的台词还念不好，您多帮我！""李小姐，我就是穿着古装迈不开步子，您指点我！"却人人都满口恭维地说："好极了，太好了。侬勿要开玩笑好勿啦？我能指点什么？"

剧团里排了个新戏，叫"桃李梅"，她演"梅"，是个小主角。这个戏在上海轰动了。到处卖"桃李梅"三个女性的照片，人人哼戏里的插曲。有一天闭幕后，她的异母哥哥意外地来到了后台，除去向妹妹问好，还表示要请全团吃夜饭以表示祝贺。这个哥哥已是个初露头角的小老板了，平日并不和她往来，她对此举也不热心。可是班主和导演倒十分愿意接受邀请，想借此和这个有大财东做后盾的小开拉关系。

从此以后，她哥哥成了这个艺术团体的赞助人，碰上银根吃紧，常常借垫资金。俞洁忽地一下在海报上的牌位又往前挪了一步。不知怎么小报上有关她的吹捧文章，也多了起来。

“天生佳种，艺材超群！”

“艺高不怕年少，新星亮过老星！”

“俞洁就是演得好！没闲话讲!!!”

俞洁的照片登满了报头报尾，连夏天卖的团扇上都画着她的大人头。

俞洁开头满得意，越往后越觉得事情蹊跷，就在这红得发紫的梦一样的日子里，一间名叫“桃李梅”的咖啡馆，在上海的繁华街头开张了，霓虹灯广告上就是三个女演员头像。她哥哥聘三位女主角作名义股东，请她们在开市那天亲临剪彩。在闪光灯明灭之中剪过彩，又是一场宴会。宴会上除去几位明星，又请了上海各界的名流。从此“桃李梅咖啡店”在上海就风头十足，生意兴隆。几位名义股东每人得到半打丝袜和一本五折优待的用餐券。

过了半年，突然报纸上出现了一条启事，俞洁的父亲声明与儿子脱离关系。俞洁听别人讲，不大相信，找到报纸一看，白纸黑字，果然不假，她还没弄明白发生什么事，许多债主、记者、律师们找到剧团来了，声称“桃李梅咖啡店”用了空头支票，她哥哥已畏罪潜逃。父亲宣布与儿子脱离关系，不肯承担“桃李梅”的债务。于是“桃李梅”被宣判破产拍卖，债主来找“股东”。这几个名义股东当然不该出钱，也拿不出钱来。但是请律师、上法庭，一时就成了小报的头版新闻。明星、股东又是“名门千金”的俞洁又成了主角，平白无故她成了万人耻笑的对象。

官司打完，她病了一场，留下了胃疼的病根，一点点积蓄也花光了。她想换一下环境，搭上一个以淘金为目的的流动剧团，离开了上海。

这正是抗战胜利前后。流动剧团只有几个固定成员，每到一个地方都要找临时演员。出出入入的人，成分复杂起来，有流亡学生，大后方来的职业艺人，失业青年。他们来自不同的地区和各个社会角落，有人也带来了关于共产党解放军的传闻和解放区出的小册子。俞洁没有关心过政治，更不懂什么阶级斗争，可是她对人们口里和书里描述的解放区发生了兴趣，那里的生活方式、人与人的关系使她向往，特别是一本没有封面的、叫作“革命人生观”的书，第一次引导她考虑起人为什么要活着，而且才知道为人民、为受苦受难的人民大众生活、工作才有意义。恰好这时他们正在苏北一个小城演戏，一夜之间，新四军解放了这个城市。新四军发现他们这个上海来的小剧团，郑重其事地派人向他们慰问，送来了生活必需品，主动提出和他们开会联欢。联欢会上，新四军文工团演出的节目，使她耳目一新。那显然不是为了向他们宣传新排练的，尽管艺术上拙朴，可里边表现的生活豪迈、清新、庄严、健康，充满了为人民为民族而献身的英雄气概。联欢会后，她几次到这个革命的家庭里来访问，打听解放区的各种情况，打听共产党的各项主张，人们友好地、耐心地告诉她想知道的一切。最后，她终于问道：“共产党为了消灭剥削、建立共产主义而奋斗，我这样的资产阶级分子也要吗？”人们告诉她：“像你这样，只叫作出身于资产阶级家庭，本人不能真是资产阶级分子。你不是一直在自食其力吗？况且在现阶段，民族资本家也是我们团结的对象，就是剥削者本人，愿意背叛自己的阶级，参加革命，革命队伍也真心欢迎。我们部队里还有起义军官当指导员呢？”

新四军发放路费送流动剧团回上海，俞洁自动地留了下来。她有了新的生命。

由于连日来艰苦行军、有病，也由于出于解除忆严小高两个人负担的好心，她急于摆脱困境，想到了迂回前进的方案。来到这个店里，账房先生几副面容，几句言辞，把她忘怀了的那个世界的面目，又记忆起来了。

一天也不能再回到那里去！她决定依照忆严说的路线追队伍，哪怕死也死在干净的战斗生活中。

她爬起来，整整衣服，准备动身。忽然外边一阵嘈杂，乒乒乓乓上门板下幌子地忙乱起来。她走到门口，正碰上慌慌张张的账房先生。

"国军的队伍进了村，您留步吧！"账房先生心神不定地说，"我得跟士绅们去碰头，商量送慰劳款，免得队伍进入店铺民宅。您在这儿委屈一夜吧，免得出了事，我见到老财主不好讲话。"

他认定俞洁是某个地主的少奶奶了。

十一

小高领着一连匪军走到一个村头，碰上了十字路口。正不知往哪儿走，迎面来了几个挑担卖盆的，看样子正去赶集。猴子脸嘴快，抢着问："喂，上相公店走这条路错不错？"

卖盆的说："上相公店在东边那条道就该往南拐，怎么走到这儿来了？"匪连长揪住小高就问："怎么回事？"小高着急说："东边是洼地，下了一夜雨不好走；这边绕几步，路可好走。我是当地人，还不比他们熟？"匪连长又问卖盆的："他说的是实话吗？"卖盆的看见刚才一句话，险些给这孩子招来场祸，早已后悔多嘴了。连说："他说的不错，那边是一下雨就存水。从这往南拐，也多走不了几里路！”

匪连长撒开了手。小高抻抻脖领子说：“下边一直走就到了，你们又信不过我，放我回去得了呗！”

匪连长不理小高，下令说：“先进村开饭，便衣到相公店摸摸情况去。”

小高抗战时期当交通，日本军队、汉奸队开饭她都见过。日本军队到一个庄，是先在大道上烧一堆火，各自把饭盒子放在火堆上烧烤，同时向维持会要他麻高（鸡蛋）和衣毛（地瓜），当兵的也有到处抓鸡的，可那一半是撒野、取乐，并不当正经伙食来源。汉奸队损多了，他们进了村先找办公人要“伙食包干”，就是一共要多少钱，算是这村供饭了。钱要到手却不走，要挨家挨户“搜查八路”，一边搜一边也开了饭。不挑食，见什么都往嘴里填，馍馍、烙饼自然吃，糠煎饼、菜团子也往口里塞。因为他们平日根本吃不饱，所以有吃了药耗子用的红矾馒头的。这国民党军队如何吃饭，她还没见过，就躲在一边细心观察。

连长说：“先打两枪报个信！”

猴子脸就举起枪朝天开了两枪，这一来全村的鸡也飞了，狗也咬了。几个衣衫还没穿全的保甲人，就举着写了“欢迎”两字的纸旗，迎到了当道，鸡啄米似的向连长鞠躬。一边把队伍领到打麦场上，一边路上就说定了给养数目：要 100 斤烙饼，50 斤猪肉，10 斤香油，10 条香烟，2 斤烧酒，2 斤洋糖……

小高听了，先是吓一跳。这些狗杂种个个是饿死鬼，长两个肚子也吃不下这许多呀！又一想，到底比汉奸队还是文明点，集体坐在场上吃饭，总比随便骚扰老百姓强，尽管要的多，可也还有个准数。

到了场上，队伍吹声哨子宣布解散，连长等人就由办事人陪着进了一个地主宅院。猴子脸和大个子是连部的传令兵，押着小高也跟了进去。

连长进堂屋，大个子、猴子脸和小高在院里树底下歇着。这其间地主厨房里锅碗瓢勺叮当直响，吱吱啦啦的炒菜声和肉食的香味直往外冒，几个办公人员就出去进来地穿梭般奔跑。一会儿听见连长在堂屋里拍桌子骂粗话，一会儿又满屋哈哈大笑，村子里也就这儿哭那儿喊，不时传来打人声。因为走过一段路了，那两个匪兵对小高也就不那么凶狠了。小高问："这都是忙活些什么？"

猴子脸说："开饭呗！"

小高说："刚才在路上不都谈好了？"

大个子说："谈的场面上话，办起来另有一套。"

猴子脸逞能地说："你个小老憨，见过什么世面！真照那么办，当兵的不得撑死，保甲长还有谁干？连长的赌账靠啥还？往老百姓头上摊派，是按说的摊派100斤大饼，到当兵的手里20斤就不错，40斤折钱入连长腰包，20斤归保甲长，那20斤打点打点司务长、排长、上士们。大饼如此，别的也照办。连长拍桌子是嫌价钱折低了！满屋大笑是大家都讲和了。"

小高问："照这样，你们当弟兄的不是挨饿吗？"

猴子脸指指枪说："当丘八的这七斤半是吃素的？你没听见满村鸡飞狗咬吗，各有各的路子。小老弟，我看你挺机灵，趁早别看那份瓜了，跟我们穿号褂子吧！"

小高这才知道他们办伙食的办法，是把鬼子和汉奸的手段综合在一起了。

猴子脸见小高不说话，又问了一句："怎么，叫你当国军你还不干哪？"

小高说："谁干这个！"

高个子说："只怕由不得你，你知道连长为什么不放你回去？"

小高说："不知道。"

猴子脸说："他的勤务兵开小差了，看样想拿你补上！小老弟，你的运气比咱强，以后还要你多关照呢！"小高说："别放屁，我不会干那玩意儿。"猴子脸说："勤务勤务，三大任务：行军背包袱，驻军晾被褥，打起仗来学老鼠。有脑袋就能干！"

正说着天上响起了飞机声，匪连长跑到堂屋门口朝天上看看，急喊道："信号布，信号布，快摆信号布！这帮驴日的在天上看不见青天白日帽花，炸弹下来不认亲戚，快，快！"

猴子脸赶紧从蓝布包袱里掏出三卷布来，喊着大个子一块攀着树上了房，把两条白的夹一条红的摆开。飞机低空盘旋了一圈，果然翘起尾巴跑了。小高见大个子和猴子脸全在房上，趁机就往门外跑。刚到门口，一个哨兵把枪一横问："你上哪儿去？"

小高说："我，我躲飞机。"

"飞机都走了你还躲个屁，回去！"

大个子和猴子脸把信号布卷了起来，又背在身上。一个小甲长端出一盘烙饼、几个咸鸡蛋交给猴子脸，说："这是给你们几位弟兄的。"小高说："我是抓来的老百姓，别拿我当他们一伙。"小甲长说："连长说一共三位，我不管谁是谁。"

小高早饿了，可吃得很不舒坦。她担心那个连长认定了叫她当勤务兵，这可假装不得，非马上跑不可。

她还没想出脱身的办法，去侦察的便衣回来了。报告说相公店正赶集，没有敌情。据赶集的老百姓说，相公店东南七八里，昨晚到了新四军，今早上还在那里没走。为首的是个大胡子，有二三十人，正像出山的那一股。

匪连长就下命令，吃完饭立即向相公店开拔。小高心想，不跑了，跟他们走，这比自己找队伍还有把握些。只要和自己的队伍接触上，还怕找不到机会逃过去?

下午再出发，他们还让小高走在最前边。那个连长果然对小高说："小孩，你看当兵好不好？吃香的，喝辣的，现成的军装穿着，比你看瓜强不强？"

小高说："不强，看瓜没人骂，当国军的人人骂！"

"不挨骂长不大呀！"匪连长笑着说。"反正他们又不敢当面骂，背后骂啥不是也听不见！"

"那也不干。前边的路你们认识，放我回去吧！"

"不干也得干，给我当勤务！"

"我家还有老妈！"

"当兵的有妈的多着呢！"

"反正不干！"

"我枪毙了你！"匪连长掏出手枪比划比划，然后冲猴子脸说，"给我捆上，带着走！"

猴子脸找根绳来，给小高捆了个麻坎肩，把绳子一头牵在自己手里。他知道这孩子已经注定要当勤务兵的了，犯不上得罪他，绳子捆得很松。

这一队人到了相公店，又停了下来。镇长好说歹说，交出来20万金元券，每个兵俩馒头一块熟肉，交换条件是不进店铺民宅。小高怕硬叫她当匪兵，宁可饿着没吃那馒头。匪军收了钱，吃了馒头却不走，坐在村头的柳树行里抽烟打盹，待到一更多天。派去的便衣又回来报告，打听得新四军确实已离开东南乡，往津浦路开走了，连长这才下令往东南乡前进。小高一听，心里着了团火。本来盼着跟自己的队伍接上火，好找机会逃回去。却原来这批匪军是躲着走的，非等新四军离开决不朝那个方向去。

往东南走了个把钟头，路过一个小村，这时天已阴透，就要下雨了。连长把几个排长叫到跟前，如此这般交代了一番。那几个排长，各自带着队伍继续前进了，连长却带着连部和一个警卫排，进村号房子睡觉。他们把一家有瓦顶的院门叫开，把正睡觉的老百姓全撵走，就占了整个院子。连长住进靠东的一间，别的人占了中间和西头一间，大个子和猴子脸押着小高挤进了灶屋。那家老百姓哪肯全走光呢，留下个男人看家，这男人就成了临时听差兼厨师。他们翻出来了鸡蛋、咸肉和粉皮子，就叫这男人生火熬菜，给连长下酒。

这里菜没下锅，南边就热闹起来，人喊狗吠，火光冲天；等到这里菜炒好，酒烫热，几个穿袍着褂的土财主，就由一个排长领着进了院。土财主们喊着："连长开恩，连长开恩。"等连长出得屋门，那几个人已经就全跪下了。

"各位父老，有话好说，快请起！"

"连长不救我们全村性命，跪死也不敢起来。"

"这是从哪儿说起！我军有令，秋毫无犯，违者格杀勿论！我的兄弟骚扰了百姓吗？说出来，说出来，我马上枪毙！"

"没有，没有！老总们都挺守规矩。"

"那你们求什么？"

"我求求别伐我祖坟的柏树。"

排长说："报告连长，那树林正在挖堑壕的地方。"

连长说："那是扫清射界，没办法！"

"老总们正拆我的房子，连顶都掀了。"

排长说：“打通墙壁，以备巷战！”

连长说：“这是战事必须的，爱莫能助了！”

“老总们正毁我的庄稼呢！”

排长说：“那儿正在阻击阵地范围内。”

连长说：“父老们，总不能叫我的弟兄趴在平地挨枪子儿，连个隐蔽壕也没有呀！”

“连长，昨天总共来了二十多个共军，他们在村头做了顿饭吃就走了。用不着这么大事备战呀！”

“军机大事，你们知道什么？那是他们的尖兵排，大股共军在后边。兄弟得到命令要在你们村阻击，有一场大仗打呢！”

“连长开恩，把战线往西挪几里吧，一打起来，全村不都平了吗？”几个人都磕起头来。

“军令如山，这岂是兄弟我做得主的！诸位快起来，不要难为吧。”

又闹嚷了一阵，人们都进了屋。过了半个钟头，连长在门口喊了起来：“传令兵，马上去送命令，停止修工事，防线移动了。”

猴子脸答应一声“有！”就往外跑。才出门又转回来，把身上那个包袱解了下来，掏出里边的信号布，把空包袱皮抖抖，系在腰上，对大个子说：“看着点，得了彩头有你一份！”这才跑出去。

大个子咕噜道：“妈那皮，就你张罗的快！”

小高问：“到底怎么回事？”

大个子说：“拍桌吓耗子，挤土财主点油呗。这是价钱谈妥了。他小子抢着捡洋捞儿去！”

小高问：“那几个财主怎么还不快走！”

“不得留下写个感谢状吗！”

“啥叫感谢状？”

“找块红布，写上某年某月国军某连在本村英勇杀敌，救百姓于水火；秋毫无犯，敬父老如事亲等等。然后画押具结，连长好拿回去报功啊！”

小高说：“这里深更夜半，上哪儿找红布笔墨去？”

大个子说：“都有，连长那文书箱里带着呢，常用的东西哪能不预备？”

打白天起，小高就看出大高个子做坏事不朝前赶，说话也比猴子脸温和，就跟他说：“我说老总，我看你是个厚道人，怎么干上这个了？”

“是我愿意干的呀？”大个子哼了一声，“咱家欠地主账还不上，我是卖壮丁出来的！”

“干长了也觉出甜头啦？”

“苦头吧！太丧良心的事咱干不出来，拍马溜须又不会，光当吃亏受累的角儿。”

“那腿长在你身上，你不会跑？”

“我见过开小差抓回来的，当场枪毙了！再说往哪儿跑呢？我家就在这不远，跑回去保甲长还要把我卖出来。”

“要当兵也不一定非在这儿干！我可看见过一支好队伍，当官的跟当兵的平起平坐，不坑害老百姓，光打地主老财……”

“我也听说过。他们从这儿路过好几回呢！”

“那你怎么不过去？”

“你没看咱这连长吗？听见点风就躲着走，想遇也遇不上！”

“你们没上过前线哪？”

“这是师管区的队伍，专在后方押给养、抓壮丁的。前天新四军从沂河边上跑出一股人，东边的队伍急忙掉不过头来，这才叫我们出来。”

“老总，咱们都是穷苦人，哪儿不是行好呢，你把我放了吧。”

“不行，弄不好你的脑袋搬家，我的屁股也打烂。老老实实睡觉吧，绳子要碍事，我倒可以给你松松。”

大个子摸黑给小高松了松绳子。小高伸腿躺下，一下子碰到了软乎乎的一卷东西。她想起来了，是猴子脸扔下的信号布。她轻轻用脚把它勾过来，伸手把它塞进了身旁的灶膛里，想到再碰到飞机时匪军们的狼狈相，她偷偷地笑了一阵。

天亮前匪军们全回来了，大包袱小行李扛了不少。猴子脸自己背了一包袱，还扛来连长的一份：一件狐皮袍子和一套哔叽西装。是在上海开商号的那家地主的。原来连长要的价钱太大，一时凑不出现款，估衣布匹全折价。猴子脸因为在翻衣服时，无意发现一块烟土，不吭声塞进自己包袱，乐得心花怒放，完全忘了信号布的事。大个子根本就没走这份心。

队伍集合，班师回营。匪连长问小高：“回心转意没有？当勤务兵马上分你一份。跟定了我，发财的日子还在后头呢！”

小高说：“你放我回去，我问问我妈。”

“混蛋！”匪连长着着实实打了小高一个耳光，对大个子说，“解开绳子，两条道随他拣！”原来抢的东西很多，要回去孝敬上级，匪军找来扁担，打了几副挑担，抓了几个民伕来挑运。匪连长叫人把他的小包袱也拿来放在担子旁，对小高说：

“你自己拣，给我当勤务兵呢，背背我的小包袱，舒舒服服甩手走。不愿意你就跟民伕一块挑担子去！”

小高一声没吭，咬牙担起一副挑子来。

十二

听到国民党军队开走，账房先生念了声佛，正要放铺盖睡觉，外边打起门来。

“谁？”

“我，投店的。”

“这么晚了还住店？”

“就是晚了才住店，白天还赶路呢！”

开门吧，不大放心；不开门，又怕耽误了生意。他扒着门缝往外看看，是一个脚伕一个买卖人，脚伕还拉着一头驴。他开了门。等到客人来到过堂灯下，他想起来了，这两位客人和这头驴前几天在这儿住过，说是到东乡去接亲戚的。既是熟人，他就笑呵呵地接过缰绳说：“还住您上回住的那间房吧，我马上送水来。”他心里挺奇怪，怎么没接亲戚空着驴回来啦。

账房先生去打水，脚伕就往槽子里拌料，这时从后边茅厕走过来一个女人，直奔东厢房去了。正在下雨，风灯又挂在牲口槽上，什么样的人看不清楚。可是影影绰绰，脚伕觉得在哪里见过这个人。就回去和穿长袍的嘀咕。

等到伙计端着热腾腾的面条子来摆饭桌，穿长袍的客人就说：“这兵荒马乱的，你们店的生意倒还兴旺，客房都住满了吧？”

“瞧你说的，谁家不看皇历，单挑这日子出行呀！除去你们二位，就一个单身堂客。”

驴伕问："从外乡来？"

"到外乡去！"伙计说，"东乡的财主，叫新四军给吓出来了。听说回上海娘家去。"

因为村头上驻留着国民党军队，俞洁一直提防着意外，没敢入睡。国民党军队开走了，她这才合上眼，想赶快睡一觉，为明天赶路积蓄精力。刚刚睡熟，一阵砸门声又把她惊醒，接着便听见人打招呼，驴喷响鼻儿，一路进了院内。等来人进了客房，驴牵进牲口棚，她悄悄起身下炕，想借着上厕所的机会观察一下动静。她去的时候没见人，只从东厢房窗纸上看到两个晃动的黑影，回来时牲口槽旁有了人，中等个，短打扮，在风灯之下看得格外清楚，一下子就认出来是给二嫂赶驴的那个脚伕！那天她骑的驴往二嫂那里冲时，是他跑过来迎面拦阻的。那长相决不会记错。

回到屋内，她就再也躺不住了。

既是两个人一块儿来，那一个一定是人贩子。救出二嫂，是跟他们结了仇的，跟他们打照面凶多吉少。这里遍地是敌军，他们一勾结就把自己出卖了！无论如何，要趁他们还没发觉离开这里。

这时刚交三更天。立刻走，引起店家怀疑事小，招惹他俩注意事大。她就坐在那里等天明，她想这两个人半夜才睡，不会醒得太早的。

既不敢点灯，又找不到事做，几天来全身虚弱乏力，坐在那儿想不打盹也办不到，她就又打了个盹。睁眼一看，窗外明光瓦亮，她心说："糟了，天都大亮了，恐怕那两个家伙也已起身了吧。"轻轻把门推开一条窄缝，倒还好，东厢房的门还没开。她把门慢慢开大些，侧着身子蹭出门，一看原来是天晴了，露出来半个明月。不过远近已有鸡啼，总有四更多光景了。她悄悄走到前屋，伙计已经在生火。因为店钱昨晚已付过，就招呼伙计开门。伙计嘴里说着："走这么早啊，再歇歇呗！”把门打了开来。俞洁加快脚步，出了村西口。

昨日一天暴晒，已经干了的道路，这一夜雨又浇泞了。俞洁一则心急，二则也休息了一天一夜缓过劲来，尽管跌跌滑滑，速度还是很快。穿过几块高庄稼地，回头看不见房子了，她这才一块石头落到地。摸摸额头，头发已经被汗粘成绺了。

路边小水沟里流动的水很清亮，想洗个脸，又忍住了。继续向前赶，走了约摸里把地，大路向下倾斜下去，眼前出现了好大一片水洼。有多深不知道，足有半里地长；两旁多宽也看不清，只见高粱玉米都一半泡在水里，露出半截随着水波摇晃。是走下去还是另外寻路，主意还没定，背后“哒哒哒哒”越来越近传来了驴蹄声。俞洁把牙一咬，脱下鞋，卷卷裤腿下了水。

初下去水并不深，只没小腿；水下的地也并不陷，反而又硬又滑。走过一段，一下子就深了下去，一直没到了腿根，水底的泥也就暄得像酱缸了。俞洁只得一步站稳，再迈下一步。这时就听到背后有人蹚水声。回头一看，两人一头驴正从背后赶来，穿长袍的骑在驴上，穿短打的拉着缰绳。

俞洁想快，两脚也不做主，只好由他们赶上来，随机应变，再设法脱逃。

他们赶到俞洁身旁，就把速度放慢了。

俞洁低下头只管蹚水走路，眼也不抬。可是心跳到喉咙口，脸红到了耳朵根。她心想，俗话说秀才遇见兵，有理说不清；今天可好，她这个兵还赶不上个秀才有力气；而这两个却比敌兵更凶狠。倒要格外机警些，只要不使他们动武力，事情就有回旋余地。

“大嫂，”穿长袍的轻轻地问，“一个人赶路啊？”

俞洁没吭声。

他又问："这是上哪儿？"

俞洁心想："他到底认出我来没有？"就瞅了那人一眼，答道："上火车站。"

穿长袍的和俞洁打个照面，眼流露出一丝满足的笑意。俞洁知道他完全认出来了。

"我们也上火车站，"长袍说，"既是同路，这驴让给你骑吧。"

"我能走，不用麻烦你。"

"既碰上，就是有缘的！"长袍笑道："谁没有用着谁的地方呢！看大嫂这样，八成是回娘家吧？"

"差不多。"

"路上可不好走啊！国军到处盘查，要找化妆的共产党；新四军也在找掉队的逃兵；两边都说要给检举人发赏钱。"

"嘿嘿！"俞洁冷笑一声，"你倒打听得很清楚，你没打听一下，检举错了赏什么吗？"

长袍一下子噎住了，国民党兴派女特务，共产党可也有女侦察员。弄不清她的真身份可吓不住她。

"我是说咱们做伴定方便些。"长袍笑笑说："这一带是国军的天下，我手里有通行证，开的正好是两男一女。"

俞洁看出来，要硬从这两人手里挣脱出来，不大容易。需要将计就计，寻找机会，尽力把他们稳住。

"做伴就说做伴吧，费那么多心思干什么？"俞洁笑道，"都是场面上人嘛！"

这时已出了水洼，俞洁停下来拧拧裤子上的水，穿好了鞋。长袍下了驴，执意要俞洁骑上。俞洁也不再客气，叫脚伕扶她骑上去，故意说："得罪了，今天的脚钱算我的。"

长袍和短打对了下眼神，两人都有点发懵。明明白白是这个女人，穿着新四军军装骑着驴，冲撞过他们，并由此丢了那个二嫚，怎么隔了一天就变了一个人？那口气言谈，像是个熟走码头的老江湖。

俞洁不过在一个戏里演过一个江湖女子，她见景生情地把那台词、身段，借用到这里，竟取得了意想不到的效果。看来绝路也并非不能逢生，她后发制人，等待长袍亮牌。

“听您是南方口音？”长袍说。

“小地方上海。”

“要回家喽？”

“看顺风不顺风呢。”

“要能成全我们一笔生意，在下倒惯会撑篙竿。”

“您的生意我知道，要拿我卖活口喽。”

“那可不敢，都是朋友嘛！”

“我听你讲讲门道。”

“我们弟兄奔波劳碌，无非为的一个钱字。那天我们丢了个活口，损失500现大洋。今天老天开眼叫我们碰到你，这笔账只好由你垫上。哪党哪派不干我们的事，你能出钱，我们放你走，上海也好，山沟也好，由你自己去。”

“我要拿不出呢？”

“那就莫怪我们太讲生意经。不过尊驾不是老斗，总不至于叫兄弟费手脚吧！”

“我身上没钱，可是有拿钱来接我的！”

“那好说，我们把你找个地儿供养起来，你尽管发信喊人来接。我们将本求利，并不要毁坏财神的！”

俞洁心里闪过一个念头，万一脱不了身，宁愿叫父亲弄钱赎她，也比当国民党俘虏强吧？

长袍见她不语，进一步说：“不过话讲清楚，你要是国军这边的人呢？亮亮牌子，咱们算是一场误会；要是那一边的呢？我也卖个交情，你只要愿意合作，碰上国军我也绝不透底！”

俞洁说：“随你，你我都是长着嘴的。”

说完这一阵，各自盘算心事，气氛沉闷而又紧张。俞洁盘算，能跑当然要跑，若实在脱不了身，只好争取叫家里来赎人。事关生死名节，宁叫家人耻笑，不能当敌人的俘虏。脚伕悄声问长袍：“你当真拿她作抵押，等她家来赎票？”长袍使个眼神，意思是：“这是稳兵计，把她弄到济南卖了，有油水叫人肉作坊捞去吧。”

这时太阳高照，人贩子和驴身上都有了汗水。看看前边不远就是铁路，脚伕猛打两鞭子，想赶到路旁树荫下去休息。驴子四蹄扒开，走得欢快起来，两个男人跟着，急忙穿过了一个交叉路口。神使鬼差，从南边正开来一连满载而归的国民党部队。匪连长一看见这几个人，就大叫一声：“干什么的？过来！”两个人贩子木然站住，想往后退已经来不及了。

走得屁滚尿流的匪军，不等下令就坐在泥地上大喘气，挑担的民伕也撂下担子擦汗。猴子脸和大个子端着枪把人贩子和驴全押过来，俞洁趁势跳下了驴。

匪连长手里转弄着手枪问：“干什么的？”

“老百姓，家里人病了送济南求医的。”说着人贩子就从腰里掏出盖着大印的通行证。

“老子不看那鸟玩意儿！”匪连长拿枪筒子把那张纸一拨弄，“军事时期，把驴先让老子骑骑！”

“哎，老总！我们还要赶火车呢！”人贩子又掏出钱包来。连长咋天一天已经肥了，哪看得上这几个钱，拿枪一挥说："你们两个老爷们儿去挑担子，把那小孩跟当兵挑的两副换下来！"

原来有个被抓的老头害痨病，一路咳血，半道倒下去了，担子落到一个匪兵的肩膀上。小高身小力薄，咬牙强挑，匪兵好吃懒做，从没干过重活，所以尽管连长骂、排长打，他们也走不快。连长一看这两个人贩子倒长得精壮，便把这个差事便宜了他俩。

连长上了驴，匪军领着人贩子和脚伕来接担子，俞洁扭身就走。脚伕一眼看到，就对长袍说："她要跑！"长袍挣脱匪军就去抓俞洁，匪连长厉声问："要干什么？"长袍说："我这女人要跑。"又冲俞洁喊："你还要命不要命，想要命就站住！"脚伕帮腔说："她是个疯子，一跑开我们就没法找了！"长袍说："叫我给你们挑担也可以，你们可不能把我的疯女人放跑了呀！"俞洁一听，气狠地骂道："混蛋、谁是你女人，你是人贩子！"

长袍一听，泄了底子，就破釜沉舟地喊："你们快抓住这个女共产党！"

匪军们听到这里，都哈哈笑起来，说是这一家人对骂的全是新词。匪连长骑着驴大叫一声："混蛋，我这儿是你们家呀，吵得个天昏地暗！住口，男的挑担去，把女的也给我看起来。等到了车站，我打发你们滚，你们再上一边吵你们的去。"

小高先认出了两个人贩子，心里就直擂鼓，琢磨着万一他们要是认出自己来，可怎么对付！等认出骑驴的竟然是俞洁，这脑袋嗡的一声，立时就胀得有笆斗大。听他们一争吵，而且匪连长压下去后人贩子既不再进一步揭发，俞洁也不坚持要走，就更料不透这葫芦里装的什么药了。

"把挑子撂下吧！"大个儿冲小高说，又推推穿长袍的，"你挑上。"

穿长袍的从小高手上接过扁担，放上肩膀，咬牙往起一站，猛抬头看见小高，“啊”的一声，把嘴张得像个死鲇鱼。

“怎么，不认识啦？”小高抢先一步问，“前天你们俩还吃过我的瓜！”

长袍支吾了一声，不知如何应答。

小高趁大个子去指挥脚伕接担子的空儿，小声对长袍说：“你敢刺毛，我就咬定你是共产党，你跟新四军一起，在我瓜棚吃瓜的。”

匪连长把俞洁也交给了大个子和猴子脸看管。俞洁被匪军们贼眉鼠眼看得很气恼，把头低了又低，不瞅任何人。看到大个子和猴子脸拉开有三五步距离，小高用手碰了一下俞洁的手，俞洁把胳膊使劲一甩，啐了口唾沫，脸扭向了另一侧。

“俞洁！”

这轻轻一声，像是个晴天响雷，俞洁浑身都震动了，急忙回过头。一看是小高，惊讶得半天没喘过气来。小高使个眼色，小声说：“别看着我，你我装作不认识。”

“嗯。”

“你怎么跟他们混在一块去的！”

“他们跟上我了！”

“你怎么不跑？”

“跑不了。他们要扣住我，叫我家拿钱赎！”

“这是骗你，真的也不能干。革命战士不能干那个事，要有点志气！”

“有你我就好办了，我听你的！”

“没有我你也要坚决斗争，宁可死也不能叫人贩子卖了。”

西南方向有了飞机声，而且听见不远处机枪扫射和炸弹爆炸。

“往西北，往铁路那边靠！”匪连长听了听说，“大概西南边有敌人，靠近铁路咱们就跟交警队伍联系上了。敌人真上来，咱们免得被包围。”

队伍穿过庄稼地，来到铁路边上。碉堡上的敌人问了口令、番号，摆摆手让他们通过。正这时，几架飞机沿着铁路线低空飞过来了。

“摆信号！”碉堡口的哨兵喊道，“你们快摆信号。”

匪连长连忙冲猴子脸喊：“快，快！”猴子脸赶紧从背上解下包袱，把扣一解，哗啦一声掉出些花花绿绿的女人小衣服和一块大烟土。匪连长不由分说，坐在驴上就踢了他两脚，“我叫你摆信号！你给我晾破烂！好小子，你还昧下一块烟土！”

“摆信号，摆……”猴子脸也急得变了颜色，问大个子，“信号布呢？”

大个子说：“连长叫你背着的，我哪儿知道！”

“我枪毙你……”匪连长一句话没说完，几架飞机扭头已经飞回来，咔咔咔咔，机关炮就铺天盖地地往下扫。那头驴打个前失跌倒了。连长从驴脖上滚下来，扔出去有一丈远。

“我操你妈！”匪连长掏出手枪，朝天上打了两枪。可飞机不听那一套，接着又是一次俯冲轰炸。匪军没有挨自己飞机炸的经验和准备，哭爹的，骂娘的，趁机会打仇人黑枪的，乱成了一片，转眼就死伤十几个。小高趁机拉着俞洁的手说：“快跑！”

小高拉着俞洁穿过了铁路，跳进路边的水沟里。她们还没爬上沟沿，大个子匪军端着枪紧跟着追了过来。小高一看，躲不及了，就一把将俞洁推上沟沿说：“进庄稼地，快跑你的！我来对付。”俞洁几步钻进玉米地。

追赶的匪军来到沟沿上，小高猛地从下边钻出，双手把他的腿一拉，大个子仰面朝天倒下了。小高掐住他的脖子说："我拿你当好人，你倒追着我不放！"

大个子两手用力拉开小高掐在脖子上的手，从嗓子缝挤出几个字来："我有话，我有话！你急什么？"

"你抓我我不急？"

"你跑你的，我追我的，我要开枪不早开了？"

"那你这是干啥？"

"傻祖宗，我也跑，信号布丢了，死了好几个人，连长不要我的命吗！"说着他把枪栓卸下来放在小高手里说，"这你放心了吧，还不快跑？"

小高拿着枪栓，也钻了庄稼地，大个子端着没有栓的枪，就追了进去。因为飞机还在头上连轰带扫，碉堡上的敌人也钻进乌龟壳，谁也不留心他们的动向。其实大个子本不必玩这么个小花招的。

进到高粱地，小高就和大个子合在了一块儿，两人边跑边喊俞洁，可是没人答应。正跑着，呼的一声两边跳出两个穿便衣端枪的人来，喊道："缴枪不杀！"

大个子赶紧把枪举过了头。一个人接过去看了看："栓呢？"

"在这儿！"小高交了出来。

"跟我们来！"

两个便衣一前一后，押着他们往西南上急走。一边走一边问他们："哪一部分的？"

大个子说："师管区警备连。"

"你们俩往哪儿跑？"

大个子说："不知道，我跟着他走的。"

"小孩你呢？"

“我也不知道。”

“不知道你跑？”

“他们抓我当向导的，两天没让我回家了。”

两个押解的人笑了起来。其中一个端详一会儿小高说：“你家在哪儿？”

小高说：“你管不着。”

“管不着？不告诉我只怕你找不到！”那人笑道说：“上一回你找不着家，就是跟我问的道。”

这么一说，小高觉得口音是很熟，可看了又看，想不起在哪里见过。

那战士说：“有天晚上，三个文工团员找队伍找到我们连驻地，你跟哨兵问路，放哨的不是我嘛！”

小高又看了看，扑上去抱住了那战士，蹦着高儿，连拍带打地说：“你换了便衣，我认不出来了。”

“你也换了便衣，我可就认出来了。”

小高问那战士，怎么到了这里。那战士让小高站住，等另一个人押着大个子走远些，才告诉他：他们在沂河边上坚持战斗一整天，后来敌人发现我们的大部队已远去，那里只不过是一个团，就恼羞成怒地以九十倍的兵力扑了上来。上级命令各营分头突围，突出包围圈后绕道回沂蒙山区。可是这个连是从西南方向钻出来，摆脱开敌人后，已经没有可能向东向北运动了。而且连伤亡带散失，剩下不过三十来人。连长决定沿着大军的足迹向西追赶，还布置了要注意沿途找寻她们三个女兵。

那战士问小高那两个女同志在哪里？小高就把大致情形说了一遍。那战士说：“刚才听到敌机在这边扫射，我们还以为有咱们的部队到了这里，连长派我俩来侦察一下。刚到这儿，庄稼里站着个妇女，朝我们看了一眼，扭头就往北跑了。这敌占区老百姓，见着带枪的扭头跑是常事，我们也没上去盘问，那一定是姓俞的同志了。”

确实那正是俞洁。

小高叫她进了庄稼地先往南后往西。她刚把脸转向南面，就看见两个持枪的人，弯着腰朝这边走来。她连思索一下都没有，扭过身尽最快的速度跑了起来。她也不辨方向，只一心想往离飞机扫射远的地方跑。跑过高粱地，又进小树林，没提防树林里坐着一个人，险些绊倒在那人身上，连忙收住了脚。那人吓得也赶紧爬了起来。俞洁一看，连声叫苦。

“这可真是天无绝人之路！”穿长袍的人贩子说，“赶脚的死了，驴腿断了，我以为真弄个鸡飞蛋打呢，你又送上来了。不用废话，跟我走吧。”

俞洁听了小高的批评，决心不再跟他搞权宜之计，扭身又往左边跑。长袍就掖起衣襟来追。看看快追上了，俞洁急中生智，弯腰抓起两把烂泥，转身站住。长袍追到跟前刚要说什么，俞洁把手中的烂泥朝长袍眼睛上砸去。长袍哎呀一声，抬手去擦泥、揉眼，俞洁拐个弯又往右跑去。

十三

忆严按着二嫂指点的道路，不一会儿就到了铁道边上。这时正有一辆巡道的铁甲车，自北往南开，突突地喘着气，头顶上独眼似的大灯，贼亮贼亮。忆严隐蔽在一墩红柳后边，借那灯光观察地形。铁路两侧，四五百米宽的开阔地；顺着铁路线，半里左右一个碉堡，碉堡上的哨兵不停地在喊口令。第一个碉堡喊："注意警戒！"第二个碉堡就喊："监视敌踪！"这么一个挨一个传下去，直到老远的南边，隔一会儿又从南往北喊回来。

巡道车开过去不久，就有一辆又大又高喷着火冒着烟的火车头，拉了好长一溜黑乎乎的车厢开了过来。火车也撒着满天红亮的火星过去了，背后留下了沉寂和黑暗。

忆严说服自己，再等一等，再观察观察，弄清碉堡上敌人的情况再过也不迟。

从西北上，像是海潮奔腾，传来了哗哗的响声。忆严以为起了风，看看头顶红柳枝条，却动也不动。她正纳闷，一股冷气逼近身体，接着落下铜钱大的雨点来。到这时风才迎面猛扑过来，一墩墩红柳，发出哨声，把枝条弯下了又挺起，挺起又弯下地和狂风抗争。转眼间忆严隐蔽的地方已变成了一片水塘。

"扔上个雨衣来，扔上个雨衣来！"随风吹来碉堡上哨兵的喊声，"光顾推牌九，耳朵里塞上驴毛了。"

这正是机会！忆严腾起身，飞快地跑过开阔地，登上路基，跨过了铁轨。风大、雨大，敌人哨兵正往身上套雨衣，谁也没发现她。她跳到路西的开阔地边沿，心想："顺利过来了。"就在这一刹那，猛地亮起了一个又长又近的闪电，一时间整个大地都像燃起了蓝色的火焰。随着雷声，碉堡上的敌人喊了起来："什么人？口令？"南边的一个碉堡上敌人闻声也喊："不说话开枪了！"这时恰是闪电过后最黑暗的一瞬间，忆严不顾一切摸着黑飞跑。接着又来一个闪电，这个闪电没有刚才那个亮，却像一片光柱在忆严所在的地方晃来晃去，不再止熄。

扭头一看，原来碉堡顶上亮起了探照灯。一排枪弹扫了过来。在光秃秃白茫茫的开阔地上，忆严觉得自己的目标又突出又高大，正想找个地形隐蔽一下，左膀子似乎被人推了把，她跌在了水洼中。

南边的碉堡也参加射击了，子弹打得水花四溅。二十步开外就是一片谷子地，能到那里就算安全脱身了。她要双手撑地爬起来，可是左胳膊沉重得很，胳膊下边的雨水飘着红丝，这才知道左膀负了伤。她咬紧牙关："一定要爬起来，要进到那片谷地里去。"

碉堡上的敌人又喊了："投降吧，还趴在那儿干什么？都看见你了！"

忆严不吭声，右手从皮带上拔下一颗手榴弹，她等着碉堡敌人到身前来。

碉堡上喊："过来不过来，不过来再给你一梭子。"

碉堡上又打了一梭子冲锋枪，子弹却全射在她右侧100米开外的地方。忆严明白了，敌人并没看到她趴在这里，那些话是诈她的。于是她就往地上趴得更紧些。

碉堡上的敌人骂了一句说："妈的，死了！"说完就闭了探照灯。忆严高兴得不顾膀子疼痛，用右手撑着地就要爬起来。才一蜷腿，旋即一个念头闪进脑子："慢着，也许敌人在耍心眼呢！"她又把腿和手都放平了。

四围漆黑一片，除去风声雨声，连虫鸣都听不见。二十步之外，那片意味着安全和胜利的谷地，简直像一块磁石吸引一根细小的铁针那么拉住她的心。灯灭了不到半分钟，她觉得已过了很久，有好几次她都觉着再也等不得了，要把机会错过了。也许敌人正摸着黑，悄悄地从后边靠近她，就是死也要跳到那片谷地里去。可是她几次都压制住这令人发躁的冲动。最后，实在耐不住了，她决定数个数，从一到二十，要是敌人再没动静，就坚决爬起来前进。她刚想好这个决定，刷的一下探照灯又亮了，而且连南带北几个碉堡的灯都亮了。巨大的灯柱像一条条剪刀，在几里地长的开阔地带剪来剪去，停下来又静止地照了一阵，然后才一下子全关掉。忆严抓住时机，跳起来跃进了庄稼地，顺着拢沟弓着身走了很久很久，碉堡上的敌人再也没有开灯。

她感到左胳膊热辣辣地疼，头晕、寒冷，便把裹腿解下来一条，拿牙咬住，用右手紧紧捆到伤口上。拾起一根被风雨折断的高粱，掰去头，当作拐杖，一步一步向前挪。借着断续的闪电光亮，总算找到了向西的大道。她又掏出作为联络信号的定音笛，一边走一边吹。天将明时，放晴了，露出半个月亮。月光和笛声惊醒了林鸟，一个个抖着翅膀都叫了起来，画眉、叫天、蜡嘴、鹌鹑全有，可就是没有周忆严盼望着的斑鸠声。

太阳老高了。道路向前伸展着，无穷无尽。多半夜的狂风暴雨，把每道田垅都变成了浑浊的小溪。高粱、玉米，枝残叶碎，像挂了一身破布条。周忆严两眼深深凹了进去，眼眶乌青，嘴唇干裂，眼睛缠满了红丝。两只脚上的鞋子，早已不知什么时候被烂泥拔掉了。她摇摇晃晃，迈着不匀称的步子，机械地吹着口笛往前走，偶尔停下来用手拉过一片高粱叶，舔舔上边的露水，又吹着笛打起精神走下去。

有几次，她边走边睡着了，又被自己深一脚浅一脚的步子惊醒。她浑身每个骨节都酸疼，做任何一个动作都要花加倍的力气。可是她既不敢坐下也不敢停步，怕一坐下去自己就没有力量再站起来。她认为小高和俞洁是在她前边的，她们在等她。

右前方离开道路一里多地，有一片密压压的树林。她对小高说过，白天尽可能不要从路上走，尽量利用可隐蔽的地形地物。也许她们会躲在树林里休息吧？要是那样，在路上吹笛可未必听得见，应该走近那个树林一些。

她下了道，横插进湿淋淋的庄稼地里。太阳又热、又亮，所有庄稼叶上的水珠都散发出白色的水汽。四周都是一样的绿色，一样的闪光。哪里是道路，哪里是树林啊？它们怎么在围着自己转呢？她觉得有点恶心，伸手抱住身旁一棵树站下来，微微地闭了下眼睛。一种温暖而又滞重的感觉，麻酥酥地流遍了她的全身……

什么人的喊叫声惊醒了她，她发现自己抱着路边的一棵树睡熟了。一个穿军装的小伙子，正一边喊一边朝她走来。可是她不明白他喊的是什么，要张嘴回答他，不知为什么发不出声音。她松开抱着树的那只手，想要做个手势，忽然看见脚下那一片带着雨水珠的绿草地，像从下往上翻的一页书，越来越近地盖到她脸前来了……

很快就又醒过来，自己已经趴在一个战士的背上。战士背着她每走一步，她的伤口都剧痛一下，就是这剧痛把她唤醒了。她叫战士放下她，让她自己走。战士说："不行，你在发烧。"可是她就没想问一下战士是从哪里来的，她是在什么地方？仿佛一切原来就是这样的，就应该是这样的。有一阵她觉得背着她的正是孙震，一边背着她一边腼腼腆腆地看着她，冲她笑。

当她真正清醒过来，是躺在宽大的河岸旁一个柳树下面了。她面前真的蹲着一个连长，一个嘴上还没长出胡须的青年连长和一个小卫生员。她的胳膊已经经过治疗，重新包扎过。小卫生员还给她打了退烧的针剂。

青年连长告诉她，大部队昨天就过河了，他带着一个排作为收容队，也已经到了规定的时间。只是因为一夜暴雨，山洪骤发，他们才没有过去。刚才两个去收集渡河材料的战士发现了她。她简略说了自己的情况，就忙问道："你们收容到那两个穿便衣的女同志没有？"连长说没有，他一定叫战士们注意观察，叫她不要挂心。他说她目前首要的任务是吃东西和休息，等一下渡河，是要拼体力的。

话刚说完，就像是突然从地下冒出来的，树后转出来一个斑白头发的老大娘，手里端着一茶缸热气腾腾的小米粥卧荷包蛋，往她身旁一蹲，就托了一匙，用嘴吹吹，送到她口边上。

“大娘，我自己能吃！”忆严伸手去抢茶缸，大娘把茶缸闪开了。

“我喂，你就吃吧，我要是外人还能到了这儿。”

卫生员说大娘也是从沂蒙山来的。她自愿随部队移到远离敌人的另一个根据地去。

连长吹响哨子，通信员跑来通知渡河的时间到了。恰好忆严刚刚咽下最后一口鸡蛋。

几十个战士都半截身子泡在水里，用手拉住两个用木棍、扁担扎起来的井字形的木架，木架中间是一口头号的大缸。连长对忆严说：“两个缸，你和大娘一人坐一个，其余的人全手扶着木架。会水的推着它，不会水的摽着它，能够踩着底就走，踩不到底的地方就游。”

几个战士，把大娘背着放进缸里，另几个战士就来背周忆严。周忆严说：“等一等。连长，我现在需要一支冲锋枪，并不要过河。”

“不过河？”连长奇怪地说：“敌人随时会到，你不过河干什么？”

“我还有两个战士没有到！组织上给我的任务是三个人同时归队，我没有权利自己过去把她们扔掉！”

“她们在哪里？”

“不知道。我要去找！”

“你的伤势很重！”

“我必须完成任务。”

“我们已经超过限定的时间了，我得执行命令……”

“你们给我留下支枪就行了，我不要求你们等我。只希望你们过去后，把我的情况报告给上级！”

连长两只手攥起拳头又松开，松开又攥起。猛然喊道：“二班长，王金宝，你们俩上来！”

二班长和战士王金宝两个人从水里爬了上来。

连长说：“你们两个留下，听周分队长指挥。周忆严同志，你只能在河这岸再停两小时，中午 12 点前，必须渡河西去，不然追击的敌人就到了！”

周忆严答道：“是。”

连长又说：“我到那边马上向上级报告，请求派我回来接应你们。”

连长和周忆严握握手，吹声哨子，跳进水里。木架旁的战士为了减小阻力，都已脱光了衣服，连呼带喊，拥着木架向急流中游去。

十四

周忆严和两个战士分成三路，向铁路方向出发。忆严居中，走大道；班长左翼，王金宝右翼，相隔各 200 米。联络信号是忆严吹笛，二班长学鸟哨，王金宝做蛙鸣。接近铁路了，仍然没有任何女兵的踪迹。二班长提醒她，马上必须赶回河岸，连长的劝告是必须听从的，12 点要渡过河去。

忆严正在为难，南边不远处传来了飞机扫射轰炸声。忆严说：“敌机轰炸，想必有我们的部队，咱们稍微往南再找找不好吗？”

于是向右转，横列变纵列，战士王金宝打头，三个人远远地沿着铁路线向南走。

走了一里多地，传来了蛙鸣。忆严和二班长马上加强了注意。一会儿沿着南北小路跑来三个人，两女一男，全是老百姓。三个人却是边走边打、扭成了一团。男的打倒剪发的女人、那个蒙手巾的女人就从后边给男的头上一拳；男的转回来去追蒙手巾的女人，剪发的又从地上爬起来去掐男人的脖子。二班长和王金宝看得目瞪口呆，不知该不该劝架而暴露目标，忆严看了一会儿，大叫道："快上去！那女的是我们同志，男的是个人贩子。"

二班长和战士立刻冲了出去。长袍一看忽然钻出来了新四军，扔开女人就往铁路那边跑，嘴里喊着："共军来了！这儿有共军！"王金宝手快，举起枪连打两发，人贩子倒下了。两声枪响，给碉堡上敌人报了警，机枪、步枪立即密麻麻地射击过来。"俞洁，快来！"忆严招呼着，几个人就钻进青纱帐，急往河边撤退。

走出一段路去，听到喊大姐，忆严这才发现和俞洁一起的是二嫚，不是小高。

忆严说："咦，你们俩怎么到一起了？"

俞洁说："我也不知道，刚才人贩子把我打在地上，正要捆我，她像从天上掉下来的，突然从后边给那小子一拳，救了我。"

二嫚说他公公昨晚送她出来，绕道城河车站。到了铁路这边，公公嘱咐几句就回去了。二嫚一个人正走到这里，看到一男一女连追带打，先认出人贩子来。心想不管那女的是谁，也要救她一把。等打了人贩子，女的爬起来，才看出竟是俞洁。

碉堡的射击刚停，从左后方又打来了几枪，二班长说："这不像是碉堡上打的，弹道低得多，怕是有情况。"

忆严说："快，赶快撤到河边上再说。"

二班长架着忆严，王金宝拉着俞洁，五个人既不还枪，也不回头，一口气奔到了河岸。忆严问二嫚和俞洁两人谁会凫水，两人都摇头。忆严说："二班长，你把武器留给我，你们俩一个带一个，快下河去！"

大家问："你呢？"

忆严说："我自有办法，你们快走。"

枪声越响越密，越响越近，终于听到呐喊声。原来匪连长挨炸之后，整顿起队伍正要走，碉堡上发现共军了。匪连长忙问："有多少人？"碉堡上说："看不清，大概有十来个！"匪连长这次出来，捞了不少财物，可一仗也没敢打，回去交差，多少有点心虚。听说只不过十来个人，他觉得这机会不能失掉，马上下了命令，朝河边追击过来。

这里几个人还在推让，俞洁和二嫚都叫忆严下河。忆严严肃地说："三大纪律第一条，服从命令听指挥。二班长、俞洁，你们俩是干部，带头执行命令。"

二班长无可奈何，放下枪支，解下了弹带，喃喃地说："分队长，你这命令不正确，我是个男同志……"

"我是叫你把女同志带过河去！这个任务只有你和王金宝能完成，不懂吗？"

忆严从背上摘下提琴，交给俞洁说："你带去用吧，见到团长，替我汇报。我还没来得及问，小高到底怎样了？"

俞洁说："为了掩护我，她晚走了一步，不知脱险没有。"

忆严说："你报告团长，我任务完成得很不好，请组织批评吧！"

俞洁、二嫚噙着激动的眼泪，离开了忆严。忆严把手榴弹盖揭开，把冲锋枪架好，视线牢牢地注视在越来越近的敌群上。

四个人走到水边，俞洁迟疑了一下，把提琴挂到了二嫚脖子上，喊道："你们快走！"不等回答，扭头朝忆严跑了去。王金宝一时还没明白怎么回事，二班长抓住他的枪说道："王金宝，把枪交给我。我命令你立刻把这个女同志送过河去，并且替我请求处分……"王金宝正要争辩，二班长用力一推，把他推向二嫂的身边，王金宝只好拉着二嫂走向河心。

敌人呐喊着冲锋了。忆严打了一排枪，撂倒两个敌人，并没挡住攻势。敌人叫着："抓活的呀！""跑不了啦！"直朝忆严扑来。看看相距不到十来米了，忆严扔出一颗手榴弹，同时，从她的一左一右也都投出一颗手榴弹去，三声爆炸，敌人退下去了。哒哒的冲锋枪声，在忆严的左侧响起来，忆严这才看到二班长和俞洁，一左一右趴在她的身旁。

敌人的一次冲锋压下去了。忆严把二班长叫到跟前说："你以为我们三个人能把这些敌人消灭吗？"

二班长没回答。

"你带她走，就为革命多保留两个战士；你留下，三个人全牺牲。可以只牺牲一个人的时候，多陪上两人，是犯罪的。走吧！"

二班长说："我哪能扔下你，一个男同志……"

"你首先是个战士！连长命令你听我指挥！"忆严急道，"我叫你带着她走！"

二班长咬了咬牙，无可奈何地招呼俞洁说："服从命令听指挥，咱们走吧。"

俞洁把脸贴在忆严火辣辣的脸上，流着泪说："我有些话要对你说的，来不及了……"

"走吧，你经过这一路锻炼，应该成熟多了。"

二班长和俞洁走后，忆严整顿一下服装，无意间碰到了大胡子那封信。她想起从拿到它之后，还没来得及拆开看一眼呢！敌人还在布置进攻，她迅速把信掏出来，用牙咬着撕开封皮，把它展在地上。这个胡子也学会撒谎了，说是和以前的信一样。以前哪写过这样的信？只有两句话：

我请求把终生照顾你的任务分配给我，你批准吗？

她把这几个字撕下来，放进了嘴里，咀嚼着它，咽下了肚。

敌人又进攻了。忆严再次用手榴弹把他们打回去。在投最后一颗手榴弹时，她胸口又中了一弹。她回头看看，见二班长已拖着俞洁游到了河中心，就从堤上退下来，用尽全身力气，向河水中爬。

敌人组织了第三次冲锋，可是匪连长刚喊出一个“冲”字，就被背后射来的枪弹击倒。一队解放军战士呐喊着，端着刺刀，成散兵线从敌人的侧翼冲了上来。

孙大胡子见到小高，劈头就问忆严和俞洁现在哪里？小高说忆严早已失去联络，俞洁刚刚才又走散，估计是向河边走去了。孙震立即决定全队向西追赶，决不能再把俞洁丢失。

他们所在的位置，距匪军挨炸的地方约有四五里。一听到枪响，他们立即跑步奔袭，赶到河边，已经是忆严在回击敌人的第三次冲锋了。

孙震从望远镜里认出投弹的是忆严，而且仅仅就她一个人，感到情况危急，立刻下令冲锋。他告诉战士们，目的不在于歼灭眼前的敌人，只要把他们冲散，与河堤上的战友会师就是胜利。战士们端着刺刀猛冲狠杀，像一阵旋风，直扑上来。敌人哪还有力量坚持抵抗，匪连长一倒，众匪军就各自夺路而逃，转眼间就远离开了河堤。

孙震领着人冲上河岸，却不见了忆严。正在着急，忽听小高在水边上喊:“孙连长，快来!”这才看见忆严已倒在河边，半个身子泡在水中。他和战士们一起都奔了过去。

忆严神智清醒，神态从容，只是面色蜡黄，气息微弱。孙震喊她，她强撑着睁开眼，望望小高和孙震，笑了笑，抬手指指对岸，用低得难以听清的声音对孙震说:“像小时候那样，背着我过河，追队伍去!”

孙震抱起忆严，让小高扶着，把她背在身上，雷鸣似的喊道:“渡河!”

走到河中心，他听到忆严喉头轻微地响了一声，伸在他胸前的手，一下就松软地垂了下来。他停下脚，往上掂了掂忆严，叫道:“小周!小周!”

回答他的只有河水的咆哮，河风的叹息。

大滴大滴的泪珠，顺着他面颊流下来，挂在毛茸茸的胡子上。他咬紧牙，头也不回，迈开大步继续向河西岸走去。

河西岸上出现了骑兵，一名，两名，好大一队。俞洁和二嫂，也随着骑兵登上了河岸，朝小高，朝孙震和他背上的忆严高喊:

“快走啊，首长派部队接咱们来了——”

“周忆严同志!”大胡子带着泪音喊道，“你看看，你们追上部队了。”

她们终于追上了部队。

话说陶然亭

“四人帮”把国民经济推到“崩溃边缘”的日子里，虽是百业萧条，却也有几处应运而兴，发达得邪乎的所在。比如说北京的公园。除去上了锁的北海，其余的都透着格外热闹。每天从开门到静园，人一直像稠粥似的。细看一下，游客随着时间更迭，也作有规律的变换。早晨开门到八点来钟，是锻炼身体的老人、喊嗓子练腰腿的演员和候补演员们；八点到午后，主流是背着大黑塑料包的各省外调、采购人员；太阳西斜，就换为成双成对的男女青年，远远看去像二路纵队的分列式游行。

老管参加“陶然亭早班”，是因为医生劝他加强体育锻炼。而他在那间小屋里，也确实憋得百病丛生，半宿半宿睡不着觉。

一开头，他只想找个清静地方练深呼吸，做广播操。练了几天，不行。人类还保留着老祖先的群居特性，离群独立在这里也难以生存。你走进树林刚要做深呼吸，来了几个二十上下的小伙子。左边一个喊：

“谢谢妈！”右边一个唱：“几天来察敌情收获不小。”后边忽然冲你脑勺大叫一声：“我踩着地雷啦！”换个宽敞地方做广播操吧，又有几个武将围着你拧旋子、翻吊毛，最后把你当球网，打起羽毛球来。白色的球像只银镖似的总在你头上来回飞。

于是他想入伙。

折磨了几天，瞅准一个地方。远对云绘楼，近傍鹦鹉塚，松树林中有一张长椅，三个老头固定在那里锻炼。老年人不惹是生非，就参加这一伙吧。

他鼓起勇气走进树林，弯腰踢腿做广播操，老头们看看他，又各自去活动自己的。从此老管就每天到这儿来。日子多了他就分清了三人的面貌：一个收拾得整洁精神，总戴一副水晶茶镜，他心里管他叫“茶镜”；一个宽服大袖，留一撮胡须，他暗地叫他“胡子”；还有一个满头白发，穿一件洗褪色了的旧军装，他送个外号叫“将军”。

早春季节飘起雪花来。老管打着一把黄油布伞，照常来到了陶然亭，一下雪，练嗓的，耗腿的年轻人不来了，身体太弱的老年人也不来了，园子里格外的清静。老管舒畅地呼吸着清凉空气来到小松林，茶镜和将军却早已开始了练功：将军打着伞，茶镜在伞下骑马蹲裆式站着，在活动十个指头。大概老管的坚持的精神感动了他们，茶镜手虽未停，却冲他点点头。老管退休以来，除去买东西，和人说话都很少，今天竟有人向他点头打招呼，心里一阵热乎，连忙对茶镜把头深深点了两点，又向将军着实鞠了一躬。将军打着伞笑嘻嘻地向他也还了礼。正这时胡子穿一件肥大的风雨衣走来了，他一边走一边点头，嘴里说“早、早”，眼神平均地把他的问候分给每个人，也朝老管看了一眼。

练了一套拳后，胡子就说东边有个亭子，不如到那里去坐一会儿。这时老管也不喜外，跟着一起往亭子走去。老管主动凑过去和茶镜攀谈。

“您老今年高寿？”

“还小呢，才七十一，您怕没有一个花甲吧！”

“刚六十一。”

“不像。”

“您贵姓？”

“这个，您就称呼我茶镜吧！”

老管心想是不是自己心里叫他茶镜，不小心叫出了声，叫他听见过？便疑疑惑惑地笑了笑。

胡子插嘴说：“我们都这么叫他。我们在一块遛早二三年了，谁也没打听过谁的姓名住址。”

“嗯、嗯。”

“倒也没别的，就是图个放心，”茶镜笑着说，“省得说句什么话，过后说的人后悔，听的人也害怕。”

进了亭子，茶镜一放下伞就从兜里掏出个装胶卷的小铝盒和半个怀表壳。他从铝盒里倒出点棕色的粉末，放在表壳里伸到胡子眼前。

“您试试这个！”

胡子用拇指和食指蘸了蘸，然后就举在鼻孔处揉起来：“熏得不错，可惜没买到好鸭梨。”

“这话您说！跑遍东西南北城，都是这一份，看着挺水亮，可没味儿！大概是上化肥上的。您也闻一鼻子。”茶镜把表壳又伸到将军面前。

将军战战兢兢用一个指头蘸了点，把它抹在离鼻子老远的嘴唇上，然后说：“像好茶叶味。”

茶镜把表壳又伸到老管面前，这友好的举动不能谢绝，老管就一边说“谢谢”，一边用手指蘸了点抹到鼻孔里，立刻鼻子一辣就打起喷嚏来。

“这是提神的，”茶镜自己闻着说，“您是不是觉着清醒多了？”

“嗯，清醒——啊嚏——多了。”老管掏出手帕赶紧擦眼泪。

这一阵友好交流过去，将军就从兜里掏出本书来，问道：“再读一段？”

“当然，当然。”

“甭问。”茶镜说。

胡子接过去就大声念起来。念的是毛主席著作。

总共就念了一小节，将军按自己的体会发表了一通议论。胡子和茶镜听得连摇头带点头——说到毛主席的英明论述就点头，对照现在有些人的做法就摇头。老管感慨地说：“没想到你们老几位还天天坚持学毛主席著作，而且学得这么认真。”

将军说：“我借他的眼睛使，我的眼被伤害了，一看书就头痛。”胡子说：“我们借他的头脑用，刚才他讲的您听见了，不是比报纸上说得更叫人入耳吗？”茶镜说：“也没别的，就是听听毛主席到底怎么说的。要不别人总说是按毛主席指示办，可干的事越看越别扭，也弄不清到底是咱反动，还是有人玩花招！”

闲谈了一阵，胡子站起身说：“到点了。明天见。”

胡子和茶镜出东门，老管和将军出北门。分道之后将军对老管说：“你这个年纪练广播操不合适了，明天我教你太极拳吧，吴式的。”

老管笑道：“我这个锻炼有一搭无一搭，练什么都行，只要能消磨时间就好！”

将军说：“革命者只有积蓄力量的时间和使用力量的时间，哪有供消磨的时间呢？”

老管不再说什么，将军也不再问什么，两人在北门外分了手。回去的路上老管觉着心里有了暖气，腿上有了力气，快到家门口他才琢磨出点味儿来，似乎今天又回到了人的世界！

第二天起老管就跟着将军学太极拳。

老管已经有些年什么也不学、什么也不敢学了。所以学习这件事本身就使他很兴奋。等到将军教了几个式子，又讲了通阴阳虚实，以意带气的原理，他可入了迷。他要求将军重新把已教过的两个式子丁是丁、卯是卯地再来一遍。这个要求，使将军大为高兴，他脱掉外衣，不厌其详地一个关节、一个重点地细说，直到他自己脑门见了汗。

“今天就到这儿吧。”将军说，“我看出来了，你是个学风严谨，一丝不苟的人。我们国家就需要多有几个这种人，这作风要保持下去。”

老管一听，脑袋嗡的一声，像挨了一棍子。心想这不前功尽弃了吗？他自从背着“反动学术权威”的大牌子游街起，就立志把那勤谨严肃，一丝不苟的治学精神扔进垃圾箱。几个所谓“造反派”大大成全了他这一志愿。不仅拆散了他的攻关组，封闭了研究室，把技术资料当作罪证送进“反白专展览会”，而且最后把他这个人也踢出了职工队伍。他暗自庆幸，要不是自己早有了远离学问的准备，怎禁得住这么大的打击？没想到刚学了两个太极拳式子，苦心扔掉的积习就又回潮，甚至潮得叫人看出来了。再联想到将军说的最后一句话，有股说不出的苦涩味哽在嗓子眼。

老管坐在椅上，为了赶走心头的杂乱就注意看别人练功夫。看了一阵，瞧出点门道来，敢情茶镜和胡子练的功夫都挺特别，从来没见别人练过！茶镜是骑马蹲裆式站着，像触了电似的抖动十个指头；胡子前腿绷，后腿弓，单用一只左手握着他的手杖左右地画圈。

大家收住式子回到椅子上来时，老管就好奇地问茶镜：“您练的这是哪一功？”

“家传的功夫，没名。”

老管又问胡子：“您老那一套？”

“自己发明的，我起名叫肘臂功。”

老管问有什么功效，胡子不回答，却把手杖送给了他。

老管伸手一接，由不得大吃一惊，竟是竹竿里藏着根钢筋！有大拇指粗细。

老管吃惊的样子引起三个人大笑。茶镜说：“我看你左手要棍一点也不哆嗦了。这套功夫果然练得有效。”胡子说不光锻炼有效，这和他戒了酒也有关系。

将军说：“你真把酒戒了！那我得代表成千上万的人祝贺你。”

胡子说：“这也要归功酒厂，他们能把白干烧的又酸又苦，也不容易。”

说到酒，可触到了老管的伤疤上。他一连摇了几下头说：“说不得。”说是“说不得”，可一口气就说了下去：选料不顾标准了，酿造不守规程了，质量无人检验了，工艺无人监督了，老工人派去看大门，工程师调去管过磅……正当大伙听得入港，他却戛然而止。原来发现说得兴头，又打破了自己定的“不谈业务”的清规。

这隐情仿佛在座的人都无语自通，所以谁也不往下追问，只是带着怀念的口吻说起十年大庆时摆满大酒馆小酒铺的各色名酒。将军还说日内瓦会议时，周总理用茅台酒招待各国领导人，宴会后酒瓶子都被客人要走当了纪念品。

他们以为把时间拉远就会让老管从不快中解脱出来，可没想到只要不离开酒字，他就仍然陷在烦恼的漩涡中。他们说到的那些酒。有的是他参与酿造的，有的是经他品尝评定的，茅台包装的定型化他也参加了一定的意见。他们越谈他心里越腻味。直到读毛主席著作，他也没从那忧郁的情绪中摆脱出来。将军拍着他的肩膀说："你别犯愁，将来那些名酒还会摆满我们的大酒馆小酒铺，而且还会有新品种新风味。因为喝酒的人喜欢这样，造酒的人也喜欢这样。"

老管苦笑着说："还能有那一天？"

"有积蓄力量的时间，就一定有使用力量的时间。"

学习时间他昏昏忽忽什么也没听进去。临到散伙了，走在湖边上他倒清醒了些，忽然想起了一句刚才要问的话。

"胡子戒了酒，你说代表成千上万的人祝贺他，这是什么意思？"

"因为这对成千上万人有好处。"将军说。

"你怎么知道呢？"

"《红楼梦》里四大家族是一损俱损，一荣俱荣；我们社会主义国家的人民百姓也是这样。一个人的长处对所有的人有利，短处也就值得大家担忧，虽说没有用电子计算机核算过，可肉烂在锅里，我这算账准不错，因为每个人都是社会的人。"

"嗯，怕不一定，"老管琢磨着说，"要退了休呢？"

"糊涂话！官衔、职务可以退，对人民的责任，对国家的义务，这是与生命共存的东西，怎么退法？"

"要是有人不许你负责任，不让你尽义务呢？"

"除去夺走生命，不然怎能办到？"

老管不再吱声，可是心中不服。心想你们老三位不也和我一样，每天到陶然亭一泡就是半天？冬去春来，人海沧桑似乎与你们都无关，还谈什么负责任、尽义务呢？

日子一天天过去，等老管学会一套吴式拳，已是1976年4月初。

这几天天安门前花如海，诗如潮，整个北京城的人，两只眼睛都闪起了异样的光彩。老管一天没动，两天没动，第三天忍不住了，出了陶然亭蔫不溜地坐车到了前门，然后顺着广场往北走。许多诗词、花圈都迫使他留步。他又爱看，又怕看，惊喜地发现人民发出如此强力的吼声，又担心会引出什么祸事。使他注意的还有一幅国画，画的是在一棵松树上立着一只鹰。老管喜爱国画，在被抄家抄走的东西中，就有一幅名贵的国画，画的也是鹰，那是名画家华一粟的作品。听说华一粟叫几个“造反派”把右腕骨砸成粉碎性骨折，已经僵直，终生不能执笔了。他被没收的那幅鹰，怕也早已翻过来写了大字报。今天看到的这幅鹰，笔法很像那一幅，使他怀念起看熟的那张画和从来未见过的画家本人。怀念起中国的传统文化，最终归结到怀念保护、扶持这一切的周总理。他觉得脸上冷飕飕的，两颊已经湿润了。

一股人流拥来，把老管挤到了一边，他回头一看，只见人群中间两只巨大的花圈露出在人头之上，隐隐听见洞箫演奏出的哀乐声。那是中国传统的葬礼用曲，已经多年没听见了，一听那旋律仿佛碰见了熟人。老管踮着脚，想看看清楚，可是人群太厚，他看见的仍是那露出人头的半截花圈。

第二天打过拳，读过书，到了闲聊时间。这时，旁边有两个生人，老管没注意，就冒冒失失地说：“听说天安门前，人山人海呀……”

茶镜正往表壳上倒鼻烟，顿了一下，看着胡子。胡子伸手蘸了点，往鼻上抹着说：“嗡嗡，今天这点烟味更醇了。”

大家都不再吭声。

老管觉得这里的气氛和天安门前，完全是两个时代，两个世界，很有点气闷。忍耐不住，又说了半句：

“这人民的意志……”

茶镜把表壳伸到老管面前说：“你尝一点？”将军站起来点点头说：“西边月季园的月季开了，血点红，凤头紫，照夜白，各按各的意思开，合在一起就成了春天。你看他们在冬天全都残枝败叶，原来心里在暗使劲呢！”

说完他冲老管神秘地一笑。

大家心里都不痛快，散得格外早。老管一个人往回走着，觉得和天安门那热烈沸腾生活相比，这陶然亭简直是坟墓。

想到自己是被人硬逼着走到这坟墓里来的，既气不忿，又委屈，可又想不出离开这一伙他该往哪里去。

这天晚上，他早早就铺上床要入睡，可是居民组长砰砰地敲门，叫他上民兵小分队听广播去，全市居民一个不能落。

他到了民兵小分队，人已挤满了。和平日居民开会一样，人们都低眉敛眼，不说不笑，全屋里冷森森的。他觉得有些异常。

八点半钟，广播了《人民日报》文章：“天安门广场的反革命政治事件。”

听完广播，他浑身乏力，腿软得连楼梯都上不去了。这晚上他一夜没有合眼，这时他才发觉自己从天安门广场回来是暗暗滋生了一线希望的，只是在这希望破灭之后他才看清它。

很奇怪。昨晚发生了这么大的事，怎么自己一点风声没听见？原来从天安门回来到今早上去陶然亭自己和谁也没接触。而今天从陶然亭回来自己又反锁了门。那三位老兄听到这个消息会有什么反响呢？一定仍是那样木然处之。他觉得能锻炼成那样没有烟火气，着实不容易。锻炼为了活着，活着为了锻炼，这种循环太有点嘲弄味道了。

外边传来第一班公共汽车的滚动声。他起床、穿衣，然后从紧锁的衣箱中找出一瓶密封的“燕岭佳酿”。这酒是他研究一生酿造，最后的一次成果。本来是留下作了纪念的。出了四月五日那样的事，他觉得这个纪念没有意义了。应该让它和自己的事业一起被忘却。他带着它去陶然亭，想和那三个伙伴共同喝光，当作和自己的大半生告别。他把酒放在书包里，提着来到陶然亭。这天早上来的人特别少，可三个人却都早到了，各自站在各自的位置上，练自己那一套功夫，不比往日用力，也不比往日松懈，一切和昨天、前天、大前天一样。

老管把书包挂在松树上冷静一下，也开始打自己的吴式拳。

学习的时间，将军掏出毛选第二卷来，翻了半天，指着对胡子说：“今天临时改学这一段吧。”

胡子就念道：“知识分子在其未和群众的革命斗争打成一片，在其未下决心为群众利益服务并与群众相结合的时候，往往带有主观主义和个人主义的倾向，他们的思想往往是空虚的……”

念完之后，将军照例要谈几句体会。可今天他半天没吭声。

大家说：“该你了，怎么冷场呢？”

“我想说的，毛主席早说透了，”将军用手抚摸着自己的脑门说，“老一辈的，周总理给我们做出了榜样；小一辈的，这几天给咱们当了先锋。前有车，后有辙，咱们剩下路都不多了，没多少工夫再闹鬼打墙，奔有亮光的地方一步一个脚印地走吧。这几年，咱们的家底，凡是看得见的、摸得着的都抖落得差不多了。还有些家底是在人们心里、脑里、手心里的。这一部分更宝贵，更难得，谁要有谁就把它看好吧。不然等到有一天人民用着它时，发现保存它的人白把它扔掉了，那可上对不起祖先下有罪于子孙了。”

将军说完，眼光朝每个人都扫了一下。老管感到脸有点发热，躲开了他的视线，心想也许将军是泛泛而论，并没有所指吧。

到了聊天的时候了。胡子提议今天往西边转转，那里有个幽静所在，而且他有点东西给大家过目。

过了白石桥，绕过云绘楼，转过一道山口，步入一片园中之园的草坪上。这里密密种了些云杉、雪松、柑橘、冬青。胡子并不停步，领着大家照直钻进雪松林里。找一块宽敞地方站稳，从他的蓝书包里拿出一个报纸包。打开报纸，取出一轴画卷，抬手挂在云杉上。

这是一幅国画，画的只是一棵青松和一只雄鹰，那鹰却是展翅飞翔着。边上题着字：

“丙辰清明后二日，有感而作，一粟左手。”

老管像被电一击，呆在那里了。

将军过去拉住胡子的左手，眼睛湿润起来。

“天安门前那一幅真是你画的，你真是华一粟，你的左手真……”

“我的左手是你给它生命的。一年多来你旁敲侧击，总是启发我，鼓励我。我不想再对你隐姓埋名了，叫你看看，叫你放心……”

“是叫总理老人家放心！”将军说，“我们没权利放弃自己责任，年轻人都走到我们前边去了。”

茶镜不声不响，从书包里掏出一支牙色的箫，靠在树上，呜呜咽咽吹出支送葬曲。老管顿时想起了在天安门广场听到过这个调子。将军和胡子把脸转向茶镜，屏声敛气听他吹奏，可是茶镜没有奏完，把箫夹在腋下，摘下眼镜，去擦眼泪，箫落在草坪上。胡子赶紧捡起来。他看看箫上刻的字，拍拍茶镜的肩膀说：“这箫是你自用的？”

“是的！”

“你是箫子良？”

“不错。”

将军和老管把疑问的眼光投向胡子，胡子说：“京剧界的老前辈，给梅先生、程先生保了多年弦的，总理很赞许过。”

“他们掰断了我左手三个指头，”萧子良说，“我已经发誓至死不摸乐器了，可天天听他开导，我活了心；见你咬着牙练拐杖，我动了情。这才下狠心练我的手指头，现在弦还不能拉，可吹管可以按眼了。”

胡子问将军：“你对我们这么关心，是不是知道我们是什么人？”

“我就知道你们是中国公民！”将军说，“有权势的一伙不会往这里凑！真正的反革命不敢往这里凑！我只是尽了个革命同志的义务。习惯使然，没有特别用心关照哪一位呀！”

胡子问：“能不能让我在画上题个款，送你做纪念呢？”

“画我保存，将来送给配得到它的人，我的名不值一提，要写就写革命者三个字吧。”

胡子从书包里掏出墨盒毛笔，题了“献给革命者”几个字，卷起来交给将军。老管心里一动，把那瓶酒也掏了出来说：“这个也交你保管。”

将军问：“什么意思？”

“我，我决定把我中断了的一项研究再拾起来，那是一种新酿造法。将来有了用那种方法酿的酒我再拿一瓶来，两瓶放在一起，请你们品评。”

将军接过酒，用力地抱住老管说：“我说没有可供消磨的时间，说对了吧？”

在那一年十月的狂欢日子里，游行队伍经过陶然亭墙外，都看见土山上有一支小小的啦啦队，一个挑着国画，画的是被绳拴着的四个螃蟹；一个拉着二胡，奏的曲子叫“大得胜”；还有两人各执一面三角旗，上边写着“高兴”“痛快”。

中央某部的队伍经过这里时，人们骚动一阵，大声地朝那四个满是白发的人喊起来:“老书记、老书记、老书记！”拉弦的、举画的和一个打旗的全把疑问的目光投向穿旧军装的那一个。那位老人两手高举，连连点头示意，满脸泪痕，连山下欢呼的人看得都擦起泪来。

这四个人如今仍然准时在小松林中相会。但是已经把闲谈的节目取消了。他们都很忙，没有时间。

我们的军长

光荣北伐武昌城下，
血染着我们的姓名。
孤军奋斗罗霄山上，
继承了先烈的殊勋。
……
……

初春，黎明。随着晨风，不知从何处传来了新四军军歌的旋律。

这时候，有一位头上初生白发的男人，正从中南海红墙外走过。“四人帮”粉碎后，他接到重新走上工作岗位的命令。第一天上班，他决定步行，以便把载负着他满心崇敬感激、希望和幸福的目光，送入那亿万人民倾心向往的红墙深处。

军歌的旋律使他停住脚步。他靠在满披新绿的树下，倾听着，倾听着，让那战斗的旋律把他带到数十年前，沂河边上的一个小城中。

一

宣传队在小城的小教堂里演戏。这小教堂只有一个门，人坐满后出入很不方便。有些战士就拿舞台当通道，上去乱跑。14岁的小赵接受任务在台上撵他们。她感到这工作很有权威，就挺直腰板，满脸正经。

倏地跳上一个人来。小赵横身一拦，厉声问："哪儿去？"

这是个十七八岁的小战士，背着皮转带、驳壳枪。他指指台下说："我们有事要回去……"

小赵往下边一看，后边还跟着两个人。就说："不行，一个都不让过，别说三个了。"

"同志，"小战士着急地指着下边一位年纪大的人说，"那是301，他还想顺便到后台，看看你们杜队长和马伕老张。"

"谁也不行！"小赵没听清小战士说的代号。就是听清了也不知道这个数字代表谁，因为她参军才半个月。"这是我们的制度！上后台也要从外边绕。"

小战士还想争辩。台下那个年纪大的人说话了。一口的四川乡音："小杨，下来吧，既然人家有制度，我们就不要破坏。"

小战士瞪了小赵一眼，转身跳下了舞台。年纪大的人从上衣兜里掏出小本，写了几个字，撕下来叠成一条。又从另一个战士手里拿过一个草绿色绸布小口袋，举起来说："小同志，劳驾你把这个交给杜队长。"在小赵弯下身去接东西的当儿，他拍了拍她的头说："小鬼，你执行命令很认真，这很好咧！刚才是我们不了解情况，无意犯了错误。我们改正它！"说完他就带头挤进穿军装的人群中。

开幕之后，小赵到后台烧开水的炉灶旁找到队长杜宁。杜宁看完字条，打开小口袋，掏出来两个皮盒子。

张德标挑来一担水往锅里倒。杜宁招呼他说："喂，你看，老总给咱们送来了战利品！"

张德标凑过来一看，眉开眼笑，"好漂亮的围棋！不用说是缴获日本太君的！老总人呢？"

杜宁指指小赵："她给顶回去了。"

张德标问怎么回事，小赵把原委说了一遍，问他："怎么，我做错事了吗？"

张德标说："没错。可你知道他是谁？"

"我没听清。像是山什么。"

"301？"

"是这个音。"

"瞧你个兵当的！"张德标拍了下大腿说，"301是老总的代号你都不知道？"

"哪个老总？"

"陈毅老总！我们的军长！"

小赵吐了下舌头，愣了半天。又摇摇头说："不对，我拦住他，他不光没发脾气，还向我做了检讨呢！"

"那就更没错了！"

杜宁笑着对张德标说：“陈总今天没来，对你有点小小的好处，逃掉一顿骂。”

张德标问：“为什么？”

“组织部调你去当排长你不去，他已经知道了，信上说要找时间跟你谈谈。”

张德标忙问：“连我讲怪话的事他也知道了？”

“信上没有说。”

张德标把扁担横在水桶上，无精打采地坐了下去。从腰里拔出烟袋，使劲地在烟荷包里拧来拧去。

二

过了个把月情况紧张起来了。李先念师长在中原突围成功；济南一小撮逃亡地主围攻执行小组中的我方代表；蒋介石的军队在解放区边沿不断挑衅……

有一天各单位接到通知，去飞机场给军调执行小组的美蒋代表送行。

半个机场站满了打着大旗、小旗、三角旗的人。全是军队和民兵。大小旗子上写着：

“武装保卫解放区！”

“反对内战阴谋！”

“人不犯我，我不犯人；人若犯我，我必犯人！”

开来了两辆美国吉普和一辆草绿色日本轿车。吉普上下来的是大高个美国代表和矮黑胖国民党军代表。轿车里下来一男一女，穿着新四军粗布军装。

机场上吼起了口号声。口号里喊的和旗上写的是一样的话。

张德标用胳膊碰碰小赵：“陈军长今天好威武呀！”

“在哪儿？”

“和女同志并肩走的，扎着皮带打着绑腿。”

小赵重新把视线投到那人身上，一时仍然认不出是陈军长。两条浓眉像剑一样，眉梢扬了上去，中间拧成了一个结。嘴唇紧闭着，显得下唇更突出了。两眼闪着凛然的光芒。

他们似乎并不听那震耳的口号声，闲谈着走近飞机。恰好走到宣传队前边时，美国人停下来指指人群，笑嘻嘻地说了几句话。女同志翻译说：“他说这场面很意外！”

陈毅微笑一下：“不比济南的场面更意外。”

国民党军代表赶上来说：“那可是老百姓自发的行动，政府并不知情哟！”

陈毅说：“这是我下令叫他们来的。所以你可以放心，决不会出现那种不讲礼貌的行为！”

他们又说笑了几句，都没听清。然后美国人和陈毅握握手，抢先上了飞机。矮胖的国民党军官也向陈毅伸出了手，冷冷地笑着说：“谢谢您的款待啰。陈毅将军什么时候驾临兄弟的防地，请吩咐一声，我马振武亲自驱车相迎！”

“一言为定！”陈毅握了一下他的手，然后两眼逼视着他说：“老兄再到我的防地时，我也备车恭候！”

马振武也在口号声中上了飞机。螺旋桨在草坪上卷起尘埃和草屑，把飞机拖进灰色云层。口号声变成了笑骂声。值勤人员站到一个立起来的石礅上吹响哨子，两手做着手势，把队伍往中间靠拢了一下，宣布首长讲话。他跳下来去扶陈毅，陈毅用手挡开他，一个箭步迈上了石礅。

“同志们，稍息。”

他把军帽摘下来，并且解开风纪扣，双手叉着腰，不紧不慢地谈起来：“为什么今天要搞个送行的阵势呢？一是他们在济南搞了我们一下，无理取闹！我们就还他一箭！这叫作‘来而不往非礼也’。第二，他们这次走后，不会再来了。给他留个纪念。他们要我们从枣庄退出来！从张店退出来！从临城退出来……一句话，要我们把从日本人手里解放的大片地区都退出来送给他们！说是我们要不照办，他们就不谈了。大家说我们能把这些地方拱手送给他吗？”

广场里怒吼起来：“寸土不让！”“武装保卫解放区！”

像是群众的怒火感染了他，或者说是他自己迸射着的火花燃起了群众的怒火，而这火势又反转来引起他更大的爆发。他怒吼了一声，如晴空霹雳把全场的声音都盖了下去！

“蒋介石王八蛋！他发了昏，欺侮到老子的头上来了！”

他脱掉上衣，连同帽子摔给下边的警卫员。他向左右扫视着，仿佛蒋介石就在哪个角落里躲着。

“这里的一城一地都是我们用血换来的！我们的罗副军长，捐躯在兰陵前线，我们的战斗英雄安保全牺牲在枣庄城头！此山是我开，此树是我栽！你想要，可以，拿蒋介石的头来换！”

他接过警卫员递上来的毛巾，擦了下满头汗水。

“我早晓得他龟儿子要起飚啰！美国飞机军舰把他的队伍送到解放区门口了呀！美国的枪炮子弹塞满他的内战仓库了呀！好啊！来嘛！老子等着打这场仗都等得手发痒了！现在我宣布全军动员，进入一级战备！”

为了压制一下自己的怒火，他停下来，沉默地叉着腰站在石礅上。然而又终于压不住那烧天怒火，他扬起一只手喊道：“你们中间有怕死的没有？哪一个怕死给我出来！”

广场上静得像是空气都凝结了。

“哪一个怕死，你出来，现在就走，我不留你！”

他睁圆剑眉下的一双大眼睛，目光由左至右从每一个人脸上掠过。

“没有人走吗？既留下来，那就铁下一条心，跟着毛主席革命到底！不打到南京不罢休！不打倒蒋介石不罢休！流血也罢，牺牲也罢，硬是要把春秋之笔夺到手，中国的历史要由我们来写！散会！”

他跳下石礅的时候，距他上去时不过十多分钟。在这十分钟内，二次大战后那短暂的和平时期结束了。人们进场时虽然活跃、欢快，但多少也带些松散。退场时则变得面色严峻、步伐整齐。军歌唱湿了每个人的双眼。

日本轿车发动起来，开到他身旁。他摇摇手说：“这是坐来在敌方代表面前摆摆架子的，现在用它不着了。”他和两个警卫员就近插入到宣传队的行列中，随着一二一的口令声跨步前进。

队伍很多，走走停停。出门前要等一阵。在队伍停下来的时候，陈毅环视了一下周围，大声问道：“张德标有没有？”

“有！”张德标在排尾答道。

“出列！”

张德标从队伍中走出，站到大队前面。陈毅也出了列，站在他对面，先上下打量了他一阵，不慌不忙地问：“你近来在搞什么名堂？”

“报告军长，我喂马。”

“我不晓得你喂马？我问你犯了什么错误！”

“组织部调我，我没去。”

“还有什么？”

“有点自由主义。”

“具体讲！”

“我讲怪话，说要再逼我当干部去，我就开小差。”

“那我叫怕死的人出来，你怎么不出来？”

“军长，你批评我，我接受，可不能侮辱同志呀！我张德标哪一阵怕死过？”

“怕困难，当自由兵，不求上进和怕死一样可耻！”

“这么说，我没意见！”

“你要往那里去？”

“我也没想真走，是说说痛快的！”

“乱弹琴！”陈毅大喊一声。张德标低下了头。

“你以为你的错误不大呀！今天我就是有意叫你在全队面前照个相！看你这个老革命有没有脸皮！老革命？老油条！”

“我，我……”

“你怎么样？你天天和骡子打交道，就看不出骡子和人有什么区别！骡子四条腿着地，总是头朝下，只能看到蹄子前边一点点地方。人呢？人的两只手解放了，站起来了，他就扬起头，看得远！”

“我落后。”张德标抬起手去擦眼睛。

“哪个给你权力落后的？”陈毅仍然声音很大，可是口气缓和了许多：“罗霄山上的老伙伴还剩几个呀？皖南的同志不在了多少？我们活着的有权力落后吗？”

张德标擤了擤鼻子。

“你文化低，当干部有困难，这个我知道。干革命哪能没困难，你以为我这个老总就当得很安逸呀！我能打报告给毛主席请求调换工作吗？回去收拾一下，上组织部报到。”

“是。”

“下去当排长。你还想在党外游逛多久？到连里向支部讲清楚，说你爱犯自由主义，要支部监督你改正。”

“是，下去当排长……”

“只许干好，不许干坏！不然一辈子都不要再见我！”

下午张德标背起背包走了。不久，蒋介石向解放区发动了全面进攻，轰轰烈烈的解放战争开始了。宣传队也开上了前线。

三

宣传队在前线演戏、唱歌、带担架、管俘虏，从苏北，鲁南，进入沂蒙山区，匆匆过了七八个月。大伏天在沂蒙山腹地又摆下战场，把敌人149师包围在摘星崮上。包围部队身后，狙击部队组成了另一个环形战线，挡住四面八方来增援的敌军。两条战线最近处不过十多华里。敌人增援部队的炮弹落在149师的头上，在报话机里可以听到他们互相骂祖宗。

宣传队分成小组在摘星崮战场工作。战斗的第三天晚上，杜宁被叫到团指挥所，接受一项特殊任务。

敌人前沿阵地的一个旅长，原来约定好这一天起义，临时又变了卦。派出个姓于的参议来联络，说要求增加优待条件。上级叫把他送到总部去。正在打仗，团里抽不出合适的人，就把这任务交给了杜宁。

杜宁陪着于参议在两个战场当中的夹道里，走了七八里地，遇到了迎接他们的两个参谋。一同走到一座不断有通讯员出入的破庙门口，一个参谋领着于参议进了庙门，另一个带杜宁绕过破庙，走下十几丈远的一段石级。参谋回答了哨兵的口令，就顺着哗啦啦流水的山涧走去。拐了几个弯，来到一个宽阔去处，就看到有一大一小两间石洞。大石洞里悬着一盏手提式煤气灯。墙上挂了地图。灯下一只用公文箱搭成的方桌，蒙了白布。桌两旁有两只和这环境不相称的红漆椅子。石洞一端，用门板支起一张床，床上挂着军用蚊帐。一个体格魁梧，略有些脱发的人，只穿件白布衬衣，戴着花镜站在灯下看书。他一只手举着书本，另一只手机械地摇动一把破蒲扇在轰蚊子。杜宁他们踢动石子的声音惊动了他。他转过头，从眼镜的上缘往洞外看过去。参谋立刻喊道："报告，杜队长到了。"

"来来来！"那人放下书，摘去眼镜，大声喊，"小杨，搞点开水来！"杜宁一眼瞥见那书的封面上有三个墨写的大字："矛盾论"。

杜宁认出来是陈毅军长，惊喜地站下，举手敬礼。

参谋离去了。陈毅领杜宁走到洞前一小块草坪上说："坐吧，这里凉快些，蚊子也少。洞里不成样子，滴水，蚊子成集团进攻！"说着，先听杜宁报告了一下于参议来的情况，随后就打听宣传队半年多来在前线的工作：参加过哪些战勤工作？编演了什么节目？在火线上怎么演出的？每个人表现怎样？女同志在战壕里有什么不方便没有？他一边扇着扇子，一边把眼眯起来，高兴地听着杜宁的种种描述。并且不断地发问和评论。当说到有一个宣传队员牺牲得很英勇时，他郑重地站了起来。

"这个同志我记得。有一次联欢晚会他拉小提琴。拉了个小夜曲。

演完后我批评他不该在前线上拉这种软绵绵的东西，他脸红了。”

杜宁说：“他在日记上记了这件事。”

“过后我觉得批评的太急躁、太冒失了。人家是音乐家嘛！打算另找个机会和他谈谈，可没想到就此永别了。”

“他日记上说，对军长那次批评很感激，认为受到很大启发。”

“我还是太急躁了！人家从上海扛着小提琴到新四军的战壕里来拉，这一步就走得很可贵！至于拉什么，只要不是反动的东西，慢慢改进来得及呀。看一看毛主席待人处世！有的人犯了严重错误，他还是耐心对待咧！那一次在飞机场，我骂张德标也骂凶了些。我总以为老同志嘛，不妨严格些，不用在方式上打圈圈，其实这是错的！越是老同志越是要尊重嘛！”

杜宁不愿看着首长在自己面前自责，虽然他很为陈老总严以律己的精神感动。就有意岔开话题，问道：“张德标现在怎样了？我们一直没见到他。”

“他很好。”陈毅说：“仗打得很勇敢，老毛病改掉不少，上个月入的党，今天早上提升营长了。只是他眼下的处境很困难。”

陈毅走到洞内地图前，指着标有“胡桃峪”三字的一个山头说：“他在这里打狙击。本来蛮有把握的，昨天蒋介石忽然空运来一个整编师，全投在这一线了。昨天在胡桃峪东邻阵地，撕开了个裂口，为了堵这个裂口，抽走了胡桃峪一多半兵力。现在他一个营顶着当面的两团敌人，压力很大。附近又抽不出部队去增援他，他那里是当前的要点。敌人要提去我们这颗棋子，就把摘星崮的死棋接出去了。”

陈毅走到桌前，点起一支香烟，吸了几口说：“我正想明天到他那里去一趟！”

“军长亲自去？”

“看看能不能找到块钢材，给老蒋弄个接不归[①]。”陈毅笑笑说：“至少为那里的同志分担一点压力吧！”

杜宁说：“军长亲自去，会给同志们很大鼓舞！不过……”

“对蒋介石孤注一掷的流氓手腕估计不足，布局时少放了两颗，我是责无旁贷的。”陈毅望着杜宁说：“你愿不愿陪我去胡桃峪看一看啊？我想主攻部队的情况，你掌握一些了。狙击战线也经历一下吧，将来你好写作品。另外也许我还用你帮帮忙呢。”

“那好，不过我怕帮军长做不了什么。”

“到时候再看。我们去那里，既要和大家共命运，又不能束缚了指挥人员的手脚，怕要找个合适的方式才好。我正为此伤脑筋。”接着问杜宁说：“你是不是困了？”

杜宁说他白天在防空壕里睡了一大觉，现在不困。

“那我们来下盘棋吧！我等着处理几件事，不能睡，眼下正是个空闲。”

陈毅喊小杨取来棋盘棋子，摆在小桌上。他俩对面坐下来，小杨给他们每人倒了一杯冷开水。

棋走到中盘，参谋送来几份电报和文件请陈毅签署。随后又报告和于参议谈判的情况说，高处长叫报告军长，看样子敌人并不是真要增加优待条件，而是找借口拖延时间，观望形势。至于这个代表本人，倒像是有起义的诚意。问他一些敌情，谈的大体真实，与我们掌握的情况一致。另外还提供了一些有价值的情报。其中一条，就是肯定了新空运来的增援部队是马振武的整编 18 师。

“真是马振武？”陈毅兴奋起来。并不等人回答，又问杜宁：“你

---

① 接不归：下围棋的术语，堵住的意思。

记得这个矮胖子吗？”

“记得。军调执行小组时他来过我们这里。那次送行不就是送的他吗？”

“看来我真要准备一辆吉普车了！”陈毅大笑起来，“可惜他是增援部队，不是我们的歼灭对象。”

陈毅叫参谋把高处长、于参议都请到他这里来。说完，和杜宁坐下来，又走了十几步棋，刚刚入港，一阵脚步声，高处长和于参议到了。陈毅只好放下棋，迎出洞外。于参议连忙行礼，陈毅招呼大家随便坐到石头上，就摇着蒲扇，像谈家常一样说：“昨天在狙击线上，我们吃了一点亏。你们起义的决心，这就有一点动摇。”

“是的喽，啊，也不一定，不一定。”

“要观望一下也没什么不可以。只是可供观望的时间不多了。你们起义，我的部队要上摘星崮；你们不起义，我的部队也要上摘星崮！可是，起义对人民有好处，对你们自己有好处。”

“那是的，那是的喽……”于参议一面答应着，一面心不在焉地考虑着什么。突然他出其不意地又站起身来敬了个礼，说：“我斗胆要求总座开恩，放我一条生路。”

在场的人都愕然而视，陈毅也愣住了。

“我不想回去了。”于参议僵笑着，以致脸上的肌肉抽动了几下。“穿过火线是一道鬼门关，而且……”

真是哭笑不得。高处长说：“唉，你是受命来谈判的呀，不把我们谈的结果带回去怎么行呢？”

“不不不，我可以写封信，你们派个俘虏兵送回去好了。我回去，就是不在火线上打死，我往返两军之间，特务们发现了也饶不过我的。”

陈毅停下手中的扇子，认真思考。谁也不再出声。于参议不断地擦汗。静了好一会，陈毅又把扇子摇起来，主意打定了。他诚恳地说："你起义也好，投诚也好，我们都欢迎！这是头一条，先讲清楚。"

"是是是。"

"第二条呢，我劝你不要放弃一次立功的机会。你在反动阵营混了这么久，事到如今，应该学着想想替老百姓做好事了。争取立一点功劳，就更能取得谅解和优待。你还在盛年，来日方长，以后还可以为人民做事情嘛！"

"我没有兵权，想立功，心有余力不足啊。"

"我可以直说：我是希望你们全旅起义的，可并没有相信它会全拉过来！"陈毅点着一支烟，吸了一口又说，"你回去，把我讲的话原原本本告诉他们，把谈判的结果也告诉他们，不论他们起义与否，你这一条功劳都算数。我叫参谋处给你写一个证明，证明你投诚以后已经在为我们工作。打响以后不论哪个部队收容了你，他们看到证明会把你送到总部来，决不拿你按一般战俘对待。这样如何？"

"这，这真是恩比天高了！"于参议连连鞠躬说，"我若不竭力效劳，天地不容。"

"你好自为之吧，不久我们还会见面的。"

高处长和于参议走后，陈毅来回踱了几步，举起双臂上下伸了伸，看看表说："已经过了 12 点，我们这盘棋走了两天还没完，接下去下完它！"

他们重新坐到桌前。杜宁说："这个于参议利己得如此不加掩饰，也算是难得。"

陈毅只顾走棋，并不马上回答。过了一会，他像不在意地讲起他参观榨油作坊的事来。他说那些工人不光对油和饼细心收藏，就连那又黑又臭的油脚子也不轻易扔掉。工人说“物尽其用”，把它随便扔掉，脚踩上要污鞋，鸡吃了会生病，弄不好还会引起火灾。不如收起来，上上地，膏膏车，烧烧水，引引柴，把它用到正道上去。

这盘棋下完，一数子，陈毅输了两颗。

“你是跟我胡扯，分散了我的精神！”他拉住杜宁的袖子说：“不行，再下一盘！不能就这样叫你赢了！”

警卫员小杨装作倒水，先到杜宁身后，拉了一下他的衣襟，杜宁会意，忙说：“老总，我困得撑不住了。”

小杨说：“首长也该睡了。明天你要去胡桃峪，不睡一觉还行！”

“你里通外国！”陈毅有点气恼地冲小杨大声说：“你和杜队长串通一起不让我翻梢！”

“随便你吵！保证你休息好，是我的责任！”小杨说完噘起了嘴。陈毅也噘起了嘴。两人对看了一阵，陈毅终于认输地笑起来：“好，好，睡觉！睡觉！你也该睡了。唤小吴起来值班。”

四

第二天清晨，陈毅到了作战处，向指挥人员交代完摘星崮方面的作战方案，就带着警卫员去胡桃峪。临上马前嘱咐，叫杜宁赶去。

杜宁匆匆吃过早饭，也上了路。从小道拐到公路上，远远看见陈毅的三匹马，在前边小跑着前进。马蹄扬起黄色薄雾。

由远而近，传来了飞机马达声。杜宁手搭凉棚，朝天上一看，是蚊式。

他立即跳进路边的沟里。两架蚊式飞机擦着树梢，在公路上投下巨大的黑影，风驰电掣地滑了过去。身后响起一阵撕裂空气的噪音。飞机到了三匹马的上方，从两腋窜出一串串火球。当它扬头向上拔起时，又投下两颗黑色圆球，腾起的烟柱立即把三匹马吞没了。传来扫射声和爆炸声。

杜宁心里叫了一声“军长！”两眼紧盯住烟尘腾起的地方。

一阵风吹过，烟尘向西北移动着散开来。透过轻纱般的尘幔，看到那三匹马悠悠闲闲，不紧不慢地在信步前进。杜宁擦了擦满头的汗。

飞机自西南到西北兜了半个圈子，又一头扎下来，顺着公路去追那三匹马。看看螺旋桨碰到马尾巴了，那三匹马似乎听到一声号令，一齐转过头，迎着飞机奔跑过来。转眼之间，一上一下和飞机交错而过。随即又刷的一声停下，掉转马头观察它们刚才转身的地方。这时，飞机上倾泻下来的炮弹正叽叽响着，在他们跑过的路上炸开一团团白色火球。随之，又是两颗炸弹在更前一点的地方爆炸了，烟尘再次遮断了前方的视野。

三匹马迈开不慌不忙的步子，进入到烟尘之中。待到烟尘再次散开，公路上已经没有马匹了。只见向东弯去的山沟里，青纱帐间闪过一串棕色的影子。

杜宁一下跳了起来，在陈毅拐进山沟的地方下了公路。经过一条涧水，他洗了洗脸，又手捧着喝了个够，这才穿过隐蔽着马匹辎重的胡桃林，登上胡桃峪山顶。

山顶，是沂蒙山人民称作“崮”的大石岩。崮下石洞里设着团指挥所。可是只有一个参谋和一个通讯员在值班。团长随陈毅到前沿阵地去了。参谋介绍了一下当前的战况。这里往南，是一个椅背形的山坡。左边扶手尽头凸出一个山头，是三〇〇高地。右边的扶手伸出去远得多，直伸到河水的半中间。那里有半截塌了的砖塔，塔基四面，一面连着椅背，三面是削壁悬崖。从左扶手到右扶手，拉开了四道弓弦形的防线。

最下边河滩上的那道堑壕，昨天已被敌人占去。第二道工事在河滩与三〇〇高地之间，沿着山脚展开。为了缩短战线，集中兵力，黎明前我们主动从那里撤了出来。敌人也没占领它，现在成了两军之间的真空地带。我们最重要的防线，就是以三〇〇高地为起点的这道工事。这一线上布满了真真假假的地堡、机枪阵地和单人掩体。它后边是炮兵阵地，隔着树丛可以听见战士们的笑语声和擦炮引起的金属撞击声。

杜宁没心思再休息，谢过参谋就继续前进。在三〇〇高地西边找到陈毅军长一行人，加入了这个十多人的行列。陈毅在营团干部陪同下，走走停停。一会儿站下来用望远镜看看敌方阵地，一会儿和加固工事的战士闲谈几句。堑壕有的地方并不深，人头会露出地平线，敌人常打冷枪。陈毅挺着胸大摇大摆不慌不忙地走着，陪同的干部们不时交换焦急的目光。

张德标发现了杜宁，急忙赶过来，摇着杜宁的胳膊问：“你怎么来了？队上的同志们都在哪里？”

杜宁一一回答着，并且祝贺他升了营长。

“呀呀乌！”他做了个无可奈何的手势。

他们来到一个丁字形的交叉点。有几个战士坐在背阴地里擦枪和抽烟，看见他们走来，正要站起来敬礼，陈毅摆摆手叫大家坐着别动。战士们又原地坐下。有的用眼溜着军长，有的低着头，谁也不吭声。

“团长同志。”陈毅站下来，故作惊讶地问：“你怎么把我们的战士都带成这个样，打了胜仗倒像丢了200大钱？”

团长正不知如何回答，一个矮个子、湖南口音的战士站起来说："老总别挖苦我们了。你批评几句，我们心里倒好过些。我们吃了败仗！"

"哪个说你们吃了败仗？"陈毅说，"这倒奇怪了。前天我给你们任务，要守住这个胡桃峪。那时候你们是两营人，对面的敌人是一个团！今天我来一看，你们只留下不到一营人了，敌人增加到两个团，可你们还守在胡桃峪上！你们分出去的人又守住了另一座山头。你们完成的任务比我下达的多一倍，这是胜仗呀还是败仗？我也有点糊涂了。"

有的战士笑了。可是湖南战士固执地说："我们撤了两条防线呢！"

"那有什么了不起？我们是军队，又不是棋盘上的小卒，只许进不许退。防线丢了再拿回来就是，那算个屁事！我今天来，就是知道你们会拿回来的。"

说到这里，一个苏北口音的战士，不好意思地问："什么时候我们能打出去呢？"

"那要看你们了。"陈毅说，"没有你们，我就是个光杆司令！你们打的好些，我们离开沂蒙山区就快些。"说到这里，他看到周围有几个穿带勾勾头老山鞋的战士，就说："你们沂蒙山参军的同志们，怕不急着打出去吧？"

一个满脸胡碴的战士说："我们更急咧！打了这半年仗，山里连一间正装房子都不剩了！种庄稼也趁不上节气。老乡们把粮食省给咱们吃，自己光啃糁子榆皮煎饼，早一天打出去，乡亲们好缓口气呀！"

陈毅说："对头！不能老拿我们的厅堂作把式场！我们也去捅他的坛坛罐罐！这样吧，你们把这个阵地给我守到半夜12点，我保证十天之内打出沂蒙山！有人会说，你这个老总说话怎么这样决断？我就是决断！哪个不信我们来打赌！”说着他伸出手做个要和谁击掌的架势，“哪个来嘛？”

说话之间，人已经围多了。教导员代表大家说：“人在阵地在，坚决守住胡桃峪。”

陈毅点点头说：“硬是要有这个决心。我告诉你们，毛主席现在都站在地图前，望着我们这个巴掌大的胡桃峪！我们能不能很快打出沂蒙山，要看能不能吃掉摘星崮的149师；能不能吃掉149师，要看我们胡桃峪能不能把敌人的援军挡住！”

战士们说：“你打个电报，叫毛主席放心吧，我们这面墙是铁打的，钢铸的。”

“哎，这才像我们的兵！”陈毅高兴地挥挥手，继续向前走去。他们来到三〇〇高地一座地堡前边，这里有个小天井，顶上用树枝做了伪装。已经准备下了开水。大家坐下休息，团长趁机叫张德标报告他们的作战方案。

张德标说，有半截塔的山头，三面悬崖，只有一条鱼脊背通道和三〇〇高地防线相连，一旦通道卡断，就成孤岛。所以我们没在那里设防，敌人除去火力侦察过两次，也没有要占领它的意思。今天拂晓前，我们暗暗派去两挺重机枪，几门六〇炮，埋伏在那里。他们任务是，平时不许暴露，等到敌人向我三〇〇高地发起进攻，步兵接近我前沿之后，就从敌人的侧后方倾力射击，两面夹攻，不愁敌人不退。

陈毅考虑了一会儿说：“这个办法蛮好，可惜只能用一次！下次敌人就会集中力量切断鱼脊背，把那个支点搞掉。那时会有更多的敌人渡过河来参加战斗的。刚才不是发现河滩上的敌人有几个在用望远镜观察河面吗？他们准备派更多人过河来呢！”

团长说，“我们按上述计划打垮敌人一次冲锋，天就下午了。他再组织一次对鱼脊背的强攻，已是日落。再要攻击三〇〇高地，只好在天黑以后了。夜间作战我们一人能顶他五个。拼出全部力量，怎样也守到天明。天明摘星崮的战斗该结束了。”

陈毅认为这方案牺牲太大，而且不利于完成任务后甩掉敌人。他问：“你们现有两个连对不对？”

团长说：“实际上是五个排，加上炮兵连。”

“放一排步兵，有炮兵协同，河这岸的敌人倾巢来攻，能守几分钟？”

张德标说：“可守40分钟到一小时。”

“半小时拿的稳拿不稳？”

团长说：“有这么好的工事，绝对不成问题！”

“好！那你还有一个整连！一连人在半个小时之间不能搞出点什么名堂来吗？不要光撅起屁股来挨打，也琢磨琢磨打人呀！你们估计，敌人对三〇〇高地展开攻击后，河滩阵地上他们还有多少人作后卫？”

张德标说：“按昨天的情形看，至多一个连。”

陈毅说：“假定战斗开始的时候，你那一连人埋伏在宝塔山脚下，敌人接近三〇〇高地后，这一连人突然袭击他的河滩阵地，打他个措手不及，会怎么样呢？占领河滩之后再以工事为依托，和三〇〇高地的我军夹击敌人，他还吃得消吗？三〇〇高地上的两排人，坚守到占领河滩应当不成问题吧？”

“如果能够运动到宝塔山底下，就不成问题。”团长说着和张德标对视了一下，就不再言语。

陈毅脸上掠过一丝不易察觉的微笑。见他们不再往下谈，就说：“我认为这个方案你们会考虑到的。肩膀上长脑壳，不仅仅为了戴帽子，是吧？”

团长说："张营长提出过这个方案，我给否决了。"

张德标说："因为我提不出到小山下边的通道，团长才否决它。我派人去侦察了，从宝塔山往下去实在没有路。河底是石头，硬往下跳会摔坏。而且扑通扑通一响，敌人立即会发觉。"

陈毅说："你们考虑的很全面，特别是团长同志，否决的很有道理。"

他端起水碗喝了两口，眼睛闪出狡黠的火花，看了张德标一眼。张德标警惕起来，知道老总要作他的文章。

陈毅不慌不忙地问："小杨，年初我们来这里宿营，是接的哪个队伍的防啊？"

张德标心说："来了！"忙答道："我们连给你腾的驻地嘛！"

"你驻在这里时，到砖塔附近看过地形没有？"

"……"

"没有敌情，又很忙，不看算了！"陈毅学着张德标的口气说完，笑着问："对不对，我没叫你吃冤枉吧？"

张德标只是笑，不吭声。

"好！"陈毅说，"我要是给你个向导，给你条通道，那个方案能不能完成好？"

团长和张德标都笑了，忙说："首长，只要有道路，我们一定完成任务。"

"好，给你们个见面礼，免得下次来不欢迎。"陈毅回身喊道，"小杨，你去给张营长当向导，把他的队伍领到宝塔山脚下，占领了河滩你再回来！"

小杨才答应了一声。空中一阵呼啸，一连三颗炮弹掠过堑壕，在后边 100 多米处炸了。天上也传来了飞机声。

团长说：“警卫员同志画个路线图给我们就行了，不必亲自去。敌人要进攻了，请首长放心回去吧。”

“咦！收下礼赶客人呀？哪有这个道理。我哪里也不去！”

“那就请军长到山顶指挥部去。”

“为什么要赶我走？我妨碍你们作战吗？”

团长看看张德标。张德标鼓鼓勇气说：“报告军长，你在这里是有点碍事哩！”——他不敢提“不安全”三个字。

“乱弹琴！我碍什么事？”

“你蹲在这里，我们指挥战斗请示不请示你？请示吧，老实讲，这么个小战场用不着你来亲自指挥，而且事事请示也耽误工夫。不请示吧，有上级首长在，下级指挥员怎么好自己做主？”

“我并没有要你们事事问我呀！我一来就讲明了，仗你们自己打，我一不是来代你们指挥，二不是来督阵……”

“说是说，真干起来……”

“好，我宣布，从现在起这个地堡借给我使用，没有我的命令谁也不要来找我谈问题。来，我也不见！小吴，把棋子给我！”小吴从挎包掏出一袋围棋子和折叠的棋盘，陈毅接过去，躬身钻进地堡，在里边喊道：“杜宁同志，来做个伴呀！我要报昨晚上那两子之仇哟。”

看看没有商量余地，团长只好说：“咱们走吧。不过，警卫员同志，你还是不必亲自去吧？”

小杨说：“我悄悄告诉你，这一切他昨晚上都计划好了，套两头牛也拉不转，赶紧出发是正经！”

走在堑壕里，团长问小杨怎么知道这里有道路？小杨说，去年他们驻军在这里，曾到宝塔山头看过地形。发现塔后边有一口枯井，井底与河水相通。井很窄，脚蹬两面石壁，人就可以下到井底。钻出去就是山后背阴处。只要从河水里绕过山脚，就到河滩上了。陈毅当时看了这情形，命令人用石板把井口盖死，上边堆了瓦砾。他说："多掌握地形上一个秘密，对敌人就多一手招数。"团长说："可也未免太巧，偏偏今天就用上。"张德标说："也并非是巧。早在罗霄山上，他就教育大家，当军人的，不论多疲劳，宿营下来头件事是先看地形。在一个地区走两遍，肚子里就要有张活地图。这样打起仗来才心中有数。不然，等有了情况再侦察地形，往往来不及的。这一次我又吃了懒的亏，碰上他今天高兴，居然没有骂咧！"大家听到都笑了。

团长问张德标，准备派哪个连去？张德标说："不用一个连，给我两排人，我亲自带去。这里交给团首长吧。老总在阵地上，多留一个排安全些。"

团长问："你带两个排够吗？"

"一个排也能完成任务，这已经是双保险了。把阵地上的马刀收集一下全给我！狗娘养的，我不杀他个刀刀见红，不回来见老总！"

张德标和小杨整理队伍向砖塔出发。团长和教导员分头走遍了整个堑壕，向一个个战士交代："一定要守住阵地！陈毅老总在我们阵地上呢！"这句简单的话，像一把火，烧沸了每个战士的英雄热血。陈毅在阵地上！这就是号召，就是保证！既不必有后顾之忧，也没有任何后退余地。一定要把敌人挡在陈毅面前。胡桃峪是不可逾越的。

五

杜宁被亮光刺得睁不开眼，随即又陷入一片暗黑中，两个耳膜呜呜直叫。对面的陈毅已经看不见了。他张开双臂朝陈毅原来坐着的位置扑过去，用身体护住陈毅的上半身。等到重新恢复视力，地堡比先前亮堂多了。顶棚的一角横梁折断，上边覆盖的谷草和松枝都已不翼而飞。像是开了个多角形的天窗。围棋也不见了。他和陈毅都倒在半尺深的尘埃中。

他气喘吁吁地问："老总，你安全吗？"

"娘的，安全倒安全，就是帽子乘风飞去了！你怎么样？"

"帽子倒还在头上，可鼻孔和嘴里呛的都是土啦！"

"那就快爬起来。"

警卫员小吴慌忙钻进来喊道："首长，首长！"

"不要大惊小怪！"陈毅用手捋着脸上的土说："还是去放你的哨。有人来问，说我没有事，叫他们只管去指挥战斗，不要进来打扰我下棋！"

等小吴出去，他和杜宁互相看着对方泥菩萨似的脸，哈哈大笑。杜宁从尘土中扒出围棋来，陈毅在墙角找到了他的帽子，帽檐被炮弹皮穿了鸡蛋大一个洞了。而且噗噗地冒烟。他把火捻死，在腿上摔打了两下，又扣到头上，两手扶着帽檐把它戴正。杜宁把自己的帽子摘下来说："咱们换一下吧，你戴那个破的，同志们看着不好。"陈毅犹疑了一下，摘下自己的和杜宁换了说："打完仗，你可以换个帽檐，我那顶还是黄桥发的哩！"

地堡开了天窗后，虽然比较亮了，可大不如以前安静了。枪炮声吵得对面说话都听不清。

炮弹爆炸声、冲杀声、坦克马达声、步机枪射击声混成一片。陈毅叫小吴拿来望远镜，从天窗探出身去。

杜宁也想看看外边的情景，但怕加大目标，增加陈毅的危险，就从折断的横梁旁探出头去，这才发现望远镜是多余的东西了。凭肉眼连敌人呐喊着的嘴脸都能看清楚。三辆坦克，炮口喷着拳舌向我们的阵地疾进。步兵随着它蝗虫似的汹涌着。

有几发炮弹嗖嗖响着从头皮上飞过去。杜宁下意识地缩了缩脑袋。

“秀才，沉着些哟！”陈毅压低声音说，“全阵地的眼睛在盯着我们，慌张不得！”

杜宁脸上一阵发热，把胸挺直了些。

三〇〇高地往下200米处，山势陡峭，坦克停下来了。改为横向往返巡行，用炮火轰击我们的阵地。敌人步兵一批卧倒，一批前进，轮番冲锋。我们阵地上却枪也不回他一声，只见刺刀的刀尖在工事上端闪着寒光，不见战士们的身影。陈毅正察看着，眼前一晃，发现团长正站在他身后不远处。

陈毅问：“你怎么在这里？”

“报告，我的指挥岗位移到这里来了。”

“啊……”

“军长，在我的阵地上，下令反击之前，是不允许把身体暴露在工事之外的。”

“接受批评，我下去。”

陈毅退了下去。杜宁也要缩回身，可是团长叫住了他。

“杜队长，老总的安全交给你了！”团长激动地说，“你替我们大家多操点心吧！刚才那颗炮弹就炸在地堡墙边，战士们的心都提到嗓子眼了！”

杜宁会心地点点头，退进了地堡。

陈毅拉杜宁坐下说：“人家把指挥所安到我们鼻子下边来了，安分守己一点吧。来，下棋。”

先是听到团长发口令。随着整个阵地就震动起来。炮弹出口声和爆炸声混在一起，冲锋的杀声和抗击的杀声搅成一团，步枪已分不出点数，机枪像狂风怒号。整个阵地成了翻滚咆哮的大海。地堡就在腾空骇浪中颠簸。顶棚的土，哗啦啦不断下落，所有的横梁支柱都发出轧轧欲断的声音。杜宁手里捏着一颗棋子，可是眼睛分不清棋盘上的横线竖线，再也找不着合适的落子处。

“秀才，秀才！”陈毅叹口气说，“你怎么连纸上谈兵也稳不住神呀？”

“老总，你还是派我去参加战斗吧！”杜宁声音都变了，“叫我守着你，又不为你的安全担心，这是办不到的！这棋我走不下去了。”

“小声一些！”陈毅看看地堡门口说，“你知道，我来这里是得到前委同意的。”

“我知道。”

“这里同志们担子很重，虽然我们没去直接冲杀，可是有我们在这里和没有我们在这里，我们是从从容容还是慌慌张张，对于大家来说，完全不一样啊！”

“这我也理解。”

“那就稳稳当当地把棋走下去！这也是战斗！”

杜宁定住神，把注意力努力集中到棋局上，厮杀声仿佛离开他远一些了。走了几十步，出现了一个契机，杜宁赶紧投下一颗子，如果陈毅应错一步，他就要满盘输了。

陈毅捏起一颗棋子，把手高高地举在空中，晃来晃去好久没有落下。杜宁头也不抬，两眼只盯住棋盘上的要点。

突然，陈毅狠狠在杜宁肩上拍了一掌，喊道：“你听，你听啊！”

杜宁被弄得懵头懵脑，还没明白过来，陈毅一下站起把地上的棋子都弄乱了。高兴地大声叫道："你听见没有，张德标这个鬼东西冲上去了呀！"他兴冲冲地两手攀住横梁，一跃登上地堡的顶盖。等杜宁也把身体探出，山坡上的敌人已经像捅掉窝的马蜂，乱成一团了。占领了河滩的张德标，把全部火力对准冲锋的敌人后背，呼呼地猛扫。三〇〇高地上的守卫部队跃出了阵地，端着刺刀冲进了敌群。敌人一边倒下，一边向河水里溃退，拼命地往河对岸逃去。

杜宁说："张德标怎么不把退路封死，叫敌人跑了！"

陈毅说："张德标搞对了！这么多敌人，要逼着他在这山坡上顽抗起来，解决战斗很费工夫的，也难免把河对岸的敌人吸引过来。这样像放出带病菌的耗子，把他们连同恐惧、懊丧一起放过河去，敌人今天再想组织攻势就办不到了！"

陈毅倒背起双手，看了好一阵，才长长地舒了口气说："摘星崮，149师，完了。"

他把手中的望远镜交给杜宁，自己跳下地堡，找团长谈什么去了。杜宁举起望远镜朝河滩上望去。那里还在战斗，但我们的人已经转过身去面朝河面射击了。战士们叉八着腿朝敌人火力追击，几个敌人到了水边，又转回身来举着枪投降了。

杜宁十分兴奋。从门口钻出去找陈毅。陈毅拿着电话筒正做着手势叫喊："张德标，有鬼在抓你的脚跟吗？你讲慢些行不行？哇啦哇啦我什么也听不清！什么？马振武！叫你捉住了！不会的，你弄错了吧！不错？嗯，嗯，他过河来视察阵地，战斗打响他回不去了！确实是他？什么？已经派人送上来了？不要送，马上把他喊回去！在哪里抓到的还送到哪里去！原地看押，我马上就到！"说完，他按了下电话，又摇了一阵，对话筒喊："要司令部。你是哪一个？听出是我来了？好。马上派一辆吉普车来，到胡桃峪山后等着拉马振武！喂，挑一辆好一点的，不在路上抛锚的哟。”

陈毅扔下话筒，一挥手，跳出战壕，直奔河滩。他并不挑选道路，跨过弹坑、火堆和敌尸大步走去。路上碰到小杨和张德标正迎了上来，就领着走到一个破掩体门口，对哨兵说：“叫马振武出来！”

穿了一身士兵服的马振武，半年不见瘦下去一圈，个子更矮了。一见陈毅，失声叫了一下，手足无措地举手敬礼。

“振武将军！”陈毅伸出手去，极力把话说得平淡，“有约在先，我是备车恭候了。”

马振武握了一下陈毅的手，连连摇头：“惭愧，惭愧。”

陈毅命令把马振武送到山后吉普车上去。他自己走到阵地中段，举起望远镜观察河对岸的动静。暝色四合，天暗下来了。一个跑得满头大汗的通讯员送来一份代电交给团长。团长看过后说：“请军长过目。”

陈毅说：“你讲一下吧。”

“敌人的旅长不肯起义，于参议把守卫前沿的一个营拉过来了，阵地交给了我们。进攻摘星崮的大门打开了，马上就要总攻。”

“我该回去了。”陈毅说，“你们加强警戒！看到摘星崮信号升起，立即全线撤离。沿河水逆流而上，三里地外有个河汊，是两部分敌人衔接处，防备松懈。你们从那里插入敌后，沿途不可停留，两天后到达沂蒙山外的鲁南平原，再相机休整。我会在那里会合你们的。”

陈毅带领杜宁等人，向山顶攀登。张德标追上来说：“小杨同志战斗得很勇敢，战士们要我替他请功。”

陈毅说：“应该为全体指战员请功，这沂蒙山就是一座丰碑，将永远铭刻着你们的丰功伟绩！”

他们登上胡桃峪山顶，天完全黑下来了。河南岸营火炊烟，绵延数十里。摘星崮方向，满天信号弹腾空而起。炮声枪声一阵比一阵强。夜风带着雾一般的细雨迎面吹来，隐隐听到人喊马嘶。

陈毅站到崮顶岩石上，解开了的衣襟，被风吹得呼呼飘舞，像是展开了一双巨大的翅膀。他深深呼吸了一口清爽的空气，放声吟道：

淄博莱芜战血红，
我军又猎泰山东。
百千万众擒群虎，
七十二崮志伟功。
……
……

初生白发的男人重新回到现实世界时，歌声仍在耳边飘荡。他明白了，这不是幻觉。战士们仍然在战斗。就像当年他们唱着军歌，为建立人民的国家而冲锋陷阵一样，今天他们唱着军歌，为保卫和建设人民的国家而厮杀！他们永远是无产阶级的战士，永不背叛自己敬爱的军长。

于是他放开喉咙，合着空中飞翔着的旋律，歌唱着，走向他的新岗位。

东进东进，我们是铁的新四军！
东进东进，我们是铁的新四军！
东进东进，我们是铁的新四军！！！

寻访“画儿韩”

掐指一算，这一带足有三十年没来过。第一监狱门前那“无风三尺土，有雨一街泥”的“自新之路”已铺了柏油，“梨园先贤祠”所在地“松柏庵”盖起了大楼，杨小楼的墓地附近办起了学校。往南走有“鹦鹉冢”和“香冢”。年轻时甘子千常在那附近写生，至今背得出墓碑上开头几句话：“茫茫愁，浩浩劫；短歌终，明月缺……”现在，他望着这历尽沧桑后的陶然亭湖水，当真有点“茫茫愁”。上哪儿去找“画儿韩”呢？画儿韩是搞四化用得着的人，被挤出文物业几十年了。自己已蜡头不高，生前不把他找回来，死后闭不上眼。

甘子千跟画儿韩的过节儿，是从三十多年前一场恶作剧开的头。甘子千年轻时画工笔人物，有时也临摹一两张古画。有一次看到名画家张大师作的古画仿制品，他一时兴起，用自己存的一张宋纸半块古墨，竟仿了一张张择端的画，题作《寒食图》。原是画来好玩的，被一位小报记者看见了。此人名叫那五，是八旗子弟中最不长进的那一类人。他把画拿去找善作假画儿的冯裱褙仿古裱了出来，加上“乾隆御览”之类的印鉴，做了旧，又拿给甘子千看，并说：“这两下子，你赶上张大师了。至少也不在画儿韩之下！”

画儿韩是作书画买卖的跑合儿，善于识别品鉴，也善于造假。在古玩字画同业中颇有声誉，近来被“公茂当”聘去当了副经理。

甘子千看着自己的作品打扮得如此斑驳古气，很得意，微笑着说：“您别瞎捧，我哪有那么高？”

“要拿我的话当奉承，您那是骂我。”那五忿忿地说，“不信咱做做试验。”

“怎么试验？”

那五就说，把画儿拿到“公茂当”去当。画儿韩识破了，无非一场笑话。要把画儿韩都蒙过去了，说明甘子千火候已到家。那没说的，当价分我一半，另外专候我一顿“便宜坊”。说完，那五用个蓝包袱皮把那画儿包走了。

要说那五从一上手就想诈骗，委屈了他。上手儿他也是凑趣赌胜。等他真准备夹着画儿去当铺了，这才动起骗一笔钱财的心。既要唬人，就得装龙像龙，装狗像狗。听说当行的人先看衣装后看货，那五现换了套行头：春绸长衫、琵琶襟坎肩、尖口黑缎鞋、白丝袜子。手中捏着根二寸多长虬角烟嘴。装上三炮台，点燃之后，举在那里。向柜台递上包袱去，说了声：“当个满价儿！”[①]就扭头转向墙角站着。一眼看去，活脱是位八旗世家子弟，偷了家中宝物来当（这些人从来是只肯当不肯卖。而当了又不赎。当初内务府替溥仪弄银子也是这个办法，很发了几家当行的财东）。

---

① 满价：即当价最高限额，当时约一千元。

到底是那五的扮相做派障眼？是开口要满价吓住了画儿韩？是画儿韩一时粗心看打了眼？已经无从查考。总之几经讨价还价，包袱送上取下，最后画儿韩学着山西口音唱了起来："写！破画一张，虫吃鼠咬，走色霉变，当价大洋六百……"[①]那时候兵船牌洋面两块四一袋，六百大洋是个数目。那五回来把经过一说，甘子千先是高兴得哈哈大笑，笑过去仔细一想，又害怕起来。此事一旦传开，自己的人品扫地，也得罪了画儿韩。他和画儿韩虽无深交，可也算朋友。他两人都爱听京戏；京戏中专听老生；老生里最捧盛世元。盛世元长占三庆，他俩几乎天天在三庆碰头。两人又都爱高声喊好，喊出来的风格又各异，久而久之，连唱戏的都养成了条件反射，要是一场戏下来没听见有这两人喊好，下边的戏都铆不上劲！有一晚盛世元唱《失空斩》，画儿韩有事没到。孔明坐帐一段，使过腔后没有听见两声叫好，只听见一声。盛世元越唱越懈，后来竟连髯口都挂错了，招来了倒好。画儿韩听说此事，专门请客为盛世元洗羞，两人拜了把兄弟。

那五见甘子千脸色暗了下来，就劝他说："你还有什么过意不去的吗？画儿韩自己就靠造假画起家，这叫现世报。你要嫌名声不好，以后不干就是了。这一次，咱们不说谁知道？而且这一次也是为了试试你的手艺，并不就为了捞钱。不过钱送到手，也决没有扭脸不要的傻瓜，难道你还搭上利钱把这张擦屁股纸赎出来？"

"我没钱去赎它！"

"想赎也办不到，当票归我了！"

甘子千除去接受那五的观点，没二条路。他守约给了那五三百元。但请他吃鸭子时，那五却没让甘子千破财。那五说："这张当票我拿到

---

① 这是当铺习惯，好东西也说是破的。

东单骑河楼，往日本人开的小押店一押，还能蒙小日本三百二百的，鸭子钱我候了。”

甘子千说：“你可真有心计！”

那五说：“你不赞成吗？坑日本人的钱也是爱国！”

这之后不久，甘子千去店里卖画收款，就听到议论，说画儿韩玩了一辈子鹰，叫鹰鹐了眼。又过了几天，他就收到一张请帖。八月十六画儿韩做寿，请甘子千赴宴。

画儿韩租了恭王府靠后海的一个废园，在临水的“听荷轩”安排寿堂。房前一片瓦楞铁凉棚，正好铺开十来桌席面。甘子千以为碰上这件事，画儿韩面色要带点委顿，谁知几天没见，他竟更加精神爽朗了。酒过三巡，画儿韩借酒盖脸，作了个罗圈揖说：

“今天若单为兄弟的寿日，是不敢惊动各位的。请大家来，我要表白点心事，兄弟我跌了跟头了！”

众人忙问：“出了什么闪失？”

“我不说大伙也有耳闻，我收了幅假画。我落魄的时候自己也作过假，如今还跌在假字上。一还一报，本没什么可抱怨，可我想同人中终究本分人多。为了不让大家再吃我这个亏，我把画带来了，请大家过过目。记住我这个教训，以后别再跌这样的跟头。来呀，把画儿挂上！”

一声吆喝，两个学徒一人捧着画，一人拿着头上有铁爪儿的竹竿，把画儿挑起来，挂在铁梁下准备悬灯笼用的铜钩上。众人齐集画下，发出一片啧啧声，说：“造假能这样乱真，也算开眼了。”画儿韩说：“大家别叫它吓住，还是先挑毛病，好从这里学点道眼。”他一眼扫到甘子千身上，笑道：“子千眼力是不凡的，你先挑挑破绽，让大家都开开窍！”

甘子千脸早已红了，幸亏有酒盖着，并没使人注意。他走到自己这幅画前，先看看左下角，找到一个淡淡的拇指指纹印，确认了是自己的作品。又认真把全画看了一遍，连自己都佩服起自己来了。当真画得好哇，老实讲，自己还真说不准破绽在哪儿；若知道在哪儿，当初他就补上了。他承认笔力终究还不如真品，就说："还是腕子软、有些俗气；纸是宋纸，墨是宋墨，难怪连韩先生也蒙过去了！"画儿韩爽朗地笑了两声说："我这回作大头，可不是因为他手段高，实在是自己太自信，太冒失。今天我要劝诸位的就是人万不可艺高胆大、忘了谨慎二字。这画看来惟妙惟肖，其实只要细心审视，破绽还是挺明显的。比如说，画名《寒食图》，画的自然是清明时节。张择端久住汴梁，中州的清明该是穿夹袄的气候了，可你看这个小孩，居然还戴捂耳风帽！张择端能出这个笑话吗！你再细看，这个小孩像是在哪儿见过。在哪儿？《瑞雪图》上！《瑞雪图》画的年关景象，自然要戴风帽。所以单看小孩，是张择端画的。单看背景，也是张择端画的。这两放在一块，可就不是张择端画的了！再看这个女人：清明上坟，年轻寡妇自然是哭丈夫！夫字在中州韵里是闭口音，这女人却张着嘴！这个口形只能发出啊音来！宋朝女人能像三国的张飞似的哇呀哇地叫吗？大家都知道《审头刺汤》吧！连汤勤都知道张择端不会犯这种过失，可见这不是张择端所画……"

大家听了一片惊叹。甘子千心中也暗自佩服，他向画儿韩敬了一杯酒，向他讨教："《审头刺汤》我也听了多少遍了。雷喜福的、马连良的、麒麟童的都听了，怎么不知道汤勤论画的典故？"画儿韩说："明后天你上当铺来，我细讲给你听，今天不是时候，盛世元来给我祝寿，马上就开戏了。"

说罢，画儿韩往那画儿上泼了一杯酒，划了根火，当场把画点着。

那画顿时嘭嘭响着，烧成一条火柱。画儿韩哈哈笑道："把它烧了罢，省得留在世上害人！大家再干一杯，听戏去！"

画儿烧了，甘子千心定了，坐下来消消停停地听戏。盛世元是尽朋友义气来出堂会，格外的卖力气。画儿韩表示知音，大声喊好。甘子千忍不住也喊起好来。一出戏唱完，画儿韩到后台道辛苦，盛世元说："总陪你一上一下喊好的这位，也有些天没上馆子去了。是哪一位爷，请来见见不行吗？"画儿韩自收了假画，心中腻味，有些天没去三庆，不知道甘子千也没去。盛世元一提，他心中咯噔一声。他知道造假画来坑他的人准在同业同行之内，所以今天才撒帖打网，可没往甘子千身上想。一听这话，赶紧上前台找甘子千，学徒说甘先生才刚被人找走了。

这时，甘子千正被那五拉着走出花园的侧门，甘子千略有不满地说："五爷，你怎上这儿显灵来了。"那五说："有点急事跟你商论。我拿那张当票去押，日本人要照当[①]，你说这个险冒不冒？若蒙过日本人挣他一笔，自然痛快；若叫他认出假来，日本鬼子可比不得画儿韩，免不了把咱送到红帽衙门，灌凉水……"

甘子千有点厌恶地说："别得陇望蜀了！告诉你，画儿韩已经把咱那杰作火化升天了。"接着把刚才的情形详细说了一遍。那五听了先是一愣，接着就拍起大腿来。

"这回可是该着画儿韩败家了！难怪我找连阔如看相，他说我要交鼻运！"

甘子千说："你又想造什么孽？弄了人家几百就行了，别赶尽杀绝，何况打头碰脸，跟我全是朋友。"

---

① 照当：是取出当品看一看，要付一个月利息。

“朋友？生意场上先父子！见财不发是孱头。您甭管，等着吧，我请您正阳楼吃河螃蟹！”

那五走后，甘子千越想越不安，他觉着按人品说，画儿韩比那五高得多。别说这事与自己有关，就是无关也不忍看着叫那五再坑他。他决定明天一早去当铺访画儿韩，找机会和画儿韩说破，别让那五把事闹大。

这天甘子千来到了“公茂当”。画儿韩听说他来了，远接高迎，一直把他让到账房后边自己的屋里。学徒敬上茶后，画儿韩端起水烟袋，呼噜呼噜吸了一袋，这才提起话头：“前几天我去三庆，怎么总没见你？”甘子千还没说话，账房先生小碎步跑进来，满脸的慌张，语不成声地说：“经理，前边出事了。”

画儿韩不紧不慢地问：“什么事，大惊小怪的？”

“有人赎当来了。”

“当铺么，没人赎当？”

“不是赎别的，是赎……”账房先生看了甘子千一眼，凑近画儿韩跟前，放低了声音。画儿韩大声说：“有话尽管讲，甘先生不是外人。”账房先生这才恢复大声说：“有人赎画来了。”

“哪幅画？”

“就是昨天烧的那幅《寒食图》！”

甘子千觉得有人在自己头顶上撞了声钟，浑身震得麻酥酥的。万没想到那五穷急生疯，想出这一招来。

画儿韩说：“你告诉他，那幅画是假的，他骗走几百大洋就够了。还不知足，跟他上官面去说理。”

“经理，您圣明，买卖人能这么回人家话吗？人家拿着当票儿，哪怕当的是张草纸，要赎也得给人家！拿不出这张草纸来得照当价加倍赔偿，就这样人家还许不认可。怎么咱倒说上官面儿说话去？”

几句话问得画儿韩无言可对。这时外边吵嚷的声音大了。只听那五爷细细的嗓子像唱青衣的叫板似的喊：“怎么着，想赖我的传家之宝啊？还说我的画儿是假的？好，就是假的，我这假的是陈老莲仿的，比真的还贵，没东西就赔银子吧！”

画儿韩站起来说：“不像话，我去看看，子千，我请假了。”

甘子千听到那五爷喊，先是生气，继而尴尬。那五这一着，将得他手足无措。他顾不上规矩礼节，硬跟着画儿韩到了前柜。

当铺的柜台，照例高出顾客头顶一尺多。迎面墙上挂着黑红棍，（这是清朝官商的遗俗，表示一半是买卖一半是衙门）。这时连账房带伙计四五人都围在画儿韩身后朝柜台下看。只听见那五细声细气地说：“有画儿拿画儿，没画儿呢，咱们找个地方说说。……”

甘子千走到画儿韩身后，越过柜台往下一望，只见那五身后还站着一个矮黑胖子，灰布裤褂，袖口盖住手，十三太保的纽襻全敞着，露出黑边的白洋布汗蹋儿、红兜肚，一眼就认出了是外五区侦缉队的黑梁。看这阵势，那五已打定主意要勒画儿韩的大脖子了。甘子千向那五使个眼色，知其不可为而为地说道：“我当是谁呢。五爷呀！嗨，都是自己人，您何苦……”

“甘爷，我们谈公事，您可别瞎掺和。我把祖上传下来的一个挑山当了。今儿来赎，他们一会儿说我那画是假的，一会儿叫我展期，您说这能不叫我急吗？”

甘子千正想找句合适的话劝那五罢手，画儿韩往前一挤，把头伸出柜台，冲下说道：“您急呀？我比您还急呢！我算计着一开门你就该来的，怎么到这钟点才来呀。不是要赎当吗！钱呢？”

“敢情你怕我没钱？”那五从底下扔上一个白手帕包的小包来，里边满是五颜六色的联银券。画儿韩叫伙计过数，伙计数了，连同利息正好八百多元。画儿韩把利息数出来放在一旁，把六百元入了柜，伸手从柜台下掏出个蓝布包袱，往下一递：

“不是赎画吗？拿走！”

不要说甘子千，连当铺的同人眼睛都直了，一时间鸦雀无声。那五先是呆在那里把嘴张开合不上，随后伸手去接包袱，两手哆哆嗦嗦怎么也接不住。侦缉队的帮他把包袱接过来塞在他怀里说：“你看看，是原件不是？”

那五打包袱一看，汗珠儿叭叭地落在地下。朝柜台上的甘子千咧咧嘴，既不像笑又不像哭，明是自问，实际是说给甘子千听：“画儿昨天不是烧了吗？”

画儿韩接茬儿说：“昨天不烧你今天能来赎吗？”

那五自语说：“这么说世上有两幅《寒食图》？”

画儿韩说：“你想要，今晚上我破工夫再给你作一幅！”

甘子千不敢相信眼前的奇迹。对那五说：“什么画儿说得这么热闹？叫我也开开眼。”

那五把画递了上来，甘子千不看则已，一看脸臊得像才从澡堂子出来！他首先把视线投在左下角，无意之中留下的那个拇指印，很轻很淡，端端印在那里，跟昨天烧的那画一模一样。他怀疑如把两幅画同时摆在一起，他是否能认出哪一幅出自自己之手。听说能手能把一张画儿揭成两幅，画儿韩莫非有此绝技？

下边侦缉队黑梁不耐烦了，问那五：

“看样儿没我的事了吧？您拿钱吧，我该走了。”

那五掏钱打发了黑梁，缓过了神来，玩世不恭地一笑，向上拱拱手说：“韩爷，我开眼了。二百多块利息换了点见识，不算白花！”

“利息拿回去！”画儿韩把放在一旁的利息往下一送，哈哈笑道：“画儿是你拿来的，如今你又拿了回去，来回跑挺费鞋的，这几个钱你拿去买双鞋穿，告诉你那位坐帐的！”说到这儿，画儿韩扫了一眼目瞪口呆、满脸窘相的甘子千：“就这点本事也上我这儿来打苍蝇吃吗？骗得过画主本人，这才叫做假呢，叫他再学两年吧！”

甘子千无地自容，低着头走出“公茂当”，从此处处躲着画儿韩，再没和他照过面。画儿韩尽管由此名声大噪，可是财东不敢再拿钱冒险，来年正月就把这位副经理辞退了。画儿韩跑了两年合儿，北平临解放时百业萧条，他败落到打小鼓换洋取灯儿的分上了。甘子千造假画的名声传了出去，尽管丢尽了人格，可换来了书画店饭碗，当了专门补画的工匠。因为揭裱字画，难免破损，得有人会造假修破。

北平解放后，甘子千凭他出身清白贫苦，政治学习积极，思想进步，靠近组织，公私合营时已当上了书画业领导小组成员，同业工会的副主席。

公私合营后，文物书画业要整顿班子，有人提出来调画儿韩。政府人员不知道这人是谁，向甘子千了解，甘子千支吾说：“我跟他也不熟，等我去了解一下。”回到家来，他就犯了思忖。当初自己本没有坑骗他之意，却弄得无法解释。事已过去多年，他不来呢，谁也不会再想起谈起，于他于己都无妨碍。他如果来了，这人可也是长着嘴的。他要是把这件事说出来，说成我甘子千有意所为，我不得脱层皮吗？自己还正在争取入党，多一事不如少一事吧！但也不能对组织说假话，见到政府代表时，他就说：“画儿韩的事了解了。这人做假画出身，当过当铺的副经理，解放前有一阵生活挺富裕，他做寿名演员盛世元都来唱堂会……”政府代表听了，又问他：“有人说他挺有本事，你看咱们用他好不用他好！”甘子千说：“还是领导上决定，我水平低，看问题没把握。”画儿韩终于没被调用。

按文物行某种惯例，从这行被清理出去的人，改行干什么都可以，但绝不许再染指文物生意。自己买卖，替人鉴别都属违例。画儿韩自此就从同行人中消失了。

多少年来，甘子千从没为画儿韩的事感到理亏心虚。慢慢地，连画儿韩这人都不大想到了。

十年动乱中，甘子千受了不少委屈。他认为最委屈、最不合理的是为了“改造他”偏不让他干自己稔熟的行业，而叫他去学修脚！打倒“四人帮”后，恢复名誉也好，退还存款也好，都没有比让他回到文物商店，干他爱干又能干的工作使他感动。他拿出全部精力来工作。可是岁月不饶人，当他当选为人民代表时，大夫会诊的诊断书也送到了他手里。他被宣布得了必须休息，没有希望治好的那种病！

尽管他对人说：“我快七十了，马上去八宝山也不算少亡！三中全会以来的这段晚福也享到了！”可心里实在有点懊丧。他想到，自己这一生从人民那里取得的很多，报答人民的太少。他无声地给自己算账，算算这一辈子对人民对国家做过哪些亏心事。算来算去，算到了画儿韩头上。

文物业的老手死的死，病的病。十年浩劫没出人才，人手荒成了要害症。如今国际市场文物涨价，无论识别古画还是作仿制品，画儿韩都身怀绝技，怎么能不让他发挥才干呢？当初只要自己一句话，说：“这个人有用，”画儿韩就留下了。可是自己没说，就为这个把他挤出去几十年。

共产党几十年的教育，老年人的忏悔心情，对个人得失的淡漠，一同起作用，他找到党委汇报，检查了错误。党委书记表扬了他的忠诚，责成他把画儿韩请回文物界来。

这一动手找，才发现北京城之大，人口之多，分离的时间之长！先听说画儿韩在天桥“犁铧头”茶馆烧过锅炉，到那儿一看，茶馆早黄了。又听说画儿韩和另一个老光棍合租一间房子，在金鱼池附近养金鱼，去那儿一问，房子全拆了。找了半个月，走了八处地方，唯一的收获就是听说画儿韩确实健在，有时还到陶然亭附近去练子午功。甘子千平日想起整过自己的那些人，心里总是忿忿不平。这时才悟到，原来自己也是整过人的，其后果并不比人家整自己轻微，手段也不比别人高尚。

他决心要把自己欠的债还上。不顾大夫警告，一清早就拄着棍来到了陶然亭。这时天还没大亮，雾蒙蒙的湖园里有跑步的，喊嗓的，遛弯儿的，钓鱼的。三三两两，影影绰绰，在他前后左右往来出没，向谁打听好呢？

正在犯愁，迎面走来一位留着五绺长髯，身穿中式裤褂，也拄着根手杖的人。这人目不斜视，一边走路一边低声哼着京戏，走近了，听出唱的是《空城计》：“众老军因何故纷纷呐议论……”

这唱腔使甘子千停住了脚。“纷纷议论”四个字吐字行腔不同一般。“纷纷”二字回肠九转，跌宕有致；“议论”二字坦坦荡荡一泻千里。甘子千似乎出于条件反射，连考虑都没考虑，张嘴就喊了一声“好！”

老头儿也停住脚步，半扬着脸，像是捕捉这一声叫好的余音。他望着还没亮透的湖边树林说：“这份叫好声我可有三十多年没听见了，不是听错了吧？”

甘子千应道：“这‘纷纷议论’四个字的甩腔，我也有三十多年没听见了。您敢情就是盛老先生？”

“哎哟，这话怎么说的！”老头几步抢了过来，并不握手，而是抓住甘子千的手腕子上下摇晃："您就是，您就是那位跟画儿韩一块常听我的戏的……"

"我叫甘子千。"

"听说过，那年在恭王府园子出堂会，我让画儿韩请您来会一会，可惜您走了。从那一别就是三十多年。您一向可好？在哪儿工作呢？"

甘子千说在文物商店当顾问，盛世元说："我也是顾问！唉，什么顾问？就是政府对咱们这些人器重，哪怕还有一点本事，也让你使出来。社会主义么，就是不埋没人才。干我们这一行的，不养老不养小，我从日本降伏那年就塌中，放在旧社会得要饭。一解放就请我上戏校当教习了。就是'四人帮'时候受点罪，可受罪的又不是咱一个，连国家主席、将军元帅都受了罪，咱还有什么说的？昨天我碰见世海，他还能登台呢……"

甘子千想等盛老先生话说到一个站口，问问画儿韩的消息。可这位老先生越说越精神，只好硬挤个话缝插进去说："盛先生，刚才您提到画儿韩，您知道他现在落在哪儿了吗？"

"落在哪？他一直在我家呀！"

甘子千啊了一声，半天盯住盛世元没错眼神。天下哪会有这么便宜的事，一下就歪打正着（他忘了他先已扑空了八次）？又追问一句："您说的是真格的？"

"嗨，你问问陶然亭这些拳友，谁不知道画儿韩跟我做伴？'文化大革命'中茶馆黄了，画儿韩没地方混饭吃，急得在这湖边转磨，跟我说：'四哥，这些年我一步一步的退，古玩行不让干了，我拉三轮；三轮不许拉了，我摆摊卖大碗茶；大碗茶不让卖了，我给茶馆烧锅炉；现在连茶馆都砸了，我还往哪儿退呢？从解放我就是临时工，七十多岁了，谁要我啊？'我劝他说：'天下哪有过不去的河呢？你搬我家住去。从我老伴去世，儿子调到外地，我就剩下一个人。白天我在戏校挨批判，心里老怕家里叫人撬门抄家，你就给我看家得了。只要我这工资不取消，就有你的饭吃。’从打那时，他在我家一住就是十年。”

甘子千急不可耐地说：“既这么着，我跟您去看看他行不行？我有点事找他。”

“不行。”

“怎么？”

“脑血栓，前天进医院了。”

“哎……”甘子千两手摊开，连连叹气。

“您甭着急，眼下没有生命危险，就是不许探视。”

甘子千这才舒了口气，问道：“怎么突然得了脑血栓？”

“累的。去年他检查出脑血管硬化，医生叫他多休息，他反而忙起来了。他说他家祖传几代倒腾字画，对于识别古画很有点诀窍，他想趁着还能活动把它写下来，免得自他这儿失传。”

甘子千说：“早动手就好了。”

盛世元说：“前些年他张嘴就骂，说文物行的领导全是棒槌，不认他这块金镶玉。他宁可带到棺材去也不把本事交给他们。这两年啊，政府一步一步给我落实政策。收入多点了，我们俩的生活也改善点。他觉着党中央政策好，虽是冲我下的雨，也湿了他的田。目前搞四化，他这点本事对国家是有用处的，不该再藏着掖着了。这是为国为民的好事，我能拦着吗？我就给他买纸，买墨，好茶叶，大叶烟，可就忘了叫他注意身体。”

甘子千含着泪说：“您可真够意思。交朋友交到这个分上，可以拍胸脯了。”

“也还是党中央的新政策好，要是我被人家当成四旧扫进垃圾箱，还能顾他吗？”

甘子千心情沉重，默默无言地和盛世元并肩走了一段路，忽然问道：“他还能说话不能呢？”

“能是能，舌头有点发硬，拐弯费劲儿。”

“那就有救！”甘子千喜出望外。他想应当建议派人带录音机来录音；应当在人代会上提一个抢救老人们身上保存的绝技的提案；应当……

盛世元向甘子千告辞，说：“哪天医生一解禁，我就领您去。”

“是是。您看还有什么困难吗？”

“困难是有，怕你帮不上手。画儿韩当了半辈子临时工，没混上公费医疗，我落实政策补了点钱，这回他一住院全垫进去了。可这救急不救穷。这病不是三两天能好的，我的工资两人吃饭有富裕，供一个人住院可差远了。能不能找个地方给他出药钱呢？”

“行！”甘子千斩钉截铁地说：“包在我身上了！”

甘子千回去路上，比来的时候精神爽快了，心情舒展了。他计划把自己的存款移到画儿韩的名下。他几乎怀着感谢的心情想到盛世元最后这个要求。他觉着生活总算给了他一个机会，让他在向这个世界告别时，可以于心无愧了。

双猫图

虽说半夜抄家的风儿已随着“四人帮”作了古，金竹轩听到敲门声还是有点犯嘀咕：大白天都很少有人来，深更半夜谁来找我呢？

他拉开灯、打开门，看见站在门口、面带微笑、行45度鞠躬礼的是康孝纯工程师，这一惊非同小可。这么说吧，近年来可以跟这事相比的只有两件，一是唐山大地震，一是吉林陨石雨。

“这么晚还打扰您，您多包涵！”康孝纯拘拘束束地说：“我来是求您帮帮小忙的！”

“是是是，”金竹轩答应着，不知道是该先请康孝纯进屋坐下呢，还是该找件衣服先把自己这副自然主义的形体遮盖一下。

“您甭张罗，我说句话就走。”康孝纯看出金竹轩局促不安，忙拦住说，“我来求您帮个忙。”

“您尽管说，只要我办得到。”

“我那儿有瓶酒，想请您帮我一块喝下去。”

“啊？可这是从哪儿说起……”

“您要答应帮忙，我先走一步，您随后到行吗？”

“您既说了，我能不办吗！”

“多谢您了，回见您哪，多穿件衣服别着了凉您哪！”

康孝纯走了。金竹轩望着他的背影直掐自己的大腿，他怀疑这是不是做了个荒唐梦。

金竹轩一边穿衣服，一边琢磨，这位工程师怎么了？神经不好呢还是别有他求？

打从京华建筑公司成立（那是30年前的事了），康工就是公司技术科科长，金竹轩就在他手下当文书。打从盖起这片宿舍楼（也有25年了），他们俩就在这幢楼里做邻居，康工别说没造访过金竹轩的华居，私下里连闲谈总共也不过两次。

是康工程师为人格外的傲慢自尊么？差矣！全公司二十几个科，康工程师的谦虚是数一的。向老金布置任务，从来没说过：“喂，你去干这个！喂，你去弄那个！”他总是双手捧着文件，走到老金的桌前站稳，45度躬身，笑着小声说：“老金同志，您看把这个文件抄它两份好不好？咱们下午三点用！”再不就说：“老金同志，我看这个地方要换个说法更妥当些，干吗要用命令的口气呢？用建议的口气人家也会遵照执行的。我看您就辛苦点，改一下吧。”

30多岁的人就当了科长，而且听说早在伪满时期就当过“清水组合”的主任工程师，更早，在哈工大上学时，就是全校有名的高材生。待属下如此和气，能说傲慢吗？

25年前，老金和康工在街头相遇，意外地发生了第一次私人交往。这次交往过后，康工给老金留下的印象就不止是谦虚有礼，而且可以说助人为乐了。

老金为人有个祖传的缺点，爱花零钱。虽说孤身一人，没任何牵累，每月 52 元工资总是可丁可卯。也难怪，他熟人太多么！发薪这天，他照例是不在食堂吃饭的。下班之后，溜溜达达，进了天福酱肘铺。本只想买几毛钱猪头肉上饺子铺喝口酒就算完。可天福号大师傅是熟人，一见他进门，就笑嘻嘻地把嘴凑到他耳朵边说："我准知道您今天发薪要来，才酱的填鸭，我给您留了一个在后柜放着呢！"

没说的，付五元大洋提着鸭子走吧。刚走到砂锅居门口，掌柜的刘四从门里抢了出来，打刘四学跑堂时老金就认识他，解放了，刘四还保留老习惯，"竹贝勒，我正等您呢！刚杀冷儿头一回灌的血肠，今儿个炸鹿尾也透着鲜亮，快进来吧，还上哪儿去？"

头回灌的血肠，鲜亮的炸鹿尾，外加上刘四的外场，得进去坐下吧！

转一圈回来，到晚上一数钱，剩下 36 块了。半个月过去，除去饭票，剩下的钱就够洗一次澡剃一回头的。

您别以为下半月没钱了，金竹轩的日子就过得没声色。不然，该省的时候老金自会按省的办法过，照样自得其乐。下班后关上门临两张宋徽宗的瘦金体，应爱国卫生委员会之约，给办公楼的厕所里写几张讲卫生的标语，然后配上工笔花鸟。到星期天，早上到摊上来一碗老豆腐下二两酒，随后到琉璃厂几个碑帖古玩铺连看带聊就是大半天。那时候站在案子前边看碑帖拓本，店员是不赶你走的。

这个星期天正赶上老金没钱，又到了琉璃厂。在汲古阁翻看碑帖，无意间看到案子下边堆着一卷旧黄绫子手卷。拿起来掸掸土，展开一看，是半幅圣旨，雍正朝的。汉文的半幅叫人裁走了，留下来的是满文，讲的是关于修葺盛京八旗衙门旧房的事。老金对满文不算精通，可出于对自己祖宗、自己民族的怀恋之情，总爱涉猎一下。他看过来看过去，攥着这半幅圣旨舍不得撒手了。

站柜台的是什么人？练就的来看客人眉眼，就凑过来说："金爷，有您的，我把它扔在案子下边，就为的看看如今还有没有识货的人！可就没料到您这儿来，现在想藏也来不及了！"

"离西[①]怎么的？"

"您别跟我逗，这是什么货您明白，要不剩下半幅，我能露吗？"

"多少钱？"

"跟您讲生意还有我的赚头吗？赏个本儿，给五块吧。"

"多了！"

"多不多您有谱！"

"不值！"

"值不值您有数！"

金竹轩不再说话，把手往口袋伸。他知道口袋里没钱，这是伸给掌柜看的。掌柜的早知道他身上没钱，可不挑破，斜眼看着他。

"哎哟！"老金冒叫一声，"我忘了把钱带出来了。这么着，东西我带走，明日格我再把钱送来。"

"您还是把东西放下，"掌柜也把一只手按在那半幅圣旨上，"等你取来钱再拿走。"

掌柜的知道金竹轩是从不坑人的。多少年来拿走东西不给钱的事决没有过。这么卡一下，为的更激起老金买这件背时货的热心肠。于是一个抓住这半幅黄绫子，嘴里说："交情呢，交情呢？"一个按住这半幅黄绫子，抱歉地说："柜上的规矩，使不得使不得。"

两人正在客客气气地互不相让，门外走进一个年轻人，笑着问：

① 离西：北京话，开玩笑的意思。

“老金同志，怎么回事啊？”

掌柜的一见来了人，放了手。老金把圣旨抢在怀里，抬头一看，原来是顶头上司康孝纯，一下脸也红了，口也吃了。

“没事您哪，我们在谈生意您哪，是这么回事，我要买这件东西，可早上出来的急，一换衣裳，把钱忘在家里了……”

康孝纯半年来看见老金穿的都是这件衣裳，估计他也没有什么可换的，就问掌柜：“多少钱？”

“五块！”

康孝纯掏出皮夹，抽出一张五元票子递了过去。金竹轩脸更红了，伸手拉住说：“这是怎么说，这是哪儿的话？”掌柜手疾眼快已把票子接过去塞进了抽屉，康孝纯说：“老金同志，您跟我还客气什么？”金竹轩连连点头说：“好，明儿上班我给您带去，再不等发薪那天璧还。”康孝纯说：“这点小事也值当的还？算我送您的！”说着两人出了碑帖店。康孝纯也没事，就拉着金竹轩到附近的一个茶馆坐下来，泡了壶茶，就着瓜子玫瑰枣，两人闲聊天。

“解放前，我靠卖祖上的产业混日子。”金竹轩脸红着说，“这坐机关办公的事，我是头一回干，蒙您多照应了。”

康孝纯坐在对面，像小学生听课似的规规矩矩地听着，然后答话：“您太客气了，我年轻，又是干技术工作的，这领导的事也没做过，你见到有什么缺点，还请多批评。”

“很好，很好，确实是年轻有为。”金竹轩一边说着，一边琢磨，人家对咱慷慨热情，自己不好太不来真格的，就斟酌着词句说：“要说句知己话呢，我倒也想给您提个醒！”

“那好啊，”康孝纯诚恳地说，“您提提。”

“我那天抄写会议记录，就是讨论工字楼苏联专家建议的那份记录。我发现人家都说建议好，一定照办。可就是您……”

“我说建议不完善，应当重新设计。我还画了个图，指明那几处结构强度达不到可能出问题。”康孝纯以少有的激动态度说，“中苏友好我双手赞成，也不能拿专家建议当圣旨啊！他是工程师，我也是工程师，叫我提意见我为什么不说实话，看到缺陷不指出来，等着闹笑话，这也不是对朋友应取的态度呀！”

“不是说您提得不对，我是说别人都没提，”金竹轩说，“嗯，我在旧社会混久了，年岁也大了，跟不上新社会，这个这个，啊！说得不对您别在意，哈哈，胡扯胡扯。”

“不，您提得还是对，我考虑……”

“没什么没什么，对我的工作，您倒是要多批评，多指正。”

康孝纯见金竹轩无意再谈下去，也就不再坚持。他了解老金的出身历史，并不要求他思想作风怎么革命化。便半认真半玩笑地说：“对您，我就有一点意见。”

“您说，您说？”

“您写报告，做记录全用毛笔。一式三份的稿子您宁可抄三份也不用复写纸，这，按说有您的自由，可我要请您刻蜡版，您怎么办呢？”

“嗯？”

“您抽空也练练钢笔字不好吗？”

“劳您操心，我练着呐！”金竹轩十分认真地说：“就是眼前我还用不到工作上去，因为我使钢笔比使毛笔写字慢得多。”

这次交往后，他们在工作场合之外再没来往过。金竹轩只是每当走路碰到康孝纯时冲他点头笑笑，以示没有忘记他的盛情。

过了两年，反右派运动中，康孝纯出事了，事儿不大，没有定成右派，可是贴了一墙大字报，开了几次会，批判他有反苏情绪，在苏联专家建议中故意挑剔、破坏苏联专家威信。康孝纯十分认真地作了检查，流着泪表示悔改，终于得到了宽大，把科长撤去，下放到工地劳动锻炼。金竹轩在整个过程中一句话没说，可看到别人咬牙切齿指着鼻子批判他，总觉着有点不忍，看他那副战战兢兢，脸无人色的胆怯样儿，总想安慰他几句可又不敢。为此，很梗在胸中一些天。后来碰上个机会，他总算对康工表达了一点同情，他这才安心。以后就又不和他交往了。

这时衣服穿齐了，走出门去。楼梯上一股凉风使他打个寒噤，也冲断了他的思路。他下了一层楼，就去拍康孝纯的门。

康孝纯正在厨房拌凉菜。

康孝纯从金竹轩家回来，一边切白菜心，一边很为自己的行为吃惊，老了老了，怎么办了这么件孩子气的事？半夜去请人来喝酒！为什么核计也没核计，提起腿来就去找金竹轩呢？

不错，他今天碰见一桩高兴事，得找个人说说。碰巧老伴去看姑娘，儿子出差了。可这回答不了这个问题："为什么不请别人单请金竹轩？'不错，20 多年来他断绝和一切人的私交，要找人谈心只能就近找。而左邻右舍他和谁也没有来往，可这仍然回答不了问题："和金竹轩不也没交往吗？"康孝纯自己盘诘自己，一棵白菜切完，终于找到了答案：原来自己信任着金竹轩，虽说 20 多年连句问候话也没说过，可暗地里自己拿他当个朋友！

反右运动中康孝纯受了批判，科长拿掉了，下放到工地参加劳动。虽说没戴帽子，可在一般人眼里也是个危险人物了。这种不算处分的处分，对康孝纯当然压力很大。可他自制力很强，一举一动决不叫人看出有什么消极情绪，反倒工作得更卖劲，待人更谦虚，学习更积极。

不过这是平日在工地上。星期天一回到家人面前，就露出了忧郁与暴躁。家里人什么也不问他，默默地表示出同情与谅解：一赶上他无名火起，大人孩子三口人个个消声敛气，连走路都提着脚跟。他发现这一点，却就像病人，从别人对自己的宽厚容忍上了解到自己病危，烦躁反倒增加。他不愿使家人有更多的压抑感，就溜到街上散心去。

这个星期天，他来到琉璃厂。从碑帖店出来之后，时间尚早，又进了古玩店。他随意地浏览着残破的秦砖汉瓦、青铜彩陶，在一个博古架角上，看到了几块寿山石印章。有一块印章顶上雕了一只龟，颇为精巧。他请店员把这块石料拿出，捏在手中摩挲着仔细赏玩。身旁一个人笑道："康工好闲在呀！"

康孝纯抬头一看，不知金竹轩什么时候进来的，正站在他的斜对面。

"没事，闲走走。"

"怎么，您想选块石头刻章子？"

"随便看看，我见这一块雕得倒有趣。"

金竹轩把石头接过去看了看，嘴角流露出一丝微笑，问店员："多少钱？"

"七块。"

金竹轩点点头，也不征求康孝纯的意见，把石头还给了店员，拉住康孝纯的袖子说："别处再看看，没合适的再回来。"不问康孝纯同意与否，硬把他拉到了街上。

"有钱也不当这个大头，什么东西值七块？"金竹轩愤愤不平地说，"您用石头，我那儿有，明天我挑一块送到府上。"

"几块钱无所谓。"康孝纯，"那个龟钮……"

"我知道，知道。"金竹轩冲康孝纯颇有含意的一笑。

金竹轩又陪着康孝纯逛了两个摊儿，见康孝纯兴致索然，就借口还有事要办，告辞走了。等下个星期天康孝纯又回家休息时，爱人就从抽屉里找出个纸包来说：“这是前天楼上那个胖老头送来的，他说你知道。”

康孝纯打开来看，是一颗半寸见方一寸多高、晶莹华美的田黄石章。顶上也雕着一只乌龟，可这乌龟与厂甸所见的不同，头是缩在壳儿里边的。除去印底用钟鼎文刻了康孝纯三个字外，两面边上也刻了蝇头小字。一面是一幅对联：“是非皆因多开口，烦恼全为强出头。”另一面是四个隶书，“以龟为鉴”。康孝纯看了高兴地说道：“这金竹轩看着挺笨拙，却原来内秀乖巧，一下就看出了我选那龟钮章的用意。”爱人在一旁见他满脸得意，就问道：“这个章你要经常用吗？”康孝纯说：“用，我喜欢它。”他爱人说：“摆在外边叫人看见那几行字，不会认为你在发泄对党的不满吗？”康孝纯听了，心里咕咚一声，压上块铅饼，脸色也就暗下来了。他爱人趁机进言：“依我看，不如把它收起来好，今后也尽量少和人交往。这胖老头虽没和他说过话，可听人说过，他是溥仪的本家。我们已是泥菩萨过江了，哪还有再揽闲事余力，以后还是少交往好。对他，对咱都有好处。”

康孝纯听了，真像兜头泼下一盆冷水，刚才那点高兴劲全没了。他爱人知道吓着了他，赶紧又往回拉：“我无非是防微杜渐，也许事情没这么严重，你也用不着心情太沉重。”

康孝纯只顾站在那里愣神，再也听不到他爱人缓和空气的安慰话。他决定全部接受夫人的建议，立即把石章包好，放到箱底去。他找到那张包石章的纸，重新包石章，忽然发现，这纸原来就是他标明专家建议缺陷所在的那张图。他原是交给金竹轩叫他写好说明，准备提交党委当备忘录的，后来有别的事给岔过去了。反右运动中，人们想找来作证据，曾追问金竹轩，金竹轩一口说早销毁了，硬是没找到。

他这时才发觉，以往自己对金竹轩了解得很少。而大多数人对他也不大公平。

金竹轩平日在一些人们眼里，就像摆在旧货摊犄角上的旧壶套，认为除去给人增加点笑料，废物利用的价值都不大。

康孝纯是不同意这样看人的。他向人事科了解过金竹轩的历史。不错，他的伯父是贝子，可金竹轩刚四五岁，满清王朝就垮台了。从他记事他家就靠卖产业生活。金竹轩20岁时他伯父去世，由他继承遗产。他继承的是一屁股债务，唯一可执行的权力是在卖房契上盖个章，自己扫地出门，把房产全部还了账。他肩不能担，手不能提，虽说能写笔毛笔字，画两笔工笔花鸟，要指望拿这换饭吃可远远不够。他唯一出路是给人做清客。老实讲，这只不过比沿街求乞略强一着，是靠出卖自尊心换饭吃的。解放后，民族事务委员会和政协，考虑到他的民族和家族关系，决定给他安排工作。工作人员问他："您自己谈谈希望做什么工作？"他噙着泪说："哟，瞧您说的，政府派我工作，这够多抬举我，还有什么挑的？叫我干什么就干什么，能当上人民政府的办公人员，就够体面的了。"工作人员又问他："您的特长是什么？"他说："我还有什么特长？就会吃喝玩乐，可又吃喝玩乐不起！"

工作人员知道他会书画，叫他写了一个横幅，画了两幅镜心，拿到文化部门鉴定。鉴定的结果是，都够参加展览的水平，但是要去当专业书法家和画家，他这样儿水平的可又太多了。这样就把他安排到建筑公司来了。金竹轩每谈到这一段，那是对政府充满感激的。

文书在科里是最低的工作岗位了，可金竹轩很器重自己这个职务。他本本分分地干，勤勤恳恳地干。乐天知命，从没有过分的奢望。他看着科里的青年们争强赌胜，既不妒忌也不羡慕，凡能给人帮忙时，他还乐于帮忙。甚至有时他明知别人在抓他大头，巧支使他，他也装不知道，仍然笑哈哈地帮人把事办好。每逢开科务会，使唤了他的人又批他庸庸碌碌，胸无大志，是没落阶级的思想情绪。他还是既不生气也不发火，嘴里甚至还说以后准改。（其实一点也改不了。何况他根本不往心里去。）

康孝纯想，这人是有他一套没落阶级的生活习惯，待人处世也圆滑，可是对这么一个人，干吗要求他这么多呢！作为一个公务人员，他干的不是满称职吗！比许多能说会道的滑头不是更可靠吗？康孝纯认为不该歧视这样的人，所以他对金竹轩像对别的同志一样尊重。可没想到，仅仅平等相待这一点，使金竹轩竟是如此的感怀难忘。了解一下金竹轩平日待人的圆滑，就明白能在茶馆当面提出意见在他是多么的非同寻常。这颗图章和这张图纸又暴露出这个表面浑浑噩噩的人，自有他待人精细之处。

康孝纯很想隆重地谢谢金竹轩，可鉴于环境险恶，怕生出事来，硬把这股热情压了下去，从此和金竹轩断了交往。

“文化大革命”中，金竹轩背着“封建余孽”“地主阶级的孝子贤孙”的大牌子游了几天街，就退休了。康孝纯则去了五七干校。粉碎“四人帮”后康孝纯回家来，在楼门口看到金竹轩依然如故，既没显老，也没生病，很是意外。两人在楼梯上闲谈了几句，就各自分手。以后康孝纯上了班，金竹轩是个退休的人，两人出入时间不一致，连碰面的机会也很少了。今天康孝纯需要找个人谈谈，想都没想就跑去敲金竹轩的门，看来事出偶然，实际是早种下前因的。

敲门的声音，金竹轩到了。

康孝纯高声答应着：“来了来了。”开门把金竹轩让到屋里，转身把他拌好的凉菜和两个酒杯拿进屋摆好。从书柜下层拿出一瓶未打封的金奖白兰地，点火把封皮的胶膜烧掉，打开盖子，满满倒上两杯。

“我要跟你痛饮三杯！”康孝纯说：“头一杯，祝贺咱们俩经历了20多年风雨，还都没缺须短尾。”

“好，这一杯得干。”

金竹轩一仰脖，杯子见了底儿。

“好酒，好酒！”金竹轩赞叹说，夹了一口凉菜送进口内，他本想也赞扬一下这酒肴的，可一尝，又酸又苦，几乎吐出来，没法说昧心话，只好不吭声。

康孝纯自己吃了口菜，连连拍着自己脑门儿说：“糟了，我把糖精当味精放在菜里了。”端起菜盘就往厨房跑，接着听到哗哗的水声。金竹轩跟到厨房一看，他正把凉菜倒进一大盆凉水中洗涮，准备洗净了重放作料另拌。金竹轩说：“您别这么张罗了，白兰地没有菜也一样喝，咱们连喝带聊，胜过您重新弄菜，快回去坐下好了。”

康孝纯对重新拌菜也失去了信心，就随金竹轩回到了卧室。抓起瓶子，把两只酒杯又都斟满了。金竹轩按住杯子说：“第二杯，请你把宣我来陪膳的用意说一说，不然这酒到肚子也不消化。”

“您不提我也要说。我家里人都出去了，就因为有话找不到人说，我才去惊动您。”

“那您就快说吧。”

“别着急，喝下这杯酒听我慢慢道来。”

康孝纯端起杯，举到金竹轩嘴唇边上晃晃。金竹轩只好也把杯子举起来，两人碰了一下，又把它干了。干了酒，康孝纯啧啧嘴，很不习惯，到厨房转了圈，拿来一个心里美，切成几片，和金竹轩两人嚼了起来。一片萝卜下肚，稳住精神了，康孝纯才接着往下讲：

“两个月前，党委把我找去了，通知我，1957 年给我做的结论错了，现在全部推翻。”

“1957 年给你做了什么结论？”

“我也不知道，可是党委知道，说定了个中右，没有告诉我本人。”

“啊，为这个请我喝酒！”

“这有什么值得请你的？当初我不知道，如今知道了可又改正了，这事对于我不是毫无意义吗？”

“嗯，倒是党委的同志们应当喝一杯，从此他们去了块心病，省了一分心思。”

“我对党委的同志说，给我落实不落实政策，事情尚小，倒是赶快给那几栋楼房落实一下要紧。当初我指出苏联专家的建议有薄弱环节，给我来个中右，从此再没人提那楼的事。我估计经过唐山大地震，那几栋楼应该有内伤。你们趁早叫业主查一查，早点加固，别到时候哗啦一声出个漏子，那可是人命关天的事。”

“亏您还惦着！”

“别看我话说得厉害，其实心里认为是白说。这 20 多年我提的建议多了，没有一条不说很好很好，研究研究，可没有一条研究出结果来，你猜怎么着？这回还就有新鲜的！”

“噢？”

“今儿早晨党委又把我叫去了，进门就递给我一封信，信上盖着建工局的大红印，上边说根据我的建议局里做了检查，当真发现明显断裂三处，隐患十余处，通报表扬我对国家负责，还决定成立一个工作组研究加固方案，建议这个组叫我来负责……”

金竹轩打断他说：“你等等，这意思我还不大明白。以前您当科长，可没把科长头衔当事，今天要当组长了，倒半夜三更要喝酒祝贺祝贺是这么个过节不是？您的意思这个组长比那个科长更直过，对不对？”

“您慢着，别错会了意，我不是因为当了个工作组长……”

“我明白！是这件事透着咱说话又有地方了？”

“不错。”

“黑猫白猫，总算又承认咱是只猫了。是这个意思不是？”

“是这意思！”康孝纯笑道，“为这个不值得干一杯吗？”

“干！”

金竹轩和康孝纯把杯中金黄色的酒一饮而尽。康孝纯站起身走到书柜前，手在柜内摸索了一会儿，又回到座位上，把那只刻着龟钮的印章推到金竹轩的面前。

“这图章上刻的两行字，一直成为我的座右铭，使我少惹许多麻烦，没跌更重的跟斗。以前我早要答谢您，可是不大敢；如今我能放胆感谢您了，这两句话又过时了……您是不是再辛苦一下，把这两行字换换呢！”

金竹轩拿起自己当年刻的图章，反复仔细地看了看说：“我看这图章不要磨也不要改，倒是留它做个纪念。为了庆祝今天这个喜事，我另有贺礼一件，您等着！”说完，他一溜小跑上了楼，不到两分钟，夹着一幅画跑了回来。就近灯光把画展开，上边工笔画着两只小猫：一只缩身后蹲，做着将要扑出去的形状；另一只四腿伸开，腾跃在空中，神态活泼，栩栩如生。边上提了一行瘦金体的提词：“黑也好，白也妙，不捉老鼠枉为猫。”旁边一行小批写道：“1979 年春分。午前故宫博物院前来礼聘余为该馆整理满文旧档，午后外交机关请余为某使馆鉴定所藏古瓷之真伪。尸位素餐，已过数年，年近古稀，又逢知己，废品一变而身兼二猫，行将就木竟欣逢盛世。欲狂饮而无侣，涂此画以明志。”再下边，又新加了一行大字：“康工逢喜，无以为贺，奉上此画，以示共勉。”

康孝纯禁不住哈哈大笑，一边笑着一边又斟满了一杯酒。

陋巷旧闻

民国二三十年代，北京外城有个“德昌里”，百多米小巷，十几户人家。一棵两围粗数丈高枝繁叶茂的老槐树下，朝北的大门前挂个木牌上写“经租处”。“经租处”里外就一个人，此人姓鲁，因为个矮人称鲁半截。他的差事和俸禄就是领房客看房子和替房东收房租，自己住房子则免费。每到夏天傍晚，他这门口大树下就成了逸闻趣事口头传播中心。一盏路灯半轮明月之下，人们端着大碗面，捧着小茶壶，举着水烟袋，嚼着熟槟榔，把各自听到的消息新闻，互相交流，共同探讨，评议争论。论坛坛主和主侃都由鲁半截兼任。鲁半截不认字，不识字还有个好处，所侃之事既查不到文字根据也没有文字记录。可以不负任何责任地享受“中华民国”式的言论自由。

北京几百年来都是政治中心，半截侃的最多也是政治人物的流言传说。有名有姓，有头有尾。有真有假，无凭无据。

我记得较清楚的一个段子，是关于德昌里东家的。

北京不都叫胡同吗，这儿怎么出来个“里”？

没错儿，从元世祖建大都就有了胡同。大都城是按设计图建设的：东南西北四面城门相对，城门之间以二十四步宽的大道相连（也怪了，明明有尺，皇上偏要迈步量地！）大道与大道之间以十二步宽的小街相通。大道小街把北京城划成许多方格子，方格中每隔五十步再开一条六步宽小夹道，用以左右联络。大道小街好比动脉静脉，小夹道就是毛细血管。毛细管里住人，人要打井喝水，蒙古人就管“井”叫“胡同”。北京到底有多少胡同？邻居二大妈说是：“有名的胡同九百六，没名的胡同赛牛毛！”不过这只是“大形势”，实际上胡同之外也有几条不叫胡同的小巷。比如曾国藩曾大人住过的“果子巷”，赛金花小姐住的“陕西巷”，名气一点不小。

“里”的出现可就晚了。跟目前北京人学广东话管猪蹄叫猪手一样，入民国之后北京人也曾把学天津话当作时髦。当时天津有租界，是北京政坛大佬的退身之地。随着大佬进进出出天津租界，洋服洋餐等沾洋边的东西就成了北京“新生代”“新新生代”的新风尚。就在这时期，北京也出现了天津式居民小区，叫作“里”。

“里”跟胡同不一样。胡同是由独立家宅连接而成，左邻右舍，产权各不相关；“里”是专为出租而建，整条小巷一个业主。北京的“里”有两类。一类仿上海公寓弄堂，一家一院，宽大体面的半洋式建筑，地点多在内城。房主是军政首脑、富商大贾，房客则以海关、铁路等新行当的上层人家为主。另一类则是碎砖头儿墙的青灰顶狭窄小院。可独门独户也可有几户杂居。大多建在外城天桥，龙须沟一带。东家多是地头蛇、小军阀。房客三教九流都有，就是没有真财主。

德昌里属于后一种。

闲言少叙书归正传，说说这德昌里的东家。

一

德昌里的房东姓娄，房客称他“娄将军”，不过谁也没见过他。打这房盖好人家就没来过。交工那天手下人把图纸跟房契在他面前展开，他倒背手看了一眼说：“行，好！交给太太吧。”就大老俄卖毯子——扔在脖子后头了。

娄将军是奉系。二次直奉交战后，娄将军在北京代理过京兆尹，在天津监督过造币厂。京兆尹管的是天子脚下一亩三分地。收烟税敛花捐征蒙藏外庄的厘金，都在其职权之内；外省人进京跑官求财，叩见总统都得求其关照。关照不会白关照。造币厂的任务就是造洋钱，每炉洋钱造出来都要送样品请督办验成色。不管合格不合格，货样都留下不退。那一阵子娄将军只愁银圆没处放，哪会把德昌里这堆瓦片放在心上？不过是送给大太太过生日的一盘寿桃。将军在天津养了个外宅，大太太一直没好脸子。将军借这机会讨太太个笑脸。大太太跟娄将军是患难夫妻，对将军有恩。将军从不敢在她面前打吵子。

怎么个患难夫妻？有什么恩？这话说起来就长了。

二

娄将军虽是奉系官，可不是奉天人。奉系占据京津的年头，北京人有句俗语形容关外大兵："妈拉巴子是免票，后脑勺子是护照"。因为这些丘八爷都是扁平后脑勺，张嘴就骂"妈拉巴子"，坐火车看戏从不买票。娄将军虽然张嘴也是"妈拉巴子"，可是后脑勺却是鼓的。不合关外人标准。"梆子头窝拉眼吃起饭来拣大碗"，这是京东八县的特征。

京东出名人。"盗御马"的窦尔敦，唱蹦蹦戏的成兆才都出自这儿。不是这里风水好，是因为山高谷深，土地贫瘠，光靠土里刨食不够嚼谷，逼着人另找饭辙。娄将军没当将军时摇串铃卖野药，诨名娄半仙。开始是秋收过后，背上药箱，摇起串铃，嘴里喊着："专治小孩食积奶积、大肚子痞疾、红白痢疾、跑肚拉稀……"边做生意边赶路，到关外去捞外快。后来干脆在奉天定居下来。但也只够糊口，拿不出银子成家。年轻人耐不住孤独，为卖大炕的丫旦小福子看了几回病，两人入了热被套。小福子对他真心实意，赶上他手头紧就掏自己私房钱替他拉铺。惹得老鸨子骂闲篇儿："有舍银子舍钱的，没听说有舍 × 操的！"

庚子年间八国联军在关里打进北京，俄罗斯在关外也开火南下，自珲春一路朝奉天打过来。黑龙江副都统阵亡，黑龙江将军自杀。老毛子兵见银子就抢，见女人就奸！奉天也人心惶惶：连盛京将军都把夫人送进关里避难去了，平民百姓岂不更加岌岌可危。

有天二人躺在被窝里唠嗑，小福子问他："连增祺将军都送夫人避难去了，咱俩亲热一场，你就没点合计？"半仙问："你指啥？"小福子说："老毛子到一个地方，就把姑娘们弄到兵营里，脱光了躺在热炕上。当兵的在门口伸手猜锤头剪子布，谁赢了就上炕放一炮。一旦落到这地步不给奸死也得气死。所以连老鸨子都放了话，只要有人出俩钱就放我们从良。你要跟我一时找乐，咱们就此分手；要想做长远夫妻，得赶快打主意。”半仙说：“我做梦都想赎你从良，可上哪弄银子去呢？”小福子斜了他一眼说：“真有这心，为啥不想办法。”半仙说：“这事用银子，不用办法。”小福子说：“有银子还用想啥办法？”半仙瞪眼看小福子说：“天哪，莫非你有什么好办法？”小福子叹口气说：“你发个誓，以后要是对我三心二意，受什么样的报应？”半仙马上从被窝爬出来，光着屁股跪在炕头，朝天磕了个头说：“小福子跟我从良，我以后要有二心，天打五雷轰顶！”

福子听到此，唉了一声，揽着半仙脖子把他拉进被窝内，趴在胸脯上问他：“记得你说过，你摇串铃到海城，跟那位张马医有点交情对吧？”半仙一听，吓得赶紧用手捂上她的嘴说：“小声儿，如今他入绿林了，我跟他断了来往！”小福子推开他的手说：“为啥断了来往？在家靠父母出外靠朋友，如今乱世，就是绿林的朋友还讲义气……”

两人计议到天亮。小福子起身后就宣称来了垫子，只开盘不拉铺，更不答应住局。又过两天小福子说头晕脚软红潮不收，跟鸨子请假要看病去。小福子算红姑娘，鸨子不好拗着她，又舍不得掏钱，就说：“你的热客娄半仙就是大夫，叫他来看看。”小福子说：“请他来看病可得拿出诊钱，不如咱们去就合他。江湖上有规矩……”鸨子想了想说：“叫矬子拉咱们去。”

平康巷外总停着辆东洋车，拉车的叫矬子。跟半仙和老鸨子都有联手，替半仙找病人给鸨子拉嫖客。往常小福子脑门要挤红点他就拉去找半仙，半仙想打茶围他又拉来找小福子。姑娘出条子老鸨子指定要坐他的车。逢年过节还给他彩头。因为拉车之外他还有义务监视姑娘行动，有可疑之处，回来密报给鸨子忘八。

二人坐矬子车到了半仙的药铺。半仙给小福子号了脉，看了舌苔，问她是不是见生客头晕？见吃食就恶心？底下见红不收？小福子连连点头，半仙叫她躺好扒开内衣在她肚脐下边连点上三盘艾绒。然后把老鸨子拉一边，小声说："这病眼下不要紧，可要是不接着治，只怕一个月后就不能接客了。这是干血痨的症候。去年有个姑娘死在这病上，是动手治晚了。"鸨子问怎么治法，要多少钱？半仙说："咱们之间钱好商量，可就是费点工夫，从现在起，得隔一天到我这灸一回扎几针，讲交情我只收个艾草钱，火绒钱。治好了才算，没治好不收。"鸨子问："能一边治着一边接客吗？"半仙说："头一个月光开盘别拉铺。"鸨子答应叫小福子接着治，并交代矬子拉车接送带监视。车钱之外加五大枚酒钱。若发现重要隐情，另外有赏。从这天起每天出门之前回来之后她都盯着看看。看有没有夹带东西，有没有神态异样。看了几天都没事，也就大意了。直到有一天，小福子从早出去后晌没回来，她才起疑心。叫茶壶上小河沿娄半仙药铺上去找，茶壶回来说娄半仙的药铺三天前关张了。老鸨子跑到小福子屋查看，不看则已，看完急得伸手连抽了自己几个大嘴巴！箱子空了，首饰没了，值点钱的东西整个卷包烩了！她又拉着茶壶到车场找矬子。车场账房说，矬子只拉了半天车，吃晌饭前把车送回来，交了车份，就带上行李走了。

娄半仙坐矬子的车拐跑小福子的新闻，很快传遍盛京奉天。其热度与持久性比如今的小报强得多。直到一年后有一条比这更大的新闻出来，人们才转移视线。

三

后来这条新闻是：大清国盛京将军增祺的夫人，叫胡子给绑票了。

哥萨克兵从哈尔滨打到营口，司令部放在盛京。为给大清国的盛京将军留面子，除了叫他提供给养，筹措军费外还用大清国军队打扫战场，掩埋尸体，维持中国人之间的治安，并不干预盛京将军处理内部事务的权力。局势稳定了，将军就派人去接太太。

火车只从关里通到沟帮子。在沟帮子下了火车太太还派人先行回府报信说一路平安，正换乘骡车继续上路。出沟帮子之后就没消息了，连主子带奴才几百件行李全都消失得无影无踪。

将军等人人不到，又派人去打探。派的是一个能干的捕快。这捕快脱下号衣换了便服。雇了头毛驴骑着，沿新民府往沟帮子的大路走。这天太阳西下之时，来到距新立屯尚有二十来里地一个小镇。一进街就看到路边有个鸡毛小店，门前柳树上挂着圆笼方坠的布幌子。门框上用隶书写着对联："未晚先投宿，鸡鸣早看天"。捕快动身前有线上人告诉他，新立屯一带不大素静，有的小店就是胡子开来作眼线的，要他多多在意。看见小店他不由得心头一动。抬头看看天，说早不早说晚不晚。正拿不定主意是住下来做点试探还是趁天没黑多走一站，这时从里边走出来个扎着围裙的小力笨，冲着大道喊道："住店咧住店咧，暖屋子热炕新被窝……"捕快听着这口音耳熟。仔细一看，原来是跟娄半仙同时失踪一年了的鲁矬子。就凑了过去，上下打量着叫一声："鲁矬子！"

矬子一看是捕快，不慌不忙打千道："哟，是您哪！我就是鲁矬子，错了管换。您怎么到这背角旮旯来了？"捕快说："我为娄半仙拐逃妓女小福子一案抓同伙来了。"矬子瞪大眼睛问："这是从哪儿说起呀？那天我把福子姑娘送到娄半仙门口，她下车我就回车厂了。有人带信来，说我奶奶病得不行，要临死前看我一眼。下午我就回山东老家了。回来路过这里赶上找伙计，我就留下来了。这比拉车自在点，风刮不着雨淋不着。”捕快说：“别跟我打马虎眼。你们走的头一天娄半仙药铺就关门了。”矬子说：“不错，我拉小福子到门口是看到关着门，还连招牌都摘了。我要拉小福子回去。小福子说不用我闲吃萝卜淡操心。娄半仙就是开着门她进去也会把门关上。”就这么连说带笑，矬子把捕快招呼进店，安排好住处，又陪他到了饭铺。说有缘相会，得请他喝两盅。边远小镇没几样可口之物，无非是高粱米水饭咸黄花鱼就锦州白干。二两酒下肚，捕快脑门见汗，把矬子往身边拉拉，小声说：“你跟娄半仙小福子玩的什么花活，我心里明镜似的。不过我没闲心管花案。你用不着胆儿怵。如今有件事倒是要你帮忙，办好了不叫你白干。”矬子说：“你要我干的事我敢不干吗？”捕快说：“就问你一句话，知道不知道将军太太的下落？”矬子说：“知道，可我不能说。”捕快问：“为什么？”矬子说：“出事的时候我碰巧路过看见。那边放我走时有个交代，说这事要传出去，活扒我的皮。”捕快说：“我不会说是你传的。”正说到这儿，有只耗子悄悄从墙根溜到桌下捡食吃，捕快眼尖，伸脚踩个正着。捕快这才接着说：“你告诉我实情，我要出卖你叫我就像这耗子一样身首两断！”说完抽刀一挥，把耗子斫成两段。

矬子看到此，凑近捕快耳朵就小声嘀咕起来。

三天后捕快回奉天交令。带回的确信是主仆全家被一帮胡子给绑架了！为保太太生命，将军万不可出兵动武，只需静等那边来人送信。

说到这儿得讲几句题外话，说说清末东北胡子。看过样板戏的人一定认为清末的胡子和后来的座山雕一个样。也就是关里的土匪。其实胡子跟他们有区别。最大的区别就是胡子不像土匪座山雕那样以绑票抢劫为业。

东三省紧邻俄罗斯和日本。甲午、庚子几次大战，都处在战场中心，老百姓被害得家破人亡。战后中国政府向明火执仗的强盗割地赔款。地是老百姓生存之地，款是老百姓血汗之款。有的老百姓对政府彻底绝望，又没建立科学革命理论，走上一条没出路的出路，就当胡子。依照唯物史观，历史上与官府作对的武装群体，都被视为农民起义，是推动历史前进的进步力量。所以尽管梁山一百单八将中只李逵一人是农民，专家仍把“水浒”定为“反映农民武装起义”的经典作品；可是东三省这批胡子出现得晚了点，开始时跟皇帝捣乱，进入民国后还接着跟国民政府作对，这就不好说了。文化大革命中红卫兵来得干脆：把这类人一律划为历史反革命。但揭发其罪行时就含糊了。说他们反人民，他们多来自人民中间；说他们反党，那时还没有中国共产党！说他们抢劫绑票？这类胡子恰恰不干或很少干抢劫绑票勾当。他们是划地为界，自立为王，像政府一样收租收税摊派粮款，也像政府一样维持治安管理民事。粮税不比政府收得少也绝不比政府收得多。维持治安管理民事不比清朝政府管得好但也不更差。因为有这一特点，所以增祺将军的夫人被绑票就成了轰动关外的大新闻了。

人们听到消息后纷纷议论：怎么平时不绑架人的胡子单绑架将军夫人，哪位当家的有这么大胆量？

有人说是杜立山。这一带的胡子数他帮大，集合起来有上千人。杜立山光老婆就有八房，个个能骑马房房会打枪。他移动时沿途别的帮伙都主动避开，为其让路。

有人说是冯麟阁，冯麟阁当过衙役，知道官场的内情和特点。所以行动起来手不落空。

还有人说是王小辫。这个中国胡子实际是日本人。甲午之战中邓世昌杀的日本间谍田老二就是他的同伙。日本人跟俄国人有仇。增祺对俄军唯命是从遭到了日本的愤恨，官方不便动手，用胡子给他惩罚。

众说纷纭，没有准谱。对其结局，也作不同估计。有人认为平时并不打家劫舍的胡子忽然绑起肉票，又不绑别人单绑大官太太，看来不只为钱。不要钱可就得要命。将军夫人性命难保了。

也有可能帮主跟增祺有过节，为报仇未必害命，只怕是夫人的腰带系不结实了。

破财，丢命，失贞，各有理由；是杜立山，是冯麟阁，是王小辫，都有可能。有好事的人就借机组织打赌。最低赌注是白银一两。赌是谁绑架，赌结果如何都行。只是输的人出一两。赢的人得八钱。二钱银子归操作人。

出人意外的是结果没一个人获胜，全落了个傻眼。原因是三天之后，城门大开，夫人带着家人管事、丫环奴才，连骡子带马，大车小轿，全都进大西门回到将军府了。所带财产分文没少，还多了胡子头为谢罪送给将军的几十匹好马。

奉天城里口头传媒界更热闹更忙火了。经过打听收罗，又得到的综合消息是，夫人一行被绑架盘山附近，进村后停在场院里听候发落。这时从宅院里走出一个清秀文静的年轻人，看了看被绑众人，既不问姓甚名谁也没打听来龙去脉，只吩咐腾出最好宅院请夫人带着贴身佣人歇脚，让出宽绰住处供重要随员安身。随员们前脚进屋后脚就送来洗脸水，香片茶，并在炕上摆下两套烟盘。放好鸦片烟膏，点上烟灯。同时那头目还在院中吩咐人杀猪灌血肠切白肉，宰羊点火锅，包饺子捞面烙烧饼。

众人被绑以为不死也要剥层皮，早吓得面无人色，有人还尿了裤子，没想到来这么个大转弯，受这般尊敬礼遇。简直弄不清是真事还是在做梦。

随员们洗完脸，那年轻胡子进来拱手说：“诸位受惊了。没办法，我们也是被逼上梁山。大家先歇歇吧。别的话回头再说。”又走到老师爷面前，指指炕上烟盘子说：“您抽一口压压惊吧。”老师爷从一看见烟盘子烟枪就哈欠连天，鼻涕眼泪直流。听见这话连谢也没顾上说，马上歪到了炕上。年轻人跟他对脸躺下，拿烟签子挑了烟膏，在烟灯上连烧带搅。顿时一股浓香溢满屋。旁边站着的几个人禁不住连打哈欠，也就在另一个烟盘左右躺下。年轻胡子烧好一粒上尖下圆的烟泡，安进烟斗，按紧扎通。双手递给师爷。师爷接过说了声谢，把烟斗凑近烟灯，只听沙、沙、沙、沙节奏均匀连续不断吸了二十几下，然后把烟枪从嘴边挪开，紧闭住口，微合上眼，停止呼吸，纹丝不动地静止约一分钟，这才哈的一声张开嘴吁出一口烟来。待他再睁开眼时，两眼变得炯炯有神，光彩明亮了。抄起茶碗先压了口茶，这才转过脸对年轻人说：“多谢您照应。我看您儒雅精明，非久居人下之相，走到这一步，大概也有难言之隐。”年轻人说：“本来我是个安分守法的老百姓，可增祺将军听信谗言不辨真假，把我当胡子捕抓，我才被逼上梁山！不过既走到这一步，我也就把生死置之度外了。”

屋里的人本来就担心自己的性命难保，一听他点着名抱怨增祺将军，吓得没了抽烟喝茶的兴致，忙向老师爷使眼色要他闭嘴。老师爷躺着根本没往这边看，压了口茶又仍接着说道：“长此与官家作对终究凶多吉少，弃暗投明才是正路。”

年轻胡子脸上露出似笑非笑的神气说道：“到现在我还不知道你们主子姓甚名谁，来自何处奔向哪方？让我把这些弄清楚，然后再往深处谈好不好？”

众人一听，骤然脸上失色，心跳气喘。更把眼睛盯着老师爷，既有埋怨又带企望。埋怨他老糊涂没话找话惹来麻烦，企望他凭着老奸巨猾把险情应付过去。

果然姜是老的辣。别人紧张时老师爷一直转着两只签子在烧烟。听完此话，他把烧好的烟泡缓缓安到斗上，才抬起头来说："这倒不难，只是须要先去跟太太禀报一声，得到太太吩咐，我才能跟您全盘端。"年轻胡子说："那就劳您大驾现在去见太太吧。"老师爷欠身说："愿意遵命。只是我不懂江湖规矩，不知能不能请问您贵姓大名？我连您的大号都不知道，太太问起来怎么回话呢？"

那年轻人微微一笑，不紧不慢说出来三个字："张作霖！"

四

张作霖在绿林中论资格，论实力，论影响，都排不到前三名。突然一下做出这一桩轰动天下的大案来，消息传到省城，张作霖知名度大涨，人们甩开将军和夫人，又把他推到了打听、议论的中心。

打听来的消息说，张作霖原是海城一名马医。海城临近辽河下梢，海滩苇塘正是绿林好汉出没之处。好汉们都兴骑马，马生了病就得找马医。所以张马医跟哪道蔓的朋友都有点交情。人在江湖出名虽是好事，可传到官府耳朵去就招麻烦。近年奉天地面盗匪猖獗，盛京将军正因剿捕不力受朝廷申斥。听到这传言眼睛一亮：这人跟胡子称兄道弟，专为胡子治马不算胡子算啥？不是窝主也是坐探。抓到此人对上多少也算有点交代。

可是天下没有不透风的墙。捉拿人犯的令牌还没出沈阳，张作霖已经得到消息远走高飞了。临走留下一句话："既然官府认定我是胡子，我就别让人失望了，是江是海淌下去吧。"

盛京将军得到情报怒火冲天，胡子抓不着了就下令查捉透信之人。查来查去发现卖野药的娄半仙嫌疑较大。因为正在策划抓张马医的时候他摇串铃走码头到过海城。人医马医在江湖上是一道蔓儿，按行商拜坐商的规矩娄半仙一定要去看望张马医。恰好去海城之前将军的心腹家人到他那儿取过“金枪不倒丸”，难免说话走了风声。可是因为牵扯到将军私房事，不便直言。左右的人正绞尽脑汁想找个合适的说法向将军交差，京里传来加急文书说：八国联军打进保定，太后老佛爷带着皇上巡幸太原了。要黑龙江、吉林、盛京三将军排除一切杂差，全力看好东北门户！几乎同时，哥萨克骑兵就从珲春、瑷珲一路杀过来了。逃难的人涌入奉天，哭诉老毛子兵见银子就敛，见女人就干，见男人就斩！增祺将军忙着送太太进关内还忙不过来。谁爱给张作霖报信谁报去吧，没工夫操这个心了。

张作霖初入绿林，也曾举步维艰。有道是在家靠父母出外靠朋友，当马医结交的朋友在治病卖药上找主顾拉生意管用，把脑袋别在腰带上闯江湖这点交情就不够用了。张作霖初出道只有几十个人，十几条枪。以保卫治安为名，驻扎在新民府姜家屯子，靠收“保护费”为生计。距此百十里外有一大股胡子，头人叫海沙子，瞧不起张作霖，不容他在身边立脚。派人送挑战信说他的帮伙要扩大地盘，已把此镇列入计划。请张当家的另找落脚之地，三天之内退出此镇，三天后本人带队移防，若届时镇内还有别的帮伙，就只好刀兵相会。张作霖略想了想，叫送信人带回话说：“地盘谁占谁走，是咱两人之间的事，为此拉开队伍攻守屯子害老百姓家破人亡，太伤天理。你要有种，想占屯子就跟我两人一对一的较量。约好时间，说定地点，在证人监督下，咱俩开枪对射。你打死我你进镇子。我打死你你就认命。要没种就远点臊着去！”

海沙子被将住了，只得接受建议，请来证人监督，两人在河滩上决斗。海沙子先开枪打伤了张作霖腿，张作霖后开枪要了海沙子的命。海沙子的队伍改投到张作霖的帐下。这样他才算站住脚。

张作霖被承认是绿林中的一号了。可是人少力单的一号。为了稳住阵脚，对不跟他挑衅的帮伙当家人，都友善谦恭相待。并尽力和各路豪杰联络。这一带最大的帮伙是杜立山。杜立山以狂傲自信目中无人出名。张作霖几次带着礼物到杜家进见，要求跟杜结金兰之好，拜杜为盟兄。杜口上谦让，实际上不肯赏脸。就这样张作霖都没露愤怒之色，反而托朋友引荐认了杜立山的叔叔杜泮林为干爹，拐弯抹角建立起与大胡子杜立山结义兄弟关系。

这样一个做事谨慎、不以抢劫绑票为业的小胡子，忽然不顾一切绑架跟他有仇的盛京将军夫人，显然目的不在银子。若把夫人撕了票，至少按她上了炕倒是顺理成章。怎么反待之以礼，纹丝没动地给送回来了呢？到底老师爷禀报太太之后，太太跟张作霖谈过什么话，做过哪些许诺，事关机密，始终没打听出来。只是事隔不久，也就是光绪二十八年，传来了更为轰动的新闻：盛京将军奏明皇上，命新民府知府增韫把张作霖帮伙收编为省防营驻守新民，清剿胡匪，维持治安。张作霖做了管带。

不久，盛京将军召张作霖到奉天进见。张作霖应该到达这天，全城不管忙人闲汉，清晨起就都挤到街头看热闹。辰时左右果然由一位武官手执令牌领头，后随三名头戴缨帽身穿补服的下级武员骑马入城。众人抻长了脖子看，只见前边走的几个，一个比一个魁梧粗壮，竟没一个像传说中的张作霖那么清秀儒雅。最后跟着一个有点文墨气的跟班，那副穷相倒有点像娄半仙，把头低得下巴挨着领子，绝不会是张作霖。

后来才听说，张作霖心虚，怕被增祺骗进城后把他就地正法。自己没敢来，叫他的把兄弟张作相冒充他来，随身带着几个文书谋士。

五

张作霖被招安没多久，增祺反倒出事了。这位盛京将军事事让大老俄牵着鼻子走，要粮送粮，要款筹款，要住兵腾地方，盛京衙门要干事得先跟俄国人打招呼，俄国兵杀人放火盛京衙门假装没看见……皇上早已忍了口气，怕惹麻烦一时没敢发作。哪知俄国人跐着鼻子上脸，居然把这一套做法写成条约，要世代遵守永远不变。增祺连价都不还就准备签字。事情报到京城，引起一片哗然，大臣们启奏皇上说，按这么办，大清国的发源地不就成了俄罗斯的领地吗？今天增祺在这上头签字，明天瓦德西要是也拿出个这样的条约要皇上画押，全国都照这么办，那还有大清国吗？皇上怒上心头，立刻降旨把增祺撤职查办！

为了减少麻烦，干脆连盛京这建制一块废止，盛京将军职位也取消。盛京改叫奉天。跟黑龙江、吉林一块归东三省总督统管。新任命的东三省总督兼练兵大臣叫徐世昌。

徐世昌是北洋系新派官僚，跟增祺不对路，也不待见胡子招安的张作霖。上任时带了一镇新军（相当现在的一个师）压阵脚。头次召见张作霖就问他："省防营主要管什么事？"张作霖说："剿匪治安，保境安民。"徐世昌就说："这样，扫灭奉天地面胡子，你就责无旁贷了。擒贼先擒王，听说眼下最大的匪帮是杜立山。就责成你和新民知府三个月内将其肃清。逾期不灭，唯你二人是问！”

谁都知道杜立山匪帮人多势大，张作霖不是对手。不然也不会巴结着杜立山的叔叔叫干爹。北洋新军不动一兵一卒，徐大人坐山观虎斗。明眼人一看就明白这是以夷制夷。张作霖和杜立山不管谁胜谁败，徐大人都有削弱异己之利，如果发生奇迹张胡子打掉了杜胡子，总督还有决策正确指挥得当之功。消息传出，不同的人都睁大眼睛等着瞧张作霖坐蜡。江湖人心想，这正好给打算投降者泼瓢冷水，不管你怎么尽心效力，在人家眼里你永远是胡子。烧开了油锅命你跳，看你有什么解数！社会上认为，十年寒窗九载熬油八进科场都未必换得一官半职，当几年胡子一投诚就换来顶子翎子，太便宜了恶人。徐世昌给姓张的小鞋穿，替安分守法的读书人出口气！

张作霖沮丧两天，很快恢复常态，除上衙门点卯，就张罗派人下乡请塾师来给儿子开蒙。说他小时没机会念书，落得终生悔憾，儿子这辈要改门风。却不谈出师剿匪的事。

数日后从乡下请来一位先生。一见先生进门，张作霖就抢上前去打千叫了声“干爹”！

原来在请先生的幌子下请来了杜立山的叔叔杜泮林！

张作霖对干爹毕恭毕敬，好吃好喝好待承。把干爹高兴得合不拢嘴时，这才说：“请干爹来不为别事，就为干哥的前程。他的才干力量比我高十倍，若能归顺朝廷何愁不会青云直上？像眼下这样当胡子哪天是个头呢？我派人去劝过他。他说张作霖为官他为匪是两条道上的人，谈不上交情了，把我派的人撵了出来。我想人各有志，听天由命吧。可如今徐大人带着北洋新军来上任，要干的头件事就是剿匪。新军全部是洋枪洋炮洋教头，真打起来可没立山哥好果子吃了。唯一可救他的主意，就是趁着还没动手，赶紧把立山哥招安。可是我跟干哥说他绝不听信。我只好请您来商量主意。您先静心想想，如果相信我说的是实话，您就亲自出面约立山来我这下处，咱们把酒谈心，共商进退，引立山走上腾达之道！”

干爹想来想去，认为干儿子很讲义气，极够哥们儿，马上亲笔写信召杜立山来张作霖府中相会。杜立山兵强马壮实力雄厚，自认为“天是老大我是老二”，不信世上还有人敢打他的主意，既是叔叔亲笔信来请，就选了十几名精壮护卫，大摇大摆来到新民府。张作霖早在家门口恭候，亲亲热热把杜立山和护卫迎进客厅，杜立山见叔叔早在客厅里烟榻上等候，更加放心。一边问候，一边在烟灯另一侧坐下，底下人就献上茶来。客厅不大，椅子不多，十几个护卫不能全坐。有几个只能站在杜立山左右。张作霖陪叔侄俩先说了一会闲话，就指着烟灯说：“哥哥一路累了，抽口烟解解乏吧。”杜立山在叔叔对面躺下，看随从都还站着，就说：“你们怎么不坐下？”张作霖忙说：“椅子不够。我叫人再搬几把来？”杜立山说：“你这官府，就没宽绰点的房子？”张作霖说：“为了商量事方便，请您进了这小客厅。旁边还有间大客厅，也预备了烟盘茶水的。没敢让弟兄分过去，怕不方便。”杜立山笑笑说：“你是怕我不放心。没这点胆子敢来吗？”说着就冲护卫说：“留两人在这，其余的到大客厅歇着。”张作霖马上朝外叫了声：“来人，领弟兄们去大客厅。”外边应声就走进个十二三岁的小勤务。几个有嗜好的弟兄闻到大烟味早就有点犯瘾了。商量两句，留下两个人，其余的都跟着小勤务走出门去。刚出门时还听见有人跟小勤务说笑话：“勤务兵可是个好差事呀。勤务勤务，三大任务，行军背包袱，驻军晾被窝，晚上给长官操屁股……”随着人走远，声音渐模糊。杜立山刚拿起烟枪想抽烟，张作霖端起茶壶给客人添茶。忽听远处咕咚一声传来什么东西落地的声音。杜立山和两个护卫目光朝外一转。就这一刹那，张作霖手中茶壶猛地朝地上一摔，随着啪的一声响，说时迟那时快，从屋内屋外同时跳出十几名杀手，以迅雷不及掩耳之势，把杜立山按在榻上，把两护卫打翻在地，缴械后反绑双手推向墙角，混乱中有两人背起吓晕的杜泮林跑往后院为他预备的住室。等杜家叔叔苏醒大喊张作霖手下留情时，张作霖已经把杜立山就地正法了。张作霖派两名杜的护卫带着杜立山的人头回去送信。杜立山的同伙听到当家的已被枪毙，倒并不坚持不求同生但求共死的誓言，立即宣告投降，接受改编。杜立山匪帮在期限内消灭了，张作霖的实力不仅没削弱，反而扩大了几倍。张作霖把从杜立山老窝抄来的几百缸银锭、上万斤粮食全部呈交徐世昌大人，三省总督高兴得更弦改辙，对张作霖由推变拉。宣布缴获的武器马匹全部留给省防营自行支配，另外奖励张作霖白银一万两！不久就提升张作霖为奉天省巡防营前路统领。

自此张作霖步步高升，大清皇帝退位时已成了东三省最高统帅，北洋政府时代势力达到顶峰，成了在中国政坛举足轻重的人物。既打垮反动军阀吴佩孚，也杀害革命前辈李大钊。

就在他得意的年代，街头巷尾又增加了一个话题：张作霖事事得手，是他自己才智过人还是背后有能人指点？

增祺当年要是把张马医抓住杀掉，就没有后来的张大帅了！是谁给透信使他在千钧一发之际逃出魔掌的？

张作霖若不绑架将军夫人，受不了招安进不了官场，到死只是个小胡子。怎么忽然产生了绑票的想法？怎么别人不绑偏绑将军夫人？

徐世昌用“限期剿杜”挤对张，反给张打开了飞黄腾达之路，可张作霖一向是以重朋友讲义气出名，怎么一下做出心狠手辣的绝事？是否有人出谋划策？

张作霖的左右臂膀，最有名的张景惠、张作相、汤玉麟都随他升官发财，可这几个都是强悍有余智谋不足之辈。传说有个只献计不动武、图实利避虚名的人，这人没前边几人出风头，但更受张作霖信赖。

此人是谁？说法不一。说到的几个人都能从蛛丝马迹中看到点影子。鲁半截坚持他说的最准。因为这人跟德昌里有关系，鲁半截就是德昌里的“经租处”。

六

猜测谁是不露面的谋士时，人们想起增祺召见张作霖的事。那天全城人都挤到奉天城街上看热闹，结果没看见张作霖却看见有个跟班的像娄半仙。当时人们没太上心，后来一想有点蹊跷：怎么娄半仙前脚到海城卖野药，张马医后脚逃脱增祺追捕？怎么娄半仙从奉天失踪以后，从不绑票的张作霖就改了章程绑架增祺太太？而增祺派出的捕快偏就碰见跟半仙一块失踪的鲁矬子？

张作霖掌握东三省军政大权后，奉天人确实没见娄半仙跟小福子露面。可当时有个人进关跑买卖，在热河碰见过鲁矬子。这时的鲁矬子可不是围着围裙在街上喊“住店咧，住店咧，暖屋子热炕新被窝”的小力笨了。而是穿一套马裤呢军服，挎着洋刀，戴着少尉肩章的奉军军官了。买卖人跟当地人打听这人是谁？当地人说是军需部娄将军的副官，姓鲁。

顺这个思路想下去，娄半仙是谋士的嫌疑越来越大，最铁的证据就是在张大帅最得意的年头，有个姓娄的也不时露一下头角。据说此公为人谦和，不骄不躁。人称将军，从不打仗。照领钱粮，不任实职，专应有实无名之差。哪里出现空缺要人代理，大帅就找他顶缸。上至省督军下至军需全能代理，没出过漏子找不出毛病却也没什么特殊成绩。第一次直奉战争奉军大败，他临时率一支部队撤退，虽丢了些装备，却没失一兵一卒；第二次直奉战争奉军大胜，战后张大帅请段执政安排他代理几个月京兆尹和主管一阵造币厂，都干得令大帅满意。这位娄将军本来跟太太同甘共苦，从未纳小。也就在这个时候，经不住人撺掇，以传宗接代为名，在天津卫养了个外宅。大太太知道后差点背过气去，当着将军在场，指着她的狮子狗道："你这个忘恩负义东西，现在毛长了个大了，要找野食吃了。去吧去吧。光顾今天吃野食就忘了从前卖野药了！"也就在这一年，将军在天津北京两地同时置产盖房，建起两处出赁用的房产。天津的叫德喜里，归二太太收租，北京这个德昌里送给大太太作寿礼。

七

鲁半截断断续续地说，我零零散散地记，这段子到这里就算齐了。有朋友看后对鲁半截有点疑问。他跟鲁矬子同姓又都个儿矮，是否半截就是矬子？可也不对，人家矬子北洋时代已经当少尉副官了，半截到民国二十多年还靠给人收房租混窝头吃。这两人到底有没关联？

半截说别人的事无法查考，别人说半截的事也不曾查问。如今德昌里拆了鲁半截入土了，一切都查无实据了。我曾想以此材料写纪实文学，找来有关历史文献和正经回忆录来查对。不查还好，越查越糊涂，没一件事跟文字记载一致。又想用它写小说，但人物都是真名实姓，写出来怕惹麻烦。只好把素材束之高阁。不料二十年后有了转机。我从影视节目中受到启发，原来近年文艺风气大变，已不受真、美、善等陈规束缚。只要加上“戏说”二字，历史就可胡写，皇帝也能瞎编。这样我才有胆子把这些“旧闻逸事”发表，供近代史研究者参考和读者消遣解闷。

写到这里发现本文题目漏掉了两个字：“戏说”。

“猎户星座”行动

——为纪念抗日战争胜利50周年而作

得胜回头

抗战胜利45周年时，去看了几个老战友老乡亲。其中有我为纪念抗战胜利40周年而作小说《据点》中写过的本家邓智广。此人年轻时本也爽朗大方，年迈之后却变得牢骚满腹，絮絮叨叨。因为我小说中把他写得不那么英武壮烈，颇有点不平。他说：别以为你写了几篇小说，就自以为有多大才气。小说这玩意儿谁不能写，不就是把瞎话编圆了写到纸上吗？别说你，刘绍棠比你强不强？人称他“神童作家”。叫我看是他命好。我在报上发表处女作时才十三岁，发表以后根据地好多报纸都转载，连新华社都根据我的文章改成报道，发往了全国。可就没人叫我“神童”。为什么？就是命不好，没有机遇。

说着他从抽屉里拿出两张发黄的用土纸油印的小报。上边确有两篇署名邓智广的文章。他拿得那么方便，可见是放在手头，每天都要翻阅。老年人的怀旧情绪可以理解。我接过来认真地读了一遍。

头一篇是新闻：

本报通讯员报道：做恶多端的马腰坞据点日军翻译、朝鲜民族的败类石原一，昨日前往县城途中为我军武工队抓获。抗日政府根据其罪，判处死刑，立即执行。并在马腰坞、何家寺等据点张贴布告。

布告原文如下：（下略，他抄的是布告原文）

第二篇是通讯，署名仍是邓智广：

马腰坞敌首、鬼子部队长山崎烧杀成性，垂死挣扎，亡我之心不死，趁我军民麦收之际，调动大批日伪军，于1943年4月13日深夜，以闪电战方式突袭我平北八区根据地，企图消灭我武工队，借机抢粮。我抗日军民早有准备，埋伏在敌必经之路，将敌诱入我包围圈。战士们人人奋勇，个个争先，展开白刃战，一举歼灭伪“宪兵工作队”“剿共班”等汉奸组织。主力部队猛虎营乘胜出击，在起义人员配合下，全歼据点鬼子汉奸留守部队，日军中尉山崎、特务机关长林畏罪自杀，铁杆汉奸刘双喜被击毙，一举拔除马腰坞据点，叛徒杨树林畏罪潜逃，正在搜捕中。至此“猎户星座”行动获得完满胜利……

我看完说：“写得不错，确实不错。以后怎么没在写作上发展，干起行政来了呢？”

“运气，机遇，一句话，命不好！过去没赶上点，近来征集抗战史料，我复印后寄去，他们还是不发表，编文集也不收。”

我说："为什么？"

他说："不好说，说也说不明白。当年上级叫我这样写，现在又认为这写法不确切！"

我没把这当件事。过些天我去看望邓智广当时的领导尚武。无意中谈起邓智广的牢骚，他笑笑说："当年这文章是我叫他写的。今天文史部门来征求意见，也是我主张不要发表和收入集中。他的意见我知道。"我问："为什么不能发，失实？"他说："同样一件事，同时参加战斗的人，每个人谈的都是事实，都合乎逻辑，可是凑在一块再看，却互相矛盾，疑问百出。"我奇怪地说："要是当事人都谈不准确，天下还有可信的史料吗？"他说："这也是我感到困惑的地方。制定'猎户星座'计划我在场，战斗我参与指挥，确实取得了预期胜利，看起来一切都顺理成章。可细究起来，又没一件事是按我们预料的实现的……"

这段谈话，反勾起我刨根问底的欲望。但他不谈。他说："你实在要想白搭工夫，刨根问底，我开个名单。你去找他们调查。你在那地区工作过，这几个人你都认识。"

他交给我一个名单，我在两年间陆续造访，还意外地找到了名单以外的知情人。纪念抗战胜利 50 周年之际，归纳各家所言，梳理记录成篇。为免争议，不标纪实，取名《"猎户星座"行动》，混充小说面世。

一

邓智广写的事，发生在 1943 年春天，也就是小说《据点》所写的事件之后三四个月。

“马腰坞”这个地名，我在《据点》里写作“马蜂坞”。我弄错了。“马腰”指该村地形，“坞”是“船坞”。明朝时这里有条大河，通舟楫。后来河水改道，有沙无水，沿岸村庄还保留着旧名。马腰坞，想来是船舶集中之处。这村较大，有市集。八路军开辟根据地，军分区机关驻在此镇。

1942 年冬季，两万多日军，四五万伪军，号称“十万大军”，展开“拉网、梳篦、铁壁合围”的“大讨伐”。敌伪军从马腰坞四周几个县城同时出动，以班为单位，每班相距不到一华里，连成一圈。互相呼应，反复搜索，逐步向马腰坞收缩。每前进五到十华里就建立一个据点。步步为营，点点蚕食。

我军见缝插针，从敌人的空隙间钻出网。绕到敌人背后，边转移边改编，化整为零，换成便衣，隐蔽于群众之中保存力量。一部分转移到鲁中鲁南，开辟新的战场。这块根据地变作了游击区。

马腰坞村南北长，东西窄。村北隔着水塘（当地叫作湾），有个“小北庄”。日军把小北庄的人全部赶走，修了土围子，建成据点。土围子外架鹿砦，挖堑壕。壕上建吊桥，桥头置岗哨。日落后收吊桥关围门，与外界隔绝。后来日军又在其东侧用红砖建造了一个营地。营地成菱形，两个尖角设十米多高的圆形碉堡。护营壕是用水泥修筑，铁丝网有三层。小北庄土围子留给伪军驻守。砖炮楼内驻有一“小队”日军（就是一个排）。土围子里驻有一中队（连）的伪警备队，一个伪区部和它的区小队，还有特务武装伪“宪兵工作队”和“剿共班”。

（1988 年，美国著名记者哈里森·索尔兹伯里为了写《新长征》，来华采访，我曾陪他到过马腰坞。当年据点的痕迹已经一丝不存。但村里老人对这一切都记忆犹新。开座谈会时大家谈得很生动。内容与我上述相符。索尔兹伯里听完，忍不住向中国农民伸出大拇指说：你们是英雄。我很高兴能和你们在不同的地点并肩战斗过。你们跟日本帝国主义作战时，我在参加保卫列宁格勒的战役……）

据点建成之初，我军为了保存力量，隐蔽待机，回避与敌伪正面遭遇。但敌工科的人设法救出一位被俘人员，引起了敌人重视。日军换防，派来个新部队长。姓“山崎”。带来两个汉奸帮手，一个叫杨树林，是八路军被俘后叛变的营长；一个叫刘双喜，是个流氓，凶恶残暴，贪财好色。杨树林当“宪兵工作队”队长，分析我军情报，监视伪军内部动向；刘双喜掌管“剿共班”，是耳目兼打手。

山崎白天看不到我们，夜晚派日军骑自行车穿中国便衣，在“剿共班”引导下四出侦察，仍无所获。我军摸到他们规律，就跟在他们身后捉迷藏，总保持二三华里距离，敌行我行，敌止我止。山崎没找到我们踪迹，便向上报告说：“侦察证明，八路军确已被彻底赶出本防区，溃散之部或有残余，但不具有反抗之力……”

上峰看了报告很高兴，下令将此地纳入“强化治安，王道乐土”名单。重新委派伪区、乡长，建立保甲制，实行连坐法，发现八路军踪迹如不上报，本人杀头，左右邻舍罚粮坐监。（虽建立了保甲制，人们仍习惯地称伪保长为乡长。）

更换伪区长，给伪县长带来财源：区长官帽是公开拍卖。经过竞价，中标者叫杨东河。为了给投资者回报，伪县长从城里赶来参加新区长就任典礼，发表了演说：

“三民主义，吾党所宗。汪主席是总理的忠实信徒。扶大厦之将倾，投奔和平阵营，重组国民政府，与友邦共存共荣，力求在皇军的支持下，实现三民主义。王道乐土就是三民主义的模范区，希望诸位不忘总理遗训，矢勤矢勇，必信必忠，以建民国，以建大同……”

不管听懂听不懂，在座的都起立鼓掌。杨东河早就请来一班吹鼓手，掌声未停就吹打起来，很热闹。

伪区部摆宴用的鸡、猪、牛肉由本区各乡随喜；送红包请保甲长们“自愿分担”。保甲长们就向老百姓摊派。鬼子汉奸得意忘形，群众受到极大心理压力，连原来的“堡垒户”也婉转地劝我们尽早转移到外区去躲躲风头。

二

尚武是军分区的敌工科长兼交通站长。邓智广是交通员兼通讯员。他俩一起活动。敌工科有五六个人，各有分工，也不住一处。

尚武原是乐陵某镇县小学的高班生。班主任是共产党地下党员，很注重抗日宣传。“七·七事变”后领着他们慰问过南撤的二十九军。二十九军官兵，擦着泪讲与日寇血战和被迫撤退的经过，给他们很深教育。八路军一到，全班学生在班主任带领下集体参军。尚当班长，真刀真枪跟鬼子战斗过。后来为加强敌工工作，他转到敌工部门。

敌工人员穿便衣。他还买了一条羊肚子手巾，包在头上。衣着与农民一样，细心人仍能看出差别。尚武爱讲卫生，没有敌情时，每天要在洗脸洗头洗衣服上花去许多时间。他有把剃刀，天天刮脸，不照镜子也能给自己剃头。邓智广参军后接受的第一个命令，就是坐在门槛上由尚武给他剃头。尚嫌他的头发太长，又有虱子。不过尚武给别人剃头不如给自己剃得熟练。一边剃一边往小邓他头上抹牙粉。抹牙粉处都有血迹，他拿牙粉当止血药用。

尚武那年也不过十九岁或二十岁，为了保持领导人的严肃形象，从不和邓闲聊天。两个人日夜在一起，空闲时间怎么过呢？尚叫邓学习过时的油印报纸，他自己蹲在院中吹口琴。他有只蝴蝶牌的口琴，用白布包着从不离身。只会噘起嘴来吹，不会伴奏。吹的都是“孟姜女”“叹清水河”之类陈旧的小调。邓智广在工作上学习上唯命是从。在吹口琴上，不大佩服他。有天尚又吹“叹清水河”，邓就说：“这个歌有封建思想。”尚不服地问：“怎么有封建思想？”邓就唱：“提起了宋老三，两口子卖大烟，一辈子没有儿，所生个女婵娟……”尚争辩说：“我那词不是这样的。我吹的是：‘伪军弟兄们，你们细听真，你们前来打仗，所为的什么人？鬼子们吃洋面，叫你们扒乾饭，鬼子要睡觉，你们来把岗站……’”邓又问：“那孟姜女呢？正月里来正月正，家家户户挂红灯，人家夫妻团圆过，孟姜女丈夫修长城。”尚说：“我那也是抗战的词。你听，送情郎送到大门以北，猛抬头看见个王八驮石碑。我问问王八犯的什么罪，他说是当汉奸名叫汪精卫！”

夜间活动，两人走在黑乎乎的青纱帐中，一句话不说也沉闷。尚武嘴里就不断发出些声音来，模仿战场上的射击声：“嗵！叭叭叭叭，叭勾，叭勾，达达达达……”。小邓后来也传染上了这个毛病。自己走路时也“达达达达……”。

敌工科要经常出入据点，与“关系”联络。小孩子进出据点，容易躲过敌人注意。尚武请小学校长魏先生替他物色合适的人选，魏校长推荐来邓智广。

邓智广的父亲曾在天津铁路上当小工，娶了天津媳妇，生下了邓智广。太平洋战争爆发后失了业，带着家人回到山东老家。邓智广在天津上到初小毕业。大城市的孩子比较早熟。学校的课程也比农村小学高深些，复杂些。（“七・七事变”后，天津伪教育局规定从小学就开日语课。农村没此一说。）到根据地受到革命影响，很有抗日热情。比较机智，在反扫荡中有应付敌人的能力。

邓智广跟随尚武活动。尚表面不苟言笑，暗地对他照顾细心。不仅随时言传身教，提高他的政治觉悟，而且极为注意他的安全。他也分配给邓几次危险性较大的任务，实际上是对他进行了解和考验。

一次是交给一叠日文传单，命令他趁马腰坞赶集之机，在据点周围散发掉，邓完成了任务，尚表扬了他。另一次是派邓把一封信带进据点，设法交到我军一位被俘人员手中。邓混进据点后，得知那人已经设法逃出罗网，回到部队了。原信带回交还给尚武。尚武笑着说他知道那人回来了，是试试邓能否混进据点。邓觉得尚看不起他，气哭了。

还有一次，邓带着密件进据点，走到半路碰到两个人站在路边树下嗑瓜子。一个是青年人，一个比邓大不了两岁。青年拦住他问：“干什么的？”邓说：“老百姓！”青年说：“老百姓往据点那边去干什么？”邓说：“我姑家住马腰坞。”那青年说：“放屁，我就是马腰坞的人，那村里没你这门亲戚。你是汉奸队的小特务吧？”另一个孩子就说：“我在据点见过你。”青年说：“要不你是八路军的情报员？”邓说：“我是老百姓！”说完刚要跑，青年一把抓住他说：“老实跟我们走！”邓想：“完了，这回要当烈士。”走了几步就叫嚷要撒尿。青年说：“吓出尿来了，撒吧。”邓装作解裤子，拿出密件往嘴里放。那青年一把抓住邓的手，掏出了手枪：“再动我就毙了你！”不等邓系上裤带，拉他就走，邓豁出命把密件塞进嘴里嚼了，青年却装没看见。走着走着转了方向，往邓的驻地方向绕去。走到邓驻的村外，青年说："老老实实地坐下。别乱动，我这枪子可不吃素！"他看着邓智广，小孩进了村。过一会跑回来对青年说："放下他咱们走吧！"两人冲邓智广笑笑，扔下他走了。青年临走举起枪对邓智广说："别害怕，我这枪打不响，是木头的！"

邓智广回到住处，老尚只说："累了吧，歇歇，喝口水。"并不问他为什么半路回来。邓智广刚要汇报，老尚说："我知道了，你把文件吞进肚里去了，很好，不必再送了。"邓智广忍不住问道："你怎么知道我吞了？"老尚说："你表现得不错，参加革命没几天，能这样不容易……"

邓智广心里始终是个谜，弄不清真是误会还是老尚有意考察他。

三

三月间，上级决定：保存力量的阶段结束，转为主动进攻，以武工队名义，在敌人心腹连续作战，拔除据点，解放人民，打击敌人气焰，鼓舞群众斗志。

军分区叫武工队长和尚武去开了个秘密会议，制订了整套战斗计划。会上有人说拔掉马腰坞据点的消息，要叫老百姓知道了，准比过年还高兴。当地有句俗语"参卯晌午过新年"。参卯二星属猎户星座。领导人受此启发，就把这一计划的代号定为"猎户星座"。

敌工部门要配合武装部队作战。尚武和武工队长共同确定战斗任务：

主要敌人是日军。但日本人又瞎又聋，行凶作恶全要靠汉奸为其耳目爪牙。欲伐其本，先断其肢。斩其手脚，废其耳目，再消灭日本鬼子就如探囊取物。

危害性最大，民愤也最大的汉奸头目有三个：杨树林，刘双喜，和日军翻译、高丽人石原一。这三人是日军部队长山崎最倚重的人。杨树林是叛徒，熟悉我军内部情况，危险性最大。刘双喜杀人掠财之外，还是个色狼，民愤最强。他先包了一个叫翠玉的妓女，公开在剿共班住局，那妓女闹床，招惹得伪军们成宿到剿共班窗外听乐子。没几天土围子里的人个个都无精打采，走道打晃。随后看上邻村一个姑娘，就在土围子附近占了个独立家屋，派媒人去假说给他干儿子说亲（他有梅毒，不能生育，认了个部下作干儿），把人骗来后他自己进了洞房，抱起新娘就亲嘴。新娘子说："你不能这样，娶亲的是你儿呀！"他说："娶亲的是他，上炕的是我。别耽误工夫，脱衣裳吧！"新娘挣扎反抗，他拉下她的裤子说："头一宿就叫我霸王硬上弓，你吃得住吗……"

他一觉睡醒，新娘子在房梁上吊着了！

山东是孔子故乡，礼仪之邦。人们认为刘双喜连畜生都不如，不遭恶报事无天理。

（他在夜间屋里说的话，外人怎会知道？那院中还有一间小草屋，当晚"剿共班"派了人在草屋放哨。哨兵在窗外听房。听到他要霸王硬上弓扑哧笑了一声，他把放哨的骂跑了。这话便传出来。）

最遭恨的是高丽棒子翻译石原一。他不在正式编制，是雇员。不能跟日军士兵一起住有榻榻米的房间。跟雇用的中国伙夫住在澡堂里。但他极力装扮成"皇军"，乞求把报废的旧军装、破军鞋赏他穿在身上。在汉奸们面前显示特殊地位。汉奸们也就称呼他为"翻译官"！

对此人不知如何形容，“小人得志”“狐假虎威”等词都不贴切，只能说他既有奴性又有兽性，就是毫无人性。在日本人膝下的奴颜媚态比一般汉奸过之；对中国人之凶残狠毒为一般日本兵所不及！他与刘双喜狼狈为奸。有一次刘双喜抓来几个农民，硬说他们藏着枪。石原就拉出个叫吴二柱的绑在光天化日之下，割开农民胸膛，用子弹翘那农民肋骨。叫其余的人跪在四周看，谁低头不看，他就拿刺刀捅谁的眼！他动手用刑，刘双喜动嘴发话：“交不出枪交钱，交不出钱来给命。多了不要，一人两支捷克式！”

吴家卖光田产赎人，可二柱被折磨得五脏俱伤，赎回家就死了。他女人悲愤难当，喝了卤水。儿子大楞被鬼子抓伕修工事，半年后回来，才知已家破人亡，卖掉住房打了把牛耳尖刀，揣着它就去了马腰坞。没找到石原和刘双喜，却被表叔宋明通发现。宋明通叫到家中劝他说：“你再白搭性命，家门可就绝了。”大楞说：“人也死了，家也败了，我还活个什么劲，拼了吧！”宋明通说：“拼也不是这么个拼法。君子报仇，十年不晚。你过不下去，先在我这补个乡丁，吃口现成饭。”大楞说：“爹妈都叫鬼子汉奸害死，到汉奸乡公所混饭吃，我还是个人吗？”宋明通说：“关老爷还有身在曹营心在汉的一说呢。先忍一时，总有你报仇的机会。我不会给你窟窿桥走。”大楞从此留在伪乡公所，但跟谁也不提他父母的事。

高丽棒子欺负中国人，有的伪军也气不愤。这小子却还打汉奸们的秋风。汉奸们向日军进贡先要打通他这一关，不然有钱也送不进去。他不断地传点消息，递个小话。告诉张三说“皇军对你有点不满，你怎么把扫荡时弄的那几件首饰全装自己腰里呢？”跟李四说：“张三在皇军面前说你从大王庄起出来两条枪，转手卖到铁路西，钱全昧下了。”张三李四赶紧打点，晚了怕被抓去“整肃”。

惩办目标已定，还需根据敌情制定行施方案。这天午后尚武对邓智广说："今夜晚随我去执行任务。不带武器，背上个钱褡子，扮成小半拉子。"

四

尚武脱下土布裤褂，解下蒙头毛巾。换上蓝哗几长衫，绛色呢礼帽，还在袖口里揣上了一条绸子手帕。邓智广越看越别扭，用请示工作的口气问他："你又穿大褂又戴礼帽，咱们这是上谁家随人情去？"

尚武说："上马腰坞，跟一个重要人物见面。"

邓智广问："跟谁？"

尚武说："不要多问，到时候自会知道。"

不一会看到马腰坞村北的炮楼了。尚武说："咱们绕到西边去，从西南角进村。"邓智广就知道是奔伪公所去。他俩下了道沟，又走了有半个小时，邓智广停下来，跷起脚朝北边望了望，看到了西北角那块大坟地。

尚武也朝外看了看，小声说："万一碰到有人查问，就说咱们是平原城里增祥东杂货店来收账的。你跟我喊掌柜。我叫你小狗子。"

"小狗子这名多难听，换个名吧！"

"资本家都把工人当奴隶，哪有好听的名字！"

靠近坟地时，尚武蹲下身来，拉着下嘴唇，学了两声鹧鸮叫。坟地那边就扔来一块土坷垃。尚武扔回一块，有个人影走过来了。到沟边蹲下身轻叫了声："老尚！"

尚武回道："宋乡长！"

宋明通曾掩护邓送情报。此人我在《据点》中作过介绍，现在不再絮烦。他跳下沟后只说了一个字："走！"便在前边带路。尚武说："你找个牢靠地方，把小邓存放起来。"宋明通说："安排好了！"邓智广问："把我存放起来？"尚武说："小声点，我们去跟伪区长见面，你不要去。"邓智广委屈地说："不让我见面，我跟来干什么？"尚武说："自然有用处。"

绕过坟地跳出沟外，从一排猪圈间穿过来到村西边一排房后，有间北房檐下有个气窗。窗下是个麦秸垛。麦秸垛顶上糊了泥，下边掏了个洞，是放羊的孩子们躲雨时掏的。宋明通拍拍邓智广的肩膀说："你就待在这儿。趴在垛顶上能看到窗子里的动静。我们在这屋里跟伪区长见面。"尚武说："要是一切正常，你就待在这儿别动。万一看见出了意外，那你就……"邓智广抢着说："我就进去救你！"尚武说："要是我俩都对付不了，你能救吗？你的任务是一刻别停，马上跑到大李庄找武工队长报告。"宋明通又交代说："这儿道你熟，穿过猪圈，跨进道沟，顺着道沟往东南走就是大李庄！"说完领着尚武绕过西墙，转到前边去了。

邓智广爬上麦垛，窗户纸本来就是破的，往里看并不困难。只是那房老了，草顶全朽了，刚一伸头就落进一脖子草屑，头上还粘了些蜘蛛网，网上粘的小虫呛得邓智广想打喷嚏。他不敢出声，用手硬捏着鼻子，把喷嚏憋回去，憋出两行眼泪一身汗。想骂还没骂出来，前边院里有脚步声了，推门进来两个手里提着匣子枪、穿着伪军装的人。随后两个穿长袍的人并膀进来，正是尚武和杨东河。杨东河吩咐了两句，提枪的人退出了屋子，宋明通进来笑着说："快请坐，快请坐，都不是外人。"尚武和杨东河谦让了一会儿，在八仙桌两边坐下。邓智广只能看见两个人的背影了。杨东河说："宋乡长，你是主东，你也坐呀。"宋明通说："我给你们烧水沏茶，你们先谈。"

看到尚武说的"重要人物"就是杨东河，邓智广暗自发笑。前任伪区长姓邓，是邓智广的本家，他利用这关系进过据点。当时杨东河是本乡的伪乡长，他早已认识。杨东河自己没多少田产，哪里来的这么多钱买官做，一直是个谜。

（杨东河的身份，几个人给我介绍的都不一样。有的说他是经过我方争取，秘密参加了抗日的。邓智广则说他是奉我方之命担任伪职的。连买官的钱都是八路军出的。"文化大革命"后，杨东河还健在。以离休干部的身份，安然养老，培养盆景出了名。我去看他，他只请我看他的盆景，问及往事，他推说已经记不清。）

尚武和杨东河见面后，先用"场面上话"互相客套了一番。杨东河赞扬尚武坚持在本地抗战，给老百姓带来希望；尚武表扬杨东河为八路军买药品、买地图、送弹药等成绩。说到这里，小邓走了会神儿。两批药品和地图都是他从宋明通手中接过来，送出马腰坞，交给敌工科的。谁也没告诉他这些东西是谁给弄来的。他问过尚武，尚武说："上级只叫咱转送，没交代来路，我能问吗？"原来尚武什么都清楚，只是瞒着他。他有种不被信任的委屈感。等这走神状态过去，屋里人已经喝着茶谈到主题上，并且谈了一段了。

他们在谈石原等三人的各自特点。据杨东河介绍（宋明通不时替他补充）：这三人对付起来都有点扎手。石原除偶尔跟着刘双喜去捞财，平时只在炮楼和土围子之间活动，不肯到离据点远的地方去。天一黑钻进炮楼，天塌了也不再出来。杨树林更小心，根本不出土围子，办啥事都叫他表弟朱强治出面联络，他自己从不在马腰坞大街上露面。在据点里行动坐卧，手里都托着支二把盒子，搬开保险机，枪口朝上，托在胸口前。他有事都交手下办，不直接到别的伪军部门。打牌也是把人请到他屋里去打，他不到别人屋里去。

三个人中天不怕地不怕的是刘双喜。抢掠成性，几天不到外村“清乡”，就过得没滋味。集团行动，全副武装。而且是窝子狗，剿共班单独干，除去石原，不与别人合伙。

话说到这里，他们停了一下。邓智广脖子早累酸了，就趁机躺下来休息。过了好久，再抬起头来看，人家改成三人把头凑在一堆小声嘀咕了，一点声音传不出来！

过了顿饭工夫，三人站起身。杨东河向外伸伸手说：“你们先请，等你们出了庄我再回去。”尚武和他握握手，在宋明通伴随下推门出来。他俩转到房后，邓智广溜下麦垛，一同从道沟走出庄外。宋明通送到坟地旁才停住脚，看着他俩走远。

五

回来的路上，小邓就给尚武提了意见：

“你对我不信任，不尊重！”

尚武奇怪说：“我没有对你不信任、不尊重的地方啊！”

“你叫我取药品，取地图，我都完成任务了。我问你那些东西是谁办来的，你骗我说不知道，可是你跟杨东河一见面就表扬他这件事。

今晚要做什么，你事先也不告诉我，分配工作时你才说要见杨东河！”

尚武说：“我也有上级，也有纪律，有些事我不跟你说是为了保护你。绝不是不尊重你。不过我也接受你的意见，以后执行任务前尽量多向你介绍情况。”

“你们三人前边说话还让我听到，后来就咬耳朵了，为什么不能叫我听见。”

“马克思在天作证，是怕外人听到我们才咬起耳朵来的。你即使不提意见，我也打算告诉你。”

“你不主动说的，我绝不打听。”

“对，这回是我主动说的，我们在研究拿哪个小子先开刀影响最大，怎样动手才有把握。”

“结论呢？”

“先从高丽棒子开刀。他跟鬼子关系最近，是比鬼子低比汉奸高的二鬼子。镇压他就往鬼子的心口插了一刀，有利于鼓舞群众抗日信心！但他狡猾，轻易不肯离开炮楼，现在睁大眼睛找他的空子。”

“怎么找法？”

“这个任务交给了杨东河。见五逢十你都要去赶马腰坞逢集。到那里找咱们的老关系去。有消息杨东河会告诉他。”

听到又给他任务，邓智广怨气全消，立即把小筐找出来，并到村里打听大娘大嫂们，谁有鸡蛋、线穗子要卖，他义务帮忙替她们赶集去。——太平年月大娘大嫂们卖鸡蛋卖线绝不肯叫别人插手。但安上据点后她们不敢去赶集了，都托男人们给带去卖。小邓自己找上门来，大娘大嫂就连拍巴掌带喊娘地把他从头夸奖到脚，说只有八路军里才出息得这样的好孩子。逢集的日子邓智广就挎着她们的鸡蛋和线穗到马腰坞去找老关系刘四爷。

这位刘四爷，我在《据点》也介绍过。这里不再多讲。只说明他的职业是收税就行了。买卖牲口要上交易税，是自古以来就有的制度。清朝时县太爷嫌派人收税太麻烦，就找富户承包。承包人一年打总交给太爷多少银子，就算了账。至于他能收到多少，不再过问。这是个挣钱的买卖，地主富商要拿贿赂、打关节才能包到手。大承包户包下全县的，不可能跑遍全县去收税，就再分包下去。以县城为中心，东西南北四乡，各包一片。分包户也是富人，受不得辛苦，集市多被帮会把持，跟黑社会没点关系税收不到还搭上人命。他们就再雇用与帮会有瓜葛，又会看牲口的人替他们收税。成三破二，取十分之一的辛苦钱给收税人。刘四爷懂兽医，替拉杆子的看过马，跟江湖黑道都能说得上话，是位理想的人才，就同时被几个二包户雇用。干这个比当兽医收入可靠，收税成了主业，收起了兽医的招牌。这种包税制度并没随着清朝皇帝退位而作罢，北洋政府、国民政府一直沿用。换了汉奸政府，这制度也没换。八路军初到开辟根据地，一时顾不上这方面的改革。刘四爷成了几朝元老。除去黑社会外，又结识了八路军和伪组织中的朋友。

（这位刘四爷我见过，跟我父亲还有点交情。那时他已是近五十岁的人了，骑着个小毛驴，赶了东集赶西集。碰上生人摆摊做买卖，他还跟人家“转春”。他教给过我几句“春典”，我全忘了，只记得烟袋叫“吊山勾”。他应我爹之邀，为邻居的牲口看过病。用了他拿手的医术“火烧战船”。要人买十斤白酒，一床破被。他吃饱喝足，把牲口死死地拴在桩上。拿酒把牲口毛皮全沾湿，划着火柴往牲口身上一丢，牲口遍身起火，吓得连叫带挣扎，等火势烧旺，趁热把破被往牲口身上一捂，不一会牲口满身大汗。他说："病好了！"便拿起烧剩的酒告辞回家。第二天那牲口的病果然消失，只是弱得站不起来。他不收费，但带走了八斤酒。比一般请兽医的诊费只多不少。）

邓智广赶了两个集，都没得到什么情报。也有收获，每集刘四爷都请他吃四两包子，喝一碗甜沫。

杨东河接受尚武给的任务，过了半个月还没有进展，正苦于无从入手，也是天意，杨树林的表弟兼护兵朱强治到伪区公所来了。

据点里的人很少见到杨树林，但没人不认识朱强治。他名义上虽只是个护兵，但比那些分队长、中队副之类香得多。一来他是杨树林的表弟，杨树林大小事都由他操办；二是这小子在东北上过学，会说几句日本话；三是他的派头比杨树林不低。他在沈阳长大，一举一动学日本人。从来不穿中式便衣，总是穿一身协和服，戴顶战斗帽，花钱买来双日本水袜子胶鞋。说话总故意夹几句日本话。其实他爹在沈阳不过就是个饭馆跑堂。他体格瘦弱，国民高等学校毕业后，上不起大学，又没找到职业。挑"满洲国国兵"也没挑上，在东北管这种人叫"国兵漏"。按"满洲国"的规矩，"国兵漏"都要当几年苦工，名曰"勤劳奉仕"，实际是无偿劳动，而且专干修公路挖战壕之类的苦活。他受不了这个罪，听说表哥混上了官，就回乡投奔杨树林。杨树林叛变不久，没有自己的亲信，正需要这么个人做帮手，格外的恩宠他。他正式职务是护兵，杨树林不在场时，据点里的为讨好都称呼他"队长补"。这也是句从日本职名中抄来的"协和语"。

朱强治这天态度格外客气，对杨东河说："家表兄请您便饭，有点小事相商，请千万赏脸。"杨东河连连称谢，赶紧叫人到街上现买了两篓当地土产“盐姜芽”。把篓里的咸菜倒出来留着自己喝粥用，翻开箱子找出存着的二两西口土装进去。

杨树林身穿长袍，面带笑容，手里托着驳壳枪来迎接他。

杨树林在自己屋中桌上摆了四样菜，打开一坛酒。除去朱强治，没叫别人侍候。一见咸菜篓，杨树林高兴地说：“谢谢了，我就爱吃这口小菜，叫他们拿个碟来，现在就尝两块。”杨东河也不吭声。说着杨树林一手持枪，一手打开篓盖，用鼻子闻闻，觉得味道不对，伸进手一摸，还有层油纸包着，就看了杨东河一眼。急急捅破油纸沾了点在指头上，放进嘴里舔了一下，脸上顿时像开了花般笑得嘴往上弯眼往下坠。这时朱强治拿了小碟来，杨树林说：“这咸菜还是留着就粥喝吧，碟放在这儿沾醋用。你去帮着整菜，我跟杨区长说几句话。”把朱强治支走后，杨树林把椅子拉近杨东河说声：“这么重的礼，无功受禄，叫我寝食何安呢？”

杨东河说：“您知道我不用这个，说实话，这也是别人托我办事送我的。我留着没用。就别让它出咱杨家门了。”

杨树林说：“今天是我有事求你，哪有反叫你破费的道理？”

杨东河说：“你有事不找别人找我，说明你没拿我当外人，还说谁求谁吗？什么事你尽管说。只要我办得到，我会尽力。”

杨树林说：“说来事情不大。小事一桩。我这个表弟是我舅舅的孩子，在这里给我当跟班，家里不富裕。正好过两天有人到沈阳去。我想给他家带点东西，无非是棉布、香油、黄豆之类的粗玩意儿。我没法替他去办，他人生地不熟，您是一区之长，又是本家，就想请你帮帮忙……”

杨东河说：“您说多咱要吧。”

杨树林说：“就是今明两日，那人后天就上火车。不过，人嘴两扇皮，别拿到据点来，省得有人说闲话。”

杨东河说：“这好办，明天是集，我叫人头晌办好放在西街乡公所。他什么时候进城，神不知鬼不觉，从乡公所拿了就走。”

杨树林满脸堆笑说：“好，好，这钱么咱随后……”

杨东河打断他说：“您跟我外道是不是。这一句话的事，就不给我个讲交情的机会吗？”

杨树林忙说：“那我就恭敬不如从命了，来日方长，来日方长！”

一会热菜上来了，杨树林劝酒。杨东河说：“我在理，烟酒不动，我心领吧。”杨树林笑道：“老兄，你还挺守纪律啊，好，好。”

杨东河像听到一声炸雷，头顶轰的一声。（当年在别的根据地怎样我不知道，在鲁北根据地，地方干部、敌工干部都烟酒不动。是条不成文的纪律。）

杨树林看出杨东河有点紧张，把手中枪放在腿上，笑道：“这话没别的意思。我刚过来时，也是烟酒不动，常了，既要应酬，心情也不好，就堕落了。见到你坚持不变，有点自愧不如。咱们都是从那边过来的，我才说这知心话。”

杨东河夹了两筷子菜慢慢嚼着，转了一下心眼。端起他面前的酒杯说：“谢谢您的诚恳，我敬您一杯，我也破戒陪你一口。”

杨树林笑着举起了杯。杨东河陪着抿了一口，放下杯说道：“您既然对我推心置腹，我也跟您说几句知心话。我的事不用瞒您，我本是做生意的。日本人一来，买卖黄了，这才回家务农。因为认几个字，根据地时选我当了抗日乡长。这是不脱产的，您知道。我也没条件入党。八路军撤退我犯不上抛家舍业跟他们跑。皇军来了村里的事还要我出面维持，又当了这边的乡长。这在那边就挂了号也算汉奸了。到了这一步，背着抱着一样沉，我就索性砸锅卖铁，花钱捐了这个区长当。无非将本求利，借机会捞两个钱。以后好远走高飞，隐姓埋名到外乡混下半世去。可从剿共班的人，高丽翻译眼睛看来，我在八路军那边干过，总有点另眼相待。我混了个两头不是人。觉得头上总悬着两块大石头，从哪一边掉下来都能把我砸烂。您有学问，又比我先走了一步，我想求你指点一条明路！”

杨树林盯着杨东河的眼瞧了好久。看得杨东河心里发毛，脸上极力镇静。

杨树林虽然喝了点酒，但头脑一点也不糊涂。他拍拍杨东河的大腿，笑了笑说：“你不是要说心里话吗，我就直截了当。一，我当了俘虏，不投降就要挨刺刀。我没那个种，叛变了。既叛变也就不幻想再得那边的谅解。也就得干点事取得鬼子信任。二，鬼子不会永远占领中国，我为他干事不能不留后手。日本垮了天下可不一定就归延安。共产党对叛变的人绝不宽大，可是天无绝人之路，此地不容爷，自有容爷处。三，各人有各人的活法。只要别人不拿我的脑袋买自己的命，我也不赶尽杀绝。别说你没什么形迹可疑之处，就是有，我也睁一眼闭一眼。咱也搞个统一战线嘛。朋友之间可利己不可损人，不然，我这枪子也不吃素。”

杨东河说：“高论，高论。”

杨树林说：“据点里也有人把我视作眼中钉，时时想挤掉我。在皇军那边告我的黑状。这方面我俩要同舟共济。”

杨东河说：“有用我处，你尽管说。咱姓杨的讲的就是个义字。”

“我就劝你多个心眼。刘双喜是个狼，石原是个鬼，这两人无耻无义，靠卖别人的脑袋发家，你要多加小心。发现有什么动静，及时给我通个气儿。咱们也来个联防制度。”

杨东河满口答应，告别而去。临走告诉杨树林，隔一天叫朱强治到乡公所拿钱和粮。

杨东河以为杨树林与刘双喜之间狗咬狗的斗争，是互相在日本人面前争宠，正可利用。

前边说过，刘双喜在旧军队当过小军官。鲁北这片地区，地少人多，干旱缺水，遇到灾年就要外流逃荒。一没文化，二没技艺，在军阀混战年代，最好找的出路就是吃粮当兵。一个人在某个部队站住了脚，后来的堂兄表弟三叔二大老爷就来投奔他“补个名字”，在这种部队里侄子当排长，叔叔当班长，带着一群外甥内弟混粮吃的现象很普遍。“七·七事变”以后，京津附近的部队通过山东往南方撤。撤到家门口，刘双喜就跟几个老乡商量：“这东洋人可是来者不善，善者不来。看样这个仗不是三天两后晌能打完的。咱们跟着退到哪里算一站呢？”商量结果，几个人拖着枪装作掉队，就结伙留下了。那时日本军队还没到达铁路两侧，中央军已经退到了黄河以南，八路军在山西作战还没东进，鲁北大地既是权力真空，土匪武装就像雨后的狗尿苔一样成堆地冒了出来。十几个人，七八条枪就拉起个“团儿”。头子姓张就叫“张团”，姓李就称“李团”。也有以头子的外号诨名作团号的。如“胖娃娃团儿”“崔小辫团儿”。刘双喜也拉起一个团来。自称“喜团儿”。此地拉杆子的有条不成文的规矩：在本乡本土只向驻地摊派粮款，不明火执仗绑票。因为十里八村都有理不清的亲戚关系，也不兴在本县采花问柳。做大买卖要到外乡去。（一般的是到胶东半岛，胶东人航海、从商的多，而且是侨乡。）虽说是“兵匪一家”，到底还是两个行当，隔行如隔山，刘双喜不懂黑道的规矩，刚拉起团来又急着捞财买枪，竟绑了西乡聚源烧锅的票，绑的是东家小姐。东家卖了田地把姑娘赎了出来，已不是完璧，姑娘羞辱难堪，在回家的路上就跳河自尽了。此事传播开来，连黑道人也把刘双喜视为畜生。杨树林是西乡人，在他还没摸枪杆时就对刘双喜极为鄙视和反感了。

杨树林也算书香门第，本人在省立师范毕业后曾做过小学校长。参加过救亡宣传。他想参加抗日，但看不起共产党领导的队伍。说是国共合作，谁保证不会再翻脸？要当兵还是当中央军，牌子正，装备好。这样，台儿庄大战时，他就南下投中央军，走到半路，碰见一群从前线回来的年轻人，说中国军队取胜后已经迅速南撤了。他们投军扑了空。他又随众人打道回府。走到沂蒙山麓，被从西边开来的115师部队发现。问清他们的来路之后，部队首长热情地接待了这些年轻人，跟他们讲了国际国内形势，共产党的政策，红军整编为十八集团军后的抗战任务。一席话把他们说得心服口服，就自愿参加了八路军。

为了开辟敌后根据地，分出一部分队伍进入鲁北。要找些当地人做骨干，杨树林被选中，一到鲁北就当上了区中队的队长，战争残酷，伤亡大，晋升快，到1940年他就当上了一个县大队的副队长，按习惯人们叫他杨营长。

1942年，战争重点移到敌后，敌人兵力增加，战斗频繁而残酷。在一次战斗中他受伤被俘。开始表现得也还蛮有气节。敌人威逼利诱他都挺过去了，一天夜晚把他和另外四个人押到山沟中，令他们站成一排，喊道："最后再给你们一次机会，三分钟之内，投降的向前三步走，时间一到，立即开枪！"他们互相看看，谁也没有动摇，杨树林绝望之余反觉得结束受折磨的日子是个解脱。一个过四十岁的老营长带头喊起了口号。声音很惨烈。他也不顾一切跟着喊。刚喊了"打倒日本"，"帝国主义"四字还没喊出来，敌人排枪响了，全被打倒在地。日本兵又走上来每人头上补了一枪。唯独没对杨树林补枪。杨树林还奇怪自己怎么意识这么清楚，两个日本兵把他架了起来，几乎是抬着把他拉回了据点牢房中。回到牢房，看看原本挤都挤不开的草铺如今空旷冷清，只有他一个人还活着，他后怕得哭了起来，觉得千幸万幸，刚才要是死了，没有哪个中国人知道，也不会有人记得他！这是再世为人了。捡回来的这条命他不打算再扔掉，对自己说："我死过一回，对得起良心了。认了吧，认了吧，只当以前的杨树林死了，从今而后活着的是另一个人！"当鬼子再次提审时，没费多少话，他就交代了在八路军中的职务，干过的事情，在"自新状"上签了名，宣布"投入和平阵营，愿为大东亚共荣圈效忠"。

日军为他开了欢迎会，山崎部队长在会上坦率地说："为了不伤杨先生的感情，任命他为'宪兵工作队队长'，只负责内勤研究工作，不强迫他直接参加火线战斗。武装配合皇军战斗的任务由剿共班承担。希望他们密切合作……"当场介绍他与剿共班长刘双喜握手相识。

"宪兵工作队"是个带枪的情报单位，由一些有点文化水平的社会渣滓、无业游民组成（多是由"新民会"等伪组织代为招募的）。总队在济南，杨树林这里只是个小分队。总队的日本顾问每月来视察一次，实际由所在据点的日本军管辖。山崎把它和剿共班当作一文一武两只鹰犬。表面看杨树林和刘双喜是平等搭档，一文一武互相配合，可刘双喜掌握着枪杆儿，清乡、扫荡中能杀能烧，可抢可捞。既比杨树林实用，也比杨树林吃香，钱财权势都压他一头，还暗含对他有监视防备的作用。刘双喜从来就不懂什么叫人情客套，更不讲规矩廉耻，没脏字不张嘴，走路都晃膀子。对杨树林也照样颐指气使。杨树林在日本鬼子面前低声下气没的抱怨，谁让你当了汉奸呢？可在这粗俗卑鄙的野狗面前让先，就说不出的悲哀和不平。这份耻辱比汉奸的名分更难忍受。时间长了，他思想又有新的变化。心想反正是当了汉奸，大恶之下何求小善，倒是越混得局面大越能保住自己。就暗暗起了搞掉刘双喜把文武两套全抓到自己手中的念头。

杨东河从宪兵工作队回来，就叫宋明通给弄东西。乡公所要随时应付日军需要，香油、黄豆等都很现成，只有棉布到集上买。第二天就是四月初十大集。四月初八是浴佛节，民间停止屠宰，初十开斋。又是麦秋前夜，庄稼人也少不得要上集添些木叉镰把，准备收麦。这个集就比往日热闹些。

杨东河正想找宋明通问问东西准备得怎么样，还没出围子就碰到刘双喜跟石原。刘双喜见杨东河穿了件新做的蓝阴丹士林长袍，对石原说："你瞧杨区长这身衣服怎么样？"石原说："太漂亮了！"刘双喜说："你穿的再破，一张嘴也知道你不是中国人。只要从远处看不显眼就行。穿的太破了，太太看着也不喜欢！"

杨东河听出话里有套头，就迎上去问："翻译官看上我这身衣裳了，那好办，我叫人给你做一身。下一集包你穿上。"

刘双喜说："那可赶不及。翻译官明天就要进城看太太……"石原来不及制止，便说："不一定，还不一定。"

刘双喜解嘲说："区长不是外人。不要对人说就是了。"

刘双喜的护兵范舍成提着一只空筐跟了过来。杨东河一看，明白了八九分，便故意说："翻译官要看得起，我现在就把衣裳脱下来给你。太太来了，我得表示点心意吧。今天逢集，我去买点礼物。"

石原说："你不要再麻烦，刘班长正要领我去买点土产，你光把衣服借给我就行，多谢多谢。"杨东河回屋脱长袍，招呼刘双喜随他进去。在屋内对刘双喜说："你给翻译官送礼，算上我一份好不好，我也交交这个朋友。"刘双喜拿着架子说："他请假进城的事，要守秘密。掺和的人多了太显眼。怕他不愿意。"杨东河说："那好办，我出钱不出面。我叫乡长宋明通随后追去。你只管挑东西。由宋明通付钱。以后我再跟宋明通结账。”

有人出钱，刘双喜何乐不为，点点头笑着走了。宋明通来报告给杨树林的东西已准备齐。杨东河便告知他“如此如此”，宋明通一边听一边骂娘，还是接受了任务。宋明通走后杨东河就找到朱强治，告诉他中午一过就到乡公所去取东西。同时请他转告杨树林，刘双喜正在集上给石原买礼物。为什么送礼还不知道，请队长详查。朱强治回去就报告了杨树林，还为杨东河添枝加叶说了些好话，说此人对队长十分忠诚。

杨树林估计石原要了东西也是往城里送，就把跟踪刘双喜二人的任务交给了朱强治。

杨东河缩回屋里再不出围子门一步。天塌下来也沾不上嫌疑。

邓智广又来马腰坞赶集，正在牲口市上转，忽看到有一帮人说说笑笑地走过来。赶集的老百姓都让开了路。走在前边的正是石原。小邓心中奇怪，不是说石原从不赶集吗？再一看今天的打扮更奇怪。他平时从不扒下日本军装，今天却换了身新宝蓝色长袍，札着古铜色褡包，一派中国买卖人打扮。脚上却还是那双破了的日本大皮鞋。他身旁跟着刘双喜，刘双喜身边紧跟一个剿共班的小卒儿，名叫范舍成。

范舍成和邓智广是同村人，家中贫穷，邓明三当伪区长时把他叫来当了跟班儿。邓明三约刘双喜打牌他伺候过牌局。邓明三下台，他觉得再给新区长跟班不够义气，找到刘双喜求他赏碗饭。刘双喜觉得这孩子还机灵，就收下他随身伺候。

范舍成手提着个大篮子，跟在刘双喜身后。刘双喜边走边指着地摊上的东西问石原：“要这个不？”石原一点头，刘双喜就捡起来扔进筐里。伪乡长宋明通紧跟在后边替他们付钱。石原不断地点头，刘双喜不断地捡东西，宋明通就不断地付钱。邓智广有意迎着他们走去，想跟宋明通搭句话。宋明通看出他的意思，冲后边咧了下嘴。邓智广才看到距离十来步远，还尾随着个宪兵工作队翻译的朱强治。邓智广看出他是在暗地跟踪刘双喜等，便不再跟宋明通找打招呼。宋明通眼睛朝村内一甩，扬头走了过去。邓智广会意，马上转身走往南街。到了一家小饭铺门前，看见门口地上还戳着“税务代办所”的牌子，就知道刘四爷还没走，掀帘走了进去。

（刘四爷这牌子是他自己命名，自己树的。平时放在小饭铺案板底下。赶集时拿出来戳在门口，在饭铺里占一张桌子，连喝酒代收税。集一散收起牌子，就上雇主家去送钱。钱在自己身上从不过夜。这牌子是马腰坞集专用。在别的集上他不挂牌，也不用任何名号。）

小邓走近刘四爷的桌前，叫了声“四大爷”！

刘四爷把手中端的酒杯往嘴里一掴，发出“吱”的一声响，又哈了口气，笑笑说:“来了爷们儿？我正等着你呢！说吧，吃锅盔还是吃面条？”

邓智广说:“面条不顶时候，还是锅盔吧。”

“吃锅盔我还得搭上盘黄瓜菜，你倒不傻！”刘四爷一边往他的“吊山勾”里装烟，一边冲跑堂的喊道:“爷们儿，来俩锅盔，切四两驴肉拌个黄瓜菜！”

等黄瓜菜来了，他又要了二两酒，手扶着酒杯，小声对邓智广说:“锅盔带回去，吃了黄瓜菜赶紧去报信儿。高丽棒子请了假明天进城。跟乡里送果子（当地人称花生为果子）的大车一块走……”

邓智广狼吞虎咽把几块驴肉填进肚子，揣起锅盔，急忙赶回驻地，对尚武一五一十报告。尚武说：“送果子的车一般是四更天出门，晌午头到东关。赶快给武工队送信。你先休息，我跑一趟！”

武工队驻地距敌工科有三里路，尚武赶到那里，他们正睡晌觉的睡晌觉，擦枪的擦枪。尚武找到陆队长，立即开紧急会议。决定趁石原进城之机，半路上把他除掉。现在就写好布告，石原一死马上张贴。尚武的文化水平最高，推他来执笔。尚武极其兴奋，稍作沉吟，就拟出了布告：

查原日军翻译高丽浪人石原，认敌作父，为鬼作伥，烧杀抢掠，罪大恶极。四月十一日该犯在进城途中为我抓获。对其罪行供认不讳。抗日政府依中国人民要求，判处死刑，验明正身，当即执行！

警告伪军政人员，认清形势，弃旧图新，立功赎罪，既往不咎；执迷不悟，死路一条。尔等所作所为，我军皆有记录。好事加红点，坏事涂黑点。清算功过，区别对待。对顽固不化者，坚决严惩不贷！特别警告刘双喜、杨树林、杨东河等铁杆汉奸。尔辈罪大恶极，只有黑点，尚无红点。再不幡然悔改，石原就是你们的榜样。

国民革命军第十八集团军

第八路军鲁北武工队

中华民国三十二年

夏历四月十一日

（邓智广文章中引的就是这份布告，但时间写作1943年4月11日）

对如何行动，很费了点时间研究。

从马腰坞到城里，四十五华里，沿途有三个据点。距马腰坞八里是陈庄据点，这个据点较小。再过十里，是何家寺。这是个大据点，驻有一中队日本兵和一大队伪军。再往前距城内和铁路较近，敌人调动方便，就只在距何家寺十五里地的鸡鸣寺设有一个据点。

从地理形势看，埋伏在何家寺与鸡鸣寺之间为好，距两边敌人都远，敌人听到枪声一时也辨不明方位，赶来也要费时间；从时间上看，在马腰坞与陈庄之间有利，牛车走到这里天还不亮，到何家寺天就亮了，白天行动有诸多不便。可是陈庄距两边据点都近，枪一响敌人短时间内就会赶到。

再三斟酌，选定了何家寺与鸡鸣寺之间。那段路中间有座废砖窑，距公路只有几十米，窑虽塌了顶，但四壁完好，便于部队隐蔽。如果能把石原活捉，拉进窑里用“背死狗”的办法处死，十五里外的据点，会毫无察觉。

尚武走后，邓智广找房东要了点麻花咸菜，把两个锅盔送进肚子，心满意足，躺在炕上睡起晌觉来了。直到尚武回来，他还没醒。

“快起来，快起来！”尚武拍着他的屁股把他叫醒。命他跑步到小学校去找魏校长，叫校长带墨盒、毛笔和十张粉连纸来。

校长带着这些来后，尚武跟校长又推敲了一阵布告文字，就请校长往纸上誊写。校长说：“正式发布布告，是要盖大印的。没有印不够严肃。”尚武说：“别说没人会刻，有人也来不及呀。”校长想了想说：“小邓，你到学校取我的印盒，半路上到陈拐子家要两块豆腐干！回头我再给钱！”

邓智广说：“三个人两块豆腐干咋吃法？要请客你就多买点。”

校长说：“他那豆腐干都长了绿毛，两块足够。”

邓智广把印盒、豆腐干取来，校长已写完布告，正晾在地上和尚武两人欣赏。他自己评判，哪几个字写得好，好在什么地方；哪几个字不行，又为啥不行。小邓把豆腐干交给他，他先用水洗了洗，用笔在上边写了几个反字，找房东要了把修脚刀，埋头刻了起来。一边刻一边把刻下的碎块放进嘴里嚼着。没多大工夫刻完，又往豆腐干上抹上印泥，把布告平摆在桌上，一个个按上了印。印文是“第八路军武工队”，有的字没印好，又洗净毛笔，沾着印泥描了一遍，远远看去，蛮像那么回事。

六

尚武和邓智广半夜就揣着布告，提着糨糊来到了武工队驻地。武工队正在陆队长指挥下熬地瓜粥。三更天开饭，吃了饭起程。

天亮之前，武工队顺利到达破窑。留一个人在窑顶放暗哨，其他的人都隐避在窑内。

这窑已经废弃了有百年，除去放羊的孩子躲在这里歇脚，偷来青玉米、嫩毛豆在这烧着吃，平时没人进来。窑里一股羊粪味。刚坐下，有人觉得屁股底下有什么东西活动，抬起身一看，大叫了声“俺娘啊！”队长压低声说：“喊什么？注意安全！”那人指指说：“你看哪！”大家一看，竟是条蛇！这一来都吓得抬起身来看自己的座下。陆队长抡起枪托一下把蛇砸死，说道：“不就是个长虫吗？值得吓成这样，还抗日呢！”

队长就宣布了一条纪律，不许聊天说话，出了天大的事，没有命令也不准到窑外去。

邓智广怕蛇，更怕不许说话。他就跟尚武说："天亮之后，进城的车不止一起。得有个认识高丽棒子的人在外边盯着，免得弄错或是把他放跑了。"尚武说："看来就得你去，你见石原次数多，有把握。"跟武工队长商量一下，派邓智广到路边去放游动哨。叫他迎在车来的方向，不超过一二里地，跟窑顶上的哨兵保持联系。联系方法是挥动头上的白手巾。接到命令如同得到大赦，邓智广探头看看外边没人，就钻出窑门，往东走去，临走摇摇手巾跟窑顶上的哨兵打了个招呼。

这窑正处在转弯处，公路从东边过来，到窑前转个慢弯向南拐去。在窑东边一里多地处路边有座石牌坊，本为表彰一位节妇而立。义和团起事，本县是发源地之一，一度成了设坛之地。义和团失败，这牌坊也被砸碎。但留下了石基和底座，成了来往行人歇脚之地。邓智广为了窑上哨兵容易分辨，选在这里停下，靠在石座上装作路人休息。

太平年月，这条由东乡通往城里要道是行人车辆不断的。如今却冷冷清清，天已大亮，才零零星星有几帮人和车经过。先是从东边来了两辆牛车，小邓算了下时间，不像是从马腰坞来的，马腰坞来的车这时至多才到何家寺，走近了赶车的打招呼说："要跟车进城吗？上来吧。"小邓忙说："谢谢。我还等俺奶（当地人管妈称作奶）。你是那村的车啊？"赶车的说是鸡鸣店的。小邓目送他们走过，朝窑上拿手巾画了个圈。

又过了约半个时辰，从城里方向驶来了一辆支了棚子的牛车。车两边各有一个骑自行车背马枪的人。右边那个戴鬼子帽，穿协和服，脚上一双日本胶鞋，左边那个穿中式短打。邓智广心想，车里是个汉奸头目，有两个护卫，面对他而来，不便再用毛巾发信号，只好站到公路上装着看稀罕来引起窑上哨兵注意。哨兵还没注意，驴车已接近废窑。右边骑车的朝窑看看，跨下车来，把自行车往路边一放，就朝窑跑去。邓智广瞪大眼看着，唯恐出事。只见那骑车的走近窑边，解开裤子，回头朝车上一笑。车左骑车的汉奸就叫："别捏着半拉了，车上的姑娘谁没见过？"从车里传出一阵浪笑，有个女人喊道："小心点，别受了风，相好的还等着你拉铺呢！"那汉奸听了格格一笑，转身朝驴车撒起尿来，一边尿一边喊："好，那就便宜你们一回，我不收盘钱，白看了。"车上又嘻嘻哈哈笑了起来。女人从车里探出头来说："可惜你多长了四两肉，要不这平康里就没别人的生意做了！"那人撒完尿赶回路边。骑上车又追到驴车边，邓智广这才把悬起的心放下。驴车已走过废窑。看得清楚了，车里坐的是几个脸涂得像冬瓜着霜，嘴抹得像刚吃了死孩子，穿红着绿的女人。一边嗑着瓜子一边故意放声浪笑。原来是城东关平康里的窑姐儿，照例在伪军们关饷之后，到几个大据点去"出张"。车子走近了石牌坊，车上有个女人自问自答地唱小调，是被刘双喜包过身子的翠玉。她唱道："初一十一二十一，赶着个毛驴去赶集，捎带着做生意，一个呀得儿崴得崴，捎带着做生意。""大嫂子，你做的什么生意呀？""葱丝儿姜丝儿牛肉丝儿，香油酱油合馅子儿，卖的是肉包子儿！"她还没自问，那刚撒完尿的汉奸就抢着接上唱："要吃菜来白菜心儿，要干那事儿干大妮儿，又白又顺心儿……"

翠玉笑骂了声："这个私孩子！"

邓智广认出这穿协和服撒尿的是朱强治。心里有点奇怪。昨天在集上，刘双喜在给石原拣礼物，他在后边看热闹。啥时进了城？

朱强治见小邓坐在石阶上歇脚，上下打量一会，就下了车走到他面前凶恶地问道："你在这儿干什么？"

邓智广说：“我干什么，碍着你牙疼？”

朱强治把枪一端叫道：“我在马腰坞据点里见过你，你是不是八路的探子？”

邓智广说：“我在马腰坞也见过你，你是谁的探子？”

这时骑车走在后边的伪军赶了上来，是昨天提筐的那个范舍成。范舍成冲翠玉使了个眼色。那妓女探出头叫道：“这不是孙少爷吗，你咋在这里？邓区长老人家可好？”

朱强治愣了下神，问那妓女：“他是你哪门子的少爷？”

翠玉说：“他是邓区长的孙子，刘班长到邓区长那里打牌，我在区部见过。”

朱强治收起枪，斜了邓智广一眼，不屑的一笑说：“小子，以后别炸翅儿了，那位区长下台了，没听说过啥叫四大蔫吗？”扭身骑上车又扯着嗓子唱起来：“没风的帆，霜打的烟，出了屃的鸡巴卸任的官……”

翠玉就朝邓智广撇了下嘴。邓智广本来对这些下流女人有种生理上的反感，自上次执行任务时得到其中一个姑娘的帮助，改变了看法。（在《据点》中作过介绍。）知道她们虽操贱业，其中仍不乏有良心的好人。为表示谢意，他冲翠玉点点头说：“这是去马腰坞啊？”范舍成抢着回答说：“刘班长的人，不上马腰坞上哪儿？”邓智广说：“噢，你们是进城接翠玉姑娘！”范舍成说：“我们给翻译官运东西去的。翠玉要搭车来看望刘班长，朱宪兵愿意为姑娘们保驾，就凑到一堆了。”朱强治已骑车走出好远，听到这话又扭转头说：“苍蝇不叮没缝的蛋，小子，长大了你就知道泡娘们儿的甜头了。”翠玉小声说：“叮你娘的蛋走吧！”邓智广装作平静地问道：“这么说石原翻译官也进城了？”范舍成说：“没有，班长送的东西太多，他带不了，我们昨天先给他运了去。他今天跟着送果子的车进城，估计到前边就会碰到他。”

邓智广听了把心才放下，又坐在石阶上休息。

太阳升高了，天气也热了，公路上再也没出现车辆。

窑里的人有点不耐烦，半夜吃的饭，天亮后内急，只能在窑里腾出个角落解决。气味噎人，人们只好不断地抽烟。烟抽够了，肚子又空了。饿劲比内急还难忍。人们不断地朝上望放哨的人。放哨的也饿，就发信号向邓智广催问。邓一次次使他们失望。最后武工队长都怀疑地问起尚武来：“你们的情报确实吗？有没有听错？”尚武说：“我干了这么久，还没听错过一回。”

慢慢地从窑顶照进了日光，闷热起来，人们解开衣扣，不断地擦汗骂街：“这个高丽棒子，临死都不留好念想！等着吧，老子把你肚子也掏空！”

快晌午时，哨兵看到了邓智广发出的信号。长吁了口气，对下边小声说：“准备，目标出现了。”

人们精神抖擞，两眼发起光来。有提枪的，有拔刀的。武工队长嘱咐说：“没有命令不准开枪，把小子架进窑里，拿绳子背死狗！”

等了回，武工队长问哨兵：“走到哪儿啦？”

哨兵说：“牛车走到邓智广面前，被邓拦住，正在一问一答地对话呢。”

武工队长说：“对他娘的蛋，还不快放过来，等他有了觉醒，跳下车跑了才叫麻烦！”

哨兵说：“行了，车放过来了。”

武工队长说：“准备战斗！”

哨兵在窑顶上却又说：“慢点，小邓发来信号，说目标不在车上。”

这时已听到牛车吱吱扭扭的声音。陆队长忍不住，回头对尚武说：

"咱俩出去看个究竟！"弯腰钻出窑门，这时牛车正转过弯来。果然没有那个高丽棒子！赶车的是马腰坞农民，认得尚武。就自动停下车跟尚武打招呼。尚武问："你们啥时起身，这早晚才到这里，到城里不天黑了？"车把式说："操他娘，那个翻译官说好叫俺等他，俺不敢不等啊！谁知他个龟孙说了不算，俺等到天大亮，还没影儿，这才赶车上路！"

尚武问："那小子不进城了？"

车把式说："谁知道呢？他住在鬼子炮楼里，咱也不敢去问！"

尚武只好放车过去，嘱咐说："别跟人说在这里碰上了俺们！"

车把式说："这不用嘱咐！"

尚武和队长退回窑内，窑里的人听见外边的话全泄了气。队长拉长了脸说："没说的，赶紧退回去吃饭吧。现在可是白天，要分散隐蔽行动，先退到南边道沟里，绕开据点，路上不要进村找吃的。回到驻地再说。"

尚武把已经拿出展平、准备张贴出去的布告又叠起揣进怀里，小邓不在，只得自己提起糨糊罐打道回营。

队伍分成了几组，每组三两个人，拉开距离，顺着庄稼垄沟离开公路，往驻地退去。

邓智广追了过来，从尚武手中接过糨糊罐。尚武说："咱们不要跟着他们走了，往马腰坞方向走，找机会打听一下，到底出了什么差错。"

尚武跟武工队长打了个招呼，武工队长说："我们今天隐蔽在驻地不动，有什么情况尽快来告诉我。"

尚武跟邓智广扭身越过公路，朝东北方向走。他们刚离开，武工队的人就小声发起牢骚来："敌工科的人都是吃干饭的！""敌工业务，三大任务，行军背包袱，驻军晒被窝，混进据点卖豆腐！”

尚武二人没听见这些话，听见也顾不上生气。眼看到手的罪犯，怎么叫他溜了呢？

再着急也要吃饭。走到何家寺西北的李家楼子，找到村北一家堡垒户，是位孤老头子。老头看见他俩进院，叫声“娘唉！”赶紧拴上了院门，把他们请进屋里。问他俩从哪里来？尚武说：“刚从东乡过来。饿极了，找你弄点吃的。”院子里种着几颗蒜，蒜刚长出半尺高的苔，老头烤了两个高粱饼子，拔了几颗蒜苔，从坛里舀出一勺酱，一边让他们坐在炕头上吃，一边打听近来的情况。尚武说：“情况大好，过两天你就可以看到动静！”

正说着，嗵嗵嗵嗵！一阵砸门声，来得急砸得紧。尚武赶紧拔出枪，示意老头出去看动静，做手势叫小邓顺炕沿趴下。听见老头气哼哼地问道：“谁呀，火燎屌毛似的，报丧呀！”

吱的一声开了门。一个慢条斯理的声音说：“就是来报丧的！”

接着又听见“哦、哦、嘁、嘁！”吆喝驴声。听见把驴拴在院中树上。尚武从窗户纸破口处向外瞧了一眼。只看到个背影。觉得此人很熟，一时还没认出是谁。只听那人朝地上看了看脚印道：“我猜着你家来客人了！”

尚武赶紧把枪栓握紧。

老头回答说：“你不就是赶集口渴了，来喝口不花钱的茶水吗？有客没客碍着你牙疼！”

那人听了一笑，说道：“今天我是专门来会客的！”

七

来人转过头往屋里走时，尚武那颗提到嗓子眼的心就放下了。来的是刘四爷。

刘四爷进了屋，见到尚武和智广，仿佛胸有成竹，毫不意外。跟他俩点头招呼了一下，看了看桌上的饼子、蒜苔说："你们吃够了？有剩下的没有？我还扛着刀呢！"

房东老头去拿饼子。刘四爷拦住说："俺不啃你那干巴红粱饼子。给我沏壶酽茶就行。再崴点酱来。"说着在炕沿上坐下，放下褡裢，从里边掏出几个火烧，拿起一根蒜苔抹了酱，一边嚼一边指着火烧对尚武和小邓说："你们再吃一个，我这有富余。买的时候就算上你俩了。"

尚武笑道："刘老四，你又装神弄鬼，葫芦是啥药快倒出来吧！"

刘四爷说："别急，等我填填肚子再说。"

邓智广说："你倒是不急，你一个口信，害得俺多少人起五更爬半夜，饿着肚子蹲路边，结果扑了场空！你快说，是不是你把口信传错了？"

刘四爷摇摇头，想说话却叫烧饼给噎住了，又抻脖子又瞪眼，拿手一个劲捋脖子，脸都憋红了。尚武赶紧给他递过碗水，他猛喝一口，这才喘过气来。两个眼睛直流泪。

邓智广说："俺八路军不吃群众东西，你急啥哩，又没人抢你的！"

刘四爷说："为了找你俩，我连早饭都没吃，是饿急的。幸亏是我，要别人上哪找你们去！我算着计划落了空你俩得从这条路往马腰坞赶，这一路除了这里没有别的地方打尖……"

尚武说："如今情况紧急，您就挑要紧的说吧。谁叫你来找我们的？"

刘四爷说："宋明通。"

"有啥急事？"

"叫你们不要等那个臭高丽了。有麻烦了。"

"有啥麻烦？"

"他死了！"

此话一落地，全屋的都瞪着眼定在那里。刘四爷却就着蒜苔大口大口啃烧饼。

尚武喝了口茶，使自己镇静一下，问道："怎么死的？他死了还有啥麻烦？"

刘四爷看了一眼正在听得出神的房东说："老头，学点抗日的规矩，我们谈机密情况，你回避点儿！"

老头瞪了他一眼："我们抗日，你给包税的当小跑儿，还有你教训我的份儿？看在同志的面上我放个哨去倒是真的！"

老头出了屋，刘四爷把屋门关上，这才放低嗓子细说根由：——

小邓子，你吃完驴肉，带着我给你的锅盔一离开，我正打算收摊赶到何家寺来，刘双喜领着高丽棒子进来了。刘双喜一看见我就说："当家子，发财呀！"我说："跑个腿，当碎催，混口干粮呗，多谢当家子照顾了。"刘双喜说："这话就远了，一笔写不出两个刘字，有我在此，马腰坞的河水随你蹚。"我说："那是。咱当家子一跺脚马腰坞四角乱颤，当家子升官我沾光，当家子吃菜我喝汤么！"刘双喜说：

“你别跟我油嘴滑舌，今天给石原翻译官送行，你得破破财，以后有翻译官给你长脸，比我可又有用多了。”我说：“哟？我怎么还有这一步运哪，请翻译官喝酒？人家什么爵位，能喝我的酒，那不掉身份吗！”我心想高丽棒子推让，我就顺水推舟，脚底下抹油，谁知那小子还挺实诚，马上说：“别人的酒我不喝，刘班长跟我算莫逆之交，班长本家请客，这个情我是要领的！”

嘿，人们管和尚叫“吃八方”，我给庙里看牲口，和尚管我饭，大悲寺的主持就拿我开涮说：“刘四爷，你连和尚都吃，可算吃九方。”没想到还有人要吃我！好，这个空子咱不拉，马上我就叫跑堂的过来，先拌个凉菜，要来酒喝着，就催他们炒菜。刘双喜拿着我的钱送人情，一个劲地为高丽人劝酒。高丽人说：“皇军不许下边人在外边吃饭喝酒，喝了酒脸上挂幌子，回去不好交代！”刘双喜说：“你不是请假了吗？”高丽人把嘴凑到刘双喜耳朵边说：“这请假的事可不能外传噢！不辞而别，怕你骂我不够朋友，可这一来就泄密了。”刘双喜说：“交朋友，就讲个义气。”高丽人笑眯眯地说：“带那么些东西进城，太君看见要起疑的！”刘双喜说：“我现在就派人给你送进城去，明天你空身一人，利利索索。”高丽人说：“明天进城有没有顺路的车，叫我搭坐。”刘双喜说：“这好办，我派车停在南门外等你，你早点去，不管谁的车，你见着就上。只要停在南门外，就是我派去等你的。”高丽人拉住他手压低声音说：“你够朋友！我也要对得起你，我女人带来的货有你一半。”刘双喜随即给我使个眼色说道：“当家子，这酒不行啊，换好的！”我正琢磨怎么出这口气，叫他们白吃我一顿，钱花得起这人丢不起。既然刘双喜自己不喝，光灌高丽人，我就到后边找到小跑堂的，塞给他两角钱说：“你弄点鸽子粪捏碎搅进酒里去，给我送上来。”

我回到桌前，那两人正在咬耳朵，桌上放着张白纸，刘双喜拿着根钢笔往石原手中塞。一见我走来，他把手停住了。我装作毫无察觉，只说："换了好酒，正温着，马上就来。"

我看出来刘双喜灌他有目的，为了不叫他起疑心，掺了鸽粪的酒送来后，我说："翻译官，我还没结账，就不陪了。我敬一套酒告罪吧。"我把一个小茶碗，一个玻璃杯，一个小酒盅，全都倒满。先把小酒盅敬给石原。石原一仰脖喝光了。又拿起小茶碗敬他。石原说："这酒好厉害！这碗喝不下了。"我说："只敬一杯酒是咒人无依无靠，您可不能给我这个罪名。"刘双喜帮腔说："我这当家子别看没官职，在地方上可是有名有姓的，你不能不赏脸。"石原憋住气把这碗酒也喝进去。酒一入肚，眼神就发直了。我把玻璃杯又举了起来。石原光摆手，嘴不大听使唤。刘双喜接过杯来送到石原嘴边说："连升三级，三羊开泰，这一杯是非喝不可的。"

刘双喜连劝带灌把一玻璃杯鸽粪酒也灌进高丽人肚中。对我说："一笔写不出两个刘字，以后有为难的事，只管找我！你忙，我就不留你了。"

说到这里，邓智广打断说："石原喝完酒，他俩才要说体己话，你怎能躲开呢？"

刘四爷说："小子，别看你是个抗日军，干这个还差远着呢！我刘四能拉这个空子？"

刘四爷喝口水，故意沉吟片刻，又接着说下去——

我走在到柜前大声跟掌柜说："他二位要什么尽管上。别给我得罪了朋友。"到了后院我又塞给跑堂的一块联合票，嘱咐他仔细听着，他俩说什么回头告诉我。

我退到税务所有半顿饭工夫，小跑堂来告诉我那两人走了。刘双喜先走，回土围子了。高丽人刚出门。我问他们说什么了？跑堂的说：“刘双喜叫高丽人给他娘们写了封信，叫她把货交给今天送东西的人带回来。”我问他：“什么货你听清了吗？”跑堂说：“他俩没提那货的名字。”我问：“信上也没写？你就没找机会偷看一眼。”跑堂的说：“我偷看了，我就认识几个中国字，可那上边有一半写的是日本字。”

我赶到门外观望，只见石原离拉歪邪往前蹭，没往炮楼走，却往西，奔乡公所方向去了。

本来我要赶到何家寺过夜，这一耽误，天晚了，我只好在我那税务所凑合过一宿。这一来又给自己找了个苦差事，从后半夜就骑这驴串四乡，像讨换药引子似的到处找你俩……

邓智广实在耐不住了，就拦住说：“我的爷爷，俺急着听的是那高丽棒子怎么死的，你说了半天，还没点到题上！”

刘四爷说：“那事没啥好说的，他叫人给砸死了！”

尚武忙问：“怎么说？谁把他砸死的？”

刘四爷说他睡到半夜，有人悄没声地从外边端他的门。刘四爷以为是小偷来偷税钱，拿了个锹把躲在门后，准备他一探头就给他一闷棍。门外的人听屋里有了动静，就小声说：“四爷，快开门，是我。”

刘四爷打开门，宋明通浑身哆嗦着走了进来。刘四爷问：“你这是怎么啦？”宋明通说：“石原给人杀了。你快送个信给尚武，叫那边的人别再白费工夫。”

刘四爷问详细经过，宋明通说，那高丽棒子喝醉了酒，红头涨脸，晃晃悠悠地忽然跑进了乡公所，嚷嚷说：“乡长呢？乡长呢？”宋明通和大楞正把包装好的东西往门口抬，准备朱强治随时来取。见高丽人进来，连忙招呼："翻译官，屋里坐。"石原歪歪咧咧进了屋，往桌旁一坐就喊："我渴死了，快叫人给我切西瓜。"从他一进来，大楞两眼就直盯着他，这时接话茬说："你要的倒稀罕，刚打春，哪去弄西瓜？"石原把桌子一拍说："八格牙路，院中缸盖上就放个西瓜，你以为我没看见？"大楞回身从门外搬来一个圆球似的东西问："你说的是这个？"石原点点头。宋明通笑着对高丽人说："翻译官，你喝醉了，这是西瓜吗？这是石头球！修炮楼时平了翰林墓，墓地上有一对石狮子，这是狮子爪下那个球。我捡来压咸菜缸用的。这么硬你啃得动吗？"石原一看，发现确是自己看走眼，便要蛮说："刚才看见的不是这个，你们换了。算了算了，你们不给我也不吃了，给我沏点茶吧，有烟拿一盒来。"宋明通吩咐大楞赶紧烧水沏茶，他掏出烟来递给石原。石原接过一看，扔在了地下："趵突泉？你们给皇军送老刀、大前门，就给我这个？朝鲜人是大日本国民，我也是皇军。你敢看不起我？"宋明通说："翻译官，我哪敢看不起你，给据点的好烟送完了，这是我抽的。你别生气，我给你买大前门去。"

这时朱强治骑着车来了。宋明通怕他进屋看见石原在场，那样明天一出事他就要担嫌疑，也不请他进屋坐，就替他往车上装东西。正好朱强治急着跟踪蒯共班送礼物进城的人，把东西绑好，蹬上车就飞似的追往公路。

宋明通嘱咐大楞把茶快沏上。大楞瞧着屋里问："这就是害死我爹的那个高丽棒子？"宋明通心中有事，顾不上多想，点点头就匆匆跑出了。

宋明通想快点把他应付走，买了烟后，就大步赶回，一进乡公所的门就喊："翻译官，烟买回来了，不是前门，是三炮台！"

屋里没人答应。进屋后只见大楞站在地当中两手发抖，高丽棒子下身坐在椅上，上身伏在桌面，脑袋已成烂柿子，那块被他看成西瓜的石头球落在他脚下，上面沾满鲜血，倒真像流出来的西瓜汁。

宋明通大惊。大楞一步奔到宋明通面前，扑通跪下叫道："大叔，我报了仇，可给你惹下祸，你绑起我送据点吧，我动手时就没打算再活！"

宋明通狠狠踢了大楞一脚，骂道："混蛋玩意儿！这么大事也不跟我商量一声。你一家就换他一条命够本吗？"

大楞说："你出门时我还没打这个主意呢。我送茶进来，这私孩子趴在桌上睡着了。我站在一边越看越火，不由自己地就捡起石头球砸了他一下，谁知道这熊包脑袋这么不经砸，一下就碎了壳！事已做下了，你说咋办就咋办吧！"

宋明通说："娘个蛋的，咋办？不快把他收拾了，你跪在那里等雷呀！"

"这咋收拾法，我没干过。"

"我干过呀，快拿个破口袋把他脑袋包上，背到后院埋进地瓜窖里，上边码上地瓜！快！"

大楞按他的吩咐，背走了高丽人的尸首，宋明通把砸碎的壶碗收拾起扔进粪坑，把高丽人的皮包打开，翻了翻见没什么有用的东西，就塞进炕洞点把火烧了。弄来一桶水，把桌子边同石球都洗干净，拿铁锹把留有血迹的地面翻过来，重新垫上点干土，踩实。把石头球扔进咸菜缸里，心说："反正这缸菜我是不吃了，别人吃我还不能拦，就叫他们尝鲜吧！"干完来到后院，顺梯子下到地瓜窖，见大楞把地瓜挪开，坑已挖好，脱光的膀子像淋过雨一样都是汗水。他就帮着把高丽人扔进坑内，窖里容不开两人填土，他说："埋上土把地瓜在原地码好，快点出来，我还要去办事。"

宋明通回到前屋，把给高丽人买的烟狠狠抽了两根，觉得大楞这件事办得也不错，省了大伙的事。只是得快些给自己人送个信，叫他们别再瞎忙，并请示下一步该怎么了局，便去看看刘四爷走了没有……

邓智广听完开心地大笑，说道："这好哇，揪心挂肚的难题，不用咱们动手就解决了！"

刘四爷说："好什么，要给马腰坞老百姓带来场大灾难。鬼子一发现石原无故失踪，就会在附近各村大搜捕。说不准有人看见石原最后露面是进了乡公所，恰好石原在乡公所时，宪兵队的朱强治来取过粮食！宋明通怕暴露，请示是否可以立即撤出马腰坞。他如果走了，杨东河与我之间可就没有了联系人，整个马腰坞的地下工作网就全垮了……"

八

尚武仰起头看着房梁沉思，刘四爷和邓智广都不出声打扰他。过了足有半袋烟工夫，尚武站起来对刘四爷说："您马上回到马腰坞，叫宋明通沉住气，别露声色。晚上在西南角坟地跟我见面。没办法，辛苦您了。"刘四爷说："我不是中国人怎么的？"

刘四爷走后，尚武和邓智广马上去了武工队。

陆队长一见尚武便问："怎么没回自己驻地，到这儿来了？"尚武说："有了新情况。"陆队长问："高丽棒子又在公路上出现了？"尚武说："他没出现，咱得假装他出现过。"就跟队长介绍了事情原委，又谈了他的应变计划。陆队长听完却笑道："革命军人最忌谎报成绩，你是给俺出坏道道儿啊！"尚武说："向马克思起誓，有了功算你们的，有了错是敌工科的。"说着把怀揣的布告又拿出来，分了几张给陆队长说："来吧，命里注定，该谁贴还得谁贴。另外请给我找两双被服厂发的鞋。"

陆队长吩咐人找来两双部队发的军鞋。尚武在脚上比试一下说："我这双可以穿，小邓那双太大了，能不能找双小的。"陆队长说："俺武工队里没这么小的战士，塞点棉花，将就穿吧。人家赤着脚还过雪山穿草地呢，这么点困难都不能克服，你们敌工科的人也太娇气！"

尚武拿了鞋，说声再见，两人回自己驻地去。

武工队下达任务："天黑后分散行动。三班到后李家找敌工科尚科长，听他指挥。一班二班公路上去，每人脚上穿一双老乡做的鞋，带一双被服厂做的军鞋。到公路前穿家做鞋，上了公路旁换军鞋。一班从何家寺往鸡鸣寺走，二班从马腰坞村南往何家寺走。不出声响，暗地使劲，要步步留下脚印。走到目的地，各贴一张布告，鸡鸣寺贴到离据点近的墙上，何家专贴在村口。贴完布告再穿着军鞋往城南方和城北方向各走四五里地，换上家做鞋，分散回驻地。"

天公作美，过午下起场小雨。

尚武睡了个晌觉，醒来对邓智广说："今晚上咱俩要分散活动。你带着布告糨糊，到西南角坟地跟宋明通会合。听到枪响，找显眼的地方把布告贴上。到了村中大道边换上军鞋，来回多走几趟，你的任务就算完成。"

交代完没事干了，尚武又吹他的口琴。邓智广就找房东大娘帮他缝鞋，大娘看看说："我的个儿，衣不大寸，鞋不大分，这鞋再缝你也穿不得。我看谁家孩子跟你脚合适，先借一双来，改日我做了还他。"

邓智广说："大娘，你就先给我缝上凑合着穿，改日你给我做了新鞋我再换下来，就别找人借了。"大娘给他拿麻线狠缝了一截，鞋尖上填了些烂棉花。

掌灯时分，尚武带着武工队出村奔北。邓智广手提着糨糊，揣着布告出村往西。临分手尚武补充了一句："碰到临时情况，相机处理，安全为上，别搞自由主义。"

邓智广走到和宋明通见面的那块坟地，击掌为号。刚拍了两巴掌，从坟地就飞过一团泥巴来，正落在他头上，连泥带水溅了他一脸。他忙着用袖子擦，没顾上回话，又一团泥巴扔了过来。邓智广骂道："行了，我都睁不开眼了。"宋明通就问："是小邓吗？"邓智广说："要是老尚你敢这么砸他！"宋明通问尚武怎么没来，邓智广学着尚武的口气说："咱们的工作有纪律，我没说的你不用问。"就交代了贴布告的任务。宋明通说："我把大楞也带来了，叫他也参加行不行？干完你把他带去参军。"邓智广灵机一动，就把腰上别着的那双大鞋拿出来："咱俩贴布告，你叫他穿着这双鞋在大道上来回地走。"

宋明通叫来大楞，鞋交给了他，说明了任务。

大楞接过鞋穿一下试试，说："这么小，我咋穿得进去？"

邓智广把鞋拿过来，用力一拉，扯断了缝在后边的线说："你再试试。"大楞强忍着穿进去了，可是挤得脚疼。邓智广用尚武跟他说话的口气说："穿不上就趿拉着，也要完成任务。抗日军人，以服从命令为天职！"

尚武领着武工队员，绕过鬼子炮楼，走到土围子西北。静候了有一顿饭工夫，估计邓智广已经跟宋明通接头了头，就跟武工队长打个招呼，掏出盒子炮，冲土围子连开了三枪。就听见土围子里一片慌乱，伪军们吵吵着登上了围墙，朝北朝西乱开起枪来。日本炮楼摇响了警报器，开了探照灯。有土围子隔着中间，武工队恰好躲在黑影里。

枪声停下，尚武就跳出道沟，站在一棵大树后扯开嗓子叫道："伪军弟兄们，你们听着，鬼子在太平洋吃了败仗。咱们抗日军就要开始反攻了，要想活命就给自己留条后路，不要再帮日本鬼子烧杀抢掠，坑害百姓。对悔过自新，帮助中国军队抗日的，我们给以出路。我们有你们的花名册，干了好事点红点，干坏事点黑点。到时候要算总账。叛徒杨树林，土匪刘双喜，铁杆汉奸杨东河你们三人名下已经点满黑点，想死想活自己决定……"

尚武喊话时，本来一片寂静。说到这里，土围子南边嘈杂起来。炮楼上的探照灯也转到村里。只听见土围里传出喊声："把吊桥绳绑紧，谁开围子门，就地枪决！"

鬼子炮楼上转盘机枪朝着村内射击起来。

尚武喊声："不好，可能小邓他们暴露目标了。马上射击，把敌人的注意力吸引过来！"

武工班长下令射击，炮楼上的枪口果然被吸引过来。因为有土围子隔离，机枪射不到，敌人就朝这边打了两发迫击炮。

九

山崎是个内向的人，受到嘉奖不露喜色，挨了训斥不抱怨。他很少讲话，也从不到士兵住屋去检查。他桌上放着几个不同颜色的竹牌，养着条狗，有事他把个竹牌塞进狗嘴中，那狗就叨着木牌去找勤务兵。

黄色牌送茶，白牌送饭，红牌是伍长，灰牌是叫朝鲜人石原。他自己坐桌旁一动不动，一言不发，一支支地抽烟。

他的心被两件事交替占据着：敌情和乡情。

他家住在山口县乡下，草顶住宅建在山坡上，山下是海。水田种了稻，屋后山坡栽柿子树，柿子熟了母亲把它们用细绳穿成一串，挂在屋檐下，下雪时柿子变成了紫褐色，里边的肉金黄，吃起来又软又甜。院左边空地种油菜或大根。他家有一条木船，父亲大部时间在木船上打渔。鱼自有鱼贩子来收。他们不大进城里去，城里人对“乡民”那种不屑的神色使他们感到自卑。中日战争后海边修了海军油库，建了化工厂。油库漏油，工厂排泄废液，鱼有汽油味和阿摩尼亚味，卖不出好价钱了。为维持生活，哥哥进城去做工，事故中伤了腿。年龄一到，就由他服了兵役。

“保卫帝国的满蒙生命线”“膺惩暴支”，他经历了许多战斗。战争中表现勇敢，受过许多训，评为优秀。他给部下训话也讲“发扬国威”“一亿一心”“圣战到底”“建设东亚新秩序”，给上下级都留下“思想纯正”的好印象。但他真正的想法是：既为日本国民，就要为天皇效忠。若依自己心愿，他不会离开家乡一步。个人没有选择权，就要逆来顺受。战争是否正义，自己无权考虑。既不要给自己带来耻辱，又要保住性命。他跟中国人没有仇，但为了不被杀就要无情地杀人。

没有侦察到八路军的行踪，只能报告经过多次讨伐，八路军大部被歼，残余力量已从此地转移出境。他受到了上峰的嘉许，但他并不真正相信自己的结论。经验告诉他中国人没这么好对付。短时间内不出现重大敌情就是战绩。近一两个月来，没出现敌情，他的心较多地沉溺乡情中。

晚饭吃的是西红柿汁煮饭，猪肉“天妇罗”和酱汤。这样的饭他已经好久没吃过了。大米粮台领取，副食全向当地索取。这个穷地方没有海货，没有青梅和渍大根。从奉天招雇的伙夫虽算满州国民，可手艺还是中国的，做的菜油大，盐多。前两天此地新区长上任，从天津买来些“米渡”“酢”和腌过的“昆布”慰劳皇军，日本炊事兵下手给他做了这顿饭菜，又勾起了他的乡情。门外在下小雨，他想起房后刚长出叶的柿子树，门前的樱花，山下传来的潮汐声……

勤务兵在门外报告说：“宪兵工作队杨树林求见。”

他只注意防守据点，无心过问中国人之间的事，带来两个中国人替他和伪军联络。这两人互挖墙脚，他不制止。谁来告对方的密，他都说：“你表现很好，继续监视他吧！谁好谁坏我心中有数。对效忠皇军的人，我不会辜负他。”

刘双喜粗野残忍，下流无耻，头脑简单，但他肯为你卖力；杨树林有文化，提供不少八路军的内部情报。但他受过赤化教育，有政治头脑，未必没有二心。这两人都可驱使，都不能依靠。杨树林在这个时候来求见，打搅了他思乡的心绪，他有心拒见，便说：“石原不在，没有翻译，如果不是紧急事，改日再说。”

勤务兵说：“他带来个会说日语的人。”

山崎问道：“跟他一块来的，还是发现石原不在，现去找来的？”

勤务兵说：“一块来的。”

他怎会想到带个翻译来？石原请假他只说可以考虑，还并没完全答应，他怎么就有所准备了。这事有点蹊跷，便传令叫杨树林进来。

杨树林穿着件长袍，手拿呢帽，轻脚轻步，笑容可掬，一进门就鞠了个九十度的躬。朱强治穿协和服，戴战斗帽，脚上穿着双日本话叫“靴下”，中文叫“水袜子”的胶鞋。这鞋只有大城市有得卖，在本地山崎还是第一次见有人穿。

山崎问："带这个年轻人来，有特殊的理由吗？"

朱强治把话原样翻译过去，杨树林回答说："太君，我带他来当翻译。"

"有石原，我向来不用别的翻译。"

杨树林说："我怕石原先生不在炮楼里。"

山崎问道："你怎么知道他不在炮楼里？"

杨树林说："太君准假叫他进城看太太。外边都在说太君真是仁慈体贴，爱兵如子。"

"你怎么知道的？"

"昨天刘双喜陪石原先生去集上挑礼物，下午派人骑车送往城里。卑人职责所在，不敢大意，派这个年轻人跟踪侦察。他了解到一些事情，叫他向太君报告行吗？"

山崎点了下头，朱强治就结结巴巴地用日语说：剿共班范舍成跟我认识，我说有事要进城，怕一个人不安全，要求与他们同行。范舍成说正好他们办事没有翻译，要我到了城里替他帮忙。进城后在卖毒品的朝鲜人处找到了石原老婆，剿共班人对她说，石原明天进城，今天先把礼物送来，顺便把一点东西带回马腰坞。说完把石原写的信交给了那个女人。那女人看完信交给剿共班五个避孕套。

山崎问："避孕套？"

"不是空的，里边装满了海洛因。那女人缝在棉被里，她现从棉被中拆出来的。三件装白色粉末，两件装粉红色粉末。女人说粉红色的是配料。"

"你经手了？"

"没有，翻译完话他们就叫我走，我故意拖延一会，看见那女人正在拆被子，避孕套已露出来了。”

“马鹿野郎！”山崎小声骂了一句，弄不清是骂朱强治还是骂石原。

杨树林说：“石原老婆带了老海来，刘双喜替他包卖，得钱两人均分。我跟刘都是太君带来的人，这样子不给太君作脸，我替他惭愧。”

山崎说：“很好很好，你的情报很重要。谁好谁坏我心里有数。还有别的情报吗……”

“有情报说，城西发现有八路军小股部队在活动。夏津警备队下乡收粮遭到了阻击。”

“噢，密切注意，八胡子如有返回这一带的迹象，迅速报告我！”

“还有件小事，”杨树林笑笑说，“刘双喜包身的那个妓女又来了……”

“只要不带进围子里去，不必管了吧！”

山崎摆摆手表示谈话结束，杨树林赶紧告退。石原在炮楼里，跟雇用的中国伙夫睡在一起，山崎没看过。他问勤务兵：“刘双喜都送了些什么东西给石原，他昨天带回来过吗？”

勤务兵说：“他昨天走后没再回来过，不知刘双喜送了什么。”

山崎听了很奇怪，问道：“他昨天走了就没再回来？他昨天就进城了？”

“昨天收吊桥时，哨兵还问伍长，要不要等石原回来再收。伍长说，一个朝鲜人，不按时回营，还要等吗？”

我只说可以考虑批准请假，竟敢昨天就走。太不像话了。勤务兵报告说澡塘水已烧热，山崎拿了毛巾去洗澡。洗过澡心情松快些，被打断的恋乡之情又出现了。他命令勤务兵给他送一碟花生来。他存着一瓶清酒。寂寞时就拿出来喝一口。在日本他并不喝酒，现在也不觉得酒好喝，但是喝口清酒就有种故乡近在身边的幻觉。

喝了两口酒，打开留声机，放上一张《荒城之月》。三昧弦弹出低沉感伤的旋律。他闭上眼让心在荒城废墟上感受那凄清孤冷的月色，似醒非醒，似梦非梦地沉醉着……

一阵枪声把他唤回现实世界。哨兵报告西北方向发现敌情。他一边穿军装，拿手枪，一边下令拉警报，开探照灯，全体到炮楼上就位。土围子已经还击。枪声听起来又老又破。捷克式，德国套筒，俄国水连珠，乱七八糟的混成一团！

他赶上炮楼，枪声却停了。传来八路军喊话声。他问道："为什么不开枪？就叫敌人在那里心理作战？"伍长报告说："隔着土围子，枪打不到目标。"他命令说："把声音压下去就是目标！"

清脆的转盘机枪打了一通，喊话声停止了。土围子门前却又嘈嚷起来。他叫人打电话问发生了什么事？杨树林说在外边寻欢的刘双喜来叫围子门，要哨兵给他们放吊桥。哨兵不敢放，怕里边有八路军。刘双喜跳着脚大骂。山崎一字一句地说："不准放，不要给八路军可乘之机！"

杨树林传达皇军命令。刘双喜不相信，还跳着脚骂。杨树林用电话报告山崎。山崎下令叫朝土围子方向打一梭机枪，但不要瞄准刘双喜，吓吓他就可以。果然，枪响过后，听不见刘双喜的叫骂声了。枪声、喊话都停了，平原上又恢复一片沉寂。士兵们在围墙上警戒，山崎回到屋中坐在椅上抽烟。

他脱了衣服和马靴，穿着马裤和内衣躺在榻榻米上打瞌睡。勤务兵又把他喊醒了。已经天亮，便坐起来问道："什么事？"

勤务兵说："马腰坞街上、乡公所门口等地方，发现有敌人贴的布告！"

山崎急忙站起身问："写了些什么？"

"他们把石原在进城的路上抓住处决了！"

山崎大惊，命令说："命令警备队全村戒严，保护现场。不许任何人出入马腰坞！"

勤务兵给山崎端来洗脸水。山崎一边洗漱，一边叫伙房提前开饭。洗完脸，还没动筷子，电话铃响了。电话是从何家寺、鸡鸣寺两个据点来的。他们各自据点附近都发现了布告。他们询问石原是否确实不在马腰坞据点中，何时请的假，何时离开的据点？

山崎胡乱吃了两口粥，下令集合，到出事地点检查。他走到炮楼门，杨树林已带了四个宪兵工作队的喽啰在外边等候。他身边跟着朱强治当翻译。

山崎问："是谁最先发现布告的？"

杨树林说："剿共班长刘双喜。"

山崎说："昨天没有叫他进围子吧？"

杨树林说："皇军开枪后他就撤离围子门口了。"

山崎问："今早他巡逻发现了布告？"

杨树林说："不用巡逻，布告就贴在他住的屋子大门上！"

山崎问："还有哪里有布告？"

杨树林说："乡公所门口，在大街上都有！"

山崎叫杨树林带他去大街和乡公所，先看布告，后看地下的脚印。到乡公所时，乡公所大门洞开，乡长宋明通被一块毛巾堵着嘴，反绑着双手趴在炕上，手腕已经被绳子磨出血来。杨树林说："刚才我来检查，发现宋乡长在这里被绑着。因为太君命令一切不要动，我们就没给他松绑！"山崎命令赶快给乡长松绑，并问宋明通昨晚发生了什么事？宋说乡丁都是本村人，晚上回家。只有他和一个叫大楞的是外村人，住在这里。昨晚半夜，他睡得香甜，扑通扑通两声把他惊醒，有人跳进院子，还没来得及爬起来，屋门被踢开，进来几个人把他按住，先堵了嘴，随后就把他绑上，对他说：“今天给你个警告，要是还执迷不悟，石原就是你的榜样！”把他扔在这里到外边去了。听起来外边有不少人，乱了有一袋烟工夫才散去。他等大楞来给他松绑，直到现在也没见大楞的影子！

山崎说了两句安慰的话：“你为皇军办事，受了委屈，皇军不会亏待你。”

山崎下令叫把布告扯烂。转向刘双喜的外宅去。边走边问：“刘双喜现在在哪里？”

杨树林说：“他回到围子里了，正在剿共班吃早饭！”

山崎怒吼一声：“把他叫来！把剿共班的人全都叫来！”

杨树林领着山崎到了刘双喜那个小院。大门上就贴着八路军的布告。山崎站在布告前看看，又低下头看了看地面上的脚印。杨树林凑近说：“太君，您看这边。”领山崎到小院之内，那里用锅灰圈了几个圈，每个圈里都有一只八路军军鞋的足迹。

杨树林请山崎进屋，屋内炕上衣物被褥乱成堆，枕边扔着保险套，一个裸着上身的女人围着被子缩在炕角，满脸是泪水，浑身颤抖，用惊恐的眼睛看着进来的人，吓得麻木了。杨树林叫道：“皇军来了，还不滚下来！”那女人像是听不懂，望着山崎叫了声什么，用力撑着身体跪到了炕上，身上围的被子松散开，露出光溜溜的胴体。山崎厌恶地摆摆手，叫她先穿好衣服。那女人慌乱中找不到自己衣服，把刘双喜的长袍穿在身上。爬下炕来，颤抖不已。

山崎问她：“昨晚刘班长是跟你在这里过的夜吗？”

女人点点头。

山崎说："你把你看见的事情说一说，要说实话，撒谎就枪毙。"

女人说："他跟我干完了事，还缠着我腻烦，要叫我玩个韩信吹箫……"

围在旁边看热闹的宪兵工作队小汉奸们哗的一声都笑了。杨树林大喊一声："严肃点儿！"又对那女人喊："说正经的，谁叫你说那些下三烂！"

女人说："他正使劲按我的头，就听到西北角上一阵枪响，接着有人来砸门……"

山崎问："砸大门？"

女人说："不，是砸屋门。一边砸一边喊：班长快跑，来了八路了，外边在打枪！刘双喜把我一推，提上裤子跳下炕就跑。我喊：你带上我呀！他说：上边不许你进围子，你就在这趴着吧。八路来了也不会把你咋的……"

山崎问："来喊他的是谁？"

杨树林喊了声："把他带进来。"

两个宪兵工作队的人把范舍成带了进来，范舍成一身污泥，又脏又臭。嘴已经被宪兵队的人打流血了。

山崎问："他是什么人？"

杨树林说："他是刘双喜的跟班儿。"

山崎问范舍成："昨晚你从哪里跑到这儿砸门的？"

范舍成指指院中小草屋说："从那儿。班长叫我在那儿保护他！"

山崎问："谁叫你来报信？"

范舍成说："班长给过我命令，叫我别睡得太死，有个风吹草动就来喊他。我听见西北角上响枪，又仿佛听到南街上有脚步声，就赶紧来叫他。他起来后就带着我去围子门口，叫人放吊桥。里边不放，刘班长骂起来。这时杨队长就传达了皇军的命令。说不准我们进围子。刘班长说这是杨树林假传圣旨，继续叫骂。皇军朝我们开枪了，刘班长就带着我往那边小土地庙后边跑。"

山崎问："你们为什么不回这屋里来？"

范舍成说："他说怕八路军找到这里，认出他来。"

山崎问："他就扔下这女人不管了？"

范舍成说："跑到半路他叫我回到这里来照顾翠玉。我不敢来，他抬腿就踢了我一脚，旁边是个猪圈，我一趔趄掉进猪圈去了。刚才宪兵队发现了我，把我从猪圈里吊上来押到这儿的。"

山崎问："你看没看见八路军？"

范舍成说："我在猪圈里什么也看不见，可是听见脚步声了。从南边来的，到这边转了一圈又往西边去了。"

那女人哭着说："他们都跑了，就把我一个人扔给八路军……"

山崎问："这么说，你见到八路了？"

女人说："他们进了屋子，我能没见到吗？"

山崎问："你看见了几个？"

女人说："没看清。刘班长一走，我就吓得蒙着被子趴在炕上没敢探出头来。后来听见一阵脚步响，忽忽拉拉进来许多人。有人划了根洋火，往炕上一照说，刘双喜，起来！再装蒜就开枪了。我说我不是刘双喜，我是平康里的姑娘。我掀开被子叫他们察看，谁知道他们没见过女人身子，刚掀了一半，吓得尖叫了一声赶紧又把我捂上了。他们问：刘双喜呢？我说：他跑了。他们问：跑到哪儿去了？我说：我连被窝都没出，谁知他跑到哪儿去……"

刘双喜在门外喊道："报告，刘双喜奉命来到！"

剿共班列队站在大门外，刘双喜立正站在屋门口，两眼浮肿，一脸晦气。山崎一言不发，走到刘双喜面前，突然大吼一声，左右开弓打了刘双喜十几个嘴巴。打一掌刘双喜一晃身，然后又立正站好，腆起脸迎接下一掌。

打完下令说：“把刘双喜押到皇军队部去！剿共班全体到警备队操场集合。”

杨树林走近他身边，小声问：“您看，这两人怎么处理？”

山崎说：“噢，那个女人就放她回去吧，范舍成先交给你带回剿共班看守。你叫那个青年人给我来临时做一下翻译。”

杨树林叫翠玉穿好衣裳，赶快回城。留下一个人放哨，把范舍成绑起来带回土围子。

十

土围子里分成两个大区。一半是杨树林、刘双喜、杨东河等杂牌军，他们各自占据着一个农家小院；另一半是一个大庄院，全部由县警备队占据。县警备队由伪县长任大队长，统一调动，自成系统，跟这些杂牌伪军不相往来。

警备队在操场四周架起机枪警戒。来了四个日本兵端着刺刀把守入口，剿共班进操场前先把枪摘下堆在一起，放在日本兵面前。进到操场排成两列横队，立正站好。山崎命令把那堆枪送往日本炮楼，然后走到剿共班队伍前训话：我知道你们是忠于皇军的，刘双喜破坏纪律，玩忽职守，只是他个人的事，跟你们无关。但是为了提高剿共班的威力，担当更大的责任，需要对你们集中训练几天。对每个人都要整肃思想，甄别审查。表现好的，不仅继续留用，而且提高饷金；不合格的，只要不是反汪抗日分子，准许另寻高就。在整训期间，你们移住到皇军炮楼中来……

日军监督剿共班把伙房后放柴草的仓库腾清，住了进去。这地方与外界完全隔离，谁也不知他们如何被甄别。

杨树林是当过八路军的，把范舍成带回自己队部，给他松了绑，说道："当着日本人面，我不得不做个样子，回到自己家，用不着这一套了。事是刘双喜干的，再大的罪过也不能算在你身上，皇军那边我替你说情。你先去洗洗脸，换件衣服，回头咱们再细谈。"

范舍成换了衣服，来到杨树林面前再次请罪。杨树林叫他坐下。

"不用说虚的了。你要不受牵连，得把刘双喜的臭事彻底交代。"

"只要是我知道的，我都说。"

"石原昨天要进城这件事，你跟谁说过？"

范舍成惊恐地看了杨树林一眼，低头不语。

杨树林说："君子一言，你说了我保你无事。"

范舍成说："我怕说了皇军不饶我。"

杨树林说："咱们也实行八路军的政策，坦白从宽。你说了在皇军面前我替你担待。"

范舍成拍了大腿说："我说，我告诉了乡公所的大楞。"

"为什么告诉他？"

"刘班长叫我去问明天谁家有送果子的车，请翻译官搭车进城。我上乡公所去找人打听，只有大楞在睡晌觉，我叫他去找车，找到车早上在南门外等翻译官来了再上路。"

"找车就找车呗，为什么要说替石原找？"

“要不说是翻译官搭车，人家能等吗？”

“找到车你又向石原报告了？”

“不用我，刘班长已经告诉石原，叫他早上到南门，见车就上，只要停在那里就是等他的。”

杨树林点点头：“这是刘双喜叫你干的，没有你的责任。再问你，从石原老婆那里拿老海，刘双喜给过石原钱吗？”

“没有，没有，替石原卖了再给钱，利钱两人分。石原本来不愿意交给他，刘双喜灌醉他，强按着叫他写的条子。”

“你对我只要诚实，我绝不食言。再问你，你带回来的老海交给谁了？”

范舍成说：“交给刘班长了，他就放在箱子里。不信您去看。”

来了两个日军，要押解范舍成归队接受甄别。

范舍成走后，杨树林来到空无一人的剿共班，找到那只箱子，带回了自己住处，嘱咐哨兵不放闲人进来。拿刺刀把箱子打开，箱子里有些新做的军服、便服，有女人的秽物，有“金枪不倒丸”跟“秘戏十八式”春宫图。最底下不仅有那五个装满老海的保险套，还有成捆的联合票，十来件金银首饰。杨树林挑出个戒指，留下些联合票揣进怀里，其余的装好放回原处。并且找纸写了封条贴到刘双喜的箱子上，抱着箱子去了炮楼。

日本伍长就领他往山崎办公室走。经过墙角时，清楚听到屋内用皮鞭打人声和刘双喜的惨叫声。他知道刘双喜没多少天活头了。

山崎破例迎出门来，身后跟着一个穿中国便衣佩戴手枪的日本人。山崎介绍说：“这是林翻译，我从何家寺请来帮忙的。”杨树林对林翻译鞠了一躬。林翻译比石原还客气，微笑着还了礼，用纯正的北京话说：“初来乍到，请队长多多指教。”

杨树林把箱子呈给山崎，报告说："刘双喜出事我也有渎职之罪，刚才搜查了刘双喜的个人物品，发现这些东西，上交皇军，还请太君给我处罚。"山崎看了看箱内物品，拿出一部分联合票给杨树林说："你办事很有成绩，这些给你贴补零用。"

杨树林缩回手说："我干事只是为报太君的知遇之恩，为了大东亚和平。您这赏赐我不敢收，收下来人们会怀疑我侦察刘双喜的动机，会给我今后办事带来困难。"

林翻译翻过去后，山崎认真地想了想，点点头说："杨君有政治风度，确实不同于那帮粗野人。好吧，这东西你不收，以后我另外奖赏你更有价值的东西。"

杨树林说："太君的信任，价值最高。"

山崎说："石原和刘双喜的事要快些了结，我们还有更重要的事要办。对石原、刘双喜二人你有何看法，谈出来供我参考。"

杨树林说："有点看法，没有把握。对不对请太君明鉴。"

"不要客气，怎么看就怎么说。"

杨树林指指那五个保险套中的海洛因说："这东西卖价不会少于三千元。石原不想交给他，刘双喜用酒灌醉，哄他写了手书，从他老婆那里拿到手的。刘双喜没给石原一分钱，石原一死就用不着给了。这就是说，石原死对刘双喜有利无害。"山崎闭着眼听，微微地点头。

杨树林又说："八路军的布告上说，石原是在进城路上被抓到处死的。显然是埋伏在途中等他，决不是意外碰上的，没有准确情报八路军不会冒险在公路上设埋伏。只有刘双喜一人知道石原要在昨天进城，还有谁能给八路军提供这个情报呢？"

山崎睁开眼问："刘双喜这情报叫谁送出去？"

"刘双喜借口给石原找便车，把这消息传给了乡公所的大楞，大楞是谁呢？是石原弄死的那个农民的儿子，石原死后，大楞就消失了。所以宋乡长被八路捆绑，没人发现！”

“你认为刘双喜通敌无疑了？”

杨树林笑笑说：“我只提供事实，供太君判断。”

山崎说：“你很谦虚，好了，这事就谈到这里。还有件更重要的事，现在已经开始收麦，如不趁现在征收粮食，他们会把麦子又藏起来，再找就找不到了。完不成上边的交粮任务，你们也没有饭吃。这事只靠区、保长办不成。你想个方案最快地征得新麦，想好后向我报告。”

杨树林临走，山崎又说：“那个年轻人，我要借用几天，甄别剿共班离不开翻译。林先生另有任务。”杨树林说：“能为太君出力，是他的福气。”

杨树林走后，林翻译也进了土围子，来到警备队操场，像掉了什么东西，低着头到处寻找，还拿出放大镜蹲在地上仔细地查看一番。

杨东河满面春风地来拜访杨树林，双手抱拳说：“恭喜恭喜，听说太君把剿共班缴了械，刘双喜被捕。从此您不犯小人了。”

杨树林说：“也就是少受点窝囊气。扳倒了刘双喜我不会忘记本家帮的大忙。”

杨东河说：“有你撑腰，我这边的事也好办点。”

杨树林说：“今后我俩要多多配合。今天山崎传下话来，叫我操办麦季征粮。地方上的事，我不摸门，正要向你请教。”

杨东河说：“据点里几百人要吃喝，咱弟兄也得养家糊口，不就靠一年两季征钱粮吗。不然要我当这区长干鸟？叫人指脊梁骨也好，绝娘骂祖宗也好，这个事是非办不可的。太君那边把数定下来，我就找各乡乡长开会布置。定个限期，不交的武力解决。”

“你看，最大困难在哪里，能有几成把握？”

杨东河吸口烟说：“八路军的策略，您比我熟悉。这地方老百姓受过八路军的教育，只要一开镰，必会组织保卫麦收，护粮抗捐，搞坚壁清野。一句话，善财难舍，得动点真格的！”

杨树林拍拍他的肩膀，笑道：“当家子，今天我才看出来，你是外表老实，心里有数哇。好，咱们得在皇军面前争个信用！铁打的衙门流水的官，今天刘双喜的下场，不定哪天就轮到咱头上。攒下养老的嚼谷，也好急流勇退！”

十一

尚武和几个武工队员，那晚上确实出了一身白毛汗。日本炮楼朝村内射击，估计是小邓出了麻烦。他们没有直接回驻地，绕到村南道沟岔口，想接应邓智广。有两人急急从村中跑来，武工队问：“谁？口令！”对方一个卧倒了，另一个掉头就跑，武工队跳出两人就追。卧倒的一个喊了声“猎户”，追击的人应了句“星座”，原地站住问道：“是小邓吗？”邓智广站起来说：“别废话了，快把那人撵回来！”说着回头叫了一声：“大楞，别跑了，是自家人！”武工队员急道：“你小点声，这么喊暴露目标。”邓智广说：“不喊他就跑回去了。”大楞听到喊声，骂骂咧咧地走回来。

都进了道沟，邓智广才向尚武介绍大楞，并说：“这小子挺有种，一个人就干掉了石原，刚才分配他点工作，他全完成了。宋明通叫我带他来参军。”尚武问宋明通怎样，邓智广说：“没大事，就是得出身汗。”

在路上邓智广汇报执行任务经过。他一边说，武工队员一边笑，尚武心中对他跟宋明通的机智很赞赏，却不外露，一脸严肃神情，不时指出不妥冒险之处。邓智广汇报的内容如下：

邓智广、大楞、宋明通三人商量在什么地方贴布告。宋明通说街上一定要贴。光街上贴威胁不大，要贴到土围子跟前去。邓智广说不行，敌人看到就咱俩人，戏法就露了。宋明通说有办法，把刘双喜吓走，布告贴到他外宅的大门上，不光离着围子近，还给这小子上点眼药。邓智广说，外宅里怕不止他一个人。宋明通说就因为还有别人才想出这主意。邓智广问：“还有谁？”宋明通说：“不用打听，到时候就明白。你先跟大楞先在街上贴，贴完迅速到刘双喜外宅附近来找我。”

邓智广贴完布告，留下大楞在街上踩脚印，自己来刘双喜外宅，宋明通跟一个人蹲在墙根小声说话。宋明通拉小邓也蹲下，小邓认出另一个人是范舍成。宋明通说：“舍成子又给出了个刁主意，等他把刘双喜引走之后，我在门口贴布告，你得进屋里一趟。”邓智广问：“我进屋干什么？”宋明通说：“他被窝里有一个女人，你进去跟那女人说两句话，先问她刘双喜上哪儿去了，随后叫她转告刘双喜再不回头，石原的下场就是他的榜样。”邓智广说：“我怕沾上霉气，我贴布告你去说吧。”宋明通说：“我在这当乡长，一张嘴人家就听出是我，明天她要在鬼子面前招出我来，我这二斤半就得搬家。你说完你就走了，没有危险。”这时范舍成插了一句：“那女人还有良心，谁去也没危险。”可是宋明通咬定了不去。邓智广问：“你是不是看见光腚女人老二发硬腿发软，嘴里说不出话来呀？”宋明通说：“对，对，就算我这样行了吧，这任务交给你！”

尚武他们在西北上打响，范舍成就去砸门，领着刘双喜奔上围子门去了。邓智广进了屋，那女人披着被子在炕沿坐着呢。邓智广板着脸问：“刘双喜呢？”她竟然一笑说：“哟，是邓区长的孙少爷吧？你今早上还在鸡鸣寺，怎么又上这儿来了？”定好的计划全完，邓智广只好改了口气，说：“是翠玉姑娘啊，八路来打据点，你还坐得这么安稳。”翠玉说：“朱强治跟你为难，我还给你解过围呢，八路也讲交情。想干啥你就干啥，我不会坏你的事。”邓智广就说：“既这样，你就索性帮个忙！”如此这般跟翠玉交代一番。翠玉说：“这好办，别的不会，装哭装孬最在行。有的汉奸白玩我不给钱，我有气正没处撒呢。你放心，我比你教的来事！”邓智广受了感动，说：“你也注意保重。”就往外走。翠玉叫住他说：“你带着洋火没有，我想抽根烟，没火了。”邓智广找到宋明通要来洋火，送回给翠玉，这时大楞也赶来，到院里又踩了几脚，这才离去。他们走到西街，炮楼上才把机枪转向村内射击，目标并不是对着他们。

还剩下一张布告，宋明通说：“贴在我这乡公所门口。”邓智广说：“贴到这里，鬼子会盘问，贴布告时你在哪里？八路会轻易放过你这乡长吗？”宋明通出主意叫他俩把自己绑起来扔在炕上。可到大楞绑他时，他又骂起来：“狗日的，我这胳膊也是肉长的呀，绑这么狠干啥！”

邓智广说：“苦肉计，苦肉计，不苦还叫计吗？”

第二天鬼子的翻译官被杀，八路军出了布告的新闻就传遍了周围地区。赶集的、卖货的、跟车的、串门的都成了义务宣传员，每个人在谈时都添枝加叶。有说八路军有了能人，会飞檐走壁，把布告贴到据点墙上，墙上的人连点声音都没听见；有的说八路军的大部队从铁路西转回来了，这是开场锣，热闹的还在后头。你想啊，要收麦子了，八路军能不回来保卫麦收，防止资敌吗？

这话也沾边，为了完成“猎户星座”行动，乘胜前进，扩大战果，保卫麦收，征集公粮，拔除据点，上级派来主力部队一个营担任主攻，已经到了马腰坞西北。

尚武命令邓智广每天都赶集，今天马腰坞，明天何家寺，后天凤凰店，凡刘四爷去的地方他都去。今天往据点里带指示，明天从据点收情报。除他之外，别的几个交通员也都忙得马不停蹄。这一行的规矩，不是自己管的事，概不打听。别人干了什么邓智广说不清楚，连范舍成到底是派去卧底的，还是新发展的同志他也不清楚。但他凭直觉嗅到，在马腰坞工作的人既不只这几个，情报来源也不只有他这一处。

杨东河托刘四爷带来的情报中，有两条最被重视。一是日本炮楼放出风来，近日就要枪决刘双喜；二是鬼子叫杨树林加快准备，趁着麦收，下乡抢粮。

防备敌人抢粮早在计划之中，并不意外。意外的是鬼子下了决心要枪毙刘双喜。邓智广说：“这倒省事，石原被大楞出了气，刘双喜又由鬼子代劳，咱们光擎现成的。”

尚武听了这个消息，连着在院里吹了两天口琴。邓智广以为他是高兴的，谁知到第三天，尚武给邓智广任务说：“叫杨东河跟宋明通仔细了解鬼子的真意，我觉得这里头有诈！”

邓智广按他说的传话，但他跟刘四爷私下说：“肥猪拱门也能把人吓着，我看不出这里有诈。”

刘四爷说：“你呀，没开杈的韭菜，还嫩着呢！”

十二

过了两天，山崎下令在伪区部召开征粮会议。由杨东河主持会议，杨树林布置征粮计划，警备队、区小队等小汉奸组织参加接受任务。

这些乡长不少都是两面办公，八路来了是村干，日伪面前是顺民。村干是真，顺民是假。杨树林说要征粮，没一个反对。问一亩地能征多少，都说听队长、区长吩咐；等问到什么时候能交来，却个个愁眉苦脸，连个响屁都不放了。杨树林说："要是你们自己不送，惊动皇军，武装收缴，可就要多事了。"他们说："皇军亲自出马，收多收少皇军自己在场，我们倒少担责任。我们只有听命，决不敢抗拒。"谈了两天，没法做结论，最后山崎亲临训话了。

山崎说："你们已经知道，剿共班被缴械了。你们还可能看到刘双喜被绑上法场。谁反抗皇军，决不宽贷！现在我命令：整个地区，按每亩地十斤麦子、两元现金征收。区公所、乡公所所需办公费用，由你们自己附加。从现在就收缴，一个月内完成。谁上交得早给以奖励。我将随时武装巡查征粮情况！阳奉阴违者定杀不赦，没什么价钱可讲。散会！"

把众人驱散之后，山崎把杨树林、杨东河两人叫进炮楼，秘密通知他们：决定两天之后发动一次夜袭，武装征粮。目标是陈庄据点以东水坞据点以西那五公里方圆内的村庄。参加夜袭的有三部分，皇军部队和警备队打先锋，主要战斗部队走在最前边，八路军不敢迎战，他们只有逃避。这就为后边的征粮队闪开了路。相隔两华里之后，是第二梯队。由杨区长带领区小队，带好口袋、车辆，专管到村内抢粮、运粮；再后边相距两华里，由杨树林队长带领宪兵工作队作后卫。万一前边发现敌情，及时冲上来接应杨区长的运粮队。车辆只在本乡征用，不说用途，不要赶车人，由区小队的人自己赶车。各部回去加紧准备，要严格保守秘密。

杨东河叫人找来宋明通，明着是向他征车，暗地叫他把消息传给尚武，并且说："这回鬼子动真的了，你到那边后先别回来，等这场风暴过去，回不回来再看情况决定。你交代个人，在这里替我预备车。"

宋明通叫谁替杨东河找的车已无法查问。只知他连夜跑出马腰坞，天亮前找到了尚武。尚武得到了敌人准确的出动时间和战斗序列，相信胜券在握，乐不可支，叫邓智广安置宋明通住处，自己去找武工队长。白天刚接到通知，上级为支持本地军民保卫麦收，派出主力军一个营到本地支援，已到马腰坞东北禹城县地界。本来约好第二天，两人同去汇报情况，尚武找队长，提前去向主力部队报告。

刚出门时两人都很兴奋，走到半路，尚武冷静下来，思索着说："同志哥，我觉着有点不对！"武工队长问："哪点不对？"尚武说："前天传来鬼子要枪毙刘双喜的情报，我就觉着有诈。哪有要处决谁，事先先放出风的！"武工队长说："还没有过。"尚武又说："今天这绝密军事行动，有提前三天宣布的必要吗？"武工队长说："你一说，我也有点发毛了，保密还来不及的事，为什么提前宣布？"尚武停下脚说："要不咱先别到主力部队去了，主力部队刚到，咱别就叫鬼子耍了，弄个大红脸。"武工队长也站住脚，想了想又说："都走出这么远了，再回去也扫兴。来的也是老部队，把情报跟咱俩的分析都告诉他们，一起研究说不定判断更准确！"

尚武也同意继续前去，只是这一路嘴里没再发出“嗵嗵、叭勾叭勾”的仿真射击声。

（此二人到主力部队后谈了些什么，做了什么决定，都找不到提供材料的人。依照后来发生的情况看，大概是决定不管鬼子夜袭计划是真是假，武工队都作战斗准备。）

朱治强被山崎调去帮助甄别剿共班的人后，再没回来过。好在杨树林忙于准备夜袭任务，顾不上再打电话向山崎献殷勤，没翻译也没感到不便。

夜袭这天上午，山崎带着林翻译亲自到参加夜袭的几个部门作了检查，对准备工作表示满意。临行对了下表，下令晚上九点钟全部人马到炮楼前集合。

虽说是一次巡察性的行动，不一定准会遭遇八路军交火，各部都备酒备肉，中饭晚饭连打了两顿牙祭。有点吃倒头饭的劲头。

不到九点，各部就带人来到了炮楼外。区小队的人穿着军装，赶着大车站在圈外。其余的都在靠近炮楼处整队待命。日军在四面放了岗哨。九点钟整，山崎来到队前，大家立正听训。山崎果断地说：“现在出发。不过要改变一下序列。前队改为后队。杨树林队长带着宪兵工作队打先锋，警备队随我作后卫。中间区小队的位置不变。因我得到情报，此地小股敌人有个习惯，常常放过前锋和二梯队，专打后卫部队。这样变动一下，敌人这么做就正碰在硬钉子尖上。如果敌人向前锋部队开火，相距不远，后卫也能赶上去增援，进可以与前卫并肩作战，退可以掩护转移。好，立即出发。杨队长先走，隔二十分钟杨区长走。路上不准抽烟，不准说话，保持肃静！”

杨树林怀疑山崎是有意考验他的忠诚与勇气，二话没说，带着队伍就出发了。

这一天是四月十三，月光很亮。杨树林知道日军和警备队在后边，有恃无恐，上了公路后他就催部队加速步伐。十一点钟左右，到了预定的转弯之处，下了公路沿道沟往东偏南急走，第一站要到张士府。走出二里多地，回头看看，后边的部队尚没到。他派一个兵到后边联络，联络的人传完话还没归队，突然道沟两侧都朝杨树林开起枪来。杨树林以为是碰巧和游击队遭遇，命令边还击边前进。谁知两侧火力越打越猛，迎面也响起枪声。杨树林命令利用道沟地形，进入阵地防守，他想日军和警备队在后边，相距不到五华里，听到枪声会赶来支援。宪兵工作队本来就是些文痞而不是兵痞，平常架架哄哄，不知自己吃几碗干饭，一听枪响就懵头转向，脚不听腿使唤，腿不听心使唤，连枪大栓也拉不开了。说时迟那时快，两侧的八路军步步逼近了。手榴弹雨点般地投进了道沟，道沟里娘呀妈呀的叫成了一片。杨树林回头看看，伪区长杨东河带的区小队刚下公路也遭到了攻击，区小队的人有的回头往公路上逃，有的像没头苍蝇，跳出道沟乱窜，清楚地听到八路军“活捉汉奸杨东河”的喊声。

其实杨树林没看清楚。后边的人中了埋伏不假，但那不是区小队，杨东河也不在里边。

杨树林刚走出马腰坞不远，杨东河要带着区小队出发，山崎把他叫住了：

“杨区长，慢慢的。”

只听得一阵跑步声，从炮楼里列队跑出来了剿共班，枪已经又扛在他们肩上了，领队的还是刘双喜！剿共班跑到山崎面前，原地立正，刘双喜向前跨了一步，敬礼说："报告，剿共班全员十八名，奉命来到！"

杨东河仔细看去，什么给刘双喜动了大刑呀，就要枪毙呀，都是假话。刘双喜几天大米饭吃得又发胖了，倒是站在他身后的范舍成瘦下去了一圈。范舍成是叫杨树林当着众人面从他的外宅绑走的。他觉得此人可够义气，重新出山，仍然叫他跟班。

山崎很兴奋，破例说了几句中国话：

"尤西。剿共班作二梯队，任务你的明白？"

刘双喜说："报告，完全明白！"

山崎通过林先生翻译说："杨区长，你认真做了准备，功劳我会记住。但是今天用不上了，你和区小队在这里留守吧。你们区小队的人，全把军装脱下来借给剿共班穿。"

听到不叫他们去了，区小队的人自然高兴，叫他们脱下衣服，却有点为难。因为有的人连内裤都没有，脱了军装，就露出自然本色了。杨东河见他们迟疑不动，就跑过去亲自指挥着脱衣。一转眼大车旁就都是双手捂着下部，缩着肩膀的裸体汉子了。刘双喜命令他的部下，各人捡一件伪军军装套在便衣外边。范舍成也跟着来换衣，老天保佑，这地方离队伍远，光线也暗，来到杨东河身边，两人装着在地上捡衣服，急促地交换了几句话。

刘双喜下令立即出发，一边走路一边套上军装。杨东河带着些裸体汉子回到土围子。唯有警备队的人和日军留在炮楼前待命出发。

连听山崎训话带换衣服，刘双喜的人出发晚了些。他们的任务是监视杨树林，如有倒戈行为就地消灭。可是刚下公路不久，前边就响起了枪声。山崎交代任务就说过："如果确有谍报把今晚的计划传给八路军，他们一定会奋力攻打前锋部队，因为相信那是皇军和警备队。你不要怕中埋伏，要挤进去盯紧杨树林，听到枪声皇军和警备会马上前来增援的……”

皇军的话果然应验，刘双喜就下令叫他的人赶紧往交火地点冲。这些平日晃着膀子走路的人，真到了要紧关头，却要熊了。有人说：“等等，等看到后续部队跟上来再往前冲！”有的说：“杨树林要是八路那边的人，他跟八路设好圈套，专等咱钻，咱可要吃啥啥不香了！”只有范舍成咬着他耳朵说：“如果不靠近，皇军将来追问下来可不好交代。”正在犹豫，有一梭子机枪朝他们射了过来，接着就听见八路军在南边不远处喊话：“活捉杨东河！”“缴枪不杀！”剿共班的人全都趴下，急忙还击。这时忽然从杨树林阵地跳出几个人，直朝剿共班方向冲来。有人说：“不好，宪兵队的真跟八路两面夹击咱们了。”范舍成眼尖，朝外边一看就对刘双喜说：“你看，前边那个人是杨树林！”刘双喜一看果然不错，骂了声：“我操他娘，要抄老子的后路。”说着跳上道沟就迎上前去，开枪射击，打死了杨树林身后的人，没打着杨树林。杨树林转而往北跑，刘双喜撒腿就追。

剿共班的人一看刘双喜带着范舍成往北跑了，便一哄而散，逃回公路，想回马腰坞去。

杨树林前边跑着挺快，刘双喜追着不放，范舍成见后边没人，举起枪朝刘双喜脑袋开了一枪。看了下认定刘双喜已死，杨树林已不见踪影，就脱下套着的伪军服，甩开膀子朝他要去的地方去了。

其实杨树林在枪炮声中根本没听到刘双喜的叫声，他根本没想到刘双喜会在这里出现。他以为追他的是八路军。

战斗开始后，杨树林支撑了一阵，听到八路军对区小队也发起冲锋，听到喊话：“活捉杨东河！”杨树林一想不好，后路已经叫八路军封住了。别人缴枪不杀，自己要被抓回去绝没活路。生死关头，顾不得太多，他溜到队伍后边，跳上道沟就往公路方向逃。有人发现队长逃走，尾随其后跟着逃出来。正要跑往公路，突然从暗处跳出人来阻击他们。喊着杨树林的名字朝他们开枪，打死了身后的追随者。杨树林认为是八路军包抄了过来，赶紧转往北边跑。

杨树林有作战经验。能凭枪声判断出死角和空隙。东拐西绕，连蹿带跳，用了有半点钟，逃到公路近旁。看到日军和警备队在向交战方向急赶。路边有伪军在放哨，他停住脚喘口气。

公路上的哨兵发现杨树林。厉声问道："什么人，口令！"杨树林回答："收麦"，公路上还他句"成功"，随后问："哪一部分的？"杨树林说："宪兵队杨队长。"公路上有个声音说："那就快请上来休息吧，皇军很不放心，等候多时了！"杨树林答应着，边擦汗边往公路上走。公路上果然除了一班警备队外，还有日本伍长带着四个日本兵。并没有山崎的影子。他一上了公路，日本伍长就命令："哈牙苦，开也里马啸！"警备队把他们几个人夹在中间，就回马腰坞去。路上杨树林问二梯队情况怎样。日本伍长就训斥说："说话的不要！哈呀苦，哈牙苦！"

看看快到马腰坞村口，来到一片松林遮着的墓地前。墓地边站着有日本哨兵，跟伍长对了两句话。伍长向四个日军喊了句什么，四名日军就把杨树林带进了松林。

尚武和邓智广没有参加路边的伏击，他俩到主力部队协助作战去了。主力部队一个营，由他俩带路潜伏到马腰西、北两处。南边打响后他们并没动作，过了约摸一小时，南边枪声稀了，马腰坞据点内却响起密集的枪声。接着又起了火，尚武和邓智广领路，部队从两面冲进村内。冲到土围子前，吊桥已被起义的伪军放下，围子门大开，地上躺着些伪军的尸体。区小队的人不仅穿上了裤子，而且臂上系了白毛巾，在杨东河带领下列队迎接我军。炮楼上的探照灯已被起义人员打烂，但鬼子的机枪、迫击炮打得很密。营长叫邓智广和杨东河带领起义人员回根据地，尚武随部队攻打炮楼。炮楼内大部分日军都增援刘双喜去了。留下的人不多。但火力很强，壕深墙固，攻坚很费了时间，后来组织敢死队，搭梯子爬过护城壕，放下吊桥，部队才攻进去。除两三个伤兵外，俘虏很少，有的阵亡，有的自杀了。山崎并非像电影上那样剖腹，而是上吊死的。林先生是朝自己脑袋上开了一枪。但是没找到杨树林的尸体。

南去增援的日伪军，半路上就碰到败退下来的剿共班和个别逃出来的宪兵队人员，没再追我军，听到马腰坞村传来枪声，看见炮楼上烧起冲天大火，也没敢再回马腰坞，投奔了何家寺据点。

我军攻破马腰坞据点后，日伪军没有再企图夺回，从此这地区又成了根据地。这一年麦收季节马腰坞附近的老百姓特别忙，除了收麦子还要抢着拆据点。木料、门窗、砖瓦凡是能拉的全拉回家去。那一年盖房的人特别多。

在炮楼中没有找到杨树林，打扫战场时，也没发现杨树林尸体。大家认为可能是混战中叫他逃掉了。报道中说杨树林正在被我追捕中……

杨树林从此失踪了。由此留下许多问号，山崎为何临时改变作战计划？刘双喜为什么被逮捕又被释放？山崎要他监视杨树林什么？等等等等。

鸣锣收兵

1988 年我陪美国记者索尔兹伯里去那个县采访，当地一位干部介绍改革开放成绩。为说明这一政策受到所有中国人拥护，他举了个特殊的例子：有一罪犯，被判有期徒刑多年，劳改中学会养鸡技术。刑满释放后，竟靠养鸡成了富裕的个体企业家。发财后为表示赎罪，为公益事业做了不少贡献，被劳改单位用作教育犯人的活样板。

我问此人叫什么名字，他说叫朱强治。

我找到了这个朱强治。他领我和美国记者看了他的新式养鸡场，看了他得的奖状。在喝茶时，我问起他过去的事，他毫不隐讳，他当过汉奸，因叛国罪劳改数十年。

提到杨树林，他竟提供了不为人知的材料。

他说杨树林被日军带进马腰坞外的松林时，山崎、林先生都坐在一座坟前的石桌上等着他。周围站了一圈日本兵守卫。

山崎看着他冷笑不语，林翻译冷冷地说："杨队长，辛苦了，这次突袭有功啊。"

杨树林惶恐地说："我有罪，我有罪。请太君给我赎罪的机会。"

山崎板着脸问道："对敌方谍报人员，我们从不宽恕！"

杨树林抢前一步央告道："太君，我战斗不力，愿受惩罚，可我与谍报无关。我相信你不会冤枉我。"

山崎叫林先生翻译，说道："我对你很佩服。两国交兵总是有胜有负，已经失败了，就不要再演戏。"

杨树林说："您的话我不明白。"

林翻译笑道："杨先生，我们都是同行，不要把对方估计过低呀。你做谍报工作很有经验，可是智者千虑，必有一失。你叫朱强治到乡公所给八路军递信息，告诉他们石原进城的时间，为什么不叫他换双鞋？而这双鞋又出现在八路军打埋伏的废窑前，跟八路军的脚印合在一起。你忘了，这地方只有他一人穿'靴下'。您要嫁祸于刘班长，可以理解。但也做得太急了点。贩卖老海、嫖宿妓女本是小事，你花那么大工夫，就不怕别人怀疑这过分的热心别有所图？刘双喜这样的人八路军不喜欢，而你可是当过抗日大队长哟！"

杨树林强笑着说："就凭这点就认定我是匪谍？"

山崎听了林的翻译后，点头说道："当然不能，所以我才提前宣布这次的突袭计划。刘双喜在我手中，他不能跟外界任何人接触。但是八路军还是知道了全部计划。不仅知道行动时间，还知道前锋部队是皇军，他们不惜一切攻击前锋部队。只可惜我临出发才宣布改变部队序列……"

杨树林说："刘双喜虽不在，参加开会的也不止我一个中国人！"

山崎说："是的，还有一个杨区长。我宣布他领导二梯队，刚才八路军向二梯队开了火，还高喊活捉杨东河。可是你安然无恙地回来了。"

杨树林有口难辩，急忙跪倒喊道："太君，我实在冤枉。朱强治是到乡公所取粮食，不是给八路军送情报，你一问就明白了。"

山崎把头一扭，日本兵把朱强治从坟后拖了出来，已经受刑受得没了人样。杨树林一见他就急得跺脚说："朱强治，你快点跟皇军说实话呀！"朱强治在半昏迷状态中，浑身无一处无伤，疼痛难忍，没有力气争辩，只求早点断气，便无可奈何地说："招吧，招吧，招了少受点罪……”

乒乒叭叭，马腰坞村内响起了枪声。山崎大惊，命令日军返回炮楼，林翻译掏出枪要朝杨树林开枪。山崎拦住说：“不，在这里打死他，八路军发现尸体，会为他开追悼会，会把他埋进烈士陵园，那就满足了他的愿望。把他带到河边再开枪，打死后扔进河里去，让谁也不知道他的下落。”他们用日语说的，杨树林听不懂。他还以为山崎饶了他，日本兵押走他时，他还轻松地喘了口气。

不知是顾不上还是忘了，他们把朱强治扔在松林里了……

我问朱强治：“你不是被借去当翻译的吗？怎么受起刑来？”

据朱强治说：山崎明说是借他去当翻译，但一到警备队就叫把朱强治扣起来，林翻译管审问，刘双喜负责动刑。林翻译先入为主，根据鞋印认定他先到乡公所送了情报，还到废窑与游击队见过面。朱强治没干过这些事，但是受不住刑，只好顺着林先生的问讯招供。林问：“你上乡公所去干什么？”他说：“去取粮食。”林先生就用烧红的铁条烫他的肚子。林再问：“老实说，是不是找那个大楞送情报？”朱强治马上承认：“对，我是去送情报的。”这样答了林先生就不再打他。照此办法，那边提问，这边迎合，终于拼凑出一份完整的口供：杨树林投降日军是假，为八路军当谍报是真。他奉杨树林之命，与乡公所大楞保持联络，石原是杨树林提供情报害死的……山崎认为查出了杨树林真相，押他到松林里当场对质。

外边以为刘双喜被扣起来了，其实刘双喜在炮楼内享受着优待。跟石原勾结为奸，贩卖毒品，残杀勒索老百姓，这些在山崎眼中都并不值得重视，他关注的是反汪抗日，为八路军作间谍。

本来我还要从他那里了解更多材料。可是索尔兹伯里不耐烦，露出厌恶的神情，几次三番催我走。到了汽车上，我问索尔兹伯里：“你是不是讨厌那个人？”索尔兹伯里说：“不管你们的政策怎么样，在感情上我不能接受变节者的招待。你知道，二次大战中，我是在列宁格勒与俄国人民一起战斗的。你也参加过二战，真不明白，你怎么能跟他谈这么久……”

据　点

——为纪念抗战胜利 40 周年而作

一

在电影电视上见过的不算，现在还有多少人真正知道据点是什么样子吗？

邓智广，十六岁就讲过据点。

抗日战争时期，生活困苦，他十六岁看起来像十三岁；抗日战争时期，战地的少年早熟，他十六岁的心眼顶二十岁的人用。

他在大连、天津日本学校上过学，会说日本话，还有一套天津的学生服。随我大伯回山东老家后，他参加八路军当交通员，就穿上学生制服，满嘴唱着“哇达西久鲁口满洲母斯妹……”往据点里钻。

别说日本人看着他不像八路军，连他自己也觉得不像个八路军。

二

一九四二年“五一”大扫荡，有个从延安出发，途经山东去东北的过路干部失踪了。这个干部来时穿着一套灰色土布棉军装。原说换成便衣，拿了伪造的“良民证”就乘火车去东北。衣服还没换，敌人来个“铁壁合围”。突围时他左腿中弹，被敌军俘去。这一次受伤和没受伤的，被敌人俘去有十几个。几个月后，这些人都有了下落。有被杀的，有被放的，按以往惯例，这地方的日伪军抓到我方重伤员，并不虐待，大都放回。放的时候找几个民夫抬上担架，由伤员自己指点路线，抬到个中间地点就叫民夫回去，敌人并不派人尾随。因为我们曾经抓到过他们的重伤号，全送回据点去了，双方有了个不成文的默契。

可是这个干部没有放回来。据同时被俘的人说，他伤势很重，一直昏迷不醒，日军用担架把他抬下战场后就没见过他。这个过路干部，平日和任何人都不接触，除去夜行军一起行动，平时单独住在交通站为他号的房子里。而夜行军时是看不清互相的面目的。除去交通站主管人，谁也不知他叫什么，因此也不会发生被叛徒出卖、暴露身份的事。

到了冬天，马蜂坞据点调来一股伪军，名叫“宪兵工作队”。队员全穿便衣，说话南腔北调。这股人不参加清乡扫荡，可别的伪军缴来八路军文件，或抓到俘虏，全交他们处理。队长叫金城，据说是日本留学生，说话举止都有几分文气。他们还有权处理伪军中的“不法分子”。他们来到不久之后，正逢马蜂坞集，忽然据点里办起法事来，几个和尚吹吹打打，引出一口棺木。棺木前由一个伪军挑着白幡，上写“无名八路军军官之灵”，“宪兵工作队”的人荷枪送葬。走到集上人多处，送丧行列停下，金队长站在棺前发表了这样一通演讲：“尽管反抗皇军罪在不赦，但皇军以武士道精神，对被俘者仍施以人道待遇，对投诚者热烈欢迎。这个八路军干部，生前已表示投诚，可惜负伤太重，未及报效皇军就去世了。我们仍为之送葬。求赶集的老乡带个话给八路军，我们已尽了武士的仁义，欢迎他们迷途知返，弃暗投明，我们一定废弃前嫌，携手共建大东亚共荣圈……”

这事引起我们疑惑，被俘的我方人员英勇斗争被击毙刑毙，他们总是匆匆往荒坟地里一扔，任凭鸦啄犬食，这回为什么闹这么大排场？那干部若真投降了，怎么他们连姓名还不知道？

上级要派个人进据点了解真相，就选中了邓智广。临行交代给他一个联系人：伪乡长，名叫宋明通。

宋明通也是我们本村人。他家有几亩地，他种得有一搭没一搭，一忙了就雇短工。他女人前五年去世，没有再续娶家室，只有一个孩子，在省城念书，寄住在他丈人家。他有点文化，会中医，也能打算盘。他有时教几天书，有时做几天买卖，有时摇个串铃出门去行医。常常一走两三个月，谁也不知上哪儿去。偏偏日军扫荡频繁之时，他又蹲在村里偎窝子。日军进了村，全村跑空了，最后从秫秸垛里把他找了出来，打了他一顿叫他为日军筹集猪、鸡、鸡蛋、花生和白薯。猪早就叫村里赶走了，鸡也由老嬷嬷、大嫂子们抱着躲鬼子去了。他找出几十个鸡蛋，把自己家的花生、白薯弄了些交出去，尽管日本人还是大不满意，可从此记下了他的名字。以后每逢扫荡都到村里找他，要他烧水，弄吃的，有时还带路。有次我二大娘家一只生蛋鸡没来得及带走，叫鬼子当靶子用枪打死，从此我二大娘见他面就骂，年三十还特意糊了个死人打的幡竖在他家门口。他对此并不着恼，说是老嫂子了，她骂不了鬼子不骂我骂谁？有人劝他，既这么得罪人，何不出去躲躲？他说外边也不好混，仍守在村里不动。对于他的不肯出走，人们有几种看法。有人认为他就是安心当汉奸，在为鬼子筹集给养时他也中饱了不少。有人算了账，却似乎他并没落到多少便宜，可能还搭上点儿。因为鬼子来的次数多了，每次都要，村政府就立下个规矩，他筹集了多少吃用之物，报个账，由村里公摊。按账目他没多少油水可捞。也有人说，他出来支应日伪军，是受了抗日政府的命令，不然抗日政府为什么不治他呢？这似乎有理。但是，过年时抗日政府"拥军优属"，给抗日家属送红灯，却给他门口挂了个黑猪皮灯，又丧气又肮脏。这又不像是指派他去支应日军的。最后就传出来一个新闻，说他不再出去行医，是在外边丢了人，不敢再出去了。说是他最后那次出去行医，碰上了劫道的，把他的药包、财物全抢光了，只剩下一个串铃还在手里。他没有命地跑，迷失了方向，天黑后又下起了大雪，好容易看到个灯亮，走近了却是孤零零的一户看场院人家。他敲门求宿，里边不开门。他说："行行好吧，再不住下我要冻饿而死了。"

主人隔着门说："不是我不收你，我家正有病人，女人生孩子生不下来，要断气了，哪能招外人？"

他说："哎呀，咱们有医缘，我就是郎中。"

主人说："你别骗人！"

他情急生智，立刻掏出串铃摇了摇。主人一听，大喜望外，连忙开门把他请进屋里。

屋里有个收生婆伺候着产妇，产妇几经折腾，已经连呻吟都无力了，张着口只喘气，小孩还没生下来。宋明通只会治食积奶积，跑肚拉稀，根本不懂产科。况他除去串铃，连治拉稀的药也没有了，怎么治呢？他又不能打退堂鼓，离了这个有吃食有火的地方他真会冻死。就绷着脸说：“别急，给我在偏房里生堆火，我去炼丹。半个时辰炼好，保你母子平安。”

男主人只有一间放农具粮草的偏厦，在那里给他生了火。他进去关上门说：“可不许偷看，看了就不灵了！”

烤了一阵儿火，身上暖过来了，他觉得处境不妙了。拿什么给人家催产呢？正在无计可施，忽见墙角靠着一辆独轮小车。车轮已卸下，两个轴承的地方，有一堆沾了泥土的黑油角子。他灵机一动。用手指剜下油泥，合了柴灰，团成六粒梧桐子大的黑丸丸，开门喊道：“主人，取仙丹去。”

那主人本来对他半信半疑，一见真把丹炼出来了，立刻就换了笑脸，马上说：“我先去救人，回头给先生备饭。”

宋明通说：“三更半夜，你也不要另备饭了，我炼了这丹，损了不少元气。有剩饼子、冷地瓜你拿点来，我先填补填补。有什么话明天再说。”

主人取走仙丹，送来两个高粱饼子一碟麻花咸菜。他把饼子烤热，就咸菜吃下肚。身外有火，腹中有食，又饱又暖，困劲就来了，不觉歪在火堆旁就睡了过去。正睡得香甜，忽然上房一阵忙乱把他吵醒，只听见喊：“快叫郎中，快叫郎中！别让他走了。”

他听出是出了事，爬起来开开大门拔腿就走。主人闻声就追了出来，边追边喊：“先生，你不能就这么走了！”

他觉得事不好，索性跑起来，外边雪大，路又不平，没跑多远就跌了个大马趴。主人从后边追上就抓住了他。

主人把他扶起坐好，咕咚一声朝他跪了下去，叫道：

“谢谢先生救命之恩，孩子生下来了，是个胖小子。”

“啊？是了，我知道会生下来的。”

“你跑什么？”

“我这人救人从不受谢礼，怕你谢我！”

“这样大恩我不谢谢还能为人吗？”

原来产妇并非别的原因难产，只是接生婆外行，让她耗尽了体力，过分虚弱了，才产不下。那样的几粒“仙丹”入肚，能不恶心吗？一恶心胃就痉挛，胃一痉挛，腹肌就收缩。腹肌收缩，歪打正着，把个孩子推送下来了。主人只当仙丹灵验，硬是把宋明通接回家中。好吃好喝供养了数日。看看母子平安，天也放晴，这才送他一套紫花布新棉衣，打发郎中上路。尽管祸中得福，他却吓得不敢再出去行医了。

此系传言，并无对证。但由此可见宋明通在众人心中是个比一般农民多几分诡计，而又不离大谱的人。

三

一九四二年腊月二十八，邓智广进了马蜂坞。

这一天是大集。山东土话叫“花子街”，叫花子来集上募集年货，大小摊贩不得拒绝。这一带在大清朝时属“东临道”，是山东的贫困地区。马蜂坞地处津浦路德州车站东南，距最近的县城和火车站都在五十华里以上。没有河流，不通舟楫。抗战前不仅没见过电灯，连玻璃罩煤油灯也只有大地主大乡绅家才有。这样的地主百里方圆难有一户。唯一的商品交换市场就是集市。农民把家产的粮食、鸡鸭、手工编织的筐筐篓篓送到集上，换回火柴、海盐、德国针、西洋色。聘闺女娶媳妇还要添置化学梳子，苏州镜子，天津“月中桂”的鸭蛋粉，北京哈德门的猪胰子。马蜂坞是南北通衢官道，南下北上的生意人够不上火车，全靠人背马驮，走旱路必经此地。村中南北大街两旁，少不了有几家骡马店、小饭店。有一家药铺取名“大生堂”，门外立匾上写：“自办生熟药材吉林野山人参黄毛鹿茸”。他的药材其实是来往客商卖下的便宜货，并没有人参鹿茸。一家剃头店，张个幌子上写：“朝阳取耳，灯下剃头”。朝阳取耳属实，灯下剃头全虚。太阳落山各户就关了门，从不做灯下生意。

抗战初期，日军只在县城和铁路线，并没深入到四乡；中央军撤到南方去了，马蜂坞一带真正成了“无政府区域”，有三两支枪、五六个人就可以拉起个队伍，称作“团儿”，头儿姓张叫“张团”，头儿姓李叫“李团”；也有以“团长”的外号取名的。“胖娃娃”“三江好”都可以成为团名，拉起团就可以找老百姓要给养、筹款、杀人、劫货。日本军还没到，老百姓先就叫自己人洗劫了一遍，集市自然就停下。后来从山西开来八路军，才把这些土团冲散，有的投了日本，有的归降八路，也有的投到南边找中央军去了。八路军便在马蜂坞安了大营，成立了抗日区政府。从此民兵集训、干部学习全到马蜂坞来，这里成了抗日根据地的领导机关所在地，自然也就恢复了集市。四年以前，日军也曾来扫荡过，他们来，八路就撤，他们一走一过，扫荡完仍回县城，八路军反扫荡完了也仍回马蜂坞。集市并没中断过。一九四一年冬天日军又来扫荡，一路走一路抓民夫，到了马蜂坞他们就不走了，用捻探条打着民夫为他们修炮楼夯围墙。日本驻军的头目是个少尉，少年得志，他认为这里是抗日根据地，不使老百姓慑服，不能住安稳，便拿民夫开刀。每天劳动时，他严加监视，只要谁偷工减料，动作懈怠，或在言谈举动中有稍露反抗之意，下工时叫出队来，让他们跪在队前，当场让士兵用战刀来“试胆”，杀死的人他不许埋葬，而让人扛到村头各个路口暴尸示众。这几个炮楼修了三四个月，天天抓来新人，天天杀死几个，以致谁也说不清这三四个月间究竟有多少人被抓、多少人被杀。只知足有半年光景，马蜂坞村头总有乌鸦飞、野狗跑，天黑后没人敢从那些路口走过。后来据点安稳了，日军少尉高升了，来接任的是个准尉。他和那少尉是两个学派，他主张宣威怀柔，同时并进，要装点“王道乐土”的太平景象，重开集市，这才命人把残碎的尸骨就地埋掉，但埋得并不深，一场雨过后，又都暴露出来，赶集的人们要从满地枯骨上走过。所以到这赶集的人，还没进村先就得到一个警号——这是个杀人不偿命的地方。死的死了，活着的人还要想法活下去，老百姓要过日子，货摊设在敌人刺刀之下，这集也还是要赶的。他们不像红卫兵们想得那么清高，宁可饿死也不到敌人据点去做生意。

这村南北长，东西窄，邓智广从南边来，先进牲口市。一个麦场上，钉了些橛，拉了些绳，拴了些马牛骡驴。有搬着牲口脑袋看牙口的，有拉着牲口缰绳看腿脚的，场边一些经纪人东跑西说，把褡裢搭在胳膊上与人手捏手地讲价钱。过了牲口市是家什市，卖的是镐锄犁耙，竹筲木铁。再往里杂货市，这里就热闹了，卖针的把针当作飞镖，抓住一把扬手投出，棵棵钉在木板上。卖刀的把菜刀当成钢铡，按一捆铁丝在地，刀刀剁得铁丝寸断。卖木梳的偏拿木梳作锯使，用它来锯木棒，锯得木屑四溅。卖瓷盆的爱将瓷盆当铜磬敲，拿它来奏乐，敲得叮当悦耳。这些人在表演的同时还要唱。卖德国钢针的唱道：

打败过黄三太的甩头一子，
压下去小李广的百步穿杨，
黑敬德抡起钢鞭来较量，
打了它三天两后晌！
…………

卖木梳的唱的是：

梳拢过王母娘娘盘云髻，
调理过杨贵妃的八宝头。
王三姐窑前把青丝理，
穆桂英马上梳发鬏，
昭君梳了个和番柳，
孙二娘梳的是夜叉头。
…………

在表演中交货，在唱声中收钱，做买卖倒像是附带的小把戏，表演和唱才是正功。

但他们的生意不算兴隆，原因是这集上少个棉线市。卖线卖布，是妇女们的专利，可女人们不敢到鬼子汉奸鼻子底下来抛头露脸。没有女人，这个市也就办不成，木梳和钢针也就少了主顾。当然，这集上也不是一个女人没有。日本军队没到这里前，这里还保持中国农业社会的纯朴风俗。日本军队和汉奸机关一到，殖民地社会的恶习颓风也随了来。城里有几家妓院，每到扫荡之后，年节之时，估摸大小汉奸的腰包里有几个不义之财时，便套上两辆牛车，载上几个姑娘，来开支店。她们并不长住，十天八天，汉奸们钱包里的钱抖落得差不多了就套上牛车回城。所以并没有固定的店址，临时租两间房，地上铺上麦秸，就做生意。好人家的房屋不肯租给他们，多半租的是菜园场院的草棚更屋。有个把姑娘被某个汉奸头目看中了，交热了，就包她半个月二十天。那时她就堂而皇之地住进兵营或衙门里去做几天压寨夫人。

邓智广来到集上时，正有这么位“红姑娘”招摇走过来。她上身穿一件翠绿挽襟软缎棉袄，下身着紫缎扎腿棉裤，两只脚缠得又窄又小，穿一双大红绫子绣花弓鞋。看年纪有二十四五岁，长圆脸上浓妆艳抹，梳一根长辫，粉辫根，红辫梢，辫梢上坠着银坠脚。这副打扮，在当时也是城里少见乡间难寻的。乡下有这副头脚，没这等妆扮；城里人有这副妆扮，没这副头脚。

她一走进杂货市，就引起一阵骚乱。散在货摊前的大小伪职人员，一下都聚到了她身边。

“哟，三姑娘吗？好俊的行头！”

“裹得好脚！”

她左右应酬，嬉笑嗔骂，用手刮一下这人的头，用足踢一下那人的脚，在一群人追随下招摇走过。两边农民小贩，看得目瞪口呆，有人臊得满脸通红，有人气得骂街，有人小声议论，有人大声责斥。邓智广也看得走了神，心想：“天下竟有这样没有廉耻的女人！”这时肩上着了一掌，有人在耳边问道：“爷们，傻了眼了？”

邓智广收住神，认出这个穿羊皮二大褂子、戴铜框眼镜、顶青毡小帽、拉着一头小毛驴的人是刘四爷。邓智广来的路上，对完成这次侦察任务还蛮有把握。到了集上，这点自信就开始下降了。这么大个村子，这么乱的地方，从哪儿入手呢？总不能一来就去找宋明通要办法。刘四爷这一巴掌，又把他的信心提起来了。

刘四爷神秘地笑了笑问："爷们儿，大年下的是来赶集呀还是来办货呀？"

邓智广说："这不是说话的地方。"

刘四爷说："我自有说话的地方，跟我来！"

四

刘四爷久居农村，却不以务农为本。不做买卖不耍手艺，可逢集必赶；家中哪怕揭不开锅，可总喂着一头驴。他会点兽医，有几手绝活，最拿手的一招叫"火烧战船"。牛得了瘟病，人们多找他来治。他不用药不用针，只找主人要五斤烧酒、一床破被，把酒在牛身上擦遍，划根火柴，腾地一声，那牛眨眼间浑身起火，挣扎嚎叫。他趁势拿破被把牛蒙头盖脸地一捂。半个时辰之后牛连烧带吓出一身大汗，法到病除。他由主家招待一餐酒饭，带着治牛剩下的烧酒告辞而去，不另收费用。

光靠这维持不了几口之家的生活，他就替人收税。

这一带乡下距县城远，不论大清国的县衙门还是国民政府的县政府，谁也没法派人下乡到集上来收牲口交易税。可这笔钱又是老爷们的衣食财源，所以从几百年前就留下个惯例，把四乡的税包给各乡地主乡绅去收。承包人打总向县里交一笔租金，领下执照，他们就凭这执照赶集收税。能包得起税的人多半又是吃不了奔波之苦的人。他们就再把各集口的税收分包出去。他从县里包税是先付后收的办法，转包时则改成先收后付。说好一集交多少钱，由收税人先去收，收完当天结账，把包银交完，剩下多少归收税人。要是收的不够包银，可以拖欠，但不能调免。收税人干的是没本买卖，这就要靠信用。

按常理推断，干这勾当得有武装做后盾或是黑社会帮会势力做靠山，不然买卖双方不给钱怎么办？刘四爷决没有武装力量，因为他身后既没腆胸叠肚的汉子，手中也没有拿枪拿刀。帮会势力是否有也不得知，没见他摆香堂喝盟酒。但他收税从没遇见过麻烦则是事实。也许是山东受孔二先生影响深，多讲礼义，对这习惯了的交银纳税从无争议。令人费解的倒是他这收税竟然不受政权更迭的影响。北洋政府时他收，国民政府时他收，八路军来了成立抗日政府，虽不再把税包给私人，可还聘他为收税员。现在八路军退出了马蜂坞，他又来收。这次是替谁收，邓智广就不清楚了。邓智广并不因此就跟刘四爷生分。他什么集都赶，常把见到的、听到的敌人情况到敌工科汇报。邓智广知道组织上把刘四爷既不当基本群众也不当敌人看待，按现在说法，是个团结对象。

五

刘四爷在一家小饭铺近旁借了间小房，写了个“税务代办所”的牌子，遇五逢十马蜂坞有集他就把牌子挂上，集一散他就把牌子摘下来存在小饭铺里。这间小屋里只有一张破桌子，几条长板凳。税是在集上牲口市收，收了钱他放到褡裢里另找地方去算账，这间屋从来不办跟税务有关的事。邓智广问他：“你既不在这里收税，要这间屋干啥？”

他说：“朋友们赶集来有个歇腿喝茶的地方。”

邓智广说：“歇腿就歇腿，喝茶就喝茶，挂这个熊招牌干啥？”

他说：“有了这招牌，就算一路诸侯。鬼子伪军就少来找麻烦。有了这招牌，我这身份也就是官的了。他们不好再捞油水。”

邓智广问：“你现在这税到底是替谁收的？”

刘四爷说：“主家不让说，我就不能多嘴。你多看看自然明白，明白了你也别问我，问我我还不说。”

他又反过来问智广：“你来干什么？”

智广说：“办点事。”

“办啥事？”

“我也不能说。”

“用得着我帮忙吗？”

“用得着。”

“帮啥忙可得说呀。”

“我得进据点里去。”

“长期待下还是看看就走？”

“看情况再说。”

“这忙我帮不了。”

“你是怕沾麻烦？”

“有这么点，不过我知道谁能帮这个忙。”

“谁？”

“邓区长，你们自己家里人。他有办法。”

这位邓区长，大号明三，是邓智广的族叔。民国十二年山东大旱，他去天津找活儿干，邓智广他爹正在造币厂做工，就把明三保荐进了厂。后来直奉交战，天津大乱，邓明三伙同几个老乡，用锅灰抹了脸，抢了皖系一个师长的公馆。皖系得势后追查这个案子，同案人有落网的，交代出有邓明三。邓明三早已带着钱财跑了，就抓保人。智广爹为他蹲了八个月大牢，花光全部家当才买出条命来。邓明三带着钱财回到山东，做起货栈买卖来，从此成了小财主。智广爹出狱后，邓明三曾派人送来几百大洋，向他致歉。智广爹把钱退了回去，声明不再认这个族弟，从此不与他来往。但邓明三对智广爹始终还是尊敬的。只要在路上碰到，还是笑脸相迎，口称二哥："你别跟弟兄认仇呀。有难处只管说，你不来叫大侄子来一趟也行。"

乡亲们认为邓明三还够义气，觉得智广爹过分死板。

不知邓明三老了中了什么邪，忽然要过官瘾，花钱运动了汉奸区长当。这一来把他半世好名誉给糟践了。须知我那一方人对当土匪并不太小看，对当汉奸却极为蔑视。人饿急了，拿枪逼有钱人掏出几个分用，这不算丢人。替外国人卖命当狗来欺压中国人，这可是连祖坟都要遭骂的缺德事。

邓明三当了区长才尝到挨人指脊梁骨的滋味，便极力找退路。八月节前他托人给八路军和抗日政府送来几箱药品，四十本学生地图（我们当军用地图使），带来一封信，愿意暗地为抗日军民做点好事，保证不当铁杆汉奸。我们收了他的礼，回答说谁好谁坏，抗日军民有账，自会区别对待。

刘四爷请智广吃了包子酸辣汤，然后锁上门，卸了招牌，拉上驴，领着邓智广去伪区公所。

两人一驴绕墙根走小巷，来到一个骡马大店门外。门口贴着两张白纸条，一张写着："第八区区公所"，一张写着"马蜂坞乡乡公所"。乡公所占着前院，院里地上铺了席，席上堆着白菜，猪肉，杀了的鸡，宰了的羊。六七个汉子正在搬搬弄弄，把这些东西分成数份，打捆装车。每个小独轮车上都贴着红纸条："敬献 ×× 部队年礼一车，新春大吉"。

刘四爷把驴交给一个人，说："拴到槽上去。"便领着智广穿过前院到了后庭。一进天井就见东屋门敞着，里外坐着蹲着一些人，抽烟的，喝茶的，剥花生的，眼睛都瞧着屋内。屋内弦鸣鼓响，有个沙哑嗓子顺着调门唱道：

诸位落座莫要出声，
鼓板一打可开了正封。
上一回唱了半本本半呼延庆，
还剩下本半本本没有交代清。
在哪里丢了到哪里找，
哪里断了哪里接着听。

一见到刘四爷，就有人招呼："四爷来得巧，刚开书，听听吧！"

刘四爷说："你们倒会找乐子，区长在这儿吗？"

那人没说话，把嘴便向后边一努，笑了一笑。

刘四爷领智广从后门出了院，往东来到一个跨院门口。两个年轻人正在那儿为什么事争执，一个人上身穿着件军装，下身穿着条打补丁的套裤。另一个人下身穿着吊裤，上身却披着件大襟棉袄，两人的枪全靠在墙上。

刘四爷说："有话不在里边讲，在门口闹哄，区长知道不揍你们！"

穿军装上衣的说："就这一套军装，区长命令谁站岗谁穿。我来接岗，他光给我棉袄不脱裤子，这怨我骂他吗？"

那穿大襟棉袄的说："不是我不脱，我里边棉袄肥，这军装裤子瘦，不里外全脱就扒不下来。在这儿脱光了腚扒它，我不得冻下四两肉来吧。我进里边扒下再给他送来不行吗？"

穿军装上衣的说："站岗的不许动地方，你不送来我又不能找你去。碰上区长出来，说我军容不整，不又给我两耳刮子吗？"

刘四爷作保，叫那人扒下裤子一定送来，这才和智广进了跨院。

这院虽小，房子却很整洁，三间东屋门口分别贴着"财政处""秘书处""政务处"的纸条。三间西屋贴"军事处""自卫队"的纸条，正房三间写着"区长办公重地，闲人免进"。

这房一明两暗。明间里当中摆个吃饭用的圆桌，四周沿墙放了几把椅子，几个茶儿，用泥坯砌了炉子，炉子口坐着燎壶，一个跟班守着炉子打瞌睡，暗间门上挂了个绣花门帘，绣的是"鸳鸯戏水"。刘四爷示意叫邓智广等一下，他掀帘走了进去。过一会儿门帘又掀开，从里边探出个头来，却是宋明通。宋明通说："你三叔叫你呢！"

智广进到里间，只见当屋放着个红漆账桌，抽屉上了铜锁。北墙下一张方桌，两把椅子，宋明通坐着一张，方桌上是茶壶茶碗烟碟洋火，南边窗下一铺小炕。炕头放着炕柜，四扇玻璃门里镶着女明星画片，依次是周曼华、陈云裳、李香兰、白光。另一面墙上一幅日本资生堂化妆品广告画，画的是女歌星渡边佳代。炕中间放着烟盘，铜烟灯，红木烟枪，小茶壶，水果盘。刚在集上见过的三姑娘蹲在地上扶着斗，拨着泡儿，邓明三歪在一边吞云吐雾，吸的声音有板有眼，满屋一股炒糊了芝麻的焦香。刘四爷正坐在烟盘另一侧数钱，捋他收来的大小票子。智广就坐到了宋明通旁边的另一张椅上。

邓明三一口气把泡儿吸尽，赶紧呷了口茶，长长地喷出一口烟来。这才说："自己爷们，怎么不请还不进来呀？"

智广说：“三叔如今做了官，不比在家里。”

邓明三笑道：“爷们，别调理你叔。我这条命还不是在八路军手心里攥着？在那边还望你多美言几句哪！”

智广看看那位三姑娘一眼，有点动气了。邓明三立刻就感觉出来，笑道：“这是翠花班的三姑娘，最讲义气，最有良心，嘴也严。咱爷们说笑话，不用背她！”

三姑娘机警地站起身说：“老爷们说话夹上我干什么？我又听不懂。刚才金队长派人传我。我正要跟区长请假呢，我去看看吧。”说完也不等邓明三答应，向屋里几个点点头，把各人茶杯满上，径自出去了。

邓明三坐起身，啜着茶说：“这女人有心胸，日本人去班子里她从不接客。不用怕她漏风。说正经的吧，你三叔是怕鬼子没收我的买卖，不得已才花钱买个汉奸当，不是存心卖国。你来有什么事？用我帮忙尽管说。”

智广说：“三叔既这么说，我要再执拗，就显着外道了。你能不能想法把我送进日伪军据点里去？”

邓明三说，马蜂坞是个大据点，这底下又分好几处。最高的一处是“皇军部队”，在村东一里地，用砖瓦水泥修造成三角形城堡，人们叫他洋楼。外边围着壕沟，铁丝网，火力充足，安全牢固，里边全是鬼子兵。二等的是“宪兵工作队”“剿共班”这些有枪有势的伪军部队。他们占了村北一家地主的宅院，抓民夫用土夯筑了一个小围子，围子上边有碉堡，外边有护城壕，中间开一座门，门外悬吊桥。天一黑把吊桥吊起，围子门锁上，外边闹翻了天他们也不再开门，也算能睡个安生觉。第三等的就些文职小机关，既没枪，又没人，只能占用几间民房，支个门面。白天指手画脚、耀武扬威，天一黑摘下牌子赶紧找保险的地方去寻宿。土围子里的剿共班是绑票出身，看出这是个财源，就在围子内盖了几间平房出租。住一宿联银券五块，带妓女进去另收花捐，他还出租麻将牌，代办夜宵。一般的小职员既住不起，也不是武工队捕捉的目标，自然不会花这笔钱。可那些头头都是为发财而来，谁也不肯搭上命，明知狼叼来的喂狗有点冤，夜夜还是去住。

智广问邓明三："你也去住吗？"

邓明三说："我要不去住，他们就会疑心我跟八路有勾结。怎么别人怕八路来堵被窝我不怕呢？"

智广说："你能不能想办法把我送进鬼子的洋楼？"

邓明三嘬了下牙花子说："这个怕不行。连我过去办事也要先联络好，他们派人出来把我领进去。万一出点什么漏子，我也没法向八路方面交代。"

智广说："三叔满嘴说为抗日出力，一动真的就完了，我又怎么替你交代呢？"

宋明通一直不动声色地听着，这时插嘴说："大侄子，别怪我多嘴，这事你三叔实在难办，找个容易点的来求他，他准帮忙。"

智广装作无可奈何地说："好吧，自己爷们我还能难为你吗，你今晚把我带进土围子去吧！"

邓明三立刻答应说："这包在我身上。"

智广说："说清楚，我可要进宪兵工作队。"

邓明三把笑着吊上去的嘴角又拉下来了，点着烟，吸了几口说："你可真能给我摆八阵图。土围子好进，这宪兵工作队可又难了。他们虽说和剿共班合住一个围墙里，可一宅分作两院，里边又砌了一堵墙。宪工队的人可以自由经过剿共班的院子出入，剿共班的人可不能进宪工队。出租的房子在剿共班院里。寻宿的人只能在这个院活动，进不了宪兵工作队。”

智广不满意地说：“照这么一说，你是一点费劲的事也不给办了？”

宋明通又出来打圆场：“先都别急，今晚区长把大侄子带进小围子，见机行事。只要能抓住机会，就让大侄子进去。话再说回来，大侄子你要处处小心，万一出了事，好汉做事好汉当，不要连累三叔。”

智广说：“那是自然，怕死还抗日吗？”

又说了几句闲话，邓明三打瞌睡了。宋明通硬叫智广到他乡公所去休息，晚上再过来找邓明三。

六

还没进乡公所的院子，就听见人喊狗叫，还夹着笑声。进去后则见一个日本兵拉着条洋狗，指挥洋狗扑那几个收拾年礼的汉子，却又手拉着皮带，不让它真咬住。看见人被追得连蹿带跳，年礼踩得乱七八糟，日本兵张着嘴哈哈大笑。见宋明通和智广走进来，他拉住了狗，仍然笑个不停。

宋明通问乡丁们：“怎么个事？”

乡丁说这日本兵似乎想要什么东西，因为大家听不懂，他就喊洋狗咬他们。

智广上前去用日语问道：“你有什么事要他们办吗？”

日本兵说：“要几个鸡蛋，我的狗饿了。”

智广翻译过来，宋明通就叫人拿来一小篮鸡蛋。日本兵磕开一个，那狗就在他手里吮吸干净。一连磕了四五个，狗不吃了。日本兵掏手巾擦擦手，又说："有烟吗，给我几盒。"

宋明通进屋找了找，拿出三盒烟，日本兵一看，连连摆手说："不要这个，要好的。'天坛''前门'有没有？"

宋明通说没有，可以马上派人去买，叫他等。

日本兵看看手表说："我有事，你买来给我送去行不行？"

智广问他："送到哪里？"

日本兵说："皇军驻地，我在那门外工地上值勤。"

智广问："他们叫我进去吗？"

日本兵说："你说找我。我叫片山。不过，烟不要拿在外边叫人看见，明白吗？"

"明白。"

"我等着。如果你们说了不算，明天我来杀了你们。"

说完片山就拉着狗往外走，走了几步又停下来问智广：

"咦，你刚才说的是日本话？"

"是的，说中国话你听得懂吗？"

"咦，这里还有会说日语的孩子？"

"我在天津上学，是回家乡度寒假的。"

"怪不得，太好了。你来吧，不送烟也可以来找我玩。"

这真叫吉人天相，正愁不得其门而入，忽然送通行证来了。宋明通赶紧叫人去买烟。一共买了两条。智广说一次不能送太多，把胃口养大了以后更难伺候。他只拿了五盒，其余的仍交宋明通存起来，把烟放在衣袋里，就去日本洋楼找片山。

按宋明通的指点，智广出村往东北走，老远就看见三个圆柱形红砖碉堡，有四五层楼高。走近了，才看见三个碉堡之间用红砖围墙连起来，墙上有垛口，墙下有铁丝网和护墙壕。围墙与铁丝网、壕沟之间有二百米宽的空地。百十名民夫正在这空地上挖战壕修地堡。空地上两端生着两堆劈柴火，每堆火旁坐着个日本兵，边烤火边监视民夫。还有一胖一瘦两个穿黑棉袍、戴白袖章的中国监工，手里提着木棒，连打带招呼催促民夫干活。片山先看见了智广，喊了他一声，就指指吊桥处，他自己也走到吊桥附近去对哨兵说了句什么。智广到桥头便没受阻拦，随片山到火堆边坐下，就掏出三盒烟来——他临时又觉得把五盒都给他太可惜了，只掏出三盒。片山拿到三盒也挺满意，高兴地朝坐在另一堆火旁的那个日本兵挥手："过来，加藤君。"

加藤比片山行动迟缓，瘦瘦的，戴个近视镜，背还稍许有点驼。他端着步枪，身上除子弹袋外还背了一个方形皮包，包上缀着红十字。他走过来，片山就举起一盒烟给他说："抽一盒吧，我知道你好些天没去出诊，没有人给你烟了。"

"你这烟哪儿来的。"

"这个小朋友送来的。唔，这是加藤君。"

智广站起来向加藤鞠了一躬说："我叫智广，初次见面，请多关照。"

"唔，你会说日语？"加藤眼镜后边的眼睛睁得大些说："你不是这里人吧？"

"我在天津上学，在学校学的日语，我们学校有日本老师。"

"是吗？日本老师严厉吧？"

片山说："我上中学时加藤君是我的老师，教生理。"

智广说："那我得称您先生才对。"

加藤问："你会唱日本歌吗？"

智广说："会几个，鸽子，春天来了，月亮月亮。"

"唱一个唱一个。"

智广清清嗓子起唱了起来：

出来了，出来了，月亮啊。
圆啊，圆啊，那么的圆哪，
像盘子一样圆的月亮哪……

加藤先是击掌，又随着小声唱，最后擦起眼泪来了。

“加藤，”片山严厉地叫道，“别忘了你是军人！”

“是，上等兵先生！”加藤立正答道，“请原谅，我好久没听到孩子们唱歌了，我一直在孩子们的歌声中生活啊！”

“算了，你坐下休息吧！”

三个人就默默地坐在那儿烤火。智广偷偷看了一下，片山尽管年轻，领子上已是三个豆，加藤才一个。

“片山君，”加藤说道，“我听队长先生说，他想收个中国孩子当仆役呢。”

“是吗？”

“他说要从小孩中培养未来中日提携的干部。收两个可靠的孩子，住到我们这儿来，帮我们干零活，我们管他饭，教他日语……”

正说得引起智广注意，吊桥那边忽然骚动。先是有人叫骂，随后看到两人厮打。干活的民夫都停了手，伸头朝那方向看。瘦子监工，摇着木棍喊：“干活，干活！谁瞧热闹我剜了他的眼。”智广就看到在吊桥上，一个伪军把那个胖监工一枪托打倒在地，用脚乱踢。胖监工打了个滚爬起来，就往吊桥里边跑。站岗的日本兵却用枪拦住他，喊道：“混蛋，外边打去，打够了再进来。”胖监工作着揖说：“太君救命，太君救命！”说着血顺着头、脸淌下来，一会工夫右半脸就成了血葫芦。伪军士兵见日本兵不管，从后边追上来朝他背上又是一枪托。胖监工转头又往外跑。伪军紧追紧骂："我砸死你个私孩子，砸死你个私孩子……"

加藤对片山说："应该制止他们。"

片山说："不要管这些臭货，狗咬狗。"

加藤把瘦监工叫过来问道："你们为什么打架？"

瘦监工说："他们是同村人。士兵的哥哥死了，监工在村里当维持会员，奸污了他嫂子。那时当兵的还是老百姓，不敢惹他。现在他当了兵，就找他报仇！"

片山说："胖子跟他嫂子睡觉，关他什么事呢？"

智广告诉他："这在中国人看来，是他家族的耻辱。"

片山说："莫名其妙……"

忽然收工的钟声响了。因为两个监工都不在身旁，民夫们呼啦一声，扛起工具就往吊桥上跑。日本哨兵赶紧持枪拦住，瘦监工马上离开火堆，大声喊："别乱挤，排队，排队！"人们已经乱了，谁也不听他的喊声。哨兵急了，端起刺刀就向人群刺去。前边有人惨叫着倒下了，后边还往前涌，片山大吼一声，抡起枪就朝民夫们没头没脸地打了下去。监工也抡起棍子帮助打，人们开始惊叫着散开了。

"跪下，跪下！"片山喊道，"通通跪下，谁不跪我枪毙谁。"监工听不懂他喊什么，正想问明白，片山一把抓住监工，朝他腿弯踢了一脚，用手按了一下，把监工按得跪下来。片山喊道："通通的，通通这样。"

人们先是迟疑，随后就三三两两跪了下去，片山抡起步枪，用枪托朝跪着的人腿部猛打着，口喊："跪下，跪下。"一大片人，黑压压的，慢慢全跪下了。

剩智广一个中国人站在那儿，不由得又愤怒、又羞辱地涨红了脸，眼睛含了泪，把头扭过去。

“孩子，”加藤拍了他的肩一下说，“走吧，你走吧，我送你出去。”

智广不知怎么出的吊桥，走出一段路，他就捂着脸大哭起来了。

宋明通见智广去了好久未回，很不放心，正站在门口等他。见他泪流满面，气急败坏地跑回来，吃了一惊。忙问他：“出了什么事，受欺侮了？”

“我们的群众，我们的老乡……”

“屋里说，屋里说。”

宋明通扶着智广进了屋，智广一五一十哭诉了一遍，宋明通伸手忙去关门。智广说：“别关，你这乡公所里不也都是中国人吗，大伙都听听，鬼子欺侮我们到了什么分上。”

“不用听，他们见的比你多！”宋明通还是关上了门。

智广说：“看着同胞受洋鬼的欺侮不害臊不痛心，这还叫中国人吗？”

宋明通说：“光痛心害臊赶不走鬼子，躲得远远的，眼不见为净也赶不走鬼子。”

“我受不了这个！我回去参加战斗部队。”

宋明通说：“要抗日不光得豁得出牺牲流血，也得豁得出受委屈受冤枉，你比我受的教育多，响鼓不用重锤，上级派你来执行任务是信得过你。”

宋明通掏出烟袋抽烟，不再说话。他觉得对于智广说这些也够了，果然，过了一会儿智广擦干眼泪，就讪讪地问：

“邓明三啥时候领我去小围子？”

宋明通说：“现在就去。”

七

小围子按面积说并不比洋楼小，土筑的墙坚固性也决不在砖墙之下。四角四个方形碉堡，周围也是一丈多深的护墙壕。一样的岗楼一样的吊桥，外边看是一个整体，到里边才知道东西院之间还有一道墙，用一个角门通连，东院住的是“剿共班”。

“剿共班”是货真价实的土匪队伍“受了招安”的。至今保留绿林本色。有穿长袍的，有穿短打的；有的穿件斜开气的大缎子棉袍，头戴战斗帽；有的蹬一双长筒马靴，却包个羊肚手巾；还有的穿件西装，头顶红疙瘩瓜皮帽。装备也五花八门：二把盒子，土压五，胡北条，单打一，凡短枪上必定挂一块红绿绸子，长枪上插一支五颜六色的枪口冒。子弹带有斜披的，有横围的，手榴弹有插在腰间的，有背在腚后的。

里院住的宪兵工作队，穿的也是便衣，却干净整齐。一色的蓝布棉裤棉袄，一色的毡帽头，一色的胶皮棉靴头。枪虽不是一个牌号，可子弹带的背法，手榴弹的带法，都是一样的规格。围子外吊桥边有“剿共班”的人站岗，宪兵工作队的岗设在院内角门上。那里放着个石碾，站岗的坐在石碾子上，嘴里哼着改了词的军歌：

我为兵，太糟心，
抽抽老海振精神，
烟卷洋火莫离身。

更需要时时谨慎十二分，
莫叫队长闯进门，
抽老海，要小心……

沿着中间这道墙，盖了六间平房，这时太阳还没全落，平房里已亮起了灯光，传出了话声。邓明三领智广进了南边第二间。再往南，靠围子墙又有人站岗，那里一连有四个地窖，地窖口盖着木条钉成的栅栏盖子。几个“剿共班”的兵正从那地窖里拉出个满脸满身血污，衣服破碎不堪的犯人来。

屋子里边又是一番景象。当中方桌上，四个角放了四个大碗，碗里是满登登的花生油。每个碗上有两支大拇指粗的棉花灯芯，火头足有二寸高。四个人正围着桌子打麻将。一个穿着警察制服，一个穿长袍满脸麻子，还有一个穿着滩羊皮袄留着八字胡，第四个就是三姑娘。里边墙角，有个瘦长脸，穿一件半旧蓝布长衫。他面前有个茶几，茶几上点了支蜡烛。他双手托着个香烟盒里的锡纸，在蜡烛上烤，嘴里叼着个用香烟盒卷成的纸筒，对准锡纸吸那上边烤出的一股白烟。这烟有股腥臭味，加上八支灯捻的烟，打牌人喷出的纸烟，屋里的气味焦臭难闻，而且什么也看不清。

三姑娘见邓明三进来，就站起身说：“您快来吧，我可当不起替身，我输了好几块了。”

八字胡说：“输多少都记在区长账上，又不要你掏腰包，怕啥哩？”

邓明三也不推让，就在老三的椅子上坐下去。

这时一个“剿共班”的兵进来，问麻子说：“票人都带出来了，怎么审法？”

麻子一边洗牌一边说：“审黄庄那个，其余几个吊在一边看着，先灌凉水，不招出插枪的地方来就拿刀划开胸脯，用子弹拨他的肋条，这个票撕了算。随后问那几个，愿意交出枪来还是愿意交枪款？不吐口就换个上刑，可别再撕了。都撕了找谁要钱去？”

当兵的答应着走了。八字胡说：“过年了，班长也不歇？”“剿共”班长说：“原是想弄几条枪，筹点款过个痛快年的，这十个牛仔不开窍，逼得老子过年还开荤。”

这边打着牌，外边就开了锅。有骂人声，有逼问声，有沉重的打击声，有乱踏的脚步声，有哀苦的求饶声，有凄厉的惨叫声。智广听了不由得浑身发冷，头发直竖。邓明三手哆嗦，穿警服的出错牌，八字胡一个劲抽烟，只有麻子面不改色，谈笑风生中连连开和。

三姑娘坐立不安地走动一会儿，说道：“区长，里院金队长叫我的条子，伺候饭局。不早了，我跟您请假。”

邓明三说：“你，你去吧。噢，天黑了，打着我的手电棒。”

三姑娘说：“不用了，他们要是留我住局，我怎么送来还您哪？”

智广问：“上哪儿？”

三姑娘说：“宪兵工作队。”

八字胡问道：“宪兵工作队今晚请吃饭？还叫老三的条子？”

茶几旁抽老海的那人还在“行药儿”，眯着眼，晃着头说：“跟班长一样，赶着谈生意。这边用硬的，那边用软的。这边要的是钱，那边争的是官。”

“剿共”班长问：“还是那个八路干部？”

抽老海的说：“皇军许了愿，只要这人张了嘴，金队长就提升当总队长去。”

智广一听，灵机一动，推推邓明三说：“我送三姑娘去吧，顺手就把电棒带回来。”

邓明三神不守舍地说："好，行。"

"剿共"班长似乎这时才看见智广，问道："这是谁？"

三姑娘说："这是区长的侄少爷！"

八字胡说："怪不得这么能体会区长的心思，抢着送他小婶子。"

人们一阵哄笑。智广打着电筒陪三姑娘出了门。

三姑娘是听不了受刑人的惨叫声才急着到里院去。没想到"剿共班"的大堂就设在院子里，她到里院去非从过堂的人跟前走过不可。

院子东侧老槐树上挂了一盏发着绿光的煤气灯。树下摆了个桌子，桌子周围坐了胖瘦高矮不齐的几个人，有的穿着大麦穗皮袍子，有的披礼服呢大衣，他们脚下放了几盆炭火，桌上摆了几盘子香烟、洋糖、瓜子、花生，这几个人边嗑瓜子边小声说笑。桌子前边不远处，几个站着人围了半个圈子，手忙脚乱走进走出不知在干什。三姑娘不愿从桌前走过，就傍着西墙根下的几棵枣树走，智广跟她并排。走到枣树下边，三姑娘失声叫道："哎哟！"忙低下头朝人多的地方走去，智广闻声抬头一看，才看见每棵枣树上都吊着一两个人。他们被双臂反剪上身前倾，脚尖点地，用绳子吊在树杈上。上半身全给剥光了，有几个前胸后背都被打翻了花，横七竖八的伤口上凝着紫呈黑着的血块，猛一看竟和身边的树皮无法分别。有几个锁骨上下被刺刀捅了两窟窿，把铅丝穿过破口挂在锁骨上，下边坠了秤砣、石块等重物，血正顺着铁丝往那重物上流。这些人都在簌簌地发抖，轻轻地呻吟，却无人大喊大叫。智广一下就想起城里死了人放焰火时挂的"十八层地狱图"。就在他这么一走神的工夫，三姑娘已走近这群围成平圈站着的人们了。

智广发现三姑娘已不在身旁，忙站住脚四下睃视。忽然围在桌前的那群人爆发出一阵哄笑，闪开一条道。三姑娘两手捂着脸像逃跑一样疾疾往里院方向走去，人们用笑声和目光直送她走到黑灯影里。在这一瞬间，智广从人们闪开的空隙间看到桌前放着条板凳，板凳上赤裸裸躺着个人，那人的脑袋倒仰在板凳之外，左右急剧地甩动着，有两个壮汉在板凳两侧不知忙些什么。他还想看清楚些，人群却又转过身去合拢起来了。只听坐在桌边一个人笑嘻嘻地说："老三别捏着半拉装紧的了，你还没见过光腚的男人怎么着！"

人们又一阵哄笑。

这时三姑娘突然两腿一软坐在墙根地下了。智广追过去，蹲到她对面问："你怎么了？"

三姑娘浑身抖成一团，上下牙咯咯碰得山响，张了张嘴，没说出话来。

智广又问："你受欺侮了？"

三姑娘抓住智广胳膊，带着哭声说："娘啊，他们在一刀一刀地宰人哪！"

这时人群里又传出一声哄笑。只听门声一响，麻子班长叼根烟卷探出头来，不耐烦地说："你们消停点，吵得屋里听不见叫牌声了，半屁大点事也一惊一乍的，没见过宰人哪！"

三姑娘打着冷战说："你说这些人也是人肏的吗！老天爷就不给他们报应吗！"

智广说："恶有恶报，三姑娘，你挺有良心。身在公门好修行，以后多帮帮好人的忙，也有好报。"

三姑娘说："小先生，我干这下贱营生，是迫不得已，可我还有良心，也是中国人。早晨区长说的话我听见了。我敬重你。你放心，我决不做伤天害理的事。要有用我的地方尽管说。"

智广说："多谢你，将来中国老百姓自己当了家，你也就出苦海了。你进去凡事多留心，回头我也许跟你打听点事。"

两人走到角门口，站岗的跟三姑娘调笑了两句，放她进去，拦住了智广说：“队长有话，只请三姑娘一个人，没请的挡驾。”

智广晃晃电筒说：“我把她送到就出来。”

哨兵说：“院里平整，没有亮也崴不了脚。”

三姑娘说：“侄少爷就请回去吧，我眼睛好使，啥都看得清楚。”

三姑娘进去后，智广正想回去，哨兵忽然问道：“你是侄少爷，谁家的侄少爷？”

智广说：“区长是我叔。”

“真的？既这么着，他们在屋里打牌必定有好烟好茶，你给咱弄根烟抽咋样？”

智广兜里还有给片山剩下的烟，就掏出一盒说：“一根烟还值当要吗，拿去！”

站岗的接到烟，眉开眼笑，连忙站了起来说：“谢谢啦，到底是大家公子，出手就不凡。不是我没脸没皮，这么冷的天，那边鸡毛子喊叫的，这俩钟头不好熬啊！我有烟，忘带来了，又不能离岗位。”

智广问：“你干这个不少挣钱吧？”

“挣啥钱？混混饭吃，俺这队伍专办案子，不下乡扫荡，没有发洋财的机会。”

“那你图什么要干这个？”

“我在济南给买卖鬼看仓库，拿了他点东西，犯了案子，不干这个别处不敢待。叫他抓住就没命了。”

“拿了他什么，犯这么大案？”

“不多，十来斤烟土，一箱子洋药。原先想在这混一阵，躲躲灾，弄好了也奔个官当当。”

“也快当官了吧？”

“不行，走错路了。真要当官不能干这个，得干八路去。当了八路再投诚，上来就是个小队长，你看金队长今天请的那个人。金队长说了，只要他投诚，据点里的官随他挑。愿当宪兵工作队长，老金让位！”

“他答应了？”

“谈了多少回，这人没张嘴说过一句话。听说今天是最后一回劝降，再不张口就开他的红差。”

智广沉吟一下，故意问道：“上回你们这不是死了一个八路的人吗，还出公殡？”

“就是这个，棺材里就有一条他的腿。腿锯下来了，人还活着哪！”

“为条腿还出殡？”

“那是诳八路的。说他死了，八路就不来救了。让他本人也死了这条心。”

“他不会想法跑了？”

“一条腿往哪儿跑？剩下一条腿还烂了个大窟窿。皇军不许请医生给他治，专派皇军的医生给他治。日本医生三天打鱼两天晒网，看看快收口了，他就不来；估计烂得不行了，他又到了。皇军说，你为抗日已经献出一条腿了，也真对得起旧政府了，这条腿是留下来为新政府干事还是也把它据了，随你挑。他仍然不说话。他找金队长要了点盐，天天自己用盐洗。金队长背着皇军给了他一大罐盐，说是中国人对中国人要讲人道。其实怕他烂死，自己没了立功升官的机会。皇军许了愿，他要说降了那个人，升他做全县的警备大队长……”

院里有人走过来了。他做个手势，住了嘴。

来的人是个四十来岁的中等个儿，披着水獭大衣，里边是春绸皮袍，戴一顶土耳其黑皮帽，问站岗的：“刚才谁在这儿说话？”

站岗的打个立正说："报告金队长，刚才是'剿共班'的人跟这小孩说话。"

金队长厌恶地朝动刑的那边看了看，那边人已经散开了，几个兵丁正架着犯人往地牢里送，他又看看智广，问道："你是哪儿的？在这干什么？"

智广说："在屋里坐困了，出来透透气，我又没进你的院子，你管得着吗？"

站岗的说："他是区长的侄少爷。"

金队长哼了一声说："去把区长叫来，我有事找他。"

智广说："我又不是你雇来的，你支使得着吗？"

站岗的说："队长别跟小孩治气，我去叫。"

他跑了两步，把邓明三叫了出来，邓明三一见金队长，马上作揖说："队长有什么吩咐，还不请到屋里去说。"

"屋里人多嘴杂，就在这儿说吧。"他凑近邓明三，压低声说："刚才接了个电话，家父和贱内后天早车到县城，要上这儿过年。明天你叫人备两辆轿车子，后天一早去车站接人，多多打扰。"

邓明三说："就去车，不派弟兄们保护一下？"

"派人的事我自己办，你就备车，不要对人讲，放出风去又招麻烦。"

"是，决不误您的事，不过老太爷和太太到来，这是喜事，一杯喜酒总要赏我哟！"

"那一定，这一路多半是你八区的地面，你又是地头蛇，我这一老一少交给你，出了事可找你说话。"

"放心吧，大白天没事。"

"车要头天去，在那儿住一宿第二天才能接上早车，要不他们下了车没地方落脚。这个穷县城连家干净饭店也没有。”

“你放心，全包在我身上。”

“那就拜托了。唔，这位是你的侄少爷？”

“是是，我兄弟的孩子！”

“有出息，一点不惧官，长大是个材料。”

“借您的金言。”

“还有件事老兄海涵，老三今天那儿有事，叫你守空房了，你放心，明天一早原封不动还给你。我光叫她开盘，决不拉铺，哈哈。”

“玩笑了，玩笑了。”

邓明三又一阵点头哈腰，领智广回到屋内。原来那个抽老海的正替他打牌，见他进来，那人站起说：“快来吧，我给你连坐了四把庄了，明天得吃你的喜。来，刚掷了骰子，还没抓牌呢。”

邓明三说：“牌兴不换手！你先打。这半天我也光了，又忘了带烟膏子来，把你那药给咱来一口。”

那人从兜里掏出个粉红色纽扣大的纸包，递给邓明三。邓明三走到墙角坐下，掏出前门香烟在茶几上蹾了几下。那人说：“你那烟不行，抽药非哈德门不行。哈德门烟松，一磕打前边就空了一截，还是找张锡纸坐飞机吧。”

邓明三已把香烟头上的烟丝捻出去一些了。他打开纸包，用小指甲挑了一撮白色粉面，倒进烟头。把烟举过头，仰起脸叼住，划了根火，对天深深吸了一口，半天憋住没喘气，然后舒舒服服地“哈”了一声，顿时精神起来。

智广看得恶心，便问：“三叔，你天天抽这个吗？”

“不，有大烟我不用白面，白面是用人骨头刮的，阴性。就是孙局长爱用它。”

“孙局长？什么局？”

抽老海的那人笑着说：“戒烟局，我就管戒大烟，还能自己抽它吗？”

智广又问其他几个人的身份，邓明三说穿警服的是警长，八字胡的是宣抚班长。警察所应有五个名额，所长住在县城，除去薪金再吃两个空额。这里实际就俩人，一个警长一个警士，白天警士专门负责向乡公所要供养，找妓女收乐户保护捐。警长办理良民证，一个证收五元成本费。宣抚班编制就三个人，班长吃了一个空额，还剩一个班员。这班员专门把新民会发的宣传画往各乡公所村公所分派。宣传画是免费领的，他当年画卖，一户一张大洋五角。没钱给粮食、鸡蛋也行。晚上那警士和宣抚班员自找住处，两个首领便躲到围子里来躲灾。

说了一阵，智广困了。邓明三把他领到隔壁一间屋子里。那屋盘着炕，烧着地炉，智广脱了鞋，和衣倒下马上睡着了。

八

第二天醒来，已是太阳一竿子高了。

智广随邓明三回区公所吃了早饭，就去找宋明通，向他报告昨晚从“宪兵工作队”哨兵那里听来的情况。

宋明通说：“看来昨晚那顿宴会是个关键，必须打听清楚昨晚队长和那过路干部谈判的结果。”

智广心想，此事只有找三姑娘打听，别处无门可入。自己若去找三姑娘既不方便，又难免引人注意，一个小小年纪的学生找妓院的姑娘干什么？正这时，邓明三打发人来喊宋明通，他就又和宋明通一块到了区公所。

邓明三找宋明通是布置为金队长备车的事。交代完了，宋明通就去忙活。智广想出个点子，要邓明三去召唤三姑娘。

“三叔，你为金队长热心备车，可这小子在暗地给你拆台，你听说没有？”

“没有哇，我跟他井水不犯河水，他打我什么主意？”

“我听他那站岗的说，昨晚摆宴是跟那个八路干部讲条件。”

“这我知道。”

“什么条件你知道吗？”

“听说要是那人降了，给他个官做。”

“什么官？这里一个萝卜一个坑全摆满了，总得拔一个再按下一个对不？你知道拔哪个坑吗？”

“哪个？”

“就拔你，他们站岗的对我说的。官小了人家不动心，官大了拔不动，就你这区长，名分不小，势力不大。答应那人要投降，叫他当区长。”

邓明三一听，立刻七窍冒烟，大骂了起来，说：“我做买卖还没这么赔过。弄了个汉奸帽子戴上，本还没收回来，就要撤我！我跟他拼了。这话靠实不靠实。”

智广说：“靠实不靠实我也不知道，反正无风不起浪。昨晚不是三姑娘伺候的饭局吗，干啥不找她来问问？”

邓明三一迭声地叫人去喊三姑娘，外边答应着就有人去了。邓明三坐在炕上生闷气，刘四爷挑帘走了进来。

刘四爷看看智广，对邓明三小声说：“我要走了，你还有啥吩咐的，叫大侄子出去躲躲？”

邓明三说：“他是那边的人，也不必背他了。你把这两集收的税钱交给抗日区长，说这是我们代收的，不敢留下。另外那二百，是我个人送的慰问品，请八路同志赏脸收下，只要给我条后路，我决不干‘剿共班’那样丧天良的事……”

正说着，外边喊三姑娘来了。邓明三就住了嘴。

三姑娘睡眼惺忪，披散着头发，似乎比昨天老了十年。一进门先打哈欠，懒洋洋地说：“刚合上眼，你又叫魂。”

邓明三没好气地说：“昨晚上卖了力气了，没少得赏吧？”

三姑娘似笑不笑地说：“你又不赎我从良，还不叫我做生意，我怎么混世？”

“混世的才要讲个良心义气。”

“我哪点没有义气？”

智广冲三姑娘送个眼色，笑笑说：“三姑娘别当真，我三叔是心里着急。他想知道金队长昨晚宴客的情形。”

“有啥说啥，干吗拍桌子吓耗子的。”

邓明三问：“昨晚是请那个八路干部吗？”

三姑娘说：“干部不干部咱不知道，反正穿的是八路军的破军装。”

“金队长说啥哩？”

“他光叫我劝酒布菜，到说正事时候就把我支出去，叫我到他跟班的住的屋里去歇着了。”

智广问：“这么说你啥都没听见？”

三姑娘说：“中间隔着半个院子，那些小光棍见了我又嬉皮笑脸地光打哈哈，能听见啥？”

智广问：“一句也没听到？”

三姑娘说："跟班的有两人留在上房听使唤，他们溜下来歇腿，从他们嘴里听到了一星半点。"

邓明三急问："听到啥你可快说呀！"

"他们夸那个八路是硬汉子。"

邓明三问："怎么硬法？"

三姑娘想一句说一句："说金队长说，他们已经查出来这人是个大干部，决不会放他了。前些天给他出了假殡，八路知道他已死去，也不会再救他来。当前就两条路。硬顶下去，决不让他过了这个年；表示合作，想当官给官做，不想当官给他一笔钱，送他去大地方享福。"

邓明三问："许他什么官？"

智广使个眼色说："是叫他当区长，替我三叔吗？"

三姑娘说："人家金队长说，想当区长就当区长，想当队长就当队长，想顶哪个角就叫那个角让位。有皇军做主。"

邓明三忙问："那人说要干啥？"

三姑娘说："硬就硬在这里，人家一个字不吐，连大气都没出。金队长没办法，就叫人拿了一套新棉裤棉袄来，对他说，你不愿说话也行，自己把这衣裳换上，就算讲和了。你要自己不穿，年初一我们当寿衣也要替你穿上。"

邓明三问："换了没有？"

三姑娘说："人家还是一句话没说，衣裳也不接，自己站起来回到他的房子去了。"

邓明三这才舒了口气，骂道："这些贼攮的，就得八路军治他们。来，老三，给我烧口烟吧！人家那才叫汉子，咱是尿王八！抽烟，活一天算一天！"

刘四爷告辞出去，智广也跟着出来，又回到了宋明通处。宋明通听了智广的报告，说道：“这就好了。你还有一个任务，办完就可以回去交差了。”

智广问：“什么任务？”

宋明通说：“今天，必须在今天，你想法进宪兵工作队见那人一面，告诉他组织了解他的表现，叫他坚持下去，组织上设法营救他。”

智广说：“这宪兵工作队可不好进，昨天我都到了门口，还给拦住了！”

宋明通说：“你不是认识了两个兵吗？汉奸再硬也怕主子，到他主子那儿想想办法。爷们，想想那个同志的英雄劲，咱有再大困难也比不上他难吧！我知道你准能想出办法来，叫他们知道，老八路厉害，小八路也不熊！”

一顶高帽，把智广戴得心里火热，自己也觉着自己是天下少有的能人了。他拿上存着的另一条烟，直奔洋楼而去。他出门的时候，见刘四爷和宋明通把头凑在一起嘀咕了些什么，然后跨上他的小毛驴，飞跑出村了。

九

上午十点钟，智广到了日军兵营。

因为已是腊月二十九，工地上收工了。日本兵准许民工回家过年，因为他们自己也过旧年。从济南来了个慰问团，有女歌星，有“万才”，还有“文乐”。一些日本兵正在往院内扛杉槁，搭台子。距离兵营不远的地方，有一个陡坡，有个日本军官，骑着辆二六的军用自行车，冲了两次没蹬上去。他下了车，脱下呢大衣，正要往自行车把上搭，一扭头看见智广，就说："小孩，过来。"

智广走到了他近前。他指指大衣："你的，你的……"

他下边说不出来。智广就用日语说："要我帮你拿着吗？"

日本军官吃惊地看了他一眼，问道："你会说日语？"

智广说："会一点点。"

"好，你拿着，我冲上去。"

智广把大衣抱了过来，军官蹬上车又往上冲，冲到中途，车停了，还没倒下，智广就从后边推了一把，那军官终于冲上了坡。他从车上跳下来，把车一扔喊道："万岁，万岁。"他不再管那辆车，从智广手中接过大衣，摸着智广的头问："你叫什么名字？"

"一郎。"

"中国也有叫一郎的吗？"

"不，这是学校里日文老师给我起的日本名。"

"好，好，你在哪上学？"

"天津，我家在天津，到这儿看亲戚来了，区长是我亲戚。他叫我给皇军朋友送几盒烟来，我送你两盒烟可以吗？"

"当然可以，当然！中国人里也有我的朋友，朋友的烟当然可以收。"

这时一个士兵来向军官敬礼，问他是否需要把车推回去？军官问智广："你会骑自行车吗？"

智广说："还骑不好。"

"骑上，到我那里玩去！"

智广骑上车，摇摇摆摆。这军官竟然从后边替他扶着，连扶带推一直到吊桥口上。哨兵立正行礼了，他才撒手。哨兵也不再问智广，笑着看他和军官一起进了营房。

这个三角形的城堡，门开在朝西的一面，正对着宪兵工作队那个小围子，相距有一里来地。进了围墙，中间是个三角形的院子，沿着围墙，是一溜红砖白瓦的平房。院子的一头已用土垫起来一个小舞台，四角四个柱子和顶上的横杆，全用红白两色的布条缠了起来，迎面横杆上悬着两盏大圆纸灯笼。灯笼上印着日本国徽和“武运长久”的毛笔大字。一些士兵还在最后装饰那个台子。军官领智广到了坐北向阳那一排平房中间的一间，帮助推车的士兵赶上去帮他们开了门。

屋子里是日本式的榻榻米，迎面挂了一幅本县地图，地图下边木架上架着战刀。军官脱掉大衣，智广发现他领章上只有四框一线，并没有星，不过是个准尉。

准尉有三十来岁甚至更多一点，矮个儿，胖墩墩，脸上挺死板，只在笑的时候才有生气。他从壁橱里找出一纸盒糖，纸盒口印着一个跑步的运动员，上边有几个日本假名。他问智广：“能念吗？”

智广念道：“苦力果。”

“好，送给你过年。”

“谢谢。”

“你到这儿很久了吗？”

智广说：“有一星期，不，十几天了吧！”

准尉说：“这里老百姓生活很苦。还有，他们对皇军很害怕。警备队、中国的和平军也欺侮他们，是吧？不像天津，是吧？”

“好像是。”

“是啊！没办法，战争！”

准尉说到这儿，点起一支烟，大口大口地吸烟，然后眼睛望着远处吐烟圈。他吐得很圆，烟圈急速滚动着往前跑，一个还没散，一个又追出来。他不再和智广说话了。智广站在一边不知走开好还是再待下去。

这时立在一边的火炉火小了，这是城市里烧煤块的那种取暖炉。可烧的是木柴，墙根堆了一堆劈好的木柴。智广问他："我放点木柴进去好吗？"

"好！"准尉像忽然醒过来似的抖动一下，问道，"你不是说来给朋友送烟吗？去吧！"

"谢谢了。"智广为他加了一块木柴。

"唔，你的朋友是谁？"

"片山先生和加藤先生。"

"唔，他们住在对面。你是怎么认识他们的？"

"加藤先生吗，"智广转了转脑子说，"有一天他到小围子去，走在路上偶然碰到我，听我在唱日本歌曲，就和我认识了。"

"那是好几天以前的事了吧？"准尉若有所思地说。

"是的，好几天了。"

"是的，那个伤员，好几天没有去看过了，那个人……唔，你去吧，去吧。"

智广到对面屋子找到了片山。

这屋里也是榻榻米，一个铺两副卧具。可有四五个士兵在屋里说笑，榻榻米上放着一块"栗羊羹"，一瓶啤酒，几个橘子。见智广进去，片山就说："刚才看见你跟队长一块进来，都问这是谁家的孩子，我说是我的小朋友。"

碰到一个会说日语的小孩，士兵们很开心，一个人端起枪冲智广说："你是不是八路的谍报员？"

智广说："很可惜，我还没见过八路军是什么样。"

片山推了那人一把说:“不要这样，我们只杀和我们作对的中国人。”

那人说:“我是开玩笑，看他害怕不害怕。”

智广说:“害怕就不会到这儿来了！”说着把剩下的烟全从手巾包中倒了出来，几个士兵全笑了，大家伸手去抢。那人赶紧放下枪来抓烟，可他没抢到，气呼呼地说，“不行，把烟放慰问品里，咱们来锤子剪刀布，谁赢了谁先挑，这太不公平了。”

片山说:“不要来锤子剪刀布了，大家平分好不好？”

那人说:“不能给加藤，他给那个八路军看伤，每次宪兵工作队都送他烟，他已经占许多便宜了。”

这几个人争了一顿，仍然把烟平分了。然后又来锤子剪刀布，片山赢了拿了“羊羹”，他送给智广说:“送你过年。”

这时给队长推车的那个士兵跑来说:“那个孩子还在吗？队长叫他去。”

智广不知出了什么事，心怦怦乱跳。随那士兵到了队长室，发现邓明三、宋明通两人正恭恭敬敬站在那儿，桌上放着一个大锦盒，两包点心，几瓶罐头，队长脸上仍然死死板板，可也没有怒气。

队长说:“今天放民工回家过年，翻译陪军曹去讲话去了，你替我翻译一下好吗？”

智广说:“遵命。”

队长说:“请他们坐下，唔，你也坐下。我的翻译怎么能在中国官员面前站着呢？”

邓明三、宋明通鞠过躬坐下，说是过年了，皇军辛苦，没什么表示敬意的，送来一点纪念品。他们把锦盒打开，里边是三十几个铁烟盒，盒面上是北京前门的图像。邓明三又指指点心和罐头，说这是送给队长个人的，希望不要嫌寒酸，赏脸收下。

队长板着脸致了谢，又说了几句“中日提携”“推行第六次治安强化运动”“要防止八路军谍报人员侵入”等话，就送他们走了。他们刚出门，金队长迎面走了过来。

金队长今天要见皇军队长，把皮袍子脱了，穿了一身“协和服”，戴了顶战斗帽；虽不骑马，却穿一双带刺马针的靴子；虽未挎刀却扎了条挂刀用的皮带。他见准尉在送客，敬完礼后就立正站在一边，准尉当然还要对邓明三说两句客气话。金队长看到是由智广翻译，露出一脸惊诧。恰好准尉送走邓明三后，又对智广说：“我去有点事，你陪金队长进去。”金队长对智广更加估不透了，再三推让，非叫智广先进门，进去后满脸含笑说：“又幸会了。不知道小老弟还会一口日本话，并且和队长相熟。我以前常来，怎么没见你？”

智广说：“我昨天说了，我才来几天，金队长还不放心？”

“不是不是，你跟皇军的关系我怎么不知道？”

“有些关系是不必全叫你知道的，你不放心可以问皇军队长么！”

“明白了，明白了，自己人，自己人。别误会，这么小年纪日语就这么好，看出来不同寻常……”

这时准尉回来了。脸上仍然死死板板的。让金队长坐下后就问：“没什么变化吧？”

金队长叹口气，低下头说：“怪我没能耐，请队长处分。”

“我知道不会有变化的，并不怪你。你勇敢地承担这个任务，精神可嘉。”

“那，按队长命令办吧？”

“明天！过了午夜十二点再办，叫他过个好年！”准尉毫无表情地说，“让他洗个澡，给他一套新的、干净的衣服。要正式出布告，说明他是间谍，不是一般战俘。”

“他不肯换。”

“不用换，他可以把他自己的衣服套在外边。我们尊重有骨气的军人。”准尉对智广说：“你可以玩去了。顺便把加藤叫来。”

智广叫来加藤，他装作看人们装饰台子，留心队长室的动静，过了一阵，金队长和加藤都出来了。加藤急匆匆回他自己屋中，金队长凑过来跟智广闲谈：

“你常在队长身边，以后有事还请多关照。欢迎你上我那儿去玩，我们做个忘年之交的朋友吧。”

智广说：“队长很忙，我去打扰合适吗？”

“不要客气，日子长了我要请你帮忙的地方多了。你常跟各个机关各杂牌队伍的人见面，一定知道他们许多内情，这些人有的很坏，敲诈勒索，无法无天；有的暗地通敌，出卖情报，把新政权、新秩序的名声弄坏了，所以老百姓才向着八路军。你再看到有这些不法的事可以告诉我，我来收拾他们。你也算为新政权效力了。我是汪主席领导下的国民党员，我们要靠友邦的协助在中国实行三民主义，和那些土匪不一样。我们是有理想的人！”

加藤扎好腰带，背着红十字皮挎包来了，对智广说：“队长叫你晚上在这看戏。等我回来一块吃饭，你自己在这玩吧？”

智广问：“你上哪儿？”

他说：“我跟金队长去一趟，有点小事。”

智广说：“金队长刚才欢迎我去他那里玩，我不去就失礼了，是吧？不知道金队长是不是只说说客气话，我就当真了。”

金队长说：“不不，你要去我一定欢迎。”说完他却皱起了眉头。

智广说声：“谢谢。”抢过加藤的挎包背上，金队长无可奈何地和他们一块走了。

十

白天小围子院里反比昨夜晚清静，动刑的凳子撤了，绳子解了，邓明三他们打牌的房子全关着门，连“剿共班”住的宿舍也关着门，听不到一点声音。

加藤问：“怎么这么冷清，他们人呢？”

金队长说：“由那几个犯人领着，起枪去了。”

智广问：“真有枪？这些人……”

“有个屁！”金队长说，“有枪的是八路的堡垒户，他们不敢碰！这是些土财主，没有枪！”

智广说：“哟，‘剿共班’叫他们骗了？”

金队长说：“他们也知道没有枪，故意打得他们胡说八道，借起枪名义拉回叫他家里人看看，好逼他们拿钱来赎。这帮土匪，皇军的王道乐土全叫他们弄坏了。等他们把钱弄到手我再收拾他们！”

角门口放哨的一见这三人来，立刻从石碾子上跳了下来，举手凑在瓜皮帽上敬了个礼。加藤等三个人像没看见他径直进了里院。

里院是整整齐齐的四合院，原来这才是地主家的正式宅院。金队长问加藤是否先到队部休息一下，加藤说：“不，先去换药。”金队长就陪他走到南边墙根，两间堆草的屋子门前。这里没有哨兵，也没看守，门大开着，屋里有一铺小炕，一桌一椅，那个穿八路军军装的人闭着眼在炕上躺着，金队长进去，他睁睁眼没动，加藤进去，那人微欠起身来了。智广一露面，那人浑身似乎震颤了一下，但马上又闭上了眼睛。

加藤说："请先打一盆水来，我洗洗手。"

金队长把头伸出门外喊道："打水来。"

听到喊声，跑来个人。正是昨晚和智广说闲话的那个。

金队长说："叫你打水，怎么空手来了？"

"报告队长，我是来请您去讲话的，接太太和老太爷的人马上出发，您有什么嘱咐没有？"

金队长看看表说："一点了，怎么还不走？"

"等您训话呀！"

"训你妈个×！"金队长冲了出去。那个兵急忙随他走了。

加藤问智广："金自己去打水了？"

智广说："不，他去布置人接他的老婆和父亲来过年去了！"

"这个混蛋！"加藤就气哼哼地找了去。

就在这一刹那，那人睁开了眼。这人头发老长，面孔浮肿，胡子拉碴。他一睁眼，智广从那狐疑的眼神中一下认定了他，就急忙小声说："我代表组织通知你，坚持下去，外边正设法营救，这两天吃好，他们给衣服就穿上，套在里边准备出去！"

这时外边脚步声近了。那人点点头，又合上眼，嘴角动了一动。

金队长抢先进屋，看看没有异样，随后一个兵端来一盆温水，最后加藤才进来。他洗过手，拆绑带，拆了绑带又洗手，然后给伤者把腿锯断的地方消过毒，上好药，重新包扎起来；再洗了一次手，从皮包掏出一瓶药来说："这是止疼的，疼的时候服两片。"

金队长要说什么，加藤拦住他，对智广说："你来翻！"

金队长说："这人是日本留学生，他听得懂日语。"

加藤说："请你不要多嘴，翻，再加上句，日本士兵向他致敬，我尊重有人格的人！"

智广和加藤走出小围子，智广把皮包拿下来还给加藤。加藤问："队长请你去吃饭，看戏，你不去了？"

智广说："当然去，可是我要先去告诉我家里人一声，免得他们不放心。"

"对的，早一点来吧！"

"我不一定去吃饭了，戏是要看的。"

智广告别加藤，一路小跑去了乡公所，只见乡公所门口套好了两辆轿车，四个宪兵工作队的兵一辆车上坐了俩，除去两个赶车的外，宋明通也跨辕坐在车上。

智广奇怪地问："乡长，你也进城？"

宋明通说："你快来说说情吧，这几位老总非拉我一块去。这大过年的我走得开吗？"

和智广谈过天的那人把头从轿门伸出来说："翻译官，你别管闲事。这是金队长的命令，叫乡长陪着去，出了事先枪毙他！"

智广心想我多咱又成了翻译官呢？也不去争论了，只对宋明通说："那你就放心去吧，这边的事凡你嘱咐办的，我全能办。"

宋明通说："也没啥，你家带话来了，今下午再玩一下午，天亮前赶回家包饺子去吧，就别太贪玩了。"

车把式问过宋明通是不是出发，宋明通点点头，一阵吆喝，车就朝村外赶去了。

十一

既然现在不走，智广决定去洋楼再了解点情况。他到洋楼时，演出已经开始了。日本兵都盘腿坐在地上横放着的木料上，除去日军，准尉还请了各据点伪军伪机关的头目。金队长、八字胡、麻子脸都在座，邓明三也来了。

这是日本一个什么“后援会”和山东新民会联合派来的慰问团，除去演出节目，还带来一堆“慰问袋”。慰问袋白布缝成，上面印了日本国旗，写着歌颂战争的俳句，还有日本女人、孩子和风景的漫画，里边装了糖果、刮脸刀、小镜子、针线板之类小物件。准尉下令给汉奸头头们一人也发了一个。日本兵当场都打开把吃食拿出来吃了。几个中国人全双手捧着它像圣物一样动也不动。

智广在场外睃巡了半圈，准尉看见了他，朝他招手。他本想不过去，看见坐在一边的金队长正拿眼盯着他，他就大大方方走到准尉面前，行了个礼。准尉说：“坐在我旁边吧。”智广说：“谢谢。”就坐了下去。准尉对坐在后边的邓明三说：“你这个孩子很好，我很喜欢他。”这时一个没见过的日本二等兵，讨好地把话翻译了过去，邓明三连连点头致谢，说：“孩子小，不懂事，请太君多教导。”那个兵又把话翻成了日文，而且加了好多谄媚词。智广听他不论说中国话还是日本话，都带点怪口音，就知道他是那个高丽翻译。这个人跟汉奸头目们勾结，敲诈勒索，杀人害命和卖毒品，无恶不作。不少人到敌工部报告过他的罪恶，智广不由得就多看了他两眼。这人从服装到姿势全模仿日本士兵，模仿得不算不像，可脸上一股狡诈气、谄媚气却是日本兵脸上少见的。日本兵有的残忍，有的蛮横，更多的狂傲，却没有这股奴才相。这倒是汉奸们脸上常带着的。

高丽翻译发现智广看他，就点点头。演出开始前慰问团长请准尉上去讲话。高丽翻译跟着站了起来，准尉板着脸说："我不准备对中国人讲话，用不着你。"

队长刚离开，高丽翻译就活跃起来，先是打开慰问袋吃食品，故意嚼出声音，用日本话说："啊，真好吃，真好吃。"一边用中国话对那些汉奸头头们说，"你们打开尝尝嘛，好吃极了。我们日本点心不像你们中国的油腻腻的，好吃极了。"他见智广不理他，又主动凑过去说，"我叫金井一郎，翻译。"智广说："你的中国话我听不大懂，还是用你自己国家的语言说话吧。"翻译先是瞪了一眼，马上又笑起来，改用日语说了一遍，并且补充说，"您是外地来的，我的中国话为了叫当地人听懂故意用山东口音了。"智广装作不知情地用日语问："你好像不是东京人。"金井说，"噢，你会说日语，太好了，我是釜山人……"

这时不知准尉讲了什么，全场都高呼起"万岁，万岁"。汉奸们莫名其妙，赶紧也跟着喊。准尉讲完话下来，节目就开始了。

邓明三把头凑近智广问："他们看戏兴拍巴掌吧？"

智广说："兴！"

邓明三说："啥时候该拍巴掌，你捅我一下，别让我误了。"

这是一套杂八凑的节目。有日本相声，有文乐，还有中国人用口琴伴奏唱《四郎探母》。准尉正襟危坐，不断地吸烟。汉奸们两眼发直，只有在演日本相声时士兵们哈哈大笑，金井也笑，故意笑得声音比别人大。准尉白了他一眼。他把头低下去了。智广往后边瞧了几次，没看到加藤，就问准尉："加藤君坐在什么地方？我可以看看他去吗？"

准尉说："他刚刚出诊回来时还好好的，忽然犯了胃病，疼得厉害，向班长请了假。你可以看看他去。"

加藤住在西侧，智广故意从东侧出来，这样他就绕着院子看了一圈。原来他没到过的南侧是伙房和仓库和炊事兵的宿舍。每个炮楼下层都是勤务室，装有电话。挂着士兵们的名牌。

他找到加藤的房间，敲了下门，里边沉闷地应了一声。他进去看见加藤靠墙坐着，在闷闷地吸烟。

"噢，是你，早来了吗？"

"看了一会儿演出，听说你病了，我来看看。怎么不休息？"

"好了一点，谢谢你。演出有趣吗？"

"我不觉得很有趣。"

"这算什么戏班子，把这种下等玩意儿给当兵的看。"加藤摇摇头说，"我不想看他们。"

过了一会儿，加藤问道："你过了年就回天津吗？"

智广说："我想是。爸爸没有来，妈妈不放心。"

"走吧。"加藤望着窗外说，"我是老师，我有责任教育学生要善良、正直，在这儿你找不到模仿的榜样。"

"嗯？"智广正色地问。

"唔，我是说这据点里你见不到高尚的人，小孩子不适宜在这种地方生活。"

"我明白了。"智广试探着说，"你认为，今天你去给他换药的那个人也是下流的吗？"

加藤吃了一惊，看着智广半天没说话。过了好久，结结巴巴地说："你年龄还小，有许多事不是你这年龄的人应当知道的。"

智广说："我知道加藤是个好心人，好老师，和许多人不一样。"

"你凭什么说我是好心人？"

"你给那个人换药很认真，而且尊重他！"

"噢，千万不要说出去，你答应我不跟任何人说！是吗？"

"当然。"

"那个人是我们的敌人，在战场上见到也许我会杀死他，或者我被他杀死。可他，他是个品格高尚的中国人；外边看戏的那些中国人是猪，是狗！……"加藤突然住了嘴，被自己吓住了。

智广催促说：

"您往下说呀！"

"没什么，没什么，我今天病了，乱说了一气。"加藤摇摇头，不再说话了。

外边人声嘈杂，演出完了。智广站起来告辞，加藤说："队长要请来看戏的中国人吃饭，你不留下吗？"

智广说："如果我能和你两个一起吃我就留下。"

加藤说："不行，我是士兵，最低一级的士兵，没这个权力留你。将来吧，将来我退伍以后可以一起吃饭。"

又有人敲门了。金井探进个头来说："学生，队长先生请你去吃饭。"

智广只好随他走出来。

尽管是冬天，宴会就在院中进行。士兵们把看戏坐的木料拉开，围成个方形，用子弹箱架起木板来作长桌，然后每人一份摆上了碗筷和酒杯，搬来了几木桶清酒。日本士兵按建制坐好，准尉就让中国人就座。炊事兵先给每人送上一小盘鱼片和酱油碟，随后又送来"天妇罗"。准尉举着杯说了些祝贺新年，希望中日提携、共存共荣等话，就推说“还有公事要办，不能陪大家，希望各位尽兴”，回自己屋去了。

汉奸们夹块生鱼放在嘴里，嚼嚼不是滋味，想吐出来又不敢吐，有的人就大口喝酒，像送药似的往下送。有的装作擦嘴，把它吐到袖口里，扔到地上怕日本兵看见，只好用手攥着。

过了一会儿，金井又来传话，队长请区长和智广去他屋里谈话。

原来准尉在屋里自己单独摆了一份饭，这时他已吃完，叫勤务撤下食盘，端上茶来。让他们坐下后，准尉就问邓明三、智广家里有什么人，父亲干什么。

邓明三当过土匪做过生意，说谎可蛮有经验，就说他弟弟原在大连满铁做工，后来调到天津，一直在铁路上干活；除去智广外，他弟弟还有一儿一女，全在天津；智广放假回来过年，过完年就回天津去。

准尉说：“你弟弟靠做工，供三个孩子上学不容易吧。”

邓明三说：“所以我常补贴他们。”

准尉就说：“我很喜欢这个孩子。如果他父母跟他自己愿意，我想收养他。在我的部队里有人当过教员，可以教他知识，他随着皇军部队还可以使思想纯正。建设大东亚共荣圈，这样的人才有前途，你看怎么样？”

邓明三眨了半天眼说：“谢谢队长好意栽培，不过我得跟他父母商量一下。”

准尉问智广：“你愿意跟着我吗？”

智广说：“我要回去问妈妈，我一切听她安排。”

“好的，好的。皇军也尊重孝道。不孝哪里有忠？你们去吧，早一点商量好告诉我。”

十二

原来听说金队长太太要来，邓明三吩咐备车的同时就叫人赶紧扯布买棉花，找人做了两床新被窝，晚上进小围子时带了进去。走到角门口，就请哨兵报告金队长，说区长送礼来了。官不打送礼的。这礼物不重，可送的是地方。金队长亲自迎出门来，笑着说:“这怎么敢当？”破例把邓明三请到“宪兵工作队”院里去吃茶。

“宪兵工作队”院里正在杀猪、宰鸡，靠西边一溜兵营的檐下挂了一串日本纸灯。智广看了一下，被俘干部那屋的灯也亮着。金队长一直把他们让进堂屋。

堂屋是一明两暗的房子，外间屋靠墙放着个八仙桌，桌旁有个五十开外穿长袍的人正在一叠白纸上写布告之类的东西。对面墙上一张条几，条几上整整齐齐平放着许多书和本子。智广看了一眼，发现全是根据地出的小册子和敌伪编印的关于共产党八路军的资料——“整顿三风”“二十二个文件”“二五减租”《新民主主义论》《中国向何处去》等等。他想仔细看看，金队长过来客气地把他让到东间屋去了。

东间屋是金队长的办公室，墙上挂着全队的名牌，本县地图，地图上把八路军的根据地、游击区全用红笔勾了起来。窗下一个洋式办公桌，桌上放着一本《曾国藩家书》，一本言情小说《北雁南飞》。旁边一个桌上还堆了些旧书和日文书。

金队长请他坐下之后，勤务兵送上茶来。

邓明三笑着说："一看队长这办公室，就知道是个有学问的人。不像你们这些粗人。"

金队长说："哪里，还是区长经验多，民情熟，从政有方。"

邓明三问："你看这么多书，想学点啥呢？"

金队长说："就是要找个治国之道。圣人云：修身，齐家，治国，平天下。国不治，天下何以能平？咱们中国又穷又弱，四万万人如一盘散沙，在当今这个世界上是注定要当亡国奴的。'中央派'得了势，中国亡于英美；共产党得权，中国亡于赤俄。所以汪兆铭主席毅然决然投向和平阵营，重建国民党，寻求救国之道。日本虽然也要取我们的利益，可他到底还是亚洲人，同文同种，尊礼信佛。只要我们与他共存共荣，打倒英美，建立东亚新秩序，他们并不想灭我民族，还是能保存住我们的国号的。现在不是挂青天白日旗了吗？当然，要尊人家为盟主。那有什么办法，谁让中国弱呢！……弱肉强食，天意如此！所以我最恨八路军。抗日抗日，这日本是你几个土八路抗得了的吗？要没他们，皇军就不会扫荡。不扫荡天下不就太平了？老百姓少受多少苦！"

智广听得又气又恨，极力压住自己想批驳他的冲动。邓明三却打起哈欠来了。金队长忙说："你看，我又犯了书呆子的毛病，大过年的谈什么政治呢？来，看看我的卧室去。"

他领两人到了西边那间屋。

原来金队长去皇军部队看戏的时间，他的部下已把这间房收拾好了。红暖帐，红椅垫，都是"剿共班"扫荡时抢来戏班子的东西送给他们的，新毛巾新肥皂是他的部下凑钱买来孝敬的。邓明三说："现在也快到车站了！"

金队长说："刚才宋乡长从县里摇来电话，说他们已经到了县城啦。明天头晌午准能赶到，决不耽误三十晚上送神！”

“那更该道喜了。”

“我请客，我请客，过了年我这儿就清静了，欢迎你们常来玩。我跟你们学学平和断幺门前清！”

“怎么，队长不会打牌？”

“我会打派司，可这儿找不着手，麻将也会，可打不好。”

胡说了几句，邓明三就告辞出来。

“剿共班”今天图吉利，也不过堂了。昨天起了一天枪，屁也没找到。可主人家一看当家的打得皮开肉绽，没了人形，当场交出地契枪款，由他们卖地，也算发了利市。这晚上全班放假，公开招赌，各个屋推牌九的、掷骰子的、打麻将的全都热闹起来。邓明三他们也玩了个通宵。“剿共”班长赢了钱，吩咐厨子伺候一顿夜宵不收钱。

智广心里惦着营救过路干部的事，坐立不安，早早自己上炕躺下，折腾半宿还没睡着。后半夜才睡过去，第二天醒来已是半晌了。

“剿共”班长又请了赌客们一顿早饭，肉丝面条大馍馍。饭吃完，邓明三说金太太也快到了，不如到金队长那儿贺个喜，接到太太再散。其余几个人也都受宪兵工作队的辖制，一听这消息，就埋怨邓明三有进身的路子自己捂着，不让别人沾边，很不够朋友；马上派人去买水果、洋糖给金队长太太接风。这消息报进去，金队长更是高兴，便叫人把大伙全请了进去。

进到堂屋，人们看见桌上一叠布告，地上竖着个牌子，就吃一惊。再一细看，牌子上写着：“抗日犯无名氏一名”，名字上还没勾红。八字胡就问：“怎么，年三十了队长真要出红差？”

金队长说：“不到这地步，我也不敢请你们进来。这几个月多有得罪，皇军的命令，盖不由己！”

“什么时候出斩？”

“皇军说言而有信，等他到底。三十晚上十二点再问一回，不降就斩，决不拖延了。”

智广远远往过路干部住的房子一看，果然上了锁，心中便像热油浇的一样难过：到半夜还有十几个钟头，天兵天将怕也来不及救他出去了。

金队长摆上烟茶糖果，陪大家说了一会儿闲话，看看十点多了，人还没到，就有点急。问道：“早上五点火车，现在该到了，怎么还不来？”

众人说：“太太尊贵，车不敢赶得太急，多走一会儿是必然的。”又瞎聊了一阵，金队长看看表十一点半了，就更沉不住气，喊下边人集合一班弟兄，上公路上去迎。人刚集合好，哨兵跑来说：“队长，接太太的人回来了。”

金队长问：“车呢，停在吊桥外边了？”

哨兵说：“这我还没看到。”

“混账，还不看看去。”

正说着，去接太太的四个兵有一个进来了。队长便问：“车到了吗？”

那人变颜变色地说：“还没有。”

“还有多远？”

“二十里地。”

“什么，你们怎么闹的？”

“车坏了，太太又不能走路，没办法。只好停下来修车。”

“太太跟老太爷就这么冷的天坐在路上等着？”

“没有，那旁边不是鸡鸣寺据点吗？我们说了一下，据点的警备队长说认识您，他把老太爷和太太接进据点去歇着了。老太爷怕您不放心，写了封信叫我先送来，说不用急，下午准到，误不了送神。”

金队长脸上这才有点温和气，骂道：“你们这群笨蛋！白拿粮食养活你们了！这点事也办不好，等太太到了我跟你们再算账！”

金队长接过信，打开来仔细看。送信的兵目不转睛盯着他的脸。金队长眼睛一瞪，当兵的就打了个哆嗦。可金队长眯了会儿眼又笑了，当兵的这才舒了口气。

“各位，家父和贱内要下午才到，我就不敢再留你们了，都挺忙，还是自便吧。”

众人都是会看眉眼高低的，见金队长心里不痛快，就借机告辞。邓明三也要走。金队长说：“您留步，我还有事请教。”

邓明三满心狐疑地站住了。智广也停了脚步。可金队长说：“我跟区长有点小事要合计。小世兄，你听着也没意思，你玩你的去吧！”

智广只得满心狐疑地走出了小围子。

这时距吃饭尚早，刘四爷、宋明通又都走了，智广无处可去，便在村里闲溜达。

小土围子在街北头，挨着围子附近，有个小院，门口贴着“马蜂坞戒烟局”和“宣抚班”的牌子，对面就是警察所。警察所已经上门了，门口有辆小平车，摆着烟卷、洋糖和当地少见的苹果。苹果摊旁边有个卖烧鸡的，有几个伪军倒背着大枪在抽签子。再往北走，两边店铺都上了门，冷冷清清就不见人影了。从大街上顺个巷子走进去，拐个弯就是个场院，隔着场院有几户人家，有的在当院竖灯竿，有的在院外推碾子。尽管在敌人鼻子底下生活，仍在按习惯办年。智广走过去看看，人家见他是从据点过来的，便不理他。他见墙根底铺了张席子，晾了一席鸡毛，就搭讪着问推碾子的人：“晾这些鸡毛干啥用？”

推碾子的是个老婆婆，就噘着说："拿碱煮了，晾干了做褥子。"智广问："谁家杀这些鸡？"老婆婆说："还不是你们据点里，老百姓谁杀得起？"智广问："这鸡毛是你捡来的？"老婆婆说："我进得去据点呀？是那个高丽翻译官抱来的，叫我给他煮，给他做。煮得锅恶臭，大过年的连馍馍也没法蒸，天下哪里找这些鳖孙去？"

智广问："为什么他单来找你？他怎么认识你家？"

老婆婆说："日他娘。夏天俺儿媳妇去拔麦子，回家晚了，从洋楼东里经过，洋楼里鬼子嗷嗷叫了两声，谁懂他叫的啥呀？俺媳妇吓得就匍匐下了。谁知道这一来犯了忌，当，当！洋楼鬼子就是两枪，正打在俺媳妇胳膊上！有看见的送了信来，俺全家哭着喊着去找宋乡长。宋乡长进洋楼说了情，才领俺去把孩子抬回来。谁知道第二天来了个背皮包的鬼子跟这个高丽翻译，鬼子说昨天洋楼上问是谁，俺媳妇没回答，他们开枪打错了，对不起俺了，要给俺媳妇看伤。俺不叫他看，他非看，日他娘，又惹下麻烦了。"

智广问："看伤又惹啥麻烦？下毒药了？"

"药倒是好药。可看完伤，他前脚回去那个高丽翻译后脚又回来，说是皇军来看伤不收药费，你家总得给个鞋钱，买盒烟卷吧！看一回要一回，那鬼子装好人看伤，暗地派高丽棒子来要这要那。这高丽人还说，钱是给皇军医官的，他分文不要，只求俺给他干点活。今天洗衣裳，明天拆被窝，日他娘，打了俺的人还讹上俺了，过年又叫俺给他煮鸡毛！你年轻轻不学好，跟他们混什么劲？"

智广并不解释，讪笑着走开。心想金高丽打着加藤的旗号敲诈勒索，加藤还被蒙在鼓里。有机会应当告诉加藤，治那小子一下。

智广又往前走，找着条胡同，又拐回大街上，恰好从对面胡同出来一个骑驴的女人，后边跟着个半大小子。那女人穿一件黑土布薄棉袄，蓝土布棉裤，头上罩了黑帕子。已经擦身走过了，那女人忽然拉住了驴，叫道："小先生。"

智广听着口音耳熟，走近一看，原来是三姑娘。三姑娘换了衣裳，也没施脂粉，又少了身后的大辫子，一下老了有十岁，像个四十多岁的乡下大嫂。智广问道："你，你这是上哪儿去？"

三姑娘说："我也回城里家去过年。我家有个病爹，瘫在炕上。不去看看，我心里不妥帖。"

智广笑笑说："你这么一打扮，我不敢认你了。"

三姑娘说："这个样是我的本相，那个样倒是打扮出来的。衣裳、辫子、耳钳子全是借账置办的，不作营生舍得穿呀？还指着它挣钱呢！"

智广说："你的心挺好，干那个下贱事干啥？换个营生吧。"

三姑娘眼圈一红，叹口气说："俺爹有病，欠了人家钱，把我当出去还账的，再有两年把账还上，我就不干了。要有人收我从良，天边我也去，咋伺候他我也情愿。都是人生父母养的，谁愿意自作下贱呢。"说着，三姑娘从她挎着的小包袱里掏了半天掏出一挂脆枣，递给智广说："过年了，我没啥送的，这是我的一点心意。你们都是办大事的人，老天保佑你们！"

智广说："这我可不敢要。"

三姑娘脸唰的一下红了，眼睛转了转泪花："嫌我这东西来的不干净吧？"

智广忙说："不是！"

三姑娘说："再不济，我的钱也比那些人的干净！"

智广笑着说："我要，我要。我是觉得你帮了我不少忙，我没啥给你的，不好意思。"

“你看得起我，拿我当人，比送啥都强！”

智广接过脆枣，冲她点了下头说：“多谢你了。”

三姑娘抖抖缰绳，小毛驴嘚嘚地往南走了。智广一直看她走远，心想：“这跟我在集上看见的真是一个人吗？”

智广提着这串脆枣，走到乡公所。院子里没有人，显然都回家过年了。正在踌躇，忽听有人压着嗓子喊他：“小邓。”

“谁？”智广看看，周围没有人。

“进来，我在屋里。”

智广听出声音来自西屋，就推门进去。一看吓了一跳，跟他同属于一个交通站的老魏在炕沿上蹲着呢。

老魏说：“你上哪儿去了，我等你半天没回来？”

智广说：“你来干啥？”

老魏说：“上边叫你马上回去，一分钟不要在这儿停了。”

智广说：“我还要听听那个干部的消息。”

“那不是你的任务，你的任务完成了。快走，执行命令。”

智广无可奈何，饭也没吃就上了路。幸亏三姑娘送了那串脆枣，他全吃进去，找个人家要了碗米汤喝，才走下这十八里路来。快到目的地前，远远看见公路上两辆轿车，车辕上跨着的像是宋明通，后边还有三个扛枪的护卫着，急急忙忙奔马蜂坞据点赶去。

十三

智广回去并没有紧急任务，汇报完之后跟同志们一块烧了锅水洗洗澡，换下学生装，穿上公家发的棉衣过了个热闹年。他一直想打听过路干部的事，可站上没有人知道。领导当然知道，谁敢去问呢？想等老魏来问个究竟，老魏一直没回来。

过了正月十五，老魏才回来。智广忙去找他打听。

“那个被俘的同志到底怎样了？”

老魏说：“还怎么样？叫敌人枪毙了！”

“我不信，你别蒙我！”

“不信你去看哪，我揭回一张敌人的布告来，在领导屋里哩！”

智广装作有事报告，去找领导，果然在桌上看到张布告，就是在金队长屋里看见过的那一种，连字体他都认得。他心里立刻揪得发疼，问领导说：“这是真的？”

“当然是真的，马蜂坞街上贴满了！”

“那我不是白去了？没有完成任务。”

“你的任务完成得很好，该看的看了，该说的说了，别的就不是我们所能负责的了！”

智广好几天舒不开心，并且觉得他的领导太狠，对同志连点痛惜的感情也没有。

刘四爷照样骑着驴四处赶集，开春后敌人又来了次扫荡，但规模很小，并且被我们打了个伏击打退了。扫荡的第二天，刘四爷赶马蜂坞集去收税，带回一个消息：从来不参加扫荡的“宪兵工作队”这次主动要求参加了扫荡，在金队长和“剿共”班长并肩撤退时，“剿共”班长中了我方枪弹当场阵亡了。

半个月以后，刘四爷又带了个消息，“剿共班”的人告了金队长一状，说：“剿共”班长不是八路军打死的，是中了金队长的黑枪。因为金队长找“剿共”班长要走一具撕了的肉票，冒充八路战俘，打了一枪埋上了，真八路干部却放走了。日军队长把金队长抓去审了一阵，用刺刀挑了，还派加藤去挖出尸体检验。验的结果是真是假，却无人知晓。

数月后邓明三的任期已满，日本人解除了他的职务。不少人都花钱运动要继任他的区长。宋明通出的价儿最大，“皇军”把区长的官衔给了宋明通。宋明通从前院乡公所搬后院区公所去了。

十四

宋明通的伪区长干了半年多，战争形势起了根本变化，日本人要收缩战线，撤销了马蜂坞据点。撤退时伪军在前，伪机关居中，日本兵殿后。宋明通没机会脱离他们，便随着进了县城。

我们的力量增强了，部队就进行大整编，邓智广的单位全建制南下，并入了新四军的序列。日伪据点拔掉之后，农村里就开始了“除奸反霸”运动。宋明通心想，领导人和联系人全南下了，找不到人为自己证明，回到村里若被人当作真汉奸除了怎么办？便在城里住了下来，靠做小买卖为生。他去天津办货，赶上我军破坏津浦路，又把他阻在天津回不来了，从此就彻底与组织失去了联系，在天津当了店员。解放后他背着重大历史问题在一个小杂货店卖酱油多次找证明人都没找到。文化大革命中，自然就被“深挖”出来，定成历史反革命，关进监牢。十一届三中全会后，法院清理旧案，又派人查证，意外地找到了邓智广，又从邓智广那儿打听到他们当年的领导。真相大白，宋明通这才重见天日。这时他已是七十来岁的老人了。出来之后他办了两件事，一是申请重新入党，一是写材料为邓明三争取从宽处理。随后就退休了。

邓智广去年回家乡探亲，见到了他。他正在研究园艺技术，买了不少书，读得挺认真。但从他菜园看，效果不大，还没有不读书的人家那菜长得好。看来到老还是“二八月庄稼人”！

一个意外的消息是，他儿子怕受他牵连，始终没敢回老家。国民党占据济南、青岛时，他在美国军舰上找了厨房的工作，随船去了美国。宋明通拿给智广看他寄来的照片，一家人站在他开的中国餐馆门前，老婆也是华裔，两个孙子长得很像宋明通。